호러북클럽이
뱀파이어를
처단하는 방식

THE SOUTHERN BOOK CLUB'S GUIDE TO SLAYING VAMPIRES
by Grady Hendrix

First published in English by Quirk Books, Philadelphia, Pennsylvania.
This edition has been published by arrangement with
Quirk Productions, Inc., through Shinwon Agency.

The Southern Book Club's
Guide To Slaying Vampires

Grady Hendrix

호러북클럽이 뱀파이어를 처단하는 방식

그래디 헨드릭스 장편소설 강아름 옮김

문학동네

일러두기

1. 주석은 모두 옮긴이주다.
2. 본문 중 고딕체는 원서에서 이탤릭체 등으로 강조한 부분이다.
3. 장편 문학작품과 기타 단행본은 『 』, 연속간행물 · 영화 · 방송 · 음악 등은 〈 〉로 구분했다.

어맨다에게

당신의 조각들이 어디에 있든……

차례

작가의 말

몇 년 전 나는 『내 단짝 친구의 엑소시즘』이라는 소설을 썼다. 1988년 사탄 숭배 공포의 절정기에 미국 사우스캐롤라이나주 찰스턴에 살았던 두 십대 소녀의 이야기다. 그중 한 친구에게 악령이 깃들었다는 사실이 분명해지면서 당연하게도 상황이 엉망으로 흘러간다.

소설은 십대의 관점에서 쓰였고, 부모들이 형편없는 모습으로 그려진다. 십대 시절에는 부모들이 그래 보이기 마련이니까. 그러나 그 소설의 또다른 버전, 위험에 처한 자녀를 보며 무력감을 느끼는 부모 시점의 이야기도 있다. 나는 그 부모들의 이야기가 쓰고 싶었고, 그래서 『호러북클럽이 뱀파이어를 처단하는 방식』이 탄생했다. 『내 단짝 친구의 엑소시즘』의 속편은 아니지만 그로부터 몇 년 후 같은 동네, 내가 자랐던 곳에서 벌어지는 이야기다.

어린 시절 나는 어머니를 대수롭지 않게 생각했다. 어머니는 북클럽에 나가는 주부였다. 어머니와 그 친구들은 늘 허드렛일을 하고, 운전을 담당하고, 어린 우리가 보기에 말도 안 되는 규칙들을 강요했다. 어머니들은 그저 한 무리의 어중이처럼 보일 뿐이었다. 이제 나는 안다. 당시의 내가 존재조차 모르던 일들을 그들이 얼마나 많이 감당하고 있었는지. 그들이 궂은일을 도맡은 덕분에 우리는 망각 속에서 흐르듯 살아갈 수 있었다. 그게 거래 조건이었다. 부모로서 고통은 당신이 견딘다, 당신의 아이들은 그럴 필요가 없도록.

이 소설은 뱀파이어에 관한 것이기도 하다. 뱀파이어는 데님 옷을 입고 과거도 연줄도 없이 이 마을에서 저 마을로 방랑하는 미국식 떠돌이 남자의 유명한 전형이다. 생각해보라, 잭 케루악*, 셰인**, 우디 거스리***를. 생각해보라, 테드 번디****를.

뱀파이어는 타고난 연쇄살인마이기에 인간을 인간답게 만드는 모든 걸 상실했다. 친구도, 가족도, 뿌리도, 자녀도 없다. 가진 건 허기뿐이다. 먹고 또 먹지만 결코 배부를 수 없다. 나는 이 소설에서 자신의 식욕을 제외하고 그 어떤 책임도 질 일이 없는 남

---

* 1950년대 비트족과 히피 문화를 대표하는 미국 작가.

** 잭 셰퍼의 동명 소설에 등장하는 떠돌이 총잡이.

*** 미국의 포크 싱어송라이터.

**** 1970년대 미국의 연쇄살인범.

자와 삶 전체가 끝없는 책임으로 점철된 여자들을 싸움 붙이고 싶었다. 드라큘라와 내 어머니를 싸움 붙이고 싶었다.

이제부터 보게 되겠지만, 그건 공평한 싸움이 아니다.

그래디 헨드릭스

프롤로그

이 이야기는 피로 끝난다.

모든 이야기는 피로 시작한다. 자궁에서 끌려나와 2.5리터는 족히 될 어머니의 피와 점액질로 범벅된 채 발악하며 우는 아기. 하지만 요즘 이야기들이 피로 끝나는 일은 많지 않다. 진입로에서 심장마비, 뒷베란다에서 뇌졸중, 폐암이 야기한 더딘 쇠약 끝에 병원으로 돌아가 기계들에 둘러싸여 맞는 고요한 무혈의 죽음이 대부분이다.

이 이야기는 다섯 명의 여자아이들로 시작한다. 모두 제 어머니의 피를 튀기며 태어나 씻기고 토닥토닥 물기가 닦인 뒤, 참된 여성으로 길러지고 아내다운 기술을 전수받아 완벽한 배우자이자 책임감 있는 부모가 되어 자녀의 숙제를 돕고 빨래를 하고, 교회 꽃꽂이 모임과 번코* 클럽의 일원이 되고, 자녀들을 사교무도회와 사립학교에 보내는 어머니가 된다.

당신도 이 여자들을 본 적이 있다. 그들은 점심에 모여 식당 안 모두에게 들릴 정도로 요란스레 깔깔댄다. 고작 와인 한 잔에 우스꽝스러운 지경이 된다. 그들이 생각하는 인생의 모험이라야 크리스마스에 밝게 빛날 귀걸이 한 쌍을 사는 게 전부다. 그들은 후식을 주문할지를 두고 너무 오래 고뇌한다.

어엿한 한 개인으로서 그들이 문서에 이름을 올리는 건 세 번이 전부다. 태어날 때, 결혼할 때, 죽을 때. 그들은 품위 있는 안주인이다. 자신보다 불행한 이들에게 자비로울 줄 안다. 남편을 존경하고 자녀를 양육한다. 그들은 매일 사용하는 자기 그릇의 중요성, 증조모의 은식기를 물려받았다는 사실이 주는 책임감, 좋은 리넨의 가치를 안다.

그리고 이 이야기가 마무리될 때쯤 그들은 피로 범벅될 것이다.

일부는 자신의 것일 테고, 일부는 타인의 것일 테다. 어쨌든 흠뻑 젖을 것이다. 그 속에서 헤엄칠 것이다. 그 속에 잠길 것이다.

---

* 주사위게임의 일종.

주부(Housewife) · 명사

가볍고 무가치한 여자 또는 소녀.

『옥스퍼드 영어사전』, 소형판, 1971년

울어라,
사랑하는 조국이여

-1988년 11월-

1장

1988년 조지 H. W. 부시가 만천하에 제 입술을 보게 해 대선 승리를 거머쥐는 사이, 상대 후보 마이클 두카키스는 탱크에 들어가 있다가 패했다.* 닥터 헉스터블**은 미국의 아버지였다. 〈케이트와 앨리〉는 미국의 어머니들이었다. 〈더 골든 걸스〉는 미국의 할머니들이었다.*** 맥도널드가 소련 1호점을 열겠다고 발표했다. 사람들은 하나같이 스티븐 호킹의 『시간의 역사』를 사놓고 읽지 않았다. 〈오페라의 유령〉이 브로드웨이 공연을 시작했다.

---

* 1988년 미국 대선 기간에 공화당 후보 조지 부시가 "Read my lips. No new taxes"(내 입술이 뭐라고 하는지 잘 보세요. 세금 신설은 없습니다)란 발언으로 지지율 상승을 이끌어낸 반면, 민주당 후보 마이클 두카키스는 국방 정책에 취약하다는 이미지를 탈피하고자 탱크를 탄 장면을 연출했다가 여론의 비판을 받았다.

** 미국 시트콤 〈코스비 가족〉의 주인공.

*** 두 작품 다 1980년대 미국에서 큰 인기를 누린 시트콤.

그리고 퍼트리샤 캠벨은 죽을 준비가 되었다.

그녀는 머리에 헤어스프레이를 뿌리고 귀걸이를 차고 휴지를 입에 물어 립스틱을 찍어냈다. 하지만 거울을 보았을 때 두 아이와 밝은 미래를 가진 서른아홉 살 주부는 없었고 저세상 사람 하나가 보일 뿐이었다. 전쟁이 터지거나 바다가 치솟거나 지구가 태양으로 떨어지지 않는 한 오늘밤 '마운트 플레전트 문학회'의 월례 모임이 열릴 것이고, 그녀는 이번 달 책을 읽지 않았다. 그리고 그녀는 사회자였다. 즉 구십 분 내로 방 하나를 가득 채울 여자들 앞에 서서 대화를 이끌어야 한다는 뜻이었다. 자신이 읽지도 않은 책에 대해.

원래는 『울어라, 사랑하는 조국이여』를 읽으려고 했다. 정말이었다. 하지만 책을 집어들고 익소포에서 그 언덕으로 이어지는 아름다운 길이 있다를 읽기 시작하면 코리가 자전거를 타고 선창에서 뛰어내렸다. 페달을 제대로 빨리 돌리면 물위를 달릴 수 있을 것 같아서였다. 아니면 성냥을 얼마나 가까이 가져가야 불이 옮겨붙는지 보려다 남동생의 머리칼에 불을 놓았다. 아니면 집으로 전화를 건 이들에게 엄마가 전화를 받을 수 없다고, 왜냐면 죽었기 때문이라고 말하며 주말을 보냈다. 퍼트리샤는 조문용으로 캐서롤 요리를 들고 온 사람들이 현관에 나타났을 때에야 그 사실을 알았다.

익소포에서 이어지는 길이 그토록 아름다운 이유를 알기도 전에 일광욕실의 창문 너머로 발가벗고 뛰어가는 블루가 보였다. 아니면 집이 지나치게 조용했던 게 블루를 시내 도서관에 놓고 왔기 때문임을 깨닫고 볼보에 뛰어들어 쏜살같이 대교를 통과하며 아이가 통일교도들에게 납치되지 않았기를 기도했다. 또다른 날에는 집이 그처럼 조용했던 게 블루가 코에 건포도를 몇 개나 넣을 수 있는지 알아야겠다고(스물네 개) 결심했기 때문이었다. 그녀는 끝내 익소포가 정확히 어디인지조차 알지 못했다. 시어머니 미스 메리가 육 주간 함께 지내기 위해 방문했고, 차고를 개조해 만든 방에 깨끗한 수건을 비치하고 손님용 침대의 시트를 매일 갈아야 했으며, 미스 메리가 욕조에서 나오기를 힘들어해 예의 그 손잡이를 설치해야 했고 공사를 맡을 사람을 찾아야 했다. 아이들은 빨랫감을 내놓았고 남편 카터의 셔츠는 다림질을 해야 했다. 코리는 다른 친구들이 전부 가지고 있다는 이유로 스파이크 축구화를 새로 사고 싶어했지만 당장 사줄 형편이 아니었고, 블루가 백색 음식이 아니면 먹지 않아 매일 저녁식사 때마다 따로 밥을 지어야 했으며, 익소포를 통과하는 그 길은 그녀 없이도 언덕을 향해 잘만 갔다.

당시에는 마운트 플레전트 문학회 가입이 좋은 생각인 것 같았다. 카터의 상사와 함께한 저녁식사 자리에서 테이블 너머로 몸을 구부리고 남편의 스테이크를 썰어주려 애쓰던 그때, 퍼트리샤는 집을 벗어나 새로운 사람들을 만날 필요가 있다고 깨달았다. 북클럽에 나가는 건 나름대로 일리 있는 생각이었다. 그녀는 독서를 좋아했으니까, 특히 미스터리 장르를. 그건 퍼트리샤가 온 세상이 미스터리인 양 살아가기 때문이라는 카터의 의견에 그녀는 굳이 반발하지 않았다. 『퍼트리샤 캠벨과 일주일 내내 정신줄 잡고 삼시 세끼 만들기의 비밀』 『퍼트리샤 캠벨과 사람을 계속 깨무는 다섯 살 아이 사건』 『퍼트리샤 캠벨과 신문 읽을 시간 내기의 미스터리—아이 둘에 시어머니까지 모두를 입히고 먹이고 집을 치우고 누군가는 강아지의 심장사상충 약을 챙겨야 하는데도 며칠에 한 번씩 머리를 감지 않으면 딸내미가 엄마는 왜 노숙자처럼 생겼느냐고 묻는 현실에서』. 몇 차례 조심스러운 문의 끝에 그녀는 마저리 프렛웰의 집에서 열리는 마운트 플레전트 문학회 창립 모임에 초대받았다.

마운트 플레전트 문학회는 그해에 읽을 작품을 무척 민주적인 절차로 선정했다. 마저리가 회원들에게 열한 권의 책을 고르도록 했다. 자신이 적절하다고 판단한 열세 작품의 목록 중에서. 그녀는 혹시 추천하고 싶은 다른 작품이 있는지 물었지만 그게 진짜 질문이 아님을 다들 이해했다, 슬리크 페일리만 빼고. 그녀는 눈치라는 걸 만성적으로 상실한 사람처럼 보였다.

"『가련한 어린양들—당신의 자녀와 오컬트』를 추천하고 싶어요." 슬리크가 말했다. "콜먼 대로에 있는 크리스털 판매점이랑 배우 셜리 매클레인이 〈타임〉에 표지인물로 나와 밝혔던 전생 이야기랑 연결해서요. 우리는 몸풀기가 필요해요."

"그런 책은 들어본 적이 없군요." 마저리가 말했다. "그러니 그 책은 서구세계의 위대한 작품을 읽는다는 사명에 부합하지 않는 것 같아요. 또 추천하실 분?"

"하지만……" 슬리크가 저항했다.

"또 추천하실 분?" 마저리가 반복했다.

회원들은 마저리가 적어준 작품들을 골랐고, 마저리가 생각하기에 가장 잘 어울리는 달에 각 작품을 배정했으며, 마저리가 생각하기에 가장 적합한 사회자들을 뽑았다. 사회자는 작품, 작품의 배경, 저자의 삶과 관련한 이십 분짜리 발표로 모임을 시작하고 이후 단체 토론을 이끌었다. 사회자는 과중한 벌금을 내지 않는 한 모임을 취소할 수도, 다른 회원과 작품을 바꿀 수도 없었다. 마운트 플레전트 문학회는 장난이 아니었기 때문이다.

『울어라, 사랑하는 조국이여』를 다 읽을 수 없음이 명백해졌을 때 퍼트리샤는 마저리에게 전화를 걸었다.

"마저리." 그녀는 한소끔 끓어오른 쌀 요리에 뚜껑을 덮으며 말했다. "퍼트리샤 캠벨이에요. 『울어라, 사랑하는 조국이여』 때문에 할 얘기가 있어요."

"정말 강렬한 작품이죠."

"그렇고말고요."

"퍼트리샤의 실력을 발휘해주리라 믿어요."

"최선을 다할게요." 퍼트리샤가 말해놓고 보니 해야 됐던 말과 정반대였다.

"게다가 남아프리카공화국의 시국 때문에 시기적으로도 무척 적절하죠."

서늘한 공포가 번쩍하며 퍼트리샤를 스쳤다. 남아프리카공화국의 시국이 어떻기에?

전화를 끊은 그녀는 겁쟁이에 멍청이처럼 군 자신을 저주했다. 도서관으로 가 『세계문학안내서』에서 『울어라, 사랑하는 조국이여』를 찾아보겠다고 다짐했지만 코리네 축구팀에 보낼 간식을 만들어야 했고, 베이비시터가 전염성 단핵증에 걸렸고, 느닷없이 컬럼비아로 출장을 가게 된 카터의 짐 싸기를 도와야 했고, 차고 방 변기에서 뱀이 나와 갈퀴로 때려죽여야 했고, 블루가 문구용 수정액 한 통을 들이켜는 바람에 아이를 병원에 데려가 죽게 될지 확인해야 했다(죽지는 않을 것이었다). 그녀는 집에 있는 『월드북 백과사전』에서 저자인 앨런 페이턴을 찾아보려 했지만 P권이 실종이었다. 그녀는 새 백과사전이 필요하다고 머릿속 수첩에 기록했다.

초인종이 울렸다.

"엄마아아." 코리가 아래층 복도에서 불렀다. "피자 왔어요!"

더는 미룰 수 없었다. 마저리와 대면할 시간이었다.

마저리가 자료를 나눠줬다.

"남아프리카공화국의 상황을 다룬 기사인데, 아주 일부만 뽑았어요. 최근 밴더바일파크에서 있었던 불상사를 포함해서요. 앨런 페이턴의 『울어라, 사랑하는 조국이여』의 사회를 맡은 퍼트리샤가 훌륭히 요약해줄 거예요."

다들 시선을 돌려 분홍색과 흰색 바탕의 거대한 소파에 앉은 퍼트리샤를 쳐다보았다. 마저리네 인테리어가 어떤지 잘 몰라 꽃무늬 원피스를 입고 온 탓에 남들 눈에는 퍼트리샤의 머리와 손만 허공에 둥둥 뜬 것처럼 보일 듯했다. 그녀는 남은 머리와 손을 마저 원피스 안으로 당겨넣고 완전히 사라져버리고 싶었다. 영혼이 육신을 떠나 천장 근처를 맴도는 게 느껴졌다.

"시작하기 전에," 마저리가 말하자 모두의 고개가 그녀 쪽으로 돌아갔다. "앨런 페이턴을 위해 잠시 묵념의 시간을 갖도록 하죠. 올해 초 그의 타계로 나만큼이나 문학계도 충격을 받았습니다."

퍼트리샤의 뇌가 꼬리잡기를 하며 빙글빙글 돌았다. 작가가 죽었어? 최근에? 신문에서 아무것도 못 보았는데. 무슨 말을 해야 하지? 어떻게 죽었지? 살해당했나? 들개에 물려 갈가리 찢겼나? 심장마비?

"아멘." 마저리가 말했다. "퍼트리샤?"

상황이 심상치 않다고 판단한 퍼트리샤의 영혼이 저세상으로 승천함으로써 그녀는 사방을 둘러싼 여자들의 처분에 맡겨졌다. 그레이스 캐버노가 있었다. 퍼트리샤네에서 두 집 떨어진 곳에 살았지만 두 사람이 만난 건 그레이스가 초인종을 누르고 이렇게 물었을 때가 유일했다. "귀찮게 해서 죄송한데요, 여기에 사신 지도 반년째니 이젠 좀 알아야겠어요. 마당 외관을 일부러 이렇게 꾸민 건가요?"

슬리크 페일리가 눈을 빠르게 깜빡였다. 여우처럼 뾰족한 얼굴과 조그만 눈을 퍼트리샤에게 고정하고 수첩 위에 펜을 얌전히 올려둔 채. 루이즈 기브스가 헛기침을 했다. 커피 윌리엄스가 클리넥스 티슈에 슬그머니 코를 풀었다. 세이디 푼체가 상반신을 숙이고 앉아 치즈맛 막대과자를 야금거리며 퍼트리샤를 뚫어져라 보았다. 퍼트리샤에게 눈길을 주지 않는 유일한 인물은 키티 스크러그스로, 커피테이블 가운데에 놓인 와인병을 응시하고 있었다. 감히 그 누구도 개봉할 엄두를 내지 못한 와인이었다.

"그……" 퍼트리샤가 입을 열었다. "『울어라, 사랑하는 조국이여』는 정말 좋지 않았나요, 다들?"

세이디, 슬리크, 커피가 고개를 끄덕였다. 퍼트리샤는 손목시계를 힐끔거렸다. 칠 초가 지났다. 시간을 끌어볼 순 있다. 그녀는 고요를 방치하며 누군가가 끼어들어 뭔가를 말해주기를 바랐지만 그 기나긴 공백이 마저리를 부추겼을 뿐이다. "퍼트리샤?"

"앨런 페이턴이 한창때에 꺾이는 바람에 『울어라, 사랑하는 조국이여』 같은 작품을 더 못 쓰게 된 건 매우 슬픈 일이죠." 퍼트리샤가 말했다. 성공의 길로 들어섬을 느끼며, 단어에서 단어로, 다른 여자들의 끄덕임을 길잡이삼아. "이 작품은 시기적으로 보나 관련된 내용들로 보나 현재의 우리에게 해줄 말이 아주 많거든요. 그 끔찍한 사건이 밴더…… 밴더빌…… 남아프리카공화국에서 벌어진 뒤에는 특히 더."

여자들의 끄덕거림이 더욱 강해졌다. 퍼트리샤는 다시 내려온 영혼이 육신으로 들어오는 걸 느꼈다. 더 밀어붙였다.

"원래는 여러분에게 앨런 페이턴의 생애에 대해 얘기하려 했어요. 그가 이 작품을 쓴 이유에 대해서도요. 하지만 그런 사실들이 서사의 강렬함을 그대로 담아내진 못하죠. 내가 느꼈던 감동, 작품을 읽으며 경험했던 분노의 위대한 외침도요. 이 작품은 가슴으로 읽어야 합니다, 머리가 아니라요. 그렇게 느낀 분이 또 있을까요?"

끄덕거림이 대세다, 거실 전체에.

"정말 그래요." 슬리크가 고개를 끄덕였다. "그렇죠."

"남아프리카공화국의 문제에 통감해요." 퍼트리샤가 말했다. 그러고는 메리 브래싱턴의 남편이 은행에 다니고 조니 비터의 남편도 주식시장과 관련된 일을 하니 그들이 남아프리카공화국에 투자했을 수도 있다는 사실을 떠올렸다. "하지만 그 문제에는 여러 측면이 있는 걸로 알아요. 다른 관점을 제시할 분이 있는지 궁금한데요. 이 작품의 정신에 따르면 이건 대화가 되어야죠, 혼자 하는 연설이 아니라."

모두 고개를 끄덕였다. 퍼트리샤의 영혼이 육신의 제자리로 돌아갔다. 해냈다. 살아남았다. 마저리가 헛기침을 하고 이렇게 물었다.

"퍼트리샤, 이 작품이 넬슨 만델라에 대해 했던 말에는 어떤 생각이 들었나요?"

"정말 감동적이었죠." 퍼트리샤가 대답했다. "그의 존재는 무엇보다 두드러지잖아요. 그렇게 언급되는 것만으로도."

"그런 것 같지 않은데요." 마저리가 말하자 슬리크가 끄덕임을 멈췄다. "넬슨 만델라가 언급된 부분을 어디서 봤죠? 몇 페이지요?"

퍼트리샤의 영혼이 다시 빛 속으로 승천하기 시작했다. 잘 있어, 영혼이 말했다. 잘 있어, 퍼트리샤. 이젠 네가 알아서 해……

"그의 자유에 대한 갈망이랄까요? 페이지마다 녹아 있는?"

"이 작품이 집필되던 당시에," 마저리가 말했다. "넬슨 만델라는 아직 법학도였고 아프리카민족회의에서 비중도 크지 않았어요. 어떻게 이 작품에, 페이지마다는커녕 어느 한곳에나마 그의 정신이 녹아 있다는 건지 잘 모르겠군요."

얼음송곳 같은 마저리의 눈빛이 퍼트리샤의 얼굴을 뚫고 들어왔다.

"그게." 퍼트리샤가 꺽꺽거리며 말했다. 그녀는 이제 죽은목숨이었고 보아하니 죽음은 아주, 정말, 건조한 것처럼 느껴졌다. "저자가 그러려고 했다고요. 생각이 발전하는 걸 느낄 수 있다고요. 여기. 이 작품에서요. 우리가 읽은."

"퍼트리샤." 마저리가 말했다. "책을 읽지 않았죠, 그렇죠?"

시간이 멈췄다. 아무도 움직이지 않았다. 거짓말을 하고 싶었지만 퍼트리샤는 평생에 걸친 가정교육으로 완성된 숙녀였다.

"약간요."

마저리가 영혼 깊숙한 곳에서 끌어올려 영원히 계속될 것처럼 한숨을 내쉬었다.

"어디까지 읽었는데요?"

"1페이지?" 퍼트리샤는 이렇게 내뱉은 뒤 횡설수설하기 시작했다. "미안해요, 실망시켰다는 거 알아요. 베이비시터가 전염성 단핵증에 걸렸고, 카터의 어머니가 집에 와 계신데다, 변기에서 뱀이 나왔고, 이번 달에는 모든 게 힘들기만 했어요. 할말이 없어요. 정말, 정말, 미안하다는 말밖엔."

퍼트리샤는 시야 가장자리가 어둑해졌다. 오른쪽 귓속에서 카랑카랑한 소리가 날카롭게 울렸다.

"뭐." 마저리가 말했다. "그야 당신 손해죠. 가장 위대한 세계문학 중 하나가 될 작품과 만날 기회를 스스로 저버렸으니. 당신만의 독특한 관점을 접할 기회를 우리 모두한테서도 앗아갔고요. 이제

와 돌이킬 수 없는 일이니, 누군가 대신 사회를 맡아주겠어요?"

세이디가 한 마리 거북처럼 로라애슐리 원피스 안으로 바짝 움츠러들었다. 낸시 폭스는 마저리의 말이 끝나기도 전에 고개를 가로젓기 시작했다. 커피는 포식자와 정면으로 맞닥트린 먹이동물처럼 얼어붙었다.

"이번 달에 책을 제대로 읽은 사람이 있긴 해요?" 마저리가 물었다.

정적.

"기가 막힐 노릇이네요." 마저리가 말했다. "열한 달 전에 우리 모두 동의했어요, 서구세계의 위대한 작품을 읽기로. 그리고 지금, 일 년도 채 지나지 않아 이 지경이 된 거라고요. 여러분에게 깊이 실망했습니다. 나는 우리가 스스로를 갈고닦고, 마운트 플레전트 밖의 사고와 사상을 접하고 싶어한다고 생각했어요. 모든 남자들이 말하잖아요. '여자가 똑똑해져봐야 골치만 더 아프지.' 그러면서 우리를 비웃고 우리의 관심사는 헤어스타일뿐이라고 생각하죠. 우리 손에 쥐여주는 책이라야 요리책이 전부예요. 그들의 마음속에서 우리는 멍청하고 별 볼 일 없고 무지한 인간들이니까. 여러분이 이제 막 그게 사실이라는 걸 증명했고요."

마저리가 말을 멈추고 숨을 골랐다. 퍼트리샤는 그녀의 눈썹에서 번들거리는 땀을 쳐다보고 있었다. 마저리가 말을 이었다.

"여러분 모두 집으로 돌아가 『이름 없는 주드』를 읽기로 한 다음달 모임에 참여할 마음이 있는지 재고해보기를 강력히 제안합니다. 그리고……"

그레이스가 한쪽 어깨에 가방을 메며 일어섰다.

"그레이스?" 마저리가 불렀다. "계속 있지 않고요?"

"선약이 있던 게 방금 생각나서요. 까맣게 잊었어요."

"그렇다면," 마저리의 기세가 한풀 꺾였다. "붙잡진 않을게요."

"그런 건 바라지도 않아요."

훤칠하고 우아하면서 나이에 맞지 않게 머리가 희끗한 그레이스가 그 말과 함께 물결에 떠가듯 방을 나갔다.

흐름을 빼앗긴 모임이 끝났다. 마저리가 부엌으로 사라졌고 근심 가득한 세이디가 뒤를 따랐다. 풀죽은 여자들이 무리 지어 디저트가 놓인 테이블 주변을 서성이며 잡담을 나눴다. 퍼트리샤는 의자에 가만히 숨어 있다가 아무도 보지 않는 듯한 순간이 왔을 때 후다닥 집밖으로 뛰어나갔다.

마저리네 앞마당을 가로지르는데 저기요, 같은 소리가 들렸다. 퍼트리샤는 걸음을 멈추고 소리가 난 곳을 찾았다.

"저기." 키티 스크러그스가 거듭 말했다.

마저리네 진입로에 일렬로 주차된 차들 뒤에 키티가 숨어 있었다. 키티의 머리 위에 한줄기 푸른 연기가 맴돌았고 손가락 사이에는 가늘고 긴 담배가 들려 있었다. 그 옆에 선 메리엘런인가 하는 여자 역시 담배를 피우는 중이었다. 키티가 퍼트리샤에게 한 손을 흔들며 오라는 시늉을 했다.

퍼트리샤는 메리엘런이 매사추세츠에서 온 양키*로, 온 동네에 스스로를 페미니스트라고 말하고 다닌다는 걸 알았다. 키티는 사람들이 예의상 "재미있다"고 말해주는 옷들, 그러니까 손자국이 색색으로 찍힌 헐렁한 스웨터에 두툼한 플라스틱 장신구를 차는 덩치 큰 여자들 중 한 명이었다. 퍼트리샤는 이런 여자들과 엮이는 게 파국으로 가는 첫걸음이 되어 결국 크리스마스를 맞이해 머리에 펠트 천으로 된 순록 뿔을 달거나, 시타델 아웃렛 밖에서 탄원서 서명을 요청하는 신세로 전락할까봐 꺼림칙했기에 신중하게 접근했다.

"아까 저 안에서 했던 거 좋았어요." 키티가 말했다.

"어떻게든 시간을 내서 책을 읽었어야 해요." 퍼트리샤가 대꾸했다.

"왜요?" 키티가 반문했다. "따분했어요. 첫 장도 다 못 읽었다니까."

"마저리에게 쪽지를 써야겠어요." 퍼트리샤가 말했다. "사과하려고요."

메리엘런이 연기에 눈을 찡그리며 담배를 빨고는 다시 연기를 뿜으면서 말했다.

---

* 미국에서 북부 출신을 일컫는 말.

"마저리 자신이 뿌린 대로 거둔 거죠."

"있잖아요." 키티가 그 둘과 마저리네 현관문 사이에 섰다. 마저리가 지켜보며 입 모양을 읽을지도 몰라서였다. "책을 읽고 다음달에 우리집에 와 얘기를 나눌 사람들이 내 쪽에도 좀 있거든요. 메리엘런도 올 거고요."

"북클럽을 두 군데나 나갈 시간은 없을 것 같아요." 퍼트리샤가 말했다.

"장담하는데," 키티가 말했다. "마저리의 북클럽은 오늘로 끝이에요."

"무슨 책을 읽는데요?" 퍼트리샤가 거절할 근거를 모색하며 물었다.

키티가 들고 있던 데님 숄더백에 손을 넣어 드러그스토어에서 파는 싸구려 책을 끄집어낸 뒤 말했다.

"『사랑의 증거—교외에서의 격정과 죽음의 실화』."

퍼트리샤는 깜짝 놀랐다. 그건 저질적인 범죄실화소설이었다. 하지만 키티가 그걸 읽는 게 분명했고, 타인의 독서 취향을 저질이라고 평해서는 안 된다. 실제 저질이 맞더라도.

"그런 책이 나랑 맞는지 잘 모르겠어서요." 퍼트리샤가 대꾸했다.

"여기 두 여자가 단짝인데 서로를 도끼로 토막내버려요." 키티가 말했다. "무슨 일이 벌어진 건지 알고 싶지 않은 척 마요."

“주드에게 이름이 없다고 하는 데도 이유는 있지.” 메리엘런이 그르렁거리듯 말했다.

“그럼 그쪽 둘이 전부예요?” 퍼트리샤가 물었다.

그때 뒤에서 큰 목소리가 들렸다.

“모두 안녕.” 슬리크였다. “여기서 무슨 얘기들 해요?”

2장

앨버말 아카데미가 창자 깊숙한 곳에서 그날의 마지막 종을 울리고 양쪽 문을 활짝 개방한 뒤 척추가 휘도록 불룩한 책가방 아래 묶인 조그만 아이들을 무더기로 게워냈다. 나이 지긋한 땅속요정처럼 비틀비틀 주차구역으로 향하는 아이들의 몸은 삼공 링바인더와 사회과목 교과서에 눌려 구부정했다. 퍼트리샤가 코리를 보고 경적을 울렸다. 코리가 올려다보고는 겅중겅중 달리기 시작하는 모습에 퍼트리샤는 마음이 아렸다. 조수석으로 미끄러져 들어온 딸아이가 책가방을 무릎 위로 간신히 끌어올렸다.

“벨트 매야지.” 퍼트리샤가 말하자 코리가 안전벨트 버클을 딸깍였다.

“왜 엄마가 데리러 왔어요?”

“풋로커 매장에 들러서 스파이크 축구화 좀 볼까 했지.” 퍼트리샤가 말했다. “새 축구화 필요하다고 하지 않았어? 그리고 오늘은 TCBY 요거트가 당기네."

퍼트리샤는 딸아이가 상기되기 시작하는 게 느껴졌다. 웨스트 애슐리대교를 건너는 동안 코리는 엄마에게 다른 여자애들이 갖고 있는 온갖 종류의 스파이크 축구화에 대해, 날이 달린 축구화가 필요한 이유에 대해, 그리고 잔디구장에서 축구를 하지만 모래구장용 축구화를 사야지 천연잔디용 축구화를 사면 안 되는 건 모래구장용 스파이크 축구화가 속도를 더 빨리 낼 수 있기 때문임을 설명했다. 코리가 숨을 고르려 말을 멈췄을 때 퍼트리샤가 입을 열었다. "쉬는 시간에 무슨 일 있었는지 들었어."

코리 안의 반짝임이 단번에 사라졌다. 곧장 퍼트리샤는 입을 연 일 자체를 후회했지만 무슨 말이든 해야 했다. 그게 엄마들이 하는 일 아닌가?

"첼시가 반 친구들 앞에서 네 바지를 내린 이유가 뭔지 모르겠지만 어쨌든 그건 추하고 못된 짓이야. 집에 가는 대로 그애 엄마한테 전화할 거야."

"안 돼요! 제발, 제발, 제발요, 아무 일도 없었어요. 별일 아니었다고요. 엄마, 제발."

퍼트리샤의 모친은 그 어떤 문제에서도 딸의 편을 들어주지 않았다. 퍼트리샤는 이것이 처벌이 아님을, 오히려 좋아할 일임을 코리가 이해하기 바랐지만 아이는 풋로커 매장에 들어가기를 거부했고 프로즌 요거트 따윈 먹고 싶지 않다고 웅얼거렸다. 좋은 엄마가 되고자 노력했을 뿐인데 웬일인지 사악한 서쪽마녀가 되고 만 이 상황이 퍼트리샤는 심히 부당하게 느껴졌다. 그래서 애꿎은 운전대만 죽어라 움켜잡고 집의 진입로에 들어설 때 길을 막고 선 소형 보트만한 캐딜락과 현관을 서성이는 키티 스크러그스를 볼 기분이 도저히 아니었다.

"안녀어엉." 키티가 인사하는 모습이 곧장 퍼트리샤를 신경질나게 했다.

"코리, 이분은 스크러그스 부인이셔." 퍼트리샤가 과하게 억지웃음을 지으며 말했다.

"만나서 반갑습니다." 코리가 웅얼거렸다.

"네가 코리구나? 얘야, 오늘 학교에서 도나 펠프스네 딸아이가 네게 한 짓을 나도 들었단다."

코리가 고개를 숙이자 머리칼이 아이의 얼굴을 덮었다. 퍼트리샤는 지금 당신의 그 얘기가 상황을 더 악화시킬 뿐이라고 말하고 싶었다.

"다음에 첼시 펠프스가 또 그런 짓을 하면 말이야." 키티가 쏜살같이 말을 쏟아냈다. "다들 듣게 악을 써버려. '첼시 펠프스는 지난달에 메리트 스크러그스네 집에 자러 갔다가 침낭에 오줌을 싸고 강아지한테 뒤집어씌웠대요' 하고."

퍼트리샤는 귀를 의심했다. 부모라면 다른 집 아이들에 대해 그런 식으로 말하지 않는 법이다. 저 말을 듣지 말라는 얘기를 하려고 고개를 돌리니 코리가 눈을 동그랗게 뜨고 입을 벌린 채 경외에 찬 눈빛으로 키티를 쳐다보고 있었다.

"정말요?" 코리가 물었다.

"개 식탁에서 뻥뻥거리기도 했는걸. 그러고는 그걸 네 살배기 우리 애한테 덮어씌우려 했지 뭐야."

그대로 굳어버린 기나긴 일 분간 퍼트리샤는 할말을 찾지 못하는데 다음 순간 코리가 키득거렸다. 심하게 웃음이 터진 나머지 현관 계단에 주저앉아 옆으로 쓰러지고도 숨이 넘어가게 웃다가 결국 딸꾹질을 시작했다.

"안에 들어가서 할머니한테 다녀왔습니다 해." 키티에게 문득 감사함을 느끼며 퍼트리샤가 말했다.

"저 또래 아이들 정말 밉상이지 않아요?" 사라지는 코리를 지켜보며 키티가 물었다.

"그렇다기보단 기이하죠."

"밉상이라니까. 저 까칠한 밉상들은 자루에 넣어 묶어놨다가 열여덟 살이 되면 그때 방생해야 하는데. 여기, 이거 가져왔어요."

그녀가 퍼트리샤에게 건넨 반질반질한 새 책은 『사랑의 증거』였다.

"이게 저질이라고 생각하는 거 알아요. 하지만 여기엔 열정, 사랑, 증오, 로맨스, 폭력, 흥분이 있어요. 토머스 하디랑 다를 바 없다니까요. 값싼 종이책인데다 본문 중간의 여덟 페이지에 사진들이 실렸다는 것만 빼면."

"잘 모르겠어요. 시간이 많지 않아서……"

그러나 키티는 이미 자기 차로 물러나고 있었다. 퍼트리샤는 이번 미스터리의 제목을『퍼트리샤 캠벨과 거절불능자』로 정했다.

그녀로서는 놀랍게도, 그 책을 사흘 만에 몽땅 읽어치웠다.

퍼트리샤는 하마터면 모임에 가지 못할 뻔했다. 집을 나서기 직전, 코리가 주근깨를 없애겠다고 레몬주스로 얼굴을 씻다가 그게 눈으로 들어가는 바람에 새된 비명이 복도에 울려퍼졌고, 그대로 달려나오려던 아이는 얼굴로 문고리를 들이받았다. 퍼트리샤는 코리의 눈을 물로 헹궈주고 혹이 난 곳에 냉동 완두콩 주머니를 올려주면서 엄마도 그 나이 때는 주근깨가 만만찮게 많았다고 아이를 다독인 뒤, 미스 메리와 소파에 나란히 앉혀 〈코스비 가족〉을 보게 했다. 모임에는 십 분 늦게 도착했다.

키티는 씨위 농장에 살았다. 분홀 대농장의 일부인 이 200에이커짜리 땅덩이는 오래전 식민지 영주인지 누군가에게 결혼 선물로 분할해 하사되었다. 그후 불운과 형편없는 결정들을 거쳐 키티의 시할머니 손에 들어왔고, 그 유명했던 노부인은 우아하게 무덤 속으로 내려가면서 가장 아끼는 손주이자 키티의 남편인 호스에게 이 땅을 물려주었다.

외진 곳에 홀로 뚝 떨어져 질펀한 논과 뒤엉킨 소나무 숲으로

에워싸인 땅. 거주자라곤 뱀들뿐인 등뻐 망가진 별채들이 여기저기 흩어져 있고 한쪽에 흉물스럽고 꼴사나운 안채가 버디고 섰다. 초콜릿브라운색으로 칠을 하고, 내려앉는 베란다와 썩어가는 기둥으로 둘러싸인 이 집의 다락에는 너구리가, 벽 속에는 주머니쥐가 살았다. 정확히 그런 종류의 대저택이었다, 우아한 쇠락 속에서 멈춘. 퍼트리샤는 이곳 찰스턴 사람들이 누렸던 그 모든 최고의 것들을 생각했다.

멋대로 뻗은 현관의 거대한 양쪽짜리 문 앞에 이르러 초인종을 눌렀지만 아무 기척이 없었다. 초인종을 다시 눌렀다.

"퍼트리샤!" 키티가 불렀다.

퍼트리샤는 주위를 둘러보다 고개를 들었다. 이층 창문에서 키티가 상체를 내밀고 있었다.

"옆으로 돌아서 와요." 키티가 소리쳤다. "그 문 열쇠는 영원히 못 찾아."

퍼트리샤는 부엌문에서 키티와 만났다.

"어서 들어와요. 고양이는 신경쓰지 말고."

어디에도 고양이는 없었지만 뭔가 소름 끼치는 광경을 보긴 했다. 키티의 부엌은 재앙이었다. 어디든 평평한 곳이면 빈 피자 박스, 교과서, 광고물, 젖은 수영복이 그득그득 들어차 있었다. 〈서던 리빙〉 과월호들이 온갖 의자에서 무너져내렸다. 분해해놓은 엔진 하나가 식탁을 뒤덮었다. 이에 비하면 퍼트리샤의 집은 잡지에 나올 만큼 완벽했다.

"이것이 바로 아이 다섯 있는 집의 위엄이죠." 키티가 어깨 너머로 말했다. "현명하게 굴어요, 퍼트리샤. 둘만 낳아 잘 기르자."

전실은 『바람과 함께 사라지다』에나 나올 법했다. 경사 급한 계단과 오크나무 바닥을 그악스레 뒤덮은 바이올린 케이스와 둘둘 말린 운동용 양말, 박제 다람쥐, 야광 프리스비 원반, 주차권 다발, 조립식 악보대, 축구공, 라크로스 스틱, 야구방망이가 가득 든 우산꽂이 하나와 잘라낸 코끼리 발로 만든 화분에 죽어 있는 1.5미터짜리 고무나무를 제외하면.

키티가 이 아수라장을 조심스레 전진하며 안내한 응접실에는 슬리크 페일리와 메리엘런인가 하는 여자가 대략 오백 개는 되어 보이는 쿠션으로 빽빽한 소파의 가장자리에 걸터앉아 있었다. 그들 맞은편의 피아노 의자에는 그레이스 캐버노가 장대처럼 뻣뻣하게 앉아 있었고. 피아노는 보이지 않았다.

"좋아요." 키티가 유리병에 든 와인을 부으며 말했다. "도끼 살인 얘기를 해봅시다!"

"먼저 이름부터 하나 지어야 하지 않아요?" 슬리크가 물었다. "올해 읽을 책들도 골라야 하고?"

"이건 북클럽이 아니에요." 그레이스가 말했다.

"그게 무슨 말이에요, 이게 북클럽이 아니라니?" 메리엘런이 물었다.

"우리는 공교롭게도 여기 모두가 읽게 된 책 얘기를 하러 모인 것뿐이에요." 그레이스가 대답했다. "이런 걸 진짜 책으로 생각해서 모인 건 아니죠."

"좋으실 대로, 그레이스." 키티가 말하며 와인이 든 머그잔을 각자의 손에 내밀었다. "이 집에는 아이 다섯이 살고 제일 큰 녀석이 독립하기까지 팔 년이 남았어요. 오늘밤에 뭐든 어른들의 대화를 하지 못하면 나는 내 뇌를 날려버리고 말 거야."

"동감, 동감." 메리엘런이 말했다. "나는 딸만 셋. 일곱 살, 다섯 살, 네 살."

"네 살은 정말 사랑스러운 때죠." 슬리크가 아양 섞인 목소리로 말했다.

"그런가요?" 메리엘런이 눈을 가늘게 떴다.

"그러니까 우리는 북클럽인가요?" 퍼트리샤가 물었다. 상황을 확실히 해두고 싶었다.

"우리가 북클럽이든 아니든, 아무럼 어때요?" 키티가 말했다. "내가 알고 싶은 건 왜 베티 고어가 자기 단짝인 캔디 몽고메리를 공격했느냐 이거예요, 그것도 도끼로. 그리고 대체 어쩌다 자기가 대신 썰리고 말았을까요?"

퍼트리샤는 다른 여자들의 생각이 궁금해 주위를 둘러보았다. 메리엘런, 드라이클리닝을 한 청바지 차림에 고무줄로 묶은 머리, 걸걸한 북부 특유의 음성. 몸집이 작은 슬리크, 뾰족한 치아와 구슬처럼 동그런 눈 덕분에 특별히 열정적인 쥐처럼 보인다. 키티, 앞면에 황금색 반짝이 음표들이 날아다니는 데님 블라우스 차림으로 머그잔에 든 와인을 후루룩 마시고 있는데 헝클어진 머리 때문에 꼭 동면에서 막 깨어난 곰 같다. 마지막으로 그레이스, 목에 하늘거리는 리본 장식을 달고 꼿꼿이 앉아 양손을 무릎 위에 완벽하게 포갠 채 테가 거대한 안경 너머에서 눈을 천천히 깜빡이며 한 마리 올빼미처럼 모두를 관찰한다.

이 여자들은 전혀 달랐다. 퍼트리샤는 여기에 어울리지 않았다.

"내 생각에는," 그레이스가 말하자 다들 자세를 고쳐 앉았다. "베티 쪽이 꽤나 계획 부족이었던 것 같아요. 단짝 친구를 도끼로 살해할 거면 자기가 무슨 짓을 벌이는지 정도는 확실히 알아야죠."

그렇게 대화가 시작되었고 퍼트리샤는 미처 생각이라는 걸 해보기도 전에 거기에 빠져드는 자신을 발견했다. 두 시간 뒤 자동차로 향해 가는 순간에도 그들은 계속 책 얘기를 했다.

다음달에는 『미시간 살인 사건—입실랜티 난도자의 공포시대』를, 다음으로는 『가나안에서의 죽음—뉴잉글랜드 소도시에서 벌어진 선과 악의 전형적 사건』, 그뒤를 이어서는 『비릿한 피—남부 가족의 긍지, 광기, 그리고 다중 살인』을 읽었다. 전부 키티의 추천작이었다.

그들은 다음해에 읽을 책을 함께 선정했고, 사건 현장의 흐릿한 흑백사진들과 일이 벌어진 밤의 연대기들을 분 단위로 구분하는 게 슬슬 시들해질 때쯤 그레이스가 범죄실화와 소설을 번갈아 읽어보자는 의견을 내서 한 달은 『양들의 침묵』을 읽고 다음달에는 『매장당한 꿈—존 웨인 게이시의 내면』을 읽기로 했다. 달시 오브라이언의 『힐사이드 교살자』 다음으로는 셰익스피어의 『타이터스 앤드로니커스』를 읽었는데, 거기에 아이들을 파이로 만들어 제 어미에게 먹이는 내용이 나왔다. ("여기서 문제는," 그레이스가 지적했다. "아이 둘이 들어가려면 어마어마하게 큰 파이가 필요하다는 거죠, 설령 그애들을 잘게 다진다 해도.")

퍼트리샤는 그 작품이 마음에 쏙 들었다. 책을 함께 읽겠느냐고 카터에게 물었지만 그는 하루 내내 상대하는 게 미친 환자들이다보니 집에서까지 미친 인간들에 대한 책을 읽는 것만큼은 절대로 하기 싫다고 했다. 퍼트리샤는 개의치 않았다. '딱히 북클럽이 아닌 북클럽'이, 끈기 있는 독살범과 청부살해업자와 죽음의 천사들이, 그녀에게 새로운 인생관을 주었으니까.

퍼트리샤와 카터는 지난해에 올드 빌리지로 이사했다. 어딘가 널찍한 곳, 조용한 곳, 그리고 가장 중요하게는 안전한 곳에서 살고 싶었다. 단순한 이웃 이상의 것, 집을 보면 그 거주자가 추구하는 특정한 가치들을 알 수 있는 어떤 공동체를 원했다. 바깥세상의 혼돈과 끝없는 변화로부터 보호받는 어딘가. 아이들이 하루종일 밖에서 부모의 감독 없이 뛰어놀다 저녁 먹으라는 소리를 듣고서야 집으로 돌아오는 어딘가.

올드 빌리지는 마운트 플레전트의 외곽 도시 찰스턴에서 쿠퍼 강을 건너면 바로 나오는 동네였다. 찰스턴이 공적이고 복잡한 곳이라면, 마운트 플레전트가 그 사촌 격의 도시라면, 올드 빌리지는 사는 맛이 있는 곳이었다. 아니, 최소한 거기 사람들은 그렇게 믿었다. 카터가 장시간 힘들여 일하는 덕분에 그들은 마침내 그저 단순한 집이 아니라 사는 맛을 누릴 수 있는 수준에 이르렀다.

사는 맛이란 콜먼 대로와 찰스턴 항구 사이에 자리잡은 버지니아참나무 부지 한 덩이와 품위 있는 저택들이었다. 이곳에서는 아직 모두가 지나가는 차에 손을 흔들고, 아무도 시속 40킬로미터를 넘겨 운전하지 않았다.

카터가 코리와 블루에게 선창에서 게 잡는 법을 가르친 것도 여기였다. 기다란 끈에 생닭의 목을 묶어 거무죽죽한 바닷물 속에 넣고 비열한 눈의 게들을 건질 때는 그물로 퍼올렸다. 밤에는 바지직거리는 콜먼 랜턴의 창백하고 눈부신 빛으로 불을 밝히고 아이들과 함께 새우를 잡았다. 그들은 굴 구이 파티와 주일학교와 알람브라 홀에서 열리는 결혼피로연에 갔고 스투어스 장례식장에서 조문했다. 매년 크리스마스에는 피어레이츠 크루즈의 커뮤니티 파티에 갔고 새해 전야에는 와일드 듄스 리조트에서 캐롤라이나 셰그*를 췄다. 코리와 블루는 항구 건너에 있는 앨버말 아

* 해변 음악에 맞춰 추는 파트너 댄스.

카데미에 다니면서 친구들을 사귀고 파자마 파티를 했으며 퍼트리샤는 아이들 등하교 운전 당번을 했다. 아무도 현관문을 잠그지 않았고 이웃이 동네 밖으로 외출할 때면 보조열쇠를 두는 장소를 다들 알았다. 하루 내내 외출하면서 창문을 열어둘 수 있었고, 벌어질 수 있는 최악의 사건이라야 집에 돌아왔을 때 부엌 조리대에 잠든 다른 집 고양이를 발견하는 정도였다. 아이들을 키우기에 좋은 곳이었다. 가족이 되기에 훌륭한 곳이었다. 조용하고 곱고 평화롭고 게다가 안전했다.

하지만 퍼트리샤는 때로 도전에 맞닥트리고 싶었다. 자신이 어떤 사람인지 보게 되기를 갈망했다. 카터와 결혼하기 전 간호사였던 시절을 떠올리며 상처에 손을 넣어 손가락으로 동맥을 막는 게 지금도 가능할지, 아이의 눈꺼풀에서 낚싯바늘을 빼낼 용기가 지금도 있을지 궁금했다. 때로 약간의 위험이 간절했다. 북클럽에 나가는 것도 그래서였다.

1991년 가을에 키티가 사랑해 마지않는 야구팀 미네소타 트윈스가 월드시리즈 진출에 성공했고, 그녀는 남편 호스를 시켜 앞마당의 소나무 두 그루를 전기톱으로 베어낸 뒤 흰 석회 가루를 뿌려 소형 야구장을 만들었다. 키티는 남편들과 함께 경기를 하자며 '딱히 북클럽이 아닌 북클럽'의 회원들을 전부 초대했다.

"여러분." 슬리크가 경기 전 마지막 모임에서 말했다. "내 양

심의 짐을 덜어야겠어요."

"하느님 맙소사." 메리엘런이 눈을 치떴다. "또 시작이네."

"알지도 못하는 하느님 들먹이지 마시죠." 슬리크가 쏘아붙였다. "자, 여러분, 나는 사람들에게 죄를 짓게 하고 싶지……"

"야구가 죄면 나는 지옥에 갈걸요." 키티가 말했다.

"내 남편은, 그 사람은…… 음." 슬리크가 키티를 무시하며 말했다. "릴런드는 우리가 그토록 소름 끼치는 책을 읽는 이유를 이해하지 못할 거예요. 우리 북클럽……"

"북클럽이 아니라니까요." 그레이스가 말했다.

"……나는 남편을 걱정시키고 싶지 않았어요." 슬리크가 밀어붙였다. "그래서 우리가 하는 게 성경공부 모임이라고 했어요."

아무도 말이 없이 족히 십오 초는 흘렀다. 마침내 메리엘런이 입을 열었다. "남편한테 우리가 성경을 읽는다고 했다고요?"

"성경은 평생에 걸쳐 공부할 가치가 있거든요." 슬리크가 말했다.

길게 드리우는 침묵 속에서 믿을 수 없다는 듯 서로를 쳐다보던 그들은 다음 순간 일제히 웃음을 터트렸다.

"나 지금 진지해요, 여러분." 슬리크가 말했다. "남편이 진실을 알면 여기에 더는 못 나오게 할 거예요."

그들은 슬리크가 진지하다는 걸 깨달았다.

"슬리크." 키티가 엄숙하게 말했다. "약속할게요. 토요일에 우리는 주님이 주신 저 말씀을 향한 신실하고 깊은 열정을 보여줄 겁니다."

그리고 토요일, 모두가 그렇게 했다.

남편들은 키티의 앞마당에서 악수를 나누고 농담을 하며 웅성거렸다. 주말을 맞이해 면도를 건너뛴 수염과 클렘슨대학교 로고를 장착하고, 표백 가공된 청반바지 속에 폴로셔츠를 얌전히 넣어 입었다. 키티는 부부들을 갈라서 양팀을 정했는데, 퍼트리샤가 코리도 출전하게 해달라고 고집했다.

"다른 애들은 전부 선창에서 수영하고 있잖아요." 키티가 말했다.

"코리는 야구를 하는 게 낫겠어요." 퍼트리샤가 대꾸했다.

"꼬마라고 투구할 때 봐주지 않을 건데요."

"코리는 괜찮을 거예요."

키티는 강력한 스윙의 소유자였고 투수 마운드에서는 치명적인 강속구를 던졌다. 코리는 그녀가 슬리크와 에드를 삼진으로 아웃시키는 모습을 지켜보았다. 이제 코리가 타석에 설 차례였다.

"엄마." 코리가 말했다. "만약에 못 치면요?"

"그럼 최선을 다한 게 되지."

"아줌마네 창문이라도 깨면요?"

"그럼 집에 가는 길에 프로즌 요거트를 사줄 거야."

하지만 코리가 본루로 걸어들어가는 사이에 한줄기 걱정이 퍼트리샤를 엄습했다. 코리가 불안하게 잡은 방망이의 끝이 허공에서 떨렸다. 아이의 다리는 너무 가늘고 팔은 연약하게만 보였다. 코리는 한낱 어린애일 뿐이었다. 퍼트리샤는 딸아이를 위로하며 넌 최선을 다했다고 말해줄 준비를 했다. 키티가 퍼트리샤에게 미안하다는 듯 어깨를 으쓱해 보이고 오른팔을 뒤로 젖혔다가 던진 속구가 코리를 향해 일직선으로 날며 날카로운 소리를 냈다.

딱 하는 소리와 함께 방망이에 맞은 공이 불현듯 방향을 반대로 틀어 드높은 포물선을 그리며 키티의 집을 향했다. 간발의 차이로 충돌을 면하고 지붕 너머, 집 너머로 훌쩍 날아 숲속 깊은 곳 어딘가에 떨어졌다. 코리마저 그대로 얼어붙은 채 다들 그걸 보고만 있었다.

"코리, 빨리!" 퍼트리샤가 정적을 깨고 외쳤다. "뛰어!"

코리가 베이스를 돌았고 그애가 속한 팀이 6 대 4로 경기를 이겼다. 그 모든 점수를 얻을 때 타석에는 코리가 있었다.

육 개월 후, 미스 메리가 더는 자력으로 살아갈 수 없음이 분명해졌다. 카터와 두 형은 차례로 돌아가며 한 번에 네 달씩 어머니를 모시기로 합의했고, 카터가 막내의 도리로 가장 먼저 맡았다.

그러더니 차로 미스 메리를 모셔가기로 한 날이 하루 전으로 다가오자 샌디가 전화를 해와 이렇게 말했다. "지금처럼 사리 분별을 못하는 엄마와 지내기에는 우리 애들이 너무 어려. 아이들이 할머니를 예전 모습으로 기억했으면 좋겠어."

카터가 큰형 바비에게 전화했으나 그는 말했다. "엄마는 버지니아에서 편히 못 계실 거야. 여기는 너무 춥다고."

거친 말들이 오간 뒤 무선전화기의 통화 종료 버튼에 엄지를 욱여넣은 채 부부침대 끝에 걸터앉은 카터는 그렇게 한참을 있다가 입을 열었다.

"엄마는 그냥 우리집에 계실 거야."

"얼마나?" 퍼트리샤가 물었다.

"쭉."

"하지만 카터……"

"내가 어떻게 하면 좋겠어, 패티? 엄마를 길바닥으로 내쫓기라도 해? 나는 엄마를 시설에는 못 넣어."

퍼트리샤의 마음이 곧바로 누그러졌다. 카터의 부친은 그가 어렸을 때 작고했고 어머니가 홀로 그를 키웠다. 작은형과 나이 차가 여덟 살이나 났으니 카터와 어머니 둘뿐인 셈이나 다름없었다. 카터를 위한 미스 메리의 희생은 집안사람들 사이에서 전설처럼 회자되었다.

"당신 말이 맞아. 차고 방이 있잖아. 거기로 어떻게든 해보자."

"고마워." 기나긴 침묵 후에 그가 말했다. 진심으로 고마워하는 목소리였다. 퍼트리샤는 자신들이 옳은 결정을 내렸다는 걸 알았다.

그러나 때는 코리가 중학교에 진학하는 시점이었고, 수학에 좀처럼 집중을 못해서 과외가 필요한 블루는 이제 겨우 4학년이었다. 카터의 어머니는 본인의 생각을 말로 표현하지 못하는 순간들을 맞이했고 상태가 날로 악화되었다.

그 답답함이 미스 메리의 성격을 망가트렸다. 한때 그녀는 손주들을 몹시 아꼈다. 이제는 블루가 실수로 버터밀크를 엎었다고 아이의 팔을 어찌나 세게 꼬집었는지 그 자리에 멍이 들었다. 저녁 식탁에 간 요리가 없다는 걸 알고 퍼트리샤의 정강이를 걷어찼다. 버스정류장에 데려다달라고 끝도 없이 고집을 부렸다. 거듭된 사건들 끝에 퍼트리샤는 그녀를 홀로 집에 두면 안 된다는 사실을 깨달았다.

어느 이른 오후 그레이스가 집에 들렀을 때는 미스 메리가 시리얼 그릇을 바닥에 패대기치고, 차고 방 변기에 화장지 한 통을 쑤셔넣어 막히게 만든 뒤였다.

"스폴레토* 마지막 밤에 같이 가요." 그레이스가 퍼트리샤에게 말했다. "퍼트리샤랑 키티, 메리엘런, 슬리크에게 줄 표가 있어요. 문화적인 활동을 함께하면 좋겠다고 생각했거든요."

퍼트리샤는 못 견디게 가고 싶었다. 스폴레토의 마지막 밤은 미들턴 플레이스에서 야외 공연으로 치러진다. 호수를 면한 언덕

* 매년 봄 미국 찰스턴 각지에서 17일간 개최되는 축제.

에 돗자리를 깔고 소풍을 즐기는 동안 찰스턴 심포니 오케스트라가 클래식 음악을 연주하고 불꽃놀이로 끝이 난다. 가족실에서 강아지 래그태그가 꽥 하는 소리와 함께 미스 메리의 험악한 말이 들려왔다.

“미안해요, 나는 안 되겠어요.” 퍼트리샤가 말했다.

“내가 도울 일이 있을까요?” 그레이스가 물었다.

그리고 모든 게 쏟아져나왔다. 미스 메리와 함께 사는 게 얼마나 조마조마한지, 아이들과 식탁에 앉아 저녁식사 한번 하는 게 얼마나 힘든지, 이 일이 자신과 카터에게 얼마나 큰 부담인지.

“그래도 우는소리를 하고 싶진 않아요. 미스 메리가 카터를 위해 정말 헌신했거든요.”

그레이스는 퍼트리샤가 스폴레토에 가지 못해 유감이라고 말한 뒤 떠났다. 퍼트리샤는 너무 많은 걸 말해버린 자신을 저주했다.

다음날, 퍼트리샤네 진입로에 픽업트럭 한 대가 섰다. 트럭 뒤에는 키티네 아들들과 함께 간이화장실, 보행보조기, 소변기, 세면대, 커다란 손잡이가 달린 플라스틱 포크와 나이프, 깨지지 않는 접시가 든 상자들이 실려 있었다. 키티가 운전석에서 낑낑거리며 내렸다.

“호스의 어머니를 모시고 살던 시절에 이런 허접쓰레기들을 잔뜩 갖게 되었지 뭐예요.” 키티가 말했다. “환자용 침대는 내일 가져올 거예요. 그걸 옮겨줄 남자들이나 더 모아봐야겠네.”

퍼트리샤는 그레이스가 키티에게 전화해 사정을 전했다는 사실을 깨달았다. 그레이스에게 고맙다는 전화를 걸기도 전에 다시 초인종이 울렸다. 통통하지만 눈빛이 매서우면서 구식 헬멧 스타일로 머리칼을 고정하고 흰색 바지와 간호용 상의 위에 자주색 카디건을 입은 땅딸막한 흑인 여자가 현관에 서 있었다.

"내 도움이 필요할지 모른다고 그레이스 캐버노 부인이 그러던데요. 나는 어설라 그린이고, 노인들 돌보는 일을 해요."

"신경써줘서 고맙습니다." 퍼트리샤가 입을 열었다. "하지만……"

"가끔 아이들을 봐주기도 해요, 추가 비용 없이." 그린 부인이 말했다. "내가 베이비시터는 아니지만, 캐버노 부인 말로는 이따금 외출하실 수도 있다면서요. 나는 시간당 11달러, 야간에는 13달러를 받아요. 꼬맹이들한테 요리도 해줄 수 있어요, 물론 그게 습관이 되는 건 바라지 않지만."

퍼트리샤의 예상보다 비용이 저렴했지만 누군가 미스 메리를 감당해보겠다고 나서는 상황이 여전히 그려지지 않았다.

"결정하시기 전에," 퍼트리샤가 말했다. "시어머니부터 소개할게요."

둘은 일광욕실로 걸어갔다. 그곳에 앉아 TV를 보던 미스 메리가 훼방꾼들에게 눈을 흘겼다.

"이건 누구야?" 미스 메리가 불쑥 물었다.

"그린 부인이에요. 그린 부인, 이분이 제……"

"저 여자가 여기서 뭘 하는 거지?"

"머리를 빗기고 손톱을 정리해주러 왔죠." 그린 부인이 말했다. "그러고서 먹을 걸 좀 만들어주고요."

"왜 저것이 하도록 두지 않고?" 미스 메리가 옹이진 손가락을 퍼트리샤 쪽으로 쑤시며 물었다.

"왜냐면 어르신이 저것을 열받게 하고 있으니까요. 그리고 저것에게 쉴 시간을 주지 않았다간 어르신을 지붕에서 밀어버리기 십상이라고요."

미스 메리가 잠시 생각해보더니 말했다. "아무도 날 지붕에서 못 밀어."

"어디 계속 그런 식으로 굴어보세요. 미는 걸 내가 도와줄지도 모르죠." 그린 부인이 말했다.

삼 주 후, 퍼트리샤는 미들턴 플레이스에 녹색 격자무늬 돗자리를 깔고 앉아 찰스턴 심포니 오케스트라가 연주하는 헨델의 〈왕궁의 불꽃놀이〉를 듣고 있었다. 머리 위에서 첫번째 불꽃이 타오르는 초록 민들레처럼 크게 펼쳐지며 하늘을 채웠다. 퍼트리샤에게 불꽃놀이는 늘 감동적이었다. 제대로 해내기까지 지독히도 많은 시간과 노력이 들고 무섭게도 빨리 끝나버리는 탓에 그토록 소수의 사람만이 그 기쁨을 누렸다.

불꽃놀이의 빛 속에서 퍼트리샤는 곁에 앉은 여자들을 둘러보왔다. 접이식 의자에 앉은 그레이스, 눈을 감고 음악을 듣는다. 키티, 등을 대고 누워 잠든 그녀의 한 손에 플라스틱 와인잔이 아슬아슬하게 들려 있다. 메리엘런, 멜빵바지 차림으로 다리를 앞으로 뻗은 채 찰스턴 최고의 연주를 감상한다. 그리고 슬리크, 무릎을 꿇고 앉아 고개를 젖히고 숙제라도 되는 양 음악을 듣는다.

퍼트리샤는 깨달았다. 지난 사 년 동안 매달 이 여자들과 만나왔다는 것을. 그들에게 자신의 결혼생활과 아이들 얘기를 털어놓았고, 그들과 함께 답답해했고, 서로 논쟁했고, 어느 시점에 다 같이 울음을 터트리는 모습을 보았다. 그리고 그 과정 어딘가에서, 살해당한 여학생들과 작은 마을의 충격적인 비밀과 실종된 아이들과 미국을 영원히 바꾼 실제 사건들 속에서 퍼트리샤는 두 가지를 배웠다. 자신들이 한 배에 탄 사람들이라는 사실. 그리고 남편들이 그녀들 앞으로 생명보험을 든다면 앞으로 큰일이라는 사실.

헬터 스켈터

-1993년 5월-

3장

"카터의 어머니와 식사하는 자리에 블루를 데려다 앉히지 못하면," 퍼트리샤가 북클럽 회원들에게 말했다. "코리도 오지 않을 거란 말이지. 벌써부터 먹는 데 까다로워. 십대가 되었다고 그러는 걸까 걱정이야."

"벌써?" 키티가 물었다.

"열네 살이야."

"십대란 숫자로 결정되는 게 아냐." 메리엘런이 말했다. "당신이 그애들을 좋아하지 않게 되는 그때가 바로 십대지."

"자기는 딸들 안 좋아해?" 퍼트리샤가 물었다.

"제 자식을 좋아하는 사람은 없어." 메리엘런이 말했다. "우리는 그애들을 죽도록 사랑하지만 좋아하진 않아."

"우리 애들은 끝없는 축복이야." 슬리크가 말했다.

"정신 차려, 슬리크." 키티가 말하며 치즈맛 막대과자를 베어 물었다. 그리고 무릎에 우수수 떨어진 부스러기를 그레이스의 카펫 위로 털어냈다.

퍼트리샤는 그레이스가 움찔하는 모습을 보았다.

"굳이 그렇게 말하지 않아도 자기가 아이들을 사랑한다는 건 다들 알아, 슬리크." 그레이스가 말했다. "나는 벤 주니어를 사랑하지만 그애가 대학에 가고 우리 가정에 마침내 평화가 찾아오는 그때가 곧 행복의 날이 될 거야."

"내 생각에 애들이 잘 안 먹는 건 다 잡지에서 보는 것 때문이야." 슬리크가 말했다. "그걸 '헤로인 시크'*라고 부르더라. 말이나 돼? 나는 그리어한테 잡지를 넘기기 전에 광고를 죄다 오려내."

"말도 안 돼!" 메리엘런이 말했다.

"오려낼 시간은 어디서 나서?" 키티가 물으며 막대과자를 반으로 부러트리고 그레이스의 카펫에 더 많은 부스러기를 흘렸다.

그레이스는 참는 데 실패하고 키티에게 접시를 건넸다.

"아, 고맙지만 됐어." 키티가 손을 저으며 말했다. "나는 괜찮아."

무명의 '딱히 북클럽이 아닌 북클럽' 회원들은 푹신한 카펫과 마음을 안정시키는 등불이 있는 그레이스의 응접실에 모여 앉았

* 1990년대 초 창백한 피부, 꺼진 눈, 다크서클, 깡마른 체형을 지닌 모델들을 부르던 말.

다. 벽난로 위에 걸린 오듀본 조류도감 액자에 응접실의 창백한 식민지풍 색채—롤리피치와 브루턴화이트—가 비쳐 보였고 구석의 피아노가 홀로 어둑하게 빛났다. 그레이스네 집의 모든 게 완벽해 보였다. 미국 초기식 윈저체어, 밤나무로 된 소형 테이블, 중국 도자기 램프, 퍼트리샤의 눈에는 그 모든 하나하나가 늘 여기에 있었고 그것들 주변으로 집이 자라난 것처럼 보였다.

"십대들은 따분해." 키티가 말했다. "그리고 계속 나빠지기만 하지. 아침밥, 빨래, 청소, 저녁밥, 숙제 감독, 그 똑같은 일을 날이면 날마다 허구한 날 해줘야 하니. 조금이나마 달라지는 게 있다면 그애들이 골을 부린다는 거지. 진심으로 하는 말인데, 퍼트리샤, 마음 느긋하게 먹어. 상황 봐가면서 해. 매 끼니를 식탁에서 안 먹는다고, 하루쯤 깨끗한 속옷을 안 입는다고 죽는 사람은 없어."

"그랬는데 하필 그게 아이가 자동차에 치인 날이면?" 그레이스가 물었다.

"벤 주니어가 자동차에 치이면 그애 속옷 상태만 문제겠어?" 메리엘런이 말했다.

"그것만 문제일 수도 있지." 그레이스가 대꾸했다.

"나는 샌드위치를 얼려." 슬리크가 불쑥 내뱉었다.

"뭐?" 키티가 물었다.

"시간을 아끼려고." 슬리크가 다급히 말을 이었다. "애들 점심용 샌드위치를 한꺼번에 만들어. 하루 세 개씩, 주 오 일 치를. 그럼 한 달에 총 예순 개거든. 매달 첫 월요일에 그걸 다 만들어서 얼리는 거야. 매일 아침마다 냉동실에서 꺼내서 애들 가방에 하나씩 떨궈주는 거지. 점심쯤에는 해동된다고."

"나도 그렇게 해봐야겠네." 퍼트리샤가 말을 보태기 시작했다. 나름 환상적인 아이디어처럼 들렸기 때문인데, 그녀의 말은 키티와 메리엘런의 웃음에 묻혀 사라졌다.

"시간을 절약해준다니까." 슬리크가 방어적으로 말했다.

"샌드위치는 얼리는 게 아냐." 키티가 말했다. "소스가 어떻게 되겠어?"

"애들이 따로 불평하지 않는걸."

"먹지 않으니까." 메리엘런이 슬리크에게 말했다. "쓰레기통에 던져버리거나 사탕이랑 바꿔 먹거나 둘 중 하나라고. 그애들이 그 땡땡 언 특식을 단 한 개도 안 먹어봤다는 데 내 돈이라도 걸겠다."

"우리 애들은 내 도시락을 사랑하거든요." 슬리크가 말했다. "내게 거짓말을 할 리 없어."

"그거 새로 산 귀걸이야, 퍼트리샤?" 그레이스가 화제를 바꿨다.

"응." 퍼트리샤가 말하며 귀걸이가 불빛을 받도록 고개를 돌렸다.

"얼마 줬는데?" 슬리크가 물었고 퍼트리샤는 모두가 미세하게 움찔거리는 걸 보았다. 신에 대해 떠벌리는 일보다 저속해 보이는 유일한 한 가지는 돈에 대해 묻는 것이다.

"카터가 생일 선물로 줬어."

"비싸 보인다." 슬리크가 한술 더 뜨며 말했다. "어디서 샀는지 알면 정말 좋겠다."

카터는 퍼트리샤의 생일 선물을 드러그스토어에서 집어다주는 게 보통이었지만 올해는 이 진주귀걸이를 건넸다. 오늘밤에 차고 나오기로 한 건 남편이 진짜 선물을 주었다는 사실이 자랑스러워서였다. 이제 퍼트리샤는 자신이 혹여 자랑질을 하는 걸까 걱정스러워져 화제를 바꾼다.

"혹시 습지쥐가 골치를 썩이진 않아?" 퍼트리샤가 그레이스에게 물었다. "이번 주 우리집 뒤뜰에 두 마리나 있었어."

"베넷이 밖에 앉아 있을 때는 공기총을 꼭 챙기는데 나는 관여하지 않아." 그레이스가 말했다. "제시간에 여기서 나가려면 지금쯤 책 얘기를 시작해야 해. 슬리크, 내 생각에는 자기가 운을 떼고 싶을 것 같은데?"

슬리크가 자세를 고쳐 앉고 수첩을 뒤적거리며 목청을 가다듬었다.

"이번 달 책은 빈센트 불리오시*의 『헬터 스켈터』**야." 슬리크

* '맨슨 패밀리'를 이끌며 잔혹한 범죄를 저지른 찰스 맨슨의 기소를 담당한 검사.

** 찰스 맨슨은 비틀스의 곡 〈헬터 스켈터〉가 인종 전쟁을 예견했다고 주장했고, 그의 추종자들은 라비앙카 부부를 살해하고 그 피로 현장에 '헬터 스켈터'를 적었다.

가 말했다. "내 생각에 이 책은 소위 '사랑의 여름'*이란 게 실은 미국이 방향성을 상실한 십 년일 뿐이라고 제대로 고발하는 것 같아."

'딱히 북클럽이 아닌 북클럽'은 올해 고전을 읽고 있었다. 『헬터 스켈터』 『인 콜드 블러드』 『조디악』, 앤 룰의 『내 곁의 이방인』, 그리고 저자와 실제 작중인물 사이의 분쟁이 또다른 에필로그가 되어 여전히 독자들에게 업데이트되고 있는 『페이탈 비전』의 신판. 1988년 이전의 범죄실화소설을 꿰고 있는 건 키티가 유일했고, 그래서 나머지 회원들은 필독서를 다수 놓치고 만 셈이었으므로 올해는 그 간극을 채우기로 결정했다.

"불리오시는 기소를 엉망진창으로 했어." 메리엘런이 말했다. 남편 에드가 노스 찰스턴 경찰서 소속이었기 때문에 그녀는 늘 수사가 이렇게 저렇게 진행됐어야 한다고 지적했다. "경찰이 증거를 허술하게 다루지만 않았어도 물적 증거에 기초한 사건 성립이 가능했을 테고, 불리오시의 헬터 스켈터 이론**을 입증하느라 진땀을 빼지도 않았을 거야. 판사가 검찰 손을 들어준 건 운이야."

"그 이론이 아니었으면 맨슨을 어떻게 기소해?" 슬리크가 물었다. "사람들이 살해당할 때 맨슨은 현장에 있지도 않았어. 제

---

* 1960년대 히피들이 주도한 반체제운동의 상징.

** 살인 행각에 직접 가담하지 않은 찰스 맨슨이 실제로 범죄를 사주했음을 상정한 검찰측 시나리오.

손으로 아무도 쑤시지 않았다고."

"게리 힌먼이랑 라비앙카 부부를 빼면." 메리엘런이 말했다.

"그 사건만으론 결코 종신형을 못 받았을걸." 슬리크가 말했다. "음모론이 먹힌 거야. 맨슨이야말로 우리가 세상에서 치워버려야 할 인간이거든. 거짓 선지자를 경계하라."

"성경에서 최선의 사법적 전략이 나오긴 힘들지." 메리엘런이 말했다.

키티가 몸을 앞으로 기울여 막대과자를 하나 더 집고 만지작거리더니 카펫 위에서 들고 오도독거리며 씹었다. 그레이스가 차라리 고개를 돌렸다.

"봐봐, 그 첫번째 장에서," 키티가 과자를 씹으며 말했다. "그들이 로즈마리 라비앙카를 마흔한 번 찔렀잖아. 그게 어떤 느낌일 것 같아? 내 말은, 그 한 번 한 번이 죄다 느껴질 것 같은데, 그렇지 않아?"

"당신들도 전부 집에 경보기를 달아야 해." 메리엘런이 말했다. "우리 건 경찰서에 직통으로 연결되어 있거든. 마운트 플레전트 경찰서는 출동까지 딱 삼 분 걸려."

"삼 분이면 그사이에 마흔한 번은 찔릴 수 있을 것 같은데." 키티가 대꾸했다.

"그 흉한 보안업체 스티커를 내 창문에 덕지덕지 붙이는 일은 없을 거야." 그레이스가 말했다.

"집 외관을 망치느니 마흔한 번 찔리고 말겠다는 거야?" 메리엘런이 물었다.

"그래." 그레이스가 대답했다.

"각양각색의 인생을 들여다본다는 건 정말 멋진 일이야." 퍼트리샤가 다시 한번 능숙하게 주제를 바꾸며 말했다. "나는 그때 간호학교에 다니느라 히피 운동에 동참하지 못했다는 아쉬움이 떠나지 않았거든."

"그거 죄다 헛소리였어." 키티가 말했다. "1969년에 나는 대학생이었는데, 거짓말 안 보태고 사랑의 여름은 사우스캐롤라이나를 완전히 비켜갔어. 자유연애는 죄다 캘리포니아에나 있었다고."

"내 사랑의 여름은 프린스턴대학교 생표본연구실에서 일하는 거였는데." 메리엘런이 말했다. "우리 중 누군가는 학창시절 내내 학비를 마련해야 하는 처지였거든, 무진장 감사하게도."

"60년대 하면 전쟁에서 돌아온 더그 미첼에게 사람들이 정말 못되게 굴던 게 생각나." 슬리크가 말했다. "그 남자는 제대군인원호법으로 프린스턴대학교에 갈 생각이었어. 그런데 다들 그에게 침이나 뱉으면서 아기들을 몇 명이나 죽였느냐고 몰아세웠지. 결국 듀 웨스트로 돌아가 아버지네 철물점에서 일하는 신세가 됐잖아. 엔지니어가 되고 싶어했지만 히피들이 그렇게 둘 리 없었어."

"나는 히피들이 참 매력적이라고 생각했어." 퍼트리샤가 말했다. "간호사 휴게실에서 〈라이프〉 매거진에 실린 히피 여자애들의 사진을 보곤 했거든. 다들 기다란 원피스를 입었는데 뭐랄까, 생명력이 나를 스치고 지나가는 느낌이었어. 그런데 『헬터 스켈터』에서는 모두가 정말 불결해 보이더라. 파리떼랑 뒤엉켜 목장에 살고, 옷도 입지 않다시피 하고, 언제나 지저분하고."

"아무도 샤워를 안 하면 자유연애가 좋을 게 뭐야?" 메리엘런이 물었다.

"지금 우리 나이가 믿겨져?" 키티가 말했다. "다들 히피가 백만 년 전의 존재라도 되는 듯 생각하지만 우리도 다 히피가 될 수 있었어."

"다는 아니지." 그레이스가 말했다.

"히피는 아직도 있어." 슬리크가 말했다. "오늘 신문에서 봤어? 웨이코 얘기? 맨슨을 추종하던 여자애들이랑 똑같이 텍사스의 사이비 교주를 따르는 애들이 있었다는 거야. 이 거짓 선지자들이 어슬렁어슬렁 동네로 들어와 사람들의 마음을 현혹하고 환락의 길로 인도해. 신앙이 없으면 사탕발림에 넘어가게 되는 법이야."

"나는 그럴 일 없을걸." 메리엘런이 말했다. "이웃에 누구든 새로 이사오면 나는 그레이스가 가르쳐준 대로 해. 파이를 구워서 가져가는 거야. 그 집을 나설 때쯤에는 그들의 출신지에 남편 직업, 같이 사는 가족이 몇 명인지까지 알지."

"그런 거 가르쳐준 적 없는데." 그레이스가 말했다.

"본을 보고 배운 거지." 메리엘런이 말했다.

"사람들한테 환영받는다는 걸 느끼게 해주고 싶은 것뿐이야." 그레이스가 말했다. "그들에 대해 묻는 건 내가 관심이 있어서고."

"염탐하는 거잖아." 메리엘런이 대꾸했다.

"당연히 그래야지." 키티가 끼어들었다. "여기 새로 이사오는 사람이 얼마나 많은데. 옛날 이 동네 자동차들 범퍼에 붙은 스티커라야 게임콕스*, 클렘슨대학교, 아니면 시타델**이 전부였어. 이젠 앨라배마랑 버지니아대학교 스티커까지 돌아다닌다고. 그중 누구든 연쇄살인마일 수 있거든, 우리 모두가 알다시피."

"나는 뭘 하느냐면," 그레이스가 말했다. "이웃에 낯선 차가 보인다 싶을 때 자동차 번호를 적어둬."

"왜?" 퍼트리샤가 물었다.

"나중에 무슨 일이라도 생기면 내가 기록한 자동차 번호랑 목격 일시, 차종이 증거로 쓰일 수 있게."

"그럼 새비지 부인네 집 앞의 대형 밴은 누구 거래?" 키티가 물었다. "세 달은 거기 있었던 것 같은데."

앤 새비지 부인은 미들 스트리트에서 800미터가량 떨어진 곳에 살았다. 심히 불쾌감을 주는 노파였지만 그녀의 집만은 퍼트

---

* 사우스캐롤라이나대학교 미식축구팀.

** 사우스캐롤라이나 군사대학교.

리샤의 마음에 쏙 들었다. 이스터에그옐로 바탕에 테두리를 새하양게 칠한 목제 미늘판으로 외벽을 마감했고 현관에는 그네의자를 달았다. 퍼트리샤는 그 집을 지날 때면 미스 메리가 얼마나 고약하게 굴든, 점점 커가는 코리와의 소원함이 얼마나 크게 느껴지든, 저 완벽하게 균형 잡힌 작은 집을 보며 그 안 의자에 안락하게 몸을 묻고 무더기로 쌓인 미스터리소설을 읽는 자신을 상상했다. 하지만 거기서 밴을 본 기억은 없었다.

"무슨 밴?" 퍼트리샤가 물었다.

"흰색 밴인데 창문에 선팅을 해놨어." 메리엘런이 말했다. "아동유괴범이 몰 것 같은 차야."

"나는 래그태그 때문에 알게 됐어." 그레이스가 말했다. "녀석이 그 밴을 엄청 좋아하거든."

"뭐?" 퍼트리샤가 물었다. 자신의 약점 하나가 드러나기 직전이라는 느낌이 엄습해 가슴이 철렁했다.

"아까 운전하면서 보니까 녀석이 새비지 부인네 앞마당에 실례를 하고 있던걸." 키티가 말하며 웃기 시작했다.

"그 집 쓰레기통에도 들어갔어." 그레이스가 말했다. "그것도 한 번 이상."

"저번엔 그 밴 타이어에 대고 다리 한 쪽을 들고 있는 것도 봤는데." 메리엘런이 덧붙였다. "아니면 그 밑에 들어가서 자고 있거나."

모두 웃음을 터트렸고 퍼트리샤는 목부터 슬금슬금 뜨겁게 달아오르는 걸 느꼈다.

"여러분, 하나도 안 웃기거든요."

"래그태그는 목줄을 채워야겠다." 슬리크가 말했다.

"여태껏 그럴 필요 없었잖아." 퍼트리샤가 말했다. "올드 빌리지 사람들은 목줄을 채우지 않아."

"이제 90년대잖니." 메리엘런이 말했다. "새로 이사온 사람들은 당신네 개가 자기들한테 너무 짖어댄다고 고소할걸. 반 돌스턴스도 '레이디'를 안락사시켜야 했잖아. 재판장한테 짖었다는 이유로."

"올드 빌리지는 변하고 있어, 퍼트리샤." 그레이스가 말했다. "새비지 부인이 포획꾼을 불러들여 잡으려 한 동물이 내가 아는 것만 최소 셋이야."

"래그태그한테 목줄을 채운다는 건 뭔가……" 퍼트리샤는 적당한 단어를 찾아 헤맸다. "잔인해 보여. 마음껏 뛰어놀던 녀석인데."

"밴은 그 집 조카 거래." 그레이스가 말했다. "부인이 자리보전을 면치 못할 정도로 아파서 가족이 그를 간병인 격으로 내려보낸 모양이야."

"암 그렇고말고." 메리엘런이 말했다. "이번엔 뭘 들고 가셨대? 피칸파이? 키라임파이?"

그레이스는 괜히 대꾸를 해서 문제를 키우지 않았다.

"그 집에 가서 래그태그 얘기를 해야 할까?" 퍼트리샤가 물었다.

키티가 막대과자를 하나 더 빼들어 반으로 부러트리며 말했다.

"괜히 땀 빼지 마. 불만이 있으면 새비지 부인이 알아서 찾아올 테니까."

4장

두 시간 뒤 그들은 그레이스네 집에서 우르르 나오는 동안에도 비틀스 앨범에 숨은 메시지와, 런던에서 조엘 퓨가 자살한 사건이 실은 맨슨의 소행인지와, 테이트* 저택 범죄 현장의 비산 혈흔에 대해 얘기했다. 다른 여자들이 앞마당을 가로질러 자동차로 가는 사이, 퍼트리샤는 이끼 덮인 벽돌 계단에 멈춰 서서 현관문 양쪽으로 완벽하게 정렬한 동백나무 덤불의 향기를 들이마시고는 말했다.

"이렇게 신이 났다가 집에 가서 내일 도시락을 준비하는 게 너무 힘들어."

그레이스가 걸어나오며 등뒤로 현관문을 좀더 당겼다. 대충 실내의 에어컨 바람이 새어나오지 않게 하려는 노력이었다. 퍼트

---

* 찰스 맨슨 일당에게 살해당한 배우 샤론 테이트.

리샤는 그 모습을 보니 떠오르는 게 있었다. 에어컨 수리기사를 불러야 한다고 머릿속 수첩에 기록했다.

"집안이 혼돈과 난리의 도가니야." 그레이스가 슬프게 고개를 저었다. "당장 들어가서 치우고 싶어 죽겠어."

"하지만 주변에서 뭔가 짜릿한 일이 벌어졌으면 싶지 않아? 단 한 번이라도?"

그레이스가 퍼트리샤를 보며 눈살을 찌푸렸다.

"그러니까 지금, 제대로 씻지도 않은 히피 떼거지가 자기네 집에 침입해서 가족을 몰살하고 벽에다 사람 피로 돼지에게 죽음을이라고 썼으면 좋겠다는 거야? 도시락을 싸기 싫어서?"

"음, 그런 식으로 들으니까 또 싫네. 자기네 동백나무 정말 멋지다."

"이번 주 내내 한해살이풀을 심었어. 저기 일일초랑 금잔화. 그 옆을 둘러서 진달래도 좀 있는데 벌써 꽃이 피더라. 날 밝을 때 집 뒤쪽에 있는 누아제트장미도 보여줄게. 올여름에는 여기서 천국의 향이 날거야."

작별인사 후 퍼트리샤가 피어레이츠 크루즈로 발을 내디뎠고, 뒤에서 그레이스의 현관문이 부드럽게 덜컹이며 닫혔다. 피어레이츠 크루즈는 올드 빌리지의 미들 스트리트에서 뻗어나오는 편자 모양의 흙길이었는데, 거기 사는 열네 가구는 그 길을 포장하느니 차라리 죽음을 달라고 할 터였다. 길에 깔린 자갈들이 퍼트리샤의 발밑에서 뽀드득거리는 게 얇은 신발 밑창으로 고스란히 느껴졌다. 자욱한 저녁공기가 주먹을 쥐듯 그녀를 에워쌌다. 들리는 거라곤 흙바닥에 자갈을 뭉개는 그녀의 발소리, 귀뚜라미의 성난 마찰음, 어둠 속에서 곁으로 몰려드는 여치 소리가 전부였다.

그레이스의 완벽한 마당을 뒤로하고 집으로 향하는 사이, 퍼트리샤의 혈관을 흐르던 북클럽의 활기는 모조리 증발했다. 그녀의 집은 웃자란 야생대나무 숲과 담쟁이덩굴에 옥죄인 옹이투성이 나무들 뒤에 움츠리고 있었다. 집에 가까워지며 보니 진입로 끝에 쓰레기통이 나와 있지 않았다. 쓰레기 배출은 블루의 몫이었지만 일단 해가 넘어가고 나면 바퀴 달린 쓰레기통이 사는 옆마당이 칠흑같이 컴컴해졌고 블루는 사력을 다해 그곳을 피하려 했다. 퍼트리샤는 어두워지기 전에 쓰레기통을 끌어다 현관 계단 근처에 두라고 제안했었다. 손전등도 챙겨줬었다. 엄마가 현관에서 있을 테니 가서 쓰레기통을 가져오라고도 해봤다. 그 대신 블루는 최후의 최후까지 버티다 쓰레기를 모으고 실내휴지통과 쓰레기봉지를 현관문 옆에 몰아놓은 다음 오 분 안에 집밖으로 내가겠다고 알렸다. 이 낱말 퍼즐만 끝내고요, 긴 나눗셈 문제지만 풀고요 하면서. 그러고서 녀석은 사라졌다.

녀석을 취침에 성공하기 전에 검거하면 퍼트리샤는 옆마당의 쓰레기통을 길가로 끌어다놓게 시키곤 했다. 하지만 오늘밤은 아니다. 오늘밤에도 그녀는 블루의 컴컴한 방 문간에 섰다. 복도의 불빛에 몸을 길게 베인 아이는 이불 속에 들어가 두 눈을 질끈 감고 있었다. 녀석의 배 위에서 〈내셔널 지오그래픽 월드〉가 오르내렸다.

퍼트리샤는 블루의 방문을 반쯤 닫은 뒤 코리의 문 앞에 잠시 멈춰 통화중인 딸의 음성이 오르내리는 소리를 들었다. 찌릿한 질투가 느껴졌다. 고등학생 시절 그녀는 인기 많은 학생이 아니었는데, 코리는 속해 있는 모든 팀에서 주장이나 공동주장을 맡았고 경기에 나갈 때면 후배 여자애들이 몰려와 응원을 했다. 운동 잘하는 여자애들의 인기가 높아지다니 퍼트리샤는 이해할 수 없는 일이었다. 그녀가 고등학교에 다닐 때만 해도 운동을 잘하는 여자애와 말을 섞고 지내는 건 운동을 잘하는 또다른 여자애들뿐이었다. 하지만 코리의 친구 목록은 끝이 없는 듯했고, 카터가 집전화를 쓰려고 하면 오 초마다 수신대기음이 울리는 바람에 결국 전화를 하나 더 개통해야 했다.

퍼트리샤는 미스 메리를 확인하러 아래층으로 터벅터벅 향했다. 가족실에서 차고 방으로 이어지는 계단 세 개를 내려가 야간등의 주황색 불빛에 눈이 적응하기를 기다렸다. 노인이 보였다. 환자용 침대를 덮은 이불 아래 야위고 쪼그라든 노인의 눈이 희미한 빛 속에서 번뜩였다. 천장을 뚫어져라 보고 있었다.

"미스 메리?" 퍼트리샤가 시어머니에게 부드럽게 말했다. "뭐 필요한 거 있으세요?"

“올빼미가 있다.” 미스 메리가 꺽꺽거렸다.

“올빼미는 안 보이는데요. 좀 쉬셔야 해요.”

미스 메리는 천장을 뚫어져라 보았다. 눈에서 새어나온 눈물이 관자놀이를 타고 내려 성긴 머리칼 사이로 들어갔다.

“네깟 게 좋든 싫든, 너한테 올빼미들이 생겼어.”

미스 메리는 밤이면 더 고약했다. 낮 동안에도 대화를 따라가지 못하는 일이 빈번해졌고, 거기서 느끼는 혼란을 덮으려 아무도 모르는 과거 인물들의 사연을 장황하게 늘어놓는다는 걸 퍼트리샤는 이미 눈치챘다. 카터조차 셋 중 두 명꼴로 그 인물들의 정체를 몰랐지만 장하게도 그는 늘 귀기울였고 결코 말을 끊지 않았다.

퍼트리샤는 미스 메리의 침대 곁 빨대컵에 물이 들었는지 확인한 뒤 쓰레기통을 내놓으러 나갔다. 손전등도 따로 챙겼는데, 블루의 말이 틀리지 않아서였다. 옆마당은 정말로 으스스했다.

습한 밤공기가 벌레로 부산한 가운데 퍼트리샤는 현관에서 나오는 불빛이 끝나는 곳, 가차없이 어둠이 시작되는 절단면을 가로질렀다. 옆마당을 에워싼 두툼한 어둠 속으로 활기차게 들어가면서 세 걸음을 갈 때까지 억지로 참았다가 손전등을 켰다. 그저 자신의 용감함을 입증하고 싶어서였다. 가장 먼저 눈에 들어온 건 바닥에 떨어진 파란색 요실금 기저귀였다. 측벽에서 튀어나온 짧은 울타리 때문에 길가에서는 바퀴 달린 쓰레기통이 보이지 않았지만 퍼트리샤는 굳이 가서 보지 않아도 쓰레기통 두 개가 전부 엎어졌다고 장담할 수 있었다. 치미는 짜증에 불안이 사라졌다. 이걸 치우는 사람은 정녕 블루여야 했다.

울타리 너머의 쓰레기통에서 쏟아져나온 살찌고 허연 쓰레기 봉지들이 두 더미를 이루고 있었다. 오븐처럼 푹푹 찌는 공기에서 커피찌꺼기와 미스 메리의 성인용 기저귀가 내뿜는 눅눅하고 저속한 냄새가 진동했다. 귀에서 모기가 윙윙거렸다.

퍼트리샤는 손전등을 들고 피해 상황을 살폈다. 냅킨, 커피필터, 사과 가운데 쪼가리, 냉동 페이스트리 상자, 똘똘 뭉친 클리넥스 티슈, 접힌 파란색 요실금 기저귀. 너구리나 무진장 큰 습지쥐 중 하나가 쓰레기를 죄다 갈기갈기 찢어놓았다.

그중 가장 커다란 흰 봉지가 퍼트리샤네의 밋밋한 벽돌담과 뒷집 클라크네의 경계를 표시하는 대나무 숲 사이의 비좁은 통로까지 끌려가 있었다. 누군가가 후루룩 젤리를 먹는 소리가 들려 퍼트리샤는 봉지 쪽으로 잽싸게 손전등을 비췄다.

봉지가 아니라 옷이었다. 흰색이 아니라 연분홍색이었고 장미 꽃봉오리무늬로 뒤덮여 있었다. 거기에 더러운 맨발이 달렸다. 손전등 빛줄기가 덮치자 그것이 빛을 향해 고개를 돌렸다.

"아!" 퍼트리샤는 외마디 소리를 내뱉었다.

냉혹한 흰색 빛줄기가 모든 것을 자비 따윈 없이 조목조목 짚어냈다. 분홍색 잠옷가운 차림으로 쪼그려앉은 노파, 시뻘건 잼으로 얼룩진 뺨, 뻣뻣하고 시커먼 털이 삐져나온 입술, 투명한 점액질과 함께 바들거리는 턱. 노파는 무릎 위 거무죽죽한 뭔가로 몸을 숙이고 있었다. 퍼트리샤는 노파의 무릎에서 잘리다시피 한 너구리 머리가 거꾸로 대롱거리는 걸 보았다. 한껏 드러낸 이빨 사이로 혓바닥이 길게 늘어져 있었다. 노파가 발겨진 너구리 뱃속에 피투성이 손을 넣고 탁한 내장을 한 움큼 퍼올렸다. 그러고선 짐승의 기름으로 번들거리는 손을 입으로 가져가 기다란 연보라색 창자를 물어뜯으며 손전등 빛줄기에 눈을 찡그렸다.

"도와드려요?" 퍼트리샤가 물었다. 다른 할말을 찾지 못해서였다.

노파가 물어뜯는 속도를 줄이고 짐승처럼 코를 킁킁거렸다. 갓 싸놓은 배설물의 지독한 냄새, 쏟아진 쓰레기에서 나오는 숨막히는 악취, 너구리의 피비린내가 퍼트리샤의 코로 밀려올라왔다. 구역질하며 뒷걸음질을 치는데 신발굽에 뭔가 말캉한 게 밟혔다. 그녀는 미끄덩거리는 흰색 봉지 더미 위로 넘어지면서도, 일어나려고 몸부림치면서도, 손전등 빛만큼은 노파에게 고정하려 애썼다. 두 눈으로 노파를 볼 수 있는 한 자신은 안전할 테니까. 하지만 노파는 이미 반쯤 다가와 있었다. 네 다리로 기어서 너무도 빠르게, 쏟아진 쓰레기를 헤치며, 너구리 머리 옆으로 잠시 존재를 잊었던 그 몸뚱이를 질질 끌고.

"아, 아니, 아니, 아니, 아니, 아니." 퍼트리샤가 반복했다.

한 손이 퍼트리샤의 정강이를 잡자 뜨뜻한 기운이 바지를 뚫고 전해졌다. 다른 손은 너구리를 놓고 그녀의 엉덩이를 붙들었다. 노파가 온몸의 체중을 실어 퍼트리샤를 짓눌렀고, 그녀의 몸 밑에 깔린 뭔가가 우측 신장 쪽을 파고들었다. 퍼트리샤는 벗어나려고 몸부림쳤다. 뒤로, 아니 위로, 아니 멀리로. 하지만 전혀 탄력을 받지 못한 채 쓰레기봉지 더미 속으로 더 깊이 가라앉았다.

노파가 퍼트리샤의 몸을 타고 위로 올라왔다. 쩍 벌린 입, 거기서 번쩍이는 띠처럼 늘어져 덜렁거리는 군침, 새처럼 동그랗고 무심한 눈. 너구리의 선혈로 끈적이고 거칠한 더러운 손이 퍼트리샤의 목깃으로 파고들어 목 옆을 움켜잡더니 노파가 제 몸을 끌어당겼다. 뜨뜻하고 미끄덩한 달팽이 같은 몸이 퍼트리샤의 전신을 덮었다.

뒤로 당겨 한 갈래로 묶은 긴 백발, 노쇠한 목, 손목에 찬 투박한 디지털시계, 그 순간 번쩍 떠오르는 게 있었다.

"새비지 부인? 새비지 부인!"

퍼트리샤 위로 드리운 얼굴, 순전한 허기로 군침을 흘리는 이 얼굴은 수년간 동네의 골칫거리인 여자의 것이었다. 쩍 벌린 입과 너구리털이 낀 하얀 치아는 앞마당에 아름다운 수국을 기르던 여자, 한낮 더위 속에 헐렁한 캔버스 모자를 눌러쓰고 올드 빌리지를 순찰하며 한쪽 끝에 못이 달린 막대기로 버려진 사탕 포장지에 작살질을 해대던 여자의 것이었다.

지금 새비지 부인은 퍼트리샤의 얼굴에 벌린 입을 들이미는 것 말고는 아무 관심이 없었다. 부인이 위에 있는 한 중력은 그쪽 편이었고, 퍼트리샤의 세계는 피로 얼룩지고 잇새로 너구리털이 삐져나온 하얀 치아로 가득찼다. 뭔가가 얼굴을 간지럽혔는데 퍼트리샤는 그게 너구리 사체에서 튀어나온 벼룩이라는 걸 깨달았다.

극심한 공포에 압도된 채 퍼트리샤는 새비지 부인의 손목을 붙잡고 한쪽으로 몸을 굴리다 고통스레 등을 긁혔다. 새비지 부인이 균형을 잃고 목제 울타리로 나가떨어지면서 속이 빈 듯한 통 하는 소리와 함께 거기에 얼굴을 부딪혔다. 퍼트리샤는 쓰레기봉지 사이를 헤집으며 꿈틀꿈틀 뒤로 물러나 몸을 일으켰다. 바닥에 떨어진 손전등이 내장을 잃은 너구리를 정면으로 비췄다.

퍼트리샤가 뭘 해야 할지 모르는 사이, 새비지 부인이 쓰레기봉지 틈에서 버르적거렸다. 그러다 순간 이 노파가 벌떡 일어나더니 퍼트리샤에게 돌진했다. 퍼트리샤는 옆마당의 완벽한 어둠을 뚫고 앞뜰을 향해 달렸다. 저기 보였다. 현관 조명으로 불을 밝힌 채 언제나처럼 고요하고 평화로운 앞뜰이. 그 빛 속으로 뛰어드는 찰나, 퍼트리샤는 한쪽 발밑으로 젖은 풀밭을 느끼고 신발 한 짝을 잃어버렸다는 사실을 깨달았다. 그리고 입을 벌려 비명을 지르려 했다.

이것이야말로 퍼트리샤 자신이 정말 위험에 처하면 당연히 할 수 있으리라 늘 생각해왔던 일이었는데, 목요일 밤 열시 현재, 벌써 잠들었거나 잠잘 준비를 하는 사람들로 둘러싸인 상황에서도 그녀는 찍소리조차 내지 못했다.

그 대신 현관으로 달렸다. 안으로 들어가 문을 잠그고 911에 전화할 것이다. 바로 그때였다. 새비지 부인이 퍼트리샤의 허리를 붙들었다. 노파가 뒤에서 올라타려고 찍어누르는 바람에 털썩 꺾인 퍼트리샤의 무릎이 쿵 소리를 내며 풀밭에 고통스레 처박혔다. 몸을 타고 올라오는 노파에게 짓눌린 퍼트리샤가 양손으로 바닥을 짚었다. 새비지 부인의 뜨겁고 축축하고 내밀한 침이 그녀의 귓속으로 밀려들었다.

나는 차로 아이들을 데리러 가. 퍼트리샤는 정신이 오락가락했다. 나는 북클럽에 나가. 뭐, 진짜 북클럽은 아니지만 그래도 기본적으로는 맞지. 나는 왜 앞마당에서 노인이랑 싸우고 있는 거야?

어떤 것도 들어맞지 않았다. 아무것도 말이 되지 않았다. 퍼트리샤는 새비지 부인 밑에서 몸을 빼려 했지만 괴성이 절로 나올 고통이 측두부를 찢었다. 이 여자가 내 귀를 물어뜯고 있네. 새비지 부인, 두 해 전에 아름다운 정원으로 알람브라 프라이드 상을 탔던 여자가 내 귀를 물어뜯고 있어.

노파의 작고 뾰족한 치아가 더 세게 조여왔고 퍼트리샤는 시야가 뿌예졌다. 그리고 자동차 한 대가 눈을 멀게 할 듯한 밝은 빛으로 그녀의 얼굴을 강타하며 진입로에 접근했다. 천천히, 천천히, 매우 천천히. 차는 둘에게 전조등을 고정했다. 차문이 벌컥 열렸다.

"패티?" 엔진이 공회전하는 소리 너머로 카터가 말했다.

퍼트리샤는 끙끙거렸다.

카터가 달려와 새비지 부인의 등을 붙들고 당겼지만 노파를 뜯어내는 과정에서 뭔가 잘못되었고, 고개가 뒤로 꺾이며 타는 듯한 고통이 번쩍이는 순간 퍼트리샤는 알았다. 새비지 부인은 그녀를 놔줄 생각이 없었다. 퍼트리샤는 두개골 안쪽 깊숙한 곳에서 우두둑하는 소리를 들었고, 툭 소리가 났고, 그런 다음 그녀의 측두부 전체가 작열하는 난로에 들이밀어졌다.

그때 퍼트리샤가 비명을 질렀다.

상처를 봉합하려 열한 바늘을 꿰맸고 파상풍 주사를 맞아야 했지만 그들도 귓불은 접합하지 못했다. 새비지 부인이 삼켜버렸기 때문이다. 다행히 새비지 부인이나 너구리가 광견병에 걸린 것 같진 않았으나 확실히 하기 위해 추후에 몇 차례 검사를 받아야 했다.

집으로 돌아오는 길, 퍼트리샤는 진통제를 맞아 머리가 무거웠고 카터에게 무슨 말이든 꺼낸다는 게 두려웠지만 그래도 말은 해야 했다.

"카터?"

"말하지 마, 패티." 그가 쿠퍼강대교로 진입하며 말했다. "당신 지금 약기운에 취했어."

"배설물을 확인해야 한대." 퍼트리샤가 좌석에 머리를 기댄 채 고개를 가로저었다.

"누구 걸?" 카터가 대교의 두번째 오르막에서 가속하며 물었다.

"앤 새비지 부인." 퍼트리샤는 슬픔이 북받쳐 말했다. "그 여자가 내 귓불을 삼켰고 그리고, 그리고 당신이 준 귀걸이…… 그게 나올 테고, 내 생각에는 그 사람들이 그걸 씻어서……"

퍼트리샤는 울기 시작했다.

"진정해, 패티. 당신 그 귀걸이 다시 할 일 없이."

"그치만 당신이 마음 써서 사준 것을," 퍼트리샤가 흐느꼈다. "내가 잃어버렸어."

"내 환자 중에 맞춤 보석을 제작하는 사람이 있거든. 그 사람이 공짜로 준 거야. 하나 남은 건 그냥 버려. 피트 스트리트 드러그스토어에서 뭐라도 사다줄게."

어쩌면 진통제 때문이겠지만 퍼트리샤는 그 말에 더욱 통곡했다.

5장

이튿날 아침에 일어났을 때는 한쪽 얼굴이 온통 붓고 뜨거웠다. 욕실 거울 앞에 선 퍼트리샤는 턱밑을 두르고 올라와 이마를 감으며 좌측 머리를 뒤덮은 거대한 흰색 붕대를 들여다보았다. 슬픔이 홍수처럼 가슴에 들이쳤다. 일평생 자신에게 왼쪽 귓불이 있었건만 갑자기 사라져버렸다. 마치 친구가 죽은 기분이었다.

하지만 이내 머릿속 익숙한 낚싯바늘이 뇌로 꿈틀꿈틀 들어오며 그녀를 움직였다.

"아이들이 괜찮은지 봐야지, 너." 그것이 말했다. "아이들을 겁먹게 해선 안 돼."

그래서 그녀는 붕대 사이로 보이는 머리칼을 심혈을 기울여 빗은 뒤 일층 가족실로 가서 냉동 페이스트리를 데웠다. 코리가 블루를 따라 내려왔고, 두 아이가 부엌 조리대 맞은편의 자기들 자리에 앉았을 때 퍼트리샤는 뻣뻣한 얼굴로 사력을 다해 웃으며 물었다. "너희, 혹시 보고 싶어?"

"봐도 돼요?" 코리가 물었다.

퍼트리샤는 뒤통수에서 붕대의 시작점을 찾아 테이프를 뗀 뒤 이마를 빙글빙글 돌고 턱 아래로 갔다가 머리 위로 다시 올라오기를 반복하는 지난한 제거 과정을 시작했다. 그리고 마침내 모습을 드러낸 아래쪽 탈지면을 조심조심 떼어냈다. "너도 볼 생각 있어?" 그녀가 블루에게 물었다.

아이가 고개를 끄덕였다. 사각형 탈지면을 들어올린 퍼트리샤는 땀에 젖은 연조직으로 밀려드는 시원한 공기를 느꼈다.

코리가 헉, 소리를 냈다.

"장난이 아니네. 아팠어요?"

"좋은 느낌은 아니었지."

코리가 테이블을 돌아와 딱 붙어서자 아이의 머리칼이 퍼트리샤의 어깨를 스쳤다. 퍼트리샤는 코리의 허브 에센스 샴푸향을 들이마시며 둘이서 이토록 가까이 있어본 지도 정말 오래라고 생각했다. 일광욕실의 레이지보이 의자에 함께 끼어 앉아 영화를 보던 시절이 있었는데 이제 코리는 퍼트리샤만큼 컸다.

"치아 자국이 보여, 블루, 봐봐." 코리가 말하자 블루가 부엌 의자를 끌고 와 그 위에 서더니 한 손을 누나의 어깨에 올려 균형을 잡고는 둘이 함께 엄마의 귀를 살폈다.

"이제 엄마한테서 무슨 맛이 나는지 아는 사람이 생겼네요."

블루가 말했다.

퍼트리샤는 그런 식으로 생각해보지 않았지만 듣고 보니 충격적이었다. 코리가 학교 가는 차를 타러 뛰어나갔고 블루를 실으러 온 차가 경적을 울렸다. 퍼트리샤가 현관까지 따라나갔다.

"아들, 메리 할머니는 이런 행동을 하지 않으리라는 거, 너도 알지."

아이가 멈춰 서서 쳐다보는 모습에서 퍼트리샤는 깨달았다. 아이가 지금껏 생각해온 게 정확히 그런 상황이라는 사실을.

"왜요?" 블루가 물었다.

"새비지 부인은 마음을 괴롭히는 병이 있는 거니까."

"메리 할머니랑 똑같이요." 블루의 말에 또 퍼트리샤는 깨달았다. 합가하던 당시 미스 메리의 노망을 설명하면서 자신이 아이에게 같은 표현을 썼다는 사실을.

"그거랑은 달라. 하지만 네가 알아줬으면 좋겠어. 메리 할머니가 너나 누나한테 안전하지 못한 분이었다면 집에 모시기로 결정하지 않았을 거야. 엄마는 너희 둘을 위험에 빠트릴 일은 절대로 안 해."

블루가 그 말을 곱씹어보는데 차가 다시 경적을 울렸고 아이는 밖으로 뛰어나갔다. 퍼트리샤는 아들과 마음이 통했기를 바랐다. 아이들이 최소 한 분의 조부모에게라도 좋은 추억을 갖는 일은 매우 중요했다.

"패티." 카터가 계단 꼭대기에서 불렀다. 한 손에 페이즐리무늬 넥타이를, 다른 한 손에 빨간색 줄무늬 넥타이를 들었다. "둘 중에 뭘로 해? 이건 내가 재미있고 발상을 전환할 줄 아는 인간이라는데, 빨간 건 힘이라고 말하네."

"무슨 약속인데?"

"헤일리한테 점심 먹자고 했어."

"페이즐리무늬. 닥터 헤일리랑 점심은 왜?"

카터가 계단을 내려오며 빨간색 넥타이를 매기 시작했다.

"출사표를 던지는 거지." 카터가 넥타이를 목에 두르고 고리처럼 삼아 매듭을 만들었다. "줄 서서 기다리는 데도 지쳤어."

그가 복도 거울 앞에 섰다.

"당신, 정신의학과장 되고 싶은 마음 없다고 했던 것 같은데."

거울 속 그가 넥타이를 조이며 말했다.

"우리는 돈을 더 벌어야 해."

"당신, 올여름에는 블루랑 시간을 보내고 싶어했잖아." 그 말에 카터가 퍼트리샤를 향해 몸을 돌렸다.

"둘 다 하는 방법을 찾아야겠지. 앞으로 오전 진료에 다 나가야 할 거야. 회진에도 시간을 더 들여야겠고, 지원금도 더 끌어와야 하고. 이 자리는 내 거야, 퍼트리샤. 원래 내 몫을 갖겠다는 것뿐이야."

"뭐." 퍼트리샤는 대꾸했다. "그게 당신이 원하는 거라면……"

"몇 개월이면 돼." 그가 말하다 멈추고는 퍼트리샤의 왼쪽 귀로 고개를 기울였다. "붕대를 풀었어?"

"코리랑 블루한테 보여주려고."

"그리 나빠 보이진 않는 것 같다." 그는 퍼트리샤의 턱에 엄지를 올리고 그녀의 고개를 기울이며 귀를 살폈다. "붕대는 하지 말고 둬. 괜찮게 아물 거야."

그가 작별인사로 입을 맞췄고 퍼트리샤는 그게 진짜 키스처럼 느껴졌다.

음, 그녀는 생각했다. 이게 정신의학과장이 되겠다는 의지가 그에게 끼치는 영향이라면, 적극 찬성일세.

퍼트리샤는 복도 거울에 비친 제 모습을 보았다. 보드라운 피부 위 검은색 실밥이 꼭 벌레 다리처럼 보였지만 붕대보다는 시선을 덜 끄는 기분이었다. 그대로 두기로 결정했다. 래그태그가 타닥타닥 발소리를 내며 전실로 들어와 현관문 옆에 섰다. 나가고 싶다는 뜻이었다. 그녀는 목줄을 채울까 잠시 고민하다 새비지 부인이 병원에 있다는 사실을 떠올렸다.

"출동해, 꼬맹이." 퍼트리샤가 현관문을 열었다. "가서 그 비열한 노인네의 쓰레기를 박박 찢어버려."

래그태그가 진입로로 내달렸고 퍼트리샤는 문을 걸어 잠갔다. 이런 속셈으로 래그태그를 풀어놓은 적은 한 번도 없었지만, 내 집 마당에서 이웃에게 공격당한 적도 없기는 마찬가지였다.

퍼트리샤는 차고 방으로 이어지는 벽돌 계단 세 개를 내려가 환자용 침대 측면의 철제 난간을 풀었다.

"안녕히 주무셨어요, 미스 메리?"

"올빼미한테 물렸어."

"아이고, 저런." 퍼트리샤는 대꾸하며 미스 메리를 앉힌 다음 그녀의 두 다리를 침대 아래로 내렸다.

그런 뒤 미스 메리를 실내복 속으로 밀어넣고 안락의자에 앉히는 길고도 더딘 과정에 돌입했다. 마침내 식이섬유 분말을 탄 오렌지주스까지 한 잔 들려준 순간, 그린 부인이 미스 메리의 아침식사를 준비하러 도착했다.

초등학교 교사가 대부분 그렇듯 미스 메리 역시 영원히 중년의 끝자락에 접어든 나이처럼 보이게 해주는 샘물을 마신 듯한 외모였다. 그래서 퍼트리샤는 결코 미스 메리가 젊다는 느낌을 받은 적이 없었지만, 그녀가 주 북부로 250킬로미터가량 떨어진 커쇼 근방에서 혼자 생활할 정도로 강건했던 시절은 기억했다. 미스 메리가 집 뒤쪽에 꾸몄던 0.5에이커짜리 텃밭을 기억했다. 전쟁통에 폭탄공장에서 일했고, 그러다 그곳 화학물질에 머리칼이 붉게 변색되었고, 사람들이 찾아와 간밤에 꾼 꿈을 설명하면 그녀가 행운의 숫자를 일러줬다던 얘기를 기억했다.

미스 메리는 커피찌꺼기로 날씨를 예측할 수 있었고, 동네의 목화밭 농부들은 그 예측이 얼마나 용한지 익히 알았기에 그녀가 우편물을 가지러 허스커 얼리네 가게에 들를 때면 늘 손에 커피를 들려주었다. 그녀는 뒷마당 복숭아나무에 제아무리 훌륭한 복숭아가 열려도 아무도 못 먹게 했다. 그 나무가 슬픔 속에 심겼고 열매에서 쓴맛이 난다는 게 이유였다. 퍼트리샤가 한번 맛을 봤을 때는 부드럽고 달콤하게만 느껴졌으나 그 사실을 얘기하자 카터가 화를 내는 바람에 다시는 시도하지 않았다.

미스 메리는 미국 지도를 외워서 그릴 줄 알았고 주기율표를 전부 암기했다. 단칸방 학교에서 아이들을 가르쳤고 치유용 차를 우렸으며 본인이 건강 파우더라 부르던 가루를 일평생 팔았다. 동전 한 닢 두 닢, 지폐 한 장 두 장을 모아 두 아들의 대학 공부를, 다음으로 카터의 의대 공부를 뒷바라지했다. 이제 미스 메리는 기저귀를 차고 〈포스트 앤드 쿠리어〉*에 실린 원예 기사조차 이해하지 못했다.

왼쪽 귀에서 맥박이 고동쳤고 퍼트리샤는 타이레놀을 가지러 이층으로 올라갔다. 알약 세 개를 막 삼키는데 전화가 울렸다. 칼같이 정확했다. 오전 아홉시 이분. 아홉시 전에 이 집에 전화를 걸 만큼 배짱 두둑한 사람이 없기도 하겠지만 지나치게 수선을 떠는 양 보이고 싶지도 않은 것이다.

"퍼트리샤? 나, 그레이스 캐버노야. 기분은 좀 어때?"

---

* 미국 찰스턴의 지역 일간지.

무슨 이유인지 모르겠으나 그레이스는 전화 통화를 시작할 때마다 늘 자기소개를 했다.

"슬퍼. 그 여자가 내 귓불을 물어뜯어서 삼켰어."

"당연해. 슬픔은 애도의 한 단계니까."

"그 여자가 내 귀걸이도 삼켰어. 어젯밤에 했던 새 귀걸이."

"안타까운 일이네."

"알고 보니 카터가 환자한테서 공짜로 받은 거래. 자기 손으로 산 것조차 아닌 거지."

"그럼 이러나저러나 자기도 원치 않았겠네. 오늘 아침에 벤이랑 얘기했어. 앤 새비지가 MUSC*에 입원해서 지금은 중환자실에 있대. 뭐든 더 알게 되면 전화할게."

오전 내내 전화가 울렸다. 그 사건이 조간신문에 실리지 않은 건 상관없었다. CNN, NPR, CBS, 그 어떤 취재기관도 올드 빌리지 여자들에게 적수가 되지 못했다.

"경보기가 벌써 동나고 있대." 키티가 말했다. "호스가 그러는데 경보기를 구하려고 연락한 업체마다 집으로 답사를 나오는 데만 삼 주는 걸릴 거라고 했대. 그 삼 주간 어떻게 살아남아야 할지 모르겠어. 호스는 자기한테 총이 있으니 우리는 안전하다고 말하지만, 거짓말 안 보태고, 내가 이 남자랑 비둘기 사냥을 해봤

---

* 사우스캐롤라이나 의과대학병원.

거든. 이 인간 하늘도 겨우 맞혀."

다음은 슬리크였다.

"아침시간 내내 자기를 위해 기도했어."

"고마워, 슬리크."

"듣자하니 새비지 부인네 조카가 북부 어딘가에서 여기로 이사왔다는데." 그 이상 구체적으로 설명할 필요는 없었다. 북부 어딘가는 대략적으로 죄다 같다는 걸 누구나 알았다. 무법천지인데다 상대적으로 야만스러운 곳. 멋진 박물관과 자유의 여신상이 있다지만 서로에게 신경을 끄다시피 하는 그곳 사람들은 타인을 길거리에서 죽게 그냥 내버려뒀다. "릴런드가 얘기해줬는데 부동산 업자들 몇이 새비지 부인네에 들러서 집을 매물로 내놓으라고 설득한 적이 있대. 근데 그 남자가 팔지 않겠다고 했다나. 집을 방문한 업자 누구도 새비지 부인을 보진 못했고. 남자 말로는 부인이 침대 밖으로 나오지 못한다고 했대, 너무 아파서. 자기 귀는 어때?"

"그 여자가 귓불을 삼켰어."

"진짜 어떡하면 좋아. 정말 근사한 귀걸이였는데."

그날 오후에 그레이스가 뉴스 속보를 가지고 다시 전화했다.

"퍼트리샤, 나 그레이스 캐버노야. 방금 벤한테 들었어. 한 시간 전에 새비지 부인이 사망했대."

퍼트리샤는 눈앞이 갑자기 잿빛으로 변했다. 가족실이 어둡고 우중충해 보였다. 노란색 리놀륨 바닥은 빛이 바랜 듯했고 벽면의 전등 스위치 주변에 찍힌 꼬질꼬질한 손자국들이 일일이 눈에 들어왔다.

“어쩌다?”

“광견병은 아니래, 자기가 걱정하는 게 그거라면. 패혈증 같은 거였나봐. 영양실조에 탈수증도 있었고, 덧난 자상이랑 상처들이 몸에 그득했대. 벤이 그러는데 부인이 이 정도로 버텼다는 데 의사들도 놀랐대. 벤이 심지어 뭐라고 했냐면……” 이 부분에서 그레이스가 목소리를 낮췄다. “부인 허벅지 안쪽에 주삿자국들이 있었다는 거야. 통증 때문에 뭔가를 투약했던 모양이지. 새비지네 가족이 그걸 비밀로 하고 싶었던 게 분명해.”

“그저 이 상황이 처참하기만 해.”

“또 귀걸이 얘기야? 부인이 삼킨 걸 되찾는다 해도 다시 차고 다닐 엄두가 나겠어? 그게 어디 있다 나왔는지 뻔히 아는 마당에?”

“뭐라도 들고 가봐야 할까봐.”

“뭐라도 들고 가다니, 그 조카한테?” 그레이스는 그렇게 물으며 점점 목소리를 높이다 조카 부분에서 기막힘이 서린 명확한 고음을 냈다.

“그 사람 고모할머니가 돌아가셨잖아. 내가 뭐라도 해야지.”

“왜?”

"꽃을 가져갈까, 아니면 먹을 거?"

그레이스 쪽에서 기나긴 침묵이 흘렀고, 그런 다음 그녀가 단호히 말했다.

"자기 귀를 뜯어먹은 여자네 가족에게 뭘 해야 적절한 건지 나는 잘 모르겠네. 다만 꼭 그래야 한다면, 그리고 내가 자기라면, 먹을 건 절대로 안 가져가."

토요일에 메리엘런이 전화로 전해준 얘기를 듣고 퍼트리샤는 마음을 정했다.

"당신도 알아야 할 것 같아서." 수화기 너머로 메리엘런이 말했다. "어제 앤 새비지 부인을 화장했어." 막내딸이 초등학교에 입학한 뒤 메리엘런은 스투어스 장례식장의 경리직을 얻었다. 그녀는 마운트 플레전트에서 발생하는 모든 죽음의 세세한 내용을 알았다.

"추도식이나 조의금에 대해 아는 거 있어?" 퍼트리샤가 물었다. "뭐라도 보내고 싶어."

"조카라는 사람이 딱 화장만 하고 말았어. 조화도 추도식도 없고, 신문에 부고도 없이. 그러고 보면 부인을 유골함에 넣었을 것 같지도 않아. 유골함을 다른 데서 구한 게 아니고서야. 구멍 하나 파서 뼛가루를 던져넣고 말지도 모르지. 여기서 보여줬던 무심함으로 미뤄보자면."

그 사실이 퍼트리샤를 잠식했다. 래그태그를 줄에 매어놓지 않았던 일이 어떤 방식으로든 앤 새비지의 죽음을 야기했을지도 모른다는 의심 때문만이 아니었다. 언젠가 그녀도 앤 새비지나 미스 메리의 나이가 될 터였다. 코리와 블루도 카터의 형제들처럼 굴며 그녀를 이리저리 떠넘기게 될까, 원치 않는 과일케이크처럼? 누가 그녀라는 덤터기를 쓸지를 두고 다투게 될까? 카터가 죽으면 아이들이 이 집과 그녀의 책과 가구를 팔고 저들끼리 그 수익을 나눠서 그녀의 수중에는 아무것도 남지 않게 될까?

퍼트리샤는 고개를 들다 문간에 버티고 선 미스 메리를 발견할 때마다, 외출복을 차려입고 한 팔에 가방을 든 채 다음 일을 모르겠다는 듯 고요히 자신을 응시하는 그녀를 볼 때마다, 그 상태에서 고작 몇 걸음만 더 가면 그녀가 옆마당에 웅크리고 앉아 너구리 고기를 생으로 뜯는 지경으로 돌변할 것만 같은 기분을 느꼈다.

한 여자가 죽었다. 퍼트리샤는 뭐라도 들고 그 집에 가봐야 했다. 그레이스가 옳다. 말이 안 되는 일이다. 하지만 말이 돼서가 아니라 그저 저지르는 통에 하게 되는 일도 있는 법이다.

6장

금요일 내내 친구와 친지들이 집에 들르면서 꽃다발 여섯 개, 〈서던 리빙〉 두 권과 〈레드북〉 한 권, 캐서롤 세 접시(옥수수, 타코, 시금치), 500그램들이 커피, 와인 한 병, 파이 두 개(보스턴 크림, 복숭아)를 가져왔다. 퍼트리샤는 지금 상황을 고려할 때 캐서롤을 새비지 부인네에 다시 선물하는 게 적절하겠다고 판단하고 타코 캐서롤을 꺼내 해동했다.

카터는 주말인데도 일찍 출근했다. 그린 부인과 미스 메리는 뒤뜰에 자리잡았다. 온화하고 따뜻한 아침이었고, 그린 부인이 〈패밀리 서클〉 잡지를 휘휘 넘기는 사이 미스 메리는 새 모이통을 응시했다. 새 모이통은 여느 때와 다름없이 다람쥐로 바글거렸다.

"햇빛이 마음이 드시나요, 미스 메리?"

미스 메리가 누액으로 축축한 눈을 퍼트리샤에게 향하고는 그녀를 쏘아보았다.

"어젯밤에 호이트 피컨스가 왔다."

"귀가 한결 나아 보이네요." 그린 부인이 말했다.

"감사합니다."

미스 메리의 발치에 누워 있던 래그태그가 덤불에서 전속력으로 튀어나와 풀밭을 쏜살같이 가로지르는 크고 시커먼 습지쥐를 보고 갑자기 흥분했다. 그 바람에 퍼트리샤가 질겁했고 다람쥐 세 마리가 소스라치며 달아났다. 습지쥐는 옆집 랭스네 부지와 퍼트리샤네 사이 울타리의 가장자리를 따라 질주하더니 등장만큼이나 잽싸게 사라졌다. 래그태그는 다시 고개를 떨구었다.

"쥐약을 놔야겠어요." 그린 부인이 말했다.

퍼트리샤는 해충처리인에게 전화해 쥐약도 취급하는지 물어봐야겠다고 머릿속 수첩에 기록했다.

"길 아래에 가서 캐서롤만 전해주고 올게요."

"우리는 점심을 먹을 참이에요." 그린 부인이 말했다. "점심으로 뭘 드시고 싶어요, 미스 메리?"

"호이트." 미스 메리가 말했다. "그놈 이름이 뭐였지? 그 호이트?"

퍼트리샤는 간단한 쪽지(삼가 조의를 표합니다, 캠벨 가족 드림)를 써서 타코 캐서롤을 덮은 은박지에 붙인 뒤 점차 따뜻해지는 거리를 걸어내려가 새비지 부인의 집으로 향했다. 꽁꽁 얼어 차가운 캐서롤을 앞에 들고.

날이 무더운 하루로 바뀌는 중이었고, 길을 벗어나 새비지 부인의 흙 깔린 마당으로 들어설 때쯤 퍼트리샤는 약간의 땀으로 번들거렸다. 조카라는 사람이 집에 있는 게 분명했다. 그늘 아래 잔디에 그의 흰색 밴이 주차된 걸 보면. 올드 빌리지에는 어울리지 않는 듯했다. 메리엘런이 지적했던 대로 아동유괴범이나 몰 법한 차처럼 보였으니까.

퍼트리샤는 현관으로 이어지는 목제 계단을 올라 방충문을 똑똑 두드렸다. 잠시 후 다시 두드렸지만 아무 기척이 없었다. 실내에서 공허하게 메아리치는 노크 소리, 새비지 부인네 마당과 옆집 존슨네를 가르는 배수용 인공연못에서 매미가 내지르는 비명만이 귀에 들리는 전부였다.

퍼트리샤는 다시 노크하고 기다리며 길 건너를 살폈다. 동네에서 가장 아름다운 슬레이트 지붕을 자랑했던 쇼트리지네 집을 개발자들이 헐어버린 곳이었다. 집이 있던 자리에는 외지에서 들어온 누군가가 호사스러운 미니 맨션을 짓는 중이었다. 올드 빌리지 전역에 이 흉물덩어리들이 우후죽순으로 생겨났다. 부지의 이쪽 경계에서 저쪽 경계까지 마구잡이로 뻗은 거대하고 둔중한 건물들은 뜰 만들 공간 하나 허락하지 않았다.

캐서롤을 두고 그냥 갈까 했지만 그 조카와 말 한 마디 못해보려고 여기까지 온 게 아니었다. 퍼트리샤는 현관 문고리를 한번 돌려보기로 했다. 캐서롤을 쪽지랑 함께 부엌 조리대에 두고 오면 돼, 혼잣말을 하면서. 방충문을 열고 문고리를 돌렸다. 빽빽한 듯하다 이내 활짝 열렸다.

"유후?" 퍼트리샤가 어둑한 실내에 대고 말했다.

대답이 없었다. 퍼트리샤는 안으로 발을 디뎠다. 블라인드가 전부 내려가 있었다. 실내 공기는 뜨겁고 탁했다.

"계세요? 피어레이츠 크루즈에 사는 퍼트리샤 캠벨입니다만?"

답이 없다. 퍼트리샤가 새비지 부인의 집에 들어온 건 이번이 처음이었다. 전실은 육중하고 낡은 가구로 빽빽했다. 주류판매점 상자와 광고물이 든 종이가방이 바닥을 뒤덮었고 전단지, 카탈로그, 둘둘 말린 〈몰트리 신문〉 뭉치들이 의자마다 넘쳐났다. 먼지투성이에 후줄근한 샘소나이트 여행가방 네 개가 벽 근처에 줄지어 서 있었다. 현관을 두른 붙박이 선반에는 물에 젖어 쭈글쭈글해진 로맨스소설이 빼곡했다. 굿윌 중고매장의 냄새가 났다.

퍼트리샤를 기준으로 좌측에 있는 출입구는 컴컴한 부엌으로 이어졌고 우측의 문은 집 뒤쪽으로 곧장 연결되었다. 천장에 달린 팬이 머리 위에서 무기력하게 돌았다. 퍼트리샤는 정면의 복도를 쭉 살폈다. 저쪽 끝에서 반쯤 열린 문이 침실로 이어지지 싶었다. 거기서 창문형 에어컨의 앓는 소리가 흘러나왔다. 조카라는 사람이 외출하지 않고 집에 있으면서 에어컨을 켜둔 게 분명했다.

퍼트리샤는 숨을 가다듬으며 조심조심 복도를 걸어가 침실문을 밀어 열었다.

"계세요?"

침대에 누운 남자는 죽어 있었다.

누비이불 위의 남자는 작업화를 그대로 신은 채였고 청바지와 흰색 버튼업셔츠 차림이었다. 양손은 몸통 옆에 있었다. 키가 180센티미터는 족히 넘을 듯 거대했고 침대 밖으로 발이 나와 있었다. 덩치는 컸지만 굶주려 보였다. 피골이 상접한 몰골이었다. 병색 완연한 피부가 파리하고 섬세하게 주름져 있었으며 푸석한 금발은 가늘었다.

"실례합니다만?" 퍼트리샤가 떨리고 갈라지는 목소리로 물었다.

그녀는 안으로 꾸역꾸역 들어간 다음 침대 끝에 캐서롤 그릇을 놓고 남자의 손목을 짚었다. 살갗이 차가웠다. 맥박이 없었다.

남자의 얼굴을 유심히 살폈다. 얇은 입술, 큰 입, 도드라진 광대뼈. 잘생김과 어여쁨 사이 어딘가에 속할 외모였다. 퍼트리샤는 그의 어깨를 흔들어봤다, 혹시 모르는 거니까.

"선생님?" 목소리가 꺽꺽거렸다. "선생님!"

손바닥 아래서 남자의 몸은 움직임이 없었다. 콧구멍에 검지를 가져다댔다. 호흡이 없다. 퍼트리샤는 간호사적 본능이 발동했다.

한 손으로 남자의 턱을 당기고 다른 손으로 윗입술을 당겨 젖혔다. 그리고 손가락을 넣어 입속을 확인했다. 혀가 바싹 말라 있었다. 기도에는 막힌 게 전혀 없었다. 퍼트리샤가 남자의 얼굴로 몸을 숙이며 문득 깨달은 건, 팔꿈치 안쪽 혈관이 간질간질한 게, 십구 년 세월 동안 남편 아닌 외간남자와 이렇게 가까이 있어본 게 처음이라는 사실이었다. 그녀는 남자의 갈라진 입술에 자신의 마른 입술을 대고 밀착시켰다. 손가락으로 남자의 코를 막고 기도에 공기를 강하게 세 번 불어넣었다. 다음으로 흉부압박을 강하게 세 번 실시했다.

반응이 없다. 두번째 시도를 위해 몸을 숙이고 입술을 밀착한 뒤 공기를 불어넣었다. 한 번, 두 번, 그러다 난데없이 들어온 공기가 목구멍을 밀고 내려가면서 퍼트리샤의 기도가 역으로 진동했다. 그녀가 콜록거리며 허리를 펴려는데 남자가 상체를 벌떡 일으키면서 그의 이마가 퍼트리샤의 측두부를 텅 소리와 함께 들이받았다. 기함하도록 놀란 퍼트리샤가 벽으로 비틀비틀 뒷걸음질쳤다. 그러다 다리에 힘이 풀려 주저앉으며 엉덩방아를 찧었다. 남자가 사나운 눈으로 펄쩍 뛰다시피 일어나는 와중에 캐서롤 그릇이 바닥에 떨어져 쨍그랑거렸다.

"망할 이 무슨!" 남자가 소리쳤다.

우악스럽게 방을 훑던 그가 발치에서 퍼트리샤를 발견했다. 그는 가슴을 들썩이며 입을 떡 벌린 채 어스름 속 그녀를 향해 눈을 가늘게 떴다.

"여기는 어떻게 들어왔어?" 그가 소리쳤다. "당신 누구야?"

퍼트리샤는 가까스로 숨을 고르고 꺽꺽거렸다. "퍼트리샤 캠벨이에요. 피어레이츠 크루즈에 사는."

"뭐?" 남자가 빽 소리를 질렀다.

"그쪽이 죽었다고 생각했어요."

"뭐?" 남자가 다시 빽 소리를 질렀다.

"심폐소생술을 실시한 거예요. 그쪽이 숨을 쉬지 않았어요."

"뭐?" 남자가 한번 더 빽 소리를 질렀다.

"그쪽 이웃이라니까요?" 퍼트리샤는 움츠러들었다. "피어레이츠 크루즈에 사는?"

남자가 방문 밖을 내다보았다. 침대를 돌아보았다. 그리고 퍼트리샤를 내려다보았다.

"망할." 그가 다시 말했다. 어깨가 아래로 처졌다.

"캐서롤을 가져왔어요." 퍼트리샤가 뒤집힌 캐서롤 그릇을 가리켰다.

남자의 가슴이 들썩거리던 게 약해졌다.

"나한테 캐서롤을 주러 왔단 말입니까?"

"삼가 조의를 표합니다. 나는…… 그쪽 고모할머니가 발견된 게 우리집 마당이었거든요? 어쩌다 신체 접촉이 약간 있었고요? 혹시 우리집 개를 보셨으려나요? 코커스패니얼 교배종인데, 녀석이, 그게…… 차라리 그 녀석을 본 적 없는 편이 더 나으려나요? 그리고…… 그게, 그쪽 어르신의 상태가 악화된 게 우리집 때문이 아니기를 간절히 바랍니다."

"내게 캐서롤을 가져왔다, 내 고모할머니가 죽었기 때문에."
스스로에게 설명이라도 하듯 그가 말했다.

"현관에서 불러도 나오지를 않아서요. 밖에 차가 있는 걸 본 터라 고개만 살짝 넣어본 거예요."

"그리고 복도를 걸어왔죠. 내 방에도 들어왔고."

퍼트리샤는 바보가 된 기분이었다.

"여기 사람들 누구도 그 상황에서 망설이지 않을걸요." 그녀가 설명했다. "여기는 올드 빌리지잖아요. 그쪽은 숨을 쉬지 않았고요."

그가 눈을 부릅떴다가 질끈 감기를 몇 차례 반복하며 미세하게 휘청거렸다.

"나는 정말, 정말 피곤해요."

퍼트리샤는 자리에서 일어나도록 그가 도와주지 않으리라는 사실을 깨닫고 혼자 힘으로 몸을 일으켰다.

"이건 내가 치울게요." 그녀가 캐서롤 그릇으로 손을 뻗으며 말했다. "내가 정말 어리석게 느껴지네요."

"아니, 그만 가주시죠." 그의 몸이 흔들거리며 고개가 상하좌우로 미세하게 경련했다.

"잠깐이면 될 텐데요."

"부탁합니다. 제발, 그냥 가세요. 혼자 있어야겠습니다."

그가 퍼트리샤를 방문으로 안내했다.

"걸레를 가져올게요. 얼룩 안 남게 할 수 있어요." 퍼트리샤가 복도로 떠밀리며 말했다. "미안해 죽겠어요. 인사도 나누지 않은 사이인데 불쑥 들어오다니. 하지만 그쪽이 숨을 쉬지 않는 게 보였다고요. 나는 간호사였고, 아니 간호사고 그래서 그쪽이 아픈 게 분명하다고 생각한 건데, 내가 꼭 멍청이처럼 느껴져요."

퍼트리샤가 주절거리는 사이 남자는 그녀를 어수선한 전실로 몰아갔고 현관문을 연 다음 문 뒤에 섰다. 잔뜩 찡그린 그의 눈에서 눈물이 줄줄 흘렀다. 퍼트리샤는 떠나달라는 남자의 말이 진심임을 알았다.

"정말로," 그녀가 방충문 손잡이를 잡고 서서 말했다. "진짜 미안해요. 방해하려던 게 아니었어요."

"나는 다시 자러 가야 해요." 남자가 말하며 한 손을 퍼트리샤의 등에 댔고, 다음 순간 그녀는 방충문을 통과해 바깥현관의 작열하는 태양 아래에 섰으며, 그녀의 면전에서 현관문이 단호히 닫혔다. 퍼트리샤는 자신이 이 집에 들어가던 장면을 아무도 보지 않았기를 바랐다. 누구에게든 자신의 멍청함을 들킨다면 차라리 죽어버릴 것이다.

그리고 몸을 돌렸다가 그녀는 기겁했다. 황갈색 대형 세단이 당장이라도 그녀를 치어버릴 듯 앞마당으로 코를 들이밀었다. 차 앞유리 위에 비친 눈부신 햇빛 너머로 프랜신, 즉 새비지 부인의 살림을 돌봐주는 여자가 보였다. 프랜신은 나이가 꽤 들었고 얼굴이 말라비틀어진 사과 같았다. 까칠한 성정 때문에 이제 올드 빌리지에는 그녀를 불러다 쓰는 사람이 그리 많지 않았다.

차창을 사이에 두고 둘의 시선이 마주쳤다. 퍼트리샤는 인사 비슷한 것이라고 말하기도 뭐하게 한 손을 들어 보인 다음 고개를 숙이고 전속력으로 길을 걸으면서 프랜신이 이 일을 떠벌릴지도 모를 모든 이들의 이름을 머릿속으로 헤아렸다.

7장

집에 가는 내내 퍼트리샤의 입술에서 새비지 부인네 조카의 맛이 났다. 퀴퀴한 향신료, 가죽, 낯선 살갗의 맛. 그 덕분에 혈관 속 피가 끓어올랐다. 그러고는 죄책감에 압도되어 두 차례 양치질을 한 뒤 복도 서랍에서 반쯤 남은 오래된 리스테린 병을 찾아 입술에서 페퍼민트향 인공첨가제 맛이 날 때까지 입을 헹궜다.

남은 하루 동안 퍼트리샤는 누군가가 집에 들러 새비지 부인네서 뭘 했느냐고 물을 것 같은 공포에 시달렸다. 피글리위글리 슈퍼마켓에 갔을 때는 프랜신 부인과 마주칠까 두려웠다. 전화가 울릴 때마다 소스라쳤다. 잠든 남자한테 심폐소생술을 시도했다는 소문을 들은 그레이스일 것 같아서.

그러나 밤이 왔고 사람들로부터는 아무 얘기도 없었다. 물론 저녁식사 자리에서 카터와 눈을 마주칠 엄두가 안 났지만 자러 갈 즈음에는 그 조카의 입술 맛을 잊었다. 다음날 아침에는 한 주

동안 코리를 내려주고 태울 장소를 파악하고, 블루에게 아돌프 히틀러에 대한 책을 읽게 하는 대신 지역사 시험공부를 시키다가 프랜신 문제를 잊었다.

퍼트리샤는 코리와 블루의 여름 캠프(코리는 축구, 블루는 일일 과학)가 제대로 등록되었는지 확인하고, 그레이스에게 전화해 에어컨 수리기사의 연락처를 얻었다. 장을 보고 점심 도시락을 쌌다. 대출 도서를 반납하고 아이들의 성적표에 서명했으며(감사하게도 올해는 하계학기가 없었다), 매일 아침 부리나케 집을 나서는 카터를 좀처럼 보지 못했고("약속할게." 그가 말했다. "이번 일 끝나자마자 해변에 가자."), 어느덧 일주일이 지난 뒤 저녁 식탁에 앉아 자신은 전혀 관심 없는 뭔가에 대해 코리가 불퉁대는 소리를 듣는 둥 마는 둥 하고 있었다.

"내 말 듣고 있어요?"

"뭐라고?" 퍼트리샤가 정신을 차리며 되물었다.

"커피가 벌써 또 떨어져가다니 이해가 안 되네." 카터가 식탁 반대쪽에서 말했다. "혹시 애들이 먹어치우나?"

"히틀러는 카페인이 독이라고 했어요." 블루가 말했다.

"그러니까," 코리가 다시 시작했다. "블루가 쓰는 방은 바다를 보고 있어서 창문을 열면 바람이 들어오잖아요. 천장에 팬도 달려 있고요. 이건 불공평해요. 내 방에도 팬 좀 달아주면 안 돼요? 아니면 에어컨 고칠 때까지만 로리네 집에 가 있으면 안 돼요?"

"로리네 집에 가 있는 건 안 될 말이야." 퍼트리샤가 말했다.

"대체 어쩌면 깁슨네 가족이랑 살고 싶다는 생각을 할 수 있지?" 카터가 물었다.

아이들이 얼토당토않은 말을 할 때만큼은 그들 부부도 한 배에 탄 운명인 셈이었다.

"에어컨이 고장났으니까요." 코리가 포크로 접시 위 닭가슴살을 괴롭히며 말했다.

"고장난 거 아냐." 퍼트리샤가 말했다. "작동이 잘 안 될 뿐이지."

"수리기사한테 전화는 했어?" 카터가 물었다.

퍼트리샤는 그에게 양육의 비밀언어가 담긴 눈빛을 쏘며 이렇게 암시했다. 애들 앞에서는 나랑 한 배에 탄 채로 있어. 이 문제는 나중에 따로 얘기해.

"당신 전화 안 했지, 그렇지? 코리 말이 맞아. 너무 덥다고."

분명했다. 카터는 양육의 비밀언어라고는 몰랐다.

"나한테 사진이 있다." 미스 메리가 말했다.

"무슨 사진이요, 엄마?"

카터는 어머니와 가급적이면 자주 한 식탁에 앉는 게 중요하다고 생각했다. 그럴 때면 블루를 식탁에 앉히는 게 고역인데도 그랬다. 미스 메리는 입에 들어가는 음식이 반, 무릎에 흘리는 음식이 반이었고, 컵은 물을 마시기 전 입속 내용물을 먼저 삼켜야 한다는 사실을 잊은 그녀가 뱉어낸 음식물로 뿌옜다.

"그 사진에 놈이 있어…… 그놈은 남자다."

"맞아요, 엄마." 카터가 말했다.

그 순간 천장에서 바퀴벌레 한 마리가 떨어져 미스 메리의 물컵으로 입수했다.

"엄마!" 코리가 의자에서 펄쩍 뛰어 뒤로 비켜나며 소리쳤다.

"바퀴벌레!" 블루가 방정맞게 외치며 벌레가 더 있는지 보려고 천장을 훑었다.

"찾았다!" 카터가 샹들리에에서 한 마리를 더 찾아내고는 퍼트리샤가 아끼는 리넨 냅킨을 든 손을 그쪽으로 뻗었다.

퍼트리샤는 가슴이 내려앉았다. 이 일화가 자기 집의 형편없음을 보여주는 가족사로 자리매김하는 게 벌써부터 눈에 훤했다. "기억나?" 아이들이 좀더 크면 서로에게 이렇게 물을 터였다. "엄마네 집이 어찌나 더러웠던지 천장에서 바퀴벌레가 떨어져 메리 할머니 컵에 들어갔던 거? 그거 기억나?"

"엄마, 너무 역겹잖아요!" 코리가 말했다. "엄마! 할머니가 저거 못 마시게 해요!"

정신을 차리고 보니 미스 메리가 물컵을 가져다 입에 대려는 찰나였다. 뿌연 물속에서 바퀴벌레가 몸부림쳤다. 퍼트리샤는 자리에서 튀어올라 미스 메리의 손에서 컵을 뺏은 다음 싱크대에 내용물을 부었다. 수돗물을 틀어 바퀴벌레와 음식찌꺼기 침전물을 하수구로 내려보낸 뒤 쓰레기 분쇄기를 작동시켰다.

그때 초인종이 울렸다.

다이닝룸에서 코리의 야단법석이 계속되는 중이었고, 어쨌든 그 상황을 모면하고 싶은 마음에 퍼트리샤가 소리쳤다. "내가 나갈게." 그녀는 가족실을 통과해 고요하고 어두운 전실로 향했다. 코리가 난리치는 소리가 거기까지 들렸다. 현관문을 연 퍼트리샤의 혈관에 수치심이 들이쳤다. 현관등 아래에 새비지 부인네 조카가 서 있었다.

"내가 방해하는 게 아니면 좋겠군요. 캐서롤 그릇을 돌려주러 왔습니다."

이 남자가 그 남자와 동일인이라는 사실이 믿기지 않았다. 창백한 건 같았지만 지금 그의 피부는 보드랍고 팽팽했다. 왼쪽으로 가르마를 탄 머리칼은 튼튼하고 풍성했으며 새 제품인 듯한 청바지 속에 카키색 워크셔츠를 단정히 넣어 입은 차림이었다. 팔꿈치까지 걷어올린 소매 밑으로 굵은 팔뚝이 보였다. 얇은 입술의 양쪽 꼬리에는 옅은 미소가 걸려 있었다. 둘이서 은밀한 농담이라도 나눴다는 듯. 퍼트리샤의 입술도 반사적으로 씰룩이며 미소를 머금는 게 느껴졌다. 그의 커다란 손에 캐서롤 접시가 들려 있었다. 유리접시에는 티끌 한 점 없었다.

"집에 불쑥 들어가서 정말 미안해요." 퍼트리샤가 한 손으로 입을 가리며 말했다.

"퍼트리샤 캠벨. 이름이 기억나기에 전화번호부에서 찾아봤어요. 사람들이 음식은 열심히 가져다주는데 그릇은 결코 찾아가지 않는다는 걸 나도 잘 알거든요."

"이렇게까지 하지 않아도 되는데." 퍼트리샤가 말하며 그릇에 손을 뻗는데 남자가 그릇을 놔주지 않았다.

"그날 내 행동을 사과하고 싶어요."

"아뇨, 내가 미안하죠." 얼마나 힘을 주어야 무례하게 느껴지지 않는 선에서 그릇을 빼낼 수 있을까 궁금해하며 퍼트리샤가 말했다. "분명 나를 바보라고 생각했겠죠. 그쪽의 낮잠을 방해했고 나는…… 정말로 그쪽이…… 나는 간호사였거든요. 어쩌다 그렇게 멍청한 실수를 하고 말았는지 모르겠어요. 정말 미안해요."

남자의 이마에 주름이 패고 눈썹이 중간만큼 들리는 게 진심으로 마음을 쓰는 듯 보였다.

"사과를 참 많이 하시네요."

"미안해요." 퍼트리샤가 황급히 말했다.

그러고는 자신이 한 짓을 즉각 깨닫고 얼어붙었다가 다음으로 어찌할 바를 몰라 허둥지둥했다. 그래서 헛소리를 내질렀다. "사과하지 않는 건 사이코패스뿐이죠."

그 말이 입 밖으로 나온 순간 퍼트리샤는 차라리 아무 말도 하지 말 걸 싶었다. 남자가 잠자코 그녀를 살피더니 말했다. "그렇다면 나도 미안합니다."

둘은 잠시 마주보며 서 있었다. 그러다 퍼트리샤가 그의 말뜻을 이해하고 웃음을 터트렸다. 그도 따라 웃었다. 퍼트리샤는 그가 마침내 넘겨준 캐서롤 그릇을 몸으로 당겨와 방패처럼 복부에 대고 안았다.

"미안하다는 말 다시는 안 할 거예요." 퍼트리샤가 말했다. "아무 일도 없었던 듯 새로 시작할 수 있을까요?"

그가 커다란 손을 내밀었다. "제임스 해리스예요."

그녀는 그 손을 잡고 악수했다. 차갑고 강인한 손이었다.

"퍼트리샤 캠벨이에요."

"거기에 대해서는 진심으로 유감입니다." 그가 자신의 왼쪽 귀를 가리켰다.

그 말에 잘린 귀를 떠올린 퍼트리샤가 좌측으로 살짝 몸을 돌리고 황급히 머리칼을 내려 꿰맨 자국을 덮었다.

"뭐." 그녀가 말했다. "그러라고 귀가 두 개 있는 거겠죠."

이번 그의 웃음은 짧고 느닷없었다.

"자기 귀를 갖고 그렇게 너그러울 수 있는 사람은 많지 않을걸요."

"별다른 선택의 여지가 없었던 걸로 기억해서요." 퍼트리샤는 말한 뒤 농담이라는 걸 알리려 미소를 지었다.

그도 웃어주었다.

"두 분은 가까우셨어요?" 그녀가 물었다. "당신과 새비지 부인은?"

"우리 가족은 서로 가깝지 않아요. 하지만 가족이 필요로 하면, 출동이죠."

퍼트리샤는 문을 닫고 현관에 서서 이 남자와 진짜 어른다운 대화를 하고 싶었다. 정말 겁을 먹긴 했었지만 그는 따뜻하고 재미있었다. 게다가 퍼트리샤라는 사람 자체에 대한 관심이 담긴 눈으로 그녀를 봐주었다. 집안에서 앙칼진 목소리들이 흘러나왔다. 당황해 미소 짓던 그녀에게 남자를 붙잡을 방법이 하나 떠올랐다.

"우리 가족을 만나보겠어요?"

"식사를 방해하고 싶지 않은데요."

"만나준다면 내가 고마울 것 같아요."

그가 아주 잠시 그녀를, 아무 표정 없이, 가늠하듯 바라보았다. 그리고 그녀를 따라 미소 지었다.

"이게 정식 초대라면요."

"초대받은 거라고 생각해줘요." 퍼트리샤가 말하며 옆으로 비켜섰다. 잠시 후 그가 그녀의 문턱을 넘어 어두운 전실로 들어섰다.

"제임스 씨, 아무 말도 안 하실 거죠?" 그녀가 양손에 든 캐서롤 그릇을 내보였다. "이건, 그렇죠?"

그의 표정이 사뭇 진지해졌다.

"그건 우리만의 비밀이 될 겁니다."

"고마워요."

환하게 불을 밝힌 다이닝룸으로 그를 데려가자 모두가 말을 멈췄다.

"카터." 퍼트리샤가 말했다. "여기는 제임스 해리스 씨, 앤 새비지 부인의 조카예요. 제임스, 여기는 내 남편 닥터 카터 캠벨이에요."

카터가 자리에서 일어나 반사적으로 악수를 청했다. 아내의 귀를 물어뜯은 여자네 조카를 매일같이 만나기라도 하는 사람 같았다. 반면 블루와 코리는 공포 속에서 엄마와 이 거대한 이방인을 번갈아 보며, 왜 이 사람을 집에 들였나 의아해했다.

"여기는 아들, 카터 주니어예요. 우리는 블루라고 부르지만요. 그리고 여기는 딸, 코리."

제임스가 블루와 악수한 뒤 코리를 향해 식탁을 도는 사이, 퍼트리샤는 그의 시선으로 자신의 가족을 보았다. 그를 버릇없이 응시하는 블루. 멕시코 스타일 후드티에 축구용 반바지를 입고 의자 뒤에 서서 그가 동물원 짐승이라도 되는 양 얼이 빠져 쳐다보는 코리. 입속이 비었는데도 씹고 또 씹는 미스 메리.

"여기는 미스 메리 캠벨, 제 시어머니예요. 우리와 함께 사세요."

제임스가 미스 메리에게 한 손을 내밀었다. 미스 메리는 입술을 앙다문 채 소금통과 후추통만 뚫어져라 보았다.

"만나서 반갑습니다, 부인."

미스 메리는 축축한 눈을 들어 그의 얼굴을 보고 잠시 샅샅이 살핀 뒤 턱을 부르르 떨더니 다시 소금통과 후추통으로 눈길을 돌렸다.

"나한테 사진이 있다." 미스 메리가 말했다.

"식사를 방해하고 싶지 않습니다." 제임스가 손을 거두며 말했다. "그릇을 돌려주러 들른 것뿐이에요."

"디저트 같이 드실래요?" 퍼트리샤가 물었다.

"그게……"

"블루, 식탁을 정리하렴. 코리는 그릇을 챙겨 오고."

"내가 디저트를 엄청 좋아하기는 하죠." 제임스가 말하는 사이 블루가 지저분한 접시 무더기를 들고 그를 스쳐갔다.

"여기 앉으세요." 퍼트리샤가 자기 좌측의 빈 의자를 보며 고개를 끄덕였다. 제임스가 몸을 얹자 의자가 귀에 거슬리도록 끼이익 소리를 냈다. 그릇이 등장하고 0.5갤런짜리 브레이어스 아이스크림이 카터 앞에 자리잡았다. 그가 꽁꽁 언 아이스크림 표면을 커다란 숟가락으로 난타하기 시작했다.

"무슨 일을 하십니까?" 카터가 물었다.

"이것저것 합니다." 제임스가 대답하는 사이 코리가 아빠 앞에 아이스크림 그릇 더미를 놓았다. "당장은 투자금으로 떼놓은 여윳돈이 좀 있습니다."

퍼트리샤는 다시 생각해봤다. 제임스는 부자일까?

"투자는 어디에 하세요?" 카터가 물으며 아이스크림을 길게 긁어 만든 하얀색 공들을 각자의 그릇에 놓은 뒤 식탁을 따라 전달했다. "주식이랑 채권? 중소기업? 마이크로칩?"

"그보다는 지역색 있는 뭔가를 생각하고 있어요. 어쩌면 부동산이요."

카터가 식탁을 가로질러 제임스 앞에 아이스크림을 놓았다. 그런 다음 굵은 손잡이가 달린 숟가락을 모친의 손에 쥐여주고 그녀 앞에 놓인 바닐라 아이스크림 그릇으로 이끌었다.

"내 분야는 아니네요." 카터가 흥미를 잃으며 말했다.

"혹시 아세요?" 퍼트리샤가 말했다. "내 북클럽 친구 슬리크 페일리라고. 남편이 릴런드인데, 둘 다 부동산에 푹 빠져 있거든요. 여기 상황이 어떤지 그 친구네가 얘기해줄 수 있을지도 몰라요."

"북클럽에 나가세요?" 제임스가 물었다. "나도 독서를 좋아합니다."

"어떤 작가 걸 읽는데요?" 퍼트리샤가 물었다. 카터는 그 둘을 무시하며 모친에게 아이스크림을 먹였고 블루와 코리는 제임스만 빤히 쳐다보았다.

"에인 랜드를 정말 좋아해요. 키지, 긴즈버그, 케루악도요. 『선과 모터사이클 관리술』 읽어봤어요?"

"아저씨 히피예요?" 코리가 물었다.

한심하게도 퍼트리샤는 자신의 딸을 무시하는 제임스가 고마웠다.

"북클럽에 새 회원도 영입하나요?" 그가 계속했다.

"웩." 코리가 말했다. "그냥 나이든 여자들끼리 모여서 와인이나 마시는 거예요. 실제로 책은 읽지도 않는다고요."

퍼트리샤는 이 모든 게 어디서 비롯되는지 알 수 없었다. 코리가 십대가 되어가느라 그러는 것이려니 생각하지만, 메리엘런이 그런 말을 했었다. 아이들이 십대가 된다는 건 당신이 그애들을 좋아하지 않게 되는 것이라고. 퍼트리샤는 딸이 여전히 좋았다.

"북클럽에서는 무슨 책을 읽죠?" 제임스가 코리를 계속 무시하며 물었다.

"다양하게 읽어요. 이번에는 1970년대 가이아나의 작은 마을에 사는 사람들에 관한 멋진 책을 다뤘어요."

퍼트리샤는 그것이 『레이븐—짐 존스 목사와 인민사원 신도들의 비화』*라는 말은 하지 않았다.

"그 북클럽에서는 영화를 빌려다 봐요." 코리가 말했다. "그리고 책을 읽은 척하죠."

"그 책으로 만든 영화는 없어." 퍼트리샤가 억지웃음을 지으며 말했다.

---

* 가이아나 존스타운에서 짐 존스가 이끄는 인민사원 신도 913명이 집단 자살한 사건을 다룬 책.

제임스는 퍼트리샤의 말을 듣고 있지 않았다. 그의 시선이 코리에게 머물렀다.

"네가 엄마에게 버릇없게 구는 이유라도 있니?"

"보통은 저렇지 않아요." 퍼트리샤가 말했다. "괜찮아요."

"어떤 사람들은 문학을 통해서 제 삶을 이해하기도 해." 제임스가 코리를 빤히 응시하며 말했다. 그 시선의 격렬함에 눌린 코리가 꼼지락거렸다. "넌 무슨 책을 읽고 있지?"

"『햄릿』이요." 코리가 대답했다. "셰익스피어 작품이죠."

"숙제로 읽는 거." 제임스가 대꾸했다. "내 말은, 다른 사람이 대신 골라준 것 말고 넌 무슨 책을 읽는데?"

"앉아서 책이나 읽을 시간 없거든요. 학교에 가야 하고, 지금은 축구팀이랑 배구팀 주장을 맡고 있어서요."

"책을 읽는 사람들은 여러 인생을 살아. 책을 읽지 않는 사람들은 한 가지 인생밖에 못 살지. 남들이 시키는 걸 하고 남들이 읽으라는 걸 읽는 게 행복하다면 너를 말리지는 않을게. 그저 딱하게 느껴질 뿐이야."

"나는……" 코리가 항변하려다 멈췄다. 지금껏 그애는 누군가로부터 딱하다는 소리를 들어본 적이 없었다. "그러시든지요." 코리는 그렇게 말하고는 의자에 늘어졌다.

퍼트리샤는 여기서 자신이 불쾌함을 느껴야 하는 건지 궁금했다. 이건 그녀가 경험해본 적 없는 영역이었다.

"지금 다들 무슨 책 얘기를 하는 겁니까?" 카터가 모친의 입에 아이스크림을 더 집어넣으며 물었다.

"아내분의 북클럽이요." 제임스가 말했다. "나는 책을 유난히 좋아해요. 군인 집안에서 자랐고, 그래서 어디를 가든 책이 친구였죠."

"진짜 친구가 없으니까." 코리가 웅얼거렸다.

미스 메리가 고개를 들고 제임스를 똑바로 쳐다보았다. 미스 메리의 동공이 카메라 렌즈처럼 그를 클로즈업하는 소리가 퍼트리샤의 귀에 들리는 듯했다.

"내 돈 내놔." 미스 메리가 욱하며 말했다. "네놈이 우리 아버지에게 빚진 돈 말이다."

식탁에 정적이 흘렀다.

"그게 뭔데요, 엄마?" 카터가 물었다.

"슬금슬금 다시 돌아왔구나, 네놈. 그래도 내 눈은 못 속인다."

미스 메리가 제임스를 노려보았다. 성긴 잿빛 눈썹을 한껏 일그러트리고 입가의 늘어진 피부를 당겨 분노의 매듭을 지었다. 퍼트리샤가 제임스에게 눈을 돌렸다. 그는 생각하는 중이었다. 뭔가를 떠올리려 진정으로 애쓰는 중이었다.

"엄마가 옛날에 알았던 누군가로 착각하는 거예요." 카터가 설명했다. "오락가락하세요."

미스 메리의 의자가 뒤로 밀리며 귀청이 찢어질 듯한 소리를 냈다.

“엄마.” 카터가 모친의 팔을 잡았다. “다 드셨어요? 제가 도와드릴게요.”

미스 메리가 카터의 손을 뿌리치고 일어났다. 두 눈이 제임스에게 고정된 채였다.

“너는 하찮은 어미의 일곱째 아들.” 미스 메리가 말하며 그를 향해 한 걸음 내디뎠다. 그녀의 턱에 볏 모양으로 처진 살이 진동했다. “개의 날이 올 때 우리가 네놈의 눈구멍에 못을 박을 것이다.”

미스 메리가 손을 뻗어 식탁을 짚고 몸을 지탱했다가 제임스 쪽으로 휘청거렸다.

“엄마.” 카터가 말했다. “진정하세요.”

“네놈을 알아볼 사람이 없다고 생각했겠지. 하지만 나한테 네놈의 사진이 있어, 호이트.”

제임스가 미동도 없이 미스 메리를 빤히 쳐다보았다. 눈조차 깜빡이지 않았다.

“호이트 피컨스.” 미스 메리가 말하고는 침을 뱉었다. 시골 행상인의 “캭, 퉤”처럼, 그러니까 세차게 바닥을 때리는 뭔가를 의도하고 뱉은 것이었지만 그 대신 바닐라 아이스크림으로 걸쭉해지고 닭고기로 얼룩진 흰색 침 뭉텅이 하나가 아랫입술에서 나와 턱을 타고 흐르다 그녀의 앞섶에 똑 떨어졌을 뿐이었다.

“엄마!” 카터가 외쳤다.

퍼트리샤는 블루가 구역질 때문에 냅킨으로 얼굴 아래쪽을 막는 걸 보았다. 코리는 의자에 그대로 앉은 채 할머니에게서 멀찍이 떨어졌다. 카터가 냅킨 든 손을 모친에게 뻗었다.

"정말 미안해요." 퍼트리샤가 제임스에게 말하며 자리에서 일어났다.

"나는 네놈이 누군지 알아." 미스 메리가 제임스에게 고함쳤다. "아이스크림색 옷을 입었지."

퍼트리샤는 그 순간 미스 메리가 미웠다. 흥미로운 사람이 집에 들러 책 얘기를 하려는데 미스 메리는 그마저도 허락하지 않았다.

퍼트리샤는 미스 메리를 다이닝룸 밖으로 떠밀듯 재촉했다. 겨드랑이 아래에 손을 넣고 당기면서 그 손길이 약간 거칠다 해도 신경쓰지 않았다. 그녀의 뒤에서 제임스가 일어나는 기척이 느껴지는데 카터와 코리가 동시에 뭐라고 말하기 시작했다. 퍼트리샤는 자신이 돌아왔을 때도 그가 거기 있어주기를 바랐다. 미스 메리를 간신히 이끌어 차고 방으로 데려간 뒤 의자에 앉히고, 물이 든 플라스틱 그릇과 칫솔을 쥐여준 다음 다이닝룸으로 갔다. 카터 혼자 덩그러니 앉아 그릇에 고개를 처박고 아이스크림을 싹싹 핥아먹고 있었다.

"그 사람 아직 있어?" 퍼트리샤가 물었다.

"갔어." 카터가 입안 가득 바닐라 아이스크림을 물고 말했다.

"엄마 오늘밤에 이상해 보였지, 그렇지 않았어?"

카터의 숟가락이 그릇 바닥에 부딪히며 쨍그랑거렸고 그가 자리에서 일어났다. 그릇은 퍼트리샤가 치우게 식탁깔개 위에 내버려둔 채 그녀가 할말을 하도록 기다리지도 않았다. 그 순간 퍼트리샤는 가족들을 열렬히 증오했다. 그리고 제임스 해리스를 다시 보고 싶었다, 간절히.

8장

결국 퍼트리샤는 다음날 정오를 살짝 넘긴 시각에 새비지 부인의 노랗고 하얀 집 현관에 선 자신을 발견하게 된다.

방충문에 노크를 하고 기다렸다. 길 건너에 새로 짓는 맨션 부지에서 시멘트 트럭 한 대가 진입로용 목제 얼개에 잿빛 반죽을 붓는 중이었다. 제임스의 흰색 밴은 앞마당에 조용히 자리잡았고, 어둡게 선팅된 앞유리에서 뾰족이 튀어오르는 햇빛에 퍼트리샤는 눈을 찡그렸다.

철컥하는 요란한 소리와 함께 햇볕에 끈끈하게 데워진 페인트가 갈라지며 현관문이 열리고 거기 제임스가 서 있었다. 땀을 뻘뻘 흘리는 그는 특대 사이즈 선글라스를 썼다.

"잠을 깨운 게 아니었으면 좋겠네요." 퍼트리샤가 말했다. "어젯밤 시어머니의 행동을 사과하고 싶어서요."

"빨리 들어와요." 그가 말하며 그림자 속으로 물러났다.

퍼트리샤는 동네 사방의 창문에서 그녀를 쳐다보는 눈들을 상상했다. 그의 집에 다시 들어갈 순 없었다. 프랜신은 어디에 있나? 자신이 속절없이 까발려진 듯 당혹스러운 기분이 들었다. 일이 이렇게 되리라고는 생각해보지 않았다.

"우리 여기서 얘기해요." 퍼트리샤가 컴컴한 문간 안에 대고 말했다. 문 가장자리를 잡은 제임스의 크고 창백한 손 말고는 아무것도 보이지 않았다. "볕이 정말 좋아요."

"부탁이에요." 그의 목소리가 절박했다. "나한테 문제가 좀 있어요."

퍼트리샤는 그 말에 깃든 진정한 괴로움을 느꼈지만 그래도 안에 들어갈 순 없었다.

"들어오든지 가든지 해요." 이제는 분노가 서린 목소리였다. "나는 햇빛을 볼 수 없어요."

퍼트리샤는 거리를 이리저리 살핀 뒤 문안으로 재빨리 미끄러져 들어갔다.

문을 닫는 제임스의 몸이 퍼트리샤를 스치는 바람에 그녀는 전실 한복판으로 떠밀려 들어갔다. 놀랍게도 실내가 휑했다. 벽으로 밀린 가구들이 낡은 여행가방들과 봉지들, 허접쓰레기가 담긴 판지상자들과 나란히 서 있었다. 그녀 뒤에서 제임스가 현관문을 잠그고 거기 기댔다.

"저번보다 훨씬 정리돼 보이는걸요." 퍼트리샤가 얘깃거리를 찾으며 말했다. "프랜신이 큰일을 했네요."

"누구요?"

"전에 여기서 나가는 길에 봤어요. 청소일 해주는 분이요."

제임스가 커다란 선글라스 너머로 빤히 쳐다보는 모습이 전혀 그 말을 이해 못하는 듯했고, 퍼트리샤가 이만 가봐야겠다고 말하려는 찰나 그가 무릎이 휘청하더니 바닥에 주저앉았다.

"도와줘요."

그의 발꿈치가 부질없이 바닥을 밀었고 손에는 힘이 전혀 들어가지 않았다. 간호사적 본능이 발동한 퍼트리샤가 가까이 다가가 두 발을 넓게 벌리고 선 뒤 그의 겨드랑이 아래에 손을 넣고 끌어올렸다. 제임스는 육중하고 단단하고 아주 차가웠다. 앞에서 그 거대한 몸이 솟아오르는 순간, 퍼트리샤는 그의 물리적 존재감에 압도당했다. 그녀의 축축한 손바닥에서 시작된 따끔거림이 온 팔을 타고 올라왔다.

그가 앞으로 무너지며 모든 체중을 퍼트리샤의 어깨에 실었고, 그녀는 격렬한 신체 접촉에 어지러움을 느꼈다. 벽 근처로 밀려나 있던 흔들의자까지 부축해서 가자 그가 쓰러지듯 자리에 앉았다. 그의 무게를 벗어버린 퍼트리샤는 문득 몸이 공기보다 가볍게 느껴졌다. 두 발이 바닥에 간신히 붙어 있는 듯했다.

"어디가 안 좋은 거예요?"

"늑대에 물렸어요."

"여기서요?"

그가 무심결에 의자를 앞뒤로 흔들기 시작하자 불끈 뭉쳤다가 이완되는 허벅지 근육이 퍼트리샤의 눈에 들어왔다.

"어렸을 때요." 제임스가 고통스러운 미소 사이로 새하얀 치아를 번쩍였다. "어쩌면 그냥 들개였을 뿐인데 더 근사하게 보이려고 내가 늑대로 바꿨는지도요."

"어쩜 그런 일이. 아팠어요?"

"사람들은 내가 죽을 거라고 생각했대요. 고열로 며칠을 앓았고, 회복은 했지만 뇌에 손상을 입었어요. 경미한 장애인데 양쪽 눈의 운동 제어가 안 돼요."

퍼트리샤는 이제야 뭔가 말이 된다는 생각에 안도했다.

"정말 힘들었겠어요."

"내 홍채는 이완이 거의 불가능해요. 그래서 햇빛을 받으면 극도로 고통스럽죠. 생체시계는 덕분에 엉망이 돼버렸고요."

온갖 것이 벽으로 밀려나 있는 실내를 그가 맥없이 가리켰다.

"할일은 너무 많은데 뭘 어떻게 해야 할지 모르겠네요. 답이 없어요."

퍼트리샤는 벽에 줄지어 선 주류판매점 상자와 봉지들로 눈을 돌렸다. 낡은 옷, 노트, 슬리퍼, 약, 자수틀과 누레진 〈TV 가이드〉 잡지로 가득했다. 옷이 든 비닐봉지, 철사옷걸이 묶음, 꼬질꼬질한 액자에 든 사진, 아프간 모포 더미, 물에 젖은 쿠폰 모음장들,

고무줄로 묶인 중고 빙고카드 뭉치, 유리재떨이, 그릇, 중앙에 연잎성게가 떠 있는 구체球體들.

"정리할 게 많기는 하네요." 퍼트리샤가 말했다. "와서 도와줄 분이 있나요? 가족? 형제? 사촌? 아니면 아내?"

제임스가 고개를 저었다.

"내가 기다렸다가 프랜신과 얘기해볼까요?"

"그분, 관뒀어요."

"프랜신답지 않은 일인데요."

"아무래도 떠나야 할까봐요." 제임스가 이마의 땀을 훔치며 말했다. "여기서 지내는 것도 생각해봤지만 몸 상태 때문에 너무 힘드네요. 기차는 벌써 움직이는데 내가 아무리 빨리 달려봤자 절대로 따라잡을 수 없는 기분이랄까."

퍼트리샤 또한 그 기분을 잘 알았으나 한편 그레이스가 떠오르는 것도 사실이었다. 그녀라면 여기서 버티면서 이 잘생긴 남자, 정신을 차려보니 아내도 자식도 없이 올드 빌리지에 혼자 남게 된, 언뜻 보기에는 평범한 이 남자에 대해 가능한 한 모든 사항을 알아낼 터였다. 그 나이 또래의 독신 남자치고 나름대로 사연 없는 이를 퍼트리샤는 본 적이 없었다. 결국에는 보잘것없고 갈수록 실망스러운 얘기로 밝혀질 테지만, 퍼트리샤는 짜릿함에 몹시 굶주린 나머지 할 수만 있다면 그 어떤 미스터리든 붙들고 늘어질 판이었다.

"이 문제를 함께 해결할 수 있을지 궁리해봐요." 그녀가 말했다. "가장 부담스럽게 느껴지는 게 뭐예요?"

제임스가 옆에 있는 십자다리 테이블에서 우편물 다발을 집어 들었다. 그의 움직임으로만 봐서는 200킬로그램쯤 되는 듯했다.

"이건 어떻게 해야 하는 겁니까?"

퍼트리샤는 우편물을 훑어보았다. 등골과 윗입술이 땀으로 따끔거렸고 실내 공기가 부패한 듯 답답하게 느껴졌다.

"이런 건 쉽죠." 그녀가 우편물을 내려놓으며 말했다. "유언검인법원에서 온 이 편지는 잘 모르겠지만 버디 바에게 전화해볼게요. 은퇴한 거나 다름없기는 해도 우리 교회에 다니는 부동산 전문 변호사거든요. 급수관리소는 길 따라 올라가면 바로 나오고, 명의 바꾸는 데는 오 분이면 돼요. 길모퉁이를 돌면 사우스캐롤라이나 전기회사 사무실이 있어요. 거기서 전기사용명세서 명의를 바꾸면 되고요."

"그거 전부 본인이 직접 해야 하는 거죠. 그런 사무실은 다들 낮에만 문을 여는데 나는 운전을 할 수 없어요. 눈 때문에."

"아."

"누군가 운전을 대신 해줄 수 있으면……"

그 즉시 퍼트리샤는 그가 원하는 걸 깨달았다. 또다른 책임의 굴레가 자신을 죄어오는 듯했다.

"평소 같으면 기꺼이 해드릴 텐데." 그녀가 서둘러 말했다.

"하필 애들 학기 마지막 주고 할일이 너무 많아서……"

"당신이 그랬잖아요. 오 분이면 된다고."

퍼트리샤는 그의 꾀는 듯한 어조에 잠시 분함을 느꼈다. 그런 다음에는 자신이 겁쟁이처럼 느껴졌다. 그녀는 도와주기로 약속했다. 그에 대해 더 알고 싶었다. 이 첫번째 장애물 앞에서 멈추는 일은 결코 없을 것이다.

"당신 말이 맞아요. 내 차를 가져와서 동네를 돌아줄게요. 현관 앞에 최대한 가까이 대볼게요."

"내 밴으로 가도 될까요?"

퍼트리샤는 멈칫했다. 낯선 사람의 차를 운전할 순 없었고 게다가 밴을 몰아본 경험도 없었다.

"나는……"

"창문 선팅이요."

그렇지. 퍼트리샤는 고개를 끄덕였다. 다른 선택지가 없었다.

"이미 나를 크게 배려해주는 상황에서 더 귀찮게 하고 싶지 않지만……"

퍼트리샤는 가슴이 철렁했다. 이내 자신이 이기적이라고 느꼈다. 어젯밤 집에 들러준 이 남자에게 그녀의 딸은 건방지게 굴었고 시어머니는 침을 뱉었다. 그는 도움을 청하는 한 인간이었다. 당연히 그녀는 최선을 다할 것이다.

"뭔데 그러세요?" 퍼트리샤가 최대한 따뜻하고 진정성 있는 목소리로 물었다.

그의 흔들의자가 멈췄다.

"지갑을 도둑맞았어요. 출생증명서랑 뭐 그런 것들은 전에 살던 집에 보관해뒀고요. 절도범을 잡기까지 얼마나 걸릴지 몰라요. 신분증 없이 이런 일들을 어떻게 처리하죠?"

팔에 가짜 깁스를 하고 브렌다 볼에게 책을 차로 옮기게 도와달라고 부탁하는 살인범 테드 번디의 이미지가 퍼트리샤의 머릿속을 스쳐갔다. 그리고 품위 없는 생각이라며 떨쳐버렸다.

"검인법원에서 온 편지면 신원 확인은 해결될 거예요. 그걸로 급수관리소 일을 처리하고, 거기 명세서에 당신 이름이랑 이 집 주소를 올려서 전기회사에 보여주면 되겠고요. 열쇠 주세요. 차 가져올게요."

밴 앞자리는 선팅 때문에 어둑한 자줏빛이었다. 실내가 어두운 게 그리 나쁘지만은 않았다. 얼룩투성이에 온통 너덜거리는 좌석 상태를 봐서는. 퍼트리샤의 마음에 들지 않았던 건 뒷자리였다. 뒤쪽 차창을 죄다 나무판으로 막아 칠흑같이 어둡게 만들어뒀는데, 그런 공허감을 뒤에 달고 운전하는 게 퍼트리샤는 불안했다.

급수관리소에 가서 보니 제임스가 지갑을 집에 놓고 왔다. 그가 온갖 말로 사과했으나 보증금으로 100달러짜리 수표를 써주는 게 퍼트리샤는 아무렇지 않았다. 그는 집에 돌아가자마자 갚겠다고 약속했다. 전기가스회사가 보증금으로 250달러를 요구했을 때는 망설여졌다.

"당신한테 이런 부탁을 하면 안 됐는데."

퍼트리샤는 그를 쳐다보았다. 그사이 햇볕에 그을린 얼굴이 불그죽죽했고 선글라스 밑으로 줄줄 흐르는 눈물에 두 뺨이 축축했다. 그녀는 자신의 동정심과 나중에 수표책을 결산하며 카터가 할말을 저울질했다. 하지만 이것은 그녀의 돈이기도 했다, 그렇지 않나? 퍼트리샤가 본인 명의의 계좌를 요구할 때면 카터가 늘 하던 말이었다. 이 돈은 부부 공동의 것이라고. 퍼트리샤는 성인 여성이었고 자신이 적합하다고 판단하는 일이면 어디든 그 돈을 쓸 수 있었다. 설령 외간남자를 돕는 일이라 할지라도.

퍼트리샤는 두번째 수표를 쓴 뒤 마음이 바뀌기 전에 수표책에서 과감히 뜯어냈다. 자신이 유능하게 느껴졌다. 문제를 해결하고 상황을 정리하는 사람처럼. 꼭 그레이스가 된 것 같았다.

제임스의 집으로 돌아간 퍼트리샤는 그가 지갑을 가지고 나올 때까지 현관에서 기다리고 싶었지만 결국 그에게 떠밀려 안으로 들어갔다. 이제 오후 두시가 지난 시각, 태양이 세상을 거세게 내리눌렀다.

"금방 올게요." 그가 말했고 퍼트리샤는 컴컴한 부엌에 홀로 남았다.

냉장고를 열어 안에 뭐가 있는지 볼까 생각했다. 아니면 찬장을 살펴볼까. 퍼트리샤는 그에 대해 아는 바가 없었다.

바닥이 삐걱거리더니 제임스가 부엌으로 돌아왔다.

"350달러." 그가 셈을 하며 식탁 위에 해진 20달러짜리 여러 장과 10달러짜리 한 장을 차례로 놓았다. 그리고 그녀를 보며 활짝 웃었다. 햇볕에 그을린 얼굴을 움직이는 게 고통스러워 보이기는 했지만. "당신이 내게 얼마나 의미 있는 일을 해줬는지 몰라요."

"도움이 되어 기뻐요."

"저기……" 제임스가 말꼬리를 흐리고는 눈길을 돌리더니 황급히 고개를 저었다. "신경쓰지 마요."

"뭔데요?"

"그것까지는 과해요. 지금까지 당신, 굉장했어요. 이 신세를 어떻게 갚아야 할지 모르겠군요."

"뭔데 그러세요?"

"잊어버려요. 안 될 일이에요."

"뭐가요?"

그가 가만히 멈췄다.

"정말 쿨한 거 하나 보여줄까요? 우리 둘만의 비밀로?"

퍼트리샤의 두개골 안에서 경보음이 번쩍였다. 누군가가, 특히 낯선 자가 그런 말을 할 때는 무슨 꾸러미를 국경 너머로 가져다달라거나 보석상 앞에 차를 대고 시동을 켠 채 있으라고 부탁할 참이라는 걸 알 만큼은 책을 읽었다. 하지만 누군가가 그녀에게 쿨한이라는 단어를 마지막으로 써준 게 대체 언제였던가?

"좋아요." 바싹 마른 입으로 퍼트리샤가 대답했다.

제임스가 사라졌다가 꼬질꼬질한 파란색 운동용 가방을 들고 돌아왔다. 식탁 위로 그걸 훌쩍 올리더니 지퍼를 열었다.

가방의 열린 틈에서 눅눅한 퇴비 냄새가 풍겼고 퍼트리샤는 몸을 숙여 안을 들여다보았다. 돈이 한가득이었다. 5달러, 20달러, 10달러, 1달러. 왼쪽 귀의 통증이 사라졌다. 가슴에서 숨이 차올랐다. 혈관에서 피가 지글거리고 입이 축축해졌다.

"만져봐도 돼요?" 퍼트리샤가 나지막이 물었다.

"해봐요."

그녀는 20달러 지폐로 손을 뻗다가 탐욕스러워 보이리라는 생각에 5달러짜리 한 장을 집어들었다. 실망스럽게도 여느 5달러 지폐와 다르지 않았다. 다시 손을 집어넣고 이번에는 돈을 뭉텅이로 끄집어냈다. 이렇게 하니 그 상당함이 피부로 느껴졌다. 이제 막 제임스 해리스는, 막연히 흥미로운 남자에서 본격적인 미스터리로 옮겨갔다.

"마루 밑 빈 공간에서 찾았어요. 8만 5천 달러더라고요. 고모할머니의 전 재산인 듯해요."

위험하게 느껴졌다. 불법적으로 느껴졌다. 퍼트리샤는 그에게 그걸 저리로 치워버리라고 말하고 싶었다. 그러면서도 계속 만지작거리고 싶었다.

"어떻게 할 생각인데요?"

"당신 의견을 듣고 싶어요."

"은행에 넣어요."

"신분증도 없이 현금 가방을 들고 퍼스트 페더럴 은행에 등장하면 어떻게 될 것 같아요? 내가 자리에 앉기도 전에 경찰을 부를걸요."

"그렇다고 여기 둘 수도 없죠."

"알아요." 그가 동의했다. "이걸 집에 둔 채로는 잠도 못 자겠어요. 지난주 내내 누군가 침입이라도 할까 두려웠거든요."

그토록 많은 미스터리의 해답들이 퍼트리샤 앞에 모습을 드러내기 시작했다. 제임스는 그저 햇빛 때문에 아픈 게 아니라 스트레스로 아픈 것이다. 새비지 부인이 쌀쌀맞게 굴었던 건 자신이 평생 모은 돈을 숨겨둔 집에 아무도 접근하지 못하게 하려는 속셈이었다. 당연히 그 여자는 은행을 믿지 않았고.

"당신 명의로 계좌를 만들어야겠어요."

"어떻게요?"

"나한테 맡겨둬요." 퍼트리샤가 말했다. 이미 그녀의 머릿속에서 계획 하나가 형체를 갖추고 있었다. "일단 젖은 셔츠부터 갈아입어요."

삼십 분 뒤 그들은 콜먼 대로의 퍼스트 페더럴 은행 창구에 서 있었다. 제임스가 새로 갈아입은 셔츠는 벌써부터 땀으로 얼룩덜룩했다.

"더그 매키 씨와 얘기할 수 있을까요?" 퍼트리샤가 창구의 젊은 여자에게 말했다. 세라 샌디의 딸이지 싶었지만 확실히 모르겠어서 아무 말도 하지 않았다.

"퍼트리샤." 실내 저편에서 목소리 하나가 그녀를 불렀다. 퍼트리샤가 몸을 돌리자 더그가 보였다. 굵은 목에 불그죽죽한 얼굴, 셔츠 아래쪽 단추 세 개를 압박하는 뱃살의 주인공이 양팔을 활짝 벌리고 다가왔다. "쥐구멍에도 볕들 날이 있다더니, 오늘이 그날이네."

"이웃을 좀 도우려는데, 여기는 제임스 해리스." 퍼트리샤가 더그와 악수하며 남자들을 소개시켰다. "여기는 내 고등학교 동창, 더그 매키예요."

"환영합니다, 낯선 양반." 더그가 말했다. "우리 도시 가이드로는 퍼트리샤 캠벨만한 인물이 없죠."

"우리가 지금 약간 오묘한 상황이거든." 퍼트리샤가 목소리를 낮춰 말했다.

"내 사무실 문은 이럴 때 쓰라고 달아둔 거겠죠."

그가 로컨트리* 스포츠맨 스타일의 사무실로 둘을 안내했다.

창문 너머로 셈 크리크 지구가 내려다보였다. 그의 의자는 암적색 가죽제였다. 액자 속 판화 그림은 온통 먹을 수 있는 것들이었다. 새, 물고기, 사슴.

"제임스에게 계좌가 필요한데 신분증을 도둑맞았어." 퍼트리샤가 말했다. "무슨 수가 없을까? 오늘 중으로 해결했으면 한다는데."

더그가 책상에 대고 배를 누르며 몸을 앞으로 숙이고는 활짝 웃었다.

"자기야, 문제될 거 전혀 없어. 네가 보증인을 해주면 돼. 대출이 발생하면 공동으로 책임을 지고 계좌도 공유하는 거나 다름없지만, 면허증을 기다리는 동안 일을 시작하기에는 괜찮은 방법이지. 차량관리국 사람들은 시간이나 질질 끌면 다라는 식으로 움직이잖아."

"그게 우리집 입출금 내역에도 뜰까?" 카터에게 이 일을 어떻게 설명할지 생각하며 퍼트리샤가 물었다.

"아니." 더그가 말했다. "내 말은, 저분이 동네방네 부도수표를 뿌리고 다니지 않는 한은."

셋은 잠시 서로를 번갈아 쳐다보고는 소심하게 웃었다.

"서류 가져올게." 더그가 말하며 사무실을 나섰다.

---

* 사우스캐롤라이나 연안 지역을 의미.

퍼트리샤는 믿을 수 없었다. 이 문제를 이토록 쉽게 풀다니. 음식이라도 거하게 한 상 먹고 난 듯 느긋하고 여유로웠다. 더그가 돌아와 서류 위로 몸을 숙였다.

"출신지가 어딥니까?" 더그가 서류에 눈을 고정한 채 물었다.

"버몬트." 제임스가 말했다.

"최초 예치금은 어떤 형태로 넣을 생각입니까?"

더그의 물음에 퍼트리샤가 미적미적 대답했다. "이거."

그녀가 2천 달러짜리 수표를 펼쳐 더그의 책상에 놓고 밀었다. 둘은 현금을 곧장 예치하는 건 어리석다고 판단했다. 이날 제임스의 너저분한 몰골을 감안하면 더더욱. 그가 이미 퍼트리샤에게 2천 달러를 현금으로 지급했고, 그 돈이 지금 그녀의 가방 안에서 불타오르고 있었다. 퍼트리샤의 얼굴도 불타올랐다. 입술에 감각이 없었다. 살면서 이렇게 큰 액수의 수표는 써본 적이 없었다.

"훌륭합니다." 더그가 일 초의 망설임도 없이 말했다.

"죄송합니다만," 제임스가 말했다. "현금 예치에 대해서는 어떻게 생각하십니까?"

"저야 좋게 생각하죠." 더그가 눈도 들지 않고 대답하면서 공증도장을 입으로 호호 불고는 서류의 하단을 가로질러 쾅쾅 찍어댔다.

"내가 조경 일을 상당히 많이 하거든요." 제임스의 말에 퍼트리샤는 헉 소리를 낼 뻔했다. 그는 바깥출입조차 힘든 사람이지 않나. "고객들 상당수가 현금 거래를 좋아해서요."

"만 달러 밑이면 우리도 눈 하나 깜짝 안 합니다." 더그가 말했다. "우리야 여기에 현금이 도는 게 좋거든요. 그쪽이 계시던 북부랑은 다르죠. 거기서는 자기 돈을 맡기는데도 그들이 시키는 온갖 짓을 하면서 미국 국가를 불러야 하잖습니까."

"듣던 중 반가운 얘기네요." 제임스가 미소를 지으며 말했다.

퍼트리샤는 그의 강하고 하얀 치아를 쳐다보았다. 반짝이면서 촉촉했다. 거짓말을 그토록 태연히 내뱉는 모습에 그녀는 그날 일찍이 그를 위해 했던 모든 일에 의심이 생겼고, 아주 찰나의 순간은 자신이 감당 못할 일에 발을 들였다는 기분도 들었다. 집으로 돌아가는 길, 제임스는 감사와 칭찬을 멈출 줄 몰랐다. 기력이 다해가는 순간에마저. 결국 그는 밴에서 현관까지 퍼트리샤에게 기대어 걸을 수밖에 없었다. 퍼트리샤의 도움으로 침대에 오르고 부츠를 벗은 그가 그녀의 손을 잡았다.

"지금껏 나를 이렇게 도와준 사람은 없었어요. 당신은 내 인생을 통틀어 가장 큰 친절을 베풀어준 사람이에요. 가장 절실한 순간에 내게 보내진 천사예요."

그는 신혼 초기의 카터를 떠올리게 했다. 아침에 커피를 내리고 후식으로 피칸파이를 굽는, 그녀 입장에서는 하찮은 수고로도 끝없는 찬사의 송가가 나오던 시절이었다. 퍼트리샤는 제임스의 열성에 제대로 무장해제되어, 그러니까 그녀로서도 어쩔 수 없이, 그가 이번 달에 무슨 책을 읽느냐고 물었을 때 그를 북클럽에 초대하고 말았다.

매디슨 카운티의 다리

-1993년 6월-

9장

5월은 속도를 높여 질주하며 학년 마감과 기말고사와 성적표라는 결승선을 향해 달렸다. 코리는 늘 누군가의 집에서 공부하고, 차에 실려 오고가고, 친구네서 잤다. 퍼트리샤는 블루네 학급의 책거리 파티에 쓸 다과를 준비해야 했고, 교사평가 마감일이 코앞이었으며, 성적표 발급 전에 도서관 연체료를 내야 했다. 그러고서 5월 28일, 모든 것이 일제히 멈췄다. 아이들에게 하계독서목록이 지급되었고, 앨버말 아카데미가 문을 걸어 잠갔으며, 올드 빌리지에 6월이 자리잡았다.

매일매일 한낮 같은 더위 속에서 날이 밝았고, 가스탱크의 뚜껑을 열 때면 쉬익 소리가 났다. 햇빛은 모질고 날카롭게 쏟아졌으며, 덤불 속에서는 벌레들이 아우성치다 새벽 세시와 네시 사이의 고요한 한밤에만 휴식을 취했다. 창문들이 내려가고 문들은 닫혔다. 모든 집이 엄격히 밀폐된 우주정거장으로 변모했고, 중앙냉방 온도는 쌀쌀한 20도를 맴돌았으며, 온종일 덜거덕거리던 제빙기는 저녁 일곱시쯤 빠드득 소리를 내며 유리컵에 묽은 얼음을 몇 덩이 내뱉고 마는 지경이 되고서야 멈췄다. 육신을 움직이는 건 그저 매우 고된 일인 듯했고, 골똘히 생각하는 일조차 진빠지는 노동이 되었다.

퍼트리샤는 정말로 그리고 진심으로 북클럽 회원들에게 제임스 해리스를 초대한 사실을 얘기할 생각이었다. 하지만 더위가 그 결심을 쪽쪽 빨아갔고, 매일 해질녘 무렵에는 저녁을 준비할 의욕조차 한참 모자랐다. 그래서 미루고 또 미루다가 마침내 모임 날이 되었고 퍼트리샤는 생각했다. 뭐, 이러는 편이 차라리 나을지도.

모두가 퍼트리샤네 거실에 자리를 잡았다. 와인이나 물이나 아이스티가 든 잔을 들고 뒷목을 클리넥스 티슈로 찍어내며, 얼굴에 손부채질을 하며, 에어컨 바람 속에서 서서히 부활했다. 퍼트리샤는 지금이 뭔가를 털어놓기에 완벽한 때라고 생각했다.

"자기, 괜찮아?" 그레이스가 물었다. "당장 기절이라도 할 사람처럼 보여."

"치즈 접시를 안 가져온 게 막 생각나서." 퍼트리샤가 말하고 부엌으로 갔다.

그린 부인이 싱크대 앞에 서서 미스 메리의 저녁 설거지를 하고 있었다.

"미스 메리가 주무시기 전에 목욕을 시킬게요." 그린 부인이 말했다. "더위가 조금이라도 가실 수 있게요."

"네네." 퍼트리샤가 대답하며 냉장고에서 치즈를 꺼내 랩을 벗겼다. 랩을 둥글게 뭉치다 말고 혹시 이걸 다시 쓸 일이 있을까 생각해봤다. 그럴 수 있으리라 판단하고 싱크대 옆에 두었다.

치즈 접시를 들고 거실로 돌아가 커피테이블 대용인 나무상자에 막 내려두는데 초인종이 울렸다.

"아." 퍼트리샤가 마치 하프앤드하프*를 사 오는 걸 깜빡했다는 투로 말했다. "미리 얘기하는 걸 까먹었는데, 오늘밤에 제임스 해리스가 들러서 함께하기로 했어. 다들 괜찮았으면 좋겠네."

"누구?" 그레이스가 상체를 벌떡 일으키다 목에 담이라도 드는 양 물었다.

"지금 와 있어?" 키티가 똑바로 앉으려 허우적댔다.

"끝내주네." 메리엘런이 탄식했다. "견해를 보유하신 또다른 남정네 등장."

슬리크가 이 사람 저 사람을 정신없이 둘러보며 자신은 어떻게 느껴야 하는 건지 파악하려는 사이 퍼트리샤가 종종걸음으로 거실을 나갔다.

"와줘서 정말 기뻐요." 현관문을 열며 그녀가 제임스에게 말했다.

---

* 우유와 크림을 반반 섞은 혼합물.

그는 격자무늬 셔츠를 청바지 속에 넣어 입고 흰색 테니스화를 신었다. 허리에는 새끼줄 모양으로 꼰 가죽벨트를 맸다. 퍼트리샤는 그가 테니스화만은 신지 않았으면 했다. 그게 그레이스의 심기를 거스를 터였다.

"초대해줘서 정말 고마워요." 제임스가 말하며 문턱을 넘더니 멈춰 섰다. 목소리를 어찌나 낮추는지 그의 뒤쪽 마당에서 나는 벌레들의 비명에 파묻혀 잘 들리지도 않았다. "절반 넘게 은행에 넣었어요. 매주 조금씩. 고마워요."

옆방에 버젓이 사람들을 두고 그가 둘만의 비밀을 얘기하는 걸 듣고 있을 배짱이 퍼트리샤에게는 없었다. 팔에 소름이 올라 따끔거리고 머리가 어질어질했다. 퍼트리샤는 그가 준 2350달러를 자신과 카터의 계좌에 넣지도 않았다. 넣어야 한다는 걸 아는데도 돈은 그녀의 서랍 속 흰색 장갑 한 쌍에 고이 들어 있었다. 그걸 가지고 있는 게 너무 좋아서 차마 보내지 못했다.

"에어컨 바람이 새어나가지 않게 하죠."

퍼트리샤는 제임스를 거실로 안내했고 모두의 표정을 보는 순간 깨달았다. 정녕 미리 전화를 걸어 그들을 준비시켜야 했음을.

"여러분, 여긴 제임스 해리스예요." 퍼트리샤가 미소를 가장하며 말했다. "우리 새 이웃이 오늘밤 모임에 함께하는 게 다들 괜찮으면 좋겠어요."

실내가 고요해졌다.

"다들 감사합니다. 이렇게 함께할 수 있도록 허락해줘서요." 제임스가 말했다.

그레이스가 클리넥스 티슈에 대고 가볍게 기침했다.

"뭐." 키티가 말했다. "남정네가 있으면 확실히 활기가 돌겠죠. 환영해요, 키 크고 칙칙한 이방인 씨."

제임스가 메리엘런의 옆, 즉 키티와 그레이스의 맞은편 소파에 앉았다. 여자들 모두가 다리를 당겨 모으고 치마를 허벅지 밑으로 정리해 넣고 허리를 꼿꼿이 세웠다. 키티가 무심코 치즈에 뻗으려던 손을 거둬 무릎 위에 두었다. 제임스가 헛기침을 했다.

"이번 달 책은 읽어봤나요, 제임스?" 슬리크가 물으면서 『매디슨 카운티의 다리』 표지를 그에게 보였다. "지난달에 『헬터 스켈터』를 읽었고 다음달에는 앤 룰의 『내 곁의 이방인』을 읽을 거예요. 그러다보니 이번 책이 꼭 근사한 휴식처럼 느껴지네요."

"여기 숙녀 여러분은 이상한 종류의 책을 읽으시네요." 제임스가 말했다.

"우리가 이상한 종류의 여자들이니까요." 키티가 대답했다. "퍼트리샤 얘기를 들으니 여기서 살기로 했다면서요. 그쪽 고모가 퍼트리샤한테 그런 짓을 했는데도."

퍼트리샤는 머리칼을 내려 왼쪽 귀를 덮으며 뭔가 상냥한 말을 하려 했다.

"고모할머니요." 퍼트리샤가 운을 떼기도 전에 제임스가 말했다.

"엄청 깐깐하시네." 메리엘런이 말했다.

"그런 악명에 개의치 않는다니 놀랍네요." 키티가 말했다.

"이런 공동체를 오랜 시간 찾아왔거든요." 제임스가 미소 지으며 말했다. "그냥 이웃 말고 진짜 공동체요. 세상의 모든 혼돈과 변화로부터 동떨어진 곳. 사람들이 구식 가치들을 간직하고, 아이들이 하루종일 밖에서 뛰어놀다 저녁 먹으라는 소리에 불려 들어가는 곳. 그런 곳을 찾을 수 있으리란 생각을 막 포기했을 때 고모할머니를 돌보러 오게 됐고, 내내 찾아 헤매던 곳을 발견한 거죠. 나는 정말 행운아입니다."

"교회에는 이미 등록했어요?" 슬리크가 물었다.

"그쪽 앞으로 등록된 해리스 부인은 없으시고?" 키티가 슬리크의 말을 가로챘다.

"네." 제임스가 말했다. 키티의 질문에 대한 답이었다. "없습니다. 아이도. 가족도. 고모할머니 빼고는."

"그거 이상하네." 메리엘런이 말했다.

"교회는 어느 교단 소속이에요?" 슬리크가 다시 물었다.

"무슨 작가 작품을 읽나요?" 키티가 물었다.

"카뮈, 에인 랜드, 헤르만 헤세." 제임스가 말했다. "철학을 좋아하는 편이죠." 그가 슬리크에게 미소를 보냈다. "안타깝게도 기성 종교에는 속해 있지 않습니다."

"그럼 진정으로 깊이 생각해보지 않은 거예요." 슬리크가 말했다.

"헤르만 헤세라." 키티가 말했다. "포니네 영어 수업에서 『황야의 이리』를 읽던데. 남자애들이 좋아할 종류 같더라고."

제임스가 한껏 머금은 미소의 중심을 키티에게 돌렸다.

"포니는 당신의……?"

"아들 중 첫째요." 키티가 말했다. "다들 그애 아빠를 호스라고 부르니까 우리는 그애를 포니로 부르죠.* 허니도 있어요. 포니보다 한 살 위예. 그리고 패리시. 올여름에 열세 살이 되는데 우리 모두를 돌아버리게 하죠. 그리고 레이시와 메리트. 둘은 한 방에 같이 두지를 못해요."

"호스는 무슨 일을 하십니까?" 제임스가 물었다.

"일?" 키티가 말하고는 피식 웃었다. "내 말은, 그 사람 아무 일도 안 해요. 우리는 씨위 농장에 살거든요. 그러니까 덤불 정리해야지, 태울 거 태워야지, 그리고 늘 수리해야 할 뭔가가 있거든요. 내 말은, 그런 곳에 살다보면 지붕이 무너지는 걸 막는 데만도 전업으로 매달려야 한다고요."

"전에 몬태나에서 부동산 관리 일을 했거든요." 제임스가 말했다. "남편분께서 많이 가르쳐주면 좋겠습니다."

---

* 영어로 '호스'(horse)는 '말', '포니'(pony)는 '망아지'.

몬태나? 퍼트리샤는 의아했다.

“호스가요? 누굴 가르친다고요?” 키티가 웃음을 터드리며 다른 사람들을 둘러보았다. “내가 자기들한테 호스의 해적 보물 얘기 해줬던가? 한번은 누군가 나타나서 투자자를 찾는다는 거야. 바닷속 해적 보물이라나, 남부연합의 유물이라나, 그런 말도 안 되는 걸 추적한다면서. 뭐냐, 번쩍번쩍한 프레젠테이션 슬라이드에 진짜로 그럴듯한 서류철도 들고 왔거든. 그걸로 끝이었지. 호스가 좋아라하며 수표를 써줘버렸어.”

“릴런드가 알았으면 그게 사기라고 말해줬을 텐데.” 슬리크가 말했다.

“릴런드?” 제임스가 물었다.

“내 남편이요.” 슬리크의 말에 제임스가 관심을 보였다. “부동산 개발업자예요.”

“그렇잖아도 적당한 사업을 찾을 수 있으면 부동산에 투자할까 생각중이었어요.” 제임스가 말했다.

그레이스의 얼굴이 돌로 깎은 양 굳어 보였고 퍼트리샤는 돈 얘기만은 나오지 않기를 간절히 바랐다.

“우리는 지금 ‘그래셔스 케이’라는 사업을 추진하는 중이에요.” 슬리크가 활짝 웃었다. “식스 마일 근처에 짓는 빗장 동네*

* 거주자 이외 외부인의 출입을 엄격히 제한하는 사유화 지역.

예요. 완공되면 주변 환경이 정말 격상될걸요. 빗장 동네에서는 이웃을 고를 수 있고, 그럼 내 아이들 주변에 있어줬으면 하는 부류로 곁을 채울 수 있죠. 예상하자면 이번 세기가 끝날 즈음엔 모두가 나름의 빗장 동네에서 살게 될 거예요."

"그 얘기를 좀더 들어보고 싶군요." 제임스의 말에 슬리크가 얼른 가방을 뒤져 명함을 건넸다.

"어디 출신이세요, 제임스 씨는?" 그레이스가 물었다.

부친이 군에 복무한 터라 여기저기 옮겨다니며 성장했다고 퍼트리샤가 말해주려는 찰나 제임스가 대답했다. "사우스다코타에서 자랐습니다."

"부친이 군대에 계셨던 걸로 아는데요?" 퍼트리샤가 물었다.

"그랬죠." 제임스가 고개를 한 차례 끄덕이며 말했다. "사우스다코타에 배치받은 뒤 퇴역하셨어요. 부모님은 내가 열 살 때 이혼했고, 그래서 어머니 손에 자랐습니다."

"다들 압박 신문 마쳤으면," 메리엘런이 말했다. "이번 달 책 얘기나 마저 끝내면 좋겠는데."

"남편이 경찰관이거든요." 슬리크가 제임스에게 귀띔했다. "그래서 저렇게 직설적이죠. 그건 그렇고, 돌아오는 주일에 우리랑 성 요셉 교회에 가시겠어요?"

그가 미처 대답하기 전에 메리엘런이 말했다. "우리 제발 이번 달 책 좀 속 편히 끝낼 수 있을까?"

슬리크가 제임스에게 우리 나중에 다시 얘기해요 미소를 보냈다.

“자기들 전부 『매디슨 카운티의 다리』가 그저 너무 좋지 않았어?” 슬리크가 물었다. “지난달 책 다음에 이걸 읽으니 마음이 어찌나 편하던지. 그저 훌륭하고 예스러운 남녀의 러브스토리.”

“연쇄살인마인 게 분명한 남자가 나오는.” 키티가 말하며 제임스를 빤히 쳐다보았다.

“내 생각에는 세상이 너무 빨리 변하니까 사람들한테 희망적인 얘기가 필요한 것 같아.” 슬리크가 말했다.

“이 마을 저 마을 옮겨다니며 여자를 꾀고 죽이는 미치광이에 관한.” 키티가 덧붙였다.

“그게.” 슬리크가 당혹스러움 속에서 수첩을 내려다보며 목청을 재차 가다듬었다. “우리가 이 책을 선택한 건 낯선 타인인 두 사람 사이에 존재할 수 있었던 강력한 끌림에 대해 얘기하기 때문이잖아.”

“우리가 이 책을 선택한 건 당신이 이 책 얘기 좀 그만하게 만들려고 그런 거지.” 메리엘런이 말했다.

“나는 그가 연쇄살인범이라는 실질적인 증거는 전혀 없다고 보는데.” 슬리크가 말했다.

키티가 연분홍색 포스트잇이 빽빽이 붙은 제 책을 집어들어 허공에 대고 흔들며 말했다.

“그에게는 가족관계라는 게 없어. 뿌리도 없고, 과거도 없지.

속한 교회조차 없어. 요즘 세상에 아주 의심스러운 거라고. 이번에 새로 나온 운전면허증 봤어? 작게 홀로그램이 박혀 있어. 그냥 종잇장 하나가 면허증이던 시절도 기억이 생생한데. 이제 우리 사회는 등록된 거주지도 없이 사람들을 어슬렁거리게 두지 않아. 더는 아니지."

"주인공한테 등록된 거주지가 있거든요." 슬리크의 저항에도 키티가 계속했다.

"그리고 이 남자가 마을에 당당히 입성하는데, 자기들 그거 눈치챘어? 남자가 아무하고도 말 안 섞는 거? 그 대신 혼자인 프란체스카를 겨냥하지. 이런 부류들이 원래 그러니까. 유약한 여자를 찾아서 '우연한' 만남을 연출해. 어찌나 부드럽고 매혹적으로 구는지 여자는 그를 집으로 초대하고 말아. 남자가 막상 여자 집에 방문할 때는 무진장 조심하면서 아무도 못 볼 곳에 트럭을 댄다고. 그래놓고 여자를 이층으로 데려가서 며칠이고 이 짓 저 짓을 해대지."

"이건 낭만적인 얘기라고." 슬리크가 말했다.

"내 생각에 그 남자는 정신박약이야." 키티가 말했다. "로버트 킨케이드는 카메라를 아령으로 쓰고 기타로 포크송을 연주해. 어렸을 때는 프랑스 카바레 클럽의 노래를 불렀고, '제 귀에 즐거운' 문구들로 자기 방 벽을 채웠어. 그 남자의 짠한 부모들을 떠올려봐."

"당신이 보기엔 어때요, 제임스 해리스?" 메리엘런이 물었다. "나는 견해 없는 남자는 본 적이 없는데. 로버트 킨케이드는 미국적 낭만의 대명사일까요, 여자를 죽이는 떠돌이일까요?"

제임스가 수줍은 미소를 던졌다.

"내가 읽은 책과 숙녀분들이 읽은 책이 무척 다른 것만은 분명하네요. 하지만 오늘밤 이곳에서 정말 많이 배우고 있습니다. 계속하시죠."

최소한 제임스는 노력이라도 하고 있잖아, 퍼트리샤는 생각했다. 나머지 모두는 그에게 최대한 불쾌하게 굴어보겠노라 작심하고 덤비는 듯했다.

"『매디슨 카운티의 다리』가 주는 교훈은," 메리엘런이 말했다. "남자가 모든 얘기를 독차지한다는 거야. 프란체스카의 일생은 고작 한 페이지로 요약이 끝나. 자식들이 있고 이탈리아에서 2차 대전도 버텨낸 여자인데. 근데 이 남자가 한 거라고는 이혼이 전부야. 그리고 어쩌면 살인, 키티의 말에 따르면. 하지만 남자는 매 챕터에서 제 인생 얘기를 하고 또 한다고."

"그게, 주인공이니까 그렇지." 슬리크가 말했다.

"왜 항상 남자가 주인공이어야 하지?" 메리엘런이 물었다. "프란체스카의 삶도 그 남자 인생만큼이나 흥미로운데."

"여자들이 할말이 있거든 그냥 할 줄도 알아야 해." 슬리크가 말했다. "꼭 누군가 판을 벌여주길 기다릴 필요는 없어. 로버트 킨케이드한테는 숨겨진 깊이가 있잖아."

"일단 남자 속옷깨나 빨아봤으면 숨겨진 깊이에 대한 슬픈 진실을 깨닫게 되는 법인데." 키티가 말했다.

"그는……" 슬리크가 더듬거리며 할말을 찾았다. "그는 채식주의자야. 나는 채식주의자 남자는 본 적이 없는 것 같아."

블루 덕분에 퍼트리샤는 키티가 다음으로 할말을 정확히 알았다.

"히틀러도 채식주의자였거든." 이로써 키티가 자신의 논증에 마침표를 찍었다. "퍼트리샤, 자기라면 집 현관에 나타난 낯선 남자랑 바람을 피우겠어? 곁에 사람이라고는 없고, 본인이 채식주의자라고 말하는 남자랑? 최소한 남자의 운전면허증이라도 먼저 확인해보고 싶을 거야, 그렇지 않아?"

퍼트리샤가 그레이스에게 눈길을 보냈다. 그레이스는 거실 반대편에서 뻣뻣이 굳어 퍼트리샤를 보고 있었다. 그러고 보니 슬리크 역시 이쪽을 뚫어져라 보았고, 퍼트리샤는 그레이스의 시선이 자기 뒤쪽의 거실문에 꽂혀 있음을 깨달았다. 그녀는 완전한 공포 속에서 몸을 돌렸다.

"네놈 사진을 찾았다, 호이트." 미스 메리가 말했다. 문간에 서서 물을 뚝뚝 흘리는 그녀는 완벽한 알몸이었다.

처음에 퍼트리샤는 미스 메리가 쭈글쭈글하게 주름진 피부색 이불보 같은 걸 걸쳤다고 생각했다. 다음 순간 그녀의 눈이 포착한 건 미스 메리의 허벅지를 가로지르며 자줏빛으로 흉하게 뻗은 성난 정맥류, 처진 가슴의 검푸른 혈관, 늘어져 덜렁이는 뱃살과 성기고 희끗한 음모였다. 미스 메리는 해변에 떠밀려 온 시신 같았다.

아무도 꿈쩍하지 않은 채 길고도 끔찍한 오 초가 흘렀다.

"우리 아버지의 돈은 어디 있지?" 미스 메리가 호통을 쳤다. 목소리가 갈라졌고 광란한 눈은 제임스를 노려보았다. "그애들을 어디에 뒀느냔 말이다, 호이트!"

미스 메리의 목소리가 거실에 쩌렁쩌렁 울렸다. 악몽에서 곧장 걸어나온 몰골로 깩깩거리는 이 노인이 작고 하얀 사각형 골판지 한 장을 앞으로 내밀고 흔들었다.

"네놈을 알아볼 사람이 없다고 생각했지, 호이트 피컨스!" 미스 메리가 울부짖었다. "하지만 나한테 사진이 있어!"

퍼트리샤가 몸을 일으켜 의자 등받이에 걸린 보송한 푸른색 아프간 모포를 걷었다. 그것을 몸에 둘러주는 와중에도 미스 메리는 사진을 흔들어댔다.

"봐!" 미스 메리가 꽥 하고 짖었다. "놈을 봐라." 몸을 감싸는 모포 사이로 자기 손에 쥔 사진을 본 미스 메리의 얼굴에서 독기가 싹 가셨다.

"아니. 아니, 이럴 리 없어. 이게 아니야."

경악한 그린 부인이 가족실에서 달려왔다.

"죄송해서 어떡해요."

"괜찮아요." 퍼트리샤가 미스 메리의 나신을 거실로부터 가리며 말했다.

"전화 받으러 갔었어요." 그린 부인이 말하며 미스 메리의 어깨에 팔을 둘렀다. "딱 일 초 자리를 비웠을 뿐인데."

"다 괜찮아요." 퍼트리샤가 모두의 귀에 들리도록 일부러 큰 소리로 말하면서 그린 부인과 함께 노인을 거실 밖으로 이끌었다.

"이럴 리가 없어." 미스 메리가 순순히 끌려가며 말했다. 조금 전의 전투력은 오간 데 없었다. "이게 아니야."

미스 메리를 차고 방으로 데려가는 내내 그린 부인이 거듭 사과했다. 사진을 가슴팍에 꼭 붙이고 있는 미스 메리의 몸을 둘이서 수건으로 닦은 뒤 그녀를 자리에 눕히는 일은 그린 부인이 맡았다. 퍼트리샤는 거실로 돌아갔지만 이미 모두가 복도에 나와 있었다. 제임스는 씨위 농장에 들러 호스를 만나고, 성 요셉 교회의 예배에 나가고, 릴런드와 인사할 계획을 잡는 중이었다. 퍼트리샤는 그레이스에게 왜 줄곧 침묵했는지 묻고 싶었으나 미스 메리의 일을 사과하는 사이 그녀가 슬그머니 문을 나섰고, 뒤이어 모두가 집을 빠져나가버려 복도에는 퍼트리샤만 남았다.

"무슨 일이에요?" 코리가 외쳤다. 퍼트리샤가 돌아서자 이층 난간에 엎드린 코리가 보였다. "메리 할머니가 왜 소리 지른 거예요?"

"아무것도 아냐. 할머니가 뭘 헷갈리신 것뿐이야."

퍼트리샤는 바깥현관으로 나가 키티의 자동차 전조등이 진입로를 따라 후진하는 모습을 지켜보았다. 내일 아침 모두에게 사과 전화를 해야겠다고 머릿속 수첩에 기록한 다음 차고 방으로 돌아갔다.

환자용 침대에 누운 미스 메리는 그때까지도 가슴팍에 사진을 꼭 붙이고 있었다. 그린 부인이 곁에 앉아 한층 강화된 경계 태세로 아까의 실수를 만회하는 중이었다.

"그놈이야." 미스 메리가 말했다. "그놈이야. 어딘가에 분명 사진이 있어."

퍼트리샤가 미스 메리의 손가락 틈으로 사진을 훔쳐보았다. 커쇼에서 미스 메리가 다니던 교회의 목사님과 그 주위로 부활절 바구니를 들고 선 엄숙한 표정의 아이들이 찍힌 낡은 흑백사진이었다.

"내가 찾을 거야." 미스 메리가 말했다. "내가 찾을 거야. 나는 알아. 그럴 거야."

10장

퍼트리샤는 그린 부인과 앉아 그녀의 잘못이 아니라고 안심시키며 미스 메리가 잠들기를 기다렸다. 노인이 깊고 규칙적인 숨소리를 내기 시작한 뒤에는 진입로에 서서 그린 부인의 차가 빠져나가는 걸 지켜보며 어쩌다 오늘밤이 이처럼 엉망이 되었나 생각했다. 부분적으로는 자신의 잘못이었다. 그녀가 제임스를 등장시켜 모두를 습격했고, 모두는 그를 습격하는 것으로 되갚았다. 이번 달 책도 문제라면 문제였다. 그 책을 읽어야 한다니 다들 짜증스러워 했지만 그들이 이따금 슬리크의 비위를 맞춰주는 건 그녀가 약간은 딱하다고 생각해서였다. 하지만 대체로는 미스 메리의 탓이었다. 퍼트리샤는 미스 메리가 그들 가족이 감당할 수 있는 수준을 훨씬 넘어서고 있는 건 아닐까 생각했다. 혹시 카터가 밤 열한시 전에 퇴근하면 얘기를 꺼내볼 참이었다.

견딜 수 없이 뜨거운 바람이 항구가 떠나가라 비명을 지르고 대나무 잎이 쉭쉭거리는 소리가 허공을 채웠다. 공기는 무겁고 답답하기만 했고 퍼트리샤는 모두가 뒤숭숭한 게 이 공기 탓은 아닐까 궁금했다. 머리 위에서 버지니아참나무가 제 가지들을 빙글빙글 채찍질했다. 진입로 끝 외로운 가로등이 던지는 가느다란 은색 뿔 모양 빛 때문에 그 주변의 밤이 더욱 칠흑 같았고, 문득 자신이 훤히 노출되어 있다는 기분이 퍼트리샤를 덮쳤다. 쓰고 버린 요실금 기저귀와 쏟아진 커피찌꺼기의 냄새가 흐릿하게 나고, 잠옷가운 차림으로 쪼그려앉아 입에 날고기를 쑤셔넣는 새비지 부인이 보인다. 그리고 미스 메리, 가죽 벗긴 다람쥐 같은 몰골의 전라로 문간에 선 그녀가 머리칼에서 물을 뚝뚝 흘리며 쓸모없는 사진을 흔든다. 퍼트리샤는 곧장 현관으로 내달려 강풍에 맞서 문을 등으로 힘껏 밀어 닫은 뒤 잽싸게 잠금장치를 채웠다.

뭔가 조그만 것이 부엌에서, 다음으로 온 집에서 비명을 질렀다. 정신을 차리고 보니 전화기였다.

"퍼트리샤?" 수화기를 들자 목소리가 들렸다. 처음에는 잡음 때문에 분간이 되지 않았다. "그레이스 캐버노야. 밤늦게 전화해서 미안해."

회선이 탁탁 소리를 냈다. 퍼트리샤는 아직도 심장이 쿵쾅거렸다.

"그레이스, 절대로 늦게 전화한 거 아냐." 퍼트리샤가 애써 진정하며 말했다. "아까 집에서 있었던 일은 미안해."

"미스 메리가 어쩌고 계신지 확인하러 전화했어."

"지금은 주무셔."

"그리고 자기한테 얘기해주고 싶었어. 우리는 다 이해한다고. 연세 있는 분들이야 다들 그러시잖아."

"제임스 일도 미안해. 모두한테 말할 생각이었는데 그저 미루기만 했어."

"그 사람이 거기 있었다는 게 아쉽기는 하지. 남자들은 연로해지는 친지를 보살핀다는 게 어떤 건지 몰라."

"자기, 나한테 화났어?" 퍼트리샤가 물었다. 친구로 지낸 지 다섯 해 만에 던지는 가장 단도직입적인 질문이었다.

"내가 왜 자기한테 화가 나?"

"제임스 해리스를 초대해서."

"우리가 무슨 고등학생이니, 퍼트리샤. 오늘 저녁이 그랬던 건 다 그 책 때문이라고 치자. 잘 자."

그레이스가 전화를 끊었다.

퍼트리샤는 그 상태로 부엌에 잠시 서 있다가 수화기를 내려놓았다. 카터는 왜 여기 없었나? 그의 어머니였다. 미스 메리의 이런 모습을 그도 봐야 했다. 그랬다면 이 일이 자신들만으로는 역부족임을 그 역시 이해했을지도. 바람이 부엌 창문을 덜컹였고, 퍼트리샤는 아래층에 혼자 있고 싶지 않았다.

그녀는 이층으로 올라가 부드럽게 노크하며 코리의 방문을 밀어 열었다. 불을 꺼놓아 방이 어둑해서 퍼트리샤는 혼란스러웠다. 대체 무슨 일로 코리가 이렇게 일찍 자나? 복도의 불빛이 코리의 침대로 쏟아졌다. 침대는 비어 있었다.

"코리?" 퍼트리샤가 어둠에 대고 말했다.

"엄마." 벽장 곁 그림자 속에서 코리가 말했다. 목소리는 낮고 차분했다. "지붕에 누군가 있어요."

퍼트리샤의 혈관으로 차디찬 물이 들이쳤다. 그녀는 복도의 불빛에서 나와 문에 몸을 딱 붙이고 코리의 방으로 들어갔다.

"어디?" 퍼트리샤가 속삭였다.

"차고 위요." 코리도 속삭임으로 답했다.

둘 다 한참을 그렇게 서 있다가 퍼트리샤는 문득 깨달았다. 자신이 집안에 있는 유일한 성인이라는 걸. 즉 뭐든 해야 한다는 뜻이었다. 퍼트리샤는 다리를 억지로 움직여 창가로 갔다.

"그 남자 눈에 띄지 마요."

퍼트리샤는 창문 정면에 버티고 섰다. 밤하늘을 배경으로 윤곽을 드러낸 남자의 어둑한 형상을 보게 되리라 생각했으나 지붕 가장자리의 날렵하고 검은 선과 그 뒤에서 요동치는 대나무 말고는 아무것도 없었다. 옆에서 들리는 코리의 목소리에 퍼트리샤가 펄쩍 놀라 뛰었다.

"남자를 봤어요." 코리가 말했다. "맹세해요."

"지금은 없어."

퍼트리샤가 문가로 걸어가 천장등 스위치를 켰다. 강렬한 빛에 얼떨떨한 사이에 눈이 적응을 마쳤다. 퍼트리샤의 눈에 가장 먼저 들어온 건 창틀 위의 오래된 시리얼 그릇이었고, 반쯤 먹다 남긴 우유와 콘플레이크가 말라 굳어 있었다. 방에 먹을 걸 두지 말라고 누차 얘기해온 터였지만 겁먹고 연약해 보이는 딸의 모습에 퍼트리샤는 아무 말도 하지 않기로 했다.

"폭풍우가 올 거야." 퍼트리샤가 말했다. "대신 네 방문을 열어놓고 복도 불도 켜둘게. 아빠가 퇴근하면 너한테 잘 자라는 인사를 잊지 않게."

퍼트리샤는 코리의 이불을 다시 정리했다. "책이라도 읽어보면 어떻겠어?"

코리가 협탁으로 쓰는 파란색 플라스틱제 우유상자 위에 퍼트리샤의 눈길이 머물렀다. 〈새시〉 잡지 더미 꼭대기에 스티븐 킹의 소설 『살렘스 롯』이 놓여 있었다. 갑자기 모든 게 맞아떨어졌다.

책에 꽂힌 퍼트리샤의 시선을 코리가 눈치챘다. "지어낸 거 아닌데요."

"지어냈다고 생각 안 해."

퍼트리샤의 언쟁 거부에 김이 빠진 코리가 침대로 들어갔고, 퍼트리샤는 침대 머리맡 조명을 남겨둔 채 천장등만 끄고 방문을 벌려뒀다. 블루의 방으로 가보니 아이는 벌써 자리에 누워 이불을 한껏 당겨 덮고 있었다.

“잘 자, 블루.” 퍼트리샤가 컴컴한 방 건너편의 블루에게 말했다.

“뒷마당에 남자가 있어요.”

“바람이 부는 거야.” 퍼트리샤가 말하며 방바닥의 옷가지와 액션피규어들을 피해 조심스레 걸었다. “바람 때문에 집이 무서운 소리를 내는 거야. 엄마가 불을 켜뒀으면 좋겠니?”

“남자가 지붕으로 기어올라갔어요.” 블루가 말하는 순간 퍼트리샤의 머리 위에서 발소리가 났다.

나뭇가지가 떨어지는 것도, 나무가 긁는 것도 아니었다. 집이 삐걱거리는 건 바람 탓이 아니었다. 그녀 머리 위로 고작 몇십 센티미터 떨어진 곳에서 조심스럽고도 조용하게 쿵 소리가 났다.

퍼트리샤의 혈관 속 피가 순환을 멈췄다. 고개를 어찌나 무리해서 뒤로 젖혔는지 목 근육에 경련이 일었다. 고요가 웅웅거렸다. 그러더니 한번 더 조용하게 쿵, 이번에는 그녀와 블루 사이였다. 누군가가 지붕 위를 걷고 있었다.

“블루.” 퍼트리샤가 말했다. “이리 와.”

블루가 침대에서 날아와 퍼트리샤의 허리를 부둥켜안았다. 그녀는 아이를 품고 책과 액션피규어를 그냥 밟으며 일직선으로 걸었다. 발밑에서 플라스틱 인간들이 뚝뚝 부러지는 사이 둘은 서둘러 방을 나섰다.

“코리.” 퍼트리샤가 복도에서 조용하고 다급히 불렀다. “이리

나와."

코리가 침대를 벗어나 반대편의 엄마에게로 달렸다. 퍼트리샤는 둘을 이끌어 층계를 내려간 다음 맨 밑 계단에 앉혔다.

"여기서 기다려." 퍼트리샤가 속삭였다. "문을 확인할게."

퍼트리샤는 컴컴한 가족실을 재빨리 통과해 뒷문으로 가서 잠금장치를 채웠다. 문 너머로 남자의 어슴푸레한 형상이 보이는 순간, 그가 유리창을 박살내고 저 광풍이 휘몰아치는 밤 속으로 자신을 낚아채 가리라고 마음의 준비를 하며. 그녀는 일광욕실의 잠금장치를 확인하고—집에는 문이 많아도 너무 많았다—미스 메리의 방으로 이어지는 계단을 내려가자마자 불부터 켰다.

침대 속 미스 메리가 꿈틀꿈틀 신음하며 소생했지만 퍼트리샤는 걸음을 재촉해 다용도실로 갔다. 야외 쓰레기통으로 이어지는 문에도 잠금장치가 채워졌는지 확인했다.

그리고 전실로 가서 현관등을 켠 다음, 다시 일광욕실로 가서 투광등 스위치를 누르고 뒤뜰에 불을 밝혔다.

"코리." 퍼트리샤가 일광욕실에서 아이를 불렀다. 뒤뜰의 무자비하게 희고 환한 빛에서 눈을 떼지 않은 채였다. 투광등이 누레진 잔디의 풀잎들을 일일이 골라냈다. "무선전화기를 가져와."

전실에서 달려나와 거실을 가로지르는 발소리가 들리더니 아이들이 그녀 곁에 와 있었다. 코리가 딱딱한 플라스틱제 사각 물체를 퍼트리샤의 손에 들이밀었다. 유리한 쪽은 퍼트리샤였다.

문은 모두 잠겼고, 그들의 눈이 닿지 않는 곳은 없었으며, 그들은 안전했다. 당장이라도 마운트 플레전트 경찰서에 전화할 수도 있었다. 경찰 출동까지 삼 분이라고 메리엘런이 말했었다.

퍼트리샤는 통화 버튼에 엄지를 붙이고 아이들과 서서 창문을 뚫어져라 보았다. 투광등이 모든 그림자를 지웠다. 뒷마당 한복판의 이상하고도 휑하니 꺼진 땅, 마운트 플레전트의 철분 많은 물 때문에 껍질이 누렇게 얼룩진 오크나무 밑동, 퍼트리샤네와 랭스네 부지를 구분하는 울타리의 제라늄 덤불, 반대쪽 마당과 미첼네 거주지를 나누는 화단이 모습을 드러냈다.

그러나 빛이 닿는 곳 너머의 밤은 시커먼 벽 같았다. 퍼트리샤는 저 밖에서 집안을 들여다보는 눈을, 창문을 통해 그녀와 아이들을 살피는 눈을 느꼈다. 왼쪽 귀의 흉터가 근질거렸다. 바람에 덤불과 나무가 일렁였고 집이 홀로 조용히 삐걱댔다. 그들은 함께 주변을 감시하며 어딘가 이질적인 것을 찾았다.

"엄마." 블루가 낮고 차분한 목소리로 불렀다.

아이의 눈이 일광욕실 창문 위에 고정되어 있었다. 안방 창문 방향으로 돌출된 일광욕실 지붕의 가장자리를 따라 천천히 그리고 조심스레 움직이는 뭔가가 보였고 퍼트리샤는 단번에 정체를 파악했다. 사람의 손, 돌출지붕의 가장자리를 놓고 시야 밖으로 물러나 사라지는 손이었다.

그 즉시 퍼트리샤는 수화기를 귀에 가져다 댔다. 그러다 찢어지듯 지직거리는 소리에 황급히 귀를 뗐다.

"911이죠? 여보세요? 퍼트리샤 캠벨이에요." 회선이 귀에서 즈즈즈르르르르크크카카카 소리를 냈다. "아이들이랑 지금 피어레이츠 크루즈 22번가에 있는데요." 탁탁탁 하는 무의미한 소리들이 반대편에서 떠드는 사람의 희미한 목소리를 덮었다. "우리 집에 침입자가 있어요. 여기에는 나랑 아이들뿐이고요."

그때였다. 안방 화장실 창문을 활짝 열어둔 기억이 떠오른 건.

"전화 계속 걸어." 퍼트리샤가 코리의 손에 전화기를 들이밀었다. 생각이라는 걸 할 겨를이 없었다. "여기서 꼼짝 말고 재발신 눌러." 퍼트리샤가 어두운 거실을 가로질러 달렸다. 뒤에서 코리가 911 대원에게 "제발"이라고 하는 소리를 들으며 모퉁이를 돌아 컴컴한 계단을 뛰어올라갔다.

일광욕실 위 돌출부에서 본채 지붕까지는 짧은 턱걸이 한 번이면 족했다. 거기서 경사를 따라 한 차례 오르내린 다음 아래로 가볍게 점프하면 바깥현관 지붕 위였고, 거기 면한 안방 화장실 창문으로 들어오면 끝이었다. 그날 일찍이 퍼트리샤가 헤어스프레이 냄새를 빼려고 화장실 창문을 열어뒀었다.

머리 위 지붕에서 뭔가 음침하고 육중한 것이 퍼트리샤를 따라 화장실 창문으로 내달렸다. 그녀의 두 다리가 체중을 힘겹게 떠받치며 계단을 올랐다. 가슴이 들썩이고, 목구멍에서 숨이 불타고, 귀 뒤에서 맥이 균열했다. 그녀는 부랴부랴 층계 끝 난간을 돌아 컴컴한 안방으로 들어갔다.

좌측 창밖으로 항구가 내다보였다. 우측에서 화장실 창문으로 들어오는 더운 공기가 느껴지는 순간 퍼트리샤가 그쪽으로 몸을 던졌다. 컴컴한 터널 같은 안방을 달려 화장실로 들어섰다. 한쪽에 설치된 보관장들, 거기 상판의 날카로운 가장자리에 복부를 부딪히며 손을 뻗어 창문을 급히 닫은 뒤 걸쇠를 채우는데 밖에서 컴컴한 것이 휙 지나가며 밤하늘을 가렸다. 퍼트리샤는 창문에 불이라도 붙은 듯 소스라치며 손을 뒤로 뺐다.

집에서 나가야 했다. 그때 미스 메리가 떠올랐다. 미스 메리는 달릴 수 없다. 아니, 집을 나서서 오밤중의 뒷마당을 가로질러 걷기조차 힘들 터였다. 누군가는 미스 메리와 함께 머물러야 했다. 퍼트리샤는 어두한 안방에서 달려나와 계단을 내려간 다음 거실로 갔다.

"전화가 안 돼요." 코리가 말하며 무선전화기를 내밀었다.

"우리 가야 돼." 퍼트리샤가 코리와 블루에게 말하고 아이들의 손을 잡아끌며 다이닝룸을 통과해 부엌 뒷문으로 향했다.

누군가가 집에 들어오려 한다. 카터가 언제 퇴근할지는 퍼트리샤도 몰랐다. 도움을 청할 길이 전혀 없었다. 전화기가 필요했다. 저게 누구든 아이들로부터 떼어놔야 했다.

"차고 방으로 가서 할머니랑 있어. 안으로 들어가자마자 문부터 잠가. 아무도 들이지 마."

"엄마는요?" 코리가 물었다.

"랭스네로 달려가서 경찰을 부를 거야." 퍼트리샤는 훤히 밝혀진 뒤뜰을 내다보았다. "딱 일 분이면 돼."

블루가 울음을 터트렸다. 퍼트리샤가 뒷문의 잠금을 풀었다.

"준비됐어?"

"엄마?"

"질문 금지. 문 잠그고 할머니랑 있어."

그녀가 문고리를 돌리고 문을 열었다. 그런데 웬 남자가 밀고 들어왔다.

퍼트리샤는 비명을 질렀고, 남자가 그녀의 팔을 붙잡았다.

"후아." 제임스였다.

휘청하는 퍼트리샤를 바닥이 솟아오르며 마중했다. 다리가 풀리는 순간 제임스의 강인한 팔이 그녀를 붙들어 세웠다.

"여기 뒤뜰에 조명이 켜진 걸 봤어요. 무슨 일입니까?"

"남자가 있어요." 퍼트리샤가 말했다. 도움의 손길이 도착했음에 안도하며 심장의 방망이질을 배경음악삼아. "지붕에요. 경찰을 부르려고 했는데. 전화가 먹통이에요."

"알았어요." 제임스가 안심시켰다. "내가 왔잖아요. 경찰은 부를 필요 없어요. 다친 사람은요?"

"우리는 괜찮아요."

"미스 메리를 확인해봐야겠군요." 제임스가 말하며 퍼트리샤를 부드럽게 밀어 부엌 조리대에 기대어 세운 다음 그녀와 아이들을 지나쳐 걸었다. 그들로부터 멀어지며 한 발 또 한 발 가족실로 들어갔다.

"경찰을 불러야겠어요."

"그럴 필요 없어요." 가족실 한가운데서 제임스가 말했다.

"삼 분이면 올 거예요."

"미스 메리부터 확인하게 해줘요. 그런 다음 지붕을 살펴볼게요." 가족실 끝에서 그가 말했다.

문득 퍼트리샤는 제임스를 미스 메리와 단둘이 두고 싶지 않았다.

"아니!" 그녀가 말했다. 목소리가 너무 컸다.

제임스가 멈춰 서서 차고 방 문에 한 손을 얹은 채 천천히 돌아보았다.

"퍼트리샤, 진정해요."

"그래도 경찰을……" 그녀가 물으며 부엌 전화기 쪽으로 걸었다.

"하지 마요." 그가 말했다. 퍼트리샤는 의아했다. 왜 경찰을 부르지 말라는 걸까. "아무것도 하지 마요. 아무도 부르지 마요."

그때였다. 벽을 가로질러 파란색 빛 한줄기가 깜빡이더니 이내 강렬한 흰색 불빛들이 가족실 창문으로 쏟아졌다.

사십오 분 뒤 카터가 도착했을 때도 경관들은 손전등으로 덤불을 쑤시는 중이었다. 경관 한 명이 차량에 탑재된 대형 조명으로 지붕 위 경관 두 명을 비췄다. 옆집의 지 미첼과 남편 보가 자기네 진입로에 서서 구경했다.

"패티?" 카터가 전실에서 불렀다.

"우리 여기 있어." 퍼트리샤가 외치자 잠시 후 그가 계단을 내려와 차고 방으로 들어왔다.

퍼트리샤는 미스 메리의 방에 다 함께 모여 있어야 한다고 판단했다. 제임스는 경찰과 얘기를 나누고 돌아갔다. 그는 시어머니 일로 북클럽 모임을 망친 퍼트리샤가 괜찮은지 확인하러 들렀다가 뒷마당에 조명이 켜진 걸 보고 집을 돌아 뒷문으로 온 것이었다.

"다들 괜찮은 거야?" 카터가 물었다.

"우리는 괜찮아." 퍼트리샤가 대답했다. "그렇지, 다들? 그저 놀란 것뿐이야."

코리와 블루가 아빠를 껴안았다.

"그 아저씨가 우리를 살렸어요." 코리가 말했다.

"지붕에 누군가 있었는데, 그 아저씨가 안 왔으면 꼼짝없이 당했을걸요." 블루가 말했다.

"그럼 아저씨가 여기 있었던 게 다행이네." 카터가 말하며 퍼트리샤를 보았다. "근데 굳이 경찰력까지 동원해야 했어? 맙소사, 패티, 이웃들은 내가 마누라나 두들겨패는 인간이라고 생각 할 거야."

"호이트." 침대에서 미스 메리가 말했다.

"그래요, 엄마." 카터가 말했다. "힘든 밤이었어요. 일단 우리 다 같이 진정할 필요가 있겠어요."

퍼트리샤는 자신이 진정할 날이 과연 다시 올지 알 수 없었다.

11장

블루와 코리를 잠자리에 눕힌 다음 퍼트리샤는 카터에게 그날 일을 전부 설명했다.

“나는 그게 당신의 상상이라고 말하는 게 아냐.” 그녀의 얘기가 끝나자 카터가 말했다. “하지만 당신, 그 모임에 갔다 오면 늘 긴장 상태잖아. 다 거기서 읽는 그 병적인 책들 때문이라고.”

“경보기를 달아야겠어.” 퍼트리샤가 말했다.

“그게 무슨 도움이나 됐겠어? 여보, 당분간은 어두워지기 전에 퇴근하겠다고 약속할게.”

“경보기를 달아야겠어.” 퍼트리샤가 반복했다.

“그 번거롭고 값비싼 일을 저지르기 전에, 당신 기분이 어떤지 몇 주만 지켜보자.”

퍼트리샤가 침대 끝에서 일어났다.

“미스 메리 좀 살펴볼게.” 그녀는 말하고 방을 떠났다.

현관문, 뒷문, 일광욕실의 잠금장치를 확인하고 전등들을 켠 뒤 미스 메리의 방으로 갔다. 실내는 수면등의 주황색 빛으로 물들어 있었다. 퍼트리샤는 미스 메리가 잠들었을 경우를 생각해 조심스레 움직이다 그녀의 부릅뜬 눈에 수면등이 비친 걸 보았다.

"미스 메리?" 퍼트리샤가 물었다. 미스 메리의 눈동자가 모로 움직여 퍼트리샤를 향했다. "안 주무셨어요?"

이불이 들썩이고 집게발처럼 앙상한 손이 애쓴 끝에 밖으로 나오더니 이내 기력을 다하는 바람에 원래 가려던 곳에 닿지 못한 채 미스 메리의 가슴에 털썩 내려앉았다.

"안 잔다." 미스 메리가 혀로 입술을 축였다. "안 자."

퍼트리샤가 침대의 철제 난간으로 다가갔다. 그녀는 미스 메리가 뜻하는 바를 알았다.

"다 괜찮아요."

두 여자는 그렇게 길고 조용한 순간을 보내며, 내려진 커튼 뒤 창문을 밀어대는 더운 바람의 소리를 들었다.

"호이트 피컨스가 누구예요?" 퍼트리샤가 물었다. 대답을 기대하지는 않았다.

"놈이 내 아빠를 죽였어." 미스 메리가 말했다.

퍼트리샤는 숨이 턱 막혔다. 얼마 전까지만 해도 전혀 들어본 적 없는 이름이었다. 더구나 미스 메리는 자기 정신의 표면으로 떠오른 이들의 이름을 입 밖으로 꺼낸 직후 그들의 존재를 망각해버리는 게 보통이었다. 퍼트리샤는 그녀가 인물과 그들의 중요성을 연결해 얘기하는 걸 들어본 적이 없었다.

"그렇게 말씀하시는 이유가 뭔데요?" 퍼트리샤가 부드럽게 물었다.

"나한테 호이트 피컨스의 사진이 있다." 미스 메리가 쉰 소리를 냈다. "놈은 아이스크림색 옷을 입었어."

그 들쑥날쑥한 목소리에 퍼트리샤의 흉터 진 귀가 근질거렸다. 바람이 커튼에 감춰진 창문을 열어보려 기를 쓰고 유리를 덜컹이며 안으로 들어올 길을 찾았다. 미스 메리의 손이 기력을 좀 더 끌어모아 이불 위를 미끄러져 왔다. 퍼트리샤가 손을 뻗어 그 부드럽고 차가운 손을 감싸쥐었다.

"그 남자랑 시할아버님이 서로 어떻게 아는데요?"

"저녁식사 전에 아빠는 동네 아저씨들이랑 뒷베란다에 앉아 단지를 돌려가며 술을 마셨지." 미스 메리가 말했다. "우리 꼬마들은 저녁을 일찍 먹고 앞마당에서 놀았는데, 저쪽 길에서 바닐라 아이스크림색 정장을 입은 남자가 나타났어. 그가 가던 방향을 바꿔 우리집 마당으로 들어왔을 때 아저씨들은 얼른 술을 숨겼고. 음주가 불법이었으니까. 이 남자가 아빠한테 오더니 제 이름이 호이트 피컨스라면서 묻더구나. 토끼 침을 어디 가면 구할 수 있는지 아느냐고. 사람들이 아빠의 옥수수 위스키를 그렇게들 불렀거든. 그걸 마시면 토끼가 불도그 눈에 침을 뱉을 지경이 된다고 해서. 남자는 내내 신시내티 기차를 타고 왔고 목구멍이 텁텁하다면서 그걸로 목을 축일 수만 있으면 25센트도 거뜬히 내겠다고 하더라. 루컨스 씨가 단지를 내왔고 호이트가 맛을 봤지. 시카고에서 마이애미까지 돌아다녔는데 그때껏 마셔본 옥수수 위스키 중에 최고라고 했어."

퍼트리샤는 숨이 쉬어지지 않았다. 미스 메리가 이토록 많은 문장을 소화하는 건 실로 수년 만의 일이었다.

"그날 밤에 엄마랑 아빠가 다퉜지. 호이트가 토끼 침을 좀 사다 컬럼비아에서 팔고 싶어했는데 엄마는 안 된다고 했어. 면직물이 10센트에 고기가 40센트 하던 시절이었다. 벅 목사님은 공중수영장이 너무 많아 목화바구미가 생겼다고 했고. 나라님들은 담배에서 안짱다리까지 모든 것에 세금을 매겼지. 그래도 아빠의 토끼 침 덕분에 우리는 옥수수빵에 당밀까지 얹어 먹을 형편은 늘 됐다.

엄마가 아빠한테 그랬어. 모나게 튀어나온 뱀 대가리는 잘려 나가기 마련이라고. 하지만 아빠는 근근이 먹고사는 일에 질려서 엄마 말을 무시하고 호이트한테 토끼 침 열두 단지를 팔았다. 그는 컬럼비아로 가서 그걸 곧장 팔아치우고 돌아와 열두 단지를 더 달라고 했지. 그것도 다 팔아치우더니 아빠는 두번째 증류를 한다면서 해질녘부터 동틀 때까지 집을 비우고 낮에는 내내 잠을 자더구나.

호이트는 정기적으로 우리집 식탁에 와 앉았다. 일요일마다, 어떤 때는 수요일이랑 금요일에도. 놈은 아빠가 솔깃할 수밖에 없는 말들을 늘어놨지. 토끼 침을 드럼통에 담아 갈색이 되도록 두면 돈을 더 벌 수 있을 거라고 했어. 무슨 말인고 하니, 아빠가 토끼 침을 엄청 만들어놓고도 반년쯤은 돈 구경을 못하리라는 거였어. 호이트가 그걸 컬럼비아로 가져가 대금을 받아오기 전까지. 하지만 처음으로 호이트가 그 두툼한 돈뭉치를 식탁에 올려놨을 때 우리는 죄다 신바람이 났지."

뭔가 예리한 것이 퍼트리샤의 손바닥을 간질였다. 미스 메리가 손톱으로 그녀의 살갗을 긁고 있었다. 앞으로 뒤로, 앞으로 뒤로, 손안을 스멀스멀 쏘다니는 벌레처럼.

"곧 토끼 침이 모든 것의 중심이 됐어. 언젠가 아빠가 하는 일을 알게 된 마을 보안관이 돈 뜯어내는 재미를 톡톡히 봤지. 아빠는 증류를 도울 일손이 필요했고, 품삯 대신 가증권을 주면서 토끼 침이 갈색으로 변하기를 기다렸어. 그 당시야 사람들이 은행 이름을 외우는 것보다 은행이 망하는 속도가 빠르던 시절이라 다들 현금을 손에 꼭 쥐고 있었는데, 아빠는 백과사전 전집이니 빨래 탈수기니 하는 걸 사고, 아저씨들과 뒷베란다에 앉아 상점에서 사 온 시가를 피웠지."

퍼트리샤는 커쇼를 기억했다. 250킬로미터 떨어진 주 북부로 몇 번이나 운전해 카터의 사촌들을, 나중에는 거기 홀로 남게 된 미스 메리를 방문하곤 했다. 그것도 이미 오래진 얘기가 되었지만 퍼트리샤는 메마른 사람들이 모여 사는 메마른 땅을 기억했다. 먼지로 뒤덮인 땅의 교차로마다 서 있는 주유소에서는 농축 우유와 상표 모를 담배를 팔았다. 퍼트리샤는 휴한지들과 폐농장들을 기억했다. 그처럼 작고 더운 동네에 사는 이들이 뭔가 신선하고 깨끗하고 푸르른 것에 끌리는 이유가 이해되기도 했다.

"그즈음 베컴네 아들이 실종됐어." 미스 메리가 말했다. 이제 그녀의 목에서는 쇳소리가 났다. "희멀겋고 조그만 빨강머리 녀석이었지. 나이는 여섯 살. 사람 가릴 줄 모르고 아무데나 따라나설 애였어. 그애가 저녁을 먹으러 돌아오지 않았을 때 우리 전부가 찾아다녔다. 어디 피칸나무 아래서 웅크려 자고 있으려니 했는데 아니었어. 누군가는 나라에서 나온 예방접종관이 그애를 데려갔다고 하고, 누군가는 숲속에 사는 흑인 여자애가 백인 꼬마들을 스튜로 만들어 사랑의 묘약이랍시고 한입에 5센트씩 받는다고 했어. 그애가 강물에 빠져 휩쓸려갔다는 사람도 있었지만 그런 말들이 뭐가 중요했겠어, 애는 사라지고 없는데.

다음으로 실종된 녀석은 에이버리 드보스였어. 들통 나르는 일을 했는데, 호이트는 그애가 제분소 기계 속에 빠졌고 거기 주인이 거짓으로 그걸 숨기는 게 틀림없다고 말하고 다녔지. 그래서 제분소 쪽이랑 농부들이 서로 감정을 상했고, 동네가 토끼 천지다보니 다들 성질이 불같아졌어. 남자들이 팔걸이 붕대를 하고 얼굴에 멍이 든 채 교회에 나타나기 시작했지. 베컴 씨는 총으로 목숨을 끊었단다.

어쨌든 그해 크리스마스트리 밑에 선물들이 놓였고, 아빠는 엄마에게 이런 게 행복이라고 거듭 말했어. 1월이 되자 엄마의 배가 단단하고 똥그래졌지. 자식 셋 중에 나만 살아남은 거였는데 이제 다른 아기가 뿌리를 내린 거야.

결코 찰리 베컴을 못 찾았을 게다. 그 콤바인 파는 사람이 무어네 옛 부지에 말을 세웠다가 거기 펌프에서 나오는 물에 구더기가 버글거리는 걸 보지 못했다면. 그 조그만 애의 시신을 얼음저장실에 사흘이나 둬야 했어. 관에 맞추려면 몸에서 물부터 빼야 했거든. 그러고도 관을 특별히 넓은 걸로 준비해야 했지만."

미스 메리의 입가에 허연 침이 끈끈한 덩어리로 맺혔으나 퍼트리샤는 꿈쩍도 하지 않았다. 자칫 잘못해서 지금의 미몽을 깨버렸다가 저 과거로 이어진 실이 끊어지지 않을까, 미스 메리가 이렇게 말할 수 있는 것도 이번이 마지막이 아닐까 조심스러웠다.

"그해 봄에는 뭐든 파종할 형편이 되는 사람이 아무도 없었어." 미스 메리가 말을 이었다. "온 천지 밭이 텅텅 비어버린 바람에 아빠랑 호이트는 큰돈을 들여 저멀리 록 힐에서 옥수수를 가져와야 했어. 게다가 돈이란 돈은 죄다 토끼 침 드럼통에 묶여 있었지. 은행은 가증권 따위에 신경도 안 쓰고 그 대신 사람들의 연장을 가져가기 시작했어. 말이랑 노새도. 그런데도 누구 하나 어쩌지 못했지. 모두가 그 드럼통에만 목을 맸어.

세번째로 없어진 남자애는 벅 목사님네 아이였고, 우리집 뒷베란다에 남자들이 모여들었어. 그들이 이 사람 저 사람 추측해보는 소리가 내 방 창문으로 들렸지. 술 단지가 돌고 돌다 호이트가 그러더구나. 어느 밤엔가 무어네 농장 근처에서 리언 심스를 보았다고. 나는 그 말에 한판 크게 웃어주고 싶었지. 외지인이나 할 수 있는 말이었으니까. 리언은 흑인인데 전쟁통에 머리가 어떻게 됐거든. 미스터 얼리네 가게 밖 양지에 앉아 있다가 누구든 사탕을 건네는 사람이 있으면 숟가락을 들고 박자를 맞추면서 노래를 불러줬지. 나라에서 받는 돈으로 어머니와 살았고. 가끔 짐 나르는 일을 도와주고 삯은 늘 사탕으로 챙겼어.

근데 호이트가 말하길, 리언이 밤에 어슬렁거리기를 좋아하고, 가서는 안 될 곳에 숨어든다더구나. 북부인들이 아래로 내려와 아직 준비되지 않은 사람들한테 자기네 사상들을 퍼트리고 다니니까 이런 문제가 생긴다고도 했어. 리언이 미스터 얼리네 가게 밖에 앉아 애들을 보며 입맛을 다시고, 은밀한 곳으로 데려가 비정상적인 욕구를 충족한다고 떠들었지.

호이트의 얘기가 계속될수록 놈에게 맞장구치는 남자들이 늘어갔어. 그러고는 내가 깜빡 졸았던 게 분명한데, 눈을 떴을 때는 완전히 컴컴했고 뒷마당도 비어 있었지. 기차 지나가는 소리, 저기 숲속에서 줄무늬올빼미가 우는 소리가 났고, 다시 잠이 들려는데 밖이 환해지더구나.

마차 한 대를 앞세우고 등불과 손전등을 든 남자들 무리가 나타난 거였어. 다들 조용한데 한 사람이 유난히 높은 언성으로 시끄럽게 떠들며 이것저것 지시하는 소리가 들렸지. 아빠였어. 아빠 옆에는 호이트가 섰고, 놈의 아이스크림색 정장이 어둠 속에서 번쩍였지. 사람들이 마차 뒤에서 뭔가를 내렸어. 목화를 딸 때 쓰는 커다란 자루. 한쪽 끝을 치켜드니 축축하고 검은 게 흘러나와 바닥으로 툭 떨어지더라. 리언이었어, 줄로 꽁꽁 묶인.

남자들이 삽을 들었어. 복숭아나무 밑에 구덩이를 깊게 파고 리언을 거기로 끌고 갔는데 틀림없이 그때까지 그는 살아 있었어. 아빠를 '주인님'이라고 부르면서 하는 말을 내가 들었거든. '제발, 주인님, 연주를 해드릴게요, 주인님.' 남자들이 리언을 구덩이에 던져넣고 흙을 덮었어. 애원하는 소리가 아득해질 때까지. 그리고 얼마 뒤에는 그 소리조차 더는 들리지 않았지. 내 귀에는 지금도 들리지만.

아침 일찍 잠에서 깼을 때 땅에 핀 안개를 보고 나는 뒷마당으로 나갔어. 내가 악몽을 꾼 게 아닌지 확인하려고. 하지만 흙을 새로 덮은 부분이 진짜로 있었어. 무슨 소리가 들려서 보니 베란다 구석에 아빠가 정말로 고요히 앉아 있더구나. 다리 사이에 토끼 침 단지를 놓고. 벌건 눈이 퉁퉁 부어서는 나를 보고 활짝 웃었어. 지옥에서 나온 웃음이었어."

미스 메리가 그 복숭아들이 썩어 없어지도록 그냥 두었던 이유가 바로 그것이었다. 퍼트리샤의 턱을 타고 흐르던 복숭아의 달콤한 과즙, 위장을 채우던 과육의 추억은 이제 리언 심스의 피로 비릿했다.

"호이트는 토끼 침이 갈색이 되기 전에 떠났어." 미스 메리가 꺽꺽거렸다. "아빠는 마차를 끌고 컬럼비아로 갔지만 호이트한테 물건을 사들이던 사람을 찾을 수 없었지. 우리 돈은 죄다 그 드럼통에 묶여 있었는데 커쇼 사람 누구도 아빠가 부르는 값에 토끼 침을 사줄 수 없었으니 결국 몇 년 동안 아빠 혼자 마셔치웠지. 엄마는 내 남동생을 잃었고 아빠는 입에 풀칠이라도 하겠다고 증류기를 팔았어. 그 양반은 두 번 다시 일하지 않았어. 그저 뒷베란다에 앉아서 갈색 토끼 침을 마셨어, 혼자. 아무도 우리집에 얼씬하지 않을 거였으니까. 거기 뭐가 묻혔는지 다 아는 마당에. 마침내 아빠가 헛간에서 목을 맨 건 차라리 자비에 가까웠어. 몇 년 지나지 않아 찾아온 흉년을 두고 그런 말들을 하지. 리언 심스의 독이 땅을 망친 거라고. 하지만 나는 늘 알았다. 독은 호이트였어."

기나긴 침묵이 이어지다 미스 메리의 경련하는 눈꺼풀 밑에서 차오른 눈물이 얼굴을 타고 흘렀다. 그녀가 허옇게 백태 낀 혀로 입술을 축였다. 피부가 종잇장처럼 얇았고 양손은 얼음장처럼 차가웠다. 숨결에서는 천 찢어지는 소리가 났다. 퍼트리샤는 미스 메리의 핏발 선 눈이 서서히 초점을 잃는 과정을 지켜보면서 이야기가 시어머니의 현실감각을 앗아갔음을 깨달았다. 그녀는 미스 메리에게 붙들린 손을 빼내려 했지만 노인이 손가락에 바짝 힘을 주며 세게 움켜쥐었다.

"야행귀들은 항시 굶주려 있어." 미스 메리가 꺽꺽거렸다. "끝없이 빼앗고도 만족을 몰라. 영혼을 저당잡힌 놈들은 먹고 또 먹으면서 절대로 멈출 줄을 몰라."

퍼트리샤는 미스 메리가 말을 더 하도록 기다렸으나 시어머니는 움직임이 없었다. 잠시 뒤 그녀는 미스 메리의 차디찬 손가락 사이에서 손을 빼고 노인이 두 눈을 뜬 채로 자는 모습을 지켜보았다.

검은 바람 한줄기가 그녀의 집을 내리눌렀다.

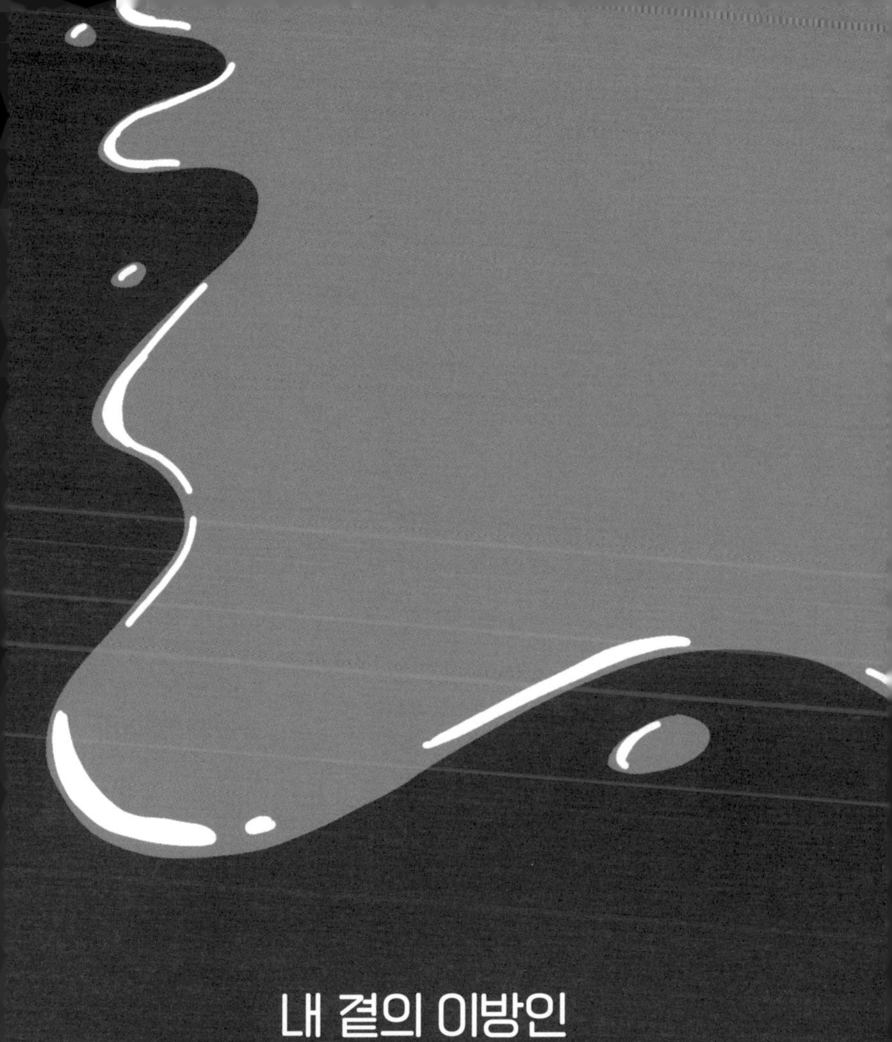

내 곁의 이방인

-1993년 7월-

12장

한여름이 올드 빌리지의 숨통을 짓눌렀다. 꼬박 한 달째 비가 내리지 않았다. 태양이 잔디를 노란색으로 바삭하게 요리하고, 보도를 백열 상태로 굽고, 지붕널을 말랑하게 녹이고, 전봇대를 익히다못해 온 거리에서 가열된 크레오소트 성분의 냄새가 났다. 모두가 야외를 저버렸다. 이따금 나타나 물렁한 아스팔트길을 쏜살같이 달리는 한낮의 아이를 제외하고는. 오전 열시 이후에는 아무도 정원 일을 하지 않았고 자잘한 용건은 다들 저녁 여섯시 이후로 미뤘다. 동틀녘부터 해질녘까지 온 세상이 펄펄 끓는 꿀에 잠기는 듯했다.

그러나 퍼트리샤는 일단 해가 넘어가기 시작하면 볼일을 보러 나다니지 않았다. 상점이나 은행에 가야 할 때는 작열하는 볼보로 달려들어가 에어컨을 한껏 가동한 뒤 불타오르는 운전석에 비참하게 앉아 절절 끓는 운전대에 손을 올리는 일이 견딜 만해질 때까지 기다렸다. 날이 어두워지기 전에 쓰레기통을 길가로 내놓으라고 블루를 닦달했고, 무자비하게 타오르는 태양 아래서 진입로 끝까지 쓰레기통을 끌고 가는 문제를 두고 블루가 얼마나 불퉁대든 개의치 않았다.

일몰 뒤 퍼트리샤는 집 근처를 떠나지 않았다. 코리나 블루가 차를 얻어 타고 친구네에 자러 갈 때는 아이들이 차에 올라 차문을 닫고 피어레이츠 크루즈를 안전히 벗어날 때까지 현관에서 지켜보았다. 집의 중앙 에어컨이 끝내 망가져 수리기사가 와서 보더니 출장 요청이 너무 늦었다고, 부품을 구하기까지 두 주는 걸릴 거라고 말했을 때조차 퍼트리샤는 자러 가기 전에 창문과 문을 전부 잠가야 한다고 고집을 피웠다. 집에 있는 선풍기를 죄다 동원해도 매일 밤 모두가 시트에 땀을 한 바가지씩 흘렸고, 매일 아침 퍼트리샤는 침대마다 다니며 시트를 벗겨 다시 보송하게 만들어뒀다. 건조기가 멈출 줄 몰랐다.

마침내 제임스 해리스가 그들을 구원했다.

어느 날 저녁식사를 하는 중에 초인종이 울려 퍼트리샤가 나갔다. 어둠이 내린 뒤면 코리나 블루에게 현관문 여는 일을 시키고 싶지 않았다. 현관에 제임스가 서 있었다.

"확인차 들러봤어요. 다들 크게 놀랐는데 어떻게 지내나 싶어서요."

퍼트리샤는 그를 다시는 보지 못하리라 생각했다. 지붕에 남자가 올라갔던 밤, 그에게 괜히 과민하게 굴며 큰 소리를 냈다. 집에 들어오려던 남자보다 제임스가 더 큰 위험이라는 듯 행동했다. 퍼트리샤는 아무 이유 없이 누군가를 최악의 모습으로 여겼다는 게 수치스러웠고, 그래서 아무 일도 없었다는 양 현관에 선 그를 보는 순간 이루 말할 수 없는 안도감이 차올랐다.

"그때 내가 집에 없었다니, 지금도 분통이 터집니다." 퍼트리샤가 제임스를 다이닝룸으로 안내하자 카터가 자리에서 일어나 그와 악수하며 말했다. "이렇게 와주다니 얼마나 감사한지 모르겠습니다. 아이들 말이 그때 당신은 정말 최고였다는군요. 언제든지 환영이니 편히 왕래해주세요."

제임스는 이 말을 문자 그대로 받아들였고, 이내 퍼트리샤는 코리가 마지막 남은 빵을 먹거나 블루가 이런 찜통더위 속에선 제 몫의 호박 요리를 다 먹는 게 불가능하다고 투덜거리는 동안 혹시 제임스의 노크 소리가 날까 귀기울이게 되었다. 밤마다 현관에 나타나는 제임스와 만나 그달 북클럽에서 읽는 책에 대해 의견을 나눴고, 그는 에어컨 수리 상황과 관련한 최신 소식 또는 미스 메리의 근황을 묻거나 슬리크네 부부와 교회에 갔던 얘기를 해주었다. 그러면 퍼트리샤가 함께 아이스크림을 먹자며 그를 안으로 들였다.

"어떻게 저 남자는 우리 식탁에 디저트가 올라오는 시간을 정확히 알지?" 제임스의 네번째 방문 후 카터가 툴툴댔다. 그는 안방에서 한 발로 폴짝거리며 땀에 젖은 양말을 벗는 중이었다.

"동네 저 아래쪽에서 우리집 냉장고 문 여는 소리라도 들린다는 양."

그러나 퍼트리샤는 제임스가 집에 오는 게 좋았다. 어두워지기 전에 귀가하겠다던 카터의 약속은 고작 이틀간 지켜졌을 뿐 퇴근 시간이 다시 늦어지기 시작했다. 그녀와 아이들끼리만 밥을 먹는 저녁이 대부분이었고, 월말에 이 주짜리 축구 캠프에 갈 예정인 코리는 떠나기 전에 친구들을 한 명도 빠짐없이 만나 시간을 보내야 하는 모양이라 거의 매일 저녁 식탁에는 퍼트리샤와 블루뿐이었다.

제임스가 그녀의 집에 들른 지 닷새째 밤부터 퍼트리샤는 창문을 늦게까지 열어두기 시작했다. 다음으로 이층 창문을, 그다음으로 일층 창문을 밤새 열어뒀으며 얼마 지나지 않아 방충문에는 걸쇠만 채울 수 있게 되었다. 이제 그녀의 집은 밤낮으로 활짝 열린 창문들과 그 앞에 놓인 선풍기들로 부드럽게 웅웅거렸다.

퍼트리샤가 제임스의 방문을 반겼던 또다른 이유는 블루와 어떻게 대화해야 할지 더는 모르겠다는 데 있었다. 블루는 줄곧 나치 얘기만 하려 들었다. 퍼트리샤는 블루에게 도서관의 성인용 대출증을 발급받아준 터였고, 이제 아이는 사진이 빽빽하게 실린 타임라이프 북스의 2차대전 시리즈를 빌려 왔다. 블루의 낡은 스프링노트에는 나치의 스와스티카와 히틀러 친위대 SS의 번개 문양, 독일 팬저 탱크, 해골들의 스케치가 가득했다. 퍼트리샤가 하계 오아시스 프로그램이나 크리크사이드 공공수영장에 가는 얘기만 꺼낼라 치면 블루는 나치로 대항했다.

제임스는 나치에 정통했다.

"그게 말이지," 그가 블루에게 말했다. "미국의 우주프로그램 전체를 베른헤르 폰 브라운이랑 다른 나치들이 만들었거든. 미국이 그 사람들을 받아준 건 그들이 로켓 만드는 법을 알았기 때문이란다."

또는

"우리는 히틀러를 격파한 게 미국이라고 믿으려 들지만 실제로 전세를 뒤집은 건 러시아지."

또는

"나치가 영국 돈을 위조해서 그 나라 경제를 흔들려고 했던 거 알고 있니?"

퍼트리샤는 어른과의 대화에서 제 나름대로 주장을 펼치는 블루의 모습에 흡족함을 느꼈다. 물론 대화 주제가 제3제국*이 아니면 얼마나 좋을까 하는 마음도 있었다. 그러나 퍼트리샤의 모친은 현재 가진 것에 감사하라고, 갖지 못한 것에 대해 징징거리지 말라고 가르쳤고, 그래서 그녀는 카터와 코리가 남긴 빈자리를 두 사람이 그렇게라도 채우도록 두었다.

---

* 히틀러가 권력을 장악한 시기의 독일제국(1934~1945년).

아이스크림을 놓고 앉은 그 저녁들, 활짝 열린 창문으로 따뜻하고 짭조름한 바람이 불어오는 다이닝룸에 앉아 블루와 제임스가 2차대전 얘기를 하던 그 저녁들은 퍼트리샤가 진정한 행복을 느낀 마지막 시절이었다. 이후 벌어진 모든 일들에도 불구하고, 그녀 인생의 모든 것이 다만 고통뿐일 때조차, 그 저녁들의 기억은 그녀를 보드랍고 달콤한 빛으로 휘감아 잠으로 인도하곤 했다.

삼 주쯤 지났을 무렵에는 퍼트리샤도 사실상 그레이스의 생일파티를 손꼽아 기다리게 되었다. 그래 봐야 같은 블록에 있는 집으로의 외출이었지만 어쨌든 야간에도 바깥출입을 할 정도로 자신감이 생겼고, 카터 또한 그날 일찍 퇴근하겠다고 약속했으며, 퍼트리샤는 드디어 평범한 나날로 돌아갈 수 있을 것만 같은 기분을 느꼈다.

퍼트리샤와 카터가 현관문을 나서자마자 그린 부인은 신발에서 발을 빼고 양말을 벗어 가방에 넣었다. 날이 지독하게 더워 발에 뭐든 걸치는 게 불가능했다. 블루와 코리도 친구네에 자러 간 터라 그린 부인이 맨발이든 아니든 신경쓸 사람은 집에 없었다.

발꿈치 아래 카펫이 뜨끈했다. 실내의 모든 문과 창문을 활짝 열어뒀지만 뒷마당에서 감질나게 들어오는 보잘것없는 바람은 끈적끈적하고 습지의 악취를 풍겼다.

"오늘밤에는 입맛이 좀 도는 것 같나요, 미스 메리?"

미스 메리는 행복하게 콧노래를 흥얼거렸다. 퍼트리샤에게 듣자하니 미스 메리가 일주일 내내 옛 사진첩을 뒤졌다고 한다. 몹시 왜소해진 체구만 아니면 옛 시절 그녀가 딱 이런 모습이었으려니 싶었다.

"내가 찾아내고야 말았지." 미스 메리가 미소를 지으며 말하고는 삶은 달걀 같은 눈을 굴려 그린 부인을 올려다보았다. "너도 보여줄까?"

낡은 스냅사진 한 장이 미스 메리의 무릎에 뒤집힌 채 놓여 있었다. 그녀가 떨리는 손가락으로 사진 뒷면을 쓰다듬었다.

"누구 사진인데요?"

그린 부인이 물으며 손을 뻗자 미스 메리가 손바닥으로 사진을 덮고 말했다.

"퍼트리샤 먼저."

"머리 좀 빗겨드릴까요?"

미스 메리는 화제가 바뀐 것에 혼란스러운 듯했고, 그 제안을 곰곰이 생각해보더니 턱을 아래로 한 번 짧게 당겼다.

그린 부인이 나무빗을 찾아 미스 메리의 의자 뒤에 섰다. 그리고 노인이 TV를 보며 사진을 쓰다듬는 동안 그녀는 성긴 잿빛 머리칼을 빗질했다. 선풍기가 내는 격한 소음이 둘을 감쌌다.

그레이스의 파티는 어린 시절 퍼트리샤가 꿈꿨던 파티의 정의에 모든 면에서 부합했다. 거실에서 아서 리버스가 재킷을 벗고 피아노 앞에 앉아 대학 응원가 메들리를 연주했고, 청중은 자신의 출신 대학에 따라 야유와 건배와 시끌벅적한 제창으로 화답했다. 버번이 계속 대령되는 한, 그는 멈추지 않을 것이다.

파티의 물결은 거실에서 범람해 다이닝룸으로 이어졌다. 소형 햄비스킷과 치즈맛 막대과자, 피멘토치즈 샌드위치, 고스란히 남아 내일 아침이면 버려질 채소스틱이 넘쳐나는 테이블을 휘감고 한차례 소용돌이친 뒤 부엌을 통과해 흘러가 항구 전경이 내다보이는 일광욕실에 웅덩이를 이뤘다. 방 한구석에 하얀 식탁보를 덮고 선 바가 가장 붐볐고, 그 너머에서 흰색 재킷을 입은 흑인 남자 두 명이 음료를 끝도 없이 줄줄 만들어냈다.

올드 빌리지의 의사, 변호사, 항만관리사들은 하나같이 시어서커* 정장과 나비넥타이 차림으로 술잔을 들고 이번 미식축구 시즌에서 켄 햇필드 감독의 문제는 뭐다, 몇 년 전 허리케인으로 문을 닫았던 셈 크리크 공원가 상점들이 재개장을 하느냐, 아일 오브팜스대교는 언제 완공이 된다더라, 이 망할 습지쥐들은 대체 어디서 오는 것이냐 하며 큰 소리로 떠들어댔다. 화이트와인 잔을 든 부인들은 동물과 꽃과 기하학과 추상 등 갖가지 문양이 어수선하게 충돌하는 밀림처럼 차려입고 자녀들의 여름방학 계획,

---

* 시원하고 가벼워 여름옷에 많이 사용되는 면포.

부엌 새단장 프로젝트, 그리고 퍼트리샤의 귀에 대해 얘기했다. 그 사건 이후 처음으로 참석한 사교 모임이다보니 퍼트리샤는 모두가 자신을 쳐다보는 것만 같았다.

"자기 앞에 정면으로 서서 양쪽 귀를 동시에 보지 않는 한 잘 모른다니까." 키티가 그녀를 안심시켰다.

"그렇게 눈에 확 띄어?" 퍼트리샤가 손을 올려 머리칼로 흉터를 덮으며 물었다.

"얼굴이 살짝 비뚤어져 보이는 정도야." 키티가 말했다. 그러고는 사람들 틈에서 어깨를 부딪히고 지나가는 로레타 존스의 팔꿈치를 붙잡았다. "로레타, 여기 퍼트리샤를 보고 뭐든 눈에 띄는 게 있으면 얘기해봐요."

"뭐, 저 남자네 할머니가 귀를 물어뜯었다면서요." 로레타가 고개를 갸웃하며 말했다. "왜 그러는데요? 또 무슨 일이라도 있었어요?"

퍼트리샤는 거기서 슬그머니 빠지고 싶었지만 키티에게 손목을 붙들렸다.

"할머니가 아니라 고모할머니거든요." 키티가 말했다. "그리고 아주 약간 뜯긴 것뿐이에요."

로레타가 고개를 한번 더 갸웃했다. "괜찮은 성형외과 의사 필요해요? 소개해줄 수 있는데. 그쪽 얼굴, 짝짝이처럼 보여요. 오, 세이디 푼체다. 실례할게요."

"하여튼 입상이야." 군중 속으로 사라지는 로레타를 보며 키티가 말했다.

가족실 문간의 대형 입식선풍기는 뜨거운 공기를 빨아들여 차고 방에 시원한 바람을 뱉으라고 세워둔 것이었지만 더위의 진창을 좀처럼 흔들어놓지 못했다. 못 견디게 더웠다. 래그태그는 처량한 몰골로 미스 메리의 침대 밑에 누워 헐떡였다.

미스 메리에게 냉수욕을 해드릴까, 그린 부인은 생각했다. 냉수라니, 둘 모두에게 아주 좋을 터였다. 그러면서 몸을 일으키다 뭔가 격렬한 시선을 느꼈다. 가족실 문간을 보니 선풍기 옆에 거대하고 축축하고 시커먼 쥐 한 마리가 미동도 없이 앉아 그녀를 빤히 쳐다보고 있었다. 드문드문 얼룩진 놈의 등짝 위 공기 중에서 문자 그대로 병마가 일렁였다. 그린 부인의 창자에 얼음물이 차오르는 듯했다. 쥐라면 평생 숱하게 봐왔지만 이 정도 덩치에, 게다가 이 자리는 내 것이라는 양 저토록 당당하고 침착하게 앉은 놈은 본 적이 없었다.

"훠이!" 그녀는 놈이 있는 쪽으로 손을 저으며 발을 굴렀다. 래그태그는 고개가 200킬로그램은 되는 듯 무겁게 들고 "훠이"가 저더러 한 말일까 궁금해하며 그린 부인에게 눈길을 보냈다.

"어서, 래그태그." 천혜의 동맹이 곁에 있음을 깨달은 그린 부인이 말했다. "저 못된 늙은 것을 잡아. 잡아버려!"

그녀의 몸짓을 따라 고개를 움직인 래그태그가 쥐를 발견한 뒤 근육 하나 꿈쩍 않고 목구멍 깊숙한 곳에서부터 으르렁거리기 시작했다. 쥐가 몸을 길게 늘이며 첫째 계단으로 미끄러져 내려오는데 덩치가 성인 남자 신발만큼이나 컸다. 래그태그의 으르렁거림이 강도를 높였지만 쥐가 거기에 곤란을 느끼지는 않는 듯했다. 래그태그가 침대 밑에서 다다다 튀어나와 놈 앞에 버티고 섰다. 으르렁거림을 높이고 쌓아올려 한 차례 짖더니 다음 순간 꽥 하는 소리와 함께 멈췄다. 보다 작고 똑같이 불결한 다른 쥐 세 마리가 덩치 큰 놈의 양쪽으로 내려오더니 종종걸음으로 카펫을 가로질러 그린 부인을 향했기 때문이다.

래그태그가 망설임 없이 달려나가 한 놈을 물고 고개를 두 번 흔들었다. 한 번에 놈의 목이 부러지고 두 번에 사체가 날아가 벽에 부딪혔다. 두번째와 세번째 쥐가 미스 메리의 환자용 침대 밑으로 사라졌다.

의자 위에 맨발을 올리고 있던 그린 부인은 자신이 나서야 할 때임을 알았다. 뒤쪽 다용도실에 막대기나 대걸레가 있을 테고, 놈들이 누구 하나 물어뜯기 전에 집에서 몰아내야 했다.

"쥐가 들어왔어요, 미스 메리." 그녀가 말하며 자리에서 일어났다. "하지만 저랑 래그태그가 처리할 거예요."

그녀는 다용도실로 향하다 멈춰 섰다. 집에 웬 남자가 들어오려 한다고 여겼던 밤 이후에 퍼트리샤가 보안을 철저히 한다며 채워둔 자물쇠가 보였다. 열쇠는 누구에게서도 받은 적이 없었다.

쿵!

뒤에서 충격음이 들렸고 그린 부인이 몸을 돌려서 보니 래그태그가 폴짝 뛰어 뒤로 비켜나고 있었다. 고꾸라진 입식선풍기가 계단에서 미끄러지다 바닥에 처박히는 소리에 겁을 먹은 것이었다. 쥐 몇 마리가 새로 나타나 계단 위의 덩치 큰 놈과 합류했다. 놈들은 불결해 보였고 군데군데 털이 없었으며, 외피가 덕지덕지 덩어리졌고, 코를 씰룩거렸다. 카펫에 엎어져 공기를 빨아들이지 못하는 입식선풍기가 낮게 소리 죽인 신음을 흘리는 사이 더 많은 쥐들이 문간을 빽빽이 채웠다. 래그태그가 마구 짖으며 쥐떼를 향해 달려들었지만 놈들은 꿈쩍도 하지 않았다.

"놈들을 잡아, 래그태그! 잡아!"

그녀에게는 생각이 있었다. 다용도실 건너 작은 화장실에 미스 메리를 넣은 다음 담요를 가져와 래그태그와 함께 놈들을 몰아낼 작정이다. 래그태그가 곁에 있는 한 어떻게든 해볼 수 있었다.

"미스 메리, 잠깐만 화장실로 모실게요."

그녀는 몸을 숙이고 미스 메리의 축축한 겨드랑이에 손을 넣은 다음 노인을 들어올리기 시작했다. 미스 메리가 처량하게 끙끙거렸고, 다음 순간 그린 부인은 코를 찌르는 악취에 고개를 들었다.

쥐떼가 가족실을 뒤덮었다. 가족실 문간에서 쏟아지며 가장 위쪽 계단으로 우르르 떨어졌다. 축축하고 진흙투성이인 놈들, 다리가 세 개인 놈과 네 개인 놈들, 꼬리가 긴 놈과 없는 놈과 혐오스러운 놈들이. 번뜩이는 시커먼 눈, 씰룩이는 수염, 꿈틀대는 꼬리, 문간이 온통 놈들의 몸뚱이로 버글거렸다. 놈들은 아무 소리도 내지 않았고, 쥐떼 카펫이 노란색 리놀륨 바닥재조차 보이지 않을 정도로 두툼하게 가족실을 덮었다. 다이닝룸에서, 뒷문에서, 전실에서 더 많은 놈들이 쇄도해 가족실로 돌진했다. 서로의 몸을 타고 넘으며, 빽빽하니 꿈틀대는 덩어리를 이루며, 더럽게 엉겨붙은 털들로 소용돌이치는 수영장처럼 가족실 바닥을 뒤덮었다.

어쩜 이렇게 빨리 집안으로 들어오지? 다들 어디서 오는 거야?

뭔가가 다리에 와서 부딪혀 그린 부인이 내려다보니 래그태그였다. 녀석은 문을 보며 몸에 잔뜩 힘을 준 채 입술을 말아 젖혀 이빨을 한껏 드러내고, 주둥이를 쩍 벌려 혓바닥을 바짝 당겨넣고, 저 깊은 곳에서부터 험악한 소리를 끌어올렸다. 흉한 쥐떼 냄새가 방으로 밀려들어오자 그린 부인은 공포로 마비되었다. 어릴 적 그 밤이 지금도 생생했다. 잠에서 깼을 때 담요 밑에서 뭔가가 꿈틀거렸었다. 반들반들하고 흐벅지고 차가운 것이 스르르 그녀의 정강이를 타넘었고 여동생이 비명을 질렀다. 높고 길고 요란하게, 결코 멈추지 않을 것처럼. 어머니가 달려와 이불을 젖혔을 때 털이 수북한 쥐 한 마리가 여동생의 배꼽에 매달려 있었다. 살을 씹어 파서 그 안으로 들어갈 요량으로.

유년기의 악몽이 악다구니를 쓰며 그녀에게 돌아오는 순간,

계단 위에서 내내 미동도 없던 거대한 검은 쥐가 검은 잔상으로 바뀌었다. 계단에서 훌쩍 뛰더니 빈 카펫을 가로질러 미스 메리에게로 질주하는데, 너무도 순식간이라 그린 부인은 비명이 절로 나왔다.

그리고 거기 래그태그가 있었다. 주둥이로 검은 쥐를 낚아채 흉포하게 고개를 흔들었다. 뭔가가 부러지는 소리, 그러고는 털 덮인 목을 간신히 뚫고 나오는 양 처량하게 끽끽대는 소리가 들리더니 이내 그 거대한 덩치가 바닥에 널브러졌다. 쪼그라든 몸뚱이가 축 늘어졌다. 그러나 놈의 사체가 경련하자 차고 방 문간에서 출렁이던 쥐떼 물결이 팽창하더니 마침내 터져 계단으로 콸콸 쏟아지며 입식선풍기 주변을 흘러 그들 셋에게 덮쳐왔다.

미스 메리의 안락의자를 향해 달리던 그린 부인은 육중한 쥐떼가 그녀의 맨발을 타넘고, 날카로운 발톱이 피부를 긁고, 털 없는 꼬리의 싸늘함이 살갗에 닿자 그대로 얼어붙었다. 놈들 몇이 멈추더니 그녀의 바짓가랑이에 발톱을 박으며 위로 올라오기 시작했다. 그녀는 놈들을 털어버리려 껑충거리며 광란의 춤을 췄다.

면도날 같은 이빨이 그린 부인의 발가락들을 찢어발겼다. 그녀가 바짓가랑이에서 뜯어낸 회색 쥐 한 마리가 손가락을 물고 늘어졌다. 날카로운 이빨이 뼈와 만났고, 그린 부인의 창자에 차고 오싹한 구토증이 들이쳤다.

래그태그가 살아 움직이는 쥐떼 카펫에 잠겨들며 짖고 격분했다. 한 놈이 래그태그의 등을 타고 올랐고 다른 세 놈이 귀에 매달렸다. 그린 부인은 래그태그의 황갈색 털이 피로 어둑해지는 걸 보았다. 그리고 회색 쥐를 커튼 쪽에 패대기치자 놈이 날아가면서 손가락 살도 함께 뜯겼다. 그녀는 미스 메리에게 몸을 돌렸다.

"오허, 어허!" 미스 메리가 비명을 질렀다. 털들의 강이 노인의 다리로 차올라 무릎에서 웅덩이졌다.

쥐떼가 의자 등받이를 타넘어 미스 메리의 어깨로 흘러내리고 머리칼과 뒤엉켰다. 미스 메리가 한 팔을 들었다. 내내 다리에 딱 붙이고 있던 사진을 드높이 쳐들었지만 쥐떼가 그녀의 소매를 타고 오르고, 잠옷가운의 옷깃 사이로 들어가고, 목으로 기어오르며 얼굴을 뒤덮었다.

놈들이 카펫과 소파를 뒤덮고 커튼을 타고 오르며 환자용 침대의 하얀 시트를 가로질러 질주하고 창틀을 따라 돌진하면서 방을 가득 채웠다. 화장실 문은 여전히 닫힌 채였다. 미스 메리를 데리고 그 안으로 들어갈 수만 있다면 안전할 텐데.

그린 부인의 배꼽을 뜨거운 바늘들이 쑤시는 듯했다. 내려다보니 쥐 한 마리가 그녀의 허리춤에 매달려 셔츠 밑에 코를 박고 있었고 그 순간 그녀 안의 뭔가가 고장났다. 미스 메리와 래그태그가 있던 자리에서 움실거리는 쥐떼 더미를 본 뒤 그린 부인은 화장실로 달리면서 배에 붙은 쥐를 한 손으로 잡아 거칠게 뜯어냈다. 놈이 이빨을 박은 배꼽이 뜯어지며 내던 소리를 그녀는 평생 잊지 못할 것이었다.

그린 부인은 화장실 문에 몸을 부딪고 문고리를 돌린 뒤 넘어지다시피 안으로 들어갔다. 몰려드는 쥐떼를 향해 문을 닫고 등으로 밀었다. 열리지 않게 버티는 사이 반대쪽에서 발톱들이 문을 긁어댔다. 온몸을 뒤덮은 쥐털 때문에 재채기와 구역질이 났고 그녀는 미끄러지며 주저앉았다.

변기에서 물이 철벅거렸다. 그린 부인은 도저히 헛짚을 수 없는 그 소리, 뭔가가 도기 표면에서 발을 헛디디고 미끄러져 변기 물에서 허우적대는 소리를 들었다. 그녀는 길게 늘어나는 호스가 달린 샤워기를 움켜잡고 손잡이를 온수 쪽으로 끝까지 돌렸다. 그녀가 닫힌 변기 뚜껑 위로 올라가는 찰나, 수십 마리 쥐떼가 뚜껑을 밀어올리기 시작했다. 문 밑으로 벌어진 틈을 헤집는 발톱들, 머리를 납작 들이밀며 아래로 들어오려 버둥거리는 쥐떼를 향해 김을 뿜으며 쉭쉭거리는 샤워기를 조준했다. 놈들이 고음으로 끽끽대는 소리에 고막이 욱신거렸다.

그녀가 비좁고 뜨거운 화장실의 변기 위에 쪼그려앉아 뚜껑 아래의 물이 쥐떼로 끓어오르는 걸 느끼는 사이 증기가 안을 가득 채웠고, 잠시 뒤부터는 문 너머 미스 메리의 비명도 더이상 들리지 않았다.

그레이스에게 "생일 축하합니다" 노래를 불러준 시각은 밤 열시 삼십분경이었고 그때부터 파티가 마무리되기 시작했다. 퍼트리샤가 알람브라 홀까지 걸으며 신선한 바람이나 좀 쐬자고 제안했지만 카터가 일찍 들어가봐야 한다고 해서 둘은 곧장 집으로 갔다.

"이게 무슨 냄새지?" 현관문을 열고 안으로 들어서던 카터가 물었다.

들짐승 냄새와 지린내가 어찌나 지독한지 퍼트리샤의 눈이 축축해질 지경이었다. 복도 테이블의 버섯 모양 조명을 켜두고 나갔었는데 실내가 컴컴했다. 전등 스위치를 젖히자 바닥에서 박살난 조명이 보였다.

가족실이 악취가 더 심했고 바닥은 갈색 덩어리와 오줌 웅덩이로 얼룩덜룩했다. 소파는 갈가리 찢겼고 커튼은 넝마가 되었다. 처음에 퍼트리샤는 불량배가 침입했다고 생각했다. 그녀는 카터와 함께 서둘러 차고 방으로 향했다가 돌연 문간에서 멈춰 섰다.

거인이 방을 집어들어 세차게 흔들어놓은 듯했다. 뒤집힌 의자, 옆으로 쓰러진 테이블, 죽은 쥐 사이로 어지럽게 널린 약병, 쥐들의 사체로 얼룩진 카펫. 이 잔해들의 한복판에서 그린 부인이 미스 메리, 그러니까 피로 범벅되고 옷은 찢겨 누더기가 된 그녀 위로 엎드려 있었다. 노인의 입술에서 고개를 들고 가슴을 세차게 압박하며 완벽한 심폐소생술을 실시하다 그들 부부를 보고는 끔찍하게 갈라지는 소리로 외쳤다. "구급차가 오고 있어요."

13장

미스 메리의 손가락 세 개가 뼈만 남았다. 입술을 다시 만들려면 재건수술이 필요했다. 코에 대해서는 의료진도 장담하지 못했다. 왼쪽 눈은 살릴 수 있을 것으로 보았다.

"응응, 응응." 카터가 고개를 성급히 끄덕였다. "엄마는 괜찮겠지?"

"일단 모친을 안정시키고 나서 수술을 몇 차례 해야 할 거야." 담당의가 말했다. "하지만 연세를 고려할 때 그게 과연 현명한 결정인지부터 생각해봐야지. 수술을 받고 장기재활이랑 물리치료를 병행하면서 일상생활로 복귀해야 할 텐데 그나마도 완치는 아닐 거야."

"좋아, 좋아." 카터가 고개를 계속 끄덕였다. "좋아."

담당의가 자리를 뜬 뒤 퍼트리샤는 카터의 손을 잡고 그를 다시 현실로 데려오려 애썼다.

"카터." 그녀가 말했다. "좀 앉을래?"

"나는 괜찮아." 그가 말하며 퍼트리샤가 잡은 손을 빼내 제 얼굴을 쓸었다. "당신은 가서 좀 쉬어. 힘든 밤이었잖아."

"카터."

"나 괜찮아. 진료실로 바로 가서 밀린 일이나 할까 생각중이야. 엄마가 수술실에서 나오면 내가 가볼게."

퍼트리샤는 마음을 접고 동트기 두 시간 전쯤 집으로 돌아갔다. 진입로에 들어서는 찰나 마당을 휩쓰는 전조등 불빛에 그림자들이 요동치고 흩어지며 컴컴한 덤불 속으로 사라졌다. 수백 마리의 쥐떼들. 퍼트리샤는 차량 조명을 죄다 켜고 잠시 앉아 있다가 차에서 내려 현관으로 달렸다.

가족실에 죽은 쥐가 천지였다. 차고 방에는 더 많았다. 퍼트리샤는 어떻게 해야 할지 알 수 없었다. 묻을까? 쓰레기통에 넣을까? 동물처리반을 부를까? 저녁식사 자리에 손님들이 너무 많이 왔을 때, 아니면 누군가가 파티에 너무 이르게 도착했을 때 어떻게 해야 할지는 퍼트리샤도 잘 알았다. 하지만 쥐떼가 시어머니를 공격했을 때는 어떻게 하나? 거기에 대처하는 방법은 누가 말해주는가?

퍼트리샤는 차고 방부터 시작하기로 했다. 카펫 한가운데 축 늘어진 래그태그의 사체를 보니 가슴이 고통스레 죄어왔다. 불쌍

한 것, 그녀는 그렇게 생각하며 사체를 안아들려고 몸을 숙였다.
그런데 녀석이 한쪽 눈을 떴고, 꼬리가 힘없이 카펫을 때렸다.
퍼트리샤는 낡은 비치타월로 녀석을 감싼 뒤 동물병원까지 시속 40킬로미터로 달렸고, 수의사가 나타나 진료실의 잠금장치를 풀 때까지 기다렸다.
"죽지는 않을 겁니다." 닥터 그라우스가 말했다. "다만 치료비가 적다고는 못합니다."
"얼마든 상관없어요. 착한 녀석이에요. 너는 착한 아이란다, 래그태그."
온통 찢긴 녀석의 살갗에서 토닥일 곳 한 군데를 찾을 수 없었다. 그래서 퍼트리샤는 집으로 돌아가는 길 내내 있는 힘껏 녀석을 위해 좋은 생각을 해주는 걸로 대신했다. 차에서 내리는데 집 안에서 전화가 울렸고 그녀가 부엌으로 가서 받았다.
"엄마 돌아가셨어." 카터가 한 마디씩 꾹꾹 억누르며 말했다.
"카터, 어떡하면 좋아. 내가 뭘 해야 하지?"
"나도 모르겠어, 패티. 다들 뭘 하지? 아빠가 돌아가셨을 때 나는 열 살이었어."
"스투어스 장례식장에 전화해볼게. 그린 부인은 어때?"
"누구?"
"그린 부인." 퍼트리샤가 반복했다. 그의 어머니의 목숨을 구하려 애쓰던 여자에 대해 뭘 더 어떻게 설명해야 하는 건지 모를 일이었다.

"아." 그가 대꾸했다. "봉합수술을 했고 앞으로 광견병 주사를 몇 번 더 맞아야겠지만, 일단 퇴원했어."

"카터, 정말 유감이야."

"그래." 그가 멍하니 말했다. "나도."

카터가 전화를 끊었다. 퍼트리샤는 부엌에 그대로 서 있었다. 이제부터 일이 어떻게 되는 건지 알 수 없었다. 누구한테 전화를 하지? 어디서부터 시작하지? 어쩔 줄 모르는 상태로 그레이스에게 전화를 걸었다.

"이게 무슨 일이니." 퍼트리샤가 상황을 설명하자 그레이스가 대답했다. "무정한 인간으로 보일 위험을 감수하고 말하겠는데, 우리 당장 시작해야겠다."

그레이스가 나선다는 말에 안도감이 물밀듯 밀려왔다. 그레이스의 연락을 받은 메리엘런이 장례식장 일정을 조율해 병원에서 미스 메리의 시신을 운구할 날을 잡았다. 다음으로 그레이스는 퍼트리샤에게 아이들 문제를 얘기했다.

"코리는 축구 캠프에 며칠 늦게 합류해야 할 거야. 내가 델타항공에 전화해서 비행기표를 바꿀게. 블루는 친구네에 가 있어야겠어. 이런 상태의 집을 애한테 보여주는 건 자기도 원치 않잖아."

그레이스와 메리엘런이 청소를 대신해줄 사람을 물색했으나 벼룩이 우글대고 쥐떼 악취가 진동하는 집을 치워보겠다고 나서는 이는 없었다.

"전문가들은 됐고," 그레이스가 말했다. "키티랑 슬리크한테 연락했어. 내일 우리가 갈 거야. 며칠이 걸리든 책임지고 치워놓을게."

"고마워서 어떻게 해."

"그런 말 마. 지금 가장 중요한 건 집이 안전해질 때까지 수습하는 거야. 가구랑 커튼이랑 카펫이랑, 교체가 필요한 물품 목록을 만들어줄게. 당연한 말이지만 우리가 일을 마칠 때까지 자기네 가족은 해변 별장에 가 있도록 해."

다른 한쪽에서는 메리엘런이 조문객을 맞을 준비를 하고, 미스 메리의 상조보험 처리를 돕고, 부고를 작성하도록 한 뒤 〈찰스턴 신문〉과 〈커쇼 뉴스시대〉에 실었다. 그런 메리엘런도 장례식에서 고인의 모습을 볼 수 있도록 관을 열어놓는 것만큼은 약속하지 못했다.

"정말 유감이야." 메리엘런이 조니 스투어의 사무실에 앉아 말했다. "케니가 메이크업 담당인데, 고인 얼굴에 화장을 할 만한 곳이 거의 남아 있지 않다고 해서."

미스 메리의 장례식은 주 북부의 규칙을 따랐다. 농담도 웃음도 금지였고 인용구는 전부 킹 제임스 성경에서 가져왔다. 제단 앞에 놓인 관에 꽃을 올리지 않았으며 관 뚜껑은 굳게 못질했다. 찬송가를 세 곡이나 다시 부른 끝에 카터가 기억하는 미스 메리의 애창곡을 찾을 수 있었다. 곡명은 '목마른 자들아'.

마운트 플레전트 장로교회의 딱딱한 의자에 퍼트리샤와 나란히 끼여 앉은 카터는 구부정하고 참담했다. 퍼트리샤가 그의 손을 잡아 꼭 쥐었고 그 또한 그녀의 손을 한 차례 맥없이 쥐었다. 오랜 세월 카터의 모친은 그에게 '너야말로 세상에서 가장 영리하고 특별한 아이'라고 얘기해주었고 카터는 그 말을 믿었다. 어머니가 이런 식으로, 자신의 집에서, 남들에게 설명조차 못할 일로 죽었다는 사실은 그가 일생 동안 경험해본 적 없는 실패와도 같았다.

코리가 퍼트리샤의 예상보다 힘들어했다. 장례식 내내 아이의 뺨으로 눈물이 흘러내렸다. 블루는 관을 구경해보겠다고 자리에서 계속 일어나기는 했지만, 표지에 스와스티카가 박힌 책이 아닌 『머나먼 다리』를 가져오는 성의는 보였다.

장지에서 예배가 끝난 뒤 그레이스가 본인의 집을 개방하고 키시파이와 햄비스킷, 키티의 캐서롤, 슬리크의 특별요리에 추모객들이 가져온 콜드컷 햄을 모아 다이닝룸 식탁에 펼쳐놓았다. 바는 따로 두지 않았다. 추도식에 어울리지 않는 일이었다. 아이들은 알람브라에 가서 놀도록 했다. 앞마당에서 야단을 피우도록 두는 게 옳지 않아 보였다.

카터의 오랜 지인들이 연달아 나타나 그를 데려갔다. 자녀들에게 소개하고 일화를 얘기하고 그를 웃게 만들었다. 그러는 사이 점점 활기를 되찾는 남편을 보며 퍼트리샤는 저런 관심의 중심이 그에게는 자연스러운 위치이리라 생각했다. 따지고 보면 그는 작은 마을 출신으로 치열하게 노력해 찰스턴의 유명 의사가 된 인물이었으니까. 그것이 그의 진정한 정체성이었다. 사람들이 듣고도 귀를 의심할 일로 차고 방에서 모친을 잃은 어린 소년이 아니라.

월요일 아침, 퍼트리샤는 코리를 공항에 실어다주었고 아이가 어찌나 꼭 끌어안는지 감동을 받았다. 잠시 그러고 있다가 차에서 내려 질주하는 아이의 다리를 빨갛고 하얗고 파란 거대 더플백이 거듭해서 때려댔다. 다음으로 그녀는 해변 별장에 들러 짐을 챙겨서 피어레이츠 크루즈로 옮겼다. 집에서는 표백제 냄새가 진동했다. 일층은 휑해 보였고 무정한 소리를 냈다. 덮개가 천으로 된 가구는 죄다 내다버린 터라 새로 채워야 했다. 그래도 집에 돌아와 좋았다. 그리고 마침내 에어컨이 정신을 차렸다.

이제 퍼트리샤가 줄곧 겁내던 일을 할 차례였다. 그린 부인을 들여다봐야 했다. 그녀는 부상이 심해 장례식에 오지 못했고, 퍼트리샤는 부인을 진즉 만나러 가지 않았다는 사실에 죄책감을 느꼈다.

문제는 동행할 사람을 구하는 일이었다.

“나는 안 되지 싶어.” 그레이스가 말했다. “추도식 뒷정리를 해야 해. 게다가 벤이 회의가 있다고 컬럼비아까지 실어다달래. 이것만으로도 벅차.”

다음으로 슬리크에 도전했다.

"우리 모두가 그린 부인을 사랑해." 슬리크가 말했다. "그분은 요리 솜씨가 정말 훌륭하고 신앙심도 깊지. 하지만 퍼트리샤, 릴런드가 새로 시작한 일 때문에 우리가 얼마나 정신없는지 말해도 자기는 못 믿을 거야. 내가 얘기했었나? 그래셔스 케이라고? 남편이 투자자들이랑 접촉하고 있는데 이 돈 가진 사람들이며 상황이 그저 험하기만 해. 내가 그 얘기……"

퍼트리샤는 마지막으로 키티에 도전했다.

"나 정말 너무 바빠……" 키티가 하소연을 시작했다.

"가더라도 거기 오래 있지는 않을 거야."

"다음주가 패리시 생일이야. 나는 이미 녹초라고."

퍼트리샤는 죄책감 자극하기에 도전했다.

"앤 새비지 일도 그렇고, 이제는 미스 메리까지. 그렇게 장거리를 혼자 운전하는 게 부담스러워서 그래."

결국 먹히는 건 죄책감이었다. 다음날 식스 마일 방면 라이플레인지 로드 위를 달리는 퍼트리샤의 차 조수석에는 키티가, 키티의 무릎 위에는 피칸파이가 있었다.

"물론 이 동네에도 정말 좋은 사람들이 살기는 하지." 키티가 말했다. "그치만 자기, 슈퍼프레데터*라고 들어봤어? 그 패거리

* 거리낌없이 폭력을 자행하는 충동적인 십대 범죄자를 일컫는 말.

들이 밤에 아주 느리게 운전하면서 전조등을 깜빡이는데, 혹시 거기다 대고 자기도 불을 깜빡였다가는 놈들이 집까지 따라와 총으로 머리를 쏴버릴 거야."

"마저리 프렛웰이 이 근처에 살지 않나?" 퍼트리샤가 물었다.

"한번은 마저리가 진공청소기로 독사를 빨아들인 거 있지. 놈을 어떻게 해야 할지 몰라서. 결국 청소기를 통째로 버려야 했대. 내 앞에서 마저리 얘기는 꺼내지도 마."

라이플 레인지 로드에서 갈라지는 주州 도로는 식스 마일을 둘러싼 숲으로 이어졌다. 가옥들이 점차 작아지고 들판이 점차 넓어졌다. 죽은 잡초와 누레진 바랭이풀로 뒤덮인 넓은 들판 가운데에 콘크리트 블록에 얹힌 트레일러 집들과 신발상자 같은 벽돌집들, 그 앞의 구부러진 우편함들이 위치했다. 축 늘어진 전선들이 가로지르는 앞마당에는 타이어 개수가 턱없이 부족한 자동차들이 즐비했다.

비좁은 도로들, 기껏해야 주택 진입로 너비밖에 안 되는 도로들이 주 도로에서 뻗어나와 푹푹 꺼져가며 체인링크 울타리들을 지나고 졸참나무와 야자나무 숲으로 자취를 감췄다. 퍼트리샤는 이 도로 중 한 초입에서 녹색 바탕에 흰색으로 '그릴 플레임 로드'라 새긴 반사 표지판을 발견하고 그쪽으로 방향을 틀었다.

"차문이라도 잠그지 그래." 키티의 말에 퍼트리샤가 잠금 버튼을 누르자 왠지 위안이 되는 딸깍 소리가 났다.

퍼트리샤는 천천히 운전했다. 도로는 움푹 팬 곳 천지였고 아스팔트 가장자리는 모래로 바스러졌다. 괴상한 각도로 놓인 집들이 사방에 빼곡했다. 그중 다수가 허리케인 휴고가 왔을 때 박살났고, 재건축을 맡은 뜨내기 시공자들은 완공도 하기 전에 떠났다. 일부 집들은 창틀에 유리 대신 두꺼운 플라스틱을 끼웠다. 다른 집들은 골조만 세운 방들이 미완으로 남아 바깥 날씨에 정통으로 노출됐다.

마당에 조경 따위는 없었다. 나무들이 죄다 덩굴로 뒤덮였다. 깡마른 흑인 남자 하나가 맨몸에 반바지만 달랑 걸치고 트레일러 앞 계단에 앉아 3.7리터들이 플라스틱 통에 입을 대고 물을 마셨다. 기저귀 찬 어린아이들 몇이 스프링클러 하나를 놓고 뛰어다니다 멈추고는 체인링크 울타리에 달라붙어 퍼트리샤의 차가 지나가는 모습을 지켜보았다.

"16호를 찾아봐." 퍼트리샤가 울퉁불퉁한 도로에 집중하며 말했다.

졸참나무 가지들에 차 지붕을 긁히며 나아가자 널찍하니 모래 깔린 공터가 나왔다. 신발상자 모양으로 도장조차 안 된 작은 콘크리트 교회를 도로가 둥글게 끼고 돌았다. 입구의 간판에 따르면 거기가 마운트 지온 A.M.E.*였다. 그 주변을 단정하고 아담하

* 아프리카 감리교 감독교회.

며 하얗고 파란 집들이 둘러쌌다. 저멀리 농구장에서 남자애들 몇이 뛰어다녔다. 숲이 시작되는 그쪽에는 그늘이 있었지만 여기 주택들 앞에는 태양을 피할 곳이 전혀 없었다.

"16호." 키티가 말했다. 깔끔한 하얀색 집이 퍼트리샤의 눈에 들어왔다. 검은색 덧문이 달렸고 현관에는 흰 바탕에 기계로 무늬를 찍어낸 양철 기둥이 서 있었다. 현관문에 걸린 플라스틱제 잎사귀 화환 안에는 산타 머리에서 얼굴을 도려낸 빛바랜 판지를 붙여뒀다. 퍼트리샤가 진입로 끝에 차를 세웠다.

"나는 차에서 기다릴게." 키티가 말했다.

"내가 차 키를 가져갈 거라 에어컨을 못 틀 텐데."

키티가 잠시 동안 용기를 끌어모은 다음 몸을 일으켜 퍼트리샤를 따라 밖으로 나왔다. 그 즉시 뜨거운 태양이 퍼트리샤의 정수리에 못처럼 내리꽂히고 볼보 차체에서 반사되며 그녀의 눈을 멀게 했다.

옆집의 모래밭 진입로 너머에서 조그만 여자애들 셋이 줄넘기를 했다. 더블 더치*였다. 퍼트리샤는 잠시 서서 아이들이 박자에 맞춰 읊는 소리를 들었다.

부 대디, 부 대디

* 두 개의 줄을 서로 반대쪽으로 돌리며 그 사이를 뛰는 줄넘기놀이.

숲속에서
꼬맹이를 낚아챘다
맛있으니까
부 대디, 부 대디
이불 속에서
피를 빤다, 피를 빤다
달콤하니까

아이들이 저런 건 어디서 배운 걸까 의아했다. 자동차 후드를 끼고 돌아 그린 부인의 집으로 향하는 퍼트리샤를 키티가 얼른 따라잡아 나란히 걷는데 뒤에서 인기척이 느껴졌다. 고개를 돌리니 농구장에서 빠른 걸음으로 이쪽을 향해 오는 무리가 보였다. 퍼트리샤든 키티든 누구 하나 제대로 움직여볼 겨를도 없이 그들의 앞과 뒤에 선 소년들, 퍼트리샤 자동차의 후드에 기댄 소년들, 사방의 소년들이 건들거리며 둘을 에워쌌다.

"여기서 뭣들 하시나?" 한 명이 물었다.

그애의 흰색 티셔츠에는 파란색 줄무늬가 난무했고, 머리칼을 커다란 삼각형 모양으로 올려 깎아 드러낸 두피 한쪽에 직선들이 나 있었다.

"입이 없어? 내가 물었잖아. 여기서, 씨발, 뭣들 하시냐고? 당신들 여기 사람 아닌 것 같은데. 초대를 받아서 온 것도 아닌 모양이고. 그러니까 씨발, 뭐냐고?"

그애가 솔선해 판을 깔자 주변 소년들이 험악한 인상을 지으며 안으로 죄어왔고, 키티와 퍼트리샤는 떠밀리다시피 하며 바짝 붙어 섰다.

"제발." 키티가 말했다. "지금 당장 떠날게."

소년 몇이 히죽 웃었고 퍼트리샤는 번쩍이는 분노를 느꼈다. 키티는 왜 이렇게 겁쟁이지?

"그러기엔 너무 늦었는데." 삼각 머리가 말했다.

"친구를 만나러 왔어." 퍼트리샤가 가방을 더 꽉 붙들며 말했다.

"여기 네 친구 따윈 없잖아, 망할 년아!" 삼각 머리가 버럭 성을 내며 퍼트리샤에게 얼굴을 들이밀었다.

퍼트리샤는 삼각 머리의 선글라스 렌즈 양쪽에 나란히 비친 창백하고 겁먹은 자신의 얼굴을 보았다. 연약해 보였다. 키티가 옳았다. 여기에 와서는 안 되는 거였다. 끔찍한 실수였다. 퍼트리샤는 목과 어깨를 한껏 움츠리고 칼에 찔리든 뒤로 밀쳐지든, 그게 뭐든 다음으로 당할 일에 대비했다.

"에드윈 마일스!" 절절 끓는 공기를 뚫고 여자의 목소리가 날아들었다.

다들 고개를 돌렸다. 삼각 머리만 빼고. 놈이 어찌나 가까이 얼굴을 디밀고 있는지 퍼트리샤는 그애의 코밑에 듬성듬성 난 수염을 일일이 셀 수 있을 정도였다.

"에드윈 마일스." 그 목소리가 다시 불렀다. 이번에는 삼각 머리도 돌아보았다. "지금 뭘 하고 있는 게냐?"

퍼트리샤가 고개를 돌리니 집 현관에 선 그린 부인이 보였다. 빨간색 티셔츠와 청바지를 입은 그녀의 팔을 하얀색 반창고가 도배했다.

"이년들이 누군데요?" 삼각 머리, 에드윈 마일스가 그린 부인에게 외쳤다.

"나랑 얘기할 때는 말조심하는 게 좋을 거다." 그린 부인이 말했다. "주일에 네 엄마한테 알릴 거야."

"엄마는 그런 거 신경 안 써요." 에드윈 마일스가 큰 소리로 대꾸했다.

"쓸지 안 쓸지는 두고 보면 알겠지. 일단 네 엄마한테 알리고 나서." 그린 부인이 말하며 그들을 향해 걸어왔다.

그린 부인이 도달하기도 전에 그녀의 노기에 기세 꺾인 소년들이 모습을 감췄다. 최후의 1인은 에드윈 마일스였다.

"알았어요, 알았어요." 그애가 말하며 뒤로 물러났다. "G. 부인한테 온 사람들인지 몰랐어요. 부인도 알잖아요, 우리가 여기 드나드는 사람들 감시하는 거."

"네놈들이 드나드는 건 내가 감시할거야." 그린 부인이 쏘아붙였다. 그들 곁에 당도한 그린 부인이 퍼트리샤와 키티에게 불쑥 미소를 지었다. "집안이 더 시원해요."

그러고는 집을 향해 걸었다. 뒤로는 눈길 한번 주지 않았다. 퍼트리샤와 키티가 서둘러 뒤따랐다. 에드윈 마일스가 친구들과 걸어 사라지며 던지는 말이 등뒤에서 희미해져갔다.

"이 사람들은 부인과 있게 둘게요, G. 부인." 그가 외쳤다. "아무 문제 없어요. 부인이 이 사람들을 아는지 몰랐어요, 그것뿐이에요."

그들이 지나가자 조그만 소녀들이 다시 줄을 넘기 시작했다.

부 대디, 부 대디
하나, 둘, 셋
창문으로 숨어든다
내 피를 빨러

집안에 들어선 그린 부인이 현관문을 닫았고 퍼트리샤는 실내의 서늘한 어둠에 눈이 적응하기까지 약간 시간이 걸렸다.

"정말 감사해요, 그린 부인." 키티가 말했다. "꼼짝없이 죽는 줄 알았어요. 퍼트리샤의 차로는 어떻게 돌아가죠? 사람을 불러야 할까요?"

"누구를요?" 그린 부인이 물었다.

"경찰?" 키티가 넌지시 말했다.

"경찰? 그 사람들이 뭘 해줄 건데요? 제시!" 그린 부인이 외치자 진중한 표정의 깡마른 소년이 문간에 나타났다. "우리 손님들께 차 좀 내드려라."

"아." 퍼트리샤가 말했다. 깜빡할 뻔했다. "뭘 좀 가져왔어요."

그녀가 피칸파이를 내밀자 그린 부인이 말했다.

"제시, 이거 냉장고에 넣어라."

그린 부인한테 파이를 건네받은 아이가 복도로 사라지자 부인이 몸짓으로 소파를 가리켰다. 가까이서 보니 부인의 손가락 마디마디가 봉합사투성이였다.

그린 부인이 뻣뻣하게 절뚝거리며 향하는 레이지보이 안락의자에 그녀 몸의 형상이 그대로 찍혀 있었다. 퍼트리샤는 두 눈이 어두운 실내에 완전히 적응하고서야 깨달았다. 방안이 온통 크리스마스였다. 빨갛고 푸르고 노란 크리스마스트리 조명이 천장을 둘렀다. 커다란 인조 트리가 방 한구석을 점령했다. 장식용 전등은 하나같이 특대형 호두까기인형 아니면 도자기로 만든 크리스마스트리였고, 전등갓은 죄다 미소 띤 산타 아니면 눈사람을 자랑스레 내보였다. 퍼트리샤 옆의 벽에 걸린 십자수 액자 속에서는 산타클로스가 아기 예수를 안고 있었다.

퍼트리샤가 그린 부인과 가까운 쪽 소파의 가장자리에 걸터앉았다. 그린 부인의 팔에 붙은 새하얀 멸균반창고들이 어두운 방에서 반짝였다.

"아까 그 남자애들을 용서하세요." 그린 부인이 말하며 의자에 자리를 잡았다. "여기 사람들 모두 외지인만 보면 신경이 곤두서거는요."

"슈퍼프레데터 때문이죠." 키티가 소파 반대편에 조심스레 앉으며 대꾸했다.

"아뇨, 부인. 아이들 때문에요."

"아이들이 마약을 하나요?" 키티가 물었다.

"내가 아는 한 여기에 마약을 하는 아이는 없어요. 독주나 래빗토바코* 조금을 마약으로 치지 않는다면요."

퍼트리샤는 화제를 바꾸는 게 중요하겠다고 느끼고 이렇게 물었다.

"몸은 좀 어떠세요?"

"병원에서 약을 줬어요. 근데 그걸 먹고 나면 내 상태가 영 별로더라고요. 그래서 타이레놀만 먹어요."

"그때 부인이 거기 있어줘서 정말 감사하게 생각해요. 나도 닥터 캠벨도 잘 알고 있어요. 아무도 부인보다 잘 대처할 순 없었을 거예요. 애초에 창문을 열어놓은 책임은 우리한테 있잖아요. 그래서 준비했어요."

퍼트리샤가 반으로 접은 수표 한 장을 그린 부인의 안락의자 팔걸이에 놓았다. 부인이 수표를 집어 펼쳤다. 퍼트리샤로서는

* 국화과 식물의 일종.

자랑스러운 금액이었다. 카터가 써주려 했던 액수의 두 배에 가까웠다. 다만 실망스럽게도 그린 부인의 표정에는 변화가 없었다. 그녀가 수표를 다시 접어 상의 주머니에 넣었다.

"캠벨 부인, 부인의 동정은 필요 없어요. 나는 일이 필요해요."

사태가 단박에 파악됐다. 몸을 쓰는 일을 일절 못하게 되면서 그린 부인은 어쩌면 다른 고객들마저 잃었을지 모른다. 수표에 적힌 금액이 문득 한심할 정도로 약소해 보였다.

"하지만 우리집에서 계속 일해주실 거잖아요." 퍼트리샤가 말했다. "몸이 괜찮아지는 대로요."

"다음 한 주는 족히 꼼짝 못할 텐데요."

"그래서 그 수표가 있는 거죠." 갑작스러운 계획을 기꺼이 여기며 퍼트리샤가 말했다. "그후에 우리집 정리를 도와주실 수 있을 거예요. 어쩌면 저녁식사 준비도요."

그린 부인이 한 차례 고개를 끄덕이고 눈을 감으며 의자에 고개를 기대고서 말했다.

"주님은 믿는 자를 굽어살피시죠."

"그렇죠." 퍼트리샤가 대꾸했다.

그들은 크리스마스트리 조명의 반짝임 속에 말없이 앉아 있었다. 벽에 비친 색채들만이 고요히 바뀌기를 계속하던 끝에 제시가 거실로 들어왔다. 아이는 미식축구 프로리그 로고가 박힌 양철 쟁반을 앞에 들고 거기 놓인 아이스티 두 잔을 살피면서 조심

조심 걸었다. 유리잔에 얼음이 부딪혀 달그락거리는 소리를 내며 거실을 가로지른 아이가 커피테이블로 쟁반을 내렸다.

"얼른 해, 못난아." 그린 부인이 말하자 소년이 그녀를 쳐다보았다.

부인이 빙그레 웃으니 소년도 미소로 답하고 재빨리 거실을 나갔다.

그린 부인은 아이스티를 홀짝이는 퍼트리샤와 키티를 지켜보았다. 그러다 다시 입을 열면서 목소리를 낮췄다.

"나, 돈벌이를 빨리 시작해야 해요. 여름에 우리 애들을 아이모에 있는 이모한테 보낼 생각이거든요."

"놀려요?" 퍼트리샤가 물었다.

"목숨을 지키려고요. 밖에서 낸시네 딸들이 부르던 거 들었죠. 저기 숲속 뭔가가 우리 애들을 앗아가요."

14장

"우리 진짜 가봐야겠어요." 키티가 아이스티를 커피테이블에 내려놓으며 말했다.

"잠깐만." 퍼트리샤가 저지했다. "애들한테 무슨 일이 있는 건데요?"

키티가 소파에서 몸을 비틀어 커튼을 들추자 따가운 빛 한줄기가 거실로 들어왔다.

"그 남자애가 아직도 자기 차 근처에서 어슬렁거리는데." 키티가 커튼 자락을 놓으며 퍼트리샤에게 알렸다.

"부인이 굳이 걱정할 문제는 아니에요." 그린 부인이 말했다. "그저 내 새끼들이 멀리 있어야 더 안전할 것 같아 그러는 것뿐이니까."

귀를 물어뜯기고 두 달간 퍼트리샤는 무력감과 공포를 느꼈다. 그녀가 육 년을 살아온 올드 빌리지는 늘 안전한 곳이었다.

아이들은 집 앞마당에 자전거를 아무렇게나 두었고, 현관문을 잠그는 이는 극소수였으며, 뒷문을 잠그는 이는 아예 없었다. 이제는 안전하게 느껴지지 않았다. 퍼트리샤는 설명이 필요했다. 그녀가 해결할 수 있는 뭔가, 그래서 모든 걸 원래대로 되돌려줄 뭔가가 필요했다.

수표를 건넨 건 판단 착오였고 금액은 턱없이 적었다. 퍼트리샤는 도움이 되려고 여기까지 왔다가 소년들과 문제에 휘말렸고 오히려 그린 부인의 도움을 받을 수밖에 없었다. 하지만 그린 부인의 아이들이 곤경에 처했다면 자신이 뭐든 해볼 수 있을 터였다. 드디어 뭔가 구체적으로 해볼 만한 일을 만났다. 이미 그걸 해내기라도 한 듯 느껴졌다.

"그린 부인." 퍼트리샤가 말했다. "제시랑 에린한테 무슨 문제가 있는지 얘기해주세요. 도움이 되고 싶어요."

"우리 애들은 아무 문제 없어요." 그린 부인이 안락의자의 가장자리로 몸을 당겨와 퍼트리샤에게 최대한 가까이 붙으며 목소리를 낮췄다. "다만 리드네 아들이나 다른 애들이 겪은 일이 우리 애들한테도 일어나는 걸 막으려는 거죠."

"그애들한테 무슨 일이 있었는데요?" 퍼트리샤가 물었다.

"5월부터인데, 남자애 둘이 죽었고 프랜신은 실종됐어요."

실내에 정적이 흐르는 사이 크리스마스트리 조명들이 빛을 바꾸며 빙글빙글 돌았다.

"신문에는 그런 내용이 전혀 없던걸요." 키티가 말했다.

"내가 거짓말쟁이라는 거예요?" 그린 부인이 물었다. 퍼트리샤는 그녀의 눈이 경직되는 것을 보았다.

"부인이 거짓말을 한다고 말하는 사람은 없어요." 퍼트리샤가 그녀를 달랬다.

"저분이 방금 그랬잖아요." 그린 부인이 대꾸했다. "대놓고 그렇게 말하던데."

"매일 신문을 읽거든요." 키티가 어깨를 으쓱했다. "아동 실종이나 살해 사건은 전혀 들어본 적이 없는데."

"그럼 내가 얘기를 꾸며냈다는 뜻이겠네요." 그린 부인이 말했다. "두 분도 들었겠지만, 밖에서 여자애들이 부르던 노래도 꾸며낸 거겠고요. 애들이 그런 노래를 부르는 건 사람들이 저 숲에 있는 게 부 대디라고들 해서 그래요. 아까 남자애들이 낯선 사람을 그토록 거슬려했던 것도 그 때문이고요. 우리 애들한테 눈독을 들이는 누군가가 저 밖에 있다는 걸 여기 사람 모두가 알죠."

"프랜신 얘기는 뭐예요?" 퍼트리샤가 물었다.

"사라져버렸어요. 5월 15일 즈음부터 그 여자 차를 본 사람이 없어요. 경찰들 얘기로는 웬 남정네랑 도망을 갔다는데, 내가 알기로 그 여자는 자기 고양이를 두고 떠날 사람이 아니거든요."

"고양이를 두고 갔어요?" 퍼트리샤가 물었다.

"교회에서 사람을 불러다 창문을 뜯고 꺼내지 않았으면 굶어 죽었을걸요."

옆에서 키티가 몸을 돌려 또다시 커튼 틈을 내다보는 게 느껴졌다. 퍼트리샤는 그만 좀 꿈틀거리라고 말할까 했지만 그린 부인의 집중력을 흐트러트리고 싶지 않았다.

"그럼 그 아이들 얘기는 뭐고요?" 퍼트리샤가 물었다.

"리드네 꼬마. 자살했어요. 여덟 살짜리가."

키티가 꿈틀거림을 멈추고는 말했다.

"그럴 리가요. 여덟 살짜리 애들은 자살 같은 거 안 해요."

"그애는 했죠." 그린 부인이 말했다. "학교버스를 기다리다 견인차에 치었어요. 경찰들 말로는 장난치다 발을 헛디딘 거라는데 그애랑 같이 줄 서 있던 애들 얘기는 달랐죠. 오빌 리드가 견인차 앞으로 곧장 걸어갔다는 거예요, 고의로. 아이는 신발 두 짝만 남기고 길 저쪽으로 15미터를 날아갔어요. 장례식 때 본 모습은 관 속에서 그저 잠든 것 같았는데. 딱 하나 달랐다면 얼굴 옆에 진짜 조그만 멍이 하나 있었다는 정도일까."

"하지만 경찰이 사고라고 생각한다면……" 퍼트리샤가 입을 열었다.

"경찰은 별의별 생각을 다 하죠." 그린 부인이 말했다. "그렇다고 그들이 늘 옳은 건 아니에요."

"신문에서는 아무것도 못 봤는데." 키티가 저항했다.

"신문은 원래 식스 마일에서 일어나는 일에 대해선 입도 뻥끗

안 해요." 그린 부인이 말했다. "이곳은 딱히 마운트 플레전트도 아니고, 그렇다고 어웬도도 아니고, 아무데도 아니죠. 올드 빌리지가 아닌 건 더 확실하고요. 게다가 남자애 하나가 사고를 당했고 늙은 여자 하나는 웬 남정네랑 도망을 갔다니 경찰은 그저 흑인이 흑인 같은 짓 했네, 라고 생각하고 마는 거죠. 그걸 문제삼아봐야 물고기가 축축하다고 보고하는 것밖에 더 되나요. 여기서 유독 부자연스러워 보이는 건 다른 애한테 일어난 일이에요. 오빌 리드의 사촌인 션이요."

퍼트리샤는 유난스레 으스스하고 그렇다고 끊을 수도 없는 옛이야기에 푹 빠진 기분이었고 이제는 그녀가 이야기꾼을 재촉할 차례였다.

"션한테는 무슨 일이 있었는데요?"

"오빌네 엄마랑 이모가 그러는데, 오빌이 죽기 전에 감정 기복이 아주 심했대요." 그린 부인이 말했다. "짜증이 늘고 하루 내내 졸려했다죠. 그애 엄마 말이, 매일같이 해가 지기 시작하면 오빌이 숲속으로 오래 산책을 나갔다가 낄낄거리며 돌아와서는 다음 낮 동안은 다시 시름시름 앓으면서 침울해졌대요. 음식은 입에도 안 대고 물도 거의 마시지 않고 내내 TV만 빤히 쳐다보고 있었다나요. 그게 만화든 광고든 상관없이. 깨어 있는 동안에도 잠든 것 같았대요. 아이가 다리를 절며 걷기에 어떻게 된 거냐고 물었더니 울음을 터트렸답니다. 그애 엄마는 아이를 숲에서 도저히 떼어놓을 수가 없었대요."

"오빌이 거기서 뭘 하고 있었는데요?" 키티가 몸을 앞으로 바짝 당겨 앉으며 물었다.

"그애 사촌 션이 그걸 알아내려 했죠." 그린 부인이 말했다. "타냐 리드, 그러니까 오빌네 엄마는 션한테 정을 주지 않았어요. 션이 자기네 집 식료품을 자꾸 훔친다면서 냉장고에 자물쇠를 달았을 정도였죠. 타냐가 일을 나간 사이에 션이 집에 와서 담배를 피우고 오빌과 만화를 보곤 했대요. 타냐가 그 꼴을 참아준 건 오빌이 본으로 삼을 남자가 하나쯤은 필요하다고 생각해서였어요, 비록 그게 안 좋은 본일지라도. 타냐 얘기를 들어보니, 오빌이 하루가 멀다 하고 숲에 가는 걸 션이 걱정했대요. 숲속 누군가가 오빌한테 수작을 부리는 것 같다고 타냐한테 말했다나요. 타냐는 귀기울여 듣지 않고 그저 등을 떠밀어 션을 쫓아버렸죠.

농구장 패거리 중 하나가 권총 몇 자루를 갖고 대여하는 일을 해요. 그 남자 말이 션은 총을 빌릴 형편이 안 돼서 3달러에 망치를 빌렸대요. 사촌동생의 뒤를 밟아 숲으로 가 누가 됐든 그애를 괴롭히는 놈을 겁줘서 쫓아버릴 거라고 했답니다. 하지만 다음번에 그들이 션을 보았을 때는 죽어 있었죠. 남자가 그러는데 망치를 그대로 가지고 있었대요. 그것 역시 아무짝에도 쓸모가 없었던 거죠. 듣자하니 숲속 깊숙한 곳 커다란 버지니아참나무 옆에서 발견됐는데, 누군가 그를 번쩍 들어 얼굴을 나무껍질에다 으

깨고 문질러놔서 두개골이 다 드러났다는 거예요. 장례식 때도 시신은 차마 공개를 못했죠."

퍼트리샤는 호흡하는 것조차 잊은 자신을 발견했다. 그녀는 조심스레 폐 속 공기를 내뱉고 말했다.

"그 정도면 신문에 났어야 하는데."

"그렇죠." 그린 부인이 말했다. "경찰은 그 사건을 '마약 관련'이라 불렀어요. 예전에 션이 그쪽으로 문제가 있었거든요. 하지만 여기 사는 누구도 그렇게 믿지 않으니 낯선 사람한테 다들 겁을 내는 거예요. 오빌 리드가 견인차 앞으로 걸어들어가기 전에 제 엄마한테 숲속의 백인 남자랑 대화를 한다고 말했다는데, 타냐는 아이가 만화 캐릭터 얘기를 하는 거라고 생각했던 모양이에요. 이제 아무도 그렇게 생각 안 해요, 션이 일을 당한 뒤에는. 애들이 가끔 그런 소리를 해요. 숲가에 웬 백인 남자가 서서 손짓한다고. 무슨 조화인지 모르겠지만 창문 밖에서 자기를 뚫어지게 응시하는 백인 남자가 보인다는 사람들도 있어요. 다만 사실일 순 없는 게, 그 얘기를 마지막으로 한 사람이 베키 워싱턴인데 그 여자는 이층에 살거든요. 사람 키가 어떻게 거기에 닿겠어요?"

퍼트리샤는 일광욕실 돌출부의 가장자리 뒤로 스르륵 사라지던 손을, 블루의 방 위쪽 지붕에서 나던 발소리를 떠올렸고 속이 바짝 조여드는 기분을 느꼈다.

"부인은 그게 뭐라고 생각하는데요?" 퍼트리샤가 물었다.

그린 부인이 상체를 다시 당겨 의자 등받이에 댔다.

"내 생각에는 남자예요. 밴을 몰고 텍사스에 살았던 남자. 나한테 그 남자 자동차 번호도 있어요."

키티와 퍼트리샤가 서로를, 다음으로 그린 부인을 쳐다보았다.

"그 사람의 자동차 번호를 갖고 있다고요?" 키티가 물었다.

"나는 현관 쪽 창가에 수첩을 놔둬요." 그린 부인이 말했다. "내가 모르는 차가 돌아다니는 걸 보면 차 번호를 적어놓죠. 사건이 터지고 경찰한테 증거가 필요할 때를 대비해서. 그게, 지난주 어느 날 밤늦게 자동차 엔진 돌아가는 소리가 나더라고요. 자리에서 일어나 내다보니 그 차가 방향을 바꾸고 있었어요. 식스 마일을 나가는 주 도로로 진입하는 중이었는데, 흰색 밴이었고요. 완전히 사라지기 전에 자동차 번호를 거의 다 봤죠."

그린 부인이 의자 팔걸이를 손으로 짚고 몸을 일으켜 현관 옆 작은 테이블로 절뚝이며 걸었다. 스프링 달린 수첩을 들어서 편 뒤 책장들을 훑더니 다시 절뚝이며 퍼트리샤에게 돌아와 그걸 반대로 돌려 내밀었다.

텍사스, 라고 쓰여 있었다. 그리고 _ _X 13S.

"전체를 볼 겨를은 없었어요." 그린 부인이 말했다. "내가 알았을 때는 그 차가 이미 방향을 바꾸고 있었거든요. 하지만 텍사스 번호판인 건 확실해요."

"경찰에 얘기했어요?" 퍼트리샤가 물었다.

"네, 했습니다. 경찰이 대단히 감사합니다. 추가 질문이 있거든 연락드리겠습니다, 라고 했지만 그러지 않은 거겠죠. 내가 그 연락을 받은 적이 없는 걸 보면. 이쯤 되면 두 분도 여기 사람들이 낯선 이를 못 견뎌하는 이유를 이해할 거예요. 백인은 더더욱. 게다가 지금 데스티니 테일러 문제도 있고 하니."

"데스티니 테일러는 누군데요?" 퍼트리샤가 입을 떼기도 전에 키티가 물었다.

"그애 엄마가 나랑 같은 교회에 다녀요. 하루는 그 여자가 예배 끝나고 나한테 와서는 자기 딸을 좀 봐줬으면 좋겠다는 거예요."

"왜요?" 퍼트리샤가 물었다.

"사람들은 내가 의료계에 있다는 걸 알아요. 늘 공짜 조언을 얻으려 들죠. 완다 테일러는 지금 직장 없이 정부보조금으로 사는 형편인데, 나는 게으른 인간들을 참아줄 수 없지만 그 여자는 내 사촌 단짝 친구의 자매거든요. 그래서 아이를 만나보겠다고 했죠. 아홉 살인데 하루종일 잠만 자요. 먹지도 않고 완전히 무기력해서는 이 더위에 물도 거의 안 마셔요. 완다한테 혹시 데스티니가 숲에 가는지 물었더니 모르겠다더군요. 다만 밤중에 가끔 아이 신발에서 나무 잔가지랑 이파리가 보이기도 하니 어쩌면 그럴 수도 있겠다고 하더라고요."

"그런 지 얼마나 됐는데요?" 퍼트리샤가 물었다.

"그 여자 말로는 두 주쯤 됐대요."

"그래서 뭐라고 했어요?"

"그애를 동네 밖으로 데리고 나가야 한다고 했죠." 그린 부인이 말했다. "무슨 수를 써서라도 다른 곳으로 빼내야 한다고. 식스 마일은 우리 아이들에게 더이상 안전하지 않다고."

15장

퍼트리샤가 아는 사람 중에 흰색 밴을 가진 이는 한 명뿐이었다. 그녀는 키티를 씨위 농장에 내려준 뒤 묵직한 공포심 속에 올드 빌리지로 차를 몰았다. 미들 스트리트에 접어들어 속도를 늦추고 제임스 해리스의 집을 살폈다. 앞마당의 흰색 밴 대신 그녀의 눈에 보이는 건 잔디 위에 주차된 빨간색 쉐보레 코르시카. 늦은 오후의 성난 태양 아래서 차가 선혈 웅덩이처럼 빛을 뿜었다. 퍼트리샤는 시속 8킬로미터로 운전하며 가늘게 뜬 눈이 빠져라 그 차를 쳐다보았다. 네 녀석을 원래의 흰색 밴으로 되돌리고 말겠다는 의지를 담아.

물론 그레이스는 노트를 어디에 두었는지 정확히 알았다.

"별일 아닐 수도 있다는 거 나도 아는데," 퍼트리샤가 그레이스의 전실로 들어서며 등뒤로 현관문을 당겨 닫았다. "자기를 귀찮게 하는 것도 정말 싫은데, 이 끔찍한 생각이 나를 좀먹는 기분이라 확인을 좀 해야겠어."

그레이스가 노란색 고무장갑을 벗더니 복도 테이블의 서랍을 열고 스프링 제본된 노트를 꺼냈다.

"커피 줄까?" 그레이스가 물었다.

"응." 퍼트리샤가 대답하며 노트를 건네받고 그레이스를 따라 부엌으로 들어갔다.

"자리 좀 치워줄게."

신문이 덮인 식탁 중앙에 수건들과 함께 플라스틱 통 두 개가 놓여 있었다. 하나에는 비눗물이, 다른 하나에는 깨끗한 물이 담겼다. 질서정연하게 전시된 골동품 도자기 주위로 순면 행주와 종이타월 두루마리들이 보였다.

"할머니가 주신 결혼 도자기를 닦는 날이거든." 그레이스가 금방이라도 깨질 듯한 찻잔을 조심스레 밀고 퍼트리샤에게 공간을 만들어주었다. "옛날 방식대로 하려니 시간이 오래 걸리는데 기왕 할 거면 잘하는 게 낫지."

자리에 앉은 퍼트리샤가 그레이스의 노트를 앞에 놓고 책장을 펼쳤다. 그레이스가 커피를 담은 머그잔을 내려놓자 씁쓸한 증기가 퍼트리샤의 코를 찔렀다.

"크림이랑 설탕은?" 그레이스가 물었다.

"둘 다, 고마워." 퍼트리샤가 고개도 들지 않고 대답했다.

그레이스가 퍼트리샤 옆에 크림과 설탕을 놓고 자신의 일로 돌아갔다. 그녀가 도자기를 비눗물에, 다음으로 깨끗한 물에 담그며 내는 부드러운 찰랑임만이 들리는 소리의 전부였다. 퍼트리샤가 책장을 넘겼다. 그레이스의 꼼꼼한 필기체가 지면을 채웠고, 각 기록은 도입부에 한 줄씩 공백을 남겨 구분했다. 일시가 가장 먼저 나온 뒤 차량 묘사—검은색 박스형 자동차, 차체가 높은 빨간색 스포츠카, 특이한 트럭형 차량—가 뒤따랐으며 그다음이 자동차 번호였다.

퍼트리샤는 커피가 식어가는 걸 아랑곳 않고 계속 읽어나갔다. 변칙적인 느낌에 대형 바퀴를 단 녹색 차량, 어쩌면 지프, 세차 요함. 그러다 퍼트리샤는 심장이 멎고 뇌에서 피가 마르는 듯했다.

1993년 4월 8일로 시작하는 기록이었다. 앤 새비지의 집, 잔디에 주차, 흰색 닷지 밴에 마약상 스타일 창문, 텍사스, TNX 13S.

이명처럼 카랑카랑하게 끽 하는 소리가 퍼트리샤의 귀를 메웠다.

"그레이스, 여기 한번만 봐줄래?"

노트를 그레이스 쪽으로 돌렸다.

"그 남자가 주차를 그렇게 하는 바람에 새비지 부인네 잔디가 죽었잖니." 그레이스가 내용을 읽은 뒤 말했다. "그 잔디는 앞으로도 절대로 복구 불가일걸."

퍼트리샤가 주머니에서 접착식 메모지를 꺼내 노트 옆에 놓았다. 거기에 이렇게 적혀 있었다. 그린 부인, 흰색 밴, 텍사스 번호판, _ _X 13S.

"이거 지난주에 식스 마일에 나타났던 차량의 번호인데, 그린 부인이 일부만 보고 적어둔 거야." 퍼트리샤가 말했다. "파이를 전해주려고 키티랑 같이 들렀다가 부인이 꺼낸 얘기에 괴로워 죽는 줄 알았어. 식스 마일의 어린애 하나가 오랫동안 앓다가 자살을 했대."

"안됐어라."

"그애 사촌도 살해당했어. 딱 그 시기에 이 번호판을 단 흰색 밴이 동네를 돌아다녔대. 근데 뭐가 자꾸 마음에 걸리는 거야, 내가 흰색 밴을 어디서 봤더라 싶으면서. 그러고는 기억났지. 제임스한테 한 대가 있다는 걸. 지금은 빨간색 차로 바뀌었는데, 어쨌든 이 번호랑 그 남자 밴 번호가 일치해."

"무슨 말을 하려는 건지 나는 모르겠네."

"나도 그래."

제임스는 신분증을 우편으로 받았다고 했다. 신분증이 진짜로 도착이나 한 건지 궁금했지만 분명 그랬을 것이다. 그렇지 않고서야 어떻게 새 차를 살 수 있었으려고? 혹시 면허증도 없이 운전하고 다니는 걸까? 아니면 신분증이 없다는 말이 거짓이었을까? 은행 계좌를 개설하고 고지서 명의를 바꾸는 데 본인의 신분증을 쓰지 않으려는 이유란 게 무엇일까 퍼트리샤는 궁금했다. 현금 가방에 대해서도 생각해봤다. 그게 앤 새비지의 소유라고 믿었던 유일한 이유는 그가 그렇다고 해서였다.

가명을 써가며 교외 지역으로 이사하는 킬러 마피아라느니, 순진한 이웃들 틈에서 조용히 살아가는 마약상이라느니 하는 얘기를 그토록 많이 읽은 퍼트리샤가 이 단편적 사실들을 서로 연결하기 시작한 건 당연한 일이었다. 어떤 이유로든 정부로부터 추적을 당하는 중이라면 공식 기록에 이름을 남기지 않기 마련이다. 돈이 그득한 가방을 갖고 있는 건 그렇게 보수를 받기 때문이고, 현금으로 보수를 받는 사람은 청부업자, 마약상, 은행털이 중 하나다, 아니면 웨이터. 물론 제임스가 웨이터 같아 보이지는 않았다.

다른 한편으로 제임스는 친구고 이웃이었다. 그는 블루와 나치를 논하고, 아이가 껍질 밖으로 나오도록 인도했다. 카터가 집을 비울 때면 함께 식사하며 그녀를 안심시켰다. 누군가 지붕에 올라갔던 밤에도 그들을 확인하러 집에 들러주었다.

"이걸 어떻게 받아들여야 할지 모르겠어." 퍼트리샤가 서빙용 접시를 비눗물에 담가 좌우로 기울이는 그레이스에게 다시 말을 꺼냈다. "그린 부인이 그러는데 백인 남자가 식스 마일에 와서 수작을 부리고 그게 아이들을 아프게 만든다는 거야. 부인은 남자가 흰색 밴을 몬다고 생각해. 이 모든 일이 5월부터 시작됐다고 하고. 그때면 제임스가 옮겨온 직후잖아."

"자기 이번 달 책에 너무 빠져 있는 거 아니니." 그레이스가 접시를 비눗물에서 꺼내 깨끗한 물에 넣고 헹구며 말했다. "제임스는 우리 이웃이야. 새비지 부인의 조카고. 식스 마일에 가서 아이들한테 수작 부리는 일 같은 건 하지 않아."

"물론 아니겠지. 하지만 자기도 책에서 보잖아. 평범한 사람들 주변에 사는 마약상들, 아이들을 건드리면서도 한참을 잡히지 않는 성범죄자들. 그러고 보면 궁금해지기 시작한단 말이지. 우리가 누군가를 제대로 아는 게 맞나. 내 말은, 제임스가 여기저기 옮겨다니며 컸다고 하다가, 다음 순간에는 사우스다코타에서 자랐다고 한다는 거야. 버몬트에 살았다면서 자동차 번호판은 텍사스 거고."

"자기는 올여름에 큰일을 두 번이나 겪었어." 그레이스가 접시를 들어 조심조심 닦았다. "귀는 겨우 나았지. 미스 메리의 죽음은 아직도 괴롭지. 이 남자는 범죄자가 아냐. 여기로 이사온 시기랑 언뜻 본 자동차 번호판이 근거가 될 순 없어."

"그런 생각 때문에 연쇄살인범들이 그토록 오랫동안 법망을 피하는 거 아냐?" 퍼트리샤가 물었다. "모두가 사소한 낌새들을 무시하는 와중에 테드 번디는 계속해서 여자들을 죽여. 처음부터 당연히 했어야 할 일을 하면서 자잘한 것들을 말이 되게 연결시키는 사람이 나타나고서야 그를 저지하지만 그때는 이미 너무 늦어."

그레이스가 광나는 접시를 식탁에 놓았다. 아이보리색 바탕에 밝게 채색된 나비들과 나뭇가지 위 새 한 쌍은 극히 정교하면서 붓자국조차 거의 보이지 않았다.

"이런 게 진짜야." 그레이스가 말하며 손가락으로 접시 가장자리를 훑었다. "실체가 있고 온전하지. 우리 할머니가 결혼 선물로 받은 걸 어머니한테 줬고 어머니가 내게 물려줬어. 그리고 때가 오면, 적임자라는 판단이 든다는 가정하에 나는 이걸 벤과 결혼하는 누군가의 손에 쥐여줄 거야. 삶 속에 실재하는 것들에 집중해. 기분이 확실히 나아질걸."

"자기한테 이 얘기는 안 했는데, 둘이 있을 때 그 남자가 돈가방을 보여줬어. 그레이스, 거기 든 돈이 8만 달러가 넘었어. 그것도 현금으로. 누가 그런 걸 아무렇게나 가지고 다닐 생각을 해?"

"그 사람은 뭐라고 했는데?" 그레이스가 비눗물에 터린* 뚜껑을 담그며 물었다.

"마루 밑 공간에서 찾았다고 했어. 새비지 부인의 비자금이었다고."

"결코 은행을 신뢰할 유형의 여자처럼은 안 보였지." 그레이스가 터린 뚜껑을 깨끗한 물에 헹궜다.

"그레이스, 대체 말이 안 되잖아! 그거 그만하고 내 말 좀 들어. 걱정을 해도 좋을 그때가 대체 언젠데?"

"없어." 그레이스가 터린 뚜껑의 물기를 닦았다. "자기는 지금 우연들을 엮어서 환상을 만들어내는 중이니까. 현실에서 도망치

---

* 수프 등을 담는 움푹한 그릇.

고 싶어서. 현실이 너무 벅찰 때가 있다는 거 나도 이해해. 그래도 직시해야지."

"현실을 직시하고 있는 건 나야."

"아니. 두 달 전, 북클럽 모임 끝나고 이 집 현관에 서서 자기가 그랬어. 범죄든 뭐든 짜릿한 일이 일어났으면 좋겠다고. 반복되는 일상을 견딜 수 없다고. 그리고 지금 자기는 뭔가 위험한 일이 벌어지는 중이라고 혼자 믿고 싶은 거잖아. 그걸 핑계로 탐정놀이를 할 수 있게."

그레이스가 찻잔 받침을 한 무더기 집어들어 비눗물에 넣기 시작했다.

"그 도자기 좀 그만 닦고 내 말이 맞을 가능성을 인정할 순 없겠어?"

"아니. 그럴 수 없어. 이걸 다섯시 삼십분까지는 끝내야 식탁을 치우고 저녁 준비를 할 수 있으니까. 베넷이 여섯시면 집에 오거든."

"도자기 닦기보다 더 중요한 일들도 있어."

그레이스가 돌연 움직임을 멈추고 마지막 남은 찻잔 받침 두 개를 손에 든 채 퍼트리샤를 보았다. 두 눈이 활활 타올랐다.

"왜 자기는 우리 일이 하찮다는 듯 굴어? 하루가 멀다 하고 혼돈과 혼란의 삶이 펼쳐지고 우리가 매일같이 그 정리를 도맡아. 우리가 없으면 이 사람들은 불결과 무질서 속에 뒹굴 거야. 중요한 어떤 일도 제대로 해결되지 못할 거라고. 그런 역할을 비웃는 건 대체 누구한테 배웠대? 내가 말해줄게. 제 어머니의 진정한 가치조차 모르는 누군가겠지."

그레이스가 퍼트리샤를 노려보았다. 콧방울에 잔뜩 힘이 들어가 있었다.

"미안해." 퍼트리샤가 말했다. "기분 상하게 하려던 건 아냐. 제임스가 맘에 걸렸을 뿐이지."

그레이스가 마지막 찻잔 받침 두 개를 비눗물 통에 담그고 말했다.

"제임스에 대해 자기가 알아야 할 거 내가 다 말해줄게. 그는 올드 빌리지에 살아. 우리랑 함께. 그 남자한테는 아무 문제가 없어. 그와 문제를 겪는 사람들이 여기에 없으니까."

퍼트리샤는 제 속을 갉아먹는 이 느낌을 어떻게 형언하지 못하는 상황이 미웠다. 그레이스의 확신을 단 한순간도 흔들어놓지 못하는 자신이 바보 같았다.

"얘기 들어줘서 고마워. 저녁 준비하러 가야겠다."

"진공청소기로 커튼을 청소해봐. 다들 그걸 놓치더라. 기분이 확실히 나아질 거야."

퍼트리샤는 그 말이 사실이기를 간절히 바랐다.

"엄마." 블루가 거실문에서 불렀다. "저녁은 뭐예요?"

"음식." 퍼트리샤가 소파에서 대답했다.

"닭이에요, 또?"

"닭이 음식이니?" 퍼트리샤가 책에서 눈을 떼지 않고 대꾸했다.

"어젯밤에도 닭이었는데요. 그 전날 밤에도요. 그리고 그 전날 밤에도."

"오늘은 어쩌면 다를지도."

블루의 발소리가 복도로 나가 가족실을 통과해 부엌으로 들어갔다. 십 초 뒤 아이가 거실문에 다시 나타났다.

"싱크대에서 닭이 녹고 있는데요." 아이가 비난조로 말했다.

"뭐?" 퍼트리샤가 책에서 눈을 들었다.

"또 닭이잖아요."

퍼트리샤의 가슴이 격렬한 죄책감으로 뒤틀렸다. 아이가 옳았다. 그녀는 일주일 내내 닭 요리만 내놓았다. 피자를 주문할 것이다. 어차피 집에는 둘뿐이고, 게다가 금요일 밤이었다.

"엄마가 약속할게. 오늘은 닭 안 먹을 거야."

블루가 그녀를 흘겨보고는 이층으로 올라가 방문을 세게 닫았다. 퍼트리샤는 읽던 책으로 돌아갔다. 『내 곁의 이방인—연쇄살인범 테드 번디의 충격 비화』. 계속 읽어나갈수록 그녀 삶의 모든 게 불분명해지는 기분이었지만 멈출 수 없었다.

'딱히 북클럽이 아닌 북클럽'은 당연히 앤 룰을 사랑했고, 그녀가 쓴 『작은 희생』이 그들의 애독서로 자리잡은 지 오래였다.

그러나 정작 앤 룰에게 명성을 안긴 책은 놓치고 지나간 셈이어서 이 사실을 안 키티가 충격에 휩싸였다.

"자기들아." 키티가 말했었다. "앤 룰은 허접한 탐정잡지에 살인 얘기나 신던 주부였는데 시애틀 전역에서 발생하는 여대생 살인 사건을 다뤄보자는 계약을 맺은 거야. 이런, 그런데 알고 보니 그 사건의 주요 용의자가 자살예방전화상담소에서 같이 일하는 단짝 친구였던 거지, 테드 번디."

실제 둘은 단짝까지는 아니었고 그저 친한 친구 사이였다. 퍼트리샤는 책을 읽으며 이 점을 새로 알았지만 그걸 제외하면 키티가 말했던 모든 게 사실이었다.

그게 증명하는 게 곧 뭐겠어. 그레이스가 의견을 냈다. 그 상담소라는 곳들에 전화를 걸 때 수화기 반대편에 어떤 사람이 있는지 도저히 알 수 없다는 거지. 그게 누구든 될 수 있다고.

그러나 책에 빠져들수록 깊어졌던 퍼트리샤의 의구심은 친한 친구가 연쇄살인범이라는 단서를 앤 룰이 어쩌면 그렇게까지 놓칠 수 있었는가가 아니었다. 그러는 퍼트리샤 자신은 주변의 남자들을 실제로 얼마나 잘 알고 있는가였다. 그 전주에 슬리크가 숨넘어가는 소리로 전화를 걸어왔다. 키티가 자기에게 로버츠 할머니의 은식기 세트를 팔면서 아무한테도 말하지 말아달라고 부탁했다는 얘기였다. 제조사가 무려 '윌리엄 허튼'이었고, 슬리크는 참을 수 없었다. 그걸 얼마나 싸게 샀는지 알아줄 누군가가 필요했다. 그녀는 퍼트리샤를 선택했다.

키티가 그러는데 애들을 여름 캠프에 보낼 여윳돈이 필요하대. 그날 통화에서 슬리크가 말했다. 자기 생각에 그 집이 곤란한 상황인 것 같아? 씨위 농장에는 돈이 많이 들잖아. 호스가 딱히 일을 하는 것도 아니고.

호스는 속이 알차고 신뢰할 수 있는 사람 같았지만 보아하니 집안의 돈을 죄다 보물 탐사에 쏟아붓는 중이었고, 그사이 키티는 비밀리에 가보를 헐값으로 처분해가며 아이들 캠프 비용을 마련하는 모양이었다. 블루 또한 자라서 대학에 가고 운동부에 들어가고 언젠가는 근사한 여자애를 만날 텐데, 그가 한때 나치에 몹시 심취한 나머지 그걸 제외한 어떤 얘기도 못하는 지경이었다는 사실을 그 근사한 여자애는 결코 알지 못할 터였다.

카터가 병원에 그토록 오랜 시간을 붙박여 있는 게 정신의학과장이 되고 싶어서임을 퍼트리샤도 알았으나 그 외에 뭔가 다른 걸 하지는 않을까 궁금했다. 그에게 여자가 있는 건 아니라고 비교적 확신했지만 시어머니의 죽음 후 그가 집에서 보내는 시간이 점점 짧아지는 것도 사실이었다. 병원에 있다는 그의 말이 언제나 진실일까? 아침 출근과 심야 퇴근 사이에 그가 무엇을 하는지 자신이 실제로 아는 바가 거의 없다는 깨달음은 퍼트리샤에게 충격이었다.

베넷, 릴런드, 에드, 지극히 평범해 보이는 이 사람들은 또 어떤가? 퍼트리샤는 인간의 진짜 내면이 어떤지 아는 이가 과연 있기는 할까 궁금해지기 시작했다.

그녀는 피자를 주문했고 식사를 마친 뒤 블루에게 〈사운드 오브 뮤직〉을 보게 했다. 녀석은 나치가 등장하는 장면만 좋아했고, 어느 장면에서 얼마나 빨리감기를 해야 하는지 정확히 알았으며, 덕분에 세 시간짜리 영화를 오십오 분 만에 끝내버렸다. 그러고는 이층 제 방으로 가 문을 닫고 요즘 부쩍 그 안에 처박혀서 하는 그 뭔지 모를 일을 했다. 설거지를 하는 동안 퍼트리샤의 기분이 점점 가라앉았다. 진공청소기를 돌리기에도, 그걸로 커튼 청소를 하기에도 너무 늦었으므로 잠시 산책을 나가기로 마음먹었다. 딱히 의도한 것도 아닌데 그녀의 발이 제임스네 집 가까이를 지났다. 입구에 그의 차가 없었다. 식스 마일에 간 걸까? 지금 이 순간, 데스티니 테일러를 만나고 있나?

퍼트리샤는 자신의 머릿속이 추잡하게 느껴졌다. 이런 생각들을 떠올리는 게 싫었다. 그레이스가 했던 말을 기억하려 애썼다. 제임스는 병든 고모할머니를 돌보러 여기에 왔다. 이곳에 남기로 결심했다. 그는 마약상도, 아동추행범도, 은둔중인 킬러 마피아도, 연쇄살인범도 아니다. 퍼트리샤도 그걸 모르지 않았다. 그러나 집에 돌아갔을 때 그녀는 이층으로 올라가 다이어리를 꺼낸 다음 날짜를 세어봤다. 제임스네 집에 캐서롤을 가져갔다가 프랜신을 본 날이 5월 15일, 그린 부인에 따르면 프랜신이 실종된 게 바로 그날이었다.

모든 게 꼬여버린 듯했다. 카터는 늘 집에 없었다. 새비지 부인이 퍼트리샤의 귀를 물어뜯었다. 미스 메리는 끔찍하게 죽었다. 프랜신은 남자와 도망갔다. 여덟 살 소년이 자살했다. 어린 소녀 하나도 같은 지경에 처할지 모른다. 이중 어떤 것도 그녀의 소관이 아니었다. 그런데 누가 그 아이들을 지키겠는가? 제 자식도 아닌 아이들을?

퍼트리샤는 그린 부인에게 전화를 걸었다. 마음 한구석에서는 그녀가 전화를 받지 않기를 바랐다. 하지만 부인은 전화를 받았다.

"아홉시도 넘었는데 죄송해요." 퍼트리샤가 사과했다. "그런데 데스티니 테일러의 엄마랑은 얼마나 잘 아세요?"

"완다 테일러라면 내가 굳이 시간을 들여가며 생각할 사람은 아니죠."

"딸아이 문제로 우리와 얘기를 나눠줄 분이기는 할까요? 부인이 봤다는 그 번호판 말이에요, 내 생각에 여기 사는 남자 소유인 것 같아요. 제임스 해리스라고. 프랜신이 그 집에서 일했고, 내가 5월 15일에 거기서 프랜신을 봤거든요. 이 남자한테 얄궂은 구석도 좀 있고요. 혹시 데스티니랑 얘기해보면, 그애가 식스 마일에서 이 남자를 본 적이 있는지 말해줄 수 있지 않을까요."

"부모들은 모르는 사람이 제 자식에 대해 캐묻는 걸 좋아하지 않아요."

"우리는 다 엄마들이잖아요. 우리 애들한테 무슨 일이 벌어지고 있고, 그에 대해 뭔가 아는 사람이 나타난다면 부인은 알고 싶지 않겠어요? 별일 아닌 걸로 밝혀진다고 해봐야 금요일 밤에 그분을 귀찮게 한 것뿐이잖아요. 아직 열시도 안 된 시간이고요."

기나긴 정적이 이어졌다. 그리고……

"그 집에 불이 켜져 있네요." 그린 부인이 말했다. "냉큼 건너오세요. 얼른 해치워버립시다."

블루는 제 방에 있었다. 빈백 의자에 앉아 『제3제국 흥망사』를 읽는 중이었다.

"엄마 잠깐 나갔다 와야겠어." 퍼트리샤가 말했다. "교회에 좀 가려고. 집사 모임이 있는 걸 깜빡했어. 그래도 괜찮겠니?"

"아빠는 왔어요?" 블루가 물었다.

"오고 있대." 퍼트리샤가 대답했다. 확실히 알고 한 말은 아니었지만. "전화가 오거든 받아줄래? 현관문은 엄마가 잠그고 갈게. 아빠한테 열쇠가 있으니까."

"알았어요." 제대로 올려다보지도 않으며 블루가 대꾸했다.

"사랑한다." 퍼트리샤가 말했지만 블루는 듣지 못한 듯했다.

퍼트리샤는 안방에서 잠시 망설였다. 지금껏 자신이 어디에 있을지를 두고 거짓말을 해본 적이 없었기에 신경이 곤두섰다. 카터에게 행선지와 그린 부인의 전화번호를 알리는 쪽지를 서랍장 위에 두고 가기로 했다. 쪽지에 이렇게 썼다. 그린 부인에게 수표를 전해줘야 해. 그러고는 볼보에 올라 그레이스가 옳기를, 이 모든 게 그저 수중에 자유시간이 넘쳐나는 어리석고 미친한 주부의 과도한 상상의 산물이기를 바랐다. 만약 그렇다면, 내일은 진공청소기로 커튼 청소를 해야지. 그녀는 다짐했다.

16장

라이플 레인지 로드에 다른 차량은 전혀 없었고 운전은 외로웠다. 가로등은 주 도로에서 끊겼고 수목과 체인링크 울타리 사이를 구불구불 통과하는 비좁고 바스러진 일차선 도로는 몹시 협소했다. 퍼트리샤는 자신의 전조등 불빛이 이동식 주택과 조립식 헛간 사이를 휘휘 훑으면서 사람들의 잠을 방해하는 게 아닐까 걱정스러웠다. 계기판 시계를 확인했다, 9:35p.m. 시골 도로의 칠흑 같은 어둠 때문에 훨씬 야심한 시각인 듯 느껴졌다.

그린 부인네 집 앞에 주차하고 주위를 살피며 농구장에 아무도 없는 것을 확인한 뒤 볼보에서 나와 퍼트리샤는 곤충들로 윙윙거리며 핏대를 세워 푸르르 야유하는 밤으로 들어섰다. 드문드문 선 가로등이 콘크리트 가옥과 트레일러 위에서 주황색으로 빛났지만 가로등 사이 간격이 매우 멀어 어둠이 더욱 광활하고 외로운 느낌이었다. 그린 부인이 현관문을 열었을 때, 퍼트리샤는 익숙한 얼굴을 본다는 사실에 안도했다.

“마실 것 좀 드릴까요?” 그린 부인이 물었다.

“너무 늦기 전에 테일러 부인부터 만나는 게 좋을 것 같아요.”

“제시?” 그린 부인이 집안에 대고 외쳤다. “동생 잘 보고 있어라. 길 건너에 다녀올게.”

그녀가 문을 닫아 잠갔다. 플라스틱 화환이 좌우로 흔들리며 알루미늄 문을 긁었다.

“이쪽으로.” 그린 부인이 말하며 집 앞에 난 모랫길로 퍼트리샤를 이끌었다.

둘은 마운트 지온 A.M.E.를 끼고 도는 흙길로 진입한 다음 작은 교회 건물 앞 발목 높이의 울타리를 넘었다. 식스 마일의 중앙부를 가로지르는 중이었다. 모래밭 위를 빠드득거리며 걷자니 야밤의 발소리가 유난히 시끄러웠다. 현관에 나와 앉은 이도, 친구와 큰 소리로 떠드는 이도, 귀갓길에 그들을 스쳐가는 이도 없었다. 식스 마일의 흙길은 황량했다. 퍼트리샤는 거의 모든 창문마다 굳게 드리워진 커튼을 보았다. 일부는 커튼 대신 판지나 침대 시트로 가려두기도 했다. 그 너머로 하나같이 TV의 차갑고 파란 빛이 넘실거렸다.

“여기 사람들은 이제 어두워지면 바깥출입을 안 해요.”

“테일러 부인의 기분을 상하지 않게 하려면 뭐라고 말해야 할까요?” 퍼트리샤가 물었다.

"완다 테일러의 기분은 아침에 눈을 뜨는 순간부터 이미 상해 있어요."

퍼트리샤는 누군가가 불쑥 현관에 나타나 블루가 마약을 한다고 말하면 자신은 어떻게 반응할까 궁금했다.

"우리에게 화를 낼까요?"

"어쩌면요."

"아무래도 이거 좋지 못한 생각 같아요."

"당연히 좋지 못한 생각이죠." 그린 부인이 뒤돌아 그녀를 마주보았다. "하지만 나한테 그랬잖아요. 그 여자애가 걱정된다고. 이제는 내가 그 생각을 멈출 수 없어요. 그애 엄마가 가슴 찡한 환대 따윈 안 할지 몰라도 우리가 옳은 일을 하는 거라고 설득한 쪽은 캠벨 부인이에요. 사람을 여기까지 데려와놓고 이제 와 다시 돌아가자고 설득할 생각 마요."

완다 테일러네 트레일러의 문 위에서 노란색 전구가 작열했다. 퍼트리샤가 정신을 가다듬을 시간을 좀 달라고 요청하기도 전에 둘은 삭아빠진 현관으로 올라섰고 그린 부인이 덜컹이는 금속제 문에 노크했다. 금방이라도 무너질 듯한 현관 바닥이 발밑에서 앞뒤로 흔들렸고 노란 전구에서 나방들이 탁탁거렸다. 전구가 내뿜는 열기가 고스란히 느껴지면서 퍼트리샤는 두개골과 이마가 따끔거렸다. 그 뜨거움을 더는 견딜 수 없겠다 싶은 순간, 문이 열리고 완다 테일러가 둘을 빤히 쳐다보았다. 그녀는 제약

회사 티셔츠와 스톤워시 청바지 차림에 머리는 정리하지 않아 부스스했다. 뒤에서 TV 소리가 들렸다.

"안녕, 완다."

"늦었는데." 완다가 말하며 퍼트리샤를 보았다. "누구야?"

그녀는 퍼트리샤가 거기 없는 사람인 양 그린 부인에게 말했다.

"좀 들어가도 돼?" 그린 부인이 물었다.

"아니. 열시가 다 됐어. 아침에 일어나야 하는 사람도 있는 법이거든."

"당신이 데스티니 일로 나한테 왔었으니 그애 건강에 대해 얘기할 시간이 조금은 있을 거라고 생각했는데." 그린 부인의 목소리가 까칠했다.

완다가 믿을 수 없다는 듯 인상을 썼다.

"내가 데스티니 일로 갔을 때 당신은 그렇게 걱정이면 아이를 의사한테 데려가라고 했지. 그래서 그러려고. 내일 일어나자마자 진료소에 갈 거야."

"테일러 부인." 퍼트리샤가 말했다. "내가 그 진료소에서 보낸 간호사예요. 데스티니의 상태가 위중할 수 있다고 생각해서 오늘 밤에 보러 온 거고요. 아이가 몇 살이죠?"

완다와 그린 부인이 동시에, 서로 다른 이유로, 퍼트리샤를 쳐다보았다.

"아홉 살." 완다가 마침내 말했다. "신분을 증명해줄 게 있나요?"

"이분은 진료소에서 일해." 그린 부인이 말했다. "경찰이 아니라고. DSS* 소속도 아니고. 배지 같은 건 없어."

퍼트리샤를 찬찬히 뜯어보는 완다의 얼굴에 노란색 불빛이 그림자를 드리웠다.

"그래 그럼." 결국 완다가 말했다. 그녀는 권위를 가진 자들의 말을 따르는 데 익숙한 사람이었다. 뒷걸음질로 길을 비켜주었다. "애는 지금 자고 있어요. 그러니 목소리를 낮춰요."

둘은 완다를 따라 안으로 들어갔다. 실내는 협소했고 햄버거용 고기를 조리한 듯한 냄새가 났다. 검은색 비닐 소파의 맞은편에 놓인 판지상자 위에 비디오 일체형 TV가 있었다. 베니션블라인드 밑에서 창문형 에어컨이 털털거리며 냉기를 뿜었다. 완다가 벽장처럼 우묵한 부엌의 허접한 테이블을 향해 몸짓했고, 퍼트리샤와 그린 부인은 거기 딸린 중고용품점 출신의 푹신한 의자에 앉았다.

"쿨에이드라도 마시겠어요?" 완다가 물었다. "아니면 라이트 맥주?"

"아뇨, 괜찮아요." 퍼트리샤가 말했다.

완다가 찬장으로 몸을 돌리더니 프리토스 스낵 두 봉지를 꺼

---

* 사회복지과.

내 뜯어 열고 스티로폼제 시리얼 그릇에 부었다.

"맘껏 들어요." 그녀가 둘 사이 테이블에 과자를 내려놓으며 말했다.

"데스티니를 잠깐이라도 봐야겠어요." 퍼트리샤가 말했다. "아이의 상태에 대해 몇 가지 묻고 싶어요."

"우리 애랑 지금 얘기를 해야 한다고요?" 완다가 물었다.

"완다." 그린 부인이 말했다. "간호사 선생님 말대로 해야 해."

완다가 복도로 세 걸음을 걸어가 플라스틱제 베이지색 접이식 문을 긁는 소리를 냈다.

"데시." 그녀가 리듬을 타듯 속삭였다.

창문형 에어컨이 공기를 꽁꽁 얼렸고 퍼트리샤의 살갗에 소름이 도톨도톨 돋았다. 테이블 표면이 끈적끈적했다. 그녀는 양손을 무릎 위에서 떼지 않았다.

"데시, 일어나렴, 일어나." 완다가 노래하듯 말하며 칸막이를 열어젖혔다.

그러고서 아이 방의 조명을 켰다.

"데시?"

그녀가 복도로 나와 다른 문을 열자 화장실이 나타났다.

"데시, 어디 숨었어?" 완다의 목소리에 날이 섰다.

퍼트리샤와 그린 부인이 좁은 복도로 몰려가 데스티니의 방문 앞에 섰다.

"삼십 분 전까지만 해도 여기 있었는데." 완다가 바닥에 엎드렸다.

아이의 방은 매우 협소해서 침대 대용으로 쓰는 받침대 밑으로 고개를 기울인 완다의 다리가 복도로 튀어나왔다. 받침대에 올린 발포고무 매트리스에는 마이 리틀 포니 시트를 씌우고 그 위에 격자무늬 담요를 개어뒀다. 소녀의 장난감과 옷가지는 투명한 플라스틱 상자에 넣어 한쪽 귀퉁이에 높이 쌓았다. 침대 위 커튼 없는 창문의 검은색 사각형 너머로 밤이 내다보였다.

"데시 어딨어?" 완다가 물었다. 목소리가 흐트러지기 시작했다. "당신들 그애한테 무슨 짓을 한 거야?"

"우리도 여기 이제 막 왔잖아." 그린 부인이 말했다.

완다가 퍼트리샤를 밀치고 거실로 달려나갔다. 투명인간이 된 딸이 문간에 서 있기라도 한다는 것 같았다.

"데시?" 완다가 외쳤다.

"어떻게 된 일 같아요?" 그린 부인이 퍼트리샤에게 나지막이 물었다.

부엌으로 간 완다가 모든 서랍장을 열어젖히고 상자와 가방을 있는 대로 헤집었다.

퍼트리샤가 데스티니의 침대 위 창문을 당겼다. 부드럽고 쉽게 활짝 열렸다. 방충망은 없었다. 따뜻한 바람 한줄기와 벌레들의 비명이 조그만 방으로 밀려들었다. 퍼트리샤와 그린 부인은 열린 창문 너머로 고작 몇 발자국 떨어졌을 뿐인 숲을 내다보았나. 퍼트리샤가 침대 받침대 위에 무릎을 꿇고 창문 밖을 살폈다. 전화선을 감아두는 큼지막한 나무틀이 눈에 들어왔다. 누구든 그 위에 서면 창문에 곧장 닿을 수 있었다.

둘은 거실로 돌아갔다.

"경찰을 불러야 해." 그린 부인이 말했다.

"뭐?" 완다가 물었다. "뭣 때문에?"

"테일러 부인." 퍼트리샤가 말했다. "제임스 해리스라는 남자가 아이들한테 마약을 줘요. 경찰에 전화해서 따님이 실종됐다고, 그 남자가 데려간 것 같다고 알려야 해요."

"오, 주여." 완다가 말하며 요란스레 트림을 했다. 거실이 위산의 악취로 가득찼다.

"아이를 숲에다 잡아두고 있을 거야." 그린 부인이 말했다. "아직 가까이 있을 거라고."

그린 부인은 완다를 소파에 앉힌 다음 그녀가 멘톨 담배에 불을 붙이고 정신을 수습하게 했다. 완다는 속절없이 재떨이를 찾다가 결국 담뱃재를 카펫에 그냥 털었다. 퍼트리샤가 부엌 전화를 거실까지 끌고 와 911을 누르고 완다에게 수화기를 건넸다.

"여보세요." 그녀가 내뱉는 단어의 리듬에 맞춰 입에서 담배 연기가 폭폭 나왔다. "내 이름은 완다 테일러고 그릴 플레임 로드 32번지에 살아요. 내 딸이 침대에 없어요." 그녀가 말을 멈췄다. "아뇨, 집안에 숨은 게 아니에요." 멈춤. "내가 다 찾아봤고, 우리집에는 애가 숨을 곳이 그리 많지 않아요. 제발 사람을 보내줘요, 제발. 제발요."

완다는 다른 할말을 찾지 못해 "제발"만 반복했고, 보다 못한 그린 부인이 손에서 수화기를 빼앗았다. 완다는 퍼트리샤에게서 그린 부인으로 무력하게 눈길을 돌렸다. 꼭 둘을 처음 본다는 듯이.

"쿨에이드나 라이트 맥주 마실래요?" 완다가 물었다. "집에 그거뿐이에요. 여기 물에서는 달걀냄새가 나요."

"우리는 괜찮아요, 감사합니다." 퍼트리샤가 말했다, 상냥하게.

"앉아서 경찰을 기다려야 해." 그린 부인이 말하며 완다의 무릎을 토닥였다. "곧 올 거야."

"당신들이 오지 않았다면 나는 애가 없어진 것도 몰랐을걸. 경찰이 곧 도착하겠지?"

"진짜로 곧." 그린 부인이 말하며 완다의 손을 잡았다.

"아이 방을 다시 확인해봐야겠어." 완다가 말했다.

둘은 그녀가 자리를 뜨게 두었다. 퍼트리샤는 마운트 플레전트의 '삼 분 출동'을 떠올렸다.

"얼마나 있어야 경찰이 올까요?" 퍼트리샤가 물었다.

"좀 걸릴 거예요." 그린 부인이 말했다. "여기는 외곽이니까."

완다가 거실로 돌아와 부엌에 섰다.

"애는 아직 안 왔어." 그녀는 이렇게 말하고서 둘의 존재를 다시 최초로 의식했다. "마실 것 좀 줄까? 쿨에이드랑 라이트 맥주가 있는데."

"완다." 그린 부인이 말했다. "자리에 앉아서 경찰을 기다려야 해."

완다는 끈적끈적한 테이블에 딸린 의자를 빼고 담배를 한 모금 빨려고 했지만 이미 필터까지 타버린 뒤였다. 그녀가 담뱃갑을 찾아 헤맸다. 퍼트리샤는 제임스를 떠올렸다. 저 숲속 어딘가에서 어린 소녀를 품에 안고 차마 말로는 못할 짓을 한다. 그녀는 말로는 못할 짓을 명확히 그릴 수 없었지만 그 소녀가 코리라고 생각해봤다. 그게 블루라고 생각해봤다. 경찰이 오기까지 시간이 걸리리라 생각해봤다.

"혹시 손전등 있나요?" 퍼트리샤가 완다에게 물었다.

17장

퍼트리샤는 한 손에 은색 보이스카우트 손전등을 들고 흔들거리는 현관 계단을 내려갔다. 그린 부인이 문간에 서 있었다.

"트레일러 뒤쪽만 둘러보고 올게요." 퍼트리샤가 말했지만 그린 부인은 이미 현관문을 닫아 잠근 뒤였다. 그녀가 방범용 걸쇠를 끼우는 소리가 들렸다.

식스 마일 전역에서 에어컨이 웅웅거렸다. 퍼트리샤를 둘러싼 숲은 비명을 내지르는 벌레들의 토네이도였다. 그녀가 내쉬는 모든 숨이 온수에 적신 수건을 통과해 나오는 듯했다. 퍼트리샤는 걸음을 재촉하며 트레일러의 어두운 귀퉁이를 끼고 돌았다.

손전등을 켜고 대형 나무틀을 비췄다. 그 위에서 유죄를 입증할 족적, 그 먹색 윤곽을 볼지도 모른다는 듯. 손전등을 내려 바닥의 사질토를 비추자 굴곡과 그림자와 멍울이 나타났지만 그중 어떤 것이 무엇을 의미하는지 알 수 없었다. 몸을 펴고 이번에는 숲을 비췄다.

연노랑 빛줄기가 소나무 위를 노닐었다. 나무 사이의 간격이 상당해서 그 가장자리를 따라 걷더라도 트레일러가 퍼트리샤의 시야를 벗어나는 일은 없을 것이다. 좀더 이성적으로 생각해보기도 전에 그녀는 첫번째 소나무를 지났다. 다음으로 두번째. 전방 지면에 손전등이 쏘는 동그란 불빛을 따라 한 걸음씩 숲으로 들어가는 사이 비명을 내지르는 벌레들이 사방에서 그녀를 죄어왔다.

뭔가가 발을 잡아채며 심장에 찬물을 끼얹었으나 부지를 따라 뻗은 녹슨 전선에 발이 걸린 것뿐이었다. 퍼트리샤는 뒤를 돌아보았다. 자신감을 느꼈다. 다만 가옥들의 불 밝힌 창문이 생각보다 멀었다. 경찰이 도착했을까 궁금했지만 그랬다면 파란 불빛들이 그녀에게도 보일 터였다.

뜨뜻한 수액 내음이 주변을 에워쌌고 발밑은 솔잎으로 푹신했다. 퍼트리샤는 지금이 되돌아갈 마지막 순간임을 알았다. 계속 전진한다면 불 밝힌 창문들을 더는 볼 수 없게 될 테고, 그때부터는 여기에 제임스와 단둘이 남게 될 것이다.

조금만 버텨, 데스티니. 숲속 더 깊은 곳으로 걷기 시작하며 그녀는 생각했다. 내가 가고 있어.

퍼트리샤는 앞에서 산란하는 손전등 빛줄기의 힘을 빌려, 사위를 가득 메운 수목의 시커먼 덩어리 전체를 보는 대신 한 그루 한 그루씩 몸통에 집중했다. 자신의 몸이 나뭇가지와 덤불과 덩굴을 스치며 내는 요란한 접촉음이 의식돼 조심스레 나아갔다. 웬 구멍에라도 발이 빠지는 상황은 만들고 싶지 않았다.

그녀 아닌 뭔가가 우측에서 바스락거렸다. 퍼트리샤는 바짝 얼어붙어 손전등을 껐다. 경로를 노출해서는 안 된다. 밤이 냉큼 그녀를 휘감았다. 그녀는 귓속에서 혈액이 고동치는 소리 너머를 들으려 안간힘을 썼다. 손목에서 맥박이 쿵쾅였고 콧속에서 숨이 쌕쌕거렸다. 순간 깨달았다. 벌레들의 비명이 없다는 것을.

짙은 색 얼룩들이 그녀 눈앞에서 쏘다니며 번쩍였다. 뭔가가 나무 사이를 잰걸음으로 다니는 소리가 들렸다. 한곳에 가만히 서 있다는 생각이 느닷없는 공황을 몰고 왔다. 움직여야 했다. 빛 없이는 앞을 볼 수 없으니 손전등을 켜자 수목과 바닥의 솔잎이 그녀 앞에서 다시 형체를 갖췄다.

퍼트리샤는 재빨리 움직였다. 바닥에 손전등을 비춰가며 어느 소나무 뒤로 튀어나와 있을, 청바지를 걸친 어린 소녀의 다리를 찾았다. 그녀의 호흡과 심장박동과 맥박 소리의 틈바구니로 온 주변 나무에서 온갖 것들이 내는 신음이 들렸다. 커다란 손 하나가 당장에라도 뒷덜미에 내려앉을 것 같았고, 쿵쾅거리는 심장에 몸이 앞으로 딸려나가는 듯했다.

방향을 바꿔 집으로 가야 했다. 그녀는 그 숲의 작디작은 점 하나일 뿐이었다. 고작 이런 식으로 우연에 기대어 데스티니 테일러와 마주치리라 생각했다니 어리석었다. 게다가 제임스를 보면 뭐라고 말할 셈인가? 이 작은 손전등으로 머리를 갈겨 그를 때려 눕히기라도 할 작정인가? 돌아가야 했다.

그러다 수목들이 끊겼고 퍼트리샤는 어느 비포장도로로 발을 내디뎠다. 아주 넓지는 않았으나 표면의 사질토가 헤집어져 있었고 그 위에 크게 찍힌 바퀴 자국들로 보아 근처에서 누군가가 뭔가를 짓고 있는 게 틀림없었다. 한쪽 방향으로 손전등을 비추니 이 작은 도로가 나무들의 컴컴한 터널 사이로 사라졌다. 손전등을 반대 방향으로 비췄을 때, 제임스의 흰색 밴 전면부의 크롬제 그릴이 보였다.

퍼트리샤는 얼른 손전등을 끄고 소나무 숲으로 뒷걸음질치다 그루터기에 걸려 휘청거렸다. 그가 보았을 수도 있다. 때맞춰 불을 끄기는 했으나 여기까지 접근하는 동안 나무 사이로 어른거리던 빛줄기를 그가 보았을지 모른다는 생각이 스쳤다. 그 와중에 자신은 반대쪽이나 보며 멍청히 서 있다가 급기야 밴에 대고 불까지 비춘 셈이었다. 도망치고 싶었지만 그 대신 애써 가만히 있었다. 밴은 꿈쩍하지 않았다.

채 15미터도 안 되는 거리였다. 그대로 걸어가 건드려볼 수 있을 정도였다. 사실 그래야 했다. 그가 안에 있는지 알아봐야 했다.

밴 쪽으로 걸음을 옮겼다. 신발이 아무 소리도 없이 모래에 빠졌다. 속이 뒤틀렸다. 퍼트리샤는 전조등이 고함을 지르며 켜져 자신을 포착하기를, 엔진이 포효하며 살아나 자신을 치어버리기를 기다렸다. 밴의 그릴과 앞유리가 눈앞에서 좌우로 헤엄쳤다. 상하로 요동쳤다. 점점 가까워졌다. 그리고 다음 순간, 그곳에 닿았다. 밴 내부가 바깥보다 컴컴하다는 사실을 깨닫고 그녀는 몸을 수그렸다. 무릎이 으드득거렸다. 앞유리 너머에서 밤하늘을 배경으로 드러난 그녀의 머리 윤곽을 그가 볼 수 없게 해야 했다.

퍼트리샤는 한 손을 뻗어 몸을 지탱했다. 자동차 후드의 굴곡진 면이 시원했다. 경찰이 완다의 트레일러에 아직도 오지 않은 걸까 궁금했다. 돌아가고 싶었다. 마약상은 총과 칼을, 온갖 종류의 무기를 갖고 다니지 않나? 퍼트리샤는 밴의 뒷자리에 있는 게 블루라고 상상해봤고, 그 안을 봐야 한다는 걸 알았다. 데스티니가 그녀의 아이는 아니었지만 그래도 한 명의 아이라는 사실에는 변함이 없었다.

그녀는 서서히 몸을 일으켰다. 무릎이 딱딱거렸다. 손 가장자리가 차가운 앞유리에 닿을 때까지 상체를 기울였다. 그러고는 양손을 동그랗게 만들어 눈에 대고 안을 엿보았다. 얇은 초승달 모양의 운전대 테두리 너머는 칠흑이었다. 눈 근육이 아리도록 찡그렸지만 무엇 하나 보이는 게 없었다.

그리고 깨달았다. 그는 밴에 없었다. 아직 데스티니와 숲속에 있다. 아니면 그애와의 용무를 마치고 돌아오는 길이다. 그가 도착하기 전에 재빨리 안을 살피고 단서가 될 만한 것, 다른 아이의 옷가지나 프랜신의 소지품 따위를 확인할 수 있다. 잽싸게 끝내야 했다.

퍼트리샤는 밴 뒤로 걸어가 문고리를 감아쥐고 당긴 뒤 손전등을 들고 불을 켰다.

바닥의 무언가 위로 남자가 등을 구부리고 있었다. 그의 엉덩이와 작업화 뒤축이 그녀를 향하더니 다음 순간 그 등이 벌떡 일어났다. 남자가 손전등 빛줄기를 향해 고개를 돌렸다. 제임스였다. 그런데 얼굴 아래쪽이 이상했다. 검고 반짝이는 키틴질, 그러니까 바퀴벌레 다리 같은 게 입 밖으로 몇 센티미터가량 튀어나와 있었다. 그는 얼빠진 상태로 입을 헤벌리고 불빛 속에서 게슴츠레한 눈을 깜빡였다. 그것을 제외하고는 미동조차 하지 않는 사이 그 벌레 같은 기다란 부속물이 그의 입속으로 서서히 사라졌다. 그것이 완전히 자취를 감추고 그가 입을 다물었을 때 그의 턱과 뺨과 코끝은 번질번질한 선혈로 범벅이었다.

그의 몸 아래, 자동차 바닥에 조그만 흑인 소녀가 아무렇게나 널브러져 있었다. 복부까지 말려올라간 기다란 주황색 티셔츠. 양 무릎을 세운 채 벌린 다리. 한쪽 허벅지 안쪽에 난 흉측한 검보라색 자국이 타액으로 번질거렸다.

제임스가 한 손으로 밴의 금속제 옆면을 짚고 힘겹게 몸을 일으키는 사이 차체가 좌우로 흔들렸다. 그가 눈을 찡그리자 퍼트리샤는 알았다. 그는 손전등 때문에 앞을 보지 못한다. 그가 불안하게 휘청거리며 그녀 쪽으로 한 걸음을 내디뎠다. 퍼트리샤는 어찌할 바를 모른 채 얼어붙었다. 그가 한 걸음을 더 내디디고, 밴이 더 흔들리고, 그러다 둘 사이의 거리는 고작 1미터였다. 소녀가 잠든 듯 신음하고 꼼지락거리며 꿈을 꾸는 래그태그처럼 칭얼거렸다.

밴이 흔들리며 제임스가 한 걸음을 더 내디뎠다. 이제 둘의 거리는 50센티미터 남짓. 퍼트리샤는 저기서 아이를 빼내기 위해 뭐든 해야 했다. 그는 손전등 빛에 여전히 눈을 찡그리고 있다. 그러면서 빛으로 서서히 손을 뻗었다. 길게 늘인 손가락이 그녀의 코앞까지 왔다. 퍼트리샤는 달렸다.

얼굴에서 손전등 불빛이 사라지는 순간, 그의 발이 차체 바닥을 한 차례 디딘 다음 모래밭을 때리는 소리가 들렸다. 퍼트리샤는 숲으로 달렸다. 손전등 빛줄기가 그루터기와 나무 몸통과 이파리와 덤불 위에서 광적으로 춤을 췄다. 그녀가 마구잡이로 헤치며 지나치는 나뭇가지가 얼굴을 때리고 나무 몸통이 어깨에 타박상을 입히고 덩굴이 발목을 휘감겼다. 그가 뒤쫓는 소리는 들리지 않았지만 그래도 달렸다. 얼마나 오래인지는 몰랐으나 손전등 배터리가 약해질 정도로 길었다는 건 알았다. 이 숲이 영원히 끝나지 않으리라는 생각이 들던 그때, 숲이 그녀를 어느 체인링크 울타리 옆에 뱉어냈다. 그녀는 식스 마일로 이어지는 도로 중 하나로 돌아와 있었다.

손전등으로 주위를 비췄지만 그림자들만 더 거대하게 닥쳐오며 광적으로 춤출 뿐이었다. 퍼트리샤가 뭔가 낯익은 걸 찾아 두리번거리는데 폭발하는 백색광이 모든 것을 삼키더니 울퉁불퉁한 도로에서 위아래로 덜컹이며 천천히 그녀를 향해 다가오는 자동차 한 대가 보였다. 그녀가 움찔하며 울타리에 등을 부딪히자 차가 멈췄다. 그리고 한 경관의 목소리가 들렸다. "부인, 혹시 누가 911에 신고했는지 아세요?"

퍼트리샤는 뒷좌석에 올랐다. 등뒤에서 쿵 하고 차문이 닫히는 소리를 들으며 무슨 소리든 다시 듣는다는 게 그토록 감사할 수 없었다. 에어컨 바람에 땀이 곧장 마르느라 피부가 깔깔해졌다. 운전석 경관의 허리춤에서 권총이 보였다. 조수석에 앉은 경관이 몸을 돌리고 물었다. "아이가 실종된 집이 어디인지 안내해주시겠어요?" 두 경관 사이의 거치대에 산탄총 한 자루가 있었고 그녀는 그 모든 게 안전을 보장하는 듯 느껴졌다.

"지금 그 남자가 아이를 데리고 있어요." 퍼트리샤가 말했다. "그애한테 무슨 짓을 하고 있어요. 숲에서 두 사람을 봤어요."

조수석 경관이 무전기로 뭔가를 보고했고, 사이렌 없이 경광등만 켠 경찰차가 비좁은 도로를 질주했다. 저 앞으로 마운트 지온 A.M.E. 건물이 보였다.

"그 사람들을 본 곳이 어디죠?" 운전석 경관이 물었다.

"도로가 있어요." 경찰차가 덜컹덜컹 식스 마일로 진입하는 사이 퍼트리샤가 말했다. "여기를 지나서 나오는 숲 뒤쪽의 공사용 도로요.”

“저기.” 조수석 경관이 무전기를 내리며 맞은편을 가리켰다.

운전석 경관이 급회전을 하자 전조등 불빛에 비친 이동식 가옥들이 우측으로 비틀거렸다. 경찰차가 조그만 집 두 채 사이로 돌진하며 식스 마일을 등졌다. 사방에서 수목이 그들을 둘러쌌고 운전석 경관이 운전대를 우측으로 돌리자 차바퀴가 모래 위에서 둔중하고 느리게 미끄러지는 느낌이 났다. 퍼트리샤가 발견한 도로 위였다.

“여기예요.” 퍼트리샤가 말했다. “그 남자는 저 앞 흰색 배에 있어요.”

경찰차가 속도를 늦추고 조수석 경관이 차량 외부에 부착된 조명등의 조종장치를 움직여 도로 양쪽의 숲을 비춘 뒤 수목 사이를 좌우로 훑었다. 퍼트리샤의 작은 손전등보다 수천 배는 밝았다. 그들은 창문을 내리고 어린 소녀의 울음소리가 들릴까 귀를 기울였다.

그러다 미처 깨닫기도 전에 도로 끝에 도달했다. 거기서부터 주 도로로 이어졌다.

“우리가 놓친 걸까요?” 경관 중 하나가 말했다.

퍼트리샤가 시간을 확인하지는 않았지만 그 보드라운 모래투성이 도로를 한 시간은 족히 오간 듯했다.

“집으로 가보죠.” 운전석 경관이 말했다.

퍼트리샤가 경관들을 다시 식스 마일로 안내해 완다네 트레일러 밖에 경찰차가 섰다. 조수석 경관이 퍼트리샤를 뒷자리에서 내려주었고, 그녀는 금방이라도 무너질 듯한 현관을 달려올라가 문을 쾅쾅 두드렸다. 집안에서 완다가 말 그대로 몸을 던지다시피 튀어나왔다.

"지금까지도 아이가 안 왔어요. 아직 밖에 있는 거예요."

"아이 방을 확인해야겠습니다." 경관 하나가 말했다. "보호자가 아이를 마지막으로 목격한 곳을 확인해야 해요."

"그럴 필요 없어요." 퍼트리샤가 말했다. "남자의 이름은 제임스 해리스예요. 우리집 근처에 살아요. 그애를 자기 집으로 데려갔을지도 몰라요. 내가 안내할게요."

경관 한 명이 거실에 남아 퍼트리샤의 진술을 받아 적는 사이, 다른 한 명이 완다를 따라 짧은 복도를 걸어 데스티니의 방으로 갔다. 새된 비명이 트레일러를 채웠다. 거실의 경관이 수첩을 내리고 복도로 달렸고, 퍼트리샤는 경관들을 뚫고 지나갈 수 없어 그린 부인과 함께 대기했다. 마침내 경관들 틈으로 모습을 드러낸 완다 테일러의 품에 데스티니가 안겨 있었다.

소녀는 졸린 듯했고 이 모든 소동에 무심해 보였다. 완다가 소파에 앉아 데스티니를 무릎에 올리자 힘없이 늘어진 아이의 몸이 엄마의 품에 고이 안겼다. 경관들은 아무 말도 하지 않았고 아무 표정도 짓지 않았다.

"내가 봤어요." 퍼트리샤가 말했다. "그 남자 이름은 제임스 해리스예요. 미들 스트리트에 살고, 차는 창문을 선팅한 흰색 밴이에요. 그 남자 입이, 얼굴이 뭔가 이상해요."

"간혹 있는 일입니다, 부인." 경관 중 하나가 말했다. "아이가 침대 밑에 숨었거나 벽장에서 잠든 건데 부모들은 납치라며 경찰을 불러요. 그런 상황에서는 다들 흥분합니다."

경관의 말은 극악하기 이를 데 없었다. 퍼트리샤가 할 수 있었던 말은 고작 "이 집에는 벽장이 없어요"였다.

이내 한 가지 방도가 떠올랐다.

"아이 다리를 확인해보세요." 퍼트리샤가 말했다. "속옷 아래, 허벅지 안쪽이요. 거기 자국이 있을 거예요, 자창 같은 거요."

다들 서로를 쳐다보았으나 아무도 움직이지 않았다.

"내가 볼게요." 그린 부인이 말했다.

"아뇨, 부인." 경관이 말했다. "아이를 검사하고 싶으면 구급차를 불러 병원으로 데려가야 합니다. 마땅한 자격을 갖춘 사람이 담당할 수 있게요. 그렇지 않으면 증거로 사용할 수 없어요."

"증거요?" 퍼트리샤가 물었다.

"이 남자를 기소하고 싶거든 적법한 절차를 따라야 합니다." 경관이 설명했다.

"남자가 이 아이를 추행하는 장면을 목격했다고 주장하는 거라면 숙련된 의료전문가의 검사가 아주 중요해요." 다른 경관이 말했다.

“나도 간호사예요.” 퍼트리샤가 대꾸했다.

“내 딸은 아무도 못 데려가.” 완다가 말하며 데스티니를 부둥켜안자 아이의 늘어진 고개가 제 엄마의 어깨에 털썩 부딪혔다. 눈은 반쯤 감겼고 양팔은 옆으로 맥없이 처진 채였다. “아이는 나랑 있을 거야. 다시는 내 눈을 못 벗어나.”

“이건 중요한 일이에요.” 퍼트리샤가 말했다.

“아침에 의사한테 데려갈 거야.” 완다가 말했다. “그때까지는 아무데도 안 가.”

그때 현관문이 쿵쿵거렸고 다들 바짝 굳은 채 시선만 교환했다. 알루미늄 문이 틀 속에서 계속 덜컹이자 결국 그린 부인이 모두를 밀치고 나갔다. 문을 활짝 열어젖히니 현관에 카터가 서 있었다.

“맙소사, 패티. 이게 다 무슨 일이야?”

“남자가 그러는 걸 내 아내가 봤다고 하면, 실제로 본 게 맞는 겁니다.” 트레일러 가운데 선 카터가 경관들에게 말했다. 퍼트리샤의 눈에 그는 이곳에 도무지 어울리지 않는 사람처럼 보였지만, 생각해보면 그 역시 가난하게 자랐고 1948년에 이동식 주택이라는 게 있었다면 틀림없이 그중 하나에서 태어났을 터였다.

“아내분이 얘기한 모든 곳을 수색했습니다, 선생님.” 경관이 반복하며 선생님 부분에 특히 강세를 주었다. "그렇다고 아내분을 믿지 않는다는 뜻은 아닙니다. 내일 아이에게 문제가 있다는 소견이 나오면 오늘밤 아내분의 진술도 함께 보고될 겁니다."

"졸려요." 데스티니가 꿈을 꾸듯 나른히 말했고, 완다는 모두를 집밖으로 몰아내는 절차에 돌입했다.

밖에서 카터가 두 경관을 붙들고 자신의 신상을 제대로 기록했는지 확인하는 사이 그린 부인이 퍼트리샤에게 다가왔다.

"이 더위에 이렇게 밖에 서 있을 이유가 없죠." 그녀의 말에 둘은 그린 부인의 집으로 돌아가기 시작했다. 그때 그린 부인이 덧붙였다. "저들이 아이를 데려갈 거예요."

"아이한테 아무 문제가 없으면 안 데려가죠."

"경관들이 완다를 어떻게 쳐다보는지 봤잖아요. 그 여자 집을 어떻게 쳐다보는지 봤잖아요. 저들은 완다가 쓰레기라고 생각해요. 사실 맞고요. 하지만 저들이 생각하는 그런 쓰레기는 아니에요."

"데스티니는 병원에 가야 해요. 무조건이요."

"뭘 봤기에 그래요? 그 남자가 애한테 무슨 짓을 했죠?"

마운트 지온 A.M.E.를 둘러싼 낮은 울타리를 건너고 교회 계단이 나오기까지 줄곧 걸은 뒤 퍼트리샤가 입을 열었다.

"정상적인 일이 아니었어요."

퍼트리샤는 두 걸음을 더 간 다음에야 그린 부인이 걷기를 멈쳤다는 사실을 깨달았다. 그녀가 뒤로 돌아서니 교회 현관등 아래서 그린 부인이 아주 왜소해 보였다.

"다들 하나같이 우리 애들한테 굶주려 있어요." 그린 부인의 목소리가 갈라졌다. "온 세상이 흑인 애들을 먹어치우려 해요. 얼마를 먹든 입맛만 다시고 더 달라고 하죠. 도와주세요, 캠벨 부인. 저 어린 것이 제 엄마 곁에 머물게 도와주세요. 그 남자를 멈추게 도와주세요."

"당연하죠. 내가……"

"당연하죠 같은 말을 듣고 싶은 게 아니에요. 여기서 벌어지는 일을 내가 아무리 설명해봐야 사람들 눈에는 늙고 가방끈도 짧은 촌뜨기 여자만 보일 뿐이죠. 하지만 설명하는 사람이 캠벨 부인이라면 올드 빌리지에 사는 의사댁 사모님 말이라면서 관심을 가져요. 부탁하는 건 내 체질에 맞지 않지만, 사람들이 이 문제에 관심을 갖게 만들어줬으면 해요. 내가 미스 메리를 구해보겠다고 온갖 짓 다 했던 거 알잖아요. 그분을 위해 내 피를 흘렸어요. 오늘밤에 전화로 내게 그랬죠. 우리는 다 엄마들이라고. 네, 부인, 그래요. 나를 위해 부인의 피를 흘려주세요. 나를 도와줘요."

퍼트리샤는 반사적으로 당연하죠라고 말할 뻔하다가 그 단어를 마음속에서 지웠다. 아무 대꾸도 하지 않았다. 그녀는 그린 부인의 맞은편에 서 있다가 입을 열었다. 부드럽고 단호한 톤으로.

"그애들은 우리가 지킬 거예요. 저들이 데스티니를 데려가도록 두지 않을 거예요. 그 남자가 더는 애들을 데려갈 수 없게 만들 거고요. 내 힘이 닿는 한 모든 수단을 동원해서 그를 막을 거예요. 약속할게요."

그린 부인은 대답하지 않았고, 둘은 잠시 그렇게 있었다.

"자, 일단은 됐어." 카터가 퍼트리샤 뒤로 다가오며 말했다. "내일 경찰이 아이를 병원에 데려갈 거고, 무슨 문제가 있더라도 저들이 내 정보를 갖고 있으니까."

분위기가 깨졌다. 세 사람은 그린 부인의 집을 향해 걸었다.

"카터." 퍼트리샤가 말했다. "DSS가 저 어린애한테 뭘 하지는 않겠지, 그렇지?"

"뭘?" 그가 물었다. "그러니까, 데려가는 거?"

"응."

"아니. 의사한테 아동학대를 신고할 의무가 있기는 한데 그렇다고 우는 애를 엄마 품에서 무작정 채가지 않아. 거기에도 전체 절차라는 게 있어. 혹시 당신이 걱정스럽다고 하면 내일 아이를 진찰할 의사가 어떤 사람인지 알아봐줄게."

"고마워. 그냥 불안해서 그래."

"걱정 마. 내가 확실히 신경쓸게."

그린 부인이 집으로 들어갔고 퍼트리샤는 그녀가 문 잠그는 소리를 들었다. 카터가 퍼트리샤의 차문을 대신 열어주었다. 그녀는 안전벨트를 매고 창문을 내렸다.

"와줘서 고마워."

"당신 쪽지를 봤어. 오밤중에 이런 곳을 혼자 운전하기에는 당신이 그간 너무 많은 일을 겪었어. 내 차만 따라와. 집에 가서 좀 쉬고 내일 아침에 얘기하는 게 어때?"

퍼트리샤가 고개를 끄덕였다. 어리석은 짓을 벌였다고 자책하게 만들려 들지 않는 그가 고마웠다. 그녀는 남편의 빨간색 후미등을 따라 식스 마일을 벗어나고 라이플 레인지 로드를 달려 올드 빌리지로 돌아갔다. 제임스의 집을 지날 때 카터의 브레이크등이 일순간 타올랐다. 어쩌면 그도 제임스네 집 앞마당에 주차된 쉐보레 코르시카를 보았기 때문이리라.

그날 밤, 수개월 만에 처음으로 카터는 잠든 퍼트리샤를 내내 안고 있었다. 그녀는 그걸 알 수 있었다. 피를 뚝뚝 흘리는 시뻘건 입에 쫓겨 그 숲을 달리는 악몽을 꾸었다 깨기를 반복할 때마다 퍼트리샤는 남편의 품속임을 느꼈고 그렇게 다시 잠으로 돌아갔기 때문이다. 안도하면서.

18장

다음날 일어났을 때는 계단에서 굴러떨어진 듯한 기분이었다. 침대에서 나오는데 관절이 으드득거렸고, 커피필터로 손을 뻗으려니 어깨가 깨진 유리로 가득찬 양 신음했다. 샤워를 하려고 옷을 벗었을 때는 양쪽 엉덩이에 든 멍이 보였다. 경찰차 뒷좌석에서 이리저리 미끄러진 결과였다.

토요일인데도 카터는 병원에 가야 했고, 퍼트리샤는 블루가 원하는 대로 하게 내버려뒀다. 날이 밝기 때문이었다.

"대신 어두워지기 전에 돌아와. 저녁 일찍 먹을 거야."

날이 저문 뒤 블루를 시야 밖에 두는 건 안전하지 않았다. 제임스의 정체가 무엇인지 퍼트리샤는 몰랐다. 그 따위에는 관심도 없고 자신의 생각이 제대로 정리되지도 않았지만, 그가 햇빛 속에 나다니지 않으리라는 것만은 분명했다. 그레이스에게 전화하고 싶었다. 자신이 뭘 보았는지 말해주고 싶었다. 그러나 그레이스는 자신이 이해할 수 없으면 그 존재 자체를 부정하는 사람이었다. 퍼트리샤는 애써 진정했다.

진공청소기로 커튼을 청소할 엄두는 나지 않아 빨래를 했다. 셔츠와 바지를 다림질했다. 양말을 다림질했다. 제임스가, 그의 얼굴에 달린 그것이, 수염처럼 묻은 피가, 자동차 바닥의 소녀가 눈앞에 계속 어른거렸고 이걸 다른 사람에게 어떻게 설명할 수 있을지 정리하려 노력했다. 화장실을 청소했다. 태양이 하늘을 미끄러지듯 가로지르는 모습을 지켜보았다. 코리가 축구 캠프에 가 있다는 사실에 감사했다.

유통기한 지난 조미료들을 버리는데 전화가 울렸다.

"캠벨 가家입니다."

"저들이 그애를 데려갔어요." 그린 부인이었다.

"네? 누가요?" 어안이 벙벙해진 퍼트리샤가 물었다.

"오늘 아침에 완다 테일러가 병원에 아이를 데려갔을 때요. 의사가 아이 다리에서 자국을 발견했어요, 당신이 말했던 대로. 그러고는 완다를 밖에서 기다리게 하고 데스티니랑 얘기를 했대요."

"아이가 뭐라고 했기에요?"

"완다도 몰라요. 그러더니 DSS가 나타났고 경관 하나가 문에서 있더래요. 그 사람들 말이 데스티니가 마약을 했는데 누군가 그걸 아이한테 주사한 자국이 있다는 거예요. 그들이 완다한테 물었대요, 데스티니가 '부 대디'라 부르는 사람이 누구냐고. 완다는 따로 만나는 남자가 없다고 했지만 그들은 그 말을 믿지 않았죠."

"어젯밤에 출동한 경관들한테 전화해볼게요." 퍼트리샤가 당혹감에 허둥대며 말했다. "내가 전화를 넣으면 그쪽에서 DSS랑 얘기할 거예요. 담당의한테는 카터가 연락해볼 수 있어요. 그 의사 이름이 뭐였죠?"

"이런 일 없을 거라고 약속했잖아요. 당신들 둘 다 약속했잖아요."

"카터가 전화할 거예요. 카터가 바로잡을 거예요. 내가 건너가서 완다랑 얘기해봐야 할까요?"

"당장은 완다 테일러를 보지 않는 게 상책이지 싶어요. 그 여자 지금 포용력을 발휘할 정신 상태가 아니거든요."

통화가 끝난 뒤에도 차마 수화기를 내려놓지 못하는 퍼트리샤의 주변으로 부엌이 빙글빙글 돌았다. 그녀는 데스티니를 만났었다. 그애의 방에 있었다. 그애 엄마와 함께 앉아 있었다. 제임스의 밑에 놓인 조그맣고 늘어진 몸을 보았고, 아이 위로 우뚝 선 그의 얼굴은 그애의 피로 범벅이었다.

"따분해요." 블루가 가족실로 들어오며 말했다.

"따분한 인간들이나 따분해지는 거지." 퍼트리샤가 기계적으로 대꾸했다.

"전부 다 캠프에 갔단 말이에요. 같이 놀 애가 아무도 없어요."

어쩌다 일이 이렇게 되었나? 내가 대체 무슨 짓을 한 거지?

"가서 책을 읽어."

퍼트리샤는 이렇게 말하고서 수화기를 집어들고 카터의 진료실로 전화를 걸었다.

"가진 책은 전부 읽었다고요."

"이따 도서관에 갈 거야."

신호음이 울리고 전화를 받은 카터에게 상황을 설명했다.

"나 지금 몸이 열 개라도 부족해." 카터가 말했다.

"우리가 약속했잖아, 카터. 약속을 했다고. 그 여자, 당신 어머니를 도우려다 온몸이 실밥으로 도배된 사람이야."

"알았어, 알았어, 패티. 전화 좀 돌려볼게."

"다들 히틀러가 나빴다고 생각하죠." 블루가 저녁 식탁에서 말했다. "하지만 더 나쁜 건 힘러였어요."

"그렇군." 카터가 아이의 흥분을 가라앉히려 말했다. "소금 좀 건네주겠어, 패티?"

퍼트리샤는 소금통을 집어들었지만 아직 그걸 블루에게 넘길 생각이 없었다.

"데스티니 테일러 담당의한테 전화해봤어?"

카터는 퇴근 후 줄곧 그녀를 피했다.

"소금부터 받고 신문당하면 안 될까?"

퍼트리샤는 억지웃음을 지으며 블루에게 소금통을 건넸다.

"힘러는 SS의 총책임자였어요." 블루가 말했다. "SS는 슈츠슈타펠을 부르는 말이고요. 독일 비밀경찰이요."

"그거 꽤나 고약하게 들리는걸." 카터가 소금을 건네받으며 말했다.

"저녁식사 자리에 적합한 화제인지 모르겠구나." 퍼트리샤가 대꾸했다.

"홀로코스트도 다 힘러의 생각이었어요." 블루가 계속했다.

카터가 그의 접시 위 모든 것에 소금을 뿌리도록 기다리는 시간이 퍼트리샤에게는 길고도 길었다.

"카터?" 소금통이 식탁에 가닿는 동시에 그녀가 물었다. "전화했어?" 카터가 포크를 내려놓고 생각을 가다듬은 뒤 그녀를 향해 고개를 들었다. 이것이 나쁜 징조라는 걸 퍼트리샤는 익히 알았다. "우리 약속했잖아, 카터."

"그쪽에서 조사위원회를 꾸리는 순간 내가 학과장이 될 기회는 날아가는 거야. 임명이 코앞이라 다들 내 모든 행동거지에 현미경을 들이댄다고. 정신의학과장 후보가, 주정부 공무원에 해당하는 자가 다른 공무원한테 전화해서 그들 업무에 이래라저래라 하기 시작하면 당신 생각에는 어떻게 보일 것 같아? 그게 나를 얼마나 나쁜 사람으로 보이게 만들지 당신이 알기나 해? 우리 의과대학은 주정부 시설이야. 모든 일에는 따라야 할 절차라는 게 있어. 내키는 대로 질문하면서 비판이나 하고 다닐 순 없다는 얘기야."

"우리는 약속을 했어." 퍼트리샤는 손이 바들바들 떨려와 포크를 내려놓았다.

"수용소에서 생체실험도 했어요." 블루가 말했다. "쌍둥이를 데려다 하나를 고문하면서 다른 하나가 뭔가를 느끼는지 봤을걸요."

"담당의가 그애를 분리조치하기로 결정했으면 그만한 이유가 있는 거고 거기에 내가 이의를 제기할 일은 없어." 카터가 말하며 포크를 들었다. "그리고 솔직히, 그 트레일러를 봐서 하는 말인데, 담당의가 옳은 결정을 내린 걸지도 모르지."

그 순간 초인종이 울렸고 퍼트리샤가 앉은 자리에서 펄쩍 뛰다시피 했다. 심장이 세 곱절로 쿵쾅거리기 시작했다. 방문자가 누군지 알겠다는 생각에 가슴 철렁한 기분이 들었다. 카터에게 뭐라고 하고 싶은데, 그가 얼마나 부당하게 구는지 보여주고 싶은데 다시 초인종이 울렸다. 카터가 포크에 한가득 꽂은 닭고기 너머로 올려다보며 물었다.

"당신이 나갈 거야?"

"내가 갈게요." 블루가 말하며 의자에서 내려섰다.

퍼트리샤가 일어나 아이를 막았다.

"남은 고기 마저 먹어."

퍼트리샤는 전기의자에 다가가는 죄수처럼 현관으로 걸었다. 문을 벌컥 열자 방충문 너머로 제임스 해리스가 보였다. 그가 웃었다. 이 최초의 대면이 가장 힘들 터였다. 그러나 뒤에 가족이 버티고 있고 여기가 자신의 집이라는 사실, 지금 발 딛고 선 이곳이 자신의 사유지라는 사실에 힘입어 퍼트리샤는 그에게 최고의 '거짓 집주인 미소'를 선사했다. 숱한 훈련으로 다져진 미소였다.

"이렇게 기분좋은 깜짝 방문이 있나요." 그녀가 방충문을 사이에 두고 말했다.

"내가 또 식사 시간에 오고 말았나요? 이거 정말 미안합니다."

"신경쓰지 마세요."

"그게, 나도 얼마 전에 식사하다 방해를 받아서요. 기분이 무척 상하더라고요."

순간 퍼트리샤는 숨이 턱 막혔다. 아냐, 속으로 생각했다. 그냥 하는 말일 뿐이야. 나를 떠보는 게 아냐.

"그랬다니 안타깝네요."

"직접 겪고 나니 퍼트리샤 생각이 나더군요. 내가 당신 가족의 식사를 얼마나 자주 방해하는지 깨닫게 됐죠."

"아, 아니에요. 집에 들러주면 우리야 좋죠."

퍼트리샤가 방충망 너머로 그의 얼굴을 유심히 살폈다. 그 역시 질세라 그녀의 얼굴을 살폈다.

"그렇게 말해주니 좋군요. 전에 퍼트리샤가 나를 집안으로 불러주고부터 여기 오지 않고는 못 배길 지경이 됐어요. 꼭 내 집인 듯 느껴지기도 해서요."

"아유, 좋아라."

"그래서 오늘 불쾌한 일을 겪는 와중에 나도 모르게 당신 생각을 하고 있더라고요. 저번에 내게 큰 도움을 줬잖아요."

"네?"

"고모할머니네 청소를 해주던 여자가 실종됐답니다. 그런데 그 여자가 마지막으로 목격된 장소가 내 집이라는 얘기를 퍼트리고 다니는 사람이 있다고 해요. 그 일과 내가 무슨 관련이 있다는 식으로요."

퍼트리샤는 상황을 이해했다. 경찰이 그를 찾아왔고, 그녀의 이름을 대지는 않았다. 그는 어젯밤 그녀의 얼굴을 보지 못했다. 하지만 의심이 들어 그녀를 떠보려 들른 것이다. 그녀에게 충격을 줘 뭐든 실토하게 만들 수 있을지 보려고. 그가 올드 빌리지에서 열리는 칵테일 파티가 어떤지 아직 경험 못해본 게 분명했다.

"그런 말을 하고 다니는 사람이 설마 있으려고요, 나는 모르겠는데?"

"당신은 뭔가 들었을 수도 있겠다고 생각했죠."

"나는 뜬소문 같은 거 신경 안 써요."

"그게, 들리는 얘기로는 그 여자가 남자랑 도망을 갔다던데."

"그렇다면 그런 거겠죠."

"내가 그 여자한테 해코지했다는 헛소문을 당신이나 당신 아이들이 들을지도 모른다고 생각하면 마음이 아파요. 누군가의 두려움을 사는 게 세상에서 가장 싫거든요."

"그런 걱정은 잠시도 하지 마세요." 퍼트리샤가 말하며 그의 눈을 똑바로 쳐다보았다. "이 집에선 아무도 당신을 두려워하지 않아요."

둘은 잠시 그렇게 대치했다. 누가 이기나 보자는 분위기였다. 퍼트리샤가 먼저 눈을 돌렸다.

"오늘 내게 말하는 투로 봐서는 그 문을 열지 않겠군요. 거리가 느껴져요. 보통은 내가 들르면 안으로 들어오라고 권하잖아요. 뭔가 변한 듯한 기분이네요."

"그럴 리가요." 그녀는 무엇을 해야 할지 감이 왔다. "디저트를 먹으려던 참이었어요. 함께 들겠어요?"

퍼트리샤는 호흡을 단속해가며 상냥한 미소를 유지했다.

"그거 정말 좋겠군요. 감사합니다."

제임스를 안으로 들일 수밖에 없는 시점임을 깨달은 퍼트리샤가 문을 향해 억지로 팔을 뻗었다. 어깨뼈의 삐걱거림을 느끼며 한 손으로 걸쇠를 잡아 시계방향으로 꺾었다. 방충문 용수철이 앓는 소리를 냈다.

"들어오세요. 당신은 언제나 환영이에요."

퍼트리샤가 옆으로 비켜서자 그가 그녀를 지나쳐 걸었다. 그 순간 퍼트리샤의 눈에 피로 범벅된 그의 턱과 입속으로 사라지는 그것이 보였지만 그저 그림자였을 뿐이었다. 퍼트리샤가 그의 뒤에서 문을 닫았다.

"고마워요." 제임스가 말했다.

그가 퍼트리샤의 머리에 총구라도 겨눈 것처럼 집에 입성했다. 그녀는 침착해야 했다. 무력하지 않았다. 파티 자리 혹은 슈퍼마켓에 서서 누구네 아이가 뒤처진다더라, 아니면 그 집 아기가 못생겼다더라 같은 얘기를 하다가도 어디선가 불쑥 당사자가 나타나면 뻔뻔히 미소 지으며 그렇잖아도 자기랑 자기네 귀여운 아기를 생각하던 중이었는데 하고 말한 적이 어디 한두 번이던가. 상대는 끝내 영문을 몰랐고.

그녀는 이 상황을 이겨낼 것이다.

"……사람 피를 전부 뽑은 다음에 혈액형이 다른 피를 넣는 거예요." 블루의 얘기가 한창인 사이 퍼트리샤가 제임스를 데리고 다이닝룸으로 들어섰다.

"으흠." 블루의 말에 카터가 건성으로 반응했다.

"힘러랑 수용소 얘기를 하는 거야?" 제임스가 물었다.

블루와 카터가 동작을 멈추고 올려다보았다. 다이닝룸의 세세한 모습 전부가 퍼트리샤의 눈에 꽂혔다. 모든 것에 중요한 의미가 담긴 듯 느껴졌다.

"누가 들렀나 보세요." 그녀가 미소를 지으며 말했다. "디저트 시간에 딱 맞춰서."

퍼트리샤가 냅킨을 집어들고 자리에 앉으며 제임스에게 자기 좌측에 앉으라고 몸짓했다.

“노총각을 초대해 디저트도 주시고, 감사합니다.”

“블루.” 퍼트리샤가 말했다. “식탁 정리하고 쿠키를 가져오렴. 커피 들겠어요, 제임스?”

“그랬다가는 잠을 못 잘 겁니다. 지금 겪는 불면증으로도 충분하거든요.”

“무슨 쿠키요?” 블루가 물었다.

“전부 다.” 퍼트리샤의 말에 블루가 거의 뛰다시피 날쌔게 다이닝룸을 나갔다.

“이 여름을 어떻게 보내고 있습니까?” 카터가 물었다. “전에 어디 살았다고 했죠?”

“네바다요.”

네바다? 퍼트리샤는 생각했다.

“거기 더위는 건조하죠.” 카터가 말했다. “오늘 여기는 습도가 85퍼센트까지 올라갔답니다.”

“확실히 내게 익숙한 날씨는 아니더군요. 정말이지 식욕을 잃게 만들어요.”

그가 데스티니 테일러에게 해온 짓이 그것이었을까? 본인이 피를 먹는다고 믿나? 리처드 체이스, 일명 새크라멘토의 뱀파이어. 퍼트리샤는 1970년대에 여섯 명을 살해하고 신체 일부를 먹어치운, 자신이 진짜 뱀파이어라고 철석같이 믿었던 남자를 떠올렸다. 그러는 퍼트리샤의 눈앞에서 제임스의 입속으로 마치 바퀴벌레 다리처럼 쏙 들어가 사라지던 그 단단하고 뾰족한 것이 어른거렸다. 그걸 대체 어떻게 설명해야 할지 의문이었다. 그것이 저 남자의 목구멍 안에, 얇디얇은 한 겹 피부 뒤에 도사리고 있다고 생각하니 맥박이 속도를 올리기 시작했다. 그게 그토록 가까이 있다. 손을 뻗어 만질 수 있을 정도로. 블루로부터도 몹시 가까이. 퍼트리샤는 숨을 들이마시고 정신을 애써 가다듬었다.

"나한테 가스파초 레시피가 있어요. 가스파초를 맛본 적 있나요, 제임스?"

"안 먹어본 것 같네요."

"차가운 수프예요. 이탈리아 스타일로요."

"역겨워." 블루가 페퍼리지팜 쿠키 네 봉지를 품에 안고 들어오며 말했다.

"더운 날씨에 최고예요." 퍼트리샤가 미소를 지었다. "돌아갈 때 레시피를 적어드릴게요."

"저기." 카터가 입을 열었다. 업무용 목소리였다. 퍼트리샤는 그를 쳐다보며 부부만이 아는 비밀언어로 이렇게 귀띔하려 애썼다. 지금 이 순간 우리는 당신이 아는 것보다 더 큰 위험에 처해 있다, 그러니 완벽하게 평상시처럼 행동하라.

카터가 시선을 맞춰오자 퍼트리샤는 제임스 쪽을 흘깃하며 눈을 깜빡였다. 그녀 마음속 모든 것을, 그간의 결혼생활에서 서로 공유해온 모든 것을, 그 모든 것을 오직 남편만이 볼 수 있고 이해하는 방식으로 두 눈에 담아 그를 쳐다보았다. 괜한 말 하지 마, 그녀의 눈이 말했다. 모르는 척 행동해.

카터가 그녀에게서 눈을 떼고 제임스를 보았다.

"상황을 정리할 필요가 있겠군요. 경찰에 얘기한 내용 때문에 패티 역시 괴로워하고 있다는 걸 알아줬으면 합니다."

카터가 그녀의 가슴을 열어 발기고 거기 얼음을 쏟아부은 기분이었다. 할 만한 말이 죄다 목구멍 속에서 얼어붙었다.

"엄마가 뭘 어쨌는데요?" 블루가 물었다.

"엄마한테 직접 듣는 게 나을 것 같구나." 제임스가 말했다.

제임스와 카터가 그녀에게 나란히 시선을 고정했다. 제임스는 진정성의 가면을 썼지만 그 너머에서 퍼트리샤를 비웃는 게 빤히 보였다. 카터는 특유의 '진지남' 표정을 짓고 있었다.

"엄마는 제임스 씨가 뭔가 잘못을 저질다고 생각했어." 퍼트리샤가 블루에게 말했다. 조여드는 목구멍으로 단어들을 밀어냈다. "근데 엄마가 착각한 거였어."

"오늘 집에 경찰이 찾아온 게 그리 기분좋은 일이 아니긴 했죠."

"아저씨를 경찰에 신고했어요?" 블루가 소스라치며 물었다.

"이 모두가 그저 난감할 따름입니다." 카터가 말했다. "패티?"

"미안해요." 퍼트리샤가 기어들어가는 소리로 말했다.

"경찰과는 깔끔히 정리가 됐습니다." 제임스가 말했다. "막 이

사온 입장에서 집 현관에 경찰차가 와 있는 모습을 보였다는 당혹스러움이 컸을 뿐입니다. 이렇게 작은 동네가 어떤지 두 분도 잘 알잖아요."

"아저씨가 뭘 어쨌는데요?" 블루가 제임스에게 물었다.

"글쎄, 그건 어른들 간의 얘기라. 이거야말로 엄마가 네게 직접 설명해줘야 할 것 같은데."

퍼트리샤는 카터와 제임스가 놓은 덫에 걸린 기분이었고 이 모든 상황의 부당함에 열이 뻗쳤다. 여기는 그녀의 집이고, 이건 그녀의 가족이었으며, 그녀는 아무것도 잘못하지 않았다. 다들 여기서 나가달라고 얘기할 수도 있었다, 지금 당장 말이다. 다만 그녀에게 잘못이 없는 건 아니었다, 그렇지 않나? 지금 당장 데스티니 테일러는 엄마 없이 울다 지쳐 잠들 테니까.

"엄마는……" 퍼트리샤가 운을 뗀 말이 다이닝룸의 공기 중에서 죽어 없어졌다.

"엄마는 아저씨가 어떤 아이한테 부적절한 행동을 했다고 생각했대." 카터가 말했다. "하지만 전적으로, 백 퍼센트, 엄마가 틀린 거였어. 네가 알아줬으면 좋겠다, 아들아, 우리는 너나 네 누나한테 어떤 방식으로든 해를 끼칠 사람이라면 절대로 집에 들이지 않아. 엄마의 의도는 좋았어. 다만 생각이 짧았던 거지."

제임스는 퍼트리샤에게서 눈을 떼지 않았다.

"맞아." 그녀가 말했다. "엄마가 착각했어."

정적이 길게 늘어졌고 퍼트리샤는 남자들이 무엇을 기다리고 있는지 깨달았다. 그녀는 애꿎은 접시만 뚫어져라 보았다.

"미안해요." 너무 희미해서 제 귀에조차 간신히 들릴 목소리로 그녀가 말했다.

제임스가 페퍼리지팜 민트 밀라노 쿠키를 요란하게 베어 문 다음 씹었다. 그 정적 속에서 퍼트리샤는 그의 치아가 쿠키를 잘게 분쇄하는 소리를 들었다. 그가 입속의 것을 삼켰고 그녀는 씹힌 쿠키덩어리가 목구멍으로, 예의 그것을 지나 미끄러져 내려가는 소리를 들었다.

"그럼," 제임스가 말했다. "아저씨는 이만 가봐야겠다. 너무 걱정하지 마렴. 아저씨가 너희 엄마한테는 크게 화낼 수 없단다. 결국 우리는 이웃이잖아. 그리고 너희 가족은 내가 이사왔을 때부터 지금까지 큰 친절을 베풀어줬는걸."

"문까지 배웅해줄게요." 퍼트리샤가 말했다. 다른 할말을 찾지 못해서였다.

퍼트리샤는 제임스를 뒤에 달고 컴컴한 전실을 걸었다. 그가 뭔가를 얘기하려 상체를 기울여 다가오는 게 느껴졌다. 그녀는 견딜 수 없었다. 한 마디라도 더하면 감당 불가다. 그가 너무 으스댔다.

"퍼트리샤……" 제임스가 낮은 목소리로 입을 열었다.

퍼트리샤는 냅다 전등을 켰다. 그가 주춤하며 눈을 찡그리고 깜빡였다. 그의 한쪽 눈에서 눈물 한 방울이 새어나왔다. 유치한 짓이었지만 피트리샤는 기분이 한결 나아졌다.

잠잘 준비를 하면서 카터가 대화를 시도했다.

"패티, 불쾌해하지 마. 그렇게 터놓고 얘기하는 게 더 나았어."

"불쾌하지 않아."

"당신이 뭘 봤다고 여기든 제임스는 괜찮은 사람 같아."

"카터, 내가 봤다고. 저 남자가 그 어린애한테 뭔가를 하고 있었어. 사람들이 오늘 그애를 엄마한테서 빼앗아간 건 허벅지 안쪽에서 자국이 발견됐기 때문이야."

"그 얘기라면 다시는 안 해. 전문가들을 믿고 맡겨야 한다는 걸 당신도 받아들일 수밖에 없는 때가 올 거야."

"내가 그 남자를 봤다니까."

"아무도 못 찾았다는 그 밴 안을 혹여 당신이 들여다봤다 한들 목격자 진술은 신뢰할 수 없기로 악명 높아. 당시는 어두웠고, 광원은 달랑 손전등 하나에다, 순식간에 벌어진 일이잖아."

"내 두 눈으로 똑똑히 봤어."

"원하면 관련 논문들도 보여줄 수 있어."

그러나 퍼트리샤는 두 눈으로 똑똑히 보았고, 그게 자연의 섭리를 거스르는 일이었다는 것도 똑똑히 알았다. 자신을 덮친 앤 새비지부터 쥐떼의 습격을 받은 미스 메리, 그 밤 지붕 위의 남자, 제임스 해리스, 식사라는 둥 방해라는 둥 하며 그가 암시했던 모든 것, 올드 빌리지가 더는 안전하지 않다는 느낌까지…… 뭔가가 어긋났다. 그녀는 집밖의 가짜 돌에 숨겨두던 보조열쇠를 이미 예전에 치웠고 집을 나설 때면 늘, 잠시 볼일을 보러 나갈 때조차 문들을 꼭꼭 걸어 잠그기 시작했다. 상황이 몹시 빠르게 변했고 그 중심에 제임스가 있었다.

그리고 그가 했던 말 속의 뭔가가 퍼트리샤를 좀먹었다. 그녀는 자리에서 일어나 아래층으로 갔다.

"패티." 뒤에서 카터가 불렀다. "화났다고 자리 뜨지 마."

"그러는 거 아니거든." 그녀는 어깨 너머로 외쳤지만 그가 들었든 말든 신경쓰지 않았다.

퍼트리샤는 가족실 책장에서 『드라큘라』를 꺼내들었다. 이 년 전 10월에 북클럽에서 읽은 책이었다.

책장을 휘휘 넘기던 중 마침내 그녀가 찾는 구절이 나왔다.

"그가 무턱대고 아무데나 들어가지는 않을 거요." 반 헬싱이 네덜란드 억양이 섞인 영어로 말했다. "먼저 그를 안으로 들이는 집이 있어야 하지. 그때부터는 저 좋을 대로 드나들겠지만."

수개월 전 퍼트리샤가 그를 집안으로 초대했다. 그녀는 리처드 체이스, 즉 새크라멘토의 뱀파이어를 다시 떠올렸고, 제임스의 입속 그것에 대해 생각했으며, 다음날 예배가 끝난 뒤 커먼스 쇼핑센터로 차를 몰고 가 북 백 서점에 들렀다. 매장 안에 아는 사람이 없는지 꼼꼼히 확인한 다음 계산대로 갔다.

"실례합니다. 공포소설은 어디에 있나요?"

"SF랑 판타지 뒤요." 계산대의 젊은 점원이 고개도 들지 않고 그르렁거렸다.

"고마워요."

퍼트리샤는 표지를 보고 책을 빼들기 시작했다. 한 권, 또 한 권. 그런 다음 계산대에 차곡차곡 쌓았다.

그녀가 계산할 준비가 되자 점원이 기기에 책들을 입력했다. 말끔히 면도하고 머리칼을 뾰족하게 세운 섹시한 젊은 남자가 표지에 그려진 책부터 『뱀파이어 비트』『당신 피의 일부』『우아한 종속』『살렘스 롯』『뱀파이어 정션』『살아 있는 소녀들』『나이트 블러드』『피는 흘리지 않았다』『뱀파이어 견습생』『뱀파이어와의 인터뷰』『뱀파이어 레스타』『뱀파이어 태피스트리』『호텔 트란실바니아』까지. 표지에 송곳니나 날카로운 치아, 피 묻은 입술이 있으면 무조건 골랐다. 그리하여 전체 금액은 149달러 96센트.

"뱀파이어에 홀딱 빠졌나보네요."

"수표도 받나요?"

퍼트리샤는 벽장 안쪽에 책을 감췄다. 그리고 닫힌 안방문 너머에서 차례로 읽어나가는 동안 혼자서는 이 일을 결코 해낼 수 없음을 깨달았다. 도움이 필요했다.

19장

북클럽 모임 날 밤, 그레이스가 냉동과일 샐러드를, 키티가 화이트와인 두 병을 가져왔다. 슬리크네 번잡한 거실의 레녹스 가든 새 조각상 컬렉션과 비니 베이비스 곰인형, 경건한 문구가 적힌 벽걸이 액자, 슬리크가 홈쇼핑으로 사들인 온갖 물건들 가운데에 모두가 자리를 잡았다. 그리고 퍼트리샤는 친구들에게 거짓말을 할 준비가 되었다.

"그래서 결론적으로," 메리엘런이 『내 곁의 이방인』 저자의 유죄를 주장하는 발언을 마치며 말했다. "앤 룰은 세계 일류급 멍청이야. 그 여자는 테드 번디를 알았어. 테드 번디 옆에서 근무했지. 폭스바겐 비틀을 모는 테드라는 이름의 잘생긴 청년을 경찰이 찾고 있다는 것도 알았어. 그리고 자신의 잘생긴 청년 친구 테드 번디가 폭스바겐 비틀을 몬다는 것도 알았지. 근데 그 친구란 녀석이 검거될 때조차 그 여자는 '판단을 유보하겠다'고 밝혀. 내 말은, 뭐가 더 필요한데? 그 남자가 초인종을 누르고 '앤, 나 연쇄살인범이야'라고 말이라도 해줘야 해?"

"그게 자신과 가까운 사람일 때는 더 심한 법이지." 슬리크가 말했다. "우리는 내가 아는 사람이 곧 내가 생각하는 사람이기를 바라잖아. 내가 아는 모습 그대로 남아주기를 바라고. 근데 우리 타이거한테 에디 백슬리라고, 저기 윗동네에 사는 꼬마 친구가 있거든. 우리 모두 에디를 사랑하지만, 그애 부모가 아이한테 R등급 공포영화를 보여준다는 걸 알고 타이거한테 그 집에서 노는 걸 더는 허락할 수 없다고 말해야 했어. 힘든 일이었지."

"여기서 핵심은 그게 아냐." 메리엘런이 말했다. "핵심은 뭐냐, 증거 가라사대 네 단짝 테드가 오리처럼 말하고 오리처럼 걷고 오리랑 똑같은 차를 몬다면, 그는 아마 오리가 맞을 거란 사실이지."

퍼트리샤는 이보다 좋은 기회는 다시 없으리라 판단했다. 제몫의 샐러드를 뒤적이기를 멈추고 포크를 접시에 놓은 다음, 숨을 한 차례 깊이 들이마시고 거짓말을 시작했다.

"제임스 해리스가 마약을 팔아."

친구들에게 뭐라고 말할지 퍼트리샤는 장시간 치열하게 고민했다. 자신의 진짜 생각을 그대로 털어놨다가는 곧장 정신병원행이 될 것이다. 그 대신 올드 빌리지의 여자들과 마운트 플레전트 경찰국을 확실히 집결시킬 범죄가 있다면, 바로 마약이었다. 어차피 마약과의 전쟁이 한창이었고, 경찰이 무엇을 근거로 제임스가 하는 일을 들쑤시게 되는가는 퍼트리샤의 관심 밖이었다. 그녀는 그가 사라지기만을 바랄 뿐이었다. 이제 이 거짓말의 후반부를 뱉을 차례였다.

"그 남자가 아이들한테 마약을 팔아."

다들 입도 뻥끗하지 않은 채 적어도 이십 초가 흘렀다.

키티가 잔에 가득 든 와인을 단숨에 들이켰다. 슬리크는 정말, 정말 꿈쩍도 않고 눈만 동그랗게 떴다. 메리엘런은 혼란스러워 보였다. 퍼트리샤가 지금 자기를 갖고 노는 건지 아닌지 도무지 모르겠다는 듯. 그리고 그레이스가 고개를 좌우로 천천히 저었다.

"아, 퍼트리샤." 그레이스가 실망 섞인 목소리로 말했다.

"그 남자가 어린 여자애랑 있는 걸 봤어." 퍼트리샤가 밀어붙였다. "식스 마일 숲속, 그 남자 밴 뒷자리에서. 사회복지과가 그 애를 데려갔어. 아이 허벅지에서 발견된 자국 때문에. 대퇴동맥 위로 살이 뚫린 자국이랑 멍이 있었는데 그게 거리의 마약중독자들이 주사흔이라 부르는 거랑 똑같았대. 그레이스, 베넷이 그랬다고 했지. 병원에 실려간 새비지 부인의 허벅지 안쪽에도 같은 자국이 있었다고."

"그거 기밀사항이란 말이야." 그레이스가 말했다.

"자기가 내게 말해준 거잖아."

"그야 그 여자가 자기 귀를 물어뜯었으니까. 그 여자가 마약복

용자라는 걸 퍼트리샤는 알아야 한다고 생각했던 거야. 온 동네에 방송하고 다니란 뜻은 아니었다고."

상황이 퍼트리샤의 바람대로 전개되지 않았다. 그녀는 수시간을 들여 이 이야기를 조합했다. 그들이 함께 읽어온 범죄실화소설 전체를 훑고 근거들을 어떻게 펼쳐놓을지 연습했다. 그레이스와의 언쟁은 관두고 원래 계획에 충실할 필요가 있었다.

"제임스 해리스가 막 이사왔을 때 8만 5천 달러가 든 가방을 갖고 있었어." 퍼트리샤는 빠르게 말을 이어나갔다. "내가 그 남자를 처음 만난 날 오후에 은행 계좌 만드는 걸 도와줬거든. 신분증이 없다고 해서. 운전면허증은 분명 있었을 텐데 그럼 왜 그걸 은행에 보여주고 싶어하지 않았을까? 어쩌면 무슨 이유로든 수배중이니까. 어쩌면 전에도 다른 어딘가에서 똑같은 짓을 저질렀으니까. 게다가 식스 마일에 돌아다닐 일이 없는 어떤 밴의 자동차 번호를 그린 부인이 일부만 적어두었는데 알고 보니 제임스의 밴 번호였어. 그리고 프랜신이 실종되기 전에 마지막으로 목격한 사람이 나인 듯한데, 그때 프랜신은 그의 집으로 들어가려던 참이었고."

다들 표정에 아무 변화가 없었고, 퍼트리샤 수중의 근거들은 바닥났다.

"그 사람, 출신지와 관련해서도 말이 계속 바뀌더라." 일단 시도는 했다. "앞뒤가 맞는 게 하나도 없어."

퍼트리샤는 자신의 우정이 명을 다하는 모습을 보았다. 바로 거기, 그녀의 눈앞에서. 불 보듯 뻔한 일이었다. 그들은 그녀의 얘기를 믿는다고 말하고 어색하게 모임을 마무리할 것이다. 그리고 가장 먼저, 그들과 전화 연결이 힘들어진다. 파티에서 우연히 마주칠 때면 다른 누군가와 얘기하러 가야 한다는 변명들이 뒤따른다. 코리나 블루에게 자기네 집에 와서 자고 가라고 했던 초대들이 취소된다. 한 명씩 한 명씩, 그들은 등을 돌릴 것이다.

"퍼트리샤." 그레이스가 말했다. "나를 만나러 왔던 날, 내가 경고했잖아. 웃음거리가 되는 상황을 자초하지 말라고 내가 부탁했잖아."

"두 눈으로 똑똑히 봤어, 그레이스." 퍼트리샤가 말했다. 원래의 확신은 점점 작아져갔지만.

퍼트리샤는 자신이 대화의 주도권을 잃어간다고 느꼈다. 손에 든 샐러드 접시를 내려놓을 공간을 찾았지만 커피테이블 위는 마블장미가 담긴 그릇 하나, 갖가지 크기의 유리 피라미드, 전투중에 굳어버린 놋쇠 투계 두 마리, 『축복』 같은 제목의 특대 사이즈 책 무더기로 빽빽했다. 퍼트리샤는 그냥 접시를 들고 있기로 하고 가장 크게 흔들어놓을 수 있을 사람을 집중 공략하기로 마음먹었다. 그들 중 한 사람만 믿어준다면 나머지 모두가 따를 터였다.

"메리엘런." 퍼트리샤가 말했다. "조금 전에 자기도 앤 룰이 멍청이라고 했잖아. 증거 가라사대 네 단짝이 오리처럼 말하고 오리처럼 걷고 오리랑 똑같은 차를 몬다면, 그는 아마 오리가 맞을 거라고."

"설득력 있는 증거들의 모음이랑, 우연 보따리에 근거해 누군가를 범죄자로 몰아가는 건 얘기가 다르지." 메리엘런이 말했다. "그러니까 당신의 증거를 정리해보자. 그린 부인의 말에 따르면 숲속에서 식스 마일의 어린애들을 추행하는 남자가 있을 수도 있고 혹은 없을 수도 있어."

"애들한테 마약을 주는." 퍼트리샤가 정정했다.

"오케이, 애들한테 마약을 주는." 메리엘런이 말했다. "그린 부인이 제임스의 번호판을 단 밴을 봤을 수도 혹은 못 봤을 수도 있는데 그나마 번호판 전체를 본 것도 아니고, 게다가 그 차는 이제 제임스의 소유도 아니다. 그가 다른 누군가한테 이미 팔아치웠으니까."

"그 부분은 어떻게 된 건지 나도 모르겠어."

"그 밴은 차치하고," 메리엘런이 계속했다. "당신은 그 남자가 식스 마일에 갔다는 단순한 사실이 그가 모종의 문제에 어떻게든 연루되어 있다는 의미라는 걸 우리가 믿어주길 바라는 거잖아? 누군가 죽거나 어떤 사건이 벌어진 시간에 그가 현장에 없었음에도 불구하고 말이야."

"거기서 그 남자를 봤어. 밴 뒷자리에서 여자애한테 뭔가를 하는 걸 봤어. 내가. 그 남자를. 봤다고."

아무도 입을 열지 않았다.

"그 남자가 뭘 하고 있었는데?" 슬리크가 물었다.

"그때 나는 아픈 것 같은 아이가 있대서 보러 갔어." 퍼트리샤가 말했다. "그린 부인이 동행했고. 그런데 그애가 제 방에서 사라진 거야. 아이를 찾아 숲으로 들어갔고, 거기서 내가 그 흰색 밴을 봤어. 그 남자가 아이랑 뒷자리에 있었어. 그는……" 그녀는 거의 망설임이 없었다. "……아이한테 뭔가를 주사하는 중이었어. 담당의 말이 아이 다리에 주사흔이 있었대."

"그러면 경찰한테 얘기하지 그랬어?" 슬리크가 물었다.

"했지!" 생각보다 목소리가 컸다. "그런데 밴도 남자도 못 찾아서 그들은 그애 엄마가 자기 딸한테 마약을 줬다고 생각해. 아니면 남자친구나."

"그럼 그 남자친구를 더 깊이 파보지 않는 이유는 뭔데?" 메리엘런이 물었다.

"그애 엄마한테는 남자친구가 없으니까." 퍼트리샤가 침착함을 유지하려 애쓰며 말했다.

메리엘런이 어깨를 으쓱했다.

"이렇게 되면 노스 찰스턴 경찰과 마운트 플레전트 경찰의 수준 차이만 드러날 뿐인데."

"지금 농담하자는 거 아냐!" 퍼트리샤가 소리쳤다.

그 목소리가 비좁은 거실에 과격하게 메아리쳤다. 슬리크가 기겁했고 그레이스는 척추가 경직됐으며 메리엘런은 몸을 움찔거렸다.

“여기 와인 좀더 있니?” 키티가 물었다.

“정말 미안.” 슬리크가 말했다. “다 떨어진 것 같아.”

“지금 한 아이가 고통받고 있어.” 퍼트리샤가 말했다. “자기들은 그게 신경 안 쓰여?”

“물론 신경쓰이지.” 키티가 말했다. “하지만 우리는 북클럽이야, 경찰이 아니라. 우리가 뭘 어째야 하는데?”

“뭔가 잘못됐을 가능성을 눈치챈 사람이 우리뿐이란 말이야.” 퍼트리샤가 말했다.

“그건 자기지, 우리가 아니라.” 그레이스가 말했다. “자기의 바보짓에 나까지 싸잡지 말아줘.”

“에드는 이게 생각할 가치도 없다고 비웃을걸.” 메리엘런이 말했다.

“그 경관들도 그랬어.” 퍼트리샤가 말했다. “경찰에 다시 가려면 자기의 도움이 필요해. 자기들 전부가 나랑 함께 고민해줘야 해. 내가 집중하게 도와줘야 해. 메리엘런, 자기는 경찰이 어떻게 돌아가는지 알아. 키티, 자기는 나랑 식스 마일에 갔었어. 거기가 어떤지 직접 봤잖아. 얘기 좀 해줘.”

“그러니까,” 키티가 도와보려 애썼다. “거기 뭔가 문제가 있긴 했어. 다들 날이 바짝 섰더라고. 동네 건달들이 우리를 공격하려고도 했지. 하지만 우리 이웃 중 한 사람한테 마약상 혐의를 씌우는 문제는……"

"내가 이해하기로는 이래." 퍼트리샤가 말했다. "식스 마일 사람들은 누군가가 거기 애들한테 어떤 수작을 부린다고 생각해. 애들한테 뭔가를 줘서 실성하고 자해하게 만든다고. 여기 올드 빌리지로 와서는 어때. 새비지 부인이 실성해서 나를 공격했지. 다음으로 프랜신은 어떻고. 프랜신이 그 남자 집에 들어가는 걸 내가 봤는데, 그러고는 사라져버렸어. 그 여자가 마약이나 돈, 아니면 뭔가를 우연히 발견하는 통에 그가 제거해야 했는지도 모르지. 어쨌든 모든 게 그 남자를 통해 연결돼. 모든 일이 그를 중심으로 벌어지고 있어. 자기들은 대체 얼마나 많은 우연들이 더해져야 정신을 차리겠니?"

"퍼트리샤." 그레이스가 천천히 말했다. "지금 하는 말들은 자기 귀로 들어도 몹시 창피할 거야."

"만약 내가 옳다면?" 퍼트리샤가 물었다. "그 남자가 밖을 활보하면서 애들한테 진짜로 마약을 주고 있는데, 우리가 망신당할까봐 두렵다는 이유로 그냥 손을 놔버리는 거면? 그게 우리 애들이 될 수도 있어. 생각해봐. 사람들이 테드 번디를 곧이곧대로 믿지 않았다면, 더 일찍 의문을 품기 시작했다면 앞길 창창한 여자들이 지금껏 얼마나 많이 살아 있을지. 앤 룰이 그 조각들을 더 빨리 맞춰봤다고 생각해봐. 얼마나 많은 생명을 구할 수 있었겠어? 내 말은, 자기들도 인정해야 해. 지금 여기서 뭔가 이상한 일이 벌어지고 있다고."

"아니, 우리는 됐어." 그레이스가 말했다.

"뭔가 이상한 일이 벌어지고 있어." 퍼트리샤가 계속했다. "고작 초등학교 1학년생들이 자살을 해. 나는 내 집 마당에서 공격당했고. 새비지 부인의 몸에 데스티니 테일러와 똑같은 자국이 있었어. 프랜신은 실종 상태야. 우리가 읽는 책에 나오는 사람들이 그렇잖아. 나쁜 일이 벌어지고 있다는 생각을 전혀 못하다가 결국 너무 늦어버리고 말지. 여기는 우리의 보금자리야. 우리 아이들의 보금자리, 우리의 집이야. 이곳의 안전을 지킬 수 있다면 뭐든 하겠다는 마음가짐이 자기들한테는 없어?"

또다시 정적이 길게 늘어지다 키티가 입을 열었다.

"만약에 퍼트리샤가 맞다면?"

"지금 뭐라는 거야?" 그레이스가 물었다.

"우리가 퍼트리샤를 어제오늘 아는 게 아니잖아." 키티가 말했다. "그 남자가 밴 뒷자리에서 어린애한테 무슨 짓을 하는 걸 퍼트리샤가 봤다고 하면, 나는 퍼트리샤를 믿어. 내 말은, 이봐들, 내가 이토록 많은 책을 읽으면서 얻은 한 가지 교훈은 이거야. 편집증도 득이 된다."

그레이스가 일어서서 말했다. "나는 우리 우정을 소중하게 생각해, 퍼트리샤. 그리고 자기가 제정신을 되찾는 그때 나는 기꺼이 친구가 되어줄 거야. 하지만 무작정 이 망상에 맞장구를 쳐주는 건 아무 도움이 안 돼."

슬리크가 자리에서 일어나 『사탄아, 너는 우리 아이들을 취할 수 없으리라』 같은 책들이 즐비한 책꽂이로 가서 성경을 뽑아들었다. 그리고 책장을 넘겨 한 구절을 찾아내 큰 소리로 낭독했다.

"앞니는 장검 같고 어금니는 군도 같아서 가난한 자를 땅에서 삼키며 궁핍한 자를 사람 중에서 삼키는 무리가 있느니라. 거머리에게는 두 딸이 있어 다오 다오 하느니라. 족한 줄을 알지 못하여 '족하다' 하지 아니하는 것 서넛이 있나니. 잠언 30장 15절."

슬리크는 책장을 더 넘긴 뒤 읽었다. "에베소서 6장 12절. 우리의 씨름은 혈과 육을 상대하는 것이 아니요, 통치자들과 권세들과 이 어둠의 세상 주관자들과 하늘에 있는 악의 영들을 상대함이라."

그런 다음 그녀가 만면에 미소를 머금고 모두를 쳐다보며 말했다.

"나는 내 몫의 시험이 올 줄 알았어. 언젠가 우리 주께서 나를 사탄에 대적해 세우시고, 그 유혹과의 전투 속에서 내 믿음을 시험하시리라는 걸 알았어. 그리고 이건 그냥 너무 짜릿하잖아, 퍼트리샤."

"당신 지금 우리를 놀리는 거야?" 메리엘런이 물었다.

"사탄이 우리 애들을 노리고 있어." 슬리크가 말했다. "우리는 의로움을 믿고 악을 벌해야 해. 퍼트리샤는 의로워, 내 친구니까. 퍼트리샤 말대로 제임스 해리스가 저 악한 것들의 하나라면 그를 벌하는 건 우리 기독교도의 의무야."

"여기서 벌을 받은 건 당신의 지성밖에 없어." 메리엘런이 말하며 그레이스에게 몸을 돌렸다. "하지만 슬리크 말이 헛소리는 아냐."

그레이스가 말했다. "뭐라고?"

"뉴저지는 그런 곳이었어. 서로를 대신해 경계 태세를 갖춰주는 일 같은 건 하지 않는 곳." 메리엘런이 말했다. "다들 좋은 이웃이었지만 낯선 자동차의 번호를 적어놓는 일은 결코 없었어. 낯선 사람이 당신네들 집을 살피는 걸 본대도 절대로 귀띔해주지 않을걸. 이 동네는 내가 전에 살던 곳과 다른 점이 참 많지만, 서로가 서로를 대신해 경계해주는 공동체에 사는 걸 후회해본 적은 단 한번도 없어. 우리가 퍼트리샤보다 더 설득력 있는 주장을 만들어낼 수 있는지 한번 보자고. 그렇게만 되면 에드한테 검증을 받아볼게. 에드가 보기에도 일리 있는 얘기라면 우리가 뭔가 좋은 일을 한 셈이 되겠지."

퍼트리샤의 마음속에서 메리엘런을 향한 감사의 물결이 일었다.

"나는 린치나 가하는 패거리의 일원이 되지 않겠어." 그레이스가 말했다.

"우리는 린치나 가하는 패거리가 아냐, 북클럽이지." 키티가 말했다. "언제나 서로를 위해 있어줬어. 지금 퍼트리샤가 있는 곳이 이렇다? 뭐 괴상하기는 하지만, 오케이. 우리는 그레이스를 위해서도 똑같이 할 거야."

"그런 상황이 혹시 온다면," 그레이스가 말했다. "하지 마."

그리고 그녀는 슬리크의 집을 떠났다.

다음날 아침, 퍼트리샤가 뱀파이어 조사를 계속하기에 앞서 가족실 벽장 청소부터 하기로 막 마음먹었을 때 전화가 울렸다. 그녀가 수화기를 들었다.

"퍼트리샤. 나 그레이스 캐버노야."

"북클럽에서 있었던 일은 정말 미안해." 퍼트리샤는 이 순간이 오기 전까지 미처 몰랐다. 그레이스의 목소리를 듣게 되기를 얼마나 간절히 바랐는지. "자기가 싫다면 앞에서 그 얘기는 다시 꺼내지 않을게."

"그 남자의 밴을 찾았어."

퍼트리샤는 다음 페이지로의 전환이 너무 빠른 나머지 따라갈 수가 없었다.

"무슨 밴?"

"제임스 해리스의 밴. 그거 있잖아, 『양들의 침묵』에서 사람 머리가 든 차를 임대보관소에 숨긴 게 떠오르더라고. 게다가 자기를 알고 지낸 세월이 거의 칠 년인데, 일단 말을 믿어봐야겠다고 생각했어."

"고마워."

"마운트 플레전트의 임대보관소는 17번 고속도로에 있는 '팍랫'이 유일해. 팩을 일부러 팍으로 틀리게 쓴 거래. 귀엽다고 생각해서. 절대로 아니지만. 베넷이 칼을 알아, 거기 사장. 그래서 어젯밤에 내가 칼의 아내 제니아한테 전화해봤지. 자기도 그 여자를 만난 적이 있는지 모르겠는데, 우리 둘 다 교회 핸드벨 성가대 소속이거든. 그 여자한테 내가 찾는 걸 말했더니 전화해줘서 기쁘다면서 어디 한번 확인해보자더라고. 그랬는데 제임스 해리스가 거기 보관소 한 칸을 빌렸다는 기록이 나오는 거야. 종업원 말이, 그 남자가 흰색 밴을 타고 몇 차례 드나드는 걸 본 적이 있대. 지난주에도 봤고. 그러니까 제임스는 여전히 흰색 밴을 소유한 거지."

"그레이스, 정말 기쁜 소식이다."

"그자가 아이들을 해치고 있다는 것만 빼면."

"그렇지, 물론 그렇지." 퍼트리샤는 책망받는 기분과 승리감을 동시에 느꼈다.

"이 남자가 못된 짓을 한다는 생각이 확고하다면," 그레이스가 말했다. "자기도 지금보다는 더 제대로 준비해서 에드한테 가야 해. 설익은 증거로 무작정 덤벼서는 안 될 일이야."

“걱정 마, 그레이스. 우리가 덤빌 그날에는 모든 증거가 아주 잘 익어 있을 테니까.”

사이코

-1993년 8월-

20장

“로리네 집에서 자도 좋다고 엄마가 허락했잖아.” 퍼트리샤가 코리에게 말했다.

“뭐, 마음이 바뀌었다고 해두죠.” 코리가 대답했다.

코리는 퍼트리샤가 화장을 마칠 때까지 안방 욕실 문간에 버티고 서 있었다. 아이가 축구 캠프에서 돌아오고부터 퍼트리샤의 스트레스가 기하급수적으로 늘었다. 날이 저문 뒤 블루가 안전한 곳에 제대로 있는지 매번 확인하는 것도 충분히 힘든데, 코리는 집안을 목적 없이 배회하고 몇 시간씩 TV를 보다 다음 순간 어디선가 전화를 받고는 한밤중에 느닷없이 친구를 만나러 가게 차를 빌려야겠다고 했다. 정작 오늘밤은 빼고. 실상 퍼트리샤마저 아이의 외출을 바라던 오늘밤만.

“오늘 북클럽이 우리집에서 모인다고. 너 캠프에서 돌아온 뒤에 아직 로리 못 만났잖아.”

오늘 북클럽 회원들이 퍼트리샤의 집에 모이는 여러 이유 중 하나는 퍼트리샤가 카터를 슬슬 압박해 블루랑 둘이서 퀸시스 스테이크 하우스에서 저녁을 먹고 영화를 보도록(둘은 〈그래서 난 도끼 부인과 결혼했다〉인지 하는 영화를 골랐다) 만들었기 때문이다. 코리는 시내에서 밤을 보내기로 되어 있었다.

"로리가 취소했어요." 코리가 말했다. "그애 부모님이 이혼하는데, 아빠가 자녀와 소중한 시간을 갖고 싶다고 했대요. 그 치마 너무 꽉 껴요."

"뭘 입을지 결정한 거 아니거든." 퍼트리샤가 대꾸했다. 물론 치마가 너무 꽉 끼는 건 결코 아니었다. "집에 있어야겠거든 네 방에서 나오지 말아야 해."

"화장실에 가야 되면요? 그때는 방에서 나와도 될까요, 어머님? 아이가 함께 시간을 보내고 싶다고 하면 부모들은 반기는 게 보통일 텐데요."

"이층에 있어달라는 것뿐이잖아."

"TV를 보고 싶으면요?"

"그러면 로리 깁슨네로 가."

코리가 부루퉁하니 자리를 떴고 퍼트리샤는 치마가 꽉 끼는 듯해 갈아입었다. 화장을 마무리하고 헤어스프레이를 뿌렸다. 간식거리는 내놓지 않을 생각이었지만 커피는 미리 만들어 보온병에 담아뒀다. 경찰들이 원할 경우에 대비해서. 혹시 디카페인 커피를 원하면 어쩌나? 집에는 디카페인 커피가 없었고 퍼트리샤는 그게 경찰들의 기분에 영향을 끼칠까 걱정스러웠다.

긴장감이 느껴졌다. 올여름 전까지 경찰과 얽힌 적이 한 번도 없었는데 이제는 그게 생활의 전부가 된 듯했다. 경찰은 그녀를 불안하게 만들지만 오늘밤만 이겨낼 수 있다면 제임스 해리스는 더이상 그녀의 골칫거리가 아닐 것이다. 퍼트리샤가 할일은 경찰에게 그가 마약상이라는 확신을 주는 것뿐. 일단 그들이 제임스의 면면을 들여다보기 시작하면 그의 모든 비밀들이 쏟아져나올 터였다. 게다가 그녀는 혼자가 아니었다. 그녀에게는 북클럽이 있었다.

퍼트리샤는 자신의 생각을 그대로 털어놓았다면 북클럽 회원들이 뭐라고 얘기했을지 궁금했다. 제임스 해리스가 뱀파이어라고. 아니면 그 비슷한 무엇이라고. 전문 용어로는 뭐라고 할지 잘 모르겠지만 더 나은 명칭이 떠오르기 전까지 뱀파이어로 충분할 것이다. 얼굴에서 나오던 그것을 달리 어떻게 설명하겠는가? 햇빛에 노출되기를 극도로 꺼리는 성향, 집안으로 초대받는 일에 대한 집착, 식스 마일의 아이들과 새비지 부인에게서 발견된 자국이 하나같이 치아에 물린 것처럼 보인다는 사실을 달리 어떻게 설명하겠는가?

퍼트리샤가 심폐소생술을 시도하던 당시 그는 병들고 쇠약하고 나이도 최소 열 살은 더 들어 보였다. 그 다음주에 만난 그는 건강미가 넘쳤다. 그 기간에 무슨 일이 있었던가? 프랜신이 실종되었다. 그가 먹어치웠나? 피를 빨았나? 그가 무슨 짓이든 저지른 게 분명했다.

편견을 배제하고 실제 사실들만 고려했을 때 가장 적합한 설명은 뱀파이어 이론이었다. 다행히도 그걸 누군가에게 발설할 필요는 없을 것이다. 어차피 상황 종료가 코앞이니까. 그를 동네에서 내치는 방식은 뭐가 됐든 상관없었다. 그가 사라져주기만 하면 될 일이었다.

퍼트리샤는 일층으로 내려갔다가 놀라서 기절할 뻔했다. 현관문 옆 창문에서 키티가 손을 살살 흔들고 있었다. 그녀 뒤로 슬리크가 보였다.

"삼십 분이나 일찍 왔다는 거 알아." 퍼트리샤가 문을 열어주자 키티가 말했다. "아무것도 안 하고 집에 앉아만 있을 수가 없어서."

슬리크는 무릎길이의 감청색 치마에 흰색 블라우스, 그 위에 파란색 바틱 조끼를 걸쳐 보수적으로 차려입었다. 반면 키티는 옷을 챙겨 입기 직전에 정신을 놓은 듯했다. 빨간색 모조 보석이 난잡하게 박힌 붉은 블라우스에 몹시 펑퍼짐한 꽃무늬 치마를 입었다. 그녀를 보고 있으려니 눈이 다 아파왔다.

퍼트리샤는 그들을 가족실로 안내하고 이층으로 올라가 코리의 방문이 닫혔는지 확인한 뒤 진입로를 살폈다. 다시 가족실로 들어서는 순간, 메리엘런이 현관문을 열었다.

"유후? 내가 너무 일찍 온 걸까?" 메리엘런이 외쳤다.

"우리 부엌에 있어." 퍼트리샤가 소리쳤다.

"에드가 형사들을 데리러 갔어." 메리엘런이 들어와 가족실 테이블에 가방을 올렸다. 그리고 다이어리에서 명함을 두 장 꺼냈다. "클로드 D. 캐넌 형사랑 진 버셀 형사. 남편 말이 진은 조지아 출신이지만 클로드가 여기 사람이고, 둘 다 괜찮대. 우리 얘기를 들어줄 거야. 그들이 어떤 반응을 보일지는 에디도 장담 못 하겠지만 어쨌든 들어주기는 할 거래."

다른 할일이 없었기에 그들은 돌아가며 명함을 연구했다.

그레이스가 가족실로 들어왔다.

"문이 열려 있어서. 실례된 거 아니지?"

"커피 줄까?" 퍼트리샤가 물었다.

"아니, 괜찮아." 그레이스가 말했다. "베넷은 심장협회 만찬인가에 갔어. 늦게까지 돌아오지 않을 거야."

"호스는 릴런드랑 요트클럽에 계신단다." 키티가 말했다. "또."

7월이 열기를 더해가는 사이, 릴런드는 호스를 설득해 수중의 돈을 전부 긁어모은 다음 그래셔스 케이에 투자하도록 했다. 그러던 중 다우지수가 치솟았고, 카터는 퍼트리샤의 부친이 결혼 선물로 준 AT&T 주식을 현금화해 역시 그래셔스 케이에 넣었다.

세 남자는 함께 몰려다니며 저녁을 먹거나 요트클럽에 딸린 주점에서 만나 술을 마셨다. 카터가 어떻게 짬을 내는지 모를 일이었지만, 요즘은 남자들끼리 뭉치는 게 유행인 듯했다.

"퍼트리샤." 그레이스가 말하며 가방에서 종이를 한 장 꺼냈다. "자기가 얘기해야 할 요점 전체를 간추려봤어. 급히 생각을 훑어야 할 경우를 대비해서."

퍼트리샤가 그레이스의 꼼꼼한 필기체로 적힌 글자와 번호들의 목록을 들여다보았다.

"고마워."

"연습 한번 더 해볼래?" 그레이스가 물었다.

"이걸 대체 몇 번 더 들어야 하는 거니?" 키티가 물었다.

"제대로 할 때까지." 그레이스가 말했다. "지금껏 우리가 해왔던 어떤 것보다 심각한 일이니까."

"그 아이들 부분을 자꾸 듣는 게 힘들어." 키티가 앓는 소리를 했다. "끔찍하다고."

"그거 나도 보여줘." 메리엘런이 퍼트리샤에게 손을 뻗었다.

퍼트리샤가 종이를 건네자 메리엘런이 내용을 훑고는 말했다.

"신이여 우리를 도우소서. 그 사람들, 우리를 미치광이떼라고 생각할 거야."

그들은 퍼트리샤의 식탁에 둘러앉았다. 거실에는 갓 따 온 꽃을 두었고, 가구들은 전부 새것이었으며, 조명도 딱 좋은 수준이었다. 때가 되기 전까지는 무대에 오르고 싶지 않았다. 다들 할말이 별로 없었다. 퍼트리샤는 머릿속 목록을 검토했다.

"여덟시야." 그레이스가 말했다. "거실로 자리를 옮겨야 할까?"

다들 의자를 뒤로 밀었다. 퍼트리샤는 무슨 말이든 해야겠다고, 그들이 이 일에 투신하기 전 격려의 연설이라도 해야겠다고 느꼈다.

"모두들 알아줬으면 좋겠어." 퍼트리샤의 말에 일제히 동작을 멈추고 귀를 기울였다. "일단 경찰이 오고 나면 그때부터는 돌이킬 수 없어. 그럴 준비가 된 건 맞지?"

"나는 책 얘기나 하던 때로 돌아가고 싶을 뿐이야." 키티가 말했다. "이 모든 게 어서 끝났으면 좋겠어."

"무슨 짓을 했든," 그레이스가 말했다. "오늘밤 이후에는 제임스 해리스도 이목을 끄는 일을 피하고 싶어질 거야. 경찰이 추궁하기 시작하면 그 남자, 올드 빌리지를 소리소문도 없이 떠날 테니 두고 봐."

"자기가 옳기를 바라자." 슬리크가 말했다.

"뭔가 다른 수가 있었다면 얼마나 좋았겠니." 그렇게 말하는 키티의 어깨가 축 처졌다.

"우리도 그렇게 생각해." 퍼트리샤가 말했다. "하지만 다른 수가 없잖아."

"경찰도 신중하게 접근할 거야." 메리엘런이 말했다. "모든 게 순식간에 끝날 거고."

"자기들아, 우리 잠시 함께 기도할까?" 슬리크가 말했다.

모두 고개를 숙이고 양손을 모았다. 메리엘런마저.

"하늘에 계신 아버지," 슬리크가 말했다. "우리에게 이 사명을 다할 힘을 주소서. 아버지의 큰 뜻 안에서 우리가 의로운 일을 행하게 하시옵소서. 우리 주의 이름으로 기도합니다, 아멘."

그들은 한 줄로 서서 다이닝룸을 통과해 거실로 들어갔다. 각자 자리를 잡고 앉는데 퍼트리샤가 놓친 걸 깨닫고 말했다.

"물이 있어야지. 얼음물을 내는 걸 깜빡했어."

"내가 가져올게." 그레이스가 말하고 부엌으로 사라졌다.

그녀가 물을 가져온 시각은 여덟시 오분. 다들 치마와 옷깃과 목걸이와 귀걸이를 정돈하고 또 정돈했다. 슬리크는 손가락에서 반지 세 개를 빼고 다시 끼고 다시 뺐다가 한번 더 끼었다. 시각은 여덟시 십분. 그리고 여덟시 십오분이 되었다.

"다들 어디 박혀 있는 거야?" 메리엘런이 중얼거렸다.

그레이스가 손목 안쪽을 확인했다.

"에드한테 카폰 없지, 그치?" 퍼트리샤가 물었다. "카폰이 있으면 전화해서 지금 어딘지 확인해볼 텐데."

"일단 기다려보자." 메리엘런이 제안했다.

여덟시 삼십분에 차 한 대가 진입로로 들어오는 소리가 들렸다. 다음으로 한 대 더.

“에드랑 형사들이다.” 메리엘런이 말했다.

다들 정신을 바짝 차리고 더 꼿꼿이 앉아 머리칼이 제자리에 있는지 확인했다. 퍼트리샤가 창가로 갔다.

“그 사람들이야?” 키티가 물었다.

“아니.” 퍼트리샤가 대답했다. 차문이 쿵쿵거리며 닫히는 소리가 들렸다. “카터야.”

21장

"뭘 놓고 간 건가?" 퍼트리샤의 뒤에서 메리엘런이 물었다.

창밖을 내다보는 퍼트리샤는 그녀를 둘러싼 세상이 무너져내리는 듯한 심정이었다. 카터와 블루가 뷰익에서 내리고 그 뒤에 릴런드의 BMW가 와서 섰다. 베넷의 소형 미쓰비시 픽업트럭은 퍼트리샤네 진입로 입구를 지나쳐 자신의 집으로 향했다. 차에서 내린 베넷이 진입로를 걸어올라와 카터 부자와 합류했다. 릴런드의 금색 BMW 뒷자리에서 에드가 나타났다. 반팔 셔츠의 밑단을 청바지 속에 넣어 입고 니트 넥타이를 맸다. 쭈글쭈글 늙은 호스가 BMW 조수석을 힘겹게 빠져나와 바지춤을 끌어올렸다. 릴런드가 운전석에서 내려 폴리에스테르 여름재킷을 걸쳐 입었다.

"누군데?" 키티가 소파에서 물었다.

메리엘런이 자리에서 일어나 퍼트리샤의 곁에 섰다. 그녀가 뻣뻣이 굳는 게 느껴졌다.

"퍼트리샤?" 그레이스가 물었다. "메리엘런? 누가 왔는데 그래?"

남자들이 악수를 나눴다. 창가의 퍼트리샤를 본 카터가 나머지 일행에게 뭔가를 말한 뒤 그들이 한 줄로 바깥현관을 향해 걸었다.

"전부 다." 퍼트리샤가 말했다.

현관문이 열리며 카터가 들어오고 블루가 뒤를 따랐다. 다음은 에드. 그가 층계참 아래의 메리엘런을 보고 멈칫했다. 그에게 가로막혀 걸음을 멈춘 나머지 남자들 주변에서 뜨거운 저녁공기가 모락모락 피어올랐다.

"에드." 메리엘런이 말했다. "클로드 캐넌이랑 진 버셀 형사는 어딨어?"

"그 사람들 안 와." 그가 넥타이를 만지작거리며 대답했다.

그러고는 메리엘런에게 다가갔다. 그녀의 어깨를 감쌀 혹은 뺨을 어루만질 요량으로. 그 손길을 뿌리치며 뒷걸음질치던 메리엘런이 난간 시작부에서 멈춰 서고 양손으로 기둥을 붙들었다.

"애초에 오기로 한 건 맞아?" 메리엘런이 물었다.

그녀의 눈을 똑바로 쳐다보며 에드가 고개를 저었다. 퍼트리샤가 메리엘런의 어깨에 한 손을 올렸다. 손 밑에서 어깨가 고압선로처럼 웅웅거렸다. 둘은 카터의 말을 듣고 이층으로 올라가는 블루에게 길을 비켜주었고 그 곁을 남자들이 줄줄이 지나쳐 거실로 갔다. 카터는 모두가 안으로 입장하도록 기다린 뒤 식당에서 자리를 안내하는 웨이터라도 되는 양 퍼트리샤에게 몸짓했다.

"패티, 메리엘런, 함께 가시죠?"

둘은 순순히 거실로 인도되었다. 뺨에서 눈물을 닦아내는 키티의 얼굴이 붉게 상기되어 있었다. 슬리크는 자신과 릴런드 사이의 바닥만 물끄러미 볼 뿐이었고 릴런드는 그녀를 대놓고 노려보았다. 둘 다 그 자세로 조금도, 요만큼도 움직이지 않았다. 그레이스는 벽난로 위에 걸린 퍼트리샤네 가족사진에서 시선을 떼지 않으려 애썼다. 베넷은 그들 모두를 무시하고 일광욕실 창문 너머로 보이는 습지대를 응시했다.

"숙녀 여러분." 카터가 말했다. 다른 남자들이 그를 대변인으로 선출한 게 분명했다. "우리 진지한 대화를 해야겠습니다."

퍼트리샤는 호흡을 가다듬으려 애썼다. 숨이 가슴 끝까지 차올라 답답한데 목구멍이 퉁퉁 부어 막혀버린 것만 같았다. 카터를 슬쩍 곁눈질했을 때, 그의 눈에 깃든 거대한 분노를 보았다. "의자가 부족하네요." 퍼트리샤가 말했다. "다이닝룸에서 의자를 가져와야겠어요."

"내가 가죠." 호스가 말하고 다이닝룸으로 향했다.

베넷이 동행했다. 두 남자가 의자를 끌고 돌아왔고 가구의 덜거덕거림만이 실내를 채우는 가운데 전원이 자기 자리를 정했다. 소파에 앉은 키티의 곁에 호스가 붙어앉아 손을 잡았다. 릴런드는 복도로 이어지는 문에 기대섰다. 에드는 TV에서 경찰을 연기하는 사람이라도 되는 양 다이닝룸 의자에 거꾸로 앉았다. 카터는 퍼트리샤의 바로 맞은편에 앉아 정장 바지의 주름과 재킷 소매의 커프스를 정리했다. 그 특유의 전문가 얼굴로 자신의 진짜 얼굴을 가렸다.

메리엘런이 주도권 탈환을 시도했다.

"그 형사들이 오는 게 아니라면," 그녀가 말했다. "다들 왜 여기에 모인 건지 모르겠네요."

"에드가 우리를 찾아왔어요." 카터가 말했다. "뭔가 우려스러운 얘기를 들었기 때문이죠. 여러분이 경찰 앞에서 망신을 자초하고 본인과 가족 모두에게 심각한 피해를 야기하는 위험을 무릅쓰느니 책임감을 발휘해 우리와 의논하기로 마음먹은 겁니다."

"당신들이 제임스 해리스에 대해 해야겠다는 말은 명예훼손에 중상모략이라고요." 릴런드가 끼어들었다. "당신들 때문에 내가 영문도 모르는 채 고소당할 수도 있었다고. 슬리크, 당신 대체 생각이란 게 있는 사람이야? 당신이 다 말아먹을 수도 있었어. 자기 투자자가 애들한테 마약을 판다고 모함하는 개발자랑 누군들 동업하고 싶겠어?"

슬리크가 고개를 더 깊이 숙였다.

"미안해, 릴런드." 그녀는 제 무릎에 대고 말했다. "하지만 아이들이……"

“심판의 날에,” 릴런드가 성경 구절을 인용했다. “사람이 무슨 무익한 말을 하든지 심문을 받으리니. 마태복음 12장 36절.”

“우리가 꼭 해야겠다는 그 말이 뭔지 알고픈 마음이 있기는 해요?” 퍼트리샤가 물었다.

“요지는 압니다.” 카터가 대답했다.

“아뇨.” 퍼트리샤가 말했다. “우리가 해야겠다는 그 말을 여러분 귀로 들은 적이 없다면, 우리한테 누구와 얘기하라 마라 명령할 권리도 없는 거예요. 우리는 어머니 세대와 다릅니다. 지금은 1920년대가 아니에요. 온종일 둘러앉아 바느질하며 뜬소문이나 떠들어대는 멍청한 할멈들이 아니라고요. 여러분 못지않게 우리 또한 올드 빌리지의 일원입니다. 그리고 지금 여기서 뭔가가 크게 잘못되고 있어요. 우리를 존중하는 마음이 털끝만큼이라도 있다면 이 얘기를 들어야 해요.”

“그렇게 시간이 남아돌거든 백악관에 득시글거리는 범죄자나 쫓으쇼.” 릴런드가 말했다. “괜히 동네에서 없는 얘기나 지어내지 말란 말입니다.”

“다들 진정합시다.” 카터가 말했다, 입술에 온화한 미소를 걸고. “우리는 그 얘기를 들어볼 겁니다. 그런다고 손해될 것도 없고. 혹시 압니까, 유의미한 뭐라도 발견하게 될지?”

퍼트리샤는 그의 차분한 의료전문가 말투를 무시했다. 이게 그의 허세라면 그녀가 까발려줄 것이다.

"고마워, 카터." 그녀가 말했다. "내가 설명할게."

"당신이 대표로 말한다고?" 카터가 물었다.

"처음부터 퍼트리샤의 생각이었어요." 호스의 곁이 주는 안전감 속에서 키티가 말했다.

"맞아요." 그레이스가 거들었다.

"그럼 얘기해봐." 카터가 말했다. "제임스 해리스가 중범죄자라고 믿는 이유가 뭐야?"

퍼트리샤는 귓속에서 피가 열창하던 노래를 좀더 둔한 울림으로 가라앉히기까지 시간이 조금 필요했다. 심호흡을 하고 방안을 둘러보았다. 잔뜩 굳은 얼굴로 그녀를 응시하는 릴런드는 문자 그대로 분노로 이글거리며 양손을 주머니 깊숙이 찔러넣고 있다. 에드는 범죄자가 제 손으로 무덤 파는 모습을 지켜보는 TV 속 경찰의 눈으로 그녀를 관찰한다. 베넷은 그녀 뒤쪽 창문들 너머 습지만 뚫어져라 볼 뿐 아무 표정이 없다. 그녀를 지켜보는 카터, 자신의 가장 너그러운 미소를 장착하고 있다. 퍼트리샤는 의자째 쪼그라드는 기분이었다. 오직 호스만이 친절에 근접한 뭔가가 담긴 시선을 보냈다.

퍼트리샤는 숨을 내쉬고 그레이스가 건넨 목록을 내려다보았다. 종이가 양손 사이에서 부들부들 떨렸다.

"제임스 해리스는, 여러분도 알다시피, 4월에 여기로 옮겨왔어요. 고모할머니인 앤 새비지가 건강이 악화되면서 그의 보살핌을 받았죠. 우리는 앤 새비지가 나를 공격하던 당시에 그가 준 마약에 취한 상태였다고 믿습니다. 그가 식스 마일에서 마약을 팔고 있다고 생각해요."

"근거가 뭔데요?" 에드가 물었다. "증거는? 전과는? 그가 거기서 마약을 파는 걸 목격했나요?"

"끝까지 들어." 메리엘런이 말했다.

카터가 한 손을 내밀어 보였고 에드가 입을 다물었다.

"퍼트리샤." 카터가 미소를 지었다. 퍼트리샤는 눈을 들었다. "종이 내려놔. 당신의 언어로 얘기해. 긴장 풀어. 당신이 꼭 해야겠다는 그 말에 우리도 지대한 관심이 있으니까."

그가 손을 뻗어와 퍼트리샤는 어쩔 수 없었다. 그레이스의 목록을 넘겨주고 말았다. 카터가 종이를 세 번 접어 재킷 주머니에 넣었다.

"우리는 그가 마약을 제공했다고 생각해요." 퍼트리샤가 머릿속에 남은 그레이스의 목록을 보려 애쓰며 말했다. "오빌 리드랑 데스티니 테일러한테요. 오빌 리드는 자살했어요. 데스티니 테일러는 아직 살아 있고요, 당장은. 사망한 아이의 경우, 숲에서 백인 남자를 만났다는 주장을 했어요. 남자가 건네는 뭔가가 아이들을 병들게 하는 거죠. 션 브라운도 있어요, 오빌의 사촌. 마약 문제에 연루된 적이 있는 애였어요, 경찰 말에 따르면요. 그애가 변사체로 발견된 거예요. 아이들이 갔다던 바로 그 숲에서 동일한 시기에. 추가적으로, 그린 부인이 제임스의 것과 똑같은 번호판을 단 밴을 식스 마일에서 목격했어요. 이 모든 일이 벌어지던 바로 그 기간에."

"두 차량의 번호판이 정확히 일치했습니까?" 에드가 물었다.

"그린 부인은 뒷부분만 기록했어요, X 13S요. 제임스의 자동차 번호가 TNX 13S죠." 퍼트리샤가 말했다. "제임스는 그 밴을 처분했다고 주장하지만 실은 17번 고속도로의 팍 랫 임대보관소에 맡겨놨어요. 거기서 몇 차례 몰고 나간 적도 있어요, 주로 야간에."

"환장하겠군." 릴런드가 말했다.

"션 브라운은 마약 거래에 연루됐고, 우리는 제임스 해리스가 다른 마약상에게 본보기를 보이는 차원에서 그를 끔찍이 살해했다고 생각합니다." 퍼트리샤가 말했다. "사망한 앤 새비지의 허벅지 안쪽에서 주사흔이라 부르는 자국들이 발견됐어요. 데스티니 테일러에게도 비슷한 흔적이 있었죠. 제임스가 그들에게 뭔가를 주사한 게 분명해요. 오빌 리드의 시신을 검시한대도 동일한 자국이 나올 거라고 확신합니다."

"아주 흥미로운 얘기군요." 카터가 말했다. 퍼트리샤는 그가 내뱉는 단어 한 마디 한 마디에 자신이 점점 작아지는 기분을 느꼈다. "하지만 거기에 무슨 특별한 의미가 있는 건지 잘 모르겠는데요."

“그 주사흔이 데스티니 테일러와 앤 새비지를 연결하죠.” 어느 예행연습에서 메리엘런이 했던 조언을 떠올리며 퍼트리샤가 말했다. “제임스의 밴이 식스 마일에서 목격됐어요. 물론 그는 거기 간 적이 없다고 주장하지만. 그 밴은 이제 그의 집에 없고 대신 팍 랫 임대보관소에 넣어두었죠. 오빌 리드의 사촌은 현재 벌어지고 있는 일의 결과로 살해당했어요. 데스티니 테일러는 오빌 리드가 자살하기 전에 겪었던 것과 동일한 증상에 시달려요. 우리는 데스티니 테일러가 오빌의 전철을 밟기까지 손놓고 있어서는 안 된다고 생각해요. 정황 증거들이지만 이 정도면 우월성을 인정할 만하다고 믿습니다.”

메리엘런, 키티, 슬리크가 퍼트리샤에게서 남자들로 일제히 시선을 옮기며 그들의 반응을 기다렸다. 아무도 반응하지 않았다. 퍼트리샤는 당혹감 속에서 물을 한 모금 마신 뒤 예행연습에서 다루지 않은 얘기를 던져보기로 했다.

“프랜신은 앤 새비지의 집에서 일했어요. 그 여자가 올해 5월에 실종됐고요. 실종 당일에 프랜신이 제임스네에 청소하러 와서 그 집 앞에 차를 대는 걸 내가 봤어요.”

“집안으로 들어가는 걸 목격했나요?” 에드가 물었다.

“아뇨.” 퍼트리샤가 말했다. “실종 신고를 했는데, 경찰은 프랜신이 남자랑 떠났다고 생각해요. 하지만 그게, 여러분이 이 얘기를 이해하려면 프랜신이라는 사람을 알아야……”

릴런드의 목소리가 크고 선명하게 울렸다. "이쯤에서 말을 끊어야겠습니다. 이 상식 밖의 얘기를 더 들어야 할 사람이 있는지?"

"하지만 릴런드……" 슬리크가 입을 열었다.

"됐어, 슬리크." 릴런드가 쏘아붙였다.

"숙녀 여러분은 혹시 다른 관점의 얘기를 들을 의향이 있습니까?" 카터가 물었다.

퍼트리샤는 그의 정신과 의사 같은 목소리와 수사적 질문이 꼴 보기 싫었지만 습관적으로 고개를 끄덕이고 말았다.

"물론이죠."

"에드?" 카터가 지명했다.

"당신이 얘기한 자동차 번호를 조회해봤어." 에드가 메리엘런에게 말했다. "제임스 해리스 소유야. 텍사스 주소이고 전과는 전혀 없어. 사소한 교통 위반 몇 건 말고는. 당신, 내게 그 번호의 소유자가 호스랑 키티네 딸이 데이트하는 남자라고 했지."

"우리 딸이 이 남자랑 데이트를 한다고?" 호스가 충격에 빠진 목소리로 물었다.

"아뇨, 호스." 메리엘런이 말했다. "에드한테 조회하게 하려고 꾸며낸 얘기예요."

할말을 잃은 호스가 고개를 절레절레 흔들자 키티가 그의 등을 쓰다듬었다.

"들어들 보세요." 에드가 말했다. "나는 친구에게 도움이 될 수 있다면 행복한 사람입니다. 근데 제임스 같은 사람을 아동추행범으로 의심하고 만남을 청했다니, 정말 환장하도록 민망했어요. 그 대화 자체가 실수였습니다. 내가 바보짓에 놀아났다는 사실만 알게 됐죠."

"그를 만났다고요?" 퍼트리샤가 물었다.

"함께 대화를 했어요." 에드가 말했다.

"이 얘기를 했다고요?" 퍼트리샤가 물었다. 배신감에 목소리가 힘을 잃었다.

"우리는 그와 벌써 수주간 만나왔어요." 릴런드가 말했다. "제임스는 그래셔스 케이의 최대 투자자예요. 지난 몇 개월 사이에 그가 넣은 돈이, 뭐 얼마나 많이 넣었는지 밝히지는 않겠지만 상당한 금액이란 말입니다. 게다가 그 시간 내내 그는 인격자의 면모를 유감없이 보여줬고."

"나한테 그런 얘기 한 적 없잖아." 슬리크가 말했다.

"당신이 참견할 일이 아니니까." 릴런드가 대꾸했다.

"남편한테 섭섭해할 것 없어요." 카터가 말했다. "호스, 릴런드, 제임스와 나는 그래셔스 케이 투자를 위한 협력단을 구성했어요. 사업차 몇 차례 만났고 우리가 알게 된 이 남자는 여러분이 묘사하는 마약상, 잔혹한 범죄자와는 아주 다릅니다. 현 시점에서는 여러분보다 우리가 그를 훨씬 더 잘 안다고 말해도 무방하겠는데요."

퍼트리샤는 그간 자신이 스웨터를 만든다고 생각했다. 그러나 결국 손에 든 건 털실무더기가 전부고 이제 모두가 그녀를 비웃고 있었다. 그녀의 머리를 토닥이며 유치함에 키득거렸다. 차라리 발작이라도 하고 싶었다. 그 대신 카터에게 시선을 돌렸다.

"우리는 당신들의 아내야. 당신 아이들의 엄마고. 그런 우리가 이곳에 진짜 위험이 발생한다고 믿는다는데 그게 그렇게 대수롭지 않은 일이야?"

"그렇다고 말한 사람 없……" 카터가 입을 열었다.

"많은 걸 바라는 게 아니에요." 메리엘런이 끼어들었다. "임대 보관소만 확인해줘요. 밴이 거기 있다면 수색영장을 발부받아서 그 남자와 아이들의 연관성을 확인할 수 있잖아요."

"그럴 일은 죽었다 깨어나도 없을 겁니다." 릴런드가 말했다.

"제임스한테 그 문제도 물어봤어요." 에드가 설명했다. "차를 따로 보관한 건 앞마당에 밴이 주차되어 있는 걸 올드 빌리지의 숙녀분들이 반기지 않는다고 생각해서였답니다. 동네 분위기를 해친다는 이유로. 그레이스, 그가 그러던데, 그 밴이 잔디를 죽인다고 말했다면서요. 그래서 코르시카를 구입했고 밴은 보관소에 두었답니다. 차마 팔아버릴 순 없었대요. 그는 매달 85달러를 지불하고 있어요. 이웃과 더 잘 어울리고 싶은 마음에."

"그렇게까지 했는데," 릴런드가 말했다. "당신들은 그의 이름에 먹칠을 하면서 마약상 혐의나 뒤집어씌우려는 거라고요."

"우리는 이 공동체에서 나름의 지위를 가진 남자들입니다." 베넷이 말했다. 지금껏 한 번도 입을 열지 않았던 만큼 그의 목소리에 남다른 무게감이 있었다. "우리 아이들이 여기서 학교에 다니고, 우리는 일생을 바쳐 지금의 명성을 쌓았습니다. 그런데 여러분이 우리를 조롱거리로 만들려 했어요. 여러분이 정신 나간 주부들인데다 수중에 남아도는 시간이 너무 많아서죠."

"우리는 임대보관소만 확인해달라고 부탁하는 것뿐이야." 그레이스가 나서는 모습에 퍼트리샤는 놀라움을 느꼈다. "그게 다야. 당신이 그자랑 요트클럽에서 술자리 몇 번 해봤다고 그가 의심의 여지 없이 순결한 사람이 되는 건 아니잖아."

베넷이 그녀를 뚫어져라 보았다. 대개는 친절한 그의 얼굴이 벌겋게 달아올랐다.

"지금 나한테 대드는 거야?" 베넷이 물었다. "지금 나한테 대드는 거야, 사람들 앞에서?"

그의 목소리에 담긴 분노가 실내의 공기를 빨아들였다.

"우리, 흥분을 가라앉혀야 할 것 같아." 호스가 자신 없는 목소리로 말했다. "숙녀분들은 그저 걱정돼서 그러는 거 아니겠어? 퍼트리샤가 그간 힘든 일이 많았잖아."

"우리는 우리가 아니라 그 아이들을 걱정하는 거예요." 슬리크가 말했다.

"자네 말이 맞아. 최근에 퍼트리샤가 정서적 타격을 좀 입었지." 카터가 말했다. "그 일들이 퍼트리샤를 뒤흔들어놨어. 내가 인지하고 있던 수준보다 더. 이건 여러분이 모르는 얘기일 수도 있는데, 고작 몇 주 전까지만 해도 퍼트리샤는 제임스를 아동추행범으로 몰았어요. 숙녀 여러분 모두가 섬세한 정신의 소유자이고, 이런 곳에서 지적 자극을 찾는다는 게 얼마나 어려운 일인지나 역시 잘 압니다. 여기에 여러분이 북클럽에서 읽는 그 병적인 책들까지 더해지면 모종의 집단 히스테리로 가는 완벽한 레시피가 되는 법이죠."

"북클럽?" 릴런드가 말했다. "그거 성경공부 모임이야."

실내가 고요해졌고, 카터가 빙그레 웃으며 말했다.

"성경공부? 숙녀분들이 그걸 그렇게 부르던가? 아니, 이 사람들 한 달에 한 번씩 북클럽이라고 모여서 병적인 범죄실화소설을 읽어. 드러그스토어에서 볼 수 있는 그 유혈 낭자한 사건 현장 사진이 가득한 책."

여자들의 얼굴에서 핏기가 가셨다. 슬리크의 무릎 위에서 양손이 서로 꼬이며 관절이 새하얗게 질렸다. 거실 저편에서 릴런드가 그녀를 빤히 쳐다보았다. 호스가 키티의 손을 꼭 쥐었다.

"서약이 깨졌군." 릴런드가 말했다. "남편과 아내 사이의."

"무슨 일이에요?" 코리가 거실 출입구에 나타나 물었다.

"이층에 있으라고 했잖아!" 퍼트리샤가 버럭 소리쳤다. 본인이 느끼는 굴욕감을 모조리 딸에게 쏟아냈다.

"진정해, 패티." 카터가 말하고 코리를 돌아보며 자애로운 아버지상을 연기했다. "그냥 어른들끼리 얘기하는 거야."

"엄마는 왜 우는데요?" 코리가 물었다.

퍼트리샤는 다이닝룸 출입구에서 이쪽을 염탐하는 블루의 시선을 느꼈다.

"엄마 안 울어. 기분이 좀 안 좋은 것뿐이야." 그녀가 말했다.

"이층에서 기다리렴, 얘야." 카터가 말했다. "블루? 누나랑 같이 가거라. 아빠가 나중에 전부 설명해줄게, 알겠지?"

코리와 블루가 복도로 사라졌다. 퍼트리샤는 두 아이가 여봐란듯 과하고 시끄럽게 올라가는 소리를 들으며 머릿속으로 계단의 수를 셌다. 둘은 계단 꼭대기에 도착하기 전에 멈춰 섰다. 층계참에 앉아 엿듣는 게 분명했다.

"나올 만한 얘기는 다 나온 것 같군요." 카터가 선언했다.

"내가 경찰에 가는 걸 당신이 막을 순 없어." 퍼트리샤가 말했다.

"내가 당신을 막을 순 없지, 패티." 카터가 대꾸했다. "하지만 내 아내의 정신이 온전하지 않다는 소견을 전달할 순 있지. 수색영장을 발부받으려는 경찰이 가장 먼저 연락할 사람은 판사가 아니거든. 당신 남편이지. 에드가 확인해준 얘기야."

"쓸데없는 일들에 수사력을 계속 할애할 순 없거든요." 에드가 말했다.

카터가 손목시계를 확인했다.

"마지막으로 사과하는 일만 남은 것 같군요."

퍼트리샤의 척추가 돌처럼 굳었다. 이것이야말로 그녀가 결코 양보할 수 없는 일이었다. 굴복할 수 없는 일이었다.

"혹시라도 내가 그 남자네 집에 가서 사과할 거라고 생각한다면 엄청나게 착각하는 거야." 퍼트리샤는 결연히 서서 최대한 그레이스처럼 말했다. 그레이스와 눈을 마주쳐보려 했지만 그녀는 냉랭한 벽난로만 처참히 들여다볼 뿐 누구와도 시선을 맞추지 않았다.

"어디 가고 말고 할 것도 없어." 카터가 말하는 순간 초인종이 울렸다. "제임스가 여기로 오기로 했으니까."

릴런드가 늦을세라 복도로 나가더니 제임스와 함께 돌아왔다. 믿기지 않게도, 그는 웃고 있었다. 새로 산 듯한 카키색 바지 속에 흰색 버튼업 옥스퍼드셔츠를 단정히 넣어 입고 갈색 로퍼를 신었다. 보트 위에 있으면 어울릴 사람처럼 보였다. 찰스턴에서 나고 자란 사람처럼 보였다.

"정말 면목 없네, 짐." 자리에서 일어난 에드가 그와 악수하며 말했다.

남자들 모두가 굳게 악수를 나누었다. 퍼트리샤는 그들의 어깨가 이완되고 얼굴의 긴장이 용해되는 모습을 지켜보았다. 남자들이 제임스를 자신들의 일원으로 생각하는 게 보였다. 제임스의 시선이 여자들 각각의 얼굴을 찬찬히 살피며 이동하다 퍼트리샤에게서 멈췄다.

"내가 상당한 분란과 우려의 원인이 되어왔다는 얘기를 들었습니다." 그가 말했다.

"여자들이 뭔가 하고픈 말이 있을 거야." 릴런드가 말했다.

"이런 소동을 일으키다니 마음이 무척 괴롭군요." 제임스가 말했다.

"퍼트리샤?" 카터가 재촉했다.

그녀도 잘 알았다. 카터는 다른 여자들에게 모범을 보이는 차원에서 퍼트리샤가 먼저 나서주기를 바란다. 하지만 그녀는 독립적인 존재였다. 본인이 원하지 않는 어떤 일도 할 필요가 없었다. 카터는 이미 한 차례 그녀에게 억지 사과를 시켰다. 두 번은 어림없었다.

"제임스 씨에게 할 얘기 없어요." 퍼트리샤가 말했다. "나는 그가 말과 실체가 다른 사람이라고 생각하고, 누가 됐든 그의 임대보관소만 확인하면 내가 옳다는 걸 알게 될 겁니다."

"퍼트리샤……" 카터가 입을 열었다.

"나는 과거는 과거로 남길 용의가 있습니다. 퍼트리샤도 그렇게 하겠다면요." 제임스가 말했다. 그리고 그녀에게 다가오며 한 손을 내밀었다. "없던 일로 하죠?"

퍼트리샤는 그의 손을 쳐다보았다. 그 너머로 방이 온통 흐릿해졌다. 자신에게 꽂혀 있는 모두의 시선을 느꼈다.

"제임스 씨." 그녀가 말했다. "내 앞에서 그 손을 당장 치우지 않으면 거기 침을 뱉어주겠어요."

"패티!" 카터가 소리를 질렀다.

제임스가 멋쩍은 듯 웃으며 손을 거뒀다.

"우리가 친구라고 생각했는데요." 그가 말했다. "뭐가 됐든 당신의 기분을 상하게 했다면 미안합니다."

"지금 당장 악수해, 어른처럼 굴어." 카터가 말했다.

"절대로 안 해."

"당신은 지금 당신 자신에다 애들까지 망신스럽게 만들고 있어. 내가 부탁하잖아, 사과하라고."

그레이스가 나서서 재난을 수습했다.

"제임스 씨." 그녀가 자리에서 일어나 그에게 걸어갔다. "부디 제 사과를 받아주세요. 상상이 도가 지나쳤던 것 같군요."

제임스가 그레이스와 악수했다. 다음으로 여자들이 차례로 한 명씩 일어나 사과하고 악수하고 멍청하게 웃고 굽실거리며 굴종적으로 구는 동안 퍼트리샤는 거기 그대로 앉아 처음에는 뜨거운 분노로 부글거리다가 점차 싸늘히 식어갔다.

"부탁이 있는데요, 너무 과한 것일지도 모르겠지만." 제임스가 말했다.

"상황이 이런 만큼 이번 실례를 잊게 해줄 일이라면 뭐든 모두가 기꺼이 받아들일 겁니다." 카터가 말했다.

"여러분이 나라는 사람을 더 잘 알게 되면," 제임스가 말했다. "내가 그런 중범죄자가 아니라는 사실도 깨닫게 될 겁니다. 나는 이 동네와 사랑에 빠져 일원이 되고 싶은 평범한 남자에 지나지 않아요. 우리는 잘 모르는 것에 두려움을 느끼죠. 내가 퍼트리샤에게 엄청난 불안의 근원이었고, 그랬던 게 비단 그녀 하나만은 아니겠죠. 나는 누구에게도 두려운 존재이고 싶지 않습니다. 여러분의 친구이자 이웃이고 싶어요. 그러니 다들 괜찮다면, 여러분의 북클럽에 정회원으로 가입하고 싶습니다. 전에 한번 손님으로 초대해준 적이 있죠. 그곳이야말로 여러분이 진정한 내 모습을 알아가기에 좋은 공간이라고 생각합니다."

퍼트리샤는 두 귀로 듣고도 믿을 수 없었다.

"그것 참 너그럽고 사려 깊은 제안이군요." 카터가 말했다. "패티? 숙녀분들? 어떻게 생각하십니까?"

퍼트리샤는 한 마디도 하지 않았다. 어차피 자신의 생각이 중요하지도 않았다.

"승낙의 의미로 받아들이겠습니다." 카터가 말했다.

22장

그날 밤 퍼트리샤는 대화를 원하지 않았고, 카터 또한 그녀를 밀어붙이지 않는 정도의 분별은 있었다. 그녀는 일찍 잠자리에 들었다. 카터는 아무 문제가 없다고 생각한다는 말이지? 그럼 자기가 코리와 블루를 걱정하라지. 자기가 아이들을 먹이고 보호하라지. 아래층에서 카터가 외출하는 소리, 아이들에게 먹일 중국 음식을 포장해 오는 소리, 그리고 다이닝룸에서 여과되어 올라오는 소위 '진지한 대화'의 웅웅거림이 들려왔다. 코리와 블루가 자러 간 뒤 카터는 가족실 소파에서 잤다.

다음날 아침, 퍼트리샤는 신문에서 데스티니 테일러의 사진을 보았고 망연히 기사를 읽었다. 이 아홉 살짜리 아이가 위탁가정에서 화장실을 쓸 차례가 돌아오기까지 기다렸다가 치실을 꺼내 들었다. 그러고서 제 목에 감고 또 감고는 수건걸이에 목을 맸다. 경찰은 학대 가능성을 염두에 두고 수사중이었다.

"다이닝룸에서 얘기 좀 하면 좋겠는데." 카터가 가족실로 통하는 문에서 말했다.

퍼트리샤가 신문에서 눈을 들었다. 가디는 면도를 해야 했다.

"그애가 자살했어. 우리가 얘기했던 아이, 데스티니 테일러. 자살했어, 우리가 경고했던 대로."

"패티, 지금 내가 선 이 자리에서 우리는 잔인한 패거리가 무고한 남자를 동네 밖으로 몰아내려는 걸 막았어."

"당신이 왔었던 식스 마일 트레일러의 여자네야. 당신은 그 여자애도 봤어. 아홉 살짜리. 아홉 살 아이가 자살을 왜 해? 어떻게 하면 애가 그렇게 돼?"

"우리 애들한테는 당신이 필요해. 당신네 북클럽이 블루한테 무슨 짓을 했는지 안 보여?"

"내 북클럽?" 퍼트리샤가 평정을 잃었다.

"당신들이 읽는 그 병적인 것들. TV 위에 있는 비디오테이프들 봤어? 블루가 도서관에서 〈밤과 안개〉를 빌렸어. 홀로코스트 영상이야. 정상적인 열 살짜리 남자애가 보는 게 아니라고."

"아홉 살 여자애가 치실로 목을 맸는데 당신은 이유조차 물을 생각이 없네. 상상해봐, 그게 당신이 기억하는 블루의 마지막 모습이라고. 수건걸이에서 대롱거리면서, 파고든 치실에 목이 잘리다시피……"

"이런 맙소사, 패티, 그 따위로 말하는 건 어디서 배웠어?"

카터가 다이닝룸으로 들어갔다. 퍼트리샤는 따라가지 말까 생각해봤지만 지금부터 카터가 계획한 모든 것에 장단을 맞춰주는 게 이 상황을 끝내는 유일한 길임을 깨달았다. 그녀가 자리에서 일어나 뒤따랐다. 다이닝룸의 노란색 벽지가 아침햇살에 반짝였다. 식탁 반대편에서 이쪽을 보며 뒷짐을 지고 선 카터의 앞에 퍼트리샤가 매일같이 사용하는 찻잔 받침이 놓여 있었다.

"상황이 이 지경이 되기까지 내 책임도 얼마간 있다는 걸 깨달았어." 카터가 말했다. "당신은 내 어머니에게 벌어진 일로 상당한 스트레스를 받았어. 부상에 따른 트라우마도 적절히 관리한 적이 없지. 당신이 아내라는 사실에 내 판단력이 흐려진 걸 방치했고, 결국 내가 증상들을 놓친 거야."

"당신은 왜 나를 이런 식으로 취급해?" 퍼트리샤가 물었다.

카터는 그녀를 무시하고 연설을 계속했다.

"당신은 고립된 삶을 살고 있어. 당신의 독서 취향은 병적이야. 아이들은 둘 다 힘든 시기를 거치는 중이고. 나는 중압감이 심하고 장시간 노동을 요하는 직업을 갖고 있어. 당신이 얼마나 아슬아슬한 상태인지 미처 몰랐어."

그가 찻잔 받침을 들고 그녀가 있는 식탁 반대쪽으로 와 딱 하는 소리와 함께 내려놓았다. 받침 가운데서 녹색과 흰색으로 된 캡슐 약 하나가 뒹굴었다.

"나는 이게 사람들의 인생을 바꾸는 걸 직접 봐왔어." 카터가 말했다.

"원치 않아."

"평정을 되찾는 데 도움이 될 거야."

퍼트리샤는 엄지와 검지로 캡슐을 집어들었다. 측면에 디스타프로작이라고 새겨져 있었다.

"내가 이걸 먹지 않으면 당신은 나를 떠날 거고?"

"그렇게 극단적으로 굴지 좀 마. 나는 당신을 도우려는 거야."

그가 주머니에 손을 넣어 흰색 병을 꺼낸 뒤 달그락 소리를 내며 식탁에 놓았다.

"1회 1정, 1일 2회, 식후 복용. 남은 개수를 확인하진 않을 거야. 약을 복용하는지 감시하지도 않을 거고. 원한다면 변기에 버려도 돼. 당신을 통제해보겠다고 이러는 게 아니니까. 당신을 도우려고 하는 일이니까. 당신은 내 아내고, 나는 당신이 호전될 수 있다고 믿어."

최소한 그는 집을 나서면서 그녀에게 입을 맞추려 시도하지 않는 정도의 분별은 있었다.

그가 사라진 뒤 퍼트리샤는 수화기를 들고 그레이스에게 전화를 걸었다. 자동응답기가 받기에 대신 키티에게 전화했다.

"나 통화 못해." 키티가 말했다.

"오늘 조간신문 봤어? 데스티니 테일러가 나왔어, B6면에."

"그런 얘기 더는 듣고 싶지 않아."

"그 남자는 우리가 경찰을 개입시키려 했다는 걸 알아. 그런 우리에게 그가 무슨 짓을 할지 생각해봐."

"그 사람, 우리집에 올 거야."

"그럼 어서 몸을 피해야지."

"저녁 먹으러 온다고. 우리 가족과 인사하러. 그에게 아무 악감정도 없다는 걸 호스가 보여주고 싶어해."

"왜?"

"호스는 원래 그런 사람이니까."

"남자들이 하루아침에 그를 친구로 여긴다고 해서 그냥 물러날 순 없어."

"자기는 우리가 자칫하면 잃게 될 것들을 알기나 해?" 키티가 물었다. "슬리크랑 릴런드의 사업. 에드의 직장. 우리의 결혼생활과 가족. 호스는 릴런드랑 하는 이번 사업에 우리 돈을 다 털어 넣었어."

"그 어린애가 죽었어. 자기는 그애를 못 봤지만, 아홉 살처럼도 안 보였다고."

"그 문제에 대해 우리가 할 수 있는 건 없어." 키티가 말했다. "우리가 돌볼 건 우리 가족이고, 남의 가족은 그들이 알아서 걱정하게 둬. 그애들한테 해코지하는 사람이 있다면 경찰이 막아줄 거야."

그레이스네 전화는 다시 자동응답기로 넘어갔다. 그래서 메리엘런과 연락을 시도했다.

"나 통화 못해." 메리엘런이 말했다. "지금 뭘 좀 하는 중이야."

"끝내고 전화해줘."

"온종일 바빠."

"그 여자애가 자살했어. 데스티니 테일러."

"나 가봐야 돼."

"신문 B6면에 실렸어. 또다른 피해자가 뒤를 이을 거야. 그다음에 또다른 피해자, 그다음에도, 또 그다음에도."

메리엘런이 조용하고 낮은 목소리로 말했다.

"퍼트리샤, 그만해."

"반드시 에드일 필요도 없어. 다른 형사들 이름이 뭐였더라? 캐넌이랑 버셀?"

"좀!" 메리엘런의 목소리가 지나치게 컸다. 수화기 너머에서 가쁜 숨소리가 들렸고 퍼트리샤는 그녀가 울고 있음을 알았다. "잠깐만." 메리엘런이 코를 크게 훌쩍였다. 그리고 수화기를 내려놓는 소리가 들렸다.

잠시 후 메리엘런이 다시 수화기를 들었다.

"안방문을 닫아야 해서. 퍼트리샤, 내 말 잘 들어. 우리가 뉴저지에 살던 때 일이야. 알렉사의 네번째 생일 파티를 마치고 집에 돌아오니 현관문이 활짝 열려 있었어. 누군가가 침입해서 거실 카펫에 오줌을 갈기고 책꽂이를 죄다 엎어놨어. 우리 결혼사진들을 위층 욕조에 몰아넣고 물을 틀어서 욕조가 막히고 아래층 천장에 물난리가 났어. 옷가지들이 갈가리 찢겼어. 침대 매트리스랑 가구 덮개들이 난도질을 당했어. 그리고 아이방 벽에 죽어라 돼지들아라고 적혀 있었어. 대변으로."

메리엘런이 숨을 고르는 사이 전화선이 웅웅거렸다.

"에드는 명색이 경찰인데 제 가족도 보호를 못한 거지." 메리엘런이 계속했다. "그게 에디를 산 채로 잡아먹었어. 일을 해야 할 시간에 길 건너에 차를 대고 우리집을 지켜봤지. 근무조 교대하는 걸 잊었어. 서에서는 몇 주간 휴가를 주려 했지만 에드는 수당이 필요해서 출근을 계속했고. 그건 그 사람 잘못이 아니었어, 패티. 근데 서에서 에드한테 쇼핑몰 좀도둑이나 잡아오라고 한 거야. 하필 좀도둑 남자애가 입을 함부로 놀렸고, 에드가 손찌검을 했어. 작정하고 벌인 일이 아니었고 그리 세게 때리지도 않았는데 그애가 왼쪽 귀 청력을 일부 잃은 거야. 황당할 노릇이었지. 에드가 조용한 동네를 원해서 여기로 내려온 게 아냐. 여기 말고는 갈 곳이 없어서 온 거야. 에드는 기대할 수 있는 모든 호의를 탈탈 끌어모아 발령을 받았어."

메리엘런이 코를 풀었다. 퍼트리샤는 기다렸다.

"누구든 경찰한테 얘기를 했다가는," 메리엘런이 말했다. "결국에는 에디가 다시 도마에 오르게 될 거야. 그가 때린 아이는 열한 살이었어. 결코 다른 직업을 찾지 못할 거야. 약속해줘, 퍼트리샤. 더는 안 돼."

"그럴 순 없어."

"퍼트리샤, 부탁……" 메리엘런이 다시 말했다.

퍼트리샤는 전화를 끊었다.

그리고 그레이스네에 다시 걸었다. 이번에도 자동응답기가 받았으므로 대신 슬리크에게 전화했다.

"오늘 아침에 신문에서 봤어." 슬리크가 말했다. "그 딱한 여자애의 엄마 말이야."

퍼트리샤는 마음속 체증이 가셨다.

"키티는 너무 겁을 먹어서 아무것도 못해." 퍼트리샤가 말했다. "모래밭에 머리만 처박고 있는 꼴이야. 메리엘런은 에드 때문에 난처한 상황이고."

"그 남자는 악마야. 우리를 프레츨처럼 배배 꼬아서 영락없는 바보로 보이게 만들어놓은 것 좀 봐. 그 남자는 릴런드의 신뢰를 얻는 방법을 정확히 알았어."

"그래셔스 케이에 넣은 그 돈이 앤 새비지 거라고 한다지만, 내가 이제껏 봐온 대로라면 그건 더러운 돈이 분명해."

"알아. 하지만 이제 그는 릴런드의 동업자인걸. 그 남자를 이런 일로 고발했다간 내 가족 명줄도 같이 끊길 판이야. 우리한테 이런 일이 처음이 아니거든, 퍼트리샤. 나는 그때로 다신 안 돌아가. 우리 애들한테 그런 짓을 하진 않을 거야."

"이건 아이들 목숨이 달린 일이야. 돈보다 중요한 일이라고."

"자기는 집을 뺏겨본 적 없지. 할머니네 집에 들어가 살아야 하는 이유를 애들한테 설명해야 했던 적도 없지. 키우던 강아지를 보호소로 보내야 한다고, 국가에서 주는 식품구입권으로는 사료를 살 수 없어서라고 설명해야 했던 적도."

"자기가 데스티니 테일러를 만나봤다면 그렇게 모진 마음을 먹지 못했을 텐데."

"내게는 내 가족이 반석이야. 자기는 빈털터리가 되어본 적이 없잖아. 나는 있어. 데스티니 문제는 그애 엄마가 걱정하게 둬. 이런 내가 자기 눈엔 형편없는 사람으로 보이리라는 거 알아. 하지만 지금 당장은 내부에 집중하면서 내 가족에게 정성을 다해야 해. 미안해."

그레이스에게 전화하자 또다시 자동응답기가 받았다. 그래서 퍼트리샤는 가방을 챙겨 들고 한낮의 용광로로 발을 내디뎌 그녀의 집으로 건너갔다. 초인종을 누를 때쯤에는 이미 블라우스가 땀으로 얼룩지기 시작했다. 퍼트리샤는 차임벨 메아리가 실내에서 죽어 없어지도록 기다린 다음 초인종을 다시 눌렀다. 벨소리가 점차 요란해지는데 그린 부인이 문을 열었다.

"오늘 그레이스네 일을 봐주시는지 몰랐어요."

"네, 부인." 그린 부인이 퍼트리샤를 내려다보며 대답했다. "오늘 캐버노 부인 기분이 안 좋아요."

"그렇다니 걱정인데요." 퍼트리샤가 말하며 안으로 들어가려 했다.

그린 부인은 길을 터주지 않았다. 퍼트리샤는 한 발을 문간에 올린 채 멈춰 섰다.

"잠깐 인사나 하려는 거예요."

그린 부인이 코로 숨을 들이마셨다. "오늘 아무도 만나고 싶지 않은 것 같아요."

"잠깐이면 돼요. 그레이스가 어제 일을 얘기하던가요?"

뜻 모를 혼란과 갈등이 그린 부인의 눈을 스쳐가더니 그녀가 말했다. "네."

"여기서 그만둘 수 없다고 그레이스에게 말해야 해요."

"데스티니 테일러가 죽었어요."

"알아요." 퍼트리샤가 말했다. "정말 미안해요."

"그 아이를 제 엄마에게 돌려주겠다고 약속하더니 이제 아이는 죽었네요." 그린 부인이 몸을 돌려 안으로 사라졌다.

퍼트리샤는 시원하고 컴컴한 실내로 발을 내디뎠다. 수축된 피부에 소름이 돋아났다. 에어컨 온도가 이렇게까지 낮은 건 생전 처음 느껴봤다.

그녀가 복도를 지나 다이닝룸으로 갔다. 천장의 샹들리에가 켜져 있었지만 방만 더 어두워 보일 뿐이었다. 식탁 한쪽 끝에 앉은 그레이스는 바지에 감청색 터틀넥, 그 위에 회색 스웨터를 입었다. 식탁 위에는 쓰레기가 한가득이었다.

"퍼트리샤." 그레이스가 말했다. "내가 지금 누굴 만날 상황이 아냐."

그레이스의 입가에 딸기잼이 덩어리져 있었는데 가까이 다가가며 보니 터진 입술에 앉은 딱지였다.

"무슨 일이야?" 퍼트리샤가 자기 입가의 같은 부분에 손가락을 가져다대며 물었다.

"아." 그레이스가 부러 유쾌해 보이는 표정을 지었다. "정말 바보 같은 일. 교통사고를 당했어."

"뭐라고?" 퍼트리샤가 물었다. "자기 괜찮아?"

그녀가 그레이스를 본 게 지난밤이었다. 교통사고를 당할 시간이 어디 있었다는 걸까?

"오늘 아침에 해리스 티터 마켓에 갔었거든." 그레이스가 말하며 웃었다. 그 바람에 입가의 딱지가 뜯어지면서 상처 속 선혈이 반짝였다. "차를 빼려고 후진하다 어떤 남자의 지프를 들이받았어."

"누구였는데? 그 남자 보험 정보는 받아 왔어?"

그레이스는 퍼트리샤의 말이 끝나기도 전에 손사래부터 쳤다.

"그럴 필요 없어. 바보짓을 한 것뿐이야. 나보다 그 남자가 더 놀랐는걸."

그레이스가 열성 넘치는 웃음을 한 차례 더 지어 보였다. 그 모습에 퍼트리샤는 속이 울렁거려와 생각을 가다듬으려 식탁을 내려다보았다. 한쪽 끝에 판지상자가 하나 놓여 있었고 식탁의 짙은 색 원목 상판을 뒤덮은 건 깨진 도자기의 하얗고 삐죽삐죽한 파편들이었다. 둥근 곡선 조각에서 정교한 손잡이 하나가 튀어나와 있었다. 퍼트리샤는 주황색과 노란색 나비를 알아보았고, 다음 순간 시야가 넓어지며 식탁 전체가 들어왔다.

"결혼 도자기잖아." 퍼트리샤가 말했다.

어쩔 수 없었다. 그 말이 입 밖으로 그냥 튀어나와버렸다. 도자기 세트가 전부 박살났다. 파편들이 온 식탁에 뼛조각처럼 흩어져 있었다. 퍼트리샤는 공포에 질렸다. 토막 난 사체라도 보는 듯했다.

"사고였어." 그레이스가 입을 열었다.

"제임스 해리스가 이랬어? 그 사람이 자기를 협박하려고 했어? 여기까지 와서 위협한 거야?"

그녀는 대학살의 현장으로부터 억지로 시선을 뜯어내 그레이스의 얼굴을 보았다. 분노로 일그러져 있었다.

"그 남자 이름, 다신 꺼내지 마. 나한테도, 다른 누구한테도. 우리가 돈독한 관계로 남기를 바란다면."

"그 남자 맞구나."

"아니." 그레이스가 쏘아붙였다. "대체 내 말을 어디로 듣는 거니. 내가 그와 악수하고 사과한 건 자기가 우리 모두를 웃음거리로 만들었기 때문이야. 자기는 우리를 치욕스럽게 했어. 남편들 앞에서, 낯선 사람 앞에서, 자기네 아이들 앞에서. 그전부터 말해주려 했는데 자기는 듣지 않았지. 하지만 이제 확실히 말할게. 내가 이…… 엉망진창을……" 그녀의 목소리가 갈라졌다. "정리하는 대로 북클럽 회원들한테 일일이 전화해 분명히 못박을 거야. 이 문제는 여기서 끝이고 이걸 다시 입에 올리는 일은 절대로 결단코 없을 거라고. 우리는 이 남자의 북클럽 가입을 환영하며, 이번 실수를 만회하기 위해 뭐든 할 거라고."

"그가 자기한테 무슨 짓을 했기에 이래?"

"나한테 무슨 짓을 한 건 자기지." 그레이스가 대꾸했다. "나한테 자기를 믿게 만들었어. 그리고 나는 바보 꼴이 됐지. 자기 때문에 내 남편 앞에서 치욕을 당했어."

"나는 그런……" 퍼트리샤가 항변하려 했다.

"자기는 나를 그 연극에 끌어들였어. 자기네 집 거실에서 아마추어 연극판이 벌어지게 해놓고 거기 발을 들이도록 나를 설득해냈어. 내 정신이 어떻게 됐던 게 분명해."

그 아침이 마치 검은 진흙처럼 퍼트리샤의 사지로 밀려들어와 그녀를 채우는 동안 그레이스가 말을 이었다.

"자기가 제임스를 놓고 상상해온 이 저속한 신파극은, 나는 그렇게까지 생각했어…… 자기의 성적인 욕구불만이 원인이라고."

퍼트리샤는 자신을 통제할 수 없었다. 그 분노는 그녀의 것이 아니었다. 그녀는 한낱 분출구에 불과했고 그 원천은 다른 어딘가에 있었다. 그럴 수밖에 없었나, 그토록 엄청났던 걸 보면.

"자기는 온종일 뭘 하는데, 그레이스?" 그렇게 묻는 퍼트리샤의 목소리가 다이닝룸 벽에 부딪혀 되울렸다. "벤 주니어는 대학에 갔지. 베넷은 직장에 다니지. 자기가 하는 일이라곤 나머지 우리를 얕잡아 보면서 이 집에 숨어 청소나 하는 게 전부잖아."

"자기가 얼마나 운좋은 사람인지 생각해봤어? 자기 남편은 아내랑 애들을 먹여 살리겠다고 뼈빠지게 일해. 다정한 사람이고 화난다고 목소리를 높이지도 않아. 자기가 해야 할 일이라곤 거기 장단이나 맞추는 게 전부인데, 그런데도 그 권태감을 엮어서 이 끔찍한 망상들이나 만들어내잖아."

"유일하게 나만 현실을 보는 거야. 이곳의 뭔가가 잘못됐어. 자기네 할머니의 도자기보다, 은식기 광택제보다, 자기의 그 예의범절보다, 다음 달에 읽을 책보다 중대한 뭔가가. 근데 그걸 직시하기가 자기는 너무 겁나지. 그래서 그냥 집에 앉아 걸레질하면서 착하고 순종적인 아내 노릇이나 하는 거잖아."

"그게 아무것도 아니라는 듯 말하네." 그레이스가 울분을 토했다. "나는 좋은 사람이야, 좋은 아내고, 그리고 좋은 엄마야. 그리고 맞아, 나는 집을 청소해. 그게 내 일이니까. 그게 이 세상 속 내 위치니까. 내가 여기 있는 이유니까. 나는 지금에 만족해. 행복해지고 싶어서 내가…… 낸시 드루*라도 되는 양 망상할 필요 없어. 내가 하는 일과 나라는 사람 자체로도 행복할 수 있거든."

"그 대단한 청소 많이 하셔." 퍼트리샤가 대꾸했다. "아무리 그런대도 베넷은 여전히 술만 마시면 자기 입에 주먹질을 할 테니까."

그레이스는 충격으로 얼어붙었다. 퍼트리샤는 자신이 그런 말을 했다는 게 믿기지 않았다. 둘은 꽁꽁 얼도록 추운 다이닝룸에 그렇게 한참을 서 있었고, 퍼트리샤는 둘의 우정이 다시는 회복되지 못하리라는 걸 알았다. 뒤돌아 그곳을 떠났다.

퍼트리샤는 전실에서 층계참 난간의 먼지를 터는 그린 부인과 마주쳤다.

"부인은 이걸 믿지 않죠, 그렇죠?" 퍼트리샤가 그녀에게 물었다. "그가 진짜 어떤 사람인지, 부인은 알고 있죠."

그린 부인이 완벽하게 차분한 표정을 지었다.

"캐버노 부인과 얘기를 나눴어요. 여러분 모두가 더는 도움이 될 수 없을 거라고 설명해주더군요. 식스 마일 사람들 일은 거기서 알아서 하라고요. 무슨 일이 있었는지 전부 다 상세히 들었습니다."

"그건 사실이 아니에요."

---

* 미국 미스터리 소설 시리즈에 등장하는 여자 탐정.

"괜찮아요." 그린 부인이 희미하게 웃었다. "이해해요. 여기서부턴 여러분한테서 아무것도 기대하지 않을 거예요."

"나는 그린 부인 편이에요. 모든 걸 제대로 정리할 시간이 좀 필요할 뿐이에요."

"당신은 당신 편이죠. 그걸 헷갈리는 일은 없도록 하세요."

그러고서 그린 부인은 퍼트리샤에게 등을 돌리고 그레이스네 집의 먼지를 털었다.

퍼트리샤의 머릿속에서 뭔가가 시뻘겋고 시커멓게 폭발했다. 정신을 차려보니 쿵쿵거리며 자신의 집으로 들어가는 중이었다. 그녀는 일광욕실에서 멈춰 섰다. 대형 의자에 널브러져 TV를 응시하는 코리를 내려다보았다.

"부탁인데 그것 좀 끄고 시내든 해변이든 어디든 좀 가줄래?" 퍼트리샤가 쏘아붙였다. "오후 한시야."

"아빠가 엄마 말은 듣지 않아도 된다고 했어요." 코리가 대꾸했다. "엄마가 무슨 단계를 지나는 중이라고 하던데요."

그 말에 속에서 불길이 일었지만 이것이 카터가 그녀를 노리고 공들여 만든 덫임을 간파할 만큼 퍼트리샤의 정신은 명징했다. 그녀가 무슨 짓을 하든 그의 옳음만 입증할 뿐이었다. 그가 그 잔잔한 정신과 의사 말투로 이렇게 말하는 게 귀에 들렸다. 바로 그게 당신이 얼마나 아픈지 보여주는 징후야, 자신이 얼마나 아픈지를 본인이 모른다는 것.

퍼트리샤는 심호흡을 했다. 반응하지 않을 것이다. 더이상 이렇게 놀아나지 않을 것이다. 그녀는 다이닝룸으로 가 찻잔 받침 속 프로작과 그 옆에 놓인 약병을 보았다. 그것들을 낚아채 부엌으로 가져갔다.

싱크대 앞에 서서 수돗물을 틀고 접시에 놓인 프로작을 하수구에 버렸다. 약병의 뚜껑을 열고 그것을 잠시 쳐다보았다. 그런 뒤 유리컵을 꺼내 물을 채우고 내려놓았다. 그리고 병에 든 약을 삼키기 시작했다, 한 알씩 한 알씩.

23장

끓인 케첩의 들큼한 악취가 퍼트리샤의 콧구멍을 기어올라 부비강을 타넘고 목구멍을 감쌌다. 혀로 입안을 훑자 치아를 감싼 얇은 막에서 떫은맛이 났다. 상반신이 앞으로 쏠리며 두개골이 요동쳐 그녀는 눈을 떴다. 침대 머리판을 올리는 간호사가 보였다. 흰색 시트가 덮인 침대에는 베이지색 난간이 달렸다. 환자용 침대 발치에 카터가 서 있었다.

"그건 됐어요." 그가 간호사에게 말했다.

퍼트리샤의 앞에 보이는 이동식 테이블에 진홍색 플라스틱 쟁반이 놓여 있었다. 뚜껑 덮인 그릇에서 끓인 케첩의 악취가 진동했다. 간호사가 뚜껑을 열었다. 케첩을 뒤집어쓴 채 한껏 퍼진 노란색 스파게티 더미에 쥐색 미트볼 세 개가 도사리고 앉았다.

"음식은 두고 가야 해서요."

"그럼 저쪽에 두세요." 카터의 지시에 간호사가 문가 의자에 쟁반을 놓고 나갔다.

"복용법을 착각한 거라고 말해." 카터가 내뱉었다. "실수한 거라고 말해."

퍼트리샤는 당장은 이 대화를 하고 싶지 않았다. 고개를 돌려 창문을 내다보았다. 늦은 오후의 햇빛이 '기초과학관'의 이층을 난도질했다. 그녀는 지금 있는 곳이 정신병동임을 깨달았다.

"내가 뇌손상을 입었어?"

"당신을 발견한 게 누군지 알아?" 카터가 물으며 침대 난간에 양손을 올렸다. "블루야. 그애는 열 살이고, 제 엄마가 부엌 바닥에서 발작하는 걸 발견했고, 그애가 911을 부를 정도로 영리하지 못했다면 아마 뇌손상을 입었겠지. 대체 무슨 생각이었던 거야, 패티? 생각이란 걸 하기는 했어?"

그녀의 눈이 뜨거운 눈물을 밀어냈다. 뚝뚝 떨어지는 눈물방울이 코를 두드리고 눈물비로 변해 입술을 타넘었다.

"블루가 와 있어?"

"대체 당신한테 무슨 문제가 있는 건지 모르겠는데, 패티, 맹세코 그 이유를 밝혀내고 말 거야."

그가 자신을 아동심리검사지의 서술형 문제쯤으로 취급한다는 생각이 들었지만 그녀에게는 이의를 제기할 권리가 없었다. 부엌 바닥에서 경련하는 그녀를 발견한 블루는 분명 겁에 질렸을 것이다. 아이의 남은 인생 내내 그 공포가 따라다닐 터였다. 후텁

지근하게 동물 연골을 연상시키는 미트볼냄새에 속이 뒤틀렸다.

"자살하려던 게 아니었어." 그녀가 이를 악물고 말했다.

"이제 아무도 당신 말은 안 들어. 당신은 심각한 수준의 자살 기도를 했어. 변명의 여지가 없다고. 병원에서 이십사 시간 강제 입원 조치를 내렸는데, 내일 아침이 되자마자 퇴원 수속을 밟을 거야. 당신한테 무슨 문제가 있든 우리 가정 내에서 해결할 수 있어. 그건 그렇다 치고 이것부터 당장 알아야겠어. 이 일, 제임스 때문이야?"

"뭐?" 퍼트리샤는 되물으며 고개를 돌려 남편을 보았다.

그는 괴로움이 깃든 얼굴을 그대로 드러내 보이며 굳이 가공하려 들지 않았다. 그의 손이 침대 난간 위에서 안절부절못했다.

"당신은 내 삶의 전부야. 당신과 우리 애들. 당신과 나는 함께 성장했어. 그런데 어느 날 갑자기 당신이 짐한테 집착하고, 그 사람 생각을 떨치지 못하고, 그 사람 얘기를 그만두지 못하더니 이 일을 벌인 거야. 내가 결혼한 여자는 절대로 자살을 기도하지 않아. 그녀는 그럴 사람이 아니었어."

"나는 그러려던 게……" 퍼트리샤는 설명해보려고 진심으로 노력했다. "죽고 싶었던 게 아냐. 너무 화가 났을 뿐이야. 그 약을 먹어주길 당신이 너무 간절히 바라기에, 그래서 먹은 거야."

그 말이 끝나기가 무섭게 그의 얼굴이 닫히고 철문이 내려왔다.

"이걸 감히 내 탓으로 돌릴 생각은 마."

"아니야. 제발."

"짐한테 왜 그렇게 집착해? 둘 사이에 무슨 일이 있는 건데?"

"그 남자는 위험해." 퍼트리샤의 대답에 그가 어깨를 늘어트리고 침대에서 고개를 돌렸다. "당신이 그 남자한테 푹 빠져 있는 거 알아. 하지만 위험한 사람이야. 당신이 무엇을 생각하든 그보다 위험해."

그리고 잠시, 그녀는 몇 주 전에 읽었던 내용을 카터에게 얘기할까 생각했다. 그 존재에게는 어느 한 가정에 발을 들여도 좋다는 초대가 필요하다는 대목을 『드라큘라』에서 찾아낸 뒤 그녀는 자리잡고 앉아 전권을 다시 읽었다. 그리고 중반부쯤에 마주친 한 문장에 그대로 얼어붙었다. 양손이 차디차게 식었다.

그는 천한 짐승들을 부릴 수 있소. 반 헬싱이 하커 가문 사람들에게 드라큘라의 힘을 설명하며 말했다. 쥐, 올빼미, 박쥐……

쥐.

그 순간 알았다. 미스 메리의 죽음이 누구의 소행이었는지. 뭔가를 그 정도로 확신하는 것도 그녀에게는 드문 일이었다. 그녀는 카터가 뭐라고 할지 생각해봤다. 본인의 어머니를 병원에 넣은 게, 그녀 손의 피부를 벗기고 얼굴의 연조직을 찢어놓은 게 제 친구라는 사실을 알게 된다면. 퍼트리샤는 또한 확신했다. 카터에게 그 얘기를 했다간 이 방을 영영 떠나지 못하게 되리라는 걸.

"차라리 당신이 짐이랑 외도라도 한 거면 좋겠어. 그럼 당신의 그 집착이 이해라도 되니까. 하지만 이건 병적이야."

"그 남자는 당신이 생각하는 그런 사람이 아냐."

"여기에 얼마나 중요한 것들이 걸려 있는지 당신이 알아? 당신의 집착 때문에 가족이 치르는 대가를 알기나 해? 계속 이런 식으로 군다면 당신은 결국 우리가 함께 일궈온 모든 걸 잃게 될 거야. 모든 걸."

퍼트리샤는 블루가 간식을 가지러 부엌에 들어와 노란색 리놀륨 바닥에 누워 경련하는 자신을 발견하는 장면을 그렸다. 아이를 품에 안아 안심시키고 싶은 마음뿐이었다. 엄마는 아무렇지 않다고. 모든 게 괜찮아질 거라고. 하지만 괜찮지 않았다, 제임스 해리스가 동네에 버티고 있는 한.

카터가 병실문으로 향했다. 거기에 다다라 그녀를 돌아보지 않고 말을 함으로써 유난스러운 심각함을 연출했다.

"당신이 신경이나 쓰는지 모르겠는데, 병원에서 헤일리 후임을 물색할 위원회를 구성했어."

"아, 카터." 퍼트리샤는 목이 멨다. 진심으로 안타까웠다.

"당신이 정신병동에 들어왔다는 소식을 다들 들었어. 오늘 아침에 헤일리가 와서 그러더군. 지금은 내 경력이 아니라 가족에게 집중할 때라고. 당신의 행동은 타인에게 영향을 미쳐, 퍼트리샤. 온 세상이 당신을 중심으로 돌아가진 않아."

카터는 그녀를 홀로 남겨두고 병실을 나갔다. 퍼트리샤는 햇빛이 기초과학관을 슬금슬금 가로지르는 모습을 지켜보며 평범함을 되찾은 삶을 상상하려 애썼다. 그녀가 모든 걸 망쳤다. 그녀가 저지른 짓은 타인이 그녀라는 사람에 대해 알아왔던 모든 것을 파괴했다. 이제부터는 무엇을 하든 불안한 심리의 소유자일 뿐이었다. 자식인들 어떻게 그녀를 다시 신뢰할 수 있을까? 미트볼 냄새에 속이 메스꺼웠다.

문에서 나는 달그락 소리에 고개를 돌리니 코리와 블루를 안으로 들이는 카터가 보였다. 고개를 푹 숙인 코리의 얼굴 앞에서 머리칼이 치렁거렸다. 아이는 홀치기염색을 한 티셔츠와 무릎이 찢어진 흰색 데님바지를 입었다. 블루는 감청색 반바지와 빨간색 이라크나포비아* 티셔츠 차림이었다. 손에는 『아우슈비츠—어느 의사의 목격담』이라는 두꺼운 대출도서를 들었다. 코리가 병실에 하나뿐인 의자를 끌고 실내를 가로지르더니 퍼트리샤에게서 최대한 멀리 떨어진 곳에 던져놓았다. 그 옆쪽 벽에 블루가 기대섰다.

퍼트리샤는 아이들을 품에 안고 싶은 마음이 간절했다. 그들을 향해 손을 뻗는데 뭔가가 손목을 낚아챘다. 뜻밖의 상황에 아래를 내려다보니 양쪽 손목이 굵은 검은색 접착식 끈으로 침대에 묶여 있었다.

* 이라크 공포증을 의미하는 속어.

"카터?"

"당신이 도주 우려자인지 아닌지 확신을 못한 모양이야. 담당의를 보면 풀어달라고 얘기해놓을게."

하지만 퍼트리샤가 모를 리 없었다. 이건 그가 의도적으로 벌인 일이었다. 그녀가 의식이 없는 사이에 병원측에 도주 우려자라고 말해둔 것이다. 아이들이 이런 몰골의 그녀를 마주하길 원했으니까. 좋다, 마음대로 수작을 부려보라지. 그래도 그녀가 아이들의 엄마라는 사실은 변함없었다.

"블루, 엄마가 한번 안아보자, 너만 괜찮다면."

아이는 벽에 그대로 기댄 채 책을 펼치고 읽는 척했다.

"엄마가 너한테 그런 모습을 보여서 미안해." 퍼트리샤가 낮고 차분한 목소리로 말했다. "엄마가 어리석은 짓을 했고, 약을 너무 많이 먹는 바람에 아프게 된 거야. 네가 911에 전화할 정도로 용감한 아이가 아니었다면 엄마는 뇌손상을 입었을지도 몰라. 전화해줘서 고마워, 블루. 사랑한다."

아이가 손에 든 책을 더 활짝 펼쳤다. 거기서 더 펼쳐 앞뒤 표지를 마주대고 눌렀다. 병실 맞은편에 있는 퍼트리샤의 귀에 책등이 부러지는 소리가 들렸다.

"블루, 엄마한테 화났다는 거 알아. 그렇다고 책에 화풀이를 해선 안 돼."

블루가 손을 놓자 책이 쿵 소리와 함께 바닥에 떨어졌다. 다시 주우려고 몸을 숙였을 때는 책장을 잡고 들어올리는 바람에 아이의 손안에서 낱장들이 찢겨나갔다.

"넌 엄마한테 화가 난 거야, 아들. 그 책이 아니라."

아이가 악을 쓰기 시작했다. 얼굴이 시뻘게져서 책장을 붙들고 책을 마구 흔들었다. 책표지가 앞뒤로 파닥거렸다.

"시끄러워!" 아이가 절규했다. 코리가 손가락으로 귀를 막으며 몸을 더 깊이 수그렸다. "엄마가 싫어! 싫어! 엄마가 자살하려던 건 미쳤기 때문이고, 지금은 침대에 묶여 있고, 이제 정신병원에 갇힐 거야. 엄마는 우리를 하나도 사랑하지 않아! 엄마가 신경쓰는 건 그 멍청한 책들뿐이야!"

블루가 한 손으로 책장을 움켜쥐고 광적으로 뜯어냈고 종이들이 바닥에 떨어졌다. 미끄러지며 실내를 가로지르고 침대 밑으로, 의자 아래로 들어갔다. 아이가 이제는 한낱 골판지에 지나지 않는 표지를 퍼트리샤에게 집어던졌다. 그게 그녀의 다리를 때렸다.

"이제 그만!" 카터가 호통을 치자 블루가 멈칫했다. 놀라움에 말을 잃은 아이의 얼굴이 분노로 뒤틀렸다. 뺨이 붉으락푸르락했고 코에서 콧물이 길게 늘어졌다. 주먹이 몸통 옆에서 불끈거리며 온몸이 벌벌 떨렸다.

퍼트리샤는 아이에게 가야 했다. 아이를 품에 안고 그 분노를 거두어줘야 했다. 하지만 침대에 묶인 신세였다. 카터는 문가에 서서 움직일 생각 따윈 없이 팔짱을 낀 채 제 손으로 창조한 이 장면을 관찰했다. 자신들의 아들을 달래주지도 않을 것이고, 그녀가 대신 달래도록 결박을 풀어주지도 않을 것이다. 퍼트리샤는 생각했다. 이 일에서는 당신을 절대로 용서하지 않을 거야. 절대. 절대. 절대.

"자판기에 쓸 돈 좀 줄래요?" 코리가 웅얼거렸다.

"우리 딸, 너도 동생이랑 같은 기분이야?"

"아빠?" 코리가 퍼트리샤를 무시하며 반복했다. "자판기에 쓰게 1달러만 줄래요?"

카터가 퍼트리샤에게서 시선을 거두며 고개를 끄덕이고는 뒷주머니에 손을 넣어 지갑을 꺼냈다. 들리는 건 블루의 울음소리뿐이었다.

"코리?" 퍼트리샤가 불렀다.

"여기 있다." 카터가 지폐 몇 장을 내밀었다. "동생 데리고 가. 아빠도 금방 따라갈게."

코리가 느릿느릿 몸을 일으킨 뒤 블루의 어깨를 안아 끌며 방을 나섰다. 코리는 퍼트리샤를 단 한 번도 쳐다보지 않았다.

"이런 거라고, 패티." 아이들이 사라진 뒤 카터가 말했다. "이게 당신이 자식들한테 하고 있는 짓이라고. 그럼 앞으로 어떻게 해야 할까? 잘 알지도 못하는 사람을 향한 이 집착을 이어갈 거야? 그가 무슨 잘못을 했더라, 정확히? 아, 생각났다. 아무것도. 그는 정말, 아무 잘못도 하지 않았어. 어떤 혐의점도 없어. 그가 뭔가를 잘못했다고 생각하는 사람은 오직 당신뿐이야. 거기에는 증거도, 근거도, 아무것도 없지. 당신의 그 직감을 제외하고는. 그러니 짐에게 계속 집착하든가, 아니면 그 관심을 원래 쏟아야 할 곳에 쏟아. 가족 말이야. 당신한테 달려 있어. 나는 승진 기회를 놓쳤지만 아이들을 위해선 아직 늦지 않았어. 지금도 수습은 가능해. 그러려면 내게는 동반자가 필요해. 상황을 계속 악화시키는 사람 말고. 자, 바로 이게 당신이 해야 할 결정이야. 짐이야, 우리야? 어느 쪽이 되어야 할까, 패티?"

삼 년 후……

명백하고
현존하는 위험

-1996년 10월-

24장

퍼트리샤는 카터가 운전중에 휴대전화를 쓸 때면 신경이 곤두섰다. 하지만 운전 실력은 그가 더 나았고, 둘은 북클럽 모임에 이미 늦었다. 도착해서 주차할 자리를 찾는 데 애를 먹을 거라는 얘기였다.

"킹사이즈로 업그레이드도 해줄 거죠." 카터가 말하며 나머지 한 손마저 운전대에서 떼고 방향등을 켰다.

그들의 암적색 BMW가 매끄럽고 가뿐하게 방향을 틀어 크리크사이드로 들어섰다. 퍼트리샤는 카터가 이런 식으로 운전하는 게 마음에 들지 않았다. 그러나 달리 보면 이때는 그가 러시 림보*의 라디오 방송을 틀어놓지 않는 몇 안 되는 순간 중 하나였으므로 주어진 것에 감사하기로 했다.

* 미국의 보수 진영 정치평론가 겸 방송인.

"청구는 '캠벨 의료 컨설팅'으로 하면 됩니다. 주소는 팩스로 보낸 내역서에 있어요."

J가 휴대전화 폴더를 닫고 나지막이 콧노래를 흥얼거렸다.

"이게 여섯번째 강연이야. 올가을에는 바빠질 거야. 내가 그렇게 자주 집을 비워도 괜찮은 거 확실해?"

"당신이 보고 싶기야 하겠지." 퍼트리샤가 말했다. "하지만 대학은 공짜가 아니니까."

둘은 크리크사이드의 수목이 만드는 시원한 터널을 달렸다. 명을 다해가는 햇빛이 나뭇잎 사이에서 깜빡이고 자동차의 앞유리와 후드 위에서 점멸했다.

"부엌 개조를 하고픈 마음이 지금도 있으면 해도 돼." 카터가 말했다. "그럴 여유는 충분해."

저 앞에 호스가 주차해둔 쉐보레 블레이저의 후미가 보였다. 그 앞으로 사브와 아우디와 인피니티가 길게 줄을 섰다. 슬리크와 릴런드의 집까지 아직 한 블록이나 남았지만 주차된 차들의 행렬은 이렇게 멀리까지 이어졌다.

"괜찮겠어?" 퍼트리샤가 물었다. "코리가 어디로 진학할 생각인지 우리는 아직 모르잖아."

"과연 그애한테 생각이란 게 있기나 하다면." 카터가 말하며 호스의 쉐보레 뒤에 차를 댔지만 둘 사이에 널찍이 완충지대를 두었다. 요즘은 호스의 차에 너무 가까이 주차해봐야 좋을 게 없었다.

“코리가 뉴욕대나 웰즐리 같은 곳을 고르면?” 퍼트리샤가 안전벨트를 풀며 물었다.

“코리가 뉴욕대나 웰즐리에 갈 가능성이라, 그럼 나도 승부를 걸어봐야지.” 카터가 말하며 퍼트리샤의 뺨에 가볍게 입을 맞췄다. “걱정 그만해. 그러다 병나겠다.”

둘은 차에서 내렸다. 퍼트리샤는 차에서 내려야 하는 순간들이 싫었다. 욕실 저울로 재보니 체중이 5킬로그램이나 불었고, 그 살이 엉덩이와 배에서 덜렁거리는 것만 같았으며, 서 있을 때는 몸이 휘청대는 듯한 느낌을 받았다. 전보다 통통해진 얼굴이야 머리칼을 좀더 크게 부풀려 고정하는 한 그리 나빠 보이지 않을 터였지만 그녀가 자동차에 오르내리는 모습은 꽤나 볼품없지 싶었다.

퍼트리샤는 카터와 함께 뒤뚱뒤뚱 길을 올라갔다. 10월의 냉기에 소름이 돋아 팔이 따끔거렸다. 그녀가 손에 들고 있던 이번 달 책—왜 톰 클랜시는 고작 이야기 하나에 성경보다 많은 지면을 들였나?—을 고쳐쥐었고, 카터가 슬리크와 릴런드네 앞마당을 두른 전형적인 흰색 말뚝 울타리에 달린 문을 열었다. 그러고서 둘은 페일리 가의 거대한 저택으로 가는 오르막길을 함께 올랐다. 헛간을 연상시키는 붉은색의 케이프코드양식 건물에서 뉴잉글랜드의 정취가 느껴지는 듯했다. 다시 시작된 내리막길을 걷자 앞마당에 장식용으로 세워둔 둥근 돌이 나왔다.

카터가 초인종을 누르자마자 문이 벌컥 열리며 슬리크가 나타났다. 젤과 무스로 치장했고 그 조그만 입에 립스틱을 너무 넓게 칠하기는 했지만 둘을 보게 되어 진심으로 행복한 것 같았다.

"카터! 퍼트리샤!" 그녀가 요란스레 외치며 활짝 웃었다. "둘 다 너무나 멋져요."

최근 퍼트리샤에게 놀라움을 안긴 깨달음은 그녀가 북클럽에 계속 나오는 주된 이유가 슬리크를 만나기 위해서라는 사실이었다.

"자기도 멋져 보인다." 퍼트리샤가 진짜 미소를 지으며 말했다.

"이 조끼 사랑스럽지 않아?" 슬리크가 양팔을 활짝 펼쳤다. "릴런드가 케리슨스 백화점에서 거의 거저로 구해다줬어."

'페일리 부동산' 간판이 마운트 플레전트 전역에 얼마나 많이 생겨나든, 슬리크가 돈 얘기를 얼마나 많이 하든, 릴런드에게 받은 선물을 얼마나 자랑하든, 타이거가 마침내 입학하게 된 앨버말 아카데미의 뜬소문들을 얘기하려고 얼마나 기를 쓰든 상관없었다. 퍼트리샤에게 슬리크는 세상에 가치를 더하는 존재였다.

"어서들 가요!" 슬리크가 밀실공포증을 일으킬 정도로 실내를 가득 채운 북클럽 회원들의 웅성거림 속으로 그들을 이끌었다.

슬리크의 다이닝룸에서 사람들이 쏟아져나왔다. 퍼트리샤가 엉덩이를 이리저리 움직이며 충돌을 피하는 사이 슬리크가 앞장서서 계단을 지나고, 그녀의 수집품—레녹스 가든 새 조각상, 작은 도자기 별장, 순은 미니어처 가구—이 든 진열장을 지나고,

전보다 더 경건한 문구를 품은 새 벽걸이 액자들을 지나고, 전시용 상자에 거치된 수집용 손목시계들을 지났다.

"안녕, 안녕!" 퍼트리샤가 걸으며 루이즈 기브스에게 인사했다.

"오늘 멋져 보여요, 로레타." 퍼트리샤가 로레타 존스에게도 말했다.

"토요일에 자네의 게임콕스가 압승을 하던걸." 카터가 바삐 걸으며 아서 리버스의 어깨를 토닥였다.

복도를 벗어나 들어간 곳은 저택 뒤쪽에 새롭게 증축한 공간으로, 머리 위에서 천장이 불쑥 솟아오르기 시작해 높이를 더해가다 여러 개의 채광창들로 마무리되었다. 페일리 부부네 부지 경계의 끝에서 끝까지 뻗다시피 한 이 증축 공간은 여흥을 위한 거대한 헛간이었고 구석구석 사람들로 가득했다. 요즘 들어 북클럽에 족히 마흔 명은 모이는 듯했고, 슬리크는 이들 모두를 수용할 크기의 집을 가진 거의 유일한 인물이었다.

"편히들 있어요." 드높은 천장과 저멀리 고풍스러운 농기구가 전시된 벽에서 반사되며 아우성치는 대화 소리 너머로 슬리크가 말했다. "릴런드를 찾아야 해. 이거 봤어? 릴런드가 미키마우스 시계를 줬어. 재미있지 않아?"

그녀는 퍼트리샤에게 반짝거리는 손목시계를 흔들어 보인 뒤 등짝과, 대여용 유리잔을 든 팔과, 대여용 접시를 든 손과, 『명백하고 현존하는 위험』을 팔꿈치 아래에 끼거나 의자 등받이에 걸쳐놓은 사람들의 숲속으로 사라졌다.

퍼트리샤는 아는 얼굴이 있나 살폈고 뷔페 테이블 근처에서 마저리 프렛웰을 발견했다. 둘은 요즘 사람들이 그러듯 서로의 양쪽 볼에 입을 맞췄다.

"정말 멋져 보여요." 마저리가 말했다.

"혹시 살 빠졌어요?" 퍼트리샤가 물었다.

"오늘 헤어스타일이 좀 달라진 건가요?" 마저리가 다시 물었다. "마음에 쏙 들어요."

퍼트리샤는 그들이 서로에게 외모가 근사해 보인다는 둥, 얼굴이 좋아 보인다는 둥, 멋이 넘친다는 둥 얘기해주는 데 너무 많은 시간을 들인다는 사실이 때로 거북했다. 삼 년 전이었다면 카터가 모두에게 미리 전화를 걸어 퍼트리샤의 기를 살려주자고 손을 쓴 게 아닐까 의심했겠지만 이제는 그녀도 알게 되었다. 그건 그들 모두가, 늘 하는 일이었다.

그렇다고 그들에게 내려진 축복을 즐기는 데 무슨 문제가 있겠는가? 그들의 삶은 좋은 일들로 가득했다. 축하하지 않을 이유가 무엇인가?

"헤이, 맨!" 요란한 목소리가 들리더니 마저리의 어깨 너머에서 솟아오르는 호스의 벌건 얼굴이 보였다. "여러분 남편들 여기 있어요?"

그가 휘청휘청 몸을 숙이고 퍼트리샤의 뺨에 가볍게 입을 맞췄다. 그는 면도를 하지 않았고 머리 주변으로는 맥주 효모의 기운이 두둥실 떠다녔다.

"호스는 호스지, 그렇지, 그렇지."* 카터가 퍼트리샤의 뒤에서 나타나며 말했다.

"말해도 못 믿을걸. 우리가 또 돈벼락을 맞았어." 호스가 카터의 어깨에 한 손을 올리고 몸을 가누며 말했다. "다음에 클럽에 가면 이 몸이 술을 사도록 하지."

"잊지 마. 우리한테는 대학에 가고 싶어하는 애들이 넷이나 더 있어." 키티가 둥글게 선 무리에 합류하며 퍼트리샤에게 팔을 둘렀다.

"쩨쩨하게 굴지 말라고, 이 여자야!" 호스가 우렁차게 외쳤다.

"우리 오늘 계약서에 서명했거든." 키티가 설명했다.

"지미 H.를 보면 키스해줄 거야." 호스가 말했다. "입술에다 확!"

퍼트리샤는 미소를 지었다. 제임스 해리스가 키티와 호스의 인생을 완전히 바꿔놓았다. 그가 씨위 농장의 관리 문제를 해결했다. 청년 하나를 고용해 실무를 맡기고, 호스를 설득해 110에이커짜리 부지를 개발자에게 매각하도록 했다. 그 건이 드디어 오늘 성사된 것이었다.

---

* 미국 TV 시트콤 〈미스터 에드〉 주제곡 가사.

호스네만이 아니었다. 퍼트리샤와 카터를 포함해서 그들 모두가 그래셔스 케이에 투자액을 늘려왔고, 외부 투자자들이 계속 유입되면서부터는 각자 지분에 따른 신용한도액만큼 현금을 뽑아 썼다. 하늘에서 돈이 쉼 없이 내리는 것만 같았다.

"자네 토요일에 나랑 같이 가자고." 호스가 카터에게 말했다. "보트 쇼핑이나 하게."

"아이들은 어때?" 퍼트리샤가 키티에게 물었다. 보통은 그런 얘기들을 나누도록 되어 있기 때문이었다.

"시타델 진학을 고려하도록 포니를 설득하는 데 성공했지." 키티가 말했다. "캐롤라이나나 웨이크 포리스트에 그애를 보낸다는 건 생각만으로 힘들어. 너무 멀리 떨어지게 된단 말이야."

"아이들이 지역 내에 있는 게 좋긴 하죠." 마저리가 고개를 끄덕였다.

"호스도 집안에 시타델 출신이 하나 더 있으면 하고." 키티가 말했다.

"그곳 졸업반지가 가능성을 열어주긴 하니까요." 마저리가 말했다. "정말 그렇죠."

마저리와 키티가 대화하는 사이, 실내의 분위기가 퍼트리샤를 조여오기 시작했다. 다들 목소리는 왜 그리 큰지, 그녀의 등골은 왜 그리 서늘하고 땀으로 미끄덩거리는지, 겨드랑이는 왜 또 그리 가려운지 모를 일이었다. 다음 순간 그녀는 옆에 있는 뷔페 테이블 위 은제 냄비에서 보글거리는 스웨덴식 미트볼의 냄새를 맡았다.

카터와 호스가 뭔가에 시끌벅적하게 웃었고, 호스가 뷔페 테이블에 맥주를 내려놓고는 벌써 또다른 맥주를 손에 들었으며, 키티가 코리에 대한 뭔가를 얘기했다. 그리고 끓는 케첩의 익숙한 악취가 퍼트리샤의 두개골을 채우고 목구멍을 감쌌다.

퍼트리샤는 그 생각을 억지로 떨쳐버렸다. 생각하지 않는 편이 차라리 나았다. 그녀의 삶은 이제 정상으로 돌아왔다. 정상보다 나았다.

"뉴스에서 뉴욕에 있는 학교 얘기 하는 거 들었어요?" 키티가 물었다. "애들이 학교에 아침 다섯시까지 도착해야 한대요. 금속탐지기를 통과하는 데만 두 시간 반이 걸려서."

"그래도 뭐니 뭐니 해도 안전이 최고죠." 마저리가 말했다.

"실례 좀 할게."

퍼트리샤는 그렇게 말하고 사람들의 어깨와 등을 밀치고 나아갔다. 저 냄새에서 벗어나야 했다. 엉덩이를 이리저리 움직이며, 누군가의 손에 들린 음료를 쳐서 떨어트릴지도 모른다는 공포 속에서, 대화의 단편들을 헤치고 전진했다.

"……아이를 데리고 대학교 투어를 하는……"

"……살이 빠졌니……"

"……투자금을 빼서 넷스케이프에 넣었는데……"

"……대통령은 그냥 부바*야, 그 사람 아내가……"

그때 키티는 병원에 찾아오지 않았다.

이런 식으로 마음에 담아두고 싶지 않았지만 수년 만에 최초로 그 생각이 불쑥 떠올랐다.

"입원도 퇴원도 너무 빨리 했더라." 키티가 전화로 말했다. "상황이 정리되는 대로 가볼 생각이었는데, 막상 그때가 되니 자기가 벌써 퇴원했더라고."

그때 키티는 안심을 갈구했다. "그 약들 말인데, 자기는 그저 처방을 헷갈린 것뿐이잖아, 그렇잖아?"

맞아, 그렇게 된 거야, 하고 퍼트리샤는 동의해줬다. 키티는 그런 상황이 계속되거나 더 엉망이 될 필요가 없다는 사실에 몹시 감사해했다. 퍼트리샤 또한 모두가 그 일을 없는 셈 치고 다시는 입에 올리지 않는 게 몹시 감사했다. 그러느라 깨닫지 못했다. 그들 누구도 병원에 찾아오지 않았다는 사실이 얼마나 아픈지. 그 당시에는 그저 감사하기만 했다. 그녀를 자살기도자라 부르는 사람도, 특별히 다르게 대하는 사람도 없는 게. 자신의 예전 삶으로 슬그머니 돌아가기가 그토록 쉬운 게. 새단장한 선창과 런던 여행과 귀 재건수술과 뒤뜰 파티와 새 차에 감사했다. 너무도 많은 것들에 감사했다.

* '촌뜨기'를 뜻하는 말로, 빌 클린턴의 별명이기도 했다.

"얼음물 좀 부탁합니다." 흰 장갑을 끼고 바 뒤에 선 흑인 남자에게 퍼트리샤가 말했다.

병원에 찾아온 유일한 이가 슬리크였다. 오전 일곱시에 나타나 열려 있는 문에 부드럽게 노크한 다음 들어와 퍼트리샤의 곁에 앉았다. 많은 말을 하지는 않았다. 조언이나 심오한 말도, 생각이나 의견도 꺼내놓지 않았다. 그게 그저 우연한 변고였을 뿐이라는 확신을 달라고 요구하지도 않았다. 그냥 거기에 앉아 묵상하듯 퍼트리샤의 손을 잡고 있다가 일곱시 사십오분경에 "다들 자기가 쾌차하기를 기원해"라고 말하고 떠났다.

이제 퍼트리샤가 마음을 주는 이는 슬리크뿐이었다. 키티와 메리엘런에게는 대단히 서운한 건 아니었고 따로 만나 어울리기도 했다. 그러나 그레이스의 근처에 가는 때는 북클럽 모임이 유일했다. 그레이스를 보면 자신이 했던 말, 기억하고 싶지 않은 그 말들이 떠올랐다.

퍼트리샤는 차가운 물컵을 손에 들고 미트볼냄새를 더는 맡지 않아도 된다는 사실에 감사하며 몸을 돌렸다가 뒤에 선 그레이스와 베넷을 보았다.

"안녕, 그레이스." 퍼트리샤가 인사했다. "베넷."

그레이스는 움직이지 않았다. 베넷 역시 꿈쩍하지 않았다. 그들 누구도 포옹으로 인사하려 나서지 않았다. 베넷은 맥주 대신 아이스티를 들었다. 그레이스는 살이 빠졌다.

“상당히 많이들 왔네.” 그레이스가 실내를 둘러보며 말했다.

“이번 달 책은 재미있었어?” 퍼트리샤가 물었다.

“마약과의 전쟁에 대해 아주 많이 배우긴 했지.” 그레이스가 대답했다.

나는 너무 싫었어, 퍼트리샤는 얘기하고 싶었다. 책 속 모두가 하나같이 간결하고 남성적인 문장으로, 전쟁의 환상을 부추기는 보험판매인에게서나 기대할 법한 문장으로 말했다. 구절마다 DDO와 DDI와 LPI와 E-2와 F-15와 MH-53J와 C-141 같은 말들이 난무했다. 그녀는 읽는 내용의 절반은 이해하지 못했다. 극중에 등장하는 여자라고는 바보와 창녀뿐이었다. 책은 그들의 삶에 대해 어떤 얘기도 하지 않았다. 그저 신병 모집 광고처럼 느껴졌다.

“아주 계몽적이었지.” 퍼트리샤는 동의하는 말을 했다.

제임스가 그들의 북클럽을 이렇게 바꿔놓았다. 그는 남편들도 모임에 참석시키기 시작했다. 그러면서 팻 콘로이(“이 지역 출신 저자라서”)와 마이클 크라이튼(“설정이 끝내줘서”)의 작품들, 『호스 위스퍼러』와 『모두 다 예쁜 말들』과 『브라보 투 제로』 같은 책들을 읽는 횟수가 점차 늘어나기 시작했다. 퍼트리샤는 때로 다음에는 어떤 책을 읽을까—『천상의 예언』일까? 『영혼을 위한 닭고기 수프』일까?—를 두고 절망하기도 했지만 대개는 북클럽의 엄청난 참석자 수에 경탄했다.

이것저것 따져가며 생각하지 않는 편이 더 나았다. 모든 것은 변하기 마련이다. 책을 읽고 논하고 싶어하는 사람들 수가 늘어나는 게 정말로 그렇게 나쁜 일이기만 할까?

"우리는 앉을 곳을 찾아야겠다." 그레이스가 말했다. "실례할게."

퍼트리샤는 그들이 군중 속으로 사라지는 모습을 지켜보았다. 바깥 하늘이 어두워지면서 실내의 트랙조명이 더 환해졌다. 그녀는 자신의 무리에게 돌아갔다. 가까이 다가갈수록 백단향과 가죽 냄새가 진해졌다. 길을 터주는 사람들 틈으로 보니 카터가 누군가와 신나게 떠드는 중이었다. 시야를 가리던 마지막 사람까지 지나자 제임스가 보였다. 파란색 옥스퍼드셔츠의 소매를 세심히 걷어올렸고 완벽하게 다림질한 카키색 바지를 입었다. 멋스럽게 헝클어진 머리칼은 전문가의 작품이었다. 피부는 건강미가 넘쳤다.

"올가을에 예정된 일정이 어떤지 자네는 못 믿을 거야." 카터가 그에게 말했다. "연말까지 잡힌 강연만 여섯 개야. 나 대신 자네가 우리집 좀 살펴봐줘야겠어."

"좋으면서 미안한 척은." 제임스가 말했다. 그리고 둘이 동시에 웃음을 터트렸다.

퍼트리샤의 발길이 머뭇거렸다. 그녀는 제임스와의 만남을 꺼리는 자신을 저주했다. 그는 모두를 위해 아주 많은 것을 해준 사람이었다. 퍼트리샤는 그를 향해 억지로 발걸음을 옮기며 함박웃음을 지었다. 요즘 제임스는 릴런드의 사업 자문을 도맡았고, 스스로를 컨설턴트라 불렀다. 주간에 바깥출입이 불가한 문제를 야간 업무로 만회했다. 그래셔스 케이의 계획을 세세히 검토하고, 자택에서 출장 요리로 저녁만찬을 대접해가며 외지 투자자들의 마음을 샀다. 때로 퍼트리샤는 이른 아침에 미들 스트리트를 걷다가 그의 집밖 거리에 여운처럼 남은 시가 냄새를 맡기도 했다. 그는 전화로 영업을 했고, 사람들을 격려해 익숙함을 탈피하도록 했으며, 릴런드에게 말총머리 헤어스타일을 권했다. 그는 그들을 미래로 실어갔다.

"우리는 자네를 반드시 결혼시키고 말 거야. 그래야 자네도 구속당하는 게 어떤 기분인지 알지." 카터가 제임스에게 말했다.

"내 자유를 포기할 만큼의 가치를 가진 상대를 아직 만나본 적이 없는걸."

요즘 제임스와 카터는 형제지간에 가까웠다. 카터가 개업하도록 설득한 장본인이 그였다. 카터에게 순회강연 일에 뛰어들라고 얘기한 것도 그였다. 카터는 힐튼 헤드, 머틀 비치, 애틀랜타에서 일라이 릴리나 노바티스 같은 제약회사가 제공해준 유급휴가를 즐기는 의사들에게 프로작과 리탈린의 미덕을 칭송했다. 오로지 그의 수완만으로 은행 계좌에 쌓여가는 이 돈이 코리를 대학에 보내고 부엌을 개조하고 BMW를 구입하는 밑천이었다. 그리고 맞다, 카터가 그 출장들에서 돌아온 뒤 이따금 젊은 여자가 집으로 전화해 닥터 캠벨을 찾곤 했다. 때로 그를 친근하게 카터라 일컫는 여자들도 있었다. 퍼트리샤는 그들에게 늘 그의 사무실 번호를 알려주었다. 그들이 누군지 물을 때마다 카터가 "염병할 비서들" 혹은 "여행사의 그 빌어먹을 계집애"라면서 몹시 심하게 화를 냈기에 퍼트리샤는 결국 묻기를 그만뒀고, 그들이 전화를 걸어올 때면 그저 남편의 사무실 번호나 건넸으며, 그 문제에 대해서는 생각하지 않으려고 안간힘을 썼다. 어떤 생각이라는 게 머릿속에 들어와 뒤틀린 모양으로 자라나는 것이 얼마나 쉬운 일인지 익히 알고 있었기 때문이다.

"퍼트리샤!" 제임스가 활짝 웃었다. "오늘 정말 근사한데요!"

"안녕, 제임스." 그렇게 말하는 그녀를 제임스가 당겨 안았다.

다들 한다는 이 포옹에 그녀는 아직도 익숙하지 않았기에 가만히 선 채로 그가 자신을 쥐어짜도록 내버려뒀다.

"이 인간이 나더러 올가을 내내 퍼트리샤랑 아이들과 저녁을 먹으라는데요." 제임스가 말했다. "본인이 출장 간 사이에 가족들을 살펴봐달라고요."

"우리도 기대하고 있어요." 퍼트리샤가 말했다.

"이번 달 책에서 뭐 하나 제대로 이해한 거 있어요?" 키티가 말했다. "군대 용어들이 어찌나 많은지 머리가 빙빙 돌더라니까."

"빙빙 도는 건 헬리콥터!" 호스가 건배의 의미로 요란스레 외치며 맥주를 치켜들었다.

남자들은 마약과의 전쟁과 도심의 우범지역과 학교의 금속탐지기에 대해 얘기하기 시작했다. 제임스가 크랙 베이비*를 운운하는 순간 퍼트리샤는 턱에서 시커먼 피를 뚝뚝 흘리며 인간의 것이 아닌 뭔가를 입속으로 집어넣는 그를 보았다. 그녀는 그 이미지를 황급히 떨쳐버린 뒤 늘 보는 그의 모습—저녁에 동네를 걸으며 손을 흔들고, 북클럽에서나 카터의 초대로 함께하는 식사 자리에서 보는—을 덮어씌웠다. 그 밴의 뒷자리는 컴컴했다. 너무 오래전 일이었다. 자신이 뭘 보았는지 확실하지도 않았다. 어쩌면 정말 별일이 아닐지도 몰랐다. 그는 그들에게 아주 많은 것을 주었다.

그 생각은 하지 않는 편이 차라리 나았다.

* 코카인중독자 산모에게서 태어난 아기를 일컫는 말.

25장

"그래서 그 사람이 뭐라고 했는데?" 카터가 물었다.

그가 부부침대 끝에 놓인 여행가방에 속셔츠와 정장용 양말을 던져넣던 손을 멈췄다.

"교장선생님 말이 블루가 두 달 동안 주말학교에 나가야 한대." 퍼트리샤가 말했다. "올해 안에 동물보호소에서 자원봉사 열두 시간을 채워야 하고."

"지금부터 시작하면 거의 일주일에 한 시간 꼴이네. 거기다 주말학교까지. 애를 데리고 그 많은 데를 누가 다녀?"

여행가방이 침대에서 미끄러져 쿵 소리를 내며 바닥에 떨어졌다. 카터가 욕지거리를 하며 몸을 숙이기 시작했으나 퍼트리샤가 더 빨랐다. 어색한 자세로 쪼그려앉느라 무릎이 우두둑거렸다. 출장을 앞둔 카터는 늘 제정신이 아니었기에 어떻게든 그를 차분한 상태에 묶어둬야 블루 문제에 도움이 될 터였다. 퍼트리샤는 여행가방을 들어 침대에 다시 올려놓았다.

"슬리크랑 카풀을 할 거야." 퍼트리샤가 가방에서 떨어진 속셔츠들을 개며 말했다.

카터가 고개를 절레절레 저었다.

"블루가 페일리네 아들이랑 엮이는 게 싫어. 솔직히 말해서 당신이 슬리크랑 엮이는 것도 싫어. 그 여자, 떠버리야."

"여건상 어쩔 수 없어. 슬리크도 나도 토요일마다 각자 아이를 싣고 왔다갔다할 시간이 없어."

"당신들 둘 다 전업주부잖아. 그런 거라도 안 하면 온종일 뭘 하는데?"

퍼트리샤는 핏줄이 옥죄이는 걸 느꼈지만 아무 말도 하지 않았다. 그게 그에게 그토록 중요한 문제라면 퍼트리샤 자신이 시간을 만들면 될 일이었다. 조여든 핏줄이 이완되는 걸 느꼈다. 그보다 더 신경쓰이는 건 슬리크에 대한 그의 평가였다.

퍼트리샤는 마지막으로 갠 속셔츠를 여행가방의 옷더미 위에 놓고 눌렀다.

"블루와 얘기해야 해."

그 말에 카터가 영혼 저 깊은 곳에서부터 한숨을 내쉬었다.

"어서 해치우자고."

퍼트리샤가 블루의 방문에 노크했고 카터가 그녀의 뒤에 와서 섰다. 아이는 대답이 없었다. 퍼트리샤는 얼른 손을 올려 다시 노크할 준비를 한 뒤 "네" 또는 "으흠" 또는 드물지만 "왜요?" 같은 소리가 날까 귀를 기울였다. 이내 카터가 냉큼 손을 뻗어 신경질적으로 문을 두드렸다. 문고리를 비틀며 한 손으로 여전히 노크를 하는 채 문을 밀어 열었다.

"블루?" 그가 퍼트리샤를 지나쳐 걸으며 말했다. "우리랑 얘기 좀 해야겠다."

책상 앞에 앉아 있던 블루가 은밀한 현장을 들키기라도 한 것처럼 고개를 불쑥 들었다. 지난여름 블루가 캠프에 간 사이 부부는 아이방에 북유럽풍 침실 세트를 들여놓았다. 밝은색 원목 합판이 사면의 벽을 두르고 창가 의자에는 서랍장이, 책장에는 책상이, 책상 옆에는 침대가 딸려 있었다. 블루는 그 내부를 신문에서 오려낸 공포영화 광고로 장식했다. 〈천천히 죽여라〉 〈네 살을 뜯어주마〉 〈네 피를 마셔주마〉 같은 영화의 광고들이 천장 팬의 바람에 약동하고 파닥이는 모습이 핀으로 고정해둔 나비들 같았다. 바닥에 더미로 쌓인 책은 대개 나치에 관한 것이었지만 개중 한 무더기 위에서 『무정부주의자의 요리책』인가와 『내 곁의 이방인』이 보였다. 퍼트리샤가 그간 찾던 책이었다.

침대에는 도서관에서 대출한 『나치의 생체실험과 결과』가, 창가 의자에는 스타워즈 액션피규어의 토막 난 잔해가 놓여 있었다. 옛 시절 아이에게 그 장난감들을 사주던 기억이 생생했다. 녀석들이 집 구석구석과 자동차 속을 오가며 했던 모험이 수년간 그녀 인생의 배경을 채웠다. 이제 아이는 보이스카우트 칼로 그것들의 얼굴을 깎아 분홍색 다면체 덩어리로 바꿔놓았다. 그것들의 손을 뜨거운 글루건으로 녹였고 몸뚱이를 성냥으로 지져놓았다.

그리고 그건 퍼트리샤의 탓이었다. 블루는 그녀가 부엌 바닥에서 경련하는 장면을 목격했다. 911에 전화했다. 남은 평생 그 기억을 안고 살 터였다. 어쨌든 아이가 액션피규어를 가지고 놀기에는 너무 컸다고 그녀는 되뇌었다. 십대 소년은 원래 이렇게들 노는 것이다.

"뭣 때문에 그러는데요?" 그렇게 묻는 블루의 목소리가 마지막에 살짝 갈라졌다.

아이가 변성기를 거치고 있음을 깨달은 퍼트리샤는 가슴이 한차례 따끔했다.

"자." 카터가 앉을 곳을 찾아 두리번거리며 말했다. 그게 불가능한 일이라는 사실을 모를 정도로 오랫동안 그는 블루의 방에 걸음하지 않았다. 그가 침대 끝에 걸터앉았다. "오늘 학교에서 무슨 일이 있었는지 얘기해줄래?"

블루는 기가 차다는 듯 의자 등받이에 거칠게 몸을 기댔다.

"맙소사. 별일 아니었어요."

"블루." 퍼트리샤가 말했다. "그렇지 않아. 너는 동물을 학대했어."

"자기 입으로 설명하게 둬." 카터가 말했다.

"아, 이런 맙소사." 블루가 눈을 흡떴다. "지금 나랑 하려는 얘기가 그거예요? 내가 동물학대자라고요. 그럼 잡아넣어요! 너도 조심해라, 래그태그."

마지막 말은 침대 밑 잡지 더미에서 자고 있던 개한테 하는 말이었다.

"다들 진정하지." 카터가 말했다. "블루, 네 생각에는 그게 무슨 일이었던 것 같은데?"

"멍청한 장난이었을 뿐이에요. 타이거가 스프레이 페인트를 가져와서 그걸 루퍼스한테 뿌리면 웃기겠다고 하더니 대뜸 저질러버린 거예요."

"교장실에서 했던 얘기는 그게 아니잖아." 퍼트리샤가 말했다.

"패티." 카터가 블루에게서 눈을 떼지 않으며 경고했다.

퍼트리샤는 자신이 아이를 몰아세우고 있다는 사실을 깨닫고 멈추면서 너무 늦지 않았기를 바랐다. 전에도 그랬다가 필라델피아행 비행기에서 블루가 분노로 뒤집어졌다. 그 와중에 코리가 트레이를 쳐서 기내식 한 세트가 박살나고, 카터가 콧마루를 주무르고, 퍼트리샤가 처방받은 정신과 약들을 챙겨 먹는 지경에 이르렀다. 그녀가 몰아세우면 상황이 늘 악화되었다. 지금은 이미 너무 늦어버렸다.

"왜 엄마는 맨날 나 말고 다른 사람 편만 들어요?" 블루가 말하며 의자에서 상체를 벌떡 일으켰다.

"모두 진정할 필요……" 카터가 다시 입을 열었다.

"루퍼스는 그냥 개예요. 매일같이 사람들이 죽어나가요. 아기들을 낙태해요. 홀로코스트에서 육백만 명이 죽었어요. 아무도 신경 안 써요. 그냥 멍청한 개 한 마리일 뿐이에요. 목욕이나 시키면 될 일이라고요."

"다들 심호흡 한번 해야겠다." 카터가 진정하라는 의미로 블루에게 양손바닥을 펴 보였다. "다음주에 너랑 나랑 시간을 내서 '코너스 척도'라는 검사를 할 거야. 네가 다른 사람에 비해 집중력을 발휘하는 데 어려움을 겪는지 평가하는 검사야."

"그래서 어쩌려고요?"

"만약 그렇다면," 카터가 설명했다. "너한테 리탈린이라는 걸 처방할 거야. 네 친구 중에도 먹는 애들이 여럿 있을걸. 그 약이 너라는 사람을 바꾸거나 하는 건 아냐. 그냥 네 두뇌용 안경 같은 거지."

"나는 두뇌용 안경 필요 없어요!" 블루가 악을 썼다. "검사 따윈 안 한다고요!"

래그태그가 고개를 들었다. 퍼트리샤는 이 상황에 제동을 걸고 싶었다. 카터는 이 문제에 대해 그녀와 미리 상의하지 않았다. 이런 종류의 결정은 부부가 함께 내려야 한다.

"이래서 너는 아이고 나는 어른이라는 거야." 카터가 말했다. "나는 네게 필요한 걸 너 자신보다 더 잘 알아."

"아니, 아니죠!" 블루가 다시 악을 썼다.

"우리 모두 잠깐 시간을 가져야겠다." 카터가 말했다. "저녁식사 후에 다시 얘기하자."

그가 퍼트리샤의 팔꿈치를 잡고 방밖으로 이끌었다. 퍼트리샤는 블루를 돌아보았다. 책상에 엎드린 아이의 어깨가 들썩였고 그녀는 뼈에 사무치도록 절실히 아이 곁에 머물고 싶었다. 그러나 카터가 그녀를 복도로 내몰고는 등뒤로 문을 닫았다.

"블루는 절대……" 카터가 입을 열었다.

"재 왜 저렇게 악쓰는 거예요?" 코리가 말 그대로 방에서 튀어나오며 물었다. "재가 뭘 했는데요?"

"너랑은 상관없는 일이다." 카터가 말했다.

"블루랑 실제로 얼굴을 마주치며 사는 사람의 의견이 필요할 줄 알았죠."

"네 의견이 필요하면 그때 얘기하마."

"그래요!" 코리가 쏘아붙이고 방문을 세게 닫았다. 문이 문틀에 부딪히며 날카로운 충격음을 냈다. 그 너머에서 소리 낮춰 하는 말이 들려왔다. "그러시든지 말든지."

코리는 수년간 매우 무난하게 지냈다. 방과후 스텝 에어로빅에 가고, 수요일 밤마다 축구팀 여자애들과 모여 드라마 〈베벌리힐스의 아이들〉을 보고, 여름에는 프린스턴 축구 캠프에 갔다. 그러나 올가을에는 아이가 방문을 걸어 잠그고 들어앉아 있는 시간이 점점 길어지기 시작했다. 외출하지도 않고 친구를 만나지도 않았다. 코리의 감정은 거의 혼수상태에서 폭발적인 분노에 이르기까지 기복이 상당했고, 퍼트리샤는 무엇이 아이를 폭발하게 만드는지 알지 못했다.

카터는 자신의 환자들에게 허다한 일이라고 얘기했다. 코리는 수험생이고 대입시험이 다가오고 있으며 아이는 대학에 지원해야 하는 상황이라고, 쓸데없는 걱정 말라고, 어차피 이해도 못한다고, 그렇게 마음이 쓰이면 입시 스트레스와 관련한 기사를 줄테니 그거라도 좀 읽으라고.

코리의 방문 너머에서 음악소리가 더 커졌다.

"부엌 청소를 마저 해야겠어." 퍼트리샤가 말했다.

"블루의 저런 행동거지에 대한 책임을 나한테 떠넘길 생각은 마." 카터가 퍼트리샤를 따라 계단을 내려오며 말했다. "쟤는 자제력이란 게 아예 없어. 자기감정을 어떻게 다스리는지는 당신이 가르쳤어야지."

카터가 그녀를 따라 가족실로 들어왔다. 퍼트리샤는 진공청소기를 들고 싶어 미칠 지경이었다. 청소기의 포효로 모두의 목소리를 덮어버릴 수 있게, 모든 걸 지워버릴 수 있게. 블루의 반항에 대해서는 생각하고 싶지 않았다. 그게 그녀의 탓이라는 걸 익히 알아서였다. 아이는 부엌 바닥에서 그녀를 발견한 순간부터 달리 행동하기 시작했다. 카터가 그녀를 따라 부엌으로 들어왔다. 천장을 뚫고 내려오는 코리의 음악소리가 들렸다. 하모니카와 기타가 웅웅거렸다.

"전에는 이런 식으로 군 적이 없었어." 카터가 말했다.

"당신이 아이랑 시간을 보내지 않아 잘 모르는 걸 수도 있지."

"상태가 이렇게나 안 좋은 걸 알았으면 미리 얘기하지 그랬어?"

퍼트리샤는 뭐라 대답할 말이 없었다. 부엌 한가운데에 서서 주위를 둘러보았다. 개조 공사에 필요한 치수를 재고 있을 때 학교로부터 연락을 받았었다. 블루와 타이거가 개한테 스프레이 페인트를 뿌린 일로 교장 면담을 오라는 얘기였다. 그리고 보관장에는 버려야 할 것들이 너무도 많았다. 줄줄이 꽂아놓고 한 번도 보지 않은 요리책들, 포장 상자에 그대로 담긴 아이스크림 제조기. 플러그를 분실한 팝콘 기계. 퍼트리샤는 개 사료 보관장의 손잡이를 고정해둔 고무줄을 풀고 안을 들여다보았다. 한쪽 구석의 신발상자에 주유소에서 준 도로지도들이 꽂혀 있었다. 자신들은 이 모든 게 정말 필요한 걸까?

"모래에 고개를 처박고 모른 척한다고 될 일이 아냐, 패티."

잡동사니를 넣어둔 서랍장도 살펴봐야 했다. 퍼트리샤는 서랍을 당겨 열었다. 이 지스러기는 다 어디에 쓰는 것들인가? 모조리 쓰레기통에 버리고 싶지만 개중 값나가는 물건의 중요한 부품이 섞여 있기라도 하면 어쩌나?

"내 말을 듣고 있기는 해?" 카터가 물었다. "지금 뭐하는 거야?"

"부엌 보관장을 정리하는 중이야."

"지금 그럴 때가 아냐. 우리 아들한테 무슨 일이 벌어지고 있는 건지 파악을 해야지."

"나 나가요." 블루가 말했다.

그들이 몸을 돌렸다. 블루가 가방을 메고 가족실 문간에 서 있었다. 학교에 갖고 다니는 책가방이 아니라 아이의 벽장에 보관하던 줄이 끊어진 다른 가방이었다.

"날이 저물었어." 카터가 말했다. "아무데도 못 가."

"간다면 어떻게 막을 건데요?"

"한 시간 내로 저녁 먹을 거야." 퍼트리샤가 말했다.

"내가 알아서 할게, 패티." 카터가 끼어들었다. "블루, 이층으로 가서 엄마가 저녁 먹으라고 부를 때까지 대기해."

"내 방문에 자물쇠라도 달 건가요? 그렇게 하지 않는 한 나는 나갈 거니까요. 이 집에 더 있기 싫어요. 지금 두 분은 나한테 약이나 왕창 먹여서 좀비로 만들려는 거잖아요."

카터가 한숨을 쉬며 앞으로 나서서 상황을 보다 긍정적으로 설명해보려 했다. "너를 좀비로 만들려는 사람은 없어. 우리는……"

"내가 뭘 하든 막을 수 없다고요." 블루가 으르렁거렸다.

"저 문을 나서기만 해. 경찰서에 전화해서 가출청소년으로 신고할 거야." 카터가 말했다. "너는 수갑이 채워져 끌려올 테고,

전과도 생기게 될 거야. 그게 네가 원하는 거야?"

블루가 둘을 쏘아보았다.

"재수없어!" 그러고는 악을 쓰고 쿵쿵거리며 가족실 밖으로 사라졌다.

아이가 계단을 뛰어올라가 방문을 거세게 닫는 소리가 들렸다. 코리가 음량을 키웠다.

"상황이 이렇게까지 엉망이 됐는지 몰랐어." 카터가 말했다. "항공편을 바꿔서 하루 일찍 돌아올 거야. 무슨 일이 있어도 이 문제를 해결해야 해."

그가 말을 계속하는 동안 퍼트리샤는 오래된 요리책들을 정리하기 시작했다. 리탈린과 관련한 사항들—지속성, 복용량, 코팅제제—에 대한 카터의 설명이 한창인 와중에 블루가 뒷짐을 지고 가족실로 돌아왔다.

"내가 나가면 경찰에 전화를 하겠다고요?"

"그렇게 되는 건 나도 원치 않아, 블루." 카터가 말했다. "하지만 별다른 선택지가 없을 것 같구나."

"전화선 없이 신고 한번 잘해보시든가요."

블루가 손을 내밀었고 그 순간 퍼트리샤는 아이가 스파게티 면발을 들었다고 생각했다. 그리고 이내 아이가 들고 선 것이 전화선이라는 사실을 깨달았다. 눈으로 목격한 바를 제대로 이해하기도 전에 블루가 가족실에서 달려나갔고, 그녀와 카터가 빠른 걸음으로 뒤쫓아 전실에 도달하는 찰나 현관문이 쿵 소리를 내며 닫혔다. 그들이 바깥현관에 섰을 때 아이는 황혼녘의 어스름 속으로 사라지고 없었다.

"손전등 가져올게." 퍼트리샤가 실내로 들어가려 몸을 돌렸다.

"됐어." 카터가 말했다. "춥고 배고프면 돌아올 거야."

"콜먼 대로까지 나갔다가 누군가 차라도 태워준다고 하면 어떡해?"

"패티, 당신의 상상력은 훌륭하지만 그런 일은 일어나지 않아. 블루는 올드 빌리지 인근이나 헤매고 다니다 한 시간 내로 슬그머니 들어올 거야. 녀석은 재킷조차 안 챙겼어."

"그렇지만……" 그녀가 다시 입을 열었다.

"나 이걸로 벌어먹고 사는 사람이야, 잊었어? K마트에 가서 전화선이나 새로 사올게. 블루는 나보다 먼저 돌아올 거야."

아니었다. 저녁식사를 마친 뒤 퍼트리샤는 부엌 보관장 청소를 계속하면서 전자레인지 시계의 숫자가 여섯시 사십오분에서 일곱시 삼십분으로, 여덟시 일분으로 기어가는 모습을 지켜보았다.

"카터." 그녀가 말했다. "우리 진짜 뭐든 해야 할 것 같아."

"훈육에는 극기가 요구되는 법이야."

퍼트리샤는 쓰레기통들을 바깥현관으로 끌어온 다음 거기에 팝콘 기계와 낡은 아이스크림 제조기를 넣었다. 해수어항 속 장식들을 죄다 떼어내서 건조시키기 위해 세탁실 싱크대에 널어뒀다. 마침내 전자레인지 시계가 열시로 바뀌었다.

열시 십오분까지 아무 말도 안 할 거야, 퍼트리샤는 다짐하면서 오래된 요리책들을 해리스 티터 마켓의 비닐봉지에 넣었다.

"카터." 그녀가 불렀다. 열시 십일분이었다. "내가 차를 갖고 나가서 둘러볼게."

그가 한숨을 쉬며 신문을 내려놓았다.

"패티……" 그가 말을 시작하는데 전화가 울렸다.

카터가 퍼트리샤보다 재빨랐다.

"여보세요?" 퍼트리샤는 그의 어깨가 이완되는 것을 보았다. "하느님 감사합니다. 물론이지…… 어어, 어어…… 자네만 괜찮다면…… 물론이지……"

카터는 통화를 끝낼 기미를 보이지 않았다. 무슨 일인지 말해줄 기색조차 없었다. 퍼트리샤는 거실로 뛰어가 보조전화의 수화기를 들었다.

"코리, 수화기 내려놔라." 카터가 말했다.

"나야." 퍼트리샤가 말했다. "여보세요?"

"안녕, 퍼트리샤." 부드럽고 낮은 목소리가 말했다.

"제임스."

"걱정시키고 싶지 않아서요." 제임스가 그들에게 말했다. "블루는 나랑 있어요. 몇 시간 전에 집에 왔고 함께 얘기를 나눴어요. 내가 놀다 가도 된다고 했는데 녀석이 엄마랑 아빠한테 여기 있다는 걸 알려야 한다고 해서. 둘이 머리칼을 쥐어뜯고 있을 게 눈에 선하기도 하고."

"정말…… 고마워요." 퍼트리샤가 말했다. "내가 당장 갈게요."

"그게 괜찮은 생각인지 잘 모르겠군요." 제임스가 대꾸했다. "여러분의 가정사에 끼어들고 싶진 않은데, 아이가 자고 가도 되느냐고 물어서요. 집에 손님방이 있기는 합니다."

제임스와 카터는 요트클럽에 딸린 주점에서 일주일에 한 번씩 술을 마셨다. 둘은 호스와 함께 비둘기 사냥을 나갔다. 블루와 코리를 씨워 농장에 데려가 야간 새우잡이를 했다. 카터가 출장중일 때 그가 집에 들러 함께 식사한 적도 대여섯 번은 되었다. 그와 마주할 때면 퍼트리샤는 자신이 보았던 것의 기억을 접어뒀다. 적당히 거리를 두면서 태연하면서도 싹싹한 태도를 유지했다. 아이들은 그를 숭배했다. 그는 블루에게 크리스마스 선물로 커맨드 어쩌고 하는 컴퓨터게임을 사주었다. 카터는 자신의 경력과 관련한 문제를 그와 의논했다. 게다가 그는 듣는 게 아니라 사실상 견디는 거라고 말해야 옳을 코리의 음악들에도 식견이 있었다. 그래서 퍼트리샤는 노력했다. 하지만 블루가 제임스의 집에서 그와 단둘이 밤을 보내는 건 지금도 내키지 않았다.

"폐를 끼치고 싶지 않아요." 퍼트리샤가 말했다. 높고도 어딘가 막힌 듯 빽빽한 목소리였다.

"어쩌면 그게 최선일지도 모르겠네." 카터가 끼어들었다. "이걸 분위기 전환의 계기로 삼을 수 있겠어."

"폐를 끼친다는 걱정은 마요." 제임스가 말했다. "나도 시간을 함께 보낼 사람이 있어 좋으니까. 잠깐만요."

잠시 정적이 흘렀고, 퍼트리샤는 귀에서 쿵 소리가 났다. 다음 순간 아들의 숨소리가 들렸다.

"블루? 너 괜찮아?"

"엄마." 블루가 말했다. 아이가 마른침을 삼키는 소리가 들렸다. "죄송해요."

퍼트리샤의 눈에 불쑥 눈물이 차올랐다. 아이를 품에 안고 싶었다. 당장.

"네가 괜찮다니 그거면 됐어."

"엄마한테 소리 질러서 죄송해요. 루퍼스한테 한 짓도 잘못했고요." 다시 침을 삼키는 블루의 숨소리가 거칠었다. "그리고 아빠, 내가 검사를 받는 게 아빠의 뜻이라면, 제임스 아저씨가 그러는데, 검사를 받는 게 옳대요."

"아빠는 너한테 뭐가 최고일지만 생각해." 카터가 말했다. "네 엄마랑 나, 둘 다."

"사랑해요." 블루가 허겁지겁 말했다.

"제임스 아저씨가 하는 말 귀기울여 들어." 카터가 말하고 나자 제임스가 수화기를 넘겨받았다.

"여러분이 조금이라도 불편해하는 일은 결코 하고 싶지 않아요. 두 분 다 괜찮은 거 확실해요?"

"괜찮고말고." 카터가 대답했다. "우리야 정말 고맙지."

퍼트리샤는 숨을 들이마시고 뭔가를 말하려다 그만뒀다.

"네. 당연히 괜찮죠. 고마워요."

이러는 편이 가족을 위해 더 나았다. 제임스는 정말 수차례 자신을 입증했다. 분노에 몸서리치는 아들을 그녀에게 사랑한다고 말하는 아들로 바꿔놓았다. 그녀는 너무 오래전의 그것, 가물가물하지만 스스로 기억이라 믿는 그것을 곱씹는 일을 멈춰야 했다.

그리 대단한 일 아니야, 그녀는 되뇌었다. 네가 한때 진실이라고 믿었던, 그 비정상적이고 끔찍한 생각 따윌 무시하는 것쯤이야. 그 대가로 이 모든 걸, 새 선창을, 차를, 런던 여행을, 네 귀를, 아이들의 대학을, 코리의 스텝 에어로빅과 블루의 친구를 얻는다면, 그렇게 많은 것들을 얻는다면. 전혀 나쁜 거래가 아니야.

26장

아침에 제임스의 집에 들러 블루를 등교시키는 일은 카터가 맡았다.

"다 괜찮아질 거야, 패티."

퍼트리샤는 그 말에 별 대꾸하지 않았다. 그 대신 냉동 페이스트리를 데우고, 코리에게 초커 목걸이를 하고선 등교할 수 없다고 말했다가 아이가 자기는 수녀나 다름없다고 불퉁거리는 소리를 내내 들어야 했다. 마침내 딸이 사라진 뒤 퍼트리샤는 집안에서 있었다, 혼자서.

10월이었지만 햇빛이 실내를 따사로이 데우며 나른함을 몰고 왔다. 래그태그가 다이닝룸 바닥에서 햇빛 한 조각을 찾아내고 그 위에 쓰러졌다. 녀석의 갈빗대가 오르내리더니 두 눈이 감겼다.

퍼트리샤는 계획한 일—부엌 보관장 정리 마치기, 일광욕실의 신문과 잡지 전부 치우기, 세탁실에 뒀던 해수어항을 어떻게 할지 궁리하기, 진공청소기로 차고 방 밀기, 가족실의 서랍장 비우기, 침대시트 갈기—이 너무 많은 나머지 어디서부터 시작해야 할지 감이 오지 않았다. 커피를 다섯 잔째 마셨고, 집안의 고요에 짓눌렸다. 햇빛이 점점 뜨거워지고 푸근해지면서 실내 공기가 잠을 부르는 안개로 응결했다.

전화가 울렸다.

"캠벨 가입니다."

"블루는 학교에 잘 갔어요?" 제임스가 물었다.

퍼트리샤는 윗입술에서 진땀 한줄기가 삐질삐질 돋아났고, 무슨 말을 해야 할지 모르는 사람처럼 멍한 기분이 들었다. 숨을 들이마셨다. 카터는 제임스를 신뢰한다. 블루가 그를 신뢰한다. 퍼트리샤 자신이 삼 년간 고수해온 그와의 거리 두기가 무슨 소용이 있었나? 제임스는 그녀의 아들에게 중요한 존재였다. 가족에게 중요한 존재였다. 그를 밀어내는 일을 그만둬야 했다.

"무사히 갔어요." 퍼트리샤가 말하며 부러 미소를 지었다. 목소리에 깃든 미소를 그가 느낄 수 있게. "지난밤에 아이를 받아줘서 고마워요."

"상당히 화가 나서 왔던 걸요. 녀석이 나를 찾아오기로 결심한 이유가 뭔지도 잘 모르겠어요."

"아이가 찾아갈 만한 곳으로 당신 집을 떠올려서 기뻐요." 그녀는 부러 그렇게 말했다. "거리를 헤매고 다니느니 거기 있는 게 좋죠. 올드 빌리지도 예전처럼 안전하지 않으니까요."

제임스의 목소리에 담소를 나눌 시간이 넉넉한 사람 특유의 느긋한 기운이 감돌았다. "녀석이 그러는데 부모님이 옆집에 가서 경찰을 부를까봐 무서웠대요. 그래서 알람브라 뒤쪽 덤불에 잠시 숨었답니다. 저녁을 먹고 온 건지 잘 모르겠어서 프렌치 브레드 피자를 좀 데워서 줬어요. 그래도 괜찮은 거면 좋겠는데."

"괜찮아요. 고마워요."

"집에 무슨 일이라도 있는 겁니까?"

부엌 창문으로 들어오는 햇빛에 눈이 아려와 퍼트리샤는 가족실의 서늘한 어둠으로 시선을 돌렸다.

"블루는 지금 십대가 되어가는 중이니까요."

"퍼트리샤." 제임스가 말했다. 그녀는 그 목소리에 깃든 진심을 들었다. "내가 이사왔을 때, 당신이 나를 탐탁지 않게 봤던 거 알아요. 하지만 어떻게 생각하든 내가 당신의 아이들에게 마음을 쓴다는 말만큼은 믿어주세요. 착한 녀석들이에요. 카터가 일을 너무 많이 하다보니 아이들 문제 대부분을 당신 혼자 감당하게 될까 걱정스럽네요."

"뭐, 개업하고부터 그이가 계속 바쁘긴 하죠."

"온 세상 돈을 다 벌어들일 필요는 없다고 얘기해봐도 그러네요. 자녀들이 성장하는 과정을 함께하지 못하는데 일이 다 무슨 소용이겠어요?"

퍼트리샤는 카터를 두고 뒷말을 하는 게 부정하게 느껴졌지만 한편으로는 안심이 되기도 했다.

"카터는 엄청난 압박감에 시달려요."

"압박감에 시달리는 건 당신이죠." 제임스가 대꾸했다. "십대 아이 둘을 거의 혼자 기른다는 건 너무 과해요."

"블루가 가장 힘들어하죠. 학교 수업을 따라가는 데 애를 먹고 있어요. 카터는 주의력 결핍 장애 때문이라고 생각해요."

"2차대전 얘기를 할 때는 주의력이 멀쩡하던데요."

블루를 이해하는 누군가와 아이의 문제를 의논한다는 친밀감이 퍼트리샤의 긴장을 풀어주었다.

"블루가 개한테 스프레이 페인트를 칠했어요."

"뭐라고요?" 제임스가 웃음을 터트렸다.

그러다 잠시 후, 퍼트리샤도 웃음이 터졌다.

"딱하게 됐죠." 그녀는 죄책감을 느끼며 말했다. "이름이 루퍼스예요. 학교의 비공식 마스코트래요. 블루랑 슬리크 페일리네 막내가 스프레이 페인트를 가지고 녀석을 은색으로 만들어놔서, 연말까지 주말학교에 나가게 됐어요."

막상 입 밖으로 꺼내놓으니 엉뚱하게만 들렸다. 퍼트리샤는 이 사건이 내년쯤에는 유쾌한 가족사가 되는 장면을 상상했다.

"개는 괜찮은 건가요?" 제임스가 물었다.

"괜찮을 거라고 해요. 그런데 개한테서 그 페인트를 어떻게 벗겨내죠?"

"내가 이번에 CD 체인저*를 샀거든요. 블루한테 집에 들러 연결하는 걸 도와달라고 할게요. 녀석이 오면 어떻게 된 일인지 물어보고 알려줄게요."

"그래줄래요? 그러면 정말 고맙겠어요."

"이렇게 다시 얘기하니까 좋군요. 집에 와서 커피 한잔 할래요? 그간 못한 얘기도 나눌 겸."

퍼트리샤는 좋다는 말을 내뱉을 뻔했다. 어떤 상황에서든 일단 동의부터 하고 보는 사람이었으니까. 그런데 그때 그녀는 뭔가 깨끗하고 싸늘하고 병원 같은 냄새를 맡았다. 그 냄새에 이끌려 햇빛 찬란한 부엌에서 어딘가로 순간이동이라도 하는 듯 느껴졌다. 그러더니 느닷없이 사 년 전으로 돌아가 있었고 차고 방문이 열려 있었으며 미스 메리가 쓰던 요실금 기저귀 냄새가 났다. 순간 그녀는 그 오랜 세월 전의 자신, 매사에 끝없이 사과하지 않아도 되었던 여자로 되돌아간 듯 느끼면서 말했다. "고맙지만 사양할게요. 부엌 보관장 정리를 마쳐야 해요."

"다음을 기약하죠, 그럼." 제임스가 말했다. 퍼트리샤는 그가 이 목소리 변화를 감지했을지 궁금했다.

전화를 끊고 차고 방의 잠긴 문을 바라보았다. 그녀가 미스 메

* 여러 장의 CD를 삽입해두고 재생할 수 있는 장치.

리의 방에 썼던 카펫용 세제와, 미스 메리가 사고를 당한 뒤 그린 부인이 뿌렸던 솔잎향 리졸 소독제의 냄새가 났다. 당장이라도 문이 활짝 열리고 흰색 바지와 블라우스를 입은 그린 부인이 둘둘 만 시트들을 품에 안고 계단을 올라올 것만 같았다.

퍼트리샤는 몸을 일으켜 문을 향해 걸었다. 한 걸음씩 내디딜 때마다 미스 메리가 쓰던 방의 냄새가 강해졌다. 문 옆에 걸린 열쇠를 빼낸 뒤 그녀는 손목 끝에서 넓게 펼쳐지는 자신의 손을 물끄러미 바라보다가 잠금장치에 열쇠를 꽂았다. 손을 돌리자 딸깍하는 소리와 함께 잠금이 풀리면서 문이 활짝 열리고 차고 방이 휑하게 펼쳐졌다. 서늘한 공기와 먼지뿐, 냄새 같은 건 전혀 나지 않았다.

퍼트리샤는 문을 잠근 뒤 일광욕실의 신문부터 치우고 부엌 보관장 정리를 마무리하기로 했다. 래그태그가 일광욕을 즐기고 있는 다이닝룸을 지나갈 때 녀석이 한쪽 귀를 씰룩거렸다. 일광욕실에 들어서니 신문과 잡지의 유광 표지에서 반사되는 강렬한 빛에 눈이 머는 듯했다. 그녀는 카터가 오토만 의자 위에 올려둔 신문들을 집어들고 다시 다이닝룸을 통과해 부엌으로 갔다. 그렇게 가족실로 들어서는데 다이닝룸의 문 너머에서 웬 목소리가 들렸다.

퍼트리샤.

그녀가 몸을 돌렸다. 아무도 없었다. 다음 순간, 다이닝룸 출입문의 경첩을 따라 벌어진 틈 사이로 그녀를 노려보는 파란색 눈

하나와 그 위를 드리운 백발이 보였다. 그러다 다시 다음 순간에는 문 뒤로 노란색 벽뿐이었다.

퍼트리샤는 잠시 그대로 있었다. 피부가 스멀거리고 어깨가 경련했다. 한쪽 뺨에서 근육 하나가 전율하는 게 느껴졌다. 거기에는 아무것도 없었다. 자신은 냄새환각이라는 걸 겪었고 그게 미스 메리의 목소리를 들었다고 믿게 만든 것이었다. 그뿐이었다.

래그태그가 일어나 앉더니 다이닝룸의 열린 문에 시선을 고정했다. 퍼트리샤는 신문을 쓰레기통에 넣고 다이닝룸을 통과해 일광욕실로 향했다.

〈레드북〉과 〈레이디스 홈 저널〉과 〈타임〉을 들고 잠시 망설이다 다시 다이닝룸을 통과해 가족실로 갔다. 그녀가 다이닝룸의 열린 문을 통과하는 찰나, 그 뒤에서 미스 메리가 속삭였다.

퍼트리샤.

숨이 목구멍에 걸렸다. 잡지를 말아 쥔 손에 경련이 일었다. 꼼짝할 수 없었다. 퍼트리샤는 뒷덜미를 쑤시는 미스 메리의 시선을 느꼈다. 다이닝룸의 문 뒤에 선 미스 메리를, 갈라진 틈으로 노려보는 광란한 눈을 느꼈다. 다음 순간, 그녀의 속삭임이 홍수처럼 쏟아졌다.

놈은 아이들을 노린다, 놈이 그애를 데려갔어, 놈이 내 손주를 차지했다, 내 손주를 노렸다, 야행귀, 호이트 피컨스는 아기들의 피를 빤다, 토실토실 조그만 다리를 가진 달디달고 통통한 아기들의 피를, 놈은 진드기처럼 파고든다, 진드기처럼 파고들어 네 전부를 빨아간다 퍼트리샤, 놈은 내 손주를 노렸다. 일어나 퍼트리샤, 일어나, 야행귀가 네 집에 있다, 내 손주를 넘본다, 일어나 퍼트리샤, 퍼트리샤 일어나, 일어나, 일어나……

그건 죽은 말들, 식어버린 입술 사이에서 광적으로 흘러나오며 식식거리는 음절들이었다.

"미스 메리?" 퍼트리샤가 입을 열었지만 혀는 둔중하기만 했고 그녀의 말은 간신히 뱉어낸 한 마디 속삭임일 뿐이었다.

놈은 악마의 아들인 야행귀다, 이제 놈이 내 손주를 데려간다, 일어나 일어나 일어나, 어설라에게 가거라, 그 여자한테 사진이 있다, 그 여자 집에 있어, 어설라에게 가……

"나는 못해요." 퍼트리샤가 말했다. 이번에는 가족실 벽에서 목소리가 되울릴 정도로 힘을 내는 데 성공했다.

속삭임이 뚝 끊겼다. 퍼트리샤가 몸을 돌렸을 때 문틈은 비어 있었다. 손톱이 타닥거리는 소리에 그녀는 기함했지만 래그태그가 자리에서 일어나 잰걸음으로 방을 나가는 소리일 뿐이었다.

퍼트리샤는 귀신을 믿지 않았다. 미스 메리의 '식탁 마법'도 지역 대학의 웬 사회학자나 관심을 가질 주제쯤으로만 여겼다. 작고한 할머니가 꿈에 나타나 잃어버린 결혼반지의 행방을 말해줬다는 둥, 사촌 에디가 이제 막 죽었다는 소식을 전해줬다는 둥 떠드는 여자들이 퍼트리샤는 짜증스러웠다. 그런 건 진짜가 아니었다.

그런데 이건 진짜였다. 지난 삼 년간 그녀가 경험했던 그 무엇보다 진짜였다. 미스 메리가 이 방에 있었다. 다이닝룸의 문 뒤에 서서 속삭이며 경고했다. 제임스 해리스가 그녀의 아이들을 원한다고, 블루를 원한다고. 귀신은 진짜가 아니었다. 하지만 이건 진짜였다.

퍼트리샤는 자신이 또 착각한 건지 문득 걱정이 일었다. 자신의 판단력이 위태위태했기에 그것을 믿기가 망설여졌다. 하지만 이건 진짜였다. 확실히 해둔다고 문제될 건 없었다. 뭐가 어쨌든 그녀는 한낱 주부일 뿐이니까. 이런 거 말고 다른 할일이 뭐 있겠는가?

일어나, 퍼트리샤.

"어떻게요?"

일어나, 퍼트리샤.

"어떻게요?"

어설라에게 가.

"누구요?"

어설라 그린.

27장

퍼트리샤는 손바닥에서 땀이 그렇게까지 많이 날 수 있는지 미처 몰랐다. 식스 마일 방면 라이플 레인지 로드를 달리는 동안 운전대 여기저기가 땀으로 얼룩졌다. 그녀는 그린 부인에게 크리스마스카드들을 보냈었다. 물론 전화는 양방향으로 멀쩡히 작동 중이었다. 어쩌면 그린 부인은 그녀와의 만남을 원치 않았을 것이다. 어쩌면 퍼트리샤는 그녀의 사적 영역을 존중한 것일 뿐이다. 퍼트리샤가 잘못한 건 없다. 가끔은 아무 이유 없이 누군가와 잠시간 연락하지 않는 일도 있는 법이다. 퍼트리샤는 손바닥을 바지에 문질렀다. 한 번에 한 손씩 말려보려 애썼다.

그린 부인은 아마 집에 없을 터였다, 대낮이었으니까. 일을 나갔을 것이다. 진입로에 부인의 차가 없으면 이대로 그냥 돌아갈 거야, 퍼트리샤는 혼잣말을 했다. 그렇게 결정하고 나자 거대한 안도감이 파도처럼 덮쳐왔다.

라이플 레인지 로드는 전과 달랐다. 도롯가의 나무들은 잘려 나갔고 갓길은 헐벗었다. 번쩍번쩍하니 새로 닦은 검은색 아스팔트길 중간에 녹색과 흰색으로 된 간판이 서 있었다. 신식 농장주택 그림 아래에 이렇게 적혀 있었다. 그래셔스 케이, 1999년 완공, 페일리 부동산. 간판 너머로 누런 골조들을 훤히 드러낸 그래셔스 케이가 얼마 남지 않은 나무들을 앞세우고 우뚝 솟아 있었다.

퍼트리샤는 주 도로로 접어들어 식스 마일로 귀환하는 구불구불한 길을 달리기 시작했다. 가옥들이 휑했다. 몇 집은 문짝을 잃어버렸고 대부분은 앞마당에 매매 표지판을 꽂았다. 밖에서 노는 아이들이 아무도 없었다.

그릴 플레임 로드를 발견하고 길을 따라 천천히 내려가자 마침내 식스 마일이 나타났다. 그곳의 많은 것이 살아남지 못했다. 마운트 지온 A.M.E.의 뒤쪽을 체인링크 울타리가 감싸안았고, 그 뒤에 생긴 거대한 흙밭에는 샛노란색 토공용 기계와 건축 자재들의 잔해가 한가득이었다. 농구장은 완전히 파헤쳐졌고 그 주변 숲은 숱을 잃어 나무라고는 몇 그루 남지 않았으며, 완다 테일러가 살던 곳 부근의 트레일러들은 모조리 사라졌다. 교회의 이쪽 면에 남은 가옥 일곱 채가 전부였다.

그린 부인의 토요타가 진입로에 있었다.

차를 대고 차문을 열기가 무섭게 그래셔스 케이에서 테이블톱이 내는 고음의 끽끽거림, 트럭의 덜컹거림, 귀청을 찢을 듯한 벽돌과 불도저의 달그락거림이 귀를 습격했다. 건설 현장의 혼돈에 소스라쳐 생각하는 게 잠시 불가능했다. 퍼트리샤는 이내 정신을 추스르고 그린 부인네 초인종을 눌렀다.

잠잠했다. 이런 소음 속이니 그린 부인이 벨소리를 듣지 못했을 수도 있겠다 싶어 창문을 똑똑 두드렸다. 집에 아무도 없었다. 어쩌면 부인의 차가 고장나서 다른 사람의 차를 얻어 타고 일을 나갔는지도 모른다. 안도감이 홍수처럼 들이쳤고 퍼트리샤는 뒤돌아 자신의 볼보로 향했다.

공사 소리가 너무 시끄러워서 처음에는 듣지 못했지만 두번째는 들었다. "캠벨 부인."

몸을 돌리니 문간에 선 그린 부인이 보였다. 스카프 속에 머리칼을 밀어넣고 큼지막한 분홍색 티셔츠 위에 작업용 멜빵바지를 입었다. 퍼트리샤의 내장에 구멍이 패고 거기서 거품이 버글거리는 것 같았다.

"그게……" 퍼트리샤는 입을 열다가 자신의 단어들이 공사 소음에 눌려 사라지고 마는 걸 깨달았다. 그녀는 그린 부인에게 걸어갔다. 가까워지며 보니 부인의 피부에 잿빛이 감돌았고 두 눈에 잠이 가득했으며 두피에는 비듬이 있었다. "집에 아무도 없는 줄 알았어요." 퍼트리샤가 공사 소음 너머로 소리쳤다.

"낮잠을 자는 중이었어요." 그린 부인이 소리쳐 답했다.

"낮잠이라니, 좋네요." 퍼트리샤도 소리쳤다.

"아침에 청소일을 하고 저녁에는 월마트에서 밤샘으로 재고 정리를 해요." 그린 부인이 외쳤다. "그리고 아침에 곧바로 청소일을 가죠."

"뭐라고요?"

그린 부인이 주위를 둘러보고 집안을 들여다본 뒤 퍼트리샤를 쳐다보고 고개를 짧게 끄덕였다. "들어와요."

그녀가 등뒤로 문을 닫자 소음이 반으로 줄었지만 톱이 나무를 가르며 내는 높고도 흥분된 끽끽거림은 여전했다. 실내는 전과 똑같았다. 크리스마스 조명이 어두워진 것만 빼면. 휑한 듯 느껴졌고 졸음의 기운이 감돌았다.

"아이들은 어떻게 지내나요?" 그린 부인이 물었다.

"십대답죠." 퍼트리샤가 말했다. "그애들이 어떤지 아시잖아요. 부인의 아이들은요?"

"제시랑 에런은 지금도 아이모의 내 여동생네에 있어요."

"아, 아이들 얼굴은 충분히 보며 지내세요?"

"나는 그애들 엄마예요. 아이모까지는 차로 두 시간이 걸리죠. 충분히란 없어요."

밖에서 뭔가가 충돌하며 내는 벼락같은 소리에 퍼트리샤가 움찔했다.

"이사하는 건 고려해보셨어요?"

"사람들 대부분이 그랬죠." 그린 부인이 말했다. "하지만 나는 내 교회를 떠나지 않아요."

밖에서 트럭이 후진하며 내는 삐-삐-삐 소리가 들렸다.

"혹시 일을 더 맡을 여력이 있나요?" 퍼트리샤가 물었다. "우리집 청소를 부탁드릴 수 있을 것 같은데, 시간이 괜찮다면요."

"지금은 회사 소속으로 일해요."

"그거 정말 좋겠네요."

그린 부인이 어깨를 으쓱했다.

"대형 저택들이죠. 보수도 괜찮고요. 옛날에는 일하는 중에도 사람들이랑 하루 내내 얘기를 나누곤 했는데. 회사는 우리가 집주인들이랑 말 섞는 걸 좋아하지 않아요. 질문이 있으면 지급받은 휴대전화로 관리자한테 전화하고, 그 관리자가 집주인한테 대신 연락하죠. 그래도 급여를 제때 주고 원천징수 업무도 해주니까요."

퍼트리샤가 숨을 깊이 들이마셨다.

"좀 앉아도 괜찮을까요?"

뭔가가 그린 부인의 얼굴을 스쳤지만—혐오, 퍼트리샤는 생각했다—부인은 이내 소파를 향해 몸짓했다. 손님을 대접하는 게 마땅하다는 짐을 벗어버리지 못한 것이다. 퍼트리샤가 자리에 앉았고 그린 부인도 안락의자에 몸을 묻었다. 전에 보았을 때보다 팔걸이가 더 해졌다.

"좀더 일찍 만나러 오고 싶었어요." 퍼트리샤가 말했다. "그런데 일이 계속 생겨서요."

"음흠."

"미스 메리 생각은 자주 하세요?" 퍼트리샤가 물었다. 그린 부인이 손의 위치를 바꾸는 게 보였다. 양쪽 손등이 작고 번들거리는 흉터로 가득했다. "그날 밤에 어머님과 있어준 은혜는 못 잊을 거예요."

"캠벨 부인, 용건이 뭔가요? 내가 피곤해서요."

"죄송해요." 퍼트리샤는 그만 돌아가자고 마음먹었다. 소파 가장자리에 손을 짚고 몸을 일으켰다. "귀찮게 해서 죄송해요. 출근 전에 쉬는 걸 방해해서 더더욱. 그리고 좀더 일찍 만나러 오지 않은 것도 죄송해요. 상황이 여의치 않아서요. 죄송해요. 그냥 안부인사만 하려던 거였어요. 그리고 내가 미스 메리를 봤어요."

멀리서 판재들이 바닥에 떨어지며 내는 와르르 소리가 유리창을 뚫고 들어왔다. 둘 다 꿈쩍도 하지 않았다.

"캠벨 부인……"

"어머님이 그랬어요. 그린 부인한테 사진이 있다고. 아주 옛날에 찍은 사진이고, 부인이 가지고 있다고 했어요. 그래서 온 거예요. 아이들이 걸린 문제라고 했어요. 다른 이유였다면 부인을 귀찮게 하지도 않았을 거예요. 하지만 아이들 문제라서요."

그린 부인이 험악한 눈으로 쏘아보았다. 퍼트리샤는 바보가 된 기분이었다.

"바라건대," 그린 부인이 말했다. "차로 돌아가 집에 가세요."

"네?"

"그러니까," 그린 부인이 반복했다. "이쯤에서 가줬으면 좋겠다고요. 당신이 여기에 있는 거 싫어요. 나와 내 아이들을 버린 사람이잖아요. 남편이 그러라고 했다는 이유로."

"그건……" 퍼트리샤는 이 비난의 부당함에 어떻게 대응해야 할지 알 수 없었다. "그건 좀 과한데요."

"내 새끼들이랑 생이별한 지 삼 년이에요. 제시가 축구를 하다 다쳐서 돌아와요. 근데 돌봐줄 엄마가 거기 없죠. 에런이 트럼펫 공연을 하는데 나는 가서 보지 못해요. 아무도 이곳의 우리한테는 관심이 없어요. 자기네가 만든 난장판을 수습해야 할 때를 빼고는."

"이해를 못하시네요. 우리 남편들이 엮인 문제였어요. 우리 가족들이 걸린 문제였어요. 나는 모든 걸 잃을 수도 있었어요. 다른 선택지가 없었다고요."

"나보다는 많은 선택지가 있었죠."

"결국 병원 신세가 됐는걸요."

"그야 당신 잘못이고요."

퍼트리샤는 목이 멨다. 쓴웃음과 흐느낌 사이의 어딘가에서 숨이 엉겼다. 손바닥으로 입을 눌렀다. 자신의 모든 확실성을, 모든 안위를, 지난 삼 년간 그들이 정성 들여 재건해온 모든 것을 위험에 빠트려가며 여기에 왔는데 결국 마주한 건 그녀를 증오하는 누군가였다.

"찾아와서 죄송해요." 퍼트리샤는 우두커니 서서 눈물로 눈이 먼 채 가방을 부여잡고 있었다. 어느 쪽으로 나가야 할지 막막했다. 현관으로 이어지는 통로를 그린 부인의 다리가 막고 있어서였다. "여기 찾아온 건 미스 메리가 다이닝룸 문 뒤에서 했던 말 때문이에요. 그게 얼마나 어처구니없는 소리로 들리는지 이제야 알겠네요. 죄송해요. 부탁할게요, 나를 싫어하는 건 알겠지만 내가 여기 왔었다는 건 제발 아무한테도 얘기하지 말아주세요. 내가 여기까지 와서 이런 소리나 했다는 걸 다른 사람이 알면 견딜 수 없을 것 같아요. 대체 무슨 생각이었는지 모르겠네요."

그린 부인이 자리에서 일어나 퍼트리샤에게 등을 돌리고 거실을 나갔다. 퍼트리샤는 그린 부인이 현관까지 배웅도 안 할 만큼 열렬히 자신을 증오한다는 사실이 믿기지 않았지만 그 증오는 당연한 것이었다. 그녀와 북클럽은 그린 부인을 저버렸다. 퍼트리샤는 비틀거리며 문으로 가다가 그린 부인의 의자에 한쪽 엉덩이를 찧었다. 그때 뒤에서 목소리가 들렸다.

"내가 훔친 거 아니에요."

퍼트리샤가 돌아보자 그린 부인이 하얗고 반들반들한 사각형 종이를 내밀고 있었다.

"어느 날 내 커피테이블에 놓여 있었어요. 미스 메리가 돌아가신 뒤에 내가 여기로 가져왔다가 잊었던 걸지도 모르고요. 그걸 집어드는데 머리칼이 곤두서더라고요. 뒤에서 나를 빤히 쳐다보는 시선이 느껴졌어요. 그리고 뒤로 돌아섰을 때 잠깐이지만 봤어요. 그 짠한 노인네가 저기 문 뒤에 서 있는 걸."

음울한 거실의 허공에서 둘의 시선이 마주쳤다. 공사 소음이 아득해져갔다. 퍼트리샤는 아주 오랜 세월 쓰고 있던 선글라스를 마침내 벗어던진 기분이었다. 그녀가 사진을 받아들었다. 구식으로 저렴하게 현상한 것으로 가장자리가 말려들어가 있었다. 중앙에 선 남자 두 명이 보였다. 한 명은 미스 메리의 남자 버전인 듯했지만 더 젊었다. 일체형 작업복을 입고 양손을 호주머니에 찔러넣었다. 모자를 썼다. 그 옆에 제임스 해리스가 있었다.

제임스를 닮은 사람도, 조상도, 친척도 아니었다. 브라일크림을 발라 머리칼을 매끈하게 넘기고 한쪽으로 칼같이 가르마를 탔지만 제임스였다. 흰색 스리피스 정장을 입고 폭 넓은 넥타이를 맸다.

"뒤집어봐요." 그린 부인이 말했다.

퍼트리샤는 바들거리는 손가락으로 사진을 뒤집었다. 뒷면에 누군가가 만년필로 써놓았다. 위스테리아 레인 162번지, 1928년 여름.

"육십 년이네요." 퍼트리샤가 말했다.

제임스는 정말 조금도 변하지 않았다.

"미스 메리가 왜 내게 이 사진을 준 건지는 모르겠어요. 왜 당신한테 직접 주지 않은 건지. 하지만 그녀는 당신이 여기에 들르기를 원했던 거고, 그럼 틀림없이 무슨 이유가 있겠죠. 미스 메리가 여전히 당신을 아끼고 있다면 나 역시 당신을 참아줄 수 있을지도 모르겠네요."

퍼트리샤는 덜컥 겁이 났다. 미스 메리가 두 사람을 다 찾아왔다. 제임스 해리스는 늙지 않았다. 이중 어떤 것도 그럴 리 없었지만 사실이었고 그래서 무서웠다. 뱀파이어 역시 늙지 않는다. 퍼트리샤는 고개를 저었다. 그런 식의 생각을 다시 시작할 순 없었다. 그런 식의 생각은 모든 걸 망칠 수 있었다. 그녀는 키티가 살아가는 그 세상에 머물고 싶었다. 슬리크, 카터, 세이디 푼체의 세상에 머물고 싶었다. 여기에 그린 부인과 단둘이 남는 게 아니라. 그녀는 사진을 다시 들여다보았다. 어쩔 수 없이 계속 눈이 갔다.

"이제 우리는 어떡하죠?" 퍼트리샤가 물었다.

그린 부인이 책꽂이로 가더니 가장 위쪽 선반에서 녹색 서류철을 꺼냈다. 여러 번 재사용하느라 서로 다른 제목들이 적히고 또 지워져 있었다. 그린 부인이 서류철을 커피테이블에 펼쳐놓았고 둘은 다시 자리에 앉았다.

"나는 내 아이들을 집에 데려오고 싶어요." 그린 부인이 서류철 안에 든 것을 퍼트리샤에게 보여주며 말했다. "하지만 그 남자가 무슨 짓을 했는지 보세요."

퍼트리샤가 페이지들을 넘겼다. 스크랩된 기사들이 줄을 이었고 그녀는 오싹함을 느꼈다.

"이게 다 그 사람이라고요?" 퍼트리샤가 물었다.

"아님 누구겠어요? 우리 회사에서 그 남자 집에 한 달에 두 번씩 청소하러 가요. 그 집을 담당하던 여자애 하나가 그만뒀고요. 이번 주에는 내가 대신 가겠다고 자원했어요."

퍼트리샤의 심장박동이 느려졌다.

"왜요?"

"캐버노 부인한테서 책을 한 상자 가득 받아 왔어요. 여러분이 읽던 그 살인소설들이요. 캐버노 부인이 그 책들을 집에 더는 두고 싶지 않다고 했거든요. 해리스 씨의 정체가 무엇이든, 자연의 섭리에 맞는 자는 아니죠. 여러분이 읽었던 그 책에 나오는 악마 같은 남자들과 공통점이 있을 거라고 생각해요. 그들은 늘 전리품을 챙기잖아요. 누군가를 해하던 당시의 조그만 뭔가를 간직하길 좋아하더군요. 내가 해리스 씨를 만난 건 몇 번 안 되지만, 몸에서 자만이 뚝뚝 떨어지는 사람이란 건 바로 알겠더라고요. 장담하는데, 그 남자는 희생자들한테서 챙긴 뭔가를 집에 뒀을걸요. 다시 꺼내 보면서 자기가 얼마나 능력자인지 되새기려고."

"만약 우리 생각이 틀린 거면요?" 퍼트리샤가 물었다. "몇 년 전에 그 사람이 데스티니 테일러한테 뭔가 하는 걸 봤다고 생각했지만 그건 어둠 속이었거든요. 만약 내가 틀린 거면요? 그애 엄마한테 진짜로 남자친구가 있었고 그분이 거짓말한 거면요? 우리 둘 다 미스 메리를 봤다고 여기고, 이게 제임스 해리스의 사진이라고 믿지만 그냥 그와 닮은 사람일 뿐이면요?"

그린 부인이 두 손가락으로 사진을 당겨 가져가 다시 들여다보았다.

"개차반 같은 남자가 앞으로 달라지겠다는 말을 뱉을 순 있죠. 당신이 듣고 싶어하는 말이면 뭐든 해줄 거예요. 하지만 당장 눈앞에 뻔히 보이는 걸 믿지 않는다면 당신만 바보가 돼요. 이 사진 속 남자는 그예요. 우리한테 속삭인 건 미스 메리고요. 남들은 아니라고 할지 몰라도 나는 내가 본 걸 믿어요."

"그가 전리품을 챙기는 사람이 아니면요?" 상황의 전개 속도를 늦춰보려 퍼트리샤가 물었다.

"그럼 아무것도 발견을 못하겠죠."

"체포될 거예요."

"우리 둘이라면 속도를 높일 수 있어요."

"법에 저촉되는 건데요."

"당신은 이미 한번 내게 등을 돌렸죠." 그린 부인의 눈빛이 활활 타올랐다. 퍼트리샤는 시선을 다른 곳으로 돌리고 싶었지만 움직일 수 없었다. "당신은 내게 등을 돌렸고, 이제 그가 당신의 아이들을 노려요. 당신은 시간이 없어요. 핑계를 찾기에는 너무 늦었어요."

"죄송해요."

"그런 소리나 듣자는 게 아니에요. 그 남자 집에 와서 뒤지는 걸 도와줄 마음이 있느냐는 거예요."

퍼트리샤는 그러겠다고 대답할 수 없었다. 살면서 단 한 번도 법을 어겨보지 않았다. 그녀 몸속의 모든 것에 반하는 일이었다. 사십 년간 몸 바쳐 살아온 모든 것에 반하는 일이었다. 들통이라도 났다가는 카터와 영영 눈도 마주치지 못할 것이다. 블루와 코리를 잃을 것이다. 스스로 법을 지키지 않는다면 어떻게 아이들을 기르고 법을 준수하라고 가르칠 수 있겠는가?

"언제요?"

"돌아오는 주말에 그가 탬파에 가요. 당신이 지금 진지한지 아닌지부터 알아야겠어요."

"죄송해요."

그린 부인의 얼굴이 굳게 닫혔다.

"그럼 나는 자야겠어요." 그녀가 말하며 자리에서 일어나기 시작했다.

"아뇨, 잠깐만, 할게요."

"당신 장난이나 받아줄 시간 없어요."

"할게요."

그린 부인이 그녀를 현관문까지 안내했다. 문 앞에서 퍼트리샤가 걸음을 멈췄다.

"우리가 어떻게 미스 메리를 본 걸까요?"

"그 양반, 지금 지옥불에 타고 있는 거예요." 그린 부인이 말했다. "우리 목사님한테 여쭤봤더니 귀신들이 나오는 곳이 거기래요. 지옥에서 불타면서 요단강의 시원한 치유의 물속으로 들어가지 못한대요. 이승을 놓지 못하는 한은. 미스 메리가 지옥의 고통을 겪는 건 당신한테 경고하고 싶어서예요. 손주들을 사랑하기 때문에 불타고 있는 거예요."

퍼트리샤는 혈관을 흐르는 피가 묵직하게 느껴졌다.

"내 생각에도 미스 메리가 맞는 것 같아요." 퍼트리샤는 귀신과 늙지 않는 남자들에 대한 이 모든 얘기들을 멈추려는 시도를, 밴 뒷자리의 제임스와 그의 입에서 튀어나온 그 인간답지 못한 것과 그의 밑에 놓인 데스티니 테일러의 모습을 지우려는 최후의 시도를 해보았다. "어쩌면 우리가 상황을 괜히 어렵게 만드는 건지도 몰라요. 혹시 그를 찾아가 멈춰달라고 부탁하면…… 우리가 아는 걸 말하면……"

"족한 줄을 알지 못하는 것 셋이 있나니." 그린 부인이 말했다. 퍼트리샤는 저 구절을 어디선가 접한 적 있었다. "그러니 넷은 결코 충분하지 않죠. 그 남자는 세상 전부를 먹어치우고도 계속 먹을 거예요. 거머리에게는 두 딸이 있고 그들의 이름은 '다오' 그리고 '다오'니까."

퍼트리샤에게 아이디어가 떠올랐다.

"둘이 해서 더 빨리 마칠 수 있다면, 셋은 더더욱 빠르겠죠."

28장

"퍼트리샤!" 슬리크가 외쳤다. "어머나 좋아라!"

"미리 전화도 없이 들러서 미안……" 퍼트리샤가 말을 꺼냈다.

"자기야 언제든 환영이지." 슬리크가 말하며 문간의 그녀를 안으로 끌어당겼다. "핼러윈 파티 때문에 이것저것 생각해보던 중이었는데 어쩌면 자기가 막힌 곳을 뚫어줄 수도 있겠다. 이런 거 엄청 잘하잖아!"

"핼러윈 파티를 연다고?" 퍼트리샤가 슬리크 뒤를 따라 부엌으로 들어가며 물었다.

퍼트리샤는 가방을 몸 쪽으로 바짝 당겨 들었다. 그 속에서 불타오르는 서류철과 사진이 가방 캔버스 천을 통해 고스란히 느껴졌다.

"나야 핼러윈은 어떤 형태든 무조건 거부하지. 악마를 숭배하는 거니까." 슬리크가 스테인리스스틸 냉장고를 열고 하프앤드

하프를 꺼내며 말했다. "그래서 올해는 핼러윈 전야에 '종교개혁 파티'를 열 생각이야. 시간이 촉박하긴 한데, 주님을 찬양하기에 너무 늦은 때란 없으니까."

슬리크가 커피를 따르고 하프앤드하프를 넣었다. 그런 다음 검은색과 황금색으로 칠해진 밥존스대학교 머그잔을 퍼트리샤에게 건넸다.

"무슨 파티라고?"

그러나 슬리크는 집 뒤쪽 증축 공간으로 이어지는 자동식 여닫이문을 이미 빠져나간 뒤였다. 퍼트리샤는 한 손에 머그잔을, 다른 손에 가방을 들고 뒤따랐다. 슬리크는 자신이 '대화 구역'이라 부르는 소파 중 하나에 자리잡았고 퍼트리샤는 그 맞은편에 앉아 머그잔을 올려둘 공간을 찾았다. 둘 사이에 놓인 커피테이블은 복사지와 잡지에서 오려낸 기사들, 삼공 링바인더와 연필로 빼곡했다. 퍼트리샤 옆의 소형 테이블은 코담뱃갑 컬렉션, 대리석으로 만든 달걀 모양 장식, 포푸리 방향제가 담긴 그릇으로 복작였다. 말린 꽃잎과 이파리, 톱밥을 섞은 포푸리 사이로 보이는 골프공과 골프 티꽂이는 이 스포츠를 향한 릴런드의 열정에 바치는 존경의 표시였다. 퍼트리샤는 머그잔을 그냥 무릎에 올리고 있기로 했다.

"파리도 식초보다 설탕에 더 꼬이는 거 아니겠어." 슬리크가 말했다. "주일에 내가 파티를 열어서 다들 핼러윈 같은 건 잊게 만드는 거지. 내 종교개혁 파티로 말이야. 내일 이 아이디어를 성 요셉 교회에 전달할 거야. 일단 아이들을 펠로십 홀 중독치료센터에 데려갈 건데—당연히 블루랑 코리도 환영이지—십대들이 참여할 활동이 반드시 있어야 하거든. 결국 그애들이 가장 큰 위험에 처해 있는 셈이니까. 그 대신 괴물 변장이 아니라 종교개혁의 영웅들처럼 차려입는 거지."

"영웅 누구?"

"있잖아. 마르틴 루터, 장 칼뱅. 중세식 라인댄스를 추고 독일 음식을 대접할 거야. 시대적 분위기를 살린 간식을 곁들여도 재미있겠고. 자기 의견은 어때? 다이어트 오브 웜스* 케이크야."

슬리크가 잡지에서 오려낸 사진을 건넸다.

"벌레 케이크?"

"다이어트 오브 웜스 케이크." 슬리크가 정정했다. "신성로마제국이 마르틴 루터를 파문했을 때! 교회 입구에 95개조 반박문을 걸었다는 이유로! 다이어트 오브 웜스 말이야!"

"아."

"케이크를 벌레 모양 젤리로 장식하는 거야. 정말 끝내주지 않아? 이런 행사는 재미랑 교훈을 동시에 잡아야 하는 법이거든."

---

* 종교개혁기에 신학 논쟁이 벌어진 독일 도시 '보름스'(Worms)가 영어로는 벌레를 뜻하는 '웜스'로 읽힌다.

슬리크가 퍼트리샤의 손에서 오려낸 종이를 뽑아 가 유심히 살폈다. "이게 신성을 모독하는 것처럼 보이지는 않아, 그렇지? 혹시 장 칼뱅이 누군지 아는 사람이 별로 없으려나? '트릭 오어 트리트'*도 뒤집어볼 생각이야."

"슬리크." 퍼트리샤가 말했다. "화제를 바꾸고 싶지 않은데, 나 도움이 필요해."

"무슨 일이야?" 슬리크가 손에 든 종이를 내려놓으며 좌석 끝으로 몸을 당겨 앉은 뒤 퍼트리샤에게 시선을 고정했다. "블루 문제야?"

"자기는 영적인 사람이지?"

"나는 기독교도지. 둘 사이에는 차이가 있어."

"하지만 이 세상에 우리 눈에 보이는 것 이상의 뭔가가 있다고 믿잖아?"

슬리크의 미소가 살짝 흐려졌다.

"이 얘기가 어디로 향하려는지 걱정스러운데."

"제임스 해리스에 대해서 어떻게 생각해?"

"하." 슬리크가 말을 내뱉었다. 진심으로 실망한 소리였다. "전에 다 했던 얘기야, 퍼트리샤."

* '사탕 안 주면 장난칠 거야'라는 뜻으로, 핼러윈에 아이들이 집집마다 사탕을 받으러 다니며 하는 말.

"사건이 있었어."

"거기로 다시 돌아가진 말자. 이제 다 지난 일이야."

"다시 돌아가기 싫기는 나도 마찬가지야. 그치만 내가 뭔가를 봤고, 자기 의견이 필요해."

퍼트리샤가 가방으로 손을 뻗었다.

"아니!" 슬리크의 말에 퍼트리샤가 얼어붙었다. "자기가 무슨 짓을 벌이는 건지 생각해봐. 지난번에는 스스로를 아주 아프게 만들었어. 우리 모두를 잔뜩 겁먹게 만들었어."

"도와줘, 슬리크. 어떻게 받아들여야 할지 정말 모르겠어서 그래. 내가 미쳤다고 말해. 그럼 다신 입에 올리지 않을게. 약속해."

"가방 속 그게 뭐든 거기 그대로 둬. 아님 나한테 줘. 릴런드의 파쇄기에 넣어버리게. 자기랑 카터 둘 다 정말 잘하고 있어. 다들 아주 행복해. 자그마치 삼 년이야. 나쁜 일이 벌어질 거였으면 지금쯤 벌어지고도 남았겠지."

이게 무익한 일이라는 생각이 퍼트리샤를 엄습했다. 슬리크가 옳았다. 지난 삼 년은 회귀가 아니라 전진의 시간이었다. 그 사진을 슬리크에게 보여준다면 퍼트리샤는 다시 출발점으로 돌아가는 셈이었다. 삼 년간의 인생이 제자리 뛰기로 전락하는 것이었다. 그 생각이 사람을 몹시 기운 빠지게 만들어서 퍼트리샤는 그대로 드러누워 낮잠이라도 자고 싶었다.

"하지 마, 퍼트리샤." 슬리크가 부드럽게 말했다. "나랑 여기,

현실에 있어. 전에 비해 상황이 훨씬 나아졌잖아. 모두가 행복해. 우리 다들 좋아. 우리 아이들은 안전해."

퍼트리샤는 가방 속에서 그린 부인의 서류철 가장자리를 매만졌다. 손때가 묻어 해지고 부드러워졌다.

"나도 노력해봤어." 퍼트리샤가 말했다. "삼 년간 정말로 노력했어, 슬리크. 하지만 아이들은 안전하지 않아."

그녀는 서류철을 쥔 손을 가방 밖으로 당겨 꺼냈다.

"하지 마." 슬리크가 신음했다.

"너무 늦었어. 시간이 없어. 이것부터 보고 말해. 내가 미친 건지 아닌지."

퍼트리샤는 슬리크의 복사지 더미에 서류철을 놓고 그 위에 사진을 올렸다. 슬리크가 사진을 집어들었고 퍼트리샤는 그녀의 손가락이 바짝 긴장되고 얼굴이 굳는 것을 보았다. 이내 슬리크가 사진을 거꾸로 뒤집어 내려놓았다.

"사촌이야. 아니면 형제."

"자기도 알잖아. 그 사람이라는 거. 사진 뒤를 봐. 1928년. 그는 지금도 모습이 똑같아."

슬리크가 몸서리치며 숨을 한번 들이마셨다 내뱉었다.

"우연이야."

"미스 메리한테 그 사진이 있었어. 그분이 미스 메리의 부친이야. 그녀가 어렸을 때 살던 커쇼에 제임스 해리스가 나타났어. 자기 이름이 호이트 피컨스라고 하면서 사람들을 무슨 사업에 끌어들여 돈방석에 앉혔지. 그러고는 마을 전체를 파산시켰어. 게다가 주민들의 아이를 훔쳤어. 의심이 그를 향할 때쯤 그가 흑인 청년한테 죄를 뒤집어씌웠고 그곳 남자들이 그 청년을 살해했어. 그리고 그는 자취를 감췄지. 내 생각에는 이게 너무 오래전 얘기인데다 커쇼도 엄청 멀리 떨어져 있다보니 제임스가 자신을 알아보는 사람이 있으리라고는 상상도 못하고 여기에 나타난 것 같아."

"아니, 퍼트리샤." 슬리크가 입술을 앙다물고 고개를 가로저었다. "이러지 마."

"그린 부인이 모은 것들이야." 퍼트리샤가 말하며 녹색 서류철을 펼쳤다.

"그린 부인의 신앙심이 깊은 건 맞아. 하지만 그분은 우리만큼 교육받지 못했어. 우리랑은 살아온 배경이 달라. 문화가 달라."

퍼트리샤는 발신인에 마운트 플레전트 타운이라고 인쇄된 편지 네 장을 펼쳐놓았다.

"1993년 당시에 K마트 주차장에서 프랜신의 차가 발견됐어. 프랜신 기억하지? 제임스가 이사왔을 때 그 집 일을 봐주던 사람. 프랜신이 그 집에 들어가는 걸 내가 봤는데 그날 이후로 그 여자를 본 사람이 아무도 없었어. 그러고서 며칠 뒤 K마트 주차장에 버려진 차가 발견된 거야. 당국에서 프랜신한테 견인된 차를 찾아가라는 편지를 보냈지만 그 여자 우편함에 그대로 꽂혀 있었지. 그걸 그린 부인이 발견했고."

"우편물 절도는 연방 범죄야."

"프랜신네 고양이한테 밥을 줘야 해서 그 집 문을 따고 들어갈 수밖에 없었대." 퍼트리샤가 말했다. "결국 그 여자 여동생이 나서서 사망 신고를 하고 집을 팔았어. 돈은 에스크로*에 묶여 있고. 프랜신이 앞으로 오 년간 나타나지 않아야 지급된다고 해."

"자동차를 도난당한 걸 수도 있지." 슬리크가 의견을 냈다.

퍼트리샤가 신문 스크랩 다발을 꺼내 포커 카드처럼, 그린 부인이 했던 그대로 펼쳐놓았다. "이게 그애들이야. 오빌 리드 기억해? 그애랑 사촌 션이 죽었어. 프랜신이 실종된 직후에. 션은 살해당했고 오빌 리드는 트럭 앞으로 걸어가 자살했지."

"이거 전에도 다 했던 거잖아. 또다른 여자애도 있……"

"데스티니 테일러."

"그리고 짐의 밴, 그리고 나머지 전부 다." 슬리크가 동정어린 표정을 지었다. "미스 메리를 보살피는 게 자기한테 끔찍한 부담이었던 거야."

"그게 끝이 아니었어. 데스티니 테일러 다음이 치바스 포드야. 식스 마일 출신. 1994년 5월에 죽던 당시 아홉 살이었어."

"아이들은 별의별 이유로 죽어."

---

* 계약 조건 종료시까지 재산과 서류 일체를 보관하는 중립적인 제3자.

"다음으로 이 아이." 퍼트리샤가 말하며 손가락으로 경찰 사건기록부 스크랩을 톡톡 두드렸다. "치바스 포드 사망 일 년 뒤인 1995년이야. 노스 찰스턴에 사는 러태샤 번스라는 어린 여자애가 도축용 칼로 제 목을 그었어. 아홉 살짜리가 어떻게 그런 짓을 해? 뭔가 끔찍한 것으로부터 도망치려던 게 아닌 한?"

"이런 얘기 듣고 싶지 않아. 어쩌다 끔찍하게 목숨을 잃은 모든 애들이 다 짐의 잘못이야? 그럼 왜 노스 찰스턴까지만 그의 소행으로 쳐? 저멀리 서머빌이나 컬럼비아까지 다 갖다붙이지 왜?"

"다들 식스 마일을 떠나기 시작했잖아. 그래서스 케이 개발 때문에. 아무도 관심 갖지 않는 아이들을 찾기가 쉽지 않아져서 노스 찰스턴까지 간 건지도 모르지."

"식스 마일의 집들에 대해서는 릴런드가 정당한 대가를 지불했어."

"그리고 올해," 퍼트리샤가 계속했다. "어웬도에 살던 칼턴 보리. 열한 살. 그린 부인이 그애 이모를 알아. 아이가 숲에서 얼어 죽었대. 누가 4월 중순에 동사를 해? 아이가 몇 달 동안 아팠다고 해, 다른 애들이랑 똑같이."

"말이 되는 게 하나도 없어. 자기는 바보짓을 하고 있어."

"일 년에 한 명씩 삼 년이야. 그래 우리 애들은 아니지. 하지만 아이들인 건 맞잖아. 그애들이 가난하고 흑인이니까 우리가 신경써서는 안 된다는 법이라도 있어? 전에 우리가 딱 그런 식으로 행동했고 이제 그 남자가 블루를 원해. 그는 언제쯤 그만둘까? 다음 차례로 타이거나 메리트, 아님 메리엘런네 애들 중 하나를 노리지 않을까?"

"마녀사냥이 이런 식으로 벌어지는 거야. 아무것도 아닌 일에 흥분해서 들고 일어났다가 정신을 차려보면 누군가가 다쳐 있고."

"자기, 위선자야?" 퍼트리샤가 물었다. "아이들을 핼러윈으로부터 보호하겠다고 종교개혁 파티를 연다는 사람이 이 괴물한테서 보호하는 일에는 손가락 하나 까딱하지 않겠다는 거야? 악마가 있다고 믿든가 믿지 말든가 둘 중 하나만 하시지 그래."

퍼트리샤는 상대에게 못살게 구는 듯한 자신의 어조가 싫었지만 얘기를 거듭하며 이 질문은 꼭 해야겠다는 확신이 들었다. 슬리크가 눈앞에 떡하니 있는 문제를 부정하려 들수록 퍼트리샤는 수년 전 자신의 행동을 되돌아보게 되었다.

"우리 가족한테 그토록 잘해주는 사람에게 괴물은 너무 격한 표현이야." 슬리크가 말했다.

퍼트리샤가 미스 메리의 사진을 뒤집었다.

"어떻게 그는 늙지 않을 수 있지, 슬리크? 설명해봐. 그럼 나도 질문을 그만둘게."

슬리크가 입술을 잘근잘근 깨물었다.

"뭘 하려고 그러는 건데?"

"이번 주말에 남자들이 모두 출타해. 그린 부인이 일하는 청소 회사가 토요일에 그 남자 집으로 일을 나가. 그린 부인이 거기 섞여 집에 가 있을 거고 나를 들여보내줄 거야. 부인이 청소하는 동안 나는 뭐든 답이 될 만한 게 나오나 보는 거지."

"남의 집에 침입해서는 안 돼." 슬리크가 겁을 먹었다.

"아무것도 못 찾으면," 퍼트리샤가 말했다. "그럼 나도 그만둘 거고, 모든 게 끝나는 거야. 이 일을 끝낼 수 있게 도와줘. 우리가 발견하든 못하든 둘 중 어느 쪽이라도 끝은 나는 거야."

슬리크가 손끝으로 입술을 꾹 누른 채 긴 시간을 들여 자신의 책꽂이를 살피다 다음으로 사진을 다시 뜯어보았다. 그리고 마침내 그것을 내려놓았다.

"이 주제로 기도하게 해줘. 릴런드한테 말하지 않을 거야. 그 대신 사진이랑 서류철을 내가 보관하게 해줘. 기도할 수 있게."

"고마워."

그때 슬리크를 믿으면 안 된다는 생각은 조금도 들지 않았다.

29장

슬리크가 전화를 걸어온 건 목요일 아침 열시 이십오분이었다.

"나도 갈게. 하지만 보기만 할 거야. 닫혀 있는 걸 내 손으로 연다거나 하는 일은 없어."

"고마워."

"옳지 않다는 생각이 들어."

"나도 마찬가지야." 퍼트리샤는 말한 뒤 전화를 끊고 그린 부인에게 연락해 이 희소식을 전했다.

"엄청 잘못하는 거예요." 그린 부인이 말했다.

"셋이서 하면 더 빠를 테니까요."

"어쩌면요. 하지만 분명히 말하는데, 잘못 판단한 거예요."

퍼트리샤는 금요일 아침 일곱시 삼십분에 카터와 작별 키스를 했고, 그는 찰스턴공항을 출발해 애틀랜타를 경유하는 델타항공 1237편을 타고 탬파로 떠났다. 토요일 아침 아홉시 삼십분, 퍼트리샤는 블루를 주말학교에 실어다줬다. 코리에게 지원할 대학 목록을 함께 만들어줄 수 있다고 제안했지만 그녀가 징오에 블루를 데리러 갈 시간이 되었을 때쯤 대학 카탈로그는 코리의 안중에 없었다.

열두시 오분, 앨버말 아카데미 앞에 주차했을 때 주변의 자동차는 슬리크의 흰색 사브가 전부였다. 퍼트리샤가 차에서 내려 사브의 운전석 쪽 창문을 똑똑 두드렸다.

"안녕하세요, 캠벨 아줌마." 그리어가 창문을 내리며 말했다.

"엄마한테 무슨 일 있어?" 퍼트리샤가 물었다.

"교회에 뭘 좀 가져갈 일이 있다고 했어요. 캠벨 아줌마한테는 나중에 보자던데요?"

"종교개혁 파티 계획을 내가 돕고 있거든."

"재미있겠네요."

퍼트리샤와 블루는 열두시 사십분에 귀가했다. 코리가 부엌 조리대에 쪽지를 남겼다. 시내의 스텝 에어로빅 수업에 들렀다 로리 깁슨과 극장에 간다는 얘기였다. 두시 십오분, 퍼트리샤가 블루의 방문에 노크했다.

"잠깐 나갔다 올게." 그녀가 외쳤다.

대답이 없었다. 퍼트리샤는 아이가 들었겠거니 했다.

그녀는 자신의 차를 누군가가 목격하는 상황을 원치 않았다. 어차피 날도 따뜻했기에 미들 스트리트를 걸어서 올라갔다. 제임스 해리스의 진입로에 주차된 그린 부인의 차가 보였다. 그 옆에 녹색과 흰색으로 칠한 '그리너 클리너스' 트럭이 있었다. 제임스의 코르시카는 나가고 없었다.

퍼트리샤는 그의 집이 싫었다. 이 년 전 그는 새비지 부인의 집을 허물고 부지를 두 동강 내서 핸더슨네에 면한 쪽 절반을 북부 어딘가 출신의 치과 의사에게 팔았다. 남은 땅덩이에는 부지 끝에서 끝까지 꽉 차게 뻗은 맥맨션*을 지었다. 진입로 끝에 콘크리트로 만든 파인애플들이 서 있는 거대한 남부 스타일 건물은 지상층에 면한 부분에 기둥을 세워 하중을 지지하고 그 둘레에 외벽을 쳐서 주차장으로 썼다. 전체적으로는 허연 페인트를 뒤집어쓴 흉물 같은 모습이었다. 갖가지 모양으로 솟은 양철 지붕들은 적갈색으로 칠했고 그 밑을 둘러 거대한 베란다를 만들었다.

퍼트리샤가 실내에 들어간 건 딱 한 번, 지난여름 집들이 때였다. 내부는 사이잘삼 러너**와 큼지막하고 육중하게 기계로 찍어낸 가구들이 장악했다. 개성이라고는 전무하고 모든 것이 아무 특색 없이 베이지색과 크림색, 황백색, 청회색으로 마감되었다. 밀랍화하고 부풀어오른 시신처럼 망가진 남부식 해변 별장을 화장품과 중앙냉방으로 밉살스레 치장해놓은 것만 같았다.

* 획일화된 양식으로 한정된 부지에 가득차게 지은 대형주택.

** 가구 위나 바닥 등에 까는 길고 가느다란 천.

퍼트리샤는 매캔츠 드라이브로 접어들었다 한번 더 방향을 튼 다음 그 블록을 둥글게 끼고 돌아 피트 스트리트를 걸었다. 마침내 제임스네 집 뒤쪽이 보이는 곳에 섰다. 그의 빨간 지붕이 음산하게 내려다보는 나무들 밑에서 작은 배수로 하나가 시작되는데, 두 가구의 부지 경계선 사이를 지나며 블록의 이쪽 끝에서 반대쪽 끝까지 연결되어 있었다. 배수로는 비가 내릴 때면 피트 스트리트의 범람수를 항구로 실어갔다. 그러나 벌써 수주일째 비가 오지 않은 터라 이제는 질퍽한 도랑에 지나지 않았고, 이를 지름길삼아 블록을 가로지르는 꼬마들의 발길이 낸 오솔길 하나가 그 옆에 나란히 나 있었다.

퍼트리샤는 나무뿌리들이 갈라놓은 보도를 벗어나서 오솔길을 따라 그의 집까지 최대한 빨리 걸었다. 가는 길 내내 그녀를 지켜보는 눈초리가 느껴지는 것만 같았다. 집이 만드는 그림자가 두툼하게 드리워진 제임스의 뒷마당은 호수 밑바닥의 물처럼 서늘했다. 볕을 충분히 쬐지 못한 잔디의 누런 이파리들이 발밑에서 바스러졌다.

뒷베란다로 이어지는 계단을 올라가 잠시 멈춰 섰다. 혹시 슬리크가 보일까 싶어 뒤를 살폈지만 도착 전이었다. 퍼트리샤는 시야 밖으로 최대한 빨리 사라지고 싶은 마음에 움직임을 멈추지 않았다. 마침내 뒷문을 두드렸다.

안에서 진공청소기가 작동을 멈추는 소리가 들렸고, 잠시 후

문틀과 문 사이의 빈틈을 꼼꼼하게 막아놓은 고무가 갈라지고 출입문이 열리면서 녹색 폴로셔츠를 입은 그린 부인이 모습을 드러냈다.

"안녕하세요, 그린 부인." 퍼트리샤가 큰 소리로 말했다. "열쇠를 찾을 수 있을지 보러 왔어요. 저번에 여기에 두고 간 열쇠요."

"해리스 씨는 부재중인데요." 그린 부인이 큰 소리로 대답했다. 함께 일하는 여자가 근처에 있다고 귀띔하는 것이었다. "나중에 다시 오셔야 할 것 같아요."

"그 열쇠가 꼭 필요해서 그래요."

"그럼 열쇠를 찾아본대도 해리스 씨가 분명 이해해주겠군요."

그린 부인이 말하고서 길을 터주었고 퍼트리샤는 안으로 들어갔다. 부엌 한가운데에 놓인 거대한 아일랜드 식탁의 반쪽을 스테인리스스틸 그릴이 뒤덮었다. 벽에는 진갈색 보관장들이 줄줄이 서 있었고 냉장고, 식기세척기, 싱크대는 전부 스테인리스스틸이었다. 한기가 느껴졌다. 퍼트리샤는 스웨터를 가져왔으면 좋았겠다고 생각했다.

"슬리크는 아직 안 왔어요?" 퍼트리샤가 조용히 물었다.

"아직요. 하지만 기다릴 수 없어요."

그린 부인과 똑같이 녹색 폴로셔츠를 입은 여자가 복도에서 나타났다. 노란색 고무장갑을 끼고 유광 가죽으로 만든 허리가방을 맸다.

"로라." 그린 부인이 말했다. "저 아래에 사는 캠벨 부인이에요. 열쇠를 두고 가서 찾아본다고 하네요."

퍼트리샤는 미소를 발사하며 다정해 보이기를 염원했다.

"안녕하세요, 로라. 만나서 반가워요. 나는 신경쓰지 말고 일 보세요."

로라의 커다란 갈색 눈동자가 퍼트리샤에게서 그린 부인으로, 다시 퍼트리샤에게로 향했다. 그러더니 허리띠로 손을 뻗어 거기 부착된 휴대전화를 꺼냈다.

"그럴 필요 없어요." 그린 부인이 말했다. "내가 잘 아는 분이에요. 옛날에 이 댁에서 청소일을 했거든요."

"정말 잠깐이면 돼요." 퍼트리샤가 화강암으로 된 조리대 위를 훑는 척하며 말했다. "분명 여기 어디 있을 텐데."

큼지막한 갈색 눈동자를 그린 부인에게 고정한 채 로라가 전화기 폴더를 열고 버튼을 눌렀다.

"로라, 아뇨!" 퍼트리샤가 말했다. 목소리가 너무 컸다.

로라가 고개를 돌려 퍼트리샤를 보았다. 노란색 고무장갑을 낀 손에 폴더가 열린 전화기를 들고 눈을 한 차례 끔뻑였다.

"로라, 나 정말로 열쇠를 찾아야 해요. 여기 어딘가에 있을 테고, 시간이 좀 걸릴 거예요. 나 때문에 로라가 곤란해지는 일은 없어요. 약속할게요. 로라가 겪는 불편에 대해서는 보상할 거고요."

퍼트리샤는 가방을 집에 두고 왔지만 그린 부인이 만약을 대비해 현금을 가져오라고 일러둔 터였다. 퍼트리샤는 주머니에 손을 넣어 10달러짜리 지폐 다섯 장 중 네 장을 꺼낸 다음 아일랜드 식탁 위 로라와 가장 가까운 쪽에 놓고 뒤로 물러났다.

"해리스 씨는 내일까지 돌아오지 않을 거잖아요." 그린 부인이 말했다.

로라가 한 발 앞으로 나와 챙긴 지폐들이 그녀의 허리가방 속으로 자취를 감췄다.

"정말 고마워요, 로라." 퍼트리샤가 말했다.

그린 부인과 로라가 부엌을 떠났고 진공청소기가 포효하며 부활했다. 퍼트리샤는 뒤뜰로 난 창문을 내다보며 오솔길을 따라 걸어오는 슬리크가 보이는지 확인했지만 길은 텅 비어 있었다. 몸을 돌려 널찍한 전실을 통과하면서도 현관 옆 창문을 내다보았다. 창유리에 고풍스러운 느낌을 주려고 교묘히 연출해놓은 잔물결이 일렁였다. 슬리크의 사브는 진입로에도 없었다. 약속 시간에 늦다니 그녀답지 않았다. 혹여 슬리크가 최후의 순간에 배짱을 상실했다고 한들 세상이 끝난 것처럼 받아들일 일도 아닌 듯했다. 그들 두 사람이 집을 뒤지고 다니는 것에 로라가 어떻게 반응할지도 알 수 없는 노릇이니까.

게다가 집안에는 뒤지고 다닐 만한 것 자체가 별로 없었다. 부엌 서랍이 비어 있었고 보관장에는 음식이랄 게 거의 없었다. 잡동사니용 서랍은 아예 없었다. 냉장고 문에 해충구제업자나 피자배달점 광고지 따위도 붙어 있지 않았다. 조리대 위에 토스터도, 블렌더도, 와플기도, 조지 포먼 그릴도 없었다. 집안 어디를 보나 마찬가지였다. 퍼트리샤는 이층을 확인하기로 했다. 그가 뭐든 사적으로 간직하는 게 있다면 이층에 숨겨뒀을 가능성이 더 높았다.

카펫 깔린 계단을 오르기 시작하자 진공청소기 소음이 저 아래로 멀어졌다. 닫힌 문들이 정렬한 이층 복도에 섰을 때는 불현듯 자신이 끔찍한 실수를 저지르기 직전이라는 기분이 들었다. 여기에 있으면 안 된다. 당장 뒤돌아 떠나야 한다. 대체 뭘 어쩔 심산이었나? 퍼트리샤는 『푸른 수염』을 떠올렸다. 들여다봐서는 안 될 방이 있다는 남편의 말을 들은 신부는 당연히 그 방의 문을 열고 거기서 그의 전처들의 시신을 발견한다. 퍼트리샤의 어머니는 이 얘기가 주는 교훈이 남편의 말을 믿고 절대로 염탐하지 않는 것이라고 했다. 하지만 진실을 아는 편이 더 낫지 않은가? 퍼트리샤는 안방으로 향했다.

안방에서는 가열된 플라스틱과 새 카펫의 냄새가 났다. 깐 지 이 년은 족히 된 카펫일 텐데도 그랬다. 깔끔히 정돈된 침대의 네 귀퉁이에 기둥이 달려 있었는데 그 꼭대기마다 파인애플을 조각해 넣었다. 창가에는 안락의자 하나와 테이블이 있었다. 테이블 위에 노트를 한 권 놓아뒀는데 안에는 아무것도 적혀 있지 않았다. 퍼트리샤는 대형 벽장 속을 들여다보았다. 모든 옷들이, 하다

못해 청바지조차 드라이클리닝 비닐을 덮어쓴 채 걸려 있었고 하나같이 세척용 화학제 냄새를 풍겼다.

안방 화장실을 뒤졌다. 빗, 칫솔, 치약, 치실, 하지만 처방약은 없었다. 일회용 밴드와 거즈는 있었으나 이곳 거주자가 어떤 사람인지 보여주는 물건은 전무했다. 밀폐재와 석고보드 냄새가 났다. 세면대와 샤워실은 말라 있었다. 퍼트리샤는 안방으로 돌아가 한번 더 수색했다.

이제 방에서 방으로 다니며 휑한 벽장을 열고 텅 빈 서랍 속을 들여다보았다. 모든 것에서 이제 막 칠한 페인트 냄새가 났다. 모든 방에서 공허가 메아리쳤다. 모든 침대가 얼룩 한 점 없는 장식용 베개와 쿠션으로 세심히 꾸며져 있었다. 버림받은 집처럼 느껴졌다.

"뭘 좀 찾았어요?" 목소리가 들려와 퍼트리샤는 기겁했다.

"오 이런 맙소사." 그녀가 한 손으로 가슴 가운데를 누르며 숨을 내쉬었다. "놀라서 죽는 줄 알았잖아요."

그린 부인이 문간에 서 있었다.

"뭐라도 좀 찾았어요?" 그녀가 반복했다.

"텅텅 비었어요. 슬리크는 아직 오지 않았죠, 그렇죠?"

"네. 로라는 부엌에서 점심을 먹고 있어요."

"여기에는 아무것도 없어요. 다 헛수고예요."

"이 집 전체에 아무것도 없다고요? 아무데도? 제대로 본 거 맞아요?"

"전부 확인했어요. 로라의 마음이 바뀌기 전에 가야겠어요."

"아무것도 없을 리가 없어요."

퍼트리샤는 그녀의 완강함에 불쑥 짜증이 치밀었다. "내가 놓친 걸 당신은 찾을 수 있다고요, 아무렴요, 어디 한번 해보세요."

둘은 꿈쩍 않고 서서 서로를 노려보았다. 퍼트리샤는 실망감에 약이 올랐다. 이렇게 멀리까지 왔는데 이제는 얻은 게 없다. 앞길이 막막했다.

"시도는 했으니까요." 마침내 퍼트리샤가 입을 열었다. "슬리크가 오거든 내가 제정신을 되찾았다고 얘기해줘요."

그녀가 그린 부인을 지나쳐 계단으로 향했다.

"저건요?" 그녀 뒤에서 그린 부인이 말했다.

퍼트리샤는 정말 지친다는 듯 몸을 돌렸다. 그린 부인이 고개를 뒤로 길게 빼고 천장을 응시하고 있었다. 보다 정확히는 천장에 달린 작은 검은색 고리를 응시하는 중이었다. 고리를 기준삼아 보니 그 둘레에 사각으로 난 금이, 흰색으로 칠해진 경첩들이 그제야 구분되었다. 부엌에서 빗자루를 가져와 손잡이에 난 작은 구멍에 천장 고리를 끼웠다. 둘이서 함께 잡아당기자 스프링의 신음소리와 함께 페인트가 쩍 갈라지면서 고리 주변의 사각형 가장자리가 점점 커지고 시커메지더니 다락문이 아래로 열리고 거기 달린 금속제 계단이 펴졌다.

건조하고 황폐한 냄새가 방으로 굴러내려왔다.

"올라가볼게요."

퍼트리샤가 계단 양쪽을 단단히 붙들고 위로 올라가자 계단이 덜컹거렸다. 육신이 몹시 무겁게만 느껴졌고 그녀의 발이 발판들을 부수고 말 것만 같았다. 이내 고개가 천장을 통과했고 그녀는 어둠 속에 있었다.

눈이 적응하고 보니 완전한 어둠은 아니었다. 다락의 길이는 본채 전체를 뒤덮는 정도였고 양쪽 끝에 가느다란 널빤지를 경사지게 연결한 창 가리개들이 있었다. 그 틈으로 햇빛이 걸러져 들어왔다. 덥고 답답했다. 다락의 한쪽 끝은 거리에 면해 있었는데 휑하니 비워둬서 장선과 분홍색 단열재뿐이었다. 뒤쪽은 침침한 형체들이 뒤죽박죽으로 엉킨 덩어리였다.

"손전등 있어요?" 퍼트리샤가 아래를 향해 외쳤다.

"여기."

그린 부인이 열쇠고리가 달린 허리띠에서 뭔가를 딸깍였고 퍼트리샤가 몇 걸음 아래로 내려와 그걸 받아들었다. 청록색 고무가 둘러진 작은 사각형 물체로, 라이터 정도의 크기였다.

"양옆을 눌러요." 그린 부인이 말했다.

한쪽 끝에 달린 작디작은 전구가 연약한 빛을 한줄기 내뿜었다.

없는 것보다는 나았다.

퍼트리샤는 다락으로 올라갔다.

바닥이 까끌까끌했다. 바퀴벌레 퇴치제, 쥐똥, 말린 구아노*, 비둘기 깃털, 뒤집혀 죽은 바퀴벌레, 너구리의 소행으로 보이는 큼지막한 내변 무더기가 바닥을 막처럼 덮었다. 퍼트리샤는 뒤죽박죽인 덩어리를 향해 걷기 시작했다. 양쪽 끝의 통풍구에서 들어오는 차가운 공기가 한차례 맞바람을 일으켰다. 그녀의 발밑 합판에서 흰 가루가 사각거렸다.

여기 위쪽에서는 죽은 벌레나 썩은 직물 같은, 한번 말랐다가 곰팡이가 핀 축축한 판지 냄새가 났다. 아래층의 모든 것은 잡티 하나 없이 청소하고 광을 내고 유기체라고는 존재할 수 없이 박박 닦아놓았는데 여기 위쪽에서 이 집은 맨살을 그대로 드러냈다. 깔쭉깔쭉한 장선, 불결한 합판 바닥, 지붕널 밑으로 드러난 합판에 연필로 기록해둔 치수들. 퍼트리샤는 후미에 쌓여 있는 물건 더미에 손전등을 비춰보고는 그것이 새비지 부인의 인생을 묻은 묘지라는 사실을 깨달았다.

담요와 누비이불과 침대보로 덮인 상자와 보관함과 여행가방은 퍼트리샤가 이 노부인의 전실에서 본 적 있는 물건들이었다. 올올이 바퀴벌레 알이 박히고 틈바구니마다 거미줄이 무성한 침대보와 담요는 더럽고 뻣뻣하고 부패했다.

분홍색 누비이불의 끈적한 모서리를 들어올리자 썩은 나무 섬

---

* 비료로 쓰이는 바닷새의 배설물.

유질이 섞인 공기가 훅 끼쳐왔다. 그 아래쪽 바닥의 판지상자에는 침수로 망가진 저렴한 로맨스소설들이 들어 있었다. 쥐떼가 너덜너덜 씹어놓은 한쪽 상자 모서리에서 밝게 채색된 표지를 두른 책들이 창자처럼 쏟아져나왔다. 왜 이 쓰레기들을 새집까지 챙겨 왔을까? 적절치 않게 느껴졌다. 흠이란 없고 새로우며 깐깐하게 텅 빈 그의 집에서 이 물건들은 실수인 듯 두드러졌다.

담요에 손이 닿을 때마다 그녀의 살갗이 역겨움으로 들끓었다. 더께가 앉은 담요들은 허연 바퀴벌레 퇴치제와 쥐똥으로 범벅이었다. 상자들을 끼고 돌자 담요가 덮인 공간이 끝나고 바닥에서 솟은 벽돌 굴뚝이 천장을 뚫고 나갔다. 그 옆에 퍼트리샤의 눈에 익은 낡은 여행가방들이 한 줄로 서 있었다. 그 주변은 온통 옛집에서 본 기억이 있는 가구들이었다. 알이 무성한 거미줄 때문에 형체조차 알아보기 힘든 스탠딩 조명, 갉힌 좌석이 쥐 소굴로 돌변한 흔들의자, 베니어* 상판이 비틀리고 갈라진 십자다리 테이블.

어디서부터 시작해야 할지 알 수 없었다. 퍼트리샤는 일단 여행가방을 하나씩 들어보았다. 전부 비어 있었다, 끝에서 두번째 것을 제외하고. 가방은 꿈쩍도 하지 않았다. 다시 시도해보았다. 바닥에 뿌리라도 내린 것 같았다. 하드케이스로 된 갈색 샘소나

* 표면이 거칠한 합판용 널빤지.

이트 가방을 끄집어내는 퍼트리샤의 코끝에서 땀방울이 떨어졌다. 첫번째 걸쇠를 푸는데 오래 사용하지 않아 빽빽했다. 그리고 두번째 걸쇠. 그 안에 든 뭔지 모를 내용물의 무게 때문에 가방이 툭 벌어져 열렸다.

좀약의 화학적 악취가 폭발하듯 얼굴로 끼쳐와 눈에 눈물이 고였다. 그린 부인이 준 손전등을 꽉 쥐고서 그녀가 본 건 가방 안에 비좁게 들어찬 검은색 비닐시트였다. 거기에 덕지덕지 붙어 있던 흰색 좀약들이 바닥으로 굴러떨어졌다. 비닐을 일부 옆으로 걷자 희뿌연 눈 한 쌍이 손전등 불빛을 반사했다.

손가락이 감각을 잃으며 놓쳐버린 손전등이 비닐시트 속으로 떨어져 빛을 잃었다. 퍼트리샤는 뒷걸음질치다 바닥재가 끝나는 부분을 헛디뎌 결국 한 발이 장선 사이의 빈 공간에 빠지고 말았다. 팔을 빙글빙글 휘저으며 뒤로 넘어가기 시작하다 천장의 거칠한 들보를 가까스로 붙들고 균형을 잡았다.

퍼트리샤는 주체할 수 없는 공포 속에서 여행가방으로 손을 뻗었다. 손전등을 찾아 손가락으로 그 양옆을 쥐어짜듯 눌렀다. 그러자 눈이 다시 나타났고 이제 퍼트리샤는 주변의 얼굴을 분간할 수 있었다. 얼굴을 감은 투명한 드라이클리닝 비닐 속에서 세월을 따라 누르스름하게 갈변한 흰색 알갱이들이 보였다. 소금이었다. 좀약은 냄새를 없애려고 둔 것이었고 소금은 시신을 보존하는 용도였다. 시신의 낯빛은 진갈색이었고 피부는 비닐로 싸여 팽팽히 당겨져 있었다. 덕분에 양옆으로 한껏 찢겨 치아를 있는 대로 드러낸 입술이 소름 끼치는 미소를 지었다. 그 와중에도 퍼트리샤는 프랜신을 알아보았다.

흉곽 안에서 심장이 박살나고 양손이 혈류로 근질거렸다. 퍼트리샤는 마음을 다잡으며 손전등을 껐다. 그걸 주머니에 넣은 뒤 샘소나이트 가방과 사투를 벌인 끝에 다시 닫는 데 성공했다. 빽빽한 걸쇠를 돌리고 양손으로 손잡이를 잡아 계단 쪽으로 끌었다. 가방이 바닥을 가로지르면서 모래라도 가는 듯 요란한 소리를 냈다.

가방을 당기고 한 걸음 내딛고, 다시 당기고 한 걸음 내딛고, 그렇게 한 발씩 전진해 계단까지 절반 정도를 갔다. 어깨가 불타고 요추가 박살나는 것 같았지만 끝내 다락문 가장자리에 도달했다. 저 아래로 깔끔한 방이 내려다보였을 때는 안도감이 온몸을 휩쓸었다.

가방을 여기에 두고 내려가 그린 부인을 불러올 것이다. 둘이 함께 가방을 집밖으로 빼낼 것이다. 망설이지 않을 것이다. 가방을 차에 싣고 곧장 경찰서로 갈 것이다. 퍼트리샤가 뒤돌아 첫번째 발판으로 발을 내리는데 바로 그때 아래층에서 말소리가 들려와 그녀는 반사적으로 발을 다시 당겼다.

"그린 부인." 멀리서 남자 목소리가 들렸다. 퍼트리샤는 이어지는 부분을 놓치고 다음으로 이런 말을 들었다. "……놀라셨죠."

그런 부인이 뭔가를 말했지만 분간할 수 없었고 그러고서 제임스가 대답하는 말의 끝부분이 들렸다. "……일찍 돌아왔어요."

30장

전기에 쏘인 듯 사지가 찌릿찌릿해 퍼트리샤는 옴짝달싹할 수 없었다.

"……정리하시고," 제임스의 목소리가 들렸다. "……위층에 가서 쉬고 싶군요."

무시무시한 생각이 퍼트리샤의 뇌를 장악했다. 당장이라도 슬리크가 사뿐사뿐 뒷문으로 올라와 문을 두드릴 것이다. 슬리크는 거짓말이라도 둘러대서 퍼트리샤의 생명을 구할 수 있는 인물이 아니었다. 퍼트리샤를 만나러 왔다고 털어놓고 말 터였다.

무슨 얘기를 하는지 분간할 수 없는 목소리 하나가 이어서 들렸고 다음으로 제임스가 말했다. "오늘 로라도 왔나요?"

아래를 내려다본 퍼트리샤의 심장이 어찌나 거세게 방망이질하는지 갈비뼈에 멍이라도 들 것 같았다. 손님방 문간에 로라가 서 있었다. 한 손에 걸레를 들고 퍼트리샤를 올려다보고 있었다.

"로라." 퍼트리샤가 속삭였다.

로라가 천천히 눈을 끔뻑였다.

"그 계단 좀 밀어줘요." 퍼트리샤가 애원하는데 로라는 빤히 쳐다보기만 했다. "제발, 계단 좀 밀어주세요."

제임스가 그린 부인에게 말을 건넸지만 퍼트리샤의 귀에는 들리지 않았다. 신체의 모든 부분이 로라만을 향하여 사력을 다해 그녀를 이해시키는 데만 집중했기 때문이다. 이내 로라가 움직이더니 노란색 고무장갑 낀 손을 내밀었다. 손바닥을 위로 한 채. 만국 공통의 제스처였다. 퍼트리샤는 마지막 남은 10달러 지폐를 기억해냈다. 주머니에 황급히 손을 쑤셔넣다 검지손톱이 뒤로 꺾였지만 아랑곳하지 않고 돈을 끄집어냈다. 아래로 떨어트리자 지폐가 펄럭이며 천천히 하강해 로라의 손에 정확히 안착했다.

밑에서 제임스의 말소리가 들렸다. "집에 들른 사람이 있었나요?"

로라가 몸을 숙여 계단 아래를 붙든 뒤 밀어올렸다. 이번에는 스프링이 신음하지 않았지만 문 닫히는 속도가 너무 빨랐다. 퍼트리샤는 쪼그려앉은 채 양팔을 뻗어 다락문을 잡은 뒤 천천히 당겨 와 아주 작게 쿵 소리를 내며 닫았다.

그가 위층으로 올라오기 전에 여행가방을 제자리에 둬야 했다. 퍼트리샤는 몸을 일으켜 가방 밑에 오른발을 끼워넣었고 그 엄청난 무게에 뼈가 부서지는 것만 같았다. 가방을 들어올리며 한 발을 앞으로 내밀었다. 신발을 범퍼삼아 가방을 내려놓았다 다시 가방을 휘둘러 좀더 앞에 놓으며 한 번에 한 걸음씩 전진했다. 소리가 요란했지만 바닥에 대고 끄는 것만큼 시끄럽지는 않았다. 미친듯이 절뚝이며 걸음을 내디딜 때마다 정강이에 타박상을 입었고, 손목 안에서 맥박이 우지끈거렸으며, 가방에 긁히면서 발등의 피부가 까졌다. 그렇게 엉기적엉기적 다락 끝에 도달해 샘소나이트 가방을 제자리에 밀어넣었다. 다음 순간, 온 바닥에 흩어져 다락의 희미한 빛에 진주처럼 반짝이는 좀약들이 눈에 들어왔다.

퍼트리샤는 그것들을 얼른 양손으로 쓸어담았으나 달리 둘 곳이 없었다. 그래서 자신의 주머니에 넣었다. 머리가 빙글빙글 돌면서 이대로 졸도할 수도 있겠다 싶었다. 제임스가 어디쯤 있는지 알아야 했다. 그녀는 장선 위로만 발을 디뎌 다락문으로 다시 돌아왔다. 앞에 죽어 널브러진 바퀴벌레 세 마리를 옆으로 치우고 바닥에 무릎을 꿇은 뒤 모래라도 흩뿌린 듯 까끌까끌한 합판에 귀를 가져다댔다.

바닥 밑에서 방문들이 열리고 닫히며 쿵쿵거렸다. 그녀는 로라가 다락 계단이 있는 이 방의 문도 닫았기를 기도했다. 바로 그때 그 문이 열리는 소리가 들리고 그녀가 있는 곳 바로 밑으로 발소리가 다가와 퍼트리샤는 심장이 쪼그라들었다. 혹시 다락 계단이 카펫의 보드라운 털에 남긴 자국도 육안으로 식별이 가능할지 궁금했다. 발소리가 더 들리고 문이 닫혔다.

샤워가 잠잠해졌고 퍼트리샤는 몸을 일으켰다. 마디마디 온몸의 관절이 아팠다. 여기서 어떻게 빠져나간다? 그리고 저 인간은 왜 햇빛을 보면서까지 이동을 감행했을까? 낮에 이동할 수 있다는 건 알았지만 그건 절박한 상황에서나 감수할 위험이었다. 대체 무슨 일이 있었기에 이토록 서둘러 돌아왔나? 그는 그녀가 여기 있다는 걸 알고 있을까? 슬리크라도 나타나면 일이 어떻게 돌아갈까?

아래층에서 희미한 목소리들이 두둥실 떠올랐다.

"……다음에 다시 오시죠……"

제임스가 그들을 돌려보내는 중이었다. 멀리서 최후의 쿵 소리가 들렸고 퍼트리샤는 그게 현관문이 닫히는 소리임을 알았다. 이제 집에는 그녀뿐이었다. 제임스와 단둘이. 몇 분간 사방이 고요하다 이내 다락문 바로 밑에서 흥얼거리는 목소리가 올라왔다.

"퍼트리샤." 제임스가 노래했다. "당신이 여기 있는 거 나는 알지."

그녀는 얼어붙었다. 그가 올라올 것이다. 비명을 지르고 싶었지만 입술 사이로 미끄러져 나오기 직전에 소리를 참았다.

"어디 어디 숨었니, 퍼트리샤." 그가 흥얼거렸다.

그가 계단을 올라올 것이다. 당장이라도 스프링이 늘어나는 소리가 들리고 다락문의 가장자리를 두른 빛이 더 밝아질 것이다. 발판을 디디는 육중한 발소리가 이어지고 그의 머리와 어깨가 불쑥 나타날 것이다. 그녀를 똑바로 쳐다보는 눈. 크게 찢어지며 미소 짓는 입. 그리고 그것, 그 길고 시커먼 것이 그의 목구멍 밖으로 튀어나올 것이다. 그녀는 꼼짝없이 갇혔다.

아래서 방문이 하나씩 열렸다. 벽장문이 덜컹이며 열리고 닫히는 소리가 왔다갔다했다. 방문 하나가 쾅 소리를 내며 닫혀 퍼트리샤는 움찔했다. 또다른 문이 열렸다.

그가 다락을 떠올리는 건 시간문제였다. 숨을 곳을 찾아야 했다.

퍼트리샤는 손전등을 꽉 쥐고 바닥을 내려다보았다. 자신의 존재를 들킬 흔적이 보이는지 확인했다. 허연 바퀴벌레 퇴치제 위에 그녀가 헤집고 다닌 궤적이 그대로 남아 있었다. 여행가방을 끈 자국들도 보였다. 퍼트리샤는 자리에 쪼그려앉은 채 도저히 내키지 않는 손을 천천히 그리고 조심스레 움직이며 퇴치제를 쓸고 토닥였다. 그러는 통에 꺼끌꺼끌한 허연 막이 얇아지기는 했으나 누군가 쏘다닌 흔적은 덜해졌다. 몸을 구부리고 뒷걸음질치며 바닥을 살살 쓰는 동안 요추가 불타는 듯했지만 여행가방이 있는 곳에 도달하고서야 몸을 일으켰다. 손전등으로 작업 내용을 확인한 뒤 결과에 만족했다.

퍼트리샤는 여행가방을 확인하고는 프랜신의 시신이 든 가방만 먼지가 닦였다는 사실을 발견했다. 바퀴벌레 퇴치제와 쥐똥을 양손 가득 퍼서 가방에 대고 문질렀다. 제임스가 자세히 들여다보지만 않는다면 문제없을 것이다.

그렇게 선 채로 있으려니 무방비로 노출된 듯한 기분이 들어 담요로 덮인 새비지 부인의 살림 너미 뒤로 꾸역꾸역 들어가 누웠다. 더러운 합판 바닥에 귀를 대고 저 아래서 집이 진동하는 소리를 들었다. 문이 열리고 닫혔다. 발소리가 났다. 그러다 아무 소리도 들리지 않았다. 퍼트리샤는 정적에 신경이 곤두섰다.

손목시계를 확인했다. 오후 네시 오십육분. 정적이 그녀를 달래 몽롱한 상태로 이끌었다. 여기 있으면 된다. 그가 여기는 찾아보지 않을 것이다. 이 상태로 얼마든지 오래 기다릴 수 있다. 이렇게 듣고 있으면 된다. 어둠이 내리면 그가 집을 나설 테고 그때 슬쩍 빠져나가면 된다. 마음을 강하게 먹을 것이다. 똑똑하게 굴 것이다. 안전할 것이다.

스프링이 신음하며 다락문 열리는 소리가 들렸다. 다락 저쪽 끝에서 빛이 홍수처럼 밀려들었다.

"퍼트리샤." 제임스가 큰 소리로 불렀다. 계단을 오르는 그의 발밑에서 스프링이 광적으로 꽥꽥거렸다. "당신이 여기 올라와 있는 거 나는 알지."

퍼트리샤는 상자들을 덮은 불결한 담요들을 살폈지만 그 밑으로 들어가봐야 별 도움이 되지 않으리라는 사실만 확인했다. 가구들이 너무 성기게 서 있어서 몸을 숨겨주기에 역부족이었다. 그가 빙 걸어서 살림 더미의 이쪽 방향으로 오면 그녀의 모습이 바로 보일 터였다. 아무데도 갈 곳이 없었다.

“내가 왔어요, 퍼트리샤.” 그가 계단 꼭대기에 가까워지며 행복하게 외쳤다.

바로 그때 다락 가장자리, 합판 바닥재가 끝나는 곳에 쌓인 옷더미가 퍼트리샤의 눈에 들어왔다. 몇몇 상자의 배를 가르고 쏟아져나온 내용물이 거대한 무더기를 이루고 있었다.

저 무더기 속으로 비집고 들어가면 몸을 숨길 수 있다. 퍼트리샤는 자세를 한껏 낮추고 바닥을 기었다. 썩어들어가는 직물의 지독한 악취가 물큰하게 풍겨오며 부비강을 긁어댔고 헛구역질이 목구멍 뒤를 때렸다. 그리고 계단을 올라오던 발소리가 뚝 끊겼다.

“패티.” 다락 한가운데서 제임스가 말했다. “우리 얘기 좀 합시다.”

그의 체중에 합판이 삐걱거렸다.

퍼트리샤는 옷더미의 뻣뻣한 가장자리를 들어올리고 머리부터 집어넣어 더미 아래로 스르르 미끄러져 들어갔다. 그 소동에 거미들이 도망치고 천에서 우수수 떨어지는 바퀴벌레 알이 퍼트리샤의 얼굴에 비처럼 쏟아졌다. 지네들이 그녀의 목 우묵한 부분에 빠져 꿈틀거렸다. 제임스가 다락을 가로질러 다가오는 소리가 들리자 퍼트리샤는 스스로를 닦달해 구토증과 싸우며 안으로 더 깊숙이 들어갔다. 머리 위로 드리운 담요들을 건드리지 않도록 조심스레 움직였다. 제임스의 발이 가까워지며 이제 상자 바로 옆까지 왔다. 퍼트리샤는 썩어가는 옷더미 속으로 발을 당겨 온 다음 꿈쩍하지 않았다. 숨을 참으려 애썼다.

벌레들이 스멀스멀 그녀의 몸 위를 기었고 퍼트리샤는 쥐 소굴을 잘못 건드렸다는 사실을 깨달았다. 발톱 달린 발들이 버둥거리며 그녀의 배를 지나고 몸부림치며 둔부를 넘었다. 악이라도 쓰고 싶었다. 입술을 앙다문 채 코로 짧고 얕은 숨을 내쉬었다. 그녀의 몸을 감싸고 역겨운 냄새를 뿜는 천 쪼가리에서 진드기와 바퀴벌레와 쥐가 옴실거렸다.

벌레들이 벗어놓은 말라빠진 허물들이 얼굴에 내려앉았지만 닦을 엄두를 내지 못했다. 거미들이 손가락 관절을 기어 넘었다. 퍼트리샤는 꿈쩍하지 않으려 안간힘을 썼다. 다시 발소리가 들렸다. 그가 앤 새비지의 상자 위 담요들을 들추고 안을 들여다보는 게 분명했다. 퍼트리샤는 자신을 투명인간이라고 생각하기로 했다.

"퍼트리샤." 제임스가 예사스러운 투로 말했다. "내 다락에는 왜 숨어 계실까? 여기서 뭘 찾고 있지?"

퍼트리샤는 저 인간이 프랜신의 시신을 여행가방에 어떻게 넣었을지 생각했다. 저 커다란 손을 써야 했을 것이다. 그걸로 그녀의 팔을 부러트리고 어깨를 박살내고 팔꿈치를 짓이기고 다리를 탈구시키고 비틀고 쪼개어 쑤셔넣었을 것이다. 그는 너무도 강하다. 그리고 이제 퍼트리샤의 바로 위에 우뚝 서 있었다.

썩은 천조각들이 위로 들리고 움직였다. 퍼트리샤는 스스로에게 되뇌었다. 작아져라, 작아져라, 그렇게 작아지다 아무것도 남지 마라. 그때 뭔가가 섬세하고 조심스러운 다리 하나를 그녀의 턱으로 뻗었다. 털이 북슬북슬한 다리로 입술을 미세하게 간질이며 타고 넘었다. 바퀴벌레의 더듬이가 물결치는 기다란 털들처럼 콧구멍 가장자리를 더듬는 게 느껴졌다. 퍼트리샤는 악을 쓰고 싶었지만 스스로를 돌덩이라고 생각했다.

"퍼트리샤." 제임스가 말했다. "다 보이거든."

제발, 제발, 제발 콧속에 들어가지만 마라. 그녀는 바퀴벌레에 대고 소리 없이 애원했다.

"퍼트리샤." 제임스가 바로 옆에서 불렀다. 지금 그녀의 발이 밖으로 삐져나와 있기라도 하면 어쩌나? 그게 저 남자 눈에 띄면 어쩌나? "장난은 여기까지만 합시다. 낮 시간에 밖을 돌아다니는 게 내게 얼마나 고역인지 당신도 알잖아. 지금 몸 상태가 별로 안 좋아서 게임할 기분이 아냐."

바퀴벌레가 그녀의 코를 타고 지나 스르륵 광대뼈를 넘었다. 퍼트리샤는 두 눈을 질끈 감았다. 썩은 천에서 우수수 떨어지는 조각들 때문에 눈구멍 속이 모래처럼 꺼끌꺼끌했고 바퀴벌레가 쏘다니는 자리가 끔찍스레 간질거려 빰을 긁지 않으면 실성해버릴 것 같았다. 놈이 얼굴 옆으로 기어내려가 귀를 타넘다 더듬이로 외이도를 살피더니, 그러더니, 온기에 이끌려 귓속에 다리를 넣고 여기저기 헤집기 시작했다.

아, 이런. 신음이라도 흘리고 싶었다.

제발, 제발, 제발, 제발……

귓속 깊은 곳을 탐구하며 물결치는 더듬이가 고스란히 느껴지자 퍼트리샤는 등골이 오싹해지면서 목구멍으로 신물이 부글부글 올라왔다. 혓바닥을 붙여서 입천장을 막으니 신물이 비강에 가득찼다. 이제 다리들이 귓속에 들어와 있었다. 놈이 외이도 위에서 미세하게 날개를 퍼덕이고는 귓속으로 제 몸을 밀어넣었다.

"퍼트리샤!" 제임스가 소리쳤다. 뭔가가 격렬히 들썩이며 와르르 무너지는 바람에 퍼트리샤는 비명을 내지를 뻔했지만 버텼다. 바퀴벌레는 귓속 더 깊은 곳으로 밀고 들어왔다. 몸뚱이를 사분의 삼 정도까지 밀어넣은 놈이 다리로 더 깊은 곳을 헤집었다. 조만간 놈을 빼내는 게 불가능한 지경이 되고 말 텐데 이제 제임스는 가구들을 걷어차고 있다. 담요들이 들썩이는 게 느껴졌다.

다음 순간, 요란한 발소리가 멀어져갔고 스프링이 신음했다. 바퀴벌레가 날개까지 퍼덕이며 몸뚱이를 더 깊이 넣으려고 기를 썼지만 중간에 끼이고 말았다. 파닥거리는 놈의 앞다리가 그녀의 뇌를 건드리는 듯한 기분이었다. 그리고 뻔한 얘기였다. 제임스는 다락을 나간 척하고 있을 뿐이다. 쿵 소리가 나고 바닥이 울렸다. 그리고 정적. 뻔한 얘기였다. 그는 그녀가 나오기를 기다리고 있는 것이다.

바퀴벌레가 귓속으로 사라지기 전에 뒷다리를 붙들기 위해 퍼트리샤는 왼손을 들어 준비하고 귀를 기울였다. 제임스가 본심을 드러내기를 기다렸다. 그러나 이내 저멀리, 저 아래 집 깊숙한 곳에서 문이 쾅 닫혔다.

퍼트리샤는 허겁지겁 옷더미 밑에서 빠져나왔다. 몸에서 쥐똥이 우수수 떨어지는 걸 느끼며 귀를 잡아 뜯었지만 바퀴벌레를 잡지 못했다. 겁을 먹은 놈이 꿈틀거리며 더 깊이 들어갈 길을 찾았고 퍼트리샤는 귀의 연한 부분을 접어 놈을 감싼 뒤 그 위를 꾹 눌렀다. 으드득 소리와 함께 뭔가가 툭 터지더니 외이도 안쪽 깊은 곳에서 뜨뜻한 액체가 새어나왔다. 그녀는 짓이겨진 바퀴벌레 사체를 잡아 뺀 뒤 새끼손가락을 귀에 넣어 뜨겁고 끈적끈적한 잔여물을 긁어냈다.

머리칼에서 목으로 거미들이 기어나왔다. 퍼트리샤는 손으로 마구 때려잡으면서 그것들이 독거미인 블랙위도는 아니기를 기도했다.

그녀의 몸부림이 마침내 멎었다. 퍼트리샤는 낡은 옷들의 무더기를 바라보며 되새겼다. 행여 제임스가 돌아온다 해도 저 밑으로 다시 들어갈 마음을 먹는 건 결코 불가능했다.

그녀는 집 뒤쪽을 면한 벽의 창 가리개가 어둑해지는 모습을, 항구를 면한 벽의 창 가리개 너머가 환해지는 모습을, 그리고 그 빛이 장밋빛으로, 빨간색으로, 뒤이어 주황색으로 변하더니 영영 사라지는 장면을 지켜보았다. 온몸이 바들바들 떨리기 시작했다.

여기서 어떻게 나간다? 제임스가 밤새 집에 머물면 어떡하나? 여기서 깜빡 잠들었는데 그가 다시 올라온다면? 카터가 집에 전화라도 하면? 블루와 코리는 엄마가 어디에 있는지 알까?

손목시계를 확인했다. 여섯시 십일분. 머릿속에서 생각이 생각을 쫓으며 빙글빙글 도는 사이 해가 넘어가고 온기가 다락을 빠져나갔다. 그녀는 목이 말랐고, 배가 고팠고, 겁에 질린데다 온몸이 불결했다. 결국 발을 덥혀보겠다고 썩은 옷더미 밑에 다시 밀어넣는 지경에 이르렀다.

까무룩 잠들었다 고개를 홱 젖히며 깰 때마다 목에서 뚝뚝 소리가 났다. 퍼트리샤는 제임스의 소리를 살피며 주체할 수 없이 몸을 떨었고 손목시계 보는 일은 그만뒀다. 한 시간은 지났겠지 생각할 때마다 겨우 오 분이 흘렀을 뿐이라는 사실만 확인했기 때문이다.

슬리크에게 무슨 일이 있었던 걸까 궁금했다. 제임스가 왜 일찍 돌아왔는지, 왜 대낮에 이동하는 위험을 감수했는지 궁금했다. 그녀의 냉정하고 쫀쫀한 두뇌 속에서 이 생각들이 속도를 늦추고 늦추다 하나로 뭉쳐졌고 퍼트리샤는 불현듯 깨달았다. 슬리크였다.

슬리크가 알린 것이다, 퍼트리샤가 여기 있다고. 슬리크가 오늘 나타나지 않은 것도 그래서다. 플로리다에 있는 제임스에게 전화한 것이다. 그녀의 기독교적 가치가 원칙을 위반하는 일을 용납하지 않았기 때문이다. 그리고 퍼트리샤는 결국 뭔가를 찾아냈다. 그 뭔가를, 프랜신을 찾아냈다. 하지만 슬리크는 거기에 관심이 없었다. 제임스가 위험한 인물이라는 퍼트리샤의 말에도 관심이 없었다. 자신의 귀하고도 백합처럼 순결한 영혼에만 관심이 있었을 뿐이다.

손목시계를 보았다. 열시 삼십일분. 여기 올라온 지 일곱 시간째였다. 앞으로도 그 정도 시간을 더 버텨야 할 터였다. 슬리크는 왜 배신을 결심했을까? 그쯤 되면 자신들이 친구인 줄 알았다. 하지만 퍼트리샤는 또다시 혼자가 됐음을 깨달았다.

밑에서 들리는 소음, 바닥을 통과해 올라오며 반복에 반복을 거듭하는 그 소리를 깨닫기까지는 시간이 좀 걸렸다. 퍼트리샤는 코를 훔치고 귀를 기울였지만 그게 뭔지 알 수 없었다. 이내 소리가 뚝 끊겼다.

"뭐?" 제임스가 외쳤다. 멀리서 들리는데다 벽에 막혀 약해진 그 소리에도 퍼트리샤는 기겁했다.

분간할 수 없던 소음은 전화벨이었다. 아래층으로 달려내려가는 발소리가 들리더니 현관문이 열리고 닫혔다. 그리고 정적이 찾아왔다.

퍼트리샤는 앉아 있었다. 심장이 방망이질치고 이가 딱딱거렸다. 다음 순간, 살갗이 스멀스멀했다. 누군가가 다락문의 반대쪽을 긁고 있었다. 그가 다시 올라온다. 고리를 찾아 다락문을 아래로 당긴다. 퍼트리샤는 너무 지쳤다. 너무 추웠다. 움직일 수도 숨을 수도 없었다. 마치 세상의 끝인 듯한 외마디 소리와 함께 다락문이 갈라졌다. 스프링이 비명을 질렀다. 제임스가 올라왔다.

31장

"퍼트리샤?" 키티가 속삭였다.

퍼트리샤는 키티가 제임스와 뭘 하고 있는 건지 이해되지 않았다.

"퍼트리샤?" 키티가 목소리를 키웠다.

처음에 퍼트리샤는 팔꿈치를 댄 뒤 양손을 짚고 상자들 너머를 내다보았다. 키티가 다락 중간쯤에 서 있었다. 혼자였다.

"키티?" 그 두 음절에 퍼트리샤의 바싹 마른 혀가 들러붙었다.

"오, 하느님 감사합니다." 키티가 말했다. "자기 때문에 놀라서 죽는 줄 알았잖아. 어서 가자."

"그 남자 어디 있어?" 퍼트리샤가 물었다. 생각들이 우둔하고 느리게 떠올랐다.

"나갔어. 이제 움직여. 그가 돌아오기 전에 여기서 사라져야 해."

퍼트리샤가 바닥에서 몸을 일으키고 키티 쪽으로 휘청휘청 걸었다. 무릎이 뚝뚝거리고 척추가 으드득거렸다. 피가 다시 돌기 시작하면서 발이 악다구니를 부리듯 저려왔다.

"어떻게?" 퍼트리샤가 물었다.

"그래셔스 케이에 불이 났어. 그린 부인이 나한테 전화해 여기서 자기를 빼내야 한다고 했어."

"부인은 어디 있어?" 퍼트리샤가 어눌하게 물으며 다락문에 손을 뻗었다.

키티가 퍼트리샤의 허리를 붙들고 균형을 잡아주었다.

"그 말 듣자마자 내가 블루랑 코리부터 씨위 농장에 데려다놨어." 퍼트리샤가 제일 위쪽 발판에 발을 내리도록 도우며 키티가 말했다. "애들한테는 자기가 아픈 사촌을 보러 북부에 갔다고 말해뒀고. 둘이서 허니랑 온종일 게잡이를 했어. 영화를 잔뜩 빌렸고 잠자리도 준비해줬어. 녀석들 지금 엄청 신났어."

키티가 퍼트리샤의 양쪽 발을 다 발판에 놓아주고 그녀가 몸을 돌려 내려가게 도왔다. 계단 중간쯤에 이르러 방으로 고개가 나왔을 때 너무도 깨끗한 냄새가 나서 퍼트리샤는 흐느끼고 싶었다.

"그래셔스 케이에는 어쩌다 불이 났는데?" 퍼트리샤가 물었다. 주변의 방이 서서히 회전하는 것만 같아 그녀는 계단에 매달렸다. "그린 부인은 어디에 있고?"

"두 질문의 답은 하나야. 그린 부인이 법을 어긴 건 이번이 처음이지 싫어. 계속 움직여."

"아니, 자기가 봐야할 게 있어."

퍼트리샤는 계단을 다시 기어올라갔다.

"다락이야 전에도 볼 만큼 봤어." 퍼트리샤의 뒤통수에 대고 키티가 외쳤다. "퍼트리샤! 시간이 없다고."

퍼트리샤가 다락 바닥에 무릎을 꿇고 출입구 아래의 키티를 쳐다보았다.

"자기가 이걸 보지 않으면 이 모든 게 헛수고가 돼. 자기들은 다시 나를 미친 사람 취급할 거야."

"아무도 자기가 미쳤다고 생각 안 해."

퍼트리샤는 어둠 속으로 사라졌다. 잠시 뒤 계단이 삐걱거리는 소리가 들리고 다락문에서 키티가 솟아올랐다.

"완전히 깜깜한데."

퍼트리샤가 주머니에서 손전등을 꺼내 빛을 비추며 키티가 굴뚝까지 오도록 인도했다. 그리고 샘소나이트 가방을 끌어내 한쪽 면을 바닥에 대고 눕혔다.

"여행가방은 전에도 볼 만큼 봤어."

"이거 들어." 퍼트리샤가 손전등을 건넸다. "여기에 대고 옆을 꽉 눌러."

키티가 손전등을 들고 있는 동안 퍼트리샤는 걸쇠를 비틀었다. 가방을 열고 검은색 비닐을 당겼다. 프랜신의 부릅뜬 눈과 드러난 치아가 이번에는 무섭지 않았다. 그저 슬플 뿐이었다. 프랜신은 오랜 시간을 여기에 홀로 있었다.

"앗!" 키티가 놀라 비명을 지르느라 손전등이 꺼졌다. 퍼트리샤는 그녀가 헛구역질하는 소리를 들었다. 한 번, 두 번. 그러더니 고기 냄새를 풍기는 탁한 트림이 이어졌다. 잠시 뒤 손전등이 다시 켜지고 그 빛이 여행가방 안의 내용물 위를 쏘다녔다.

"프랜신이야. 아래로 옮기게 도와줘."

퍼트리샤가 말하며 가방 뚜껑을 닫고 다시 잠갔다.

"증거를 움직일 순 없어." 키티의 말이 끝나기가 무섭게 퍼트리샤는 자신이 바보처럼 느껴졌다. 당연하다. 경찰이 프랜신을 발견해야 할 곳은 여기다.

"하지만 자기도 본 거 맞지, 그렇지?"

"그래 봤어. 절대로 틀림없이 봤어. 법정에서 증언이라도 하겠어. 근데 우리 이제 가야 해."

여행가방을 제자리에 놓은 뒤 키티가 퍼트리샤를 도와 다락을 벗어났다. 그러나 다락문을 닫고 이층 복도를 통과한 뒤 중앙 계단을 끝까지 내려가고 나서야 머릿속을 스친 가슴 철렁한 생각에 퍼트리샤가 몸을 돌렸다. 그녀는 다락에서 묻힌 것들로 지저분했는데 카펫이 깔린 층계는 새하얬다.

"오, 안 돼." 퍼트리샤는 신음하며 다리 힘이 풀려 바닥에 주저앉았다.

"이럴 시간 없어." 키티가 말했다. "그 남자가 당장이라도 돌아올 수 있단 말이야."

"봐!" 퍼트리샤가 말하며 카펫을 가리켰다.

더러운 자국이 선명했다. 족적까지는 아니었지만 그에 가까웠다. 각 계단에 하나씩 찍혀 이층까지 내내 이어졌고, 그 자국은 불 보듯 뻔하게 다락문이 열렸던 지점으로 곧장 향해 갔다.

"내 짓이라는 걸 알게 될 거야. 내가 자기 다락에 있었다는 것도. 우리가 경찰을 대동하고 오기 전에 가방을 처리할 거라고. 그럼 죄다 헛수고야."

"시간이 없어." 키티가 말하며 그녀를 끌고 부엌과 뒷문이 있는 쪽으로 향했다.

퍼트리샤는 상상했다. 현관문에 열쇠가 꽂히는 소리가 들린다. 문이 활짝 열린다. 그대로 정지한 찰나 세 사람이 서로를 번갈아 쳐다보고 제임스가 복도를 내달려 그들에게 돌진한다. 퍼트리샤는 다락의 빈 여행가방 세 개를, 프랜신 곁에서 그들의 부러진 몸을 기다리는 가방을 상상하며 키티가 자신을 끌고 뒷문으로 가도록 내버려뒀다.

하지만 경찰이 제임스의 다락을 수색하지 않으면? 키티가 겁에 질려 퍼트리샤의 진술을 뒷받침해주지 않으면? 이 집에 침입한 일이 어떤 절차상의 원칙 위반에 해당하고 그 때문에 수색영장 발부가 영영 불가능해지면? 범죄실화소설에서 비일비재한 일이었다. 그 대가로 그린 부인이 직업을 잃으면? 더 나은 방법을 찾아야 했다.

자신의 생각들을 차례로 훑던 퍼트리샤의 정신이 익숙해 보이는 한 가지 패턴에서 멈췄다. 재빨리 검증한 결과, 유효했다. 그들이 해야 할 일은 명확했다.

"잠깐." 퍼트리샤가 말하며 자리에 버티고 섰다.

키티가 계속 팔을 당겼지만 퍼트리샤는 몸을 비틀어 그녀의 손아귀에서 빠져나온 뒤 부엌 바로 밖에서 버티며 저항했다.

"장난으로 하는 말 아냐. 우리 진짜 가야 돼."

"가서 빗자루 가져와. 진공청소기도." 퍼트리샤가 말하며 계단으로 향했다. "층계참 밑 벽장에 있을 거야. 카펫용 세제도 필요해. 나는 올라가 있을게."

"뭘 어쩌려고???"

"그가 돌아와서 누군가가 다락에 있었다는 걸 알게 되면 저 가방을 없애버릴 거야. 프랜시스 매리언 국유림으로 싣고 가 아무도 못 찾을 곳에 묻어버릴 거라고." 퍼트리샤가 말했다. "저 가방은 다락 안에서 발견되어야 해. 그 말은 즉 우리의 흔적을 지워야 한다는 거고. 계단을 청소해야 해."

"안 돼." 키티가 고개를 격렬히 저으며 마구 손짓했다. 팔찌들이 요동쳤다. "어림없어. 지금 당장 가."

퍼트리샤가 복도를 되돌아와 키티의 얼굴을 마주보고 섰다.

"다락에 뭐가 있는지 우리 둘 다 봤잖아."

"나한테 이런 거 시키지 마." 키티가 애원했다. "제발, 제발, 제발."

퍼트리샤가 두 눈을 질끈 감았다. 이마를 뚫고 나올 듯 머릿속을 후벼파는 두통을 느꼈다.

"그 남자가 프랜신을 죽였어. 우리가 그를 멈춰야 해. 이 방법밖에 없어."

퍼트리샤는 키티에게 저항해볼 기회조차 주지 않고 뒤돌아 계단을 올라갔다.

"퍼트리샤." 키티가 아래층 복도에서 우는 소리를 했다.

"청소 도구는 계단 밑 벽장에 있어." 퍼트리샤가 난간 너머로 외쳤다.

그녀는 다락 계단을 다시 당겨 내린 다음 그 위로 올라갔다. 일을 거듭할수록 여행가방을 열 때의 거북함이 덜해졌다. 끈적거리는 비닐 속을 헤집었다. 간혹 자신의 손등이 뭔가 가벼운 것을 스치거나 손가락으로 앙상한 다리나 팔을 쥐는 듯 느껴졌지만 잠시 뒤 퍼트리샤는 찾던 것을 발견했다. 프랜신의 손가방. 비닐 밖으로 끄집어내자 계피와 낡은 가죽의 냄새가 났다.

퍼트리샤는 프랜신의 지갑을 꺼내 운전면허증을 챙기고 그 외 모든 것을 가방 안에 꼼꼼히 넣었다.

"데리러 올게요." 그렇게 프랜신에게 속삭이고 걸쇠를 다시 채웠다.

아래층에서 키티가 빗자루, 진공청소기, 카펫용 세제를 들고 대기중이었다. 종이타월 뭉치와 리졸 주방용 스프레이도 챙겨 왔다.

"어차피 할일이면 어서 해치우자고." 키티가 말했다.

둘은 카펫에 묻은 먼지를 쓸고 계단과 이층 복도를 지나 다락문 밑까지 이동하며 카펫용 거품세제를 뿌렸다. 그리고 세제가 스며들도록 오 분간 기다렸다. 키티가 "얼른……얼른……" 하고 내내 중얼거리던 그 시간이 지난 뒤 진공청소기로 세제를 빨아냈다. 이 부분이 사실 가장 까다로웠는데, 진입로에 차가 와서 서고 현관문이 열리고 제임스가 집에 들어오는 소리가 진공청소기 소음에 묻히고 말 것이기 때문이었다. 퍼트리샤는 키티를 현관 옆에 세워 망을 보게 하고 자신은 청소기의 포효와 함께 계단을 오르내렸다.

마침내 진공청소기 전원을 끄고 카펫에서 다락 계단의 흔적이 더는 보이지 않음을 재차 확인한 뒤 낑낑거리며 청소기를 아래층으로 날랐다. 청소기 줄을 감기 시작하는데 키티가 쉿 하는 소리를 냈다.

"자동차야!"

둘은 얼어붙었다.

"주차한다." 키티가 퍼트리샤에게 달려왔다. "움직여! 움직여!"

전조등 불빛이 전실을 휩쓸었다. 허겁지겁 줄을 감는 퍼트리샤의 손목이 아려왔다. 둘은 빗자루와 진공청소기를 벽장에 집어넣고 문을 닫았다. 밖에서 차문 닫는 소리가 들렸다.

둘은 서로 몸을 부딪히며 부엌문을 통과해 뒷문으로 향했다. 부엌 보관장 밑에 달린 조명이 켜져 있었다. 발소리가 쿵쿵거리며 현관 계단을 올라왔다.

"종이타월!" 퍼트리샤가 말하며 그대로 굳었다.

복도로 눈을 돌리니 난간 끝 장식기둥 위에 얌전히 앉은 종이타월 두루마리가 보였다. 정말, 정말, 멀리 있는 듯했다. 발소리가 바깥현관을 가로질렀다. 퍼트리샤는 생각하지 않고 냅다 그쪽으로 달렸다. 복도를 내려가자 현관문 밖에서 발소리가 멈추고 열쇠가 댕그랑거렸다. 그녀가 종이타월을 낚아챘다. 쨍그랑 쿵 하며 제임스가 열쇠를 떨어트렸다. 퍼트리샤는 복도를 달렸고 그의 열쇠가 현관문에 미끄러져 들어가는 소리가 들렸다. 종이타월을 제자리에 꽂았다. 키티가 뒷문을 열어놓고 있었다. 퍼트리샤가 거기로 달려나가는 순간, 그들은 현관문이 열리는 소리를 들었다. 그러고서 뒷문을 부드럽게 닫은 뒤 최대한 조용히 뒤쪽 계단을 내려갔다.

그들 뒤에서 온 집안의 불이 켜지기 시작했다.

일단 뒷마당에 도달한 뒤부터는 달렸다. 배수로 옆 오솔길을 내달리는데 너무 컴컴해서 퍼트리샤는 피트 스트리트에 주차된 키티의 캐딜락을 못 보고 그 위로 엎어질 뻔했다. 둘은 앞좌석으로 미끄러져 들어갔다. 점화와 함께 되살아나는 엔진의 포효에 퍼트리샤는 펄쩍 뛰었고, 이내 제임스가 들었을 리 없다고 스스로를 안심시켰다.

아드레날린의 황홀경이 열어지며 덮쳐오는 불쾌감과 떨림과 메스꺼움 속에서 퍼트리샤는 앞주머니를 뒤져 프랜신의 운전면허증을 꺼냈다. 그것을 앞으로 내밀어 보였다.

"우리가 이겼어. 드디어 우리가 이겼어."

32장

"그는 꽤나 취했었죠." 퍼트리샤가 수화기에 대고 숨죽여 말했다. 눈을 동그랗게 뜨고 목소리에서는 뭔가에 크게 놀란 순진함이 철철 넘쳐흘렀다. "파티에 온 남자들이 늘 하는 행동을 하고 있었어요. 허풍 떨면서 잘난 척하는 거요. 나는 남편한테서 그렇게 멀리 떨어져 있을 생각이 아니었는데 그 남자가 뭐랄까 나를 자꾸만 더 멀리로 몰아가는 거예요."

퍼트리샤는 말을 멈추고 침을 삼켰다. 자신의 연기에 완전히 몰입했다. 주머니에서 프랜신의 운전면허증을 꺼내들고 뒤로 뒤집었다. 수화기 저편에서 그린 부인이 귀를 쫑긋 세우고 있는 소리가 들렸다.

"그가 뭐랄까 나를 구석으로 몰아넣고선," 퍼트리샤가 계속했다. "이렇게 말했어요. 정말 낮아서 아무도 듣지 못할 목소리로, 수년 전에 자기 일을 봐주던 여자한테 열받은 적이 있다고요. 여자가 돈을 좀 훔쳤던 거 같아요, 내 생각엔, 그 부분은 확실히 듣지 못했어요, 형사님. 근데 남자가 뭐랬냐면 '그 여자를 고쳐'줬대요. 그건 확실히 기억해요. 그게, 처음에는 그 말뜻을 이해 못해서 내가 이렇게 얘기했어요. 그 여자를 만날 일이 있으면 그게 다 무슨 일이었는지 물어보겠다고요. 그랬더니 그가 말하기를 내가 그 여자를 다시 볼 일은 없다는 거예요. 자기 다락에 가서 여행가방 속을 들여다보지 않는 한. 그게, 도저히 참을 수 없었어요. 하도 터무니없는 소리라, 그래서 웃어버렸거든요. 그렇게 웃음거리가 됐을 때 남자들이 어떻게 구는지 굳이 말씀드리지 않아도 아시겠죠. 그 사람 얼굴이 시뻘게졌어요. 그러고는 지갑에서 뭔가를 꺼내 내 얼굴에 들이밀면서 자기 말이 거짓이라면 이건 어떻게 설명하겠느냐고 묻는 거예요. 그리고 형사님, 내가 겁을 먹은 게 바로 그때예요. 그게 프랜신의 운전면허증이었거든요. 내 말은, 누가 그런 걸 가지고 다니겠어요? 그 남자가 프랜신을 해치지 않았다면 그걸 어떻게 손에 넣었겠어요?" 퍼트리샤가 상대의 말을 듣는 양 말을 멈췄다. "오, 맞아요, 형사님. 그 남자가 그걸 지갑에 다시 넣었어요. 그날 술에 너무 취해서 내게 면허증을 보여준 것조차 기억 못할지도 몰라요."

퍼트리샤가 말을 멈추고 기다렸다.

"그게 통할 거라고 생각해요?" 그린 부인이 물었다.

"영장 같은 걸 발부받을 필요는 없어요. 경찰이 할 일은 그 남자 집에 들러서 지갑 속을 보여달라고 요청하는 게 전부예요. 그는 면허증이 거기 있다는 걸 전혀 모를 테니 당연히 보여주겠죠. 일단 면허증이 확인되면 경찰이 다락 수색을 허락해달라고 요청할 거고요. 그는 거절할 테고 그럼 경찰은 그한테 사람을 붙여놓고 가서 영장을 받아올 거예요. 그다음에는 프랜신을 찾게 되겠죠."

"언제요?" 그린 부인이 물었다.

"키티 스크러그스네가 돌아오는 토요일에 자기네 농장에서 굴 구이 파티를 열어요. 아직 엿새나 남았지만 사람들로 북적일 테고 누구나 낄 수 있는데다 술도 곁들여질 거예요. 우리한테 최고의 기회죠."

퍼트리샤는 그의 지갑에 어떻게 접근해야 할지 난감했지만, 그가 과연 지갑이라는 걸 갖고 다니기나 하는지 의문이었지만, 두 눈 부릅뜨고 기회를 노릴 것이었다. 키티네 굴 구이 파티는 오후 한시 삼십분에 시작했다. 그의 지갑에 얼마나 빨리 접근하느냐에 따라 이르면 오후쯤 경찰에 전화하는 것도 가능했다. 경찰이 아예 굴 파티 장소로 출동해 제임스에게 지갑 속을 보여달라 요청할 수도 있으니 그렇게만 되면 이 모든 게 일주일 내로 마무리될 것이다.

"일은 얼마든지 꼬일 수 있어요." 그린 부인이 말했다.

"우리한테는 시간이 없어요."

벌써 월말이었다. 그날 밤이 핼러윈이었다.

핼러윈 오후 네시경부터 초인종이 울리기 시작했다. 퍼트리샤는 끝도 없이 밀려드는 알라딘과 재스민과 닌자거북이와 등에 붙은 날개가 위아래로 움직이는 발레복 차림의 요정들에게 '우우'와 '아아'를 연발했다.

퍼트리샤는 아이들용으로 소형 버터핑거 초코바와 소포장된 선메이드 건포도를, 아이들 뒤에 서서 빨간색 플라스틱 컵을 들고 있을 아빠들용으로는 잭 대니얼스 위스키를 준비했다. 올드 빌리지의 전통이었다. 핼러윈에 엄마들이 집에 머물며 사탕을 나눠주는 동안 아빠들은 아이를 데리고 '사탕 안 주면 장난칠 거야'를 외치고 다녔다. 가구마다 현관문 뒤에 술병을 준비해두고 아빠들이 무얼 마시고 있든 그 위에 부어주었다. 아빠들의 목소리와 행복감이 점차 커지는 사이 올드 빌리지의 그림자가 길어지고 해가 넘어갔다.

그들 사이에 카터는 없었다. 퍼트리샤는 코리에게 '사탕 안 주면 장난칠 거야'를 하러 갈 생각인지 물었다가 사람의 기를 죽이는 매서운 눈초리와 한 차례의 경멸 섞인 코웃음을 대접받았다. 블루는 그게 애들이나 하는 짓이라던데, 하고 카터가 말했다. 그래서 그는 아이들 누구도 함께 나가기를 원하지 않는다면 공항에서 곧장 사무실로 가 월요일 업무나 준비하겠다고 했다.

저녁 일곱시경 블루가 일층으로 내려와 개 사료 보관장을 열고 종이가방을 꺼냈다.

"'사탕 안 주면 장난칠 거야' 하러 가려고?" 퍼트리샤가 물었다.

"당연하죠."

"핼러윈 복장은 어디 있는데?" 퍼트리샤가 아이와 통해보려 애쓰며 물었다.

"나는 연쇄살인마인데요."

"그것보다 더 재미있는 게 되어보지 않을래? 몇 분이면 함께 뭐든 만들어볼 수 있는데."

블루가 뒤돌아 가족실을 나갔다.

"열시까지 돌아오렴." 퍼트리샤가 외치는데 현관문이 쿵 소리를 내며 닫혔다.

버터핑거 초코바가 동나는 바람에 크게 실망한 '비비스와 벗헤드'*에게 그날의 첫 건포도 상자를 건네는데 전화가 울렸다.

"캠벨 가입니다."

응답이 없었다. 장난전화라고 생각해서 끊으려는 찰나 상대가 숨을 들이마셨다. 축축하고 끈적끈적한 느낌이었다. 그리고 피폐한 목소리가 말했다.

"……나는……"

"여보세요? 캠벨 가입니다만?"

---

* 1990년대 미국에서 방영된 동명의 코믹 애니메이션 캐릭터들.

"……나는……" 목소리가 다시 들렸다. 어딘가 몽롱한 듯했다. 퍼트리샤는 상대가 여자라는 걸 깨달았다.

"누군지 밝히지 않으면 전화를 끊겠어요."

"나는……" 여자가 반복했다. "……나는 소리 내지 않았어……"

"슬리크?"

"나는 소리 내지 않았어…… 나는 소리 내지 않았어…… 나는 소리 내지 않았어." 슬리크가 횡설수설했다.

"무슨 일이야?"

슬리크는 그간 연락이 없었다. 퍼트리샤를 저버리기로 한 결정을 사과하지도, 그녀가 괜찮은지 확인하지도 않았다. 그거면 제임스네 집에 침입하려던 계획을 발설한 장본인이 슬리크라는 증거로 충분했다. 그가 일찍 돌아온 이유는 슬리크였다. 저주나 받으라지, 퍼트리샤는 그렇게만 생각했었다.

이내 슬리크가 울기 시작했다.

"슬리크? 무슨 일이야?"

"……나는 소리 내지 않았어……" 슬리크가 반복해서 속삭였다. 퍼트리샤의 팔을 타고 소름이 올라왔다.

"그만해. 자기가 그러니까 무섭잖아."

"나는." 슬리크가 신음했다. "나는……"

"지금 어디야? 집에 있어? 혹시 도움이 필요해?"

수화기에서 슬리크의 힘겨운 숨소리가 더는 들리지 않았다. 퍼트리샤가 전화를 끊고 다시 걸었지만 통화중이었다. 아무것도 하지 않는 쪽도 생각해봤으나 그럴 수 없었다. 슬리크의 목소리가 그녀에게 공포심을 안겼고 창자 속에서 뭔가 어두운 것이 요동쳤다. 퍼트리샤는 가방을 집어들고 나가다 일광욕실에서 TV에 시선을 고정하고 있는 코리를 발견했다. 바운스 젠틀 브리즈 건조기용 섬유유연제 광고가 한창이었다.

"키티네 집에 가봐야겠어." 퍼트리샤는 말하면서 거짓말은 할수록 쉬워진다는 사실을 깨달았다. "찾아오는 사람들 좀 대신 맡아줄래?"

"음." 코리가 고개도 돌리지 않고 대꾸했다.

퍼트리샤는 그게 열일곱 살짜리의 언어에서 네에 해당하리라 추정했다.

올드 빌리지 거리는 아이와 부모의 행렬로 복작였고 퍼트리샤는 그들 사이를 매우 느릿느릿 나아갔다. 아빠들은 기분좋게 술이 올라 발걸음이 점차 무거워졌으며 사탕 가방에 손을 담그는 횟수가 늘어갔다. 퍼트리샤는 슬리크에게 무슨 일이 벌어진 건지 짐작조차 안 됐다. 집으로 가봐야 했다. 군중의 틈바구니를 시속 25킬로미터로 기어가다 제임스의 집을 지나며 보니 호박등 두 개가 현관에서 깜빡이고 있었다. 그녀는 매캔츠 드라이브로 방향을 돌렸다가 급히 브레이크를 밟았다.

피트 스트리트와 매캔츠 드라이브가 만나는 모퉁이에 캔트웰 가족이 살았다. 이들은 핼러윈 때마다 나무에 매달린 가짜 시신, 스티로폼 묘비, 관목에 줄로 고정한 해골들로 앞마당을 가득 채웠다. 삼십 분에 한 번씩 캔트웰 씨가 바깥현관에 놓인 관에서 드라큘라 복장으로 등장했고 온 가족이 십 분짜리 공연을 했다. 앞쪽에서 구경하는 꼬마를 늑대인간이 붙들었다. 미라가 비틀거리며 걸어오는 모습을 본 여자애들이 비명을 지르며 달아났다. 사마귀 돋은 가짜 마녀코를 붙인 캔트웰 부인이 드라이아이스가 잔뜩 든 솥을 휘저으며 녹색 식용 슬라임과 벌레 모양 젤리를 국자째 권했다. 공연은 가족 모두가 〈몬스터 매시〉에 맞춰 춤을 춘 뒤 사탕을 대량 살포하는 것으로 막을 내렸다.

캔트웰네 집을 에워싼 군중이 보도까지 쏟아져나와 길을 막고 있었다. 퍼트리샤의 얼굴이 경련했다. 슬리크에게만 문제가 생긴 걸까? 다른 가족들은 어쩌고? 뭔가가 잘못되었다. 가봐야 했다. 브레이크에서 발을 떼고 매캔츠 드라이브 맞은편에 있는 시먼스네 앞마당의 가장자리로 올라서면서 길을 비키라는 뜻으로 사람들에게 전조등을 반짝였다. 교차로를 통과하는 데 오 분이 걸렸다. 그뒤로 속도를 높여 콜먼 대로로 향했고 조니도즈 대로에서 시속 80킬로미터로 밟았으나 그마저도 충분치 않았다.

퍼트리샤는 크리크사이드로 진입했고 사탕을 안 주면 장난치는 꾸러기들 사이를 배짱이 허락하는 한 고속으로 이리저리 통과했다. 슬리크네 진입로에 부부의 자가용 두 대가 모두 서 있었다. 무슨 일이 벌어졌든 가족 전체가 당한 게 틀림없었다. 바깥현관의 부엌용 스툴 위에서 흰색 양초 하나가 깜빡였다. 그 옆에 놓인 그릇 속 소책자에는 주황색 글씨로 이렇게 새겨져 있었다. 장난? 좋아. 사탕? 오직 주님의 은총을 통해서만!

퍼트리샤는 초인종으로 손을 뻗다가 멈칫했다. 만약 이게 제임스의 소행이라면? 그가 아직 안에 있다면?

문고리를 돌려보니 걸쇠가 젖혀지며 문이 조용히 열렸다. 퍼트리샤는 심호흡을 하고 안으로 발을 들였다. 등뒤로 문을 닫고 그 자리에 서서 눈과 귀를 바짝 집중했다. 혹여 생명의 징후가 들릴까 귀를 기울이고, 단 하나의 실마리라도 보일까 주변을 훑었다. 견목 바닥재에 떨어진 피 한 방울, 삐뚜름히 걸린 액자 하나, 진열장에 생긴 금 한 줄. 그런 건 전혀 없었다. 퍼트리샤는 전실의 두툼한 러너 위를 살금살금 걸어 뒤쪽 증축 공간으로 가는 문을 밀어 열었다. 거기서 사람들이 비명을 지르기 시작했다.

퍼트리샤의 근육이 저마다 즉각 행동에 돌입했다. 양손이 날아올라 안면을 보호했고 벌어진 입이 비명을 지를 준비를 했다. 그러다 사람들의 비명이 웃음으로 바뀌었다. 퍼트리샤는 얼굴을 가린 손가락 사이로 릴런드, 이 집의 장남 엘제이, 그리고 그리어와 타이거가 방 가운데 놓인 기다란 식탁에 앉아 함께 웃고 있는 모습을 마주했다. 퍼트리샤가 바로 보이는 자리에는 그리어가 혼자 앉아 있었다.

그리어가 퍼트리샤를 발견하고 웃음을 멈췄다. 엘제이와 타이거가 몸을 돌렸다.

"아, 깜짝이야." 그리어가 말했다. "어떻게 들어오셨어요?"

식탁 중앙에 모노폴리 게임판이 펼쳐져 있었다. 슬리크는 거기 없었다.

"퍼트리샤?" 릴런드가 눈에 띄게 당황해 자리에서 일어나면서 애써 미소를 지었다.

"앉아 계세요." 퍼트리샤가 말했다. "슬리크가 전화를 했는데, 집에 있을 것 같아서요."

"이층에 있어요."

"얼른 얼굴만 보고 갈게요. 게임 계속하세요."

그들이 뭐라 말을 꺼내기도 전에 퍼트리샤는 방을 나서서 카펫 깔린 계단을 다급히 올라갔다. 이층 복도에 이르러서는 어디로 가야 할지 감을 잡지 못했다. 빠끔히 열린 안방문이 보였다. 실내는 불이 꺼져 있었지만 안쪽 욕실에서 빛이 흘러나왔다. 퍼트리샤는 안으로 걸어들어가 그녀를 부드럽게 불렀다.

"슬리크?"

샤워커튼이 바스락거렸고 아래로 시선을 내리니 욕조에 누운 슬리크가 보였다. 번진 립스틱, 얼굴에 길게 줄을 남기며 흘러내린 마스카라, 삐죽빼죽 덩어리진 머리칼. 치마는 찢겼고 연잎성게가 달랑이는 귀걸이는 한 짝만 남았다.

그들 사이의 모든 게 증발하듯 사라졌고 퍼트리샤는 욕조 옆에 무릎을 꿇었다.

"무슨 일이야?"

"나는 소리 내지 않았어." 슬리크의 목에서 쇳소리가 났다. 부릅뜬 두 눈에 공포가 가득했다.

슬리크의 입이 말을 빚어내려 안간힘을 쓰며 소리 없이 움직였다. 그녀가 양손을 폈다가 오므렸다.

"슬리크?" 퍼트리샤가 거듭 물었다. "무슨 일이야?"

"나는 내지 않았어……" 슬리크가 입을 열더니 혀로 입술을 축이고 다시 말하려 했다. "나는 소리 내지 않았어."

"구급차를 불러야겠어." 퍼트리샤가 말하며 일어섰다. "릴런드를 데려올게."

"나는……" 슬리크가 말꼬리를 흐리며 속삭였다. "나는 내지 않았어……"

욕실문을 향해 걷던 퍼트리샤의 등뒤에서 힘없이 허우적대는 소리가 들렸다. 슬리크가 쇳소리를 냈다. "안 돼!"

퍼트리샤가 돌아섰고 슬리크는 양손으로 욕조 가장자리를 붙들고 있었다. 손가락 관절이 하얗게 질리도록 힘을 주고 고개를 마구 저었다. 한 짝만 남은 연잎성게 귀걸이가 좌우로 덜렁거렸다.

"가족들이 알아선 안 돼."

"자기 몸이 안 좋잖아."

"가족들이 알아선 안 돼." 슬리크가 반복했다.

"슬리크!" 릴런드가 아래층에서 외쳤다. "별일 없는 거지?"

슬리크가 퍼트리샤의 눈을 보며 천천히 고개를 가로저었다. 퍼트리샤는 시선을 그녀에게 둔 채 방으로 나가 대답했다.

"우리 괜찮아요."

"슬리크?" 릴런드가 불렀다. 그 목소리에서 알 수 있었다. 그가 이층으로 올라오는 중이었다.

슬리크가 고개를 더 세차게 가로저었다. 퍼트리샤는 그녀에게 한 손을 들어 보인 뒤 황급히 복도로 나가 계단 꼭대기에서 릴런드를 가로막았다.

"무슨 일입니까?" 두 계단 아래서 멈춰 서며 릴런드가 물었다.

"슬리크가 아파요. 내가 있으면서 괜찮은지 확인할게요. 가족들의 파티를 망치고 싶지 않다고 해요."

"말이 안 되잖아요. 퍼트리샤가 여기까지 올 이유가 없죠. 우리가 바로 아래층에 있는데."

릴런드가 걸음을 옮기려 하자 퍼트리샤가 막아섰다.

"릴런드." 그녀가 말하며 미소를 지었다. "슬리크는 당신이 아이들과 오늘밤을 즐겼으면 해요. 슬리크에게는 아이들이 오늘…… 핼러윈을 기독교도답게 즐기는 게 중요한 문제예요. 여기는 내가 알아서 할게요."

"아내가 어떤지 봐야겠어요." 릴런드가 난간에 얹은 손을 위로 올려 짚으며 말했다. 필요하다면 그녀를 제치고라도 가겠다는 의지의 표현이었다.

"릴런드." 퍼트리샤가 목소리를 낮췄다. "여자들끼리만 아는 문제예요."

그녀는 여자들끼리만 아는 문제를 릴런드가 어떻게 받아들일지 자신 없었지만 이내 그의 기세가 누그러졌다.

"알았어요. 아내가 정말로 괜찮지 않으면 내게 말해줄 거죠?"

"물론이죠. 가서 아이들과 계세요."

릴런드가 뒤돌아 아래층으로 내려갔다. 퍼트리샤는 그가 증축 공간으로 들어가기까지 기다렸다 부리나케 욕실로 돌아갔다. 슬리크는 꿈쩍도 하지 않았다. 퍼트리샤는 욕조 옆에 무릎을 꿇고 몸을 숙여 양팔로 슬리크를 안았다. 자리에서 일어나며 슬리크를 함께 당겨 올리다가 그녀의 다리가 얼마나 연약한지 깨닫고 놀랐다. 한 번에 한 발씩 움직여 슬리크가 욕조에서 나오도록 도왔다.

"가족들이 알아선 안 돼."

"아무 말도 안 했어."

퍼트리샤는 슬리크의 귀걸이를 빼서 욕실 세면대에 두었다. 그리고 그녀를 안심시켰다.

"나머지 한 짝도 찾을 수 있을 거야."

욕실문을 잠그고 슬리크의 스웨터를 머리 위로 당겨 벗긴 다음 브래지어를 풀었다. 슬리크의 가슴은 조그맣고 희멀겠다. 그녀가 웅크린 모습이, 튀어나온 갈비뼈와 생기 없이 달려 있는 가슴이 털 뽑힌 닭을 연상시켰다.

퍼트리샤는 슬리크를 변기에 앉히고 치마의 허리춤 안으로 손가락을 넣었다. 치마 뒷부분이 찢겨서 지퍼를 내릴 필요가 없었다. 솔기가 아닌 스웨이드 가죽 부분을 곧장 찢어놓았는데, 대체 무엇이 그처럼 강한 힘을 가졌을지 상상되지 않았다.

치마를 벗기기 시작하자 슬리크가 움찔하며 손을 가져가 사타구니를 가렸다

"무슨 일이야?" 퍼트리샤가 물었다. "슬리크, 무슨 일인데?"

슬리크가 고개를 가로저었고 그 순간 퍼트리샤는 심장이 들썩였다. 그녀는 목소리를 침착하고 낮게 유지하는 데 집중했다.

"보여줘." 퍼트리샤가 완강히 말했지만 슬리크는 고개를 더 세차게 저었다. "슬리크?"

"가족들이 알아선 안 돼." 슬리크가 신음했다.

퍼트리샤가 그 가느다란 손목을 잡아 저리로 치웠고 슬리크는 저항하다 결국 축 늘어졌다. 퍼트리샤가 치마를 아래로 당겼다. 슬리크의 팬티가 찢겨 있었다. 퍼트리샤가 엉덩이를 들어올리며 팬티를 벗기자 슬리크가 허벅지를 힘껏 오므렸다.

"슬리크." 퍼트리샤가 간호사 목소리를 내며 말했다. "내가 봐야 해."

그렇게 슬리크의 무릎을 억지로 벌렸다. 처음에는 성긴 금발 음모 사이에서 나오는 게 무엇인지 알 수 없었다. 이내 슬리크의 복근이 경련하며 음부에서 검은 점액질 한줄기가 흘러나왔다. 악취가 진동했다. 한여름 도롯가에 널브러져 썩어가는 뭔가의 냄새였다. 그것이 계속 나왔다. 고약한 냄새를 풍기는 그 점액이 끝없이 흘러나오며 변기 뚜껑 위에서 진동하는 시커먼 웅덩이를 이루었다.

"슬리크?" 퍼트리샤가 물었다. "무슨 일이었어?"

슬리크가 그녀의 눈을 바라보았고, 그 눈 밑에 고인 눈물이 전율했다. 너무 겁에 질린 모습이어서 퍼트리샤는 몸을 숙여 그녀를 안아주었다. 슬리크는 품속에서도 뻣뻣이 굳어 있었다.

"나는 소리 내지 않았어." 슬리크가 고집스레 말했다.

퍼트리샤는 욕실에 방향제를 눈이 따가울 정도로 뿌린 다음 샤워기를 틀었다. 블라우스를 벗어두고 슬리크가 욕조에 다시 들어가도록 도운 뒤 뜨겁고 강한 물줄기 아래에 서 있도록 했다. 그러고서 샤워용 수건으로 슬리크의 화장을 지우고, 살갗이 살짝 벌게질 때까지 문지르고, 비누를 잔뜩 써가며 다리 사이를 씻겼다.

"힘을 줘봐." 물줄기 아래의 슬리크에게 말했다. "화장실에서 일을 볼 때처럼."

그러자 마지막까지 남은 검은 방울들이 물속으로 떨어져 기다란 줄기로 바뀌고 배수구에서 소용돌이쳤다. 세인트이브스 샴푸

한 통을 몽땅 써서 슬리크의 머리를 감기고 일을 마쳤을 때는 욕실에서 자욱한 증기 냄새와 꽃향기가 났다. 퍼트리샤가 자신의 몸을 닦고 블라우스를 챙겨 입는 동안 슬리크는 알몸으로 서서 부들부들 떨었다. 퍼트리샤는 슬리크의 몸에 가운을 둘러주고 침대에 눕힌 뒤 그 옆 협탁에 물을 한 컵 두었다.

"이제," 퍼트리샤가 슬리크에게 말했다. "무슨 일이 있었는지 얘기해줘야 해."

슬리크가 눈을 동그랗게 뜨고 올려다보았다.

"얘기해, 슬리크."

"내게 한 짓이 이 정도인데," 슬리크가 속삭이듯 말했다. "자기한테는 무슨 짓을 할까?"

"누가?"

"제임스 해리스."

33장

"자기가 놓고 간 사진을 두고 기도했어." 슬리크가 속삭였다. "그 기사들이랑 사진을 놓고 앉아서 인도하심을 구하는 기도를 했어. 그 남자는 그래셔스 케이에 어마어마한 돈을 투자했어. 릴런드의 친구 자리를 꿰찼고, 우리 가족과 함께 예배에 갔어. 근데 그 사진을 보고, 그 기사들을 읽고 나는 어떻게 해야 할지 몰랐어. 사진 속 남자는 그가 맞아. 사진을 보면 그걸 모를 수가 없지."

슬리크의 턱이 떨리기 시작했다. 한쪽 뺨에서 흘러내린 눈물 한줄기가 머리맡 램프의 불빛에 은색으로 반짝였다.

"내가 탬파에 있는 그 사람한테 전화했어. 그게 주님의 뜻이라고 여겼어. 내가 그 기사와 사진을 갖고 있다는 걸 그가 알면 겁을 먹을 테고, 그렇게 올드 빌리지를 떠나게 만들 수 있겠거니 했어. 어리석었지. 그를 협박하려 했어. 그 사람한테 말했지, 지금 당장 떠나지 않으면 사진과 기사를 모두에게 보여주겠다고."

"그걸 준 게 나라는 걸 그 사람이 알아?" 퍼트리샤가 물었다.

슬리크가 물컵을 향해 눈짓해 퍼트리샤가 건네주었다. 슬리크는 벌컥거리며 물을 두 모금 마시고 컵을 돌려준 다음 두 눈을 질끈 감고 고개를 끄덕였다.

"미안해. 정말 미안해. 어제 아침에 그한테 전화해서 퍼트리샤가 당신 집에 들어갈 거라고 했어. 당신이 숨기고 있는 게 뭐든 찾아낼 거라고 내가 그랬어. 당신이 할 수 있는 유일한 선택은 다시 돌아오지 않는 거라고 내가 그랬어. 어디로 가는지 나한테 알려주면 그래셔스 케이에서 나오는 투자 수익을 보내주겠다고. 대신 탬파에서 길을 떠나 다시는 돌아오지 말아야 한다고. 나는 그 사람이 원하는 게 돈인 줄 알았어, 퍼트리샤. 자기 평판을 신경쓰는 사람이라고 생각했지. 내가 그 사진이랑 기사를 보험삼아 갖고 있을 테니 결코 다시 돌아와서는 안 된다고 얘기했어. 그리고 내가 이 문제를 해결해줘서 자기가 정말 기뻐할 거라고 생각했지. 나 자신이 몹시 자랑스러웠어."

슬리크가 다짜고짜 제 뺨을 때렸다. 퍼트리샤가 손을 붙잡으려 했지만 놓쳤고 슬리크가 다시 손을 휘둘렀다. 이번에는 퍼트리샤에게 붙들렸다.

"그런 교만이라니." 슬리크가 자조했다. 두 눈은 광분했고 얼굴은 창백했다. "교회에서 내 종교개혁 파티를 거절해서 오늘밤 아이들을 집에 붙들어두고 가족끼리 시간을 보내기로 한 거야.

우리는 모노폴리를 하는 중이었어. 타이거랑 엘제이가 웬일로 한 번을 안 싸웠고, 나는 파크 플레이스에 호텔을 올리려던 참이었지. 모든 게 안전하기만 했어. 내가 잠시 자리를 비우겠다고 일어나면서 게임에서 쓰는 돈을 챙겼어. 그걸 두고 갔다가는 릴런드가 훔쳐갈 거라고 생각하는 척 굴려고. 애들이 그걸 보고 즐거워하더라. 화장실을 쓰러 이층으로 올라왔지. 아래층 변기에 누수 문제가 있어서."

슬리크가 방안을 둘러보며 문이 제대로 닫혔는지, 창문이 내려졌는지, 커튼이 쳐졌는지 확인했다. 퍼트리샤에게 붙들린 양손을 빼내려 안간힘을 썼지만 그녀가 손목을 더 강하게 쥐었다.

"내 성경."

퍼트리샤가 협탁 위 성경을 보고 그걸 들어서 건넸다. 슬리크는 성경을 테디 베어처럼 품에 안았다. 그녀가 다시 말을 이어갈 수 있기까지 시간이 약간 필요했다.

"그가 이층 창문으로 들어와서 기다린 게 분명해. 나는 무슨 일이 벌어지는지도 몰랐어. 복도를 걷고 있었는데 다음 순간에는 카펫에 엎드린 채였어. 등 위에 뭔가 무거운 게 앉아서 나를 찍어누르면서 귓가에다 말했어. 소리를 냈다가는, 찍소리라도 냈다가는 그가…… 대체 그 남자 뭐야? 그가 그랬어, 내 가족을 몰살시킬 거라고. 그 남자 뭐야, 퍼트리샤?"

"우리가 상상할 수 있는 것 이상이야."

"척추가 부러질 것 같았어. 너무 아팠어." 슬리크가 한 손을 올려 손끝으로 거세게 입술을 눌렀다. 이마에 깊은 고랑들이 패였다. "나는 릴런드 이외의 남자와는 경험이 없어."

슬리크가 양손으로 성경을 꼭 쥐고 두 눈을 감았다. 조용히 입술을 움직이며 잠시 기도한 뒤 말을 잇기 시작했다. 속삭임을 겨우 벗어난 목소리였다.

"그 남자가 나를 때렸을 때 모노폴리 돈이 카펫에 흩뿌려졌어. 나는 코앞에 떨어진 500달러짜리 주황색 지폐만 보고 있었어. 그 시간 내내 그것에만 집중했어. 그 사람이 계속 말했어, 아무 소리도 내지 말라고. 나는 정말 아무 소리도 내지 않았어. 누구든 나를 찾으러 올라올까봐 너무 겁나서 그가 일을 마치기만 바랐어. 그러고서 그가 떠날 수 있게. 그냥 끝나기만 바랐어. 그래서 저항하지 않은 거야. 그는 그렇게 했어. 내 안에다 일을 마쳤어."

슬리크는 손가락 관절이 붉고 하얗게 변할 정도로 지독히 성경을 붙들고 있었고 얼굴은 금방이라도 울음을 터트릴 듯했다. 퍼트리샤는 다음 질문을 꺼내는 자신이 증오스러웠지만 그래도 알아야 했다.

"사진은? 기사들은?"

"어디다 뒀는지 말할 수밖에 없었어. 미안해. 정말 미안해. 교만이었어. 내 어리석은, 어리석은 교만."

"자기 잘못이 아냐."

“내 힘으로 해볼 수 있을 줄 알았어. 내가 그 남자보다 강하다고 생각했어. 하지만 우리 누구도 그렇지 못해.”

슬리크의 앞머리 끝이 땀으로 축축했다. 빰이 경련했고 그녀가 숨을 훅 들이마셨다.

“아픈 데가 어디야?”

“내 거기.”

퍼트리샤가 이불을 들어올렸다. 슬리크의 가랑이를 덮은 가운에 검은 얼룩이 졌다.

“병원으로 옮겨야겠어.”

“내가 입을 열었다간 그 남자가 가족을 죽일 거야.”

“슬리크……”

“가족을 죽일 거야. 제발. 그가 그러고 말 거야.”

“그 인간이 자기한테 무슨 짓을 한 건지 모르잖아.”

“내일 아침까지도 계속 하혈하면 내 발로 갈게. 하지만 구급차를 부를 순 없어. 그 남자가 밖에서 지켜보고 있으면 어떡해? 내가 어쩌는지 보려고 기다리고 있으면? 제발, 퍼트리샤, 그 사람이 내 아이들을 해치게 만들지 마.”

퍼트리샤가 따뜻한 물에 적신 수건을 가져와 슬리크의 몸을 할 수 있는 한 깨끗이 닦고 욕실 보관장 아래서 생리대를 찾아 가져온 뒤 마지막으로 그녀에게 잠옷가운을 입혔다. 그리고 아래층으로 가 릴런드를 따로 불러냈다.

"무슨 일입니까? 아내는 괜찮나요?"

"생리통이 심해요. 다만 내일 아침이면 괜찮을 것 같대요. 당신은 다른 방에서 자는 게 나을 듯해요. 슬리크를 조용히 혼자 있게 해주세요."

릴런드가 퍼트리샤의 어깨에 한 손을 올리고 그녀의 눈을 들여다보았다.

"전에 당신한테 모질게 굴었던 거 미안해요. 하지만 슬리크한테 무슨 일이라도 생기면 무슨 짓을 할지 나도 모르겠어요."

바깥은 고요하고 컴컴했다. 현관의 양초는 모두 탔고 크리크사이드의 꾸러기들은 집으로 돌아간 지 오래였다. 퍼트리샤는 재빨리 저택 옆마당으로 가 슬리크의 속옷과 가운, 더러운 옷가지를 쓰레기통에 던진 다음 다른 쓰레기봉지들 밑으로 깊숙이 밀어넣었다. 그러고서 마구 달려가 볼보에 타고 차문을 다 잠갔다. 슬리크의 말이 맞았다. 그가 아직 밖에서 도사리고 있을지도 모른다.

일단 차가 움직이기 시작하고 안전하다는 느낌이 강해지자 퍼트리샤는 속에서 분노가 솟구치며 살갗이 못 견디도록 바짝 당기는 기분이 들었다. 몸을 어떻게 움직이든 죄다 경솔한 허둥거림으로만 보였다. 스스로를 자제하기가 불가능했다. 그녀가 있어야 할 곳은 여기가 아니었다.

제임스 해리스를 봐야 했다.

그의 앞에 서서 그가 벌인 짓을 비난하고 싶었다. 오직 그의 앞만이 지금 당장 그녀가 있어 마땅한 곳처럼 느껴졌다. 퍼트리샤는 조심스레 크리크사이드를 운전해 지났다. 자신이 가진 자제력을 총동원해 크게 원을 그리며 이제 얼마 남지 않은 핼러윈 꾸러기들을 멀찍이 피했다. 그러고서 조니도즈 대로에 접어들고는 페달을 한껏 밟았다.

퍼트리샤는 올드 빌리지에서 다시 속도를 늦췄다. 거리는 텅텅 비다시피 했고 현관마다 다 타버린 호박등이 놓여 있었다. 차가운 바람 한줄기가 날카로운 소리를 내며 볼보의 에어컨 통풍기를 통과했다. 그녀는 피트 스트리트와 매캔츠 드라이브 교차로의 모퉁이에서 멈춰 섰다. 캔트웰네 앞마당은 휑했고 불이 모두 꺼져 있었다. 그녀가 제임스네 집 쪽으로 회전하며 일으킨 돌풍에 캔트웰네 나무에서 대롱거리는 시신들이 몸을 비틀며 곁을 지나는 그녀를 따라오면서 붕대 감은 팔을 뻗었다.

거대한 악성 혹덩어리 같은 제임스네 집이 좌측에서 음산하게 모습을 드러냈다. 퍼트리샤는 그의 컴컴한 다락과 프랜신의 외로운 시신이 담긴 여행가방을 생각했다. 불안하고 쫓기는 듯 보이던 슬리크의 눈을 생각했다. 슬리크가 자조하던 말이 떠올랐다.

내게 한 짓이 이 정도인데, 자기한테는 무슨 짓을 할까?

아이들이 어디에 있는지 알아야 했다, 지금 당장. 그들의 안전을 확인해야 할 압도적 필요가 온몸을 휩쓸었고 퍼트리샤는 쏜살같이 집으로 달렸다.

진입로에 차를 대고 현관문으로 뛰어갔다. 호박등 하나가 다 탔고 다른 하나는 누군가가 현관 계단에 패대기쳐서 박살을 내놓았다. 퍼트리샤는 계단을 달려올라가다 깨진 호박의 점액질을 밟고 미끄러졌다. 문을 열고 일광욕실로 달려가보니 코리가 보이지 않았다. 위층으로 내달려 코리의 방문을 벌컥 열었다.

"뭐예요?" 침대에 책상다리를 하고 앉아 〈스핀〉 잡지 위로 몸을 숙이고 있던 코리가 소리를 꽥 질렀다.

코리는 안전했다. 퍼트리샤는 한 마디도 내뱉지 않고 블루의 방으로 뛰어들어갔다. 아이가 없다.

일층의 방들을, 컴컴한 차고 방까지 모조리 확인했다. 블루는 아직 들어오지 않았다. 퍼트리샤는 정신을 놔버릴 것만 같았다. 뒷문이 잠겨 있는 걸 확인하고 차 키를 집어들었다. 하지만 블루를 찾으러 나간 사이에 아이가 돌아오면 어떻게 하나? 제임스가 저 밖에 있는데 어떻게 코리만 혼자 두고 집을 비우나?

카터에게 전화해야 했다. 그가 집으로 와야 했다. 둘이 함께라면 이 상황을 해결할 수 있다. 그때 현관문이 열리는 소리에 퍼트리샤는 기겁하고 복도로 달려나갔다. 블루의 등뒤에서 문이 닫혔다.

그녀가 블루를 부여잡고 품으로 당겼다. 아이는 잠시 얼었다가 꿈틀거리며 그녀의 품을 벗어났다.

"뭐예요?" 블루가 물었다.

"네가 안전한 걸 보니까 기뻐서. 어디에 있었어?"

"짐 아저씨네 집이요." 퍼트리샤는 아이의 말을 이해하기까지 시간이 약간 걸렸다.

"어디?"

"짐 아저씨네요." 블루가 방어적으로 말했다. "짐 해리스 아저씨네 집이요. 왜요?"

"블루, 지금은 네가 진실을 얘기하는 게 아주 중요해. 저녁 내내 어디에 있었어?"

"짐, 아저씨네, 집이요." 블루가 반복했다. "짐 아저씨랑 있었어요. 엄마가 무슨 상관인데요?"

"아저씨도 거기 있었니?"

"네."

"저녁 내내?"

"네!"

"아저씨가 자리를 비운 적이 있었니? 아니, 단 일 분이라도 네 시야 밖으로 나간 적이 있어?"

"애들이 사탕 받으려고 초인종 누를 때만요. 잠깐, 왜요?"

"엄마한테 솔직히 얘기해줘야 해. 네가 그 집에 간 게 몇 시야?"

"몰라요. 아까 집에서 나가자마자요. 따분했어요. 아무도 나한테 좋은 사탕을 안 주더라고요. 내가 핼러윈 복장을 제대로 챙겨입지 않았다면서요. 그때 아저씨랑 마주쳤는데 내가 그다지 신나

보이지 않는다면서 아저씨 집에 들어와 플레이스테이션이나 하자고 했어요. 어쨌든 나도 아저씨랑 노는 게 더 나았고요."

블루의 얘기는 사실일 수 없었다. 제임스가 슬리크에게 한 짓을 생각하면.

"찬찬히 생각해봐. 네가 아저씨 집에 들어간 게 정확히 몇 시인지 알아야 해."

"일곱시 삼십분쯤인가. 대체 무슨 상관인데요? 저녁 내내 '레지던트 이블' 게임만 했다고요."

거짓말이다. 아이는 상황의 심각성을 이해하지 못하고 있다. 개한테 스프레이 페인트를 뿌리는 정도의 일이라고 생각한다. 퍼트리샤는 모든 걸 다 이해한다는 목소리를 내려고 애썼다.

"블루." 그녀가 아이를 유심히 살피며 말했다. "이거 굉장히 중요한 문제야. 네 일생을 통틀어 가장 중요한 말이 될 수도 있어. 거짓말하지 마."

"거짓말 아니라니까요!" 블루가 꽥꽥 소리쳤다. "아저씨한테 물어봐요! 나는 아저씨 집에 있었어요. 아저씨도 거기 있었고요. 내가 왜 거짓말을 하겠어요? 왜 맨날 내가 거짓말을 한다고 생각해요? 짜증나게!"

"네가 거짓말을 한다는 얘기가 아냐." 그녀가 호흡을 가다듬으며 말했다. "다만 엄마는 네가 착각을 했다고 생각해."

"착각! 한 적! 없다고요!" 아이가 소리를 질렀다.

퍼트리샤는 제멋대로 꼬인 실을 온몸에 칭칭 감고 있는 기분이었다. 그녀가 말을 뱉을 때마다 상황이 더욱 악화되는 것만 같았다.

"오늘밤에 아주 심각한 일이 있었어. 제임스 해리스가 연루된 일이고, 엄마는 그 사람이 너랑 내내 함께 있었다는 얘기를 결코 믿지 않아."

블루가 한숨을 내쉬고 현관 쪽으로 몸을 돌렸다. 퍼트리샤가 아이의 손목을 낚아챘다.

"어디 가려고?"

"짐 아저씨네 집이요!" 아이가 악을 쓰며 역으로 퍼트리샤의 손목을 붙들었다. "아저씨는 나한테 맨날 소리나 질러대지 않는다고요!"

아이의 힘이 그녀보다 셌다. 아이의 손가락이 그녀를 압박해 들어오고 살갗을 짓누르며 뼈까지 가닿으면서 팔뚝에 멍을 남길 듯했다. 퍼트리샤는 아이의 손목을 잡은 손을 풀었다. 아이도 똑같이 해주기를 바라면서.

"엄마한테 진실을 얘기해야 해."

손목을 놓은 아이가 절대적 경멸이 담긴 눈으로 그녀를 빤히 쳐다보았다.

"내가 무슨 말을 하든 어차피 믿지 않을 거잖아요. 엄마는 다시 병원에나 처박혀야 돼요."

아이의 살갗에서 증오가 열기처럼 뿜어져나왔다. 그 모습에 퍼트리샤는 주춤하며 뒤로 물러났다. 블루가 성큼 다가왔고 퍼트리샤는 움츠러들었다. 이내 아이가 몸을 돌려 계단을 올라가기 시작했다.

"어디 가는데?"

"숙제나 마저 하려요!" 블루가 어깨 너머로 소리쳤다.

아이의 방문이 쿵 소리를 내며 닫혔다. 카터는 아직도 돌아오지 않았고, 퍼트리샤는 시간을 확인했다. 밤 열한시가 다 되었다. 그녀는 온 집안의 문을 점검하고 창문이 전부 잠겼는지 확인한 뒤 마당의 조명등을 켰다. 다른 뭔가를 더 해볼 수 있을까 생각을 짜내보았지만 그런 건 없었다. 그녀는 코리와 블루를 한번 더 들여다보고 잠자리에 누워 북클럽에서 정한 11월의 책을 읽어보려 했다.

책은 당신 자신을 더 사랑하는 계기가 되기도 한다, 그렇게 쓰여 있었다. 이야기를 듣고, 쓰고, 본인의 감정을 언어로 표현하는 과정들을 통하여.

세 페이지를 읽었지만 뇌리에 남는 단어는 하나도 없었다. 실체가 있는 뭔가에 대한 책을 읽던 시절이 그리웠다. 그녀는 다시 읽어보려 했다.

중간 휴식을 갖고 중심을 잡으라, 그렇게 쓰여 있었다. 이 과정을 통해 스스로를 추스르고 이해와 수용, 긍정과 인정의 깊이를 더하라.

퍼트리샤는 책을 저쪽으로 집어던지고 『헬터 스켈터』를 찾아 들었다. 재판 얘기가 나오는 후반부를 펼치고 찰스 맨슨이 사형을 선고받는 부분을 읽고 또 읽었다. 그게 잠자리 동화라도 되는 것처럼. 모든 남자가 매번 처벌을 모면하는 건 아니라는 확신이 필요했다. 찰스 맨슨의 선고 장면을 거듭해서 읽다가 그녀는 마침내 눈이 뻑뻑해짐을 느끼며 잠들었다.

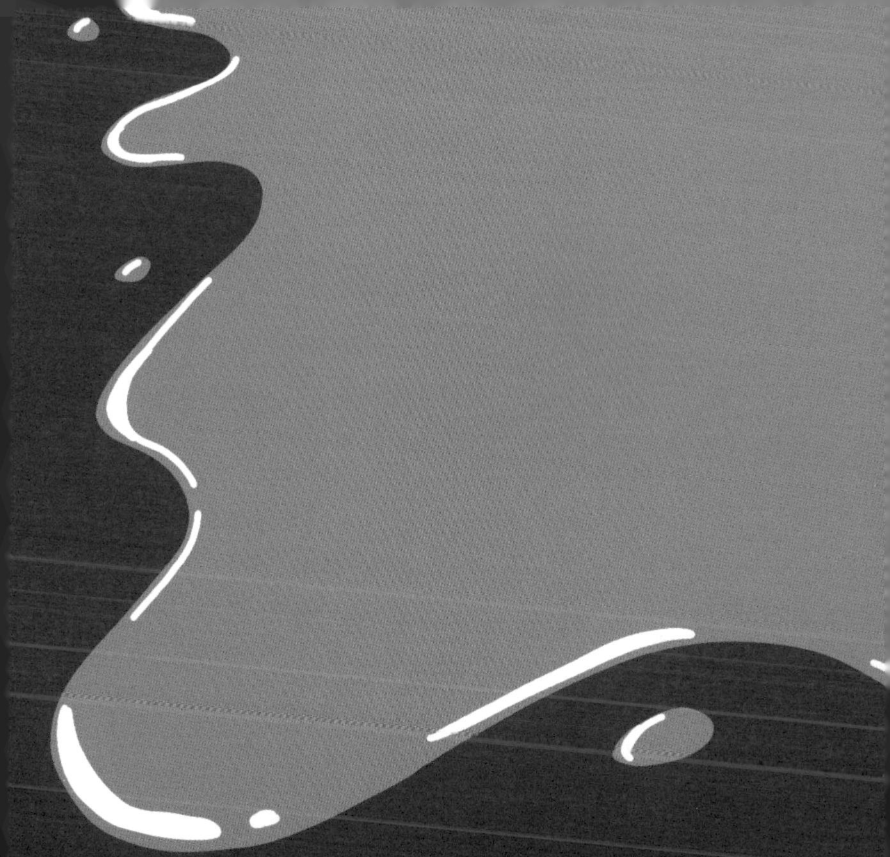

화성에서 온 남자,
금성에서 온 여자

-1996년 11월-

34장

화요일에 슬리크를 대학병원으로 옮겼다. 수요일부터는 방문객들에게 종이가운과 마스크를 착용시켰다.

"어떤 상황인지 분명치가 않습니다." 슬리크의 담당의가 말했다. "환자에게 자가면역질환이 있는데 예상보다 진행이 빨라요. 면역 체계가 본인의 백혈구를 공격하고 적정 수준을 넘는 적혈구가 용혈을 일으키고 있어요. 일단 산소 공급을 계속하면서 꼼꼼히 살피는 중입니다. 비상 상황이라고 보기에는 아직 이르고요."

이 진단에 퍼트리샤는 흥분과 공포를 동시에 느꼈다. 제임스의 정체가 무엇이든 인간은 아니라는 증거였다. 그가 제 일부를 슬리크의 몸에 넣었고, 그게 그녀를 죽이고 있었다. 그는 괴물이었다. 이유야 무엇이건 슬리크의 병세에는 차도가 없었다.

릴런드는 매일 저녁 여섯시경에 방문했지만 늘 도착하는 순간 떠나야 하는 사람처럼 보였다. 퍼트리샤가 복도로 따라 나가 어떻게 지내고 있는지 물었을 때 그가 바짝 붙어서며 말했다.

"진단명은 아무에게도 말하지 않은 거죠?"

"진단명 사제가 없는 걸로 아는데요."

그가 더 가까이 다가왔다. 퍼트리샤는 물러서고 싶었지만 이미 벽을 등지고 선 채였다.

"자가면역질환이라고들 해요." 그가 속삭였다. "그 말을 입에 올려선 안 돼요. 다들 아내가 에이즈에 걸렸다고 생각할 거예요."

"아무도 그렇게 생각하지 않을 텐데요, 릴런드."

"교회에 벌써 소문이 퍼졌어요. 그게 아이들 귀에 들어가는 상황은 원치 않아요."

"아무한테도 말하지 않았다니까요." 퍼트리샤가 대꾸했다. 옳지 않은 듯한 일에 억지로 동참하는 게 불쾌했다.

금요일 아침, 슬리크의 병실 입구에 안내문이 붙었다. 복사를 거듭한 탓에 검은 점으로 뒤덮인 종이에는 발열이 있거나 감기 환자와 접촉했을 시 병실 입장을 금한다고 적혀 있었다.

슬리크는 창백해 보였고 종잇장 같은 피부는 얇고 건조했다. 그녀는 홀로 남겨지는 걸 싫어했고 밤이면 더욱 그랬다. 간호사들이 담요를 가져다줘 퍼트리샤는 병상 곁 의자에서 잠을 청했다. 릴런드가 집으로 돌아가면 슬리크의 귀에 전화기를 대주며 아이들과 잠자리 기도를 하게 도왔다. 그걸 제외한 대부분의 시간에 슬리크는 이불을 턱밑까지 당겨 덮고서 꿈쩍 않고 누워 있었다. 인형처럼 가느다란 팔을 덮은 흰색 테이프, 그 아래에는 정맥주사용 바늘과 튜브들이 꽂혀 있었다. 그녀는 오후 내내 열에 들떠 땀을 뻘뻘 흘렸다. 그녀의 의식이 또렷해 보였을 때 퍼트리샤는 『화성에서 온 남자, 금성에서 온 여자』를 읽어주려 했다. 한 단락을 낭독하고 보니 슬리크가 뭔가를 말하는 중이었다.

"뭐라고 했어?" 퍼트리샤가 몸을 숙이며 말했다.

"다른……거……" 슬리크가 말했다. "……다른……거."

퍼트리샤가 가방에서 앤 룰의 최신작을 꺼내 읽었다.

"1986년 9월 21일, 포틀랜드의 따뜻하고 아름다운 일요일이었다. 포틀랜드는 말할 것도 없고 오리건주 전체가 그랬다. 운이 따라준다면 북서부의 겨울비는 앞으로도 두 달간 내릴 일이 없을 터였다……"

실제 사실과 객관적 지리가 슬리크의 기분을 달래주었다. 그녀는 두 눈을 감고 들었다. 잠이 든 건 아니었고 그저 거기 누워 희미하게 미소를 지었다. 바깥의 빛이 어두워지면서 내부의 빛이 밝아졌다. 퍼트리샤는 계속 읽었다. 얼굴에 쓴 종이마스크 너머로 들릴 수 있게 목소리를 높였다.

"내가 너무 늦었나?" 메리엘런이 말했다. 퍼트리샤가 고개를 드니 병실문을 밀어 여는 그녀가 보였다.

"잠들었어?" 메리엘런이 종이마스크 안에서 속삭였다.

"와줘서 고마워." 슬리크가 눈을 감은 채 말했다.

"당신 기분이 어떤지 다들 알고 싶어해. 키티도 당연히 오고 싶어했고."

"이번 달 책은 읽고 있어?" 슬리크가 물었다.

메리엘런이 육중한 갈색 안락의자를 침대 발치로 끌어왔다.

"책장도 못 열어봤어. 화성에서 온 남자? 그 인간들을 너무 과대평가하는 거 아니니."

슬리크가 콜록거리기 시작했다. 시간이 잠시 흐르고서야 퍼트리샤는 그게 웃음임을 알았다.

"나도 그랬어……" 슬리크가 속삭이자 퍼트리샤와 메리엘런이 귀를 바짝 세웠다. "나도 퍼트리샤한테 그만 읽으라고 그랬어."

"우리끼리 읽던 책들이 그리워. 살인 사건이 한 건이라도 나오던 책들 말이야." 메리엘런이 말했다. "요즘 북클럽의 문제는 남자가 너무 많다는 거야. 그 인간들은 제 생명 유지에 도움이 될 책들은 안중에 없고 그저 혼자 떠벌리면서 행복을 느껴. 죄다 견해들뿐이야, 주구장창."

"꼭…… 성차별주의자처럼 말하네." 슬리크가 속삭였다.

슬리크가 마스크를 쓰지 않은 유일한 사람이었기에 가장 힘없는 그녀의 목소리가 가장 크게 들렸다.

"그 인간들의 견해에 개똥만큼의 가치라도 있다면 나도 기꺼이 들어주지 왜 아니겠어." 메리엘런이 말했다.

슬리크의 작은 병실에 셋이 앉아 있으려니 나머지 둘의 부재가 더욱 뼈저리게 느껴졌다. 꼭 무슨 생존자 모임 같았다, 최후의 삼인방.

"토요일에 키티네 굴 구이 파티에 갈 거야?" 퍼트리샤가 메리엘런에게 물었다.

"계획대로 열린다면. 키티가 하는 걸로 봐서는 취소하지 싶어."

"키티랑은 핼러윈 전에 얘기하고 연락을 못해봤어." 퍼트리샤가 말했다.

"시간 있을 때 전화 한번 해봐. 뭔가 잘못됐어. 호스가 그러는데 키티가 일주일 내내 집에만 있었대. 어제는 아예 방밖으로도 안 나왔고. 호스가 걱정스러워해."

"호스는 뭐가 문제라고 하는데?" 퍼트리샤가 물었다.

"악몽 때문이래. 키티가 술을 마신대, 엄청. 애들 행방을 초 단위로 확인하려 들고. 애들한테 무슨 일이라도 생길까 겁을 낸다는 거야."

퍼트리샤는 이제 더 많은 사람이 알아야 할 때라고 판단했다.

"메리엘런한테 하고 싶은 얘기가 있어?" 그녀가 슬리크에게 물었다. "메리엘런에게 뭐든 해야 할 말이 있어?"

슬리크가 찬찬히 고개를 저었다.

"아니." 슬리크가 꺽꺽거렸다. "의사들도 아직은 뭔지 모른대."

퍼트리샤가 몸을 숙이고 나지막이 말했다.

"그 남자도 여기선 자기를 해칠 수 없어. 메리엘런한테 얘기해도 돼."

"좀 어때요?" 병실 출입문에서 온화하고 다정한 남자 목소리가 들렸다.

퍼트리샤는 견갑골 사이에 칼이라도 맞은 듯 움츠러들었다. 슬리크의 눈이 휘둥그레졌다. 퍼트리샤가 몸을 돌렸다. 저 마스크 위의 눈, 종이가운 속 체격은 차마 헷갈릴 수 없었다.

"좀더 일찍 와보지 못해서 미안해요." 제임스가 마스크 너머로 말하며 병실을 가로질러 왔다. "가여운 슬리크. 무슨 일이 있었던 겁니까?"

퍼트리샤가 벌떡 일어나 제임스와 슬리크의 침대 사이를 가로막고 섰다. 그가 앞에서 걸음을 멈추며 커다란 한 손을 그녀의 어깨에 올렸다. 퍼트리샤는 움찔거리지 않으려 사력을 다해야 했다.

"이렇게 곁을 지켜주다니 정말 다정하군요." 그가 말하며 퍼트리샤를 부드럽게 옆으로 밀고 슬리크의 곁에 우뚝하니 서서 한 손을 철제 난간에 올렸다. "좀 어때요, 자기?"

참으로 가당찮은 짓거리였다. 퍼트리샤는 도와달라고 악을 쓰고 싶었다. 경찰을 부르고 그를 체포시키고 싶었다. 하지만 아무도 그들을 돕지 않으리라는 걸 알았다. 이내 그녀는 메리엘런과 슬리크 역시 입을 굳게 다물고 있음을 깨달았다.

"얘기 나눌 기분이 아닌가요?" 제임스가 슬리크에게 물었다.

퍼트리샤는 누가 먼저 침묵을 깰지, 그들 중 누가 예의라는 것에 굴복해 대화를 시작할지 궁금했다. 그러나 다들 고집스레 버티며 자신의 손을, 발을, 창밖을 응시했고 누구 하나 입도 뻥끗하지 않았다.

"내가 방해한 것 같군요." 제임스가 말했다.

침묵이 계속되는 와중에 퍼트리샤는 자신의 공포보다 거대한 존재를 느꼈다. 연대감이었다.

"슬리크는 피곤해요." 마침내 메리엘런이 입을 열었다. "슬리크에게는 힘든 하루였어요. 이제 좀 쉬게 다들 돌아가야 할 것 같아요."

모두가 어색하게 걸음을 옮기며 작별인사를 하고 문으로 향하거나 소지품을 챙기려는 와중에 퍼트리샤는 바짝 말라버린 입을 침으로 축였다. 이제부터 하려는 일이 내키지 않았지만 그녀는 슬리크에게 작별인사를 건네기 직전에 최대한 큰 소리로 말했다.

"제임스?"

그가 돌아서면서 마스크 위의 눈썹이 높이 들렸다.

"코리가 내 차를 가져갔어요. 집까지 태워주겠어요?"

슬리크가 침대에서 몸을 일으키려 했다.

"내일 올게." 퍼트리샤가 슬리크에게 말했다. "집에 가서 냉장고에 먹을 것 좀 채워놓고, 애들이 아직 살아 있는지도 확인해야겠어."

"물론이죠." 제임스가 말했다. "모셔다 드릴 수 있다면 기쁘겠습니다."

퍼트리샤가 슬리크에게 몸을 숙였다.

"얼른 갔다 올게." 그녀는 그렇게 말하고 슬리크의 이마에 입을 맞췄다.

메리엘런은 제임스의 차가 세워진 주차장 삼층까지 함께 걷겠다고 우겼다. 퍼트리샤한테는 고마운 성의였지만 어쨌든 메리엘런이 떠나야 하는 순간은 오고 말았다.

"이런." 메리엘런이 TV 속 형편없는 배우처럼 말했다. "이 위에 차를 댄 줄 알았는데 또 헷갈렸나보네. 두 사람은 가보세요. 나는 차를 어디에 뒀나 생각 좀 해봐야겠네요."

퍼트리샤는 메리엘런이 계단으로 향하는 모습을 지켜보았다. 나중에는 그녀의 구두가 또각거리는 소리만 남았고 이내 그마저도 사라져 주차장에 정적이 감돌았다. 차문이 철컥이며 열리는 소리에 퍼트리샤가 펄쩍 놀랐다. 그녀는 문고리를 당기고 남의 이목을 의식하며 조수석에 올라탄 다음 문을 당겨 닫고 안전벨트를 맸다. 자동차 엔진이 되살아나 공회전을 했다. 다음 순간, 제임스가 그녀의 머리로 손을 뻗었다. 그녀가 움찔하는 사이 그가 보조석의 머리받침에 손을 올리더니 어깨 너머를 살피며 후진했다. 침묵 속에서 경사로를 내려가 주차비를 지불한 다음 둘은 어둠이 내린 찰스턴 거리로 나왔다.

"이렇게 함께 시간을 보낼 수 있어 좋은데요." 제임스가 말했다.

퍼트리샤는 무슨 말이라도 해보려 했지만 목구멍으로 공기를 밀어낼 수 없었다.

"병원에서는 슬리크가 무슨 문제인지 알겠다고 하던가요?"

"자가면역질환이래요." 퍼트리샤가 간신히 대답했다.

"릴런드는 아내가 에이즈에 걸렸다고 생각해요. 혹시 주변에 알려지기라도 할까 겁을 먹었더군요."

그의 차가 방향등을 요란하게 딸깍이며 좌회전해 캘훈 스트리트로 접어든 뒤 옛 찰스턴 박물관의 기둥들이 여전히 버티고 선 공원을 지났다. 그 기둥들이 왠지 묘비를 떠올리게 했다.

"당신과 나는 그간 서로에 대해 많은 추정을 했죠." 제임스가 말했다. "이제 그것들을 서로 맞춰봐야 할 때라는 생각이 드는군요."

퍼트리샤는 손톱으로 손바닥을 찔러가며 침묵을 지켰다. 이미 그의 차에 몸을 실었다. 굳이 떠들어댈 필요가 없었다.

"나는 누구도 해치지 않습니다. 그건 아시죠, 그렇죠?"

그는 어디까지 알고 있을까? 그녀와 키티가 계단을 완벽히 치운 걸까? 그녀가 다락에 있었다는 걸 그도 알까, 아니면 넘겨짚는 것뿐일까? 그녀가 어느 한 군데라도 놓친 걸까? 뭔가를 남겼고, 흔적을 들킨 걸까?

"알아요." 퍼트리샤가 말했다.

"슬리크 본인은 어쩌다 이렇게 된 건지 알고 있던가요?"

퍼트리샤는 입 안쪽의 살을 깨물었다. 부드럽고 말랑한 조직을 치아가 파고드는 걸 느끼며 그녀는 경계심을 더했다.

"아뇨."

"딩신은요?" 제임스가 물었다. "당신 생각은 어떤데요?"

그때 슬리크도 공격한 남자인데 이렇게 단둘이 있는 상황에서 무슨 짓이든 못하겠는가? 퍼트리샤는 제 발로 걸어들어온 이 현실을 드디어 자각하기 시작했다. 자신은 아무 위험이 될 수 없다는 점을 그에게 납득시킬 필요가 있었다.

"뭘 생각해야 하는지도 잘 모르겠어요." 퍼트리샤는 가까스로 대답했다.

"최소한 그걸 인정하는군요. 나 역시 비슷한 처지입니다."

"무슨 말이에요?"

그들은 쿠퍼강대교로 올라섰다. 완만한 포물선을 그리며 융기하는 대교 너머로 도시가 보이고 그 아래로 물이 내다보였다. 어두컴컴한 항구 위를 지났다. 교통량이 아주 적어서 대교 위에는 자동차 몇 대가 전부였다.

퍼트리샤가 겁내던 순간이 코앞이었다. 대교 끝에서 도로가 나뉜다. 올드 빌리지 쪽으로 이차선 도로가 꺾이고, 다른 도로는 좌측으로 방향을 틀어 조니도즈 대로가 된다. 그 길을 따라 단층짜리 쇼핑몰을 지나고 크리크사이드를 거쳐 가로등도 가옥도 없는 교외로 빠지면 프랜시스 매리언 국유림의 깊숙한 곳에 도달한다. 숨겨진 공터와 벌목용 도로들이 있는 그곳은 경찰들이 이따금 유기된 자동차의 트렁크에서 변사체를, 비닐봉지에 싸여 나무 아래 묻힌 아기 백골을 발견하기도 하는 장소였다.

여기서 어떤 도로를 선택하는지 보면 그가 그녀를 위협적인 존재로 간주하는지 그 여부를 알 수 있을 터였다.

"슬리크를 이렇게 만든 건 릴런드예요." 제임스가 말했다. "슬리크가 아픈 건 릴런드 때문입니다."

퍼트리샤의 생각이 분열했다. 이게 다 무슨 말이지? 정신을 집중하려 애쓰는데 그가 말을 쏟아냈다.

"모든 일의 시작은 그 망할 출장들이었습니다. 내가 미리 알았다면 결코 제안하지 않았을 겁니다. 지난 2월 말에 애틀랜타로 갔던 출장이에요, 기억해요? 카터가 그 리탈린 학회에 참석해야 했고, 릴런드와 내가 일요일에 그와 합류했어요. 의사들 몇을 데리고 나가 골프를 치면서 그래셔스 케이에 투자할 것을 권했죠. 저녁식사 때 리노에서 왔다는 한 정신과 의사가 여자들을 부를 생각이 있는지 묻더군요. 골드 클럽이라는 곳이 있는데 주인이 뉴욕 양키스 선수 출신이라 믿을 만할 거라고요. 나는 그런 쪽 취향이 아닙니다. 하지만 릴런드는 그날 거의 천 달러를 썼어요. 그때가 시작이었죠. 그는 날이 갈수록 대담해졌어요."

"나한테 이런 얘기를 하는 이유가 뭐죠?"

"당신도 진실을 알아야 하니까요." 둘은 대교의 마지막 경사로를 내려가는 중이었다. 바로 앞에서 도로가 나뉘었다. 우회전

또는 좌회전. "내가 여자들 문제를 알게 된 건 지난여름이었습니다. 릴런드는 출장을 갈 때마다 여자들을 갈아치웠어요. 애틀랜타나 마이애미처럼 여러 번 방문한 적이 있는 곳에서는 이따금 같은 여자를 만나기도 했죠. 그게 직업인 여자도 있었고 아닌 여자도 있었습니다. 내 말이 무슨 뜻인지 알아들었나요?"

그가 잠자코 기다렸다. 퍼트리샤는 긍정의 의미로 뻣뻣하게 고개를 끄덕였다. 두 눈은 도로에 집중했다. 그가 가운데 차선을 달리고 있는 이상 둘 중 어느 쪽으로든 갈 수 있었다. 그녀는 이것이 전적인 그리고 최후의 자백일지 궁금했다. 이제 곧 그녀가 누구에게도 아무것도 발설할 수 없는 처지가 될 것을 알기에 털어놓는.

"그 여자 중 누군가에게 병을 얻어 슬리크한테 옮긴 겁니다." 제임스가 말했다. "그 병이 뭔지는 알 방도가 없지만 그게 원인인 건 확실해요. 언젠가 릴런드에게 피임 도구를 사용하는지 물은 적이 있는데 웃음을 터트리며 이렇게 말하더군요. '그럼 그게 다 무슨 재미야?' 누군가가 슬리크의 담당의한테 이 얘기를 해줘야 해요."

그는 차선 변경을 알리는 방향등을 켜지 않았다. 그의 차가 대교를 내려가 부유했고 방향을 극히 미세하게 튼 나머지 퍼트리샤는 그 사실조차 알지 못했다. 둘은 올드 빌리지 방면 도로 위에 있었다. 그녀의 등 근육이 풀렸다.

"카터는 어떤데요?" 잠시 후 퍼트리샤가 물었다.

둘은 콜먼 대로의 완만한 곡선로를 돌아 올드 빌리지로 향했고 가옥과 가로등, 그리고 상점과 식당과 행인들을 지나쳤다.

"그도 같아요." 제임스가 말했다. "유감입니다."

퍼트리샤는 그 말이 그토록 아프리라고 예상하지 못했다.

"내게 원하는 게 뭐예요?"

"그는 당신을 멍청이 취급해요. 카터는 자신이 얼마나 멋진 가족을 가졌는지 모르지만 나는 압니다. 처음부터 알았어요. 당신의 시어머니가 돌아가셨을 때 내가 거기 있었고, 그녀는 좋은 분이셨습니다. 나는 블루가 성장하는 모습을 지켜봤어요. 지금은 힘든 시간을 보내고 있지만 엄청난 잠재력을 가진 녀석이에요. 당신은 좋은 사람입니다. 하지만 당신 남편은 그 모든 걸 저버렸어요."

그들은 도로 한복판에 있는 오아시스 주유소를 지나 올드 빌리지 부지에 들어섰다. 가로등들의 간격이 넓어지면서 차량 내부가 어두워졌다.

"릴런드가 슬리크에게 뭔가를 옮겼다면," 제임스가 말했다. "카터 역시 당신에게 그럴 수 있어요. 내 입으로 이런 얘기를 전해 유감입니다. 하지만 당신도 알아야죠. 나는 당신이 안전하기를 바랍니다. 당신에게 마음이 가요. 블루와 코리에게도. 당신 가족은 내 삶의 크나큰 일부예요."

자신의 신부가 되어달라고 청하는 구혼자라도 되는 양 제임스는 진솔해 보였다. 그가 피트 스트리트를 벗어나 매캔츠 드라이브로 들어섰다.

“무슨 말을 하는 거예요?” 그렇게 묻는 퍼트리샤의 입술에 감각이 없었다.

“당신은 더 나은 대접을 받아야 해요. 당신과 아이들은 진정한 가치를 알아주는 사람과 함께여야 해요.”

내장이 서서히 뒤집히는 듯했다. 둘은 알람브라 홀을 지나는 중이었고 그녀는 차문을 열어젖히고 뛰어내리고 싶었다. 아스팔트에 내동댕이쳐져 살을 찢기고 긁히고 싶었다. 그러면 최소한 실제적인 게 느껴질 터였다, 이 악몽과 달리. 그녀는 제임스를 간신히 쳐다보았으나 무슨 말이든 뱉을 자신은 없었다. 침묵을 지키는 사이 그가 그녀의 진입로에 차를 댔다.

“생각할 시간이 필요해요.”

“카터한테는 뭐라고 말할 셈인가요?”

“아무 말 안 해요.” 퍼트리샤는 말하고 가짜 표정을 지었다. “아직은요. 이건 우리 둘 사이의 문제예요.”

그녀는 손잡이를 찾아 문을 더듬었다. 그러면서 프랜신의 운전면허증을 차 바닥에 떨어트린 다음 발로 차서 보조석 아래로 밀어넣었다.

그의 지갑 속은 아니지만 더할 나위 없는 차선책이었다.

퍼트리샤는 어둠 속에서 잠을 깼다. 어느 시점엔가 머리맡 조명을 끈 게 분명했지만 기억나지 않았다. 이제 거기에 누운 채 감히 움직일 엄두를 내지 못하고 널빤지처럼 뻣뻣이 굳어서는 귀를 기울였다. 무엇이 그녀를 깨웠을까? 귀를 쫑긋 세우고 어둠을 훑었다. 카터가 함께이기를 바랐지만 그는 제약회사 출장으로 힐튼헤드에 가 있었다.

그녀의 귀가 컴컴한 집을 헤맸다. 뜨거운 공기가 공기조절장치를 통과해 나오며 고음으로 끽끽거렸고 배관 깊숙한 곳에서는 째깍거리는 소리를 냈다. 그 째깍거림의 배후에서 온기가 시끄럽게 밀려드는 훅훅 소리와 욕실 수도꼭지에서 물 떨어지는 소리가 났다.

퍼트리샤는 블루를 생각했다. 제임스의 장악력이 더 커지기 전에 어떻게든 아이의 마음을 움직여야 했다. 아이는 강간이 벌어진 날에 대해 이미 거짓을 말했다. 하지만 지금도 너무 늦은 것 같지는 않았다. 제임스의 인정을 받는 것 이상으로 간절히 원할 뭔가를 아이에게 쥐여줘야 했다.

그때 소리가 들렸다. 집안의 모든 소음들 너머로 조심스레 창문을 밀어 여는 소리가 들렸다. 어두컴컴한 복도 저편, 코리의 닫힌 방문 뒤에서 나는 소리였다. 그 찰나의 순간 퍼트리샤는 코리가 집을 몰래 빠져나가고 있음을 알았다.

자책감이 밀려왔다. 아침마다 코리가 그토록 지쳐 있는 게, 그토록 멍해 보이는 게 당연했다. 아이는 매일 밤 집을 빠져나가 남자애를 만나는 거였다. 퍼트리샤는 슬리크와 제임스와 이 모든 문제들에 정신이 팔린 나머지 자신의 집에 십대 두 명이 살고 있다는 사실을 간과했다. 블루만이 문제가 아니었다. 그녀의 걱정을 요하는 평범하고 일상적인 위험들도 산재했다.

퍼트리샤는 이불을 젖히고 슬리퍼에 발을 밀어넣은 뒤 살금살금 복도를 걸었다. 코리의 방문 너머에서 은밀하고 리드미컬한 소리가 들려와 그녀는 코리가 집을 빠져나간 게 아니라 남자애가 숨어들어왔을 수도 있겠다고 생각했다. 복도의 불을 켜고 코리의 방문을 벌컥 열었다.

복도에서 쏟아지는 불빛 때문에 처음에 그녀는 눈앞에서 펼쳐지는 광경을 제대로 이해하지 못했다.

침대에 희뿌연 두 나체가 엉켜 있었다. 퍼트리샤와 가까운 쪽에 있는 건 제임스였다. 그의 탄탄한 등과 둔부가 미세하고 리드미컬하게 움직이며 심장박동처럼 고동쳤다. 그가 소녀의 매끄럽고 기다란 다리 사이에 무릎을 꿇고 있었다. 소녀의 배는 납작했고 탱탱하게 위로 들린 가슴은 아직 채 발달하지 않은 십대의 것이었다. 그의 입이 소녀의 허벅지 안쪽, 치골 바로 옆에 붙박여 있었다. 베개 위에 머리칼을 흐트러트리고 누운 소녀는 황홀경 속에서 눈을 반쯤 감은 채 쾌락에 젖은 미소를 지었다. 지금껏 코리의 얼굴에서 한 번도 본 적 없는 미소였다.

35장

퍼트리샤가 몸을 숙여 딸의 어깨를 흔들고 뺨을 때렸다.

"코리!" 그녀가 악을 썼다. "코리! 정신 차려!"

참으로 음란하게도 그들은 행위를 계속했다. 한 덩어리로 뒤엉켜 불룩한 혈액 주머니처럼 꿈틀거렸다. 쾌락에 겨운 코리가 작은 소리로 끙끙거렸다. 아이의 한 손이 물위를 떠가듯 아래로 움직이더니 유령처럼 고요하고 가벼이 복부를 쓸고 음모로 향했다. 퍼트리샤가 아이의 손목을 붙잡아 뒤로 당기자 코리가 꼼지락거리기 시작했다. 딸의 다리 사이에서 제임스의 머리를 뜯어내야 했다. 그를 내려다보자 퍼트리샤의 속이 철렁 내려앉으며 경고를 보냈다. 속에 든 걸 게워내게 되리라는 경고였다.

퍼트리샤는 입술을 앙다물고 열에 들뜬 코리의 손목을 놓았다. 제임스의 어깨를 붙들고 끌어내려 해봤지만 그는 저항하며 딸의 다리에서 떨어지지 않았다. 이런 멍청이가 있나. 퍼트리샤는 바닥에서 축구화를 집어들어 뒤축으로 그의 머리를 갈겼다. 첫번째는 어이없고 무력한 두들김에 지나지 않았지만 두번째는 더 강력했고 세번째에는 스파이크가 두개골을 때리며 타격음을 냈다.

코리의 축구화로 그의 머리를 거듭 가격하는 동안 퍼트리샤는 같은 말만 반복하고 있었다. "떨어져! 떨어져! 내 딸한테서 떨어져!"

쩝쩝거리며 빠는 소리가 방의 고요를 찢어놓았다. 날고기가 두 갈래로 찢기는 소리와 함께 제임스가 어리벙벙한 촌뜨기 사촌 같은 얼굴로 그녀를 올려다보았다. 헤벌린 입. 얼굴 아래쪽 구멍에서 튀어나온 시커멓고도 인간의 것이 아닌 그 물건. 걸쭉하니 방울방울 떨어지는 피. 게슴츠레한 눈. 그는 퍼트리샤에게, 그녀의 귀 높이까지 들린 채 다시 내리꽂힐 채비를 하는 축구화에 집중하려 애썼다.

"어." 제임스가 미련스레 소리를 내뱉었다.

그가 트림을 했고 턱밑에 매달린 그 기다란 것의 모서리로 피 섞인 한줄기 침이 주르륵 흘러내렸다. 이내 그 기다란 것이 저절로 말려올라가기 시작하더니 선혈 범벅인 그의 입속으로 서서히 사라졌다.

맙소사, 퍼트리샤는 생각했다. 내가 미쳐버렸구나. 그리고 축구화를 다시 휘둘렀다. 제임스가 일어나 한 손으로 그녀의 팔목을 잡고 다른 손으로는 목을 쥐었다. 그러고는 그녀를 저쪽 벽으로 내던졌다. 견갑골 사이로 충돌의 충격이 전해졌다. 폐 속 공기가 모조리 빠져나갔고 혀뿌리가 헐거워졌다. 다음 순간, 그가 그녀 위에 올라타 있었다. 뜨겁고 날것인 숨을 내쉬며 팔로 그녀의 목을 짓눌렀다. 그는 그녀보다 강했고 그녀보다 빨랐다. 퍼트리샤는 그의 손아귀에서 먹잇감처럼 늘어졌다.

"이건 다 당신 잘못이야." 액체를 머금어 툭툭하고 불분명한 목소리였다.

피칠갑을 한 입술이 그녀의 얼굴에 뜨거운 방울들을 흩뿌렸다. 그리고 퍼트리샤는 그가 옳다는 걸 알았다. 이건. 다. 그녀의. 잘못이었다. 그녀가 자식들을 이 위험에 노출시켰고 제 집으로 이 위험을 불러들였다. 식스 마일의 아이들과 블루에게 사로잡힌 나머지 코리에게 닥친 위험을 보지 못했다. 두 아이를 다 제임스의 품에 곧장 갖다바쳤다.

덩어리 하나가 그의 목구멍 아래로, 아래로, 아래로 움직였다. 피를 빠는 데 쓰는 그놈의 도구인지 뭔지를 삼키는 중이었다. 그리고 그가 말했다. "당신은 이게 우리 둘 사이의 문제라고 했지."

퍼트리샤는 아까 그의 차에서 했던 말이 떠올랐다. 그를 묶어두려고, 시간을 벌어보려고, 그의 경계를 늦추려고 던진 말일 뿐이었지만 어쨌든 그렇게 얘기한 건 사실이었다. 그리고 그에게 그건 또다른 초대나 마찬가지였다. 그녀는 그를 마음에 두고 있는 척 굴었고, 이런 일을 당해 마땅했다. 하지만 그녀의 딸은 아니었다.

"코리." 잔뜩 쪼그라든 기관으로 그녀가 내뱉을 수 있는 최선의 말이었다.

"당신이 저애한테 한 짓을 봐." 제임스가 야유하듯 식식거리며 그녀의 고개를 옆으로 비틀어 침대를 보게 했다.

코리는 팔로 다리를 당겨 안고 태아 같은 자세로 움츠린 채였다. 근육이 경련하며 쇼크로 접어드는 중이었다. 아이가 누운 아래쪽 매트리스에 피가 번져갔고, 퍼트리샤는 두 눈을 감고 구토증이 지나가기를 기다렸다.

"엄마?" 블루가 복도에서 불렀다.

그녀와 제임스의 눈이 마주쳤다. 그는 알몸에다 피범벅이었고 퍼트리샤는 잠옷가운 차림에 브래지어도 하지 않았다. 방문이 사분의 일 정도 열려 있었다. 둘 다 꿈쩍하지 않았다.

"엄마?" 블루가 다시 불렀다. "무슨 일이에요?"

해봐. 뭐라도. 제임스가 입 모양으로 말했다.

퍼트리샤가 손을 들어 자신의 목을 쥔 손의 손등을 건드렸다. 그가 손을 풀었다.

"블루." 퍼트리샤가 방을 통과해 복도로 나가며 말했다. 자기 얼굴에 고스란히 느껴지는 코리의 핏방울이 눈에 띄지 않기를 기도하면서. "가서 자."

“코리한테 무슨 일 있어요?” 블루가 복도에 서서 물었다.

“누나가 아파. 어서 가. 곧 괜찮아질 거야. 하지만 당장은 혼자 있어야 해.”

블루는 자신의 관심을 요하는 일이 아니라고 판단했는지 아무 말 없이 뒤돌아 방으로 들어간 뒤 문을 닫았다. 퍼트리샤는 코리의 방으로 돌아가 천장등을 켰다가 때마침 알몸으로 창틀에 쪼그려앉은 제임스를 보았다. 옷가지를 둥글게 말아 배 앞에 든 꼴이 옛 익살극에서 보던, 열받은 남편을 보고 줄행랑치는 내연남 같았다.

“당신이 자초한 일이야.” 그가 말했다. 다음 순간 그는 사라지고 없었고 창문은 그저 크고 검은 네모난 밤으로 남았다.

코리가 침대에서 낑낑거렸다. 그건 아이가 악몽을 꾸는 소리, 퍼트리샤가 전에 수없이 듣곤 했던 소리였다. 짠한 마음에 그녀의 입에서도 같은 소리가 절로 나왔다. 딸에게 가서 허벅지 안쪽의 상처를 살폈다. 부어오른 자리가 감염된 듯했는데 상처는 한 개가 아니었다. 주변으로 멍과 상흔이 마구 겹쳐 있었고 상처 가장자리가 하나같이 찢기고 너덜거렸다. 퍼트리샤는 이것이 처음이 아님을 알았다. 여러 번이었다.

퍼트리샤의 머릿속은 박쥐떼로 가득했다. 놈들이 끽끽거리고 정신없이 몸을 부딪히며 정연한 사고들을 갈가리 찢어 넝마로 만들었다. 오죽했으면 자신이 카메라를 찾아와 사진을 찍은 것도,

욕실로 간 것도, 싱크대 앞에 서서 뜨거운 물에 수건을 적신 것도, 코리의 상처를 닦고 항생제를 바른 것도 제대로 기억하지 못했다. 반창고를 붙이고 싶었지만 그랬다가는 자신이 이 음란한 것을 보았다는 사실을 코리가 알아챌 터였다. 딸과의 관계에서 차마 그 선만은 넘을 수 없었다. 아직은 아니었다.

모든 게 지나치게 일상적으로만 보였다. 그녀는 집이 폭발하리라, 뒷마당이 항구 밑으로 꺼지리라, 블루가 여행가방을 끌고 저 문을 나서서 호주로 떠나버리리라 예상했다. 하지만 여느 때처럼 코리의 방은 엉망이었고, 그녀가 일층으로 내려갔을 때는 전실 테이블 위에 놓인 범선 모양 조명이 평소처럼 타오르고 있었고, 가족실 소파에서 잠을 자던 래그태그가 고개를 들고 꼬리를 팔랑거리는 모습도 평상시와 다르지 않았다. 스위치를 누르자 현관등 역시 평범하게 꺼졌다.

퍼트리샤는 욕실로 가서 얼굴을 씻었다. 수건으로 거칠게 문지르고 비비면서 거울을 보지 않으려 애썼다. 피부가 벌겋게 변하고 까질 때까지 통증이 느껴지도록 문질렀다. 좋았다. 손을 들어 왼쪽 귀를 꼬집었다. 아플 때까지 잡아 비틀었다. 그 또한 좋았다. 그리고 침대로 들어가 어둠 속에 누워 천장을 응시했다. 결코 잠들 수 없으리라는 걸 모르지 않았다.

모든 게 그녀의 잘못이었다. 모든 게 그녀의 잘못이었다. 모든 게 그녀의 잘못이었다.

죄책감과 배신감, 그리고 역겨움이 뱃속에서 요동쳤고 그녀는 가까스로 참고 욕실로 내달린 뒤 속을 게워냈다.

이튿날 아침, 퍼트리샤는 코리를 평소와 다르지 않게 대하려 안간힘을 썼고 코리의 상태 또한 여느 아침과 다르지 않은 듯했다. 뚱하니 말이 없었다. 퍼트리샤는 손에 아무 감각이 없는 채로 코리와 블루를 준비시켜 학교에 보낸 다음 전화기 곁에 앉아 기다렸다.

첫번째 전화가 아홉시에 걸려왔고 수화기를 들 엄두가 나지 않았다. 자동응답기가 대신 받았다.

"퍼트리샤." 제임스의 목소리였다. "거기 있어요? 얘기 좀 합시다. 지금 상황을 설명해야겠어요."

구름 한 점 없이 햇볕 쨍쨍한 10월의 날이었다. 밝고 푸른 하늘이 그녀를 보호했다. 하지만 그도 전화는 할 수 있었다. 전화가 다시 울렸다.

"퍼트리샤." 그가 응답기에 대고 말했다. "이 일은 당신도 이해해줘야 해요."

제임스는 세 차례 더 전화했고 그 세번째에 그녀가 전화를 받았다.

"얼마나 됐어?"

"집으로 건너와서 내 말 좀 들어봐요. 전부 얘기할게요."

"얼마나 됐어?" 그녀가 반복했다.

"퍼트리샤, 당신이 내 눈을 볼 수 있으면 좋겠어요. 그래야 내가 당신에게 정직하다는 걸 알지."

"그냥 말해. 얼마나 됐어?" 목소리가 갈라지며 이마가 경련해 퍼트리샤 스스로도 놀랐다. 턱으로 흘러내리는 눈물이 느껴졌다. 입이 다물어지지 않았고 내면의 울부짖음이 밖으로 뿜어져나오려 했다.

"차라리 당신이 알게 되어 기뻐요." 그가 말했다. "숨기는 것도 너무 지쳤어. 내가 지난밤에 했던 말은 변함없이 유효합니다."

"뭐?"

"나는 당신을 소중하게 생각합니다. 당신의 가족을 소중하게 여겨요. 내가 당신의 친구라는 건 변하지 않아요."

"내 딸한테 무슨 짓을 한 거야?" 그녀가 간신히 물었다.

"그걸 당신이 직접 보게 되어 유감입니다. 혼란스럽고 무서웠을 거 알아요. 하지만 그것도 내 눈과 다를 바 없습니다. 내가 가진 질환일 뿐이에요. 장기가 적절히 기능하지 못해서 이따금 타인의 순환계를 빌려 혈액을 여과해야 해요. 뱀파이어 같은 건 아닙니다. 나는 피를 마시지 않아요. 투석용 기기를 사용하는 것과 전혀 다르지 않습니다. 다만 그 기기가 천연의 것일 뿐이죠. 그리고 장담하는데, 고통은 없어요. 사실 내가 알기로는 상대에게도 기분좋은 느낌을 줍니다. 당신은 이걸 알아야 해요, 내가 코리에게 해가 될 어떤 일도 하지 않는다는 걸. 코리도 이 일에 동의했습니다. 당신이 그걸 알아주면 좋겠어요. 내 상태를 설명했더니 코리가 와서 먼저 돕겠다고 했어요. 내가 아이의 의지에 반하는 일은 절대로 하지 않으리라는 걸 당신이 믿어줘야 해요."

"당신 뭐야?"

"나는 혼자예요. 아주 오랜 세월 동안 혼자였어요."

그의 목소리에 담긴 건 뉘우침이 아니었다. 자기 연민이었다. 카터가 스스로를 애처롭게 여기는 소리를 질리도록 들어온 마당에 퍼트리샤가 그걸 헷갈릴 리 없었다.

"우리한테 원하는 게 뭐야?"

"당신에게 마음이 쓰입니다. 당신 가족에게 마음이 쓰여요. 카터가 여러분을 어떻게 취급하는지 봤고 나는 거기에 분노를 느낍니다. 나라면 소중히 여길 것들을 그는 허비하고 있어요. 블루가 이미 나를 많이 따르고, 코리는 내게 아주 큰 도움을 줬으니 나는 평생 감사할 겁니다. 우리가 어떤 합의에 이를 수 있다고 생각하고 싶군요."

그는 퍼트리샤의 가족을 원했다. 단번에 알 수 있었다. 그는 카터를 대신하고 싶어한다. 이 남자는 뱀파이어, 혹은 그녀가 아는 한 뱀파이어에 가까운 뭔가였다. 퍼트리샤는 수년 전 미스 메리가 어둠 속에서 했던 말을 떠올렸다.

놈들은 항시 굶주려 있다. 끝없이 빼앗는다. 영혼을 저당잡힌 놈들은 먹고 또 먹으면서 절대로 멈출 줄을 모른다.

그는 자신이 파고들 공간을 찾았다. 바로 식량 공급원 가까이에. 공동체의 존경받는 일원이 되었고 이제는 가족을 원한다. 절대로 멈출 줄을 모르니까. 그는 늘 더 원했다. 바로 그 인식이 퍼트리샤의 머릿속 문을 열었고, 그 안의 박쥐들이 시커멓고 삐죽삐죽하게 떼 지어 빠져나가면서 두개골 안이 말끔해지고 고요해지고 명료해졌다.

그는 새비지 부인의 집을 원했고, 그래서 빼앗았다. 미스 메리가 가진 사진 때문에 위험에 빠지자 그녀를 파괴했다. 스스로를 보호하기 위해 슬리크를 공격했다. 원하는 걸 얻기 위해서라면 무슨 말이든 할 터였다. 그에게 한계는 없었다. 그리고 한 가지 분명한 건 자신이 원하는 것을 퍼트리샤가 간파했다고 그가 의심하는 순간, 그녀의 아이들이 위험에 처하리라는 사실이었다.

"퍼트리샤?" 이어지는 정적 속에서 제임스가 물었다.

그녀가 떨리는 숨을 들이마셨다.

"생각할 시간이 필요해요." 서둘러 전화를 끊으면 그녀의 목소리가 변한 걸 그가 눈치채지 못할 터였다.

"내가 당신 집으로 갈게요." 그의 말투가 한결 날카로워졌다. "오늘밤에. 얼굴을 보고 사과하고 싶어요."

"아니." 그녀는 손에서 갑자기 땀이 터져나오는 바람에 수화기를 움켜쥐었다. 조여드는 목구멍을 애써 이완시켰다. "시간을 줘요."

"나를 용서하겠다고 약속해요."

전화를 끊어야 했다. 그녀에게 기쁨의 전율과 함께 깨달음이 찾아왔다. 지금 당장 경찰에 전화해야 한다. 경찰이 그의 집으로 가 운전면허증을 찾고 다락을 수색하면 일몰 무렵에는 이 모든 게 끝날 것이다.

"약속할게요."

"당신을 믿어요, 퍼트리샤. 내가 아무도 해치지 않는다는 거 당신도 알죠."

"알아요."

"당신이 내 모든 걸 알아주면 좋겠어요. 당신이 준비되면 함께 많은 시간을 보내고 싶어요."

퍼트리샤는 목소리를 차분하고 일정하게 유지하는 자신이 대견했다.

"나도요."

"아, 전화 끊기 전에, 오늘 아침에 진짜 말도 안 되는 일이 있었어요."

"네?" 그녀가 얼떨떨하게 물었다.

"내 차에서 프랜신 채프먼의 운전면허증이 나왔어요." 그의 목소리에 놀란 기색이 역력했다. "프랜신 기억하죠? 우리집에 일하러 오던 사람? 그게 왜 거기 있었는지 모르겠지만 어쨌든 내가 처리했어요. 이상하죠, 그렇죠?"

퍼트리샤는 얼굴에 손톱을 박아넣고 갈퀴질을 해 살갗을 찢어발기고 싶었나. 그녀는 멍청이였다.

"이상한 일이네요." 일말의 생기도 남지 않은 목소리로 그녀가 말했다.

"뭐, 내가 찾았으니 다행이죠. 안 그럼 해명하는 데 진땀을 뺐을 거예요."

"네."

"답 기다리고 있을게요. 너무 오래 기다리게 하진 마요."

제임스가 전화를 끊었다.

부모로서 그녀가 해야 할 유일한 일은 괴물로부터 자녀를 보호하는 것이었다. 침대 밑 괴물, 벽장 속 괴물, 어둠 속에 숨은 괴물. 그 대신 그녀는 제 집에 이 괴물을 들였고, 약해빠진 나머지 괴물이 입맛대로 자신들을 앗아가는 걸 막지 못했다. 이 괴물은 그녀의 시어머니를 죽이고 남편을 꼬드기고 딸을 취하며 아들을 노렸다.

퍼트리샤 혼자서 그를 멈추기에는 역부족이었지만 어쨌든 놈은 제지당해야 했다. 그녀가 의지할 사람이 이제는 그리 많이 남지 않았다.

퍼트리샤는 수화기를 들고 그린 부인에게 전화를 걸었다.

"여보세요?"

"그린 부인." 그녀는 목청을 가다듬고 말했다. "월요일 밤에 시내로 와줄 수 있어요?"

"왜요?" 그린 부인이 물었다.

"우리 북클럽에 참석해줘야겠어요."

36장

월요일 오후부터 기온이 급감하며 머리 위로 먹구름이 쌓이기 시작했다. 낙엽들이 올드 빌리지의 휑한 거리를 훑었다. 대교 위에서는 자동차들이 느닷없는 돌풍에 좌우로 흔들리며 속절없이 옆 차선을 침범했다. 오후 네시가 되자 날이 어둑해졌다. 창틀 속에서 창문들이 덜컹였고 문이 벌컥 열렸고 바람이 버지니아참나무의 사지를 뜯어내 길 한복판에 내동댕이쳤다.

시커먼 바람이 슬리크의 병실 창문을 거세게 밀어대느라 유리가 삐걱거렸다. 그사이 실내 공기는 냉장고 속인 양 차가웠다.

"오래 걸릴까?" 메리엘런이 물었다. "모니카의 라틴어 과제 마감이 내일이라 화장지 심으로 파르테논신전 만드는 걸 도와줘야 해."

"나는 집밖에 나와 있는 게 싫어." 키티가 온기를 유지하려 종이가운 속에 양손을 쑤셔넣은 채 말했다.

그녀가 엉성하게 여민 가운 너머로 갈색 스웨터와 가슴께를 장식한 은색 스팽글 손자국 두 개가 비쳐 보였다. 메리엘런은 체크무늬 면직물 블라우스를 입은 차림으로 종이가운을 꼼꼼히 여미고 있었다. 천장등을 꺼놓은 터라 실내 조명은 슬리크의 침대 머리맡과 세면대 위 형광등에서 나오는 빛이 유일했고 그 덕분에 병실 안은 그림자들로 가득했다. 침대에 앉은 슬리크는 연녹색 삼각무늬로 뒤덮인 감청색 카디건을 어깨에 걸쳤다. 퍼트리샤가 최대한 공을 들여 해준 화장에도 불구하고 그녀는 광대 가발을 쓴 해골처럼 보였다.

누군가가 노크하는 소리가 들리더니 그린 부인이 들어왔다.

"와줘서 고마워요." 퍼트리샤가 말했다.

"안녕하세요…… 그린 부인." 슬리크가 미소를 지었다.

그린 부인이 슬리크를 알아보기까지 시간이 좀 걸렸다. 퍼트리샤는 그녀의 눈이 공포에 휩싸이는 걸 보았다. 이내 그린 부인은 그 공포를 애써 지우고 유쾌한 표정을 지었다.

"좀 어떠세요, 페일리 부인? 몸이 안 좋다니 걱정이에요."

"걱정해줘서 고마워요."

그린 부인이 의자에 자리잡고 앉아 무릎에 가방을 올렸다. 병실에 정적이 내렸다. 바람이 유리창을 쿵쿵 두들겼다.

"슬리크." 메리엘런이 말했다. "당신이 우리를 보고 싶다고 와 달라고 한 거잖아. 근데 뭔가 숨겨진 안건이 있을 것 같은 가슴 철렁한 기분이 드는걸."

"미안한데, 자기들아." 키티가 말했다. "우리 좀 서두르면 안 될까?"

병실문이 다시 열렸고 다들 고개를 돌려 그레이스를 보았다. 퍼트리샤 안의 모든 것이 꿈틀거리고 비틀대며 사라졌다.

그레이스가 슬리크에게 고갯짓으로 인사하고 그린 부인과 퍼트리샤를 보았다.

"자기가 전화해서 들러달라기에 오기는 했는데," 그레이스가 슬리크에게 말했다. "당장은 여기가 좀 붐비는 것 같네. 다음에 다시 올게."

뒤돌아 떠나려는 그레이스에게 퍼트리샤가 외쳤다. "아니!"

그레이스가 돌아보았다. 영문을 모르겠다는 눈치였다.

"가지 마." 슬리크가 앉은 자리에서 쌕쌕거리며 말했다. "부탁이야……"

소란을 일으키는 것과 내키지 않는 일을 하는 것 사이에 끼인 그레이스는 내키지 않는 일을 하기로 결정했다. 메리엘런과 키티 사이를 빠져나가 유일하게 비어 있는 의자에 앉았는데 하필 슬리크의 침대와 가장 가까운 자리였다. 그레이스가 자리를 박차고 나가기 힘들게 만들려는 슬리크와 퍼트리샤의 계산이었다.

"그럼." 길게 늘어지는 침묵 속에서 그레이스가 말했다.

"있지." 메리엘런이 말했다. "옛 북클럽이 다시 뭉친 기분이

네. 당장이라도 누군가가 가방에서 앤 룰의 책을 꺼내기라도 할 것 같아."

퍼트리샤가 몸을 숙이고 가방에서 앤 룰의 『선셋의 변사체』를 꺼냈다. 다들 어색하게 웃었다. 그레이스와 그 농담을 이해하지 못한 그린 부인을 제외하고. 슬리크의 웃음이 발작적인 기침으로 변했다.

"우리가 여기 모인 이유가 있지 싶은데." 키티가 슬리크에게 말했다.

슬리크가 발언권을 주는 의미로 퍼트리샤를 향해 고개를 끄덕였다.

"우리, 제임스 해리스 문제를 얘기해야겠어." 퍼트리샤가 말을 시작했다.

"나 가야할 곳이 막 생각났어." 그레이스가 말하며 일어났다.

"그레이스, 자기도 이 얘기를 들어야 해." 퍼트리샤가 말했다.

"나는 슬리크가 전화해서 온 거야." 그레이스가 말하며 가방끈을 어깨에 걸쳤다. "나는 이거 다시는 안 해. 그럼, 실례할게."

"내가 틀렸어." 퍼트리샤가 말했다. 그 말이 그레이스를 멈춰 세웠다. "제임스에 대해 내가 틀렸어. 나는 그가 마약상이라고 생각했고, 자기들을 오해하게 만들었어. 그래서 미안해."

그레이스의 몸이 미세하게 이완되었다. 그녀가 다시 자리에 앉아 의자 등받이에 몸을 기댔다.

"통 큰 발언이네." 메리엘런이 말했다. "하지만 우리 모두한테도 책임이 있어. 그 책들에 휘둘려 정신을 놓은 건 우리 자신이니까."

"그는 마약상이 아냐." 퍼트리샤가 말했다. "뱀파이어야."

키티는 당장이라도 구토할 기세였다. 그레이스의 얼굴이 어둡고 험악해졌다. 메리엘런이 피식 웃고는 말했다. "뭐?"

"슬리크." 퍼트리샤가 말했다. "무슨 일이 있었는지 얘기해줘."

"나…… 공격당했어." 슬리크가 말했다. 그와 동시에 그녀의 눈이 벌겋게 젖어들었다. "제임스 해리스한테…… 퍼트리샤랑 그린 부인이…… 사진을 갖고 있었는데…… 카터의 어머니가 간직하던 사진이야…… 거기에 제임스가 있어…… 1928년 사진인데…… 정확히 똑같아…… 지금의 모습이랑."

"나 정말 가야겠다." 그레이스가 말했다.

"그레이스, 자기랑 내가…… 진짜 친구라면…… 지금 내 얘기를 들어줘."

그레이스는 아무 말 하지 않았지만 병실문 쪽으로 움직이기를 멈췄다.

"나한테…… 사진이랑 기사들이 있었어…… 그린 부인이 수집해놓은." 슬리크가 말을 이었다. "퍼트리샤가 나를 찾아왔어…… 퍼트리샤랑 그린 부인은 그게…… 제임스가 사탄의 대리자라는 증거라고 생각했거든. 둘은 그의 집에 들어가서…… 그가 아이들을 해쳤다는 증거를 찾으려고 했지만…… 나는 교만에 빠져서…… 그와 협상하려 했어…… 동네를 떠나라고 말했어…… 그럼 사진을 없애고 비밀을 지켜주겠다고…… 그가 나를 공격했어…… 내 위에 올라타서…… 그의…… 미안해." 슬리크는 눈물에 화장이 번지지 않게 고개를 뒤로 젖혔다. 퍼트리샤가 구깃거리는 휴지를 건네자 슬리크가 그걸 받아 눈 밑을 닦았다. "그의 분비물이…… 나를 병들게 했어. 그게 내 안에서 무슨 일을 벌이는지는 아무도 몰라…… 의사들도 모르고…… 그가 한 짓을 아무에게도 말하지 않았어…… 왜냐면…… 내가 입을 다물기만 하면…… 내 아이들은 해치지 않겠다고 했거든."

"그린 부인과 내가 그 남자 집에 들어갔어." 퍼트리샤가 슬리크의 말을 이어받았다. "프랜신의 시신이 여행가방에 담겨 다락에 처박혀 있는 걸 발견했어. 물론 지금쯤은 그가 처리했겠지만."

"정말이지 악취미다." 그레이스가 말했다. "프랜신도 어엿한 한 사람이었어. 그런 죽음까지 동원해 자기 환상을 채우는 건 엽기적이야."

퍼트리샤가 전날 밤에 찍은 사진을 꺼냈다. 코리의 허벅지를 찍은 것이었다. 깨끗이 닦인 아이의 피부에 남은 멍과 자상이 플래시 불빛에 생생히 드러났다. 퍼트리샤가 사진을 그레이스에게 내밀었다.

"그 남자가 코리한테 한 짓이야."

"코리한테 무슨 짓을 했는데?" 키티가 사진에 눈길을 보내며 부드럽게 물었다.

"나 모르게 뒤에서 아이를 꼬드겼어. 수개월 동안 내 딸을 꼬드겼어. 좋은 어른으로 행세해서 아이가 의지하게 만들고 제 배를 채우고, 코리 스스로도 그걸 즐기는 양 착각하게 해놨어. 그가 그러더라. 자기가 가진 질환 때문에 사람을 투석기처럼 써서 피를 여과하는 거라고. 그게 상대방에게 어떤 희열을 주는 것 같아. 그래서 거기 중독되고."

"식스 마일 아이들한테서 발견된 것과 같은 자국이네요." 그린 부인이 말했다.

"벤이 말했던 것과도 일치해요. 새비지 부인의 사후에 발견된 자국 말이에요." 퍼트리샤가 말했다.

"내 입만 다물면 그가 우리 애들을 내버려둘 거라고 생각했어." 슬리크가 말했다. "그런데 그가 코리를 취했어. 다음은 우리 누구라도 될 수 있어. 그의 허기는 한계를 몰라."

"우리의 의심이 시작되기 직전에," 퍼트리샤가 말했다. "프랜신이 실종됐어. 오빌 리드가 자살했고 데스티니 테일러도 자살했지. 그런데 키티랑 내가 그의 다락에서 프랜신의 시신을 본 거야. 그가 슬리크를, 내 딸을 공격했어. 지금은 블루가 자기한테 의지하도록 만들고 있어. 그는 나를 원해."

"정말 다락에서 프랜신의 시신을 봤어?" 메리엘런이 키티에게 물었다.

키티가 종이가운에 덮인 무릎을 내려다보았다.

“얘기해줘.” 퍼트리샤가 말했다.

“그가 프랜신의 팔과 다리를 부러트려서 여행가방에 쑤셔넣었어.”

“얼마나 더 많은 증거가 나와야 우리 모두가 위험에 처했다는 걸 인정하겠어?” 퍼트리샤가 물었다. “남자들은 하나같이 그를 최고의 친구라고 생각해. 하지만 그는 우리 면전에서 자기가 원하는 모든 걸 취하고 있어. 얼마나 더 지켜보다 행동에 나설 작정이야? 그 사람이 우리 애들을 노려.”

“나를 꽉 막힌 사람이라 해도 좋아.” 그레이스가 말을 끊었다. “하지만 처음에 자기는 경찰한테 그가 아동추행범이라고 했어. 그러고서 우리에게는 마약상이라고 했고. 이제는 드라큘라 백작이라고 말해. 자기의 그 망상 때문에 우리 나머지는 엄청난 대가를 치렀어, 퍼트리샤. 나한테 무슨 일이 있었는지 알기나 해?”

“알아.” 퍼트리샤가 이를 악물고 말했다. “나도 알아, 내가 망쳤어. 아, 제발, 그레이스, 내가 망쳤다는 거 나도 알고, 그래서 지금까지 벌을 받고 있어. 그런데 우리는 상황이 어려워졌을 때 그냥 도망쳤어. 너무 오랫동안 손놓고 보기만 해서 이제는 그를 정상적으로 제거할 방법조차 없게 됐어. 그가 올드 빌리지에 너무 깊이 뿌리를 내렸어.”

“나는 빼줘.” 그레이스가 말했다.

"나 지금 모든 자존심을 버리고 자기한테 도움을 애걸하는 거야."

"이 말도 안 되는 소리를 자기들도 믿는다고는 하지 말아줄래?" 그레이스가 물었다.

메리엘런과 키티는 그녀와 눈을 마주치지 않았다.

"키티." 퍼트리샤가 말했다. "자기랑 나는 그가 프랜신을 어떻게 했는지 봤어. 겁에 질렸다는 거 알겠는데, 자기도 다락에 있었다는 걸 그가 알아채기까지 얼마나 걸릴 것 같아? 그가 자기 가족을 노리기까지 얼마나 남은 것 같아?"

"그런 식으로 말하지 마." 키티가 대꾸했다.

"사실이야." 퍼트리샤가 말했다. "우리도 더는 숨을 수 없어."

"지금 우리한테 무슨 제안을 하는 건지 잘 모르겠어." 메리엘런이 말했다.

"자기가 그랬지. 사람들이 서로를 위해 경계해주는 곳에서 살고 싶다고." 퍼트리샤가 메리엘런에게 말했다. "나서서 행동하지 않을 거라면 그런 경계가 다 무슨 소용이야?"

"우리는 북클럽이야." 메리엘런이 말했다. "우리가 뭘 어떻게 해야 해? 독서로 그를 죽여? 강력한 언어를 무기삼아? 에드한테 다시 의지할 수도 없는 상황이잖아."

"내 생각에…… 그 수준은 이미 넘어선 것 같아." 슬리크가 말했다.

"그럼 우리는 대체 무슨 얘기를 하고 있는 건데." 메리엘런이 대꾸했다.

"이전 경험에서 우리는 한 가지를 배웠어." 퍼트리샤가 말했다. "남자들은 서로 똘똘 뭉쳐 있어. 그들의 우정은 그때보다도 더 끈끈해. 이제는 우리뿐이야."

그레이스가 가방끈을 어깨 위로 더 높이 끌어올리고 실내를 둘러보았다.

"가보도록 할게. 얘기가 더 터무니없어지기 전에." 그녀가 말하며 키티와 메리엘런에게 고개를 끄덕였다. "그리고 자기들 둘도 나와 함께 가야 돼. 후회할 일을 벌이기 전에."

"그레이스." 키티가 무릎을 응시하며 낮고 차분한 목소리로 말했다. "나를 그렇게 계속 모자란 인간으로 취급하면 한 방 먹여줄 거야. 나는 성인이야, 자기랑 마찬가지로. 그리고 나는 그 다락에서 시신을 봤어."

"안녕히." 그레이스가 말하며 병실문으로 향했다.

퍼트리샤가 그린 부인에게 고갯짓을 하자 그녀가 그레이스의 앞을 막아섰다.

"캐버노 부인. 당신한테는 내가 쓰레기예요?"

그레이스는 얼떨떨한지 곧바로 반응조차 못했다. 그녀가 그렇게 엉성하게 구는 모습은 그때껏 누구도 본 적이 없었다.

"지금 뭐라고 했어요?" 그레이스가 냉랭한 오만함으로 무장하며 물었다.

그 냉랭한 오만함도 그린 부인에게는 별다른 위력을 발휘하지 못했다.

"당신은 나를 쓰레기라고 생각하는 게 틀림없어요."

그레이스가 마른침을 삼켰다. 너무 분노해서 혀 위에 단어를 줄 세우는 것조차 불가능했다.

"그렇게 얘기한 적 없어요." 그녀가 가까스로 말했다.

"당신의 행동은 기독교도 여성답지 않아요." 그린 부인이 말했다. "수년 전 나는 한 엄마이자 여자로 당신을 찾아갔습니다. 그 남자가 식스 마일의 아이들을 노리고 있었기에 도움을 간청했어요. 내가 청한 건 간단한 일이었어요. 나와 함께 경찰에 가서 당신이 아는 걸 말해주는 거요. 나는 내 새끼들 입에 풀칠이라도 하게 해주는 일터와 돈을 걸고 당신에게 갔습니다. 내 아이들의 이름이 뭔지나 알아요?"

얼마간 시간이 흐른 뒤 그레이스는 그린 부인이 자신의 답을 기다리고 있음을 깨달았다.

"에이브러햄이 있고." 그레이스가 아이들의 이름을 찾아 헤매며 말했다. "그리고 릴리, 내 생각에……"

"큰애는 해리예요." 그린 부인이 말했다. "죽었어요. 해리 주니어, 로즈, 히엔, 제시, 에런. 당신은 내 아이들이 몇 명인지 알 필요조차 없고 나 또한 그런 기대는 안 해요. 하지만 당신은 내게 빚이 있어요. 당신은 자신을 보호했지만 식스 마일의 아이들을 위해서는 아무것도 하지 않았죠. 그애들은 당신에게 가치가 없으니까. 자, 이제 그가 당신네 아이들을 노려요. 캠벨 부인의 딸도 당신들 중 하나죠. 페일리 부인은 당신의 친구라는 사람이고요. 스크러그스 부인은 그의 집에서 프랜신의 시신을 봤어요. 당신은 어떤 사람인가요, 캐버노 부인, 이런 식으로 친구들을 저버리다뇨?"

그레이스가 열두 가지 서로 다른 감정들과 백 가지 가능한 대답 사이에서 빙글빙글 맴도는 동안 그녀의 아래턱이 움직이고 이가 앙다물어지고 목의 힘줄들이 씰룩이는 모습을 그들은 지켜보았다. 그린 부인도 질세라 턱을 앞으로 내밀고 그녀를 노려보았다. 이내 그레이스가 그린 부인을 밀고 지나가 문을 열어젖힌 다음 등뒤로 세게 닫았다.

침묵 속에서 누구 하나 꿈쩍하지 않았다. 창문에 붙여진 방풍테이프 틈으로 들리는 휘파람 같은 바람소리가 실내를 채웠다.

"부인 말이 맞아." 슬리크가 말했다. "우리 전부…… 겁을 먹고 식스 마일 아이들을 희생시켰어…… 우리 생각만 했어. 우리는…… 창피하고 두려웠어. 잠언에 이런 구절이 있어…… '의인이 악인 앞에 굴복하는 것은…… 우물이 흐려짐과…… 샘이 더러워짐과 같으니라.' 우리는 굴복했어…… 믿고 싶었어…… 퍼트리샤가 틀렸다고, 그래야 힘든 일들을…… 우리가 떠맡지 않아도 됐으니까."

퍼트리샤는 이들을 다음 단계로 밀어붙여도 무리가 없겠다고 판단했다.

"뱀파이어 아니면 괴물, 무슨 표현이 정확한지는 몰라. 하지만 내가 그의 그런 모습을 본 게 두 번이고, 슬리크가 본 게 한 번이야. 그는 우리와 달라. 아주 긴 세월을 살 수 있어. 그는 강해. 그는 어둠 속에서도 볼 수 있어."

"짐승을 뜻대로 부릴 힘도 지녔죠." 그린 부인이 말했다.

퍼트리샤가 그녀를 쳐다보았다. 둘은 그 쥐떼를, 며칠간 집에서 진동하던 악취를, 중태에 빠져 병원에 있던 미스 메리를, 아이오딘으로 얼룩진 그녀의 상처를, 튜브를 통해 연명하던 호흡을 떠올렸다. 퍼트리샤가 고개를 끄덕였다.

"맞는 말이에요." 그녀가 말하고는 친구들을 보았다. "그 남자가 살아남으려면 타인을 이용해 피를 걸러야 해. 그럼 그 사람들은 그에게 중독되고. 지금 같아서는 코리도 제 피를 빨릴 수만 있다면 내 등에 칼이라도 꽂을 거야. 쾌감이 그 정도로 크다는 거지. 그는 자신이 원하는 모든 걸 손에 넣었어. 그러니 제 힘으로 멈출 이유가 있겠어? 우리가 그를 멈춰야 해."

"다시 말하지만," 메리엘런이 입을 열었다. "우리는 북클럽이야. 형사들이 아니라. 그가 우리보다 그토록 강하다면 이런 얘기도 소용없지."

"자기는…… 우리가 그에게 대적할 수 없다고 생각해?" 슬리크가 침대에서 물었다. "내가 낳은 아이가 셋이야…… 그리고 제 아기 정수리의 감촉도 모르는…… 남자가 정말 나보다 강할까? 나보다 굳셀까? 그는 자기가 안전하다고 생각해…… 키티나 메리엘런과 똑같이 생각하니까…… 그는 퍼트리샤를 보면서 우리 모두를 선샤인 수지 인형쯤으로 여겨…… 우리의 내면 역시 겉모습과 똑같을 거라고 생각해. 고상한 남부 부인들 말이야. 내가 이것 하나는 확실히 얘기할게…… 남부 부인에게 고상한 구석은 조금도 없어."

기나긴 침묵이 이어졌다. 그리고 퍼트리샤가 입을 열었다.

"그 남자한테도 약점은 있어. 그는 혼자야. 관계된 사람이 없고, 가족도 친구도 없어. 우리야 애들 등하교 당번만 한 차례 놓쳐도 다들 집에 찾아오기 시작하겠지. 별일이 없는 건지 확인하려고. 하지만 그는 외톨이야. 우리가 그를 완전히, 완벽히 사라져 버리게 만들어도 누구 하나 의문을 품을 사람이 없어. 하루나 이틀 정도는 힘들겠지만 그 또한 지나갈 테고, 그는 세상에 존재조차 안 했던 사람이 될 거야."

메리엘런이 천장을 보고 양팔을 들어 어깨를 으쓱하며 말했다. "어쩜 당신은 여기 이렇게 앉아서 이게 아무렇지도 않은 일인 양 말할 수 있어? 우리는 여자 여섯이야. 다섯이네, 그레이스가 돌아올 것 같지 않으니까. 내 말은, 키티, 당신은 단지 뚜껑도 남편이 대신 열어줘야 하는 사람이라고."

"이건 그런…… 문제가 아냐." 슬리크가 말했다. 눈빛이 맹렬히 타올랐다. "이건…… 우리 남편이나 다른 사람이 아니라…… 우리 문제야. 이건 우리가…… 끝까지 가볼 수 있는가의 문제야. 중요한 건 그거야…… 우리의 돈도, 겉모습도, 남편도 문제가 아냐…… 우리가 끝까지 가볼 수 있을까?"

"그렇다고 사람을 죽이는 건 아니지." 메리엘런이 말했다.

"그는 사람이 아니에요." 그린 부인이 말했다.

"잘 생각해봐." 슬리크가 말했다. "만약 이 동네에…… 유독성 폐기물이 버려지고…… 그게 암을 유발한다면…… 우리는 그 문제를 끝장낼 때까지 멈추지 않을 거야. 이것도 다르지 않아. 지금 우리 가족의 안전에 대해…… 아이들의 목숨에 대해 얘기하는 거야. 자기들은 이 문제를 가지고…… 도박을 해볼 용의가 있어?"

메리엘런이 몸을 숙이고 키티의 다리를 건드렸다. 키티가 무릎만 뚫어져라 보던 눈을 들었다.

"정말로 다락에서 프랜신을 봤어?" 메리엘런이 물었다. "나한테 거짓말하지 마. 그게 그 여자였다고, 그림자도 마네킹도 무슨 핼러윈 장식도 아니었다고 확신해?"

키티가 침울하게 고개를 끄덕였다.

"눈만 감으면 그 여자가 보여. 여행가방 속에 비닐로 꽁꽁 싸여서." 키티가 신음했다. "나 잠을 못 자, 메리엘런."

메리엘런이 키티의 얼굴을 찬찬히 뜯어보고는 뒤로 기대앉았다.

"어떻게 할 생각인데?" 그녀가 물었다.

"얘기를 계속하기 전에," 슬리크가 말했다. "이제 우리는 끝까지 가는 거야…… 이걸로 두 번 말하는 일은 없어야 해…… 자기들 모두한테서 들어야겠어…… 이 시점 이후로는…… 마음이 변해선 안 돼."

"아멘." 그린 부인이 말했다.

"물론." 퍼트리샤도 동의했다.

"키티?" 슬리크가 물었다.

"미치겠네, 그래." 키티가 한숨을 내쉬었다.

"메리엘런?" 슬리크가 물었다.

메리엘런은 아무 말도 하지 않았다.

"다음 차례로 캐럴라인을 노릴 거야." 퍼트리샤가 말했다. "다음은 알렉사. 다음은 모니카. 코리한테 했던 짓을 그애들에게도 똑같이 할 거야. 그는 굶주림 그 자체야, 메리엘런. 먹고 먹을 거야. 아무것도 남지 않을 때까지."

"불법적인 일은 안 할 거야." 메리엘런이 말했다.

"그런 문제가 아냐." 퍼트리샤가 말했다. "우리 가족을 보호하는 거야. 어떤 대가를 치르더라도 그렇게 할 거야. 자기도 아이들 엄마잖아."

모두가 메리엘런을 보고 있었다. 꼿꼿이 등을 세우고 앉은 그녀에게서 투지가 빠져나가더니 어깨가 축 처졌다.

"그래 알았어."

퍼트리샤와 슬리크, 그린 부인이 눈빛을 교환했다. 퍼트리샤는 그걸 신호로 삼았다.

"사람들의 정신이 딴 데 팔려 있을 밤시간이 필요해. 다음주에 클렘슨 대 캐롤라이나 미식축구 경기가 있어. 사우스캐롤라이나의 온 인구가 경기 시작부터 끝까지 TV 앞에 붙어 있겠지. 우리는 그때 할 거야."

"뭘 하는데?" 키티가 기어들어가는 목소리로 물었다.

퍼트리샤가 가방에서 검은색과 흰색 표지의 미드 작문노트를 꺼냈다.

"그들에 대한 걸 닥치는 대로 찾아서 읽었어. 뱀파이어 비슷한 무리에 관한 것들. 그간 그린 부인과 내가 공통적으로 언급되는 사항들을 목록으로 만들어왔고. 그런 존재를 창조하는 방법만큼이나 제거하는 방법에 대한 미신들도 아주 많아. 햇빛에 노출시키기, 심장에 말뚝 박기, 참수, 은."

"그가 사악하기는 해도 진짜 뱀파이어가 아닐 수 있잖아." 메리엘런이 말했다. "어쩌면 그도 리처드 체이스, 그 새크라멘토의 뱀파이어처럼 스스로 그렇게 믿는 것뿐일지도 몰라."

"아니." 퍼트리샤가 말했다. "우리 자신을 더는 속이면 안 돼.

그는 자연의 섭리를 거스르는 존재고, 그를 제대로 죽이지 않으면 계속 돌아올 거야. 그는 우리를 얕잡아 보고 있어. 우리는 그를 얕잡아 보지 않을 거야."

살균중인 병실에서, 그 안의 플라스틱 컵과 빨대와 천장에 매달린 TV와 창틀에 놓인 홀마크 그림엽서들 사이에서 퍼트리샤의 말은 기괴하게 들렸다. 그들은 실용적인 플랫슈즈 차림에 큼지막한 핸드백을 발치에 둔 서로를 쳐다보면서, 독서용 안경과 메모장과 볼펜을 쳐다보면서 자신들이 이미 선을 넘었음을 깨달았다.

"그의 심장에 말뚝을 박아야 하는 거야?" 키티가 물었다. "그건 영 내키지 않는데."

"말뚝은 안 써." 퍼트리샤가 말했다.

"오, 주여 감사합니다." 키티가 말했다. "미안, 슬리크."

"그걸로 그를 죽일 수 있을 것 같지 않아." 퍼트리샤가 말했다. "책에서는 뱀파이어들이 낮시간에 잠을 잔다고 하는데 그는 낮에도 깨어 있어. 햇빛에 노출되면 눈에 통증을 느끼고 불편해하는 건 맞는데, 태양이 떠 있다고 그가 관에 들어가 잠을 자는 건 아니란 말이야. 그런 얘기들을 문자 그대로 받아들일 순 없어."

"그래서 우리는 어떡하는데?" 키티가 물었다.

"그를 죽일 아이디어를 미스 메리가 줬어." 퍼트리샤가 말했다. "여기서 까다로운 부분은 그를 어떻게 유인해 일을 치르는가야."

"괜히 딴지를 걸려는 건 아닌데," 메리엘런이 말했다. "그가 퍼트리샤가 말한 대로라면, 그러니까 의심 많고 예민하고 빠르고 강하다면 우리가 뭐든 해볼 정도로 가까이 접근하는 게 감히 가능하겠어?"

두려움이 퍼트리샤의 목소리를 강하고 명료하게 만들었다.

"그가 원하는 걸 내가 줘야 해. 그에게 나를 줘야 해."

37장

퍼트리샤는 카터에게 코리가 마약을 한다고 말했다. 코리가 제임스 때문에 매우 아프고 혼란스러운 상태였기에 카터는 그 말을 덥석 믿었다. 이 일이 그에게 일생일대의 악몽 중 하나라는 사실도 도움이 되었다.

"이건 당신네 집안에서 온 거야." 카터가 코리의 옷가지를 여행가방에 던져넣으며 말했다. "우리 가족 중에는 이런 문제를 겪은 사람이 한 명도 없어."

아니, 퍼트리샤는 생각했다. 당신네 가족은 사람을 죽여서 뒤뜰에 파묻었잖아.

그녀는 기도로 용서를 구했다. 있는 힘껏 기도했다. 그리고 코리를 서던 파인스로 데려갔다. 지역 내의 정신 문제 및 약물중독 치료센터였다.

"하루 이십사 시간 감시하는 거 확실하죠?" 퍼트리샤가 입원

수속 담당자에게 물었다.

퍼트리샤의 악몽은 코리가 다른 아이들과 똑같은 선택을 하는 것이었다. 그녀는 데스티니 테일러와 치실을, 차 앞으로 걸어들어간 오벨 리드를, 러태샤 번스와 칼을 생각했다. 그들 부부의 재력을 앞세워 성공 가능성이 높은 보호책을 저울질해볼 수도 있겠지만 퍼트리샤는 딸 문제만큼은 가능성에 기대고 싶지 않았다. 확실한 보장을 원했다.

그녀는 코리에게 말하려 했다. 사과하고 상황을 설명하려 했다. 그러려고 무던히 노력했지만 제임스 때문인지 아니면 그들 부부가 아이에게 하는 행동 때문인지, 코리는 자신이 치료센터에 있다는 것조차 인지하지 못했다.

"이런 경우가 종종 있어요." 수속 담당자가 말했다. "수속중에 제 엄마의 코를 부러트린 녀석도 있는걸요. 그냥 마음을 닫아버리기도 하고요."

귀가했을 때 집안의 고요가 퍼트리샤를 좀먹으며 그녀가 가족에게 끼친 피해를 되새기게 했다. 그녀는 다급함을 느꼈다. 어서 끝내야 했다. 더 악화되기 전에 가족을 되찾고 하나로 이어붙어야 했다. 완전히 복구가 불가능한 지점을 넘어서는 것도 시간문제였다.

그날 밤, 카터가 사무실의 일더미에 파묻히러 집을 나섰다. 삼십 분 뒤 전화가 울렸다. 퍼트리샤가 받았다.

"코리는 어디에 있죠?" 제임스가 물었다.

"아파요."

"나랑 함께하게 두면 아프지 않을 텐데요. 내가 낫게 해줄 수 있어요."

"내게 시간을 주세요. 상황을 정리할 시간이 필요해요."

"당신이 머뭇대는 동안 나는 뭘 하라고요?"

"인내심을 가져요. 내게는 힘든 일이에요. 일생을 바친 삶이고요. 내 가족이에요. 내가 아는 모든 것이라고요."

"생각을 서둘러요."

"이번 달 말까지요." 퍼트리샤가 시간을 벌어보려 말했다.

"열흘 드리죠." 그가 전화를 끊었다.

퍼트리샤는 가급적이면 블루의 곁에 머물려고 노력했다. 그녀와 카터가 아이에게 궁금한 게 있는지 물었다. 그애의 잘못이 아니라고 얘기해주었다. 의사가 괜찮다고 하면 아무때나, 매주 혹은 격주로 코리를 보러 갈 수 있다고 말했지만 블루는 좀처럼 입을 열지 않았다. 블루가 좁은 서재에서 컴퓨터로 게임을 하는 동안 퍼트리샤는 옆에 앉아 있었다. 아이가 키보드를 달그락거리며 화면에 나타나는 색색의 도형과 줄들을 옮겼다.

"이건 뭐하는 거야?" 그녀가 어느 버튼에 대해 물으며 모니터 상단의 숫자를 가리켰다. "네가 이기고 있다는 뜻이야? 네 점수 좀 봐, 정말 높다."

"그거 내가 입은 피해인데요."

퍼트리샤는 블루에게 너와 누나를 더 잘 보호해주지 못해 미안하다고 말하고 싶었다. 그러나 입을 떼기만 하면 늘 작별인사처럼 들렸기에 그만뒀다. 아이에게 근심 없는 시간을 한 주만 더 허락하기로 했다.

퍼트리샤가 미처 준비되기 전에 토요일이 왔고 그녀는 겁에 질려 잠에서 깨어났다. 할 만한 일을 부러 만들려고 코리의 방을 청소하고, 침대시트를 벗기고, 바닥에 떨어진 옷가지를 죄다 주워 빨고 개어서 서랍에 차곡차곡 정리해 넣고, 아이의 원피스를 다림질해 옷걸이에 걸고, 잡지를 정리하고, CD들을 케이스에 맞춰 넣었다. 카펫에서 잔돈으로 8달러 63센트를 찾았고, 코리가 집에 왔을 때를 대비해 단지에 넣었다.

오후 네시경, 카터가 문간에 서서 그녀가 일하는 모습을 지켜보았다.

"사전 행사를 보려면 곧 출발해야 해."

그들은 클렘슨 대 캐롤라이나 경기를 시내의 병원 근처에서 릴런드와 그 아이들이랑 함께 보기로 되어 있었다.

"당신은 가봐." 퍼트리샤가 말했다. "나는 일이 있어."

"진짜 오고 싶지 않은 거 확실해? 뭐든 평범한 걸 하는 게 도움될 거야. 집에 혼자 앉아 있는 건 병적이야."

"나는 좀 병적일 필요가 있어." 그녀가 '용감무쌍한 병사'의

미소를 지어 보였다. "즐거운 시간 보내."

"사랑해."

그의 말이 놀라움으로 다가와 퍼트리샤는 잠시 머뭇거렸다. 제임스가 카터의 시외 출장들에 대해 했던 얘기들이 일일이 떠오르면서 그 사랑한다는 말이 얼마나 진실일까 궁금했다.

"나도 사랑해." 그녀가 억지로 대답을 밀어냈다.

카터가 집을 나섰고 퍼트리샤는 그의 차가 후진해 진입로를 떠나는 소리가 들릴 때까지 기다렸다. 그리고 그녀는 죽을 준비가 되었다.

온 내장이 텅 빈 듯했다. 온몸의 기력이 빠져나간 듯했다. 토할 듯 어지럽고 속이 울렁거렸다. 모든 것들이 당장이라도 저멀리 떠내려가고 말 것처럼 공허하게 느껴졌다.

퍼트리샤는 욕실로 갔다. 새로 산 검은색 벨벳 원피스를 입었다. 옷이 너무 붙는 것 같았고 어색했다. 신체의 마뜩잖은 구석구석을 죄다 그러안는 듯했고 전과 달라진 몸매를 의식하게 만들었다. 그녀는 옷매무새를 정돈하고 아래로 당기고 단단히 동여매고 묶고 매만졌다. 몸에 들러붙은 원피스가 꼭 검은 고양이의 거죽 같았다. 벗었을 때보다 입었을 때 오히려 벌거벗은 양 느껴졌다.

전화가 울려 그녀가 받았다.

"드디어." 제임스가 말했다.

"좀 만나요. 마음을 정했어요."

기나긴 침묵이 이어졌다.

"그리고." 그가 재촉했다.

"나를 아껴주는 사람과 함께하기로 결정했어요. 저녁 여섯시 삼십분까지 집으로 갈게요."

아이라이너, 아이브로펜슬 약간, 마스카라, 볼터치 조금. 그녀는 립스틱을 찍어낸 클리넥스 티슈를 붉은빛 도는 공으로 뭉쳐 쓰레기통에 버렸다. 머리칼을 빗고 컬을 넣어 약간 볼륨감을 준 뒤 미스 브렉스 스프레이를 뿌렸다. 눈을 뜨자 안개처럼 떨어지는 헤어스프레이 방울에 안구가 따가웠다. 거울을 보니 모르는 여자가 보였다. 귀걸이나 장신구는 하지 않았다. 그녀는 손가락에서 결혼반지를 뺐다. 래그태그에게 밥을 먹이고 카터에게 쪽지를 남겼다. 슬리크를 보러 병원에 가는데 거기서 자고 올지도 모르겠다는 내용이었다. 그리고 집을 나섰다.

밖으로 나오자 차가운 바람 한줄기가 나무들을 때렸다. 길에 자동차들이 줄지어 서 있었다. 클렘슨 대 캐롤라이나 경기를 보러 그레이스네 집에 모인 사람들의 차였다. 베넷은 모교인 클렘슨대학교의 골수 지지자였고, 매년 경기를 함께 시청하는 대규모 모임을 주최했다. 퍼트리샤는 모두가 술을 마시는 상황을 베넷이 어떻게 감당할까 궁금했다. 그가 다시 술을 마시기 시작한 걸까.

바람이 음산하고 스산하게 항구에서 추락하며 파도들을 내던져 하얀색 거품으로 바꾸어놓았다. 퍼트리샤는 알람브라 홀을 지나며 주차장 저쪽 끝의 바다 근처를 살폈다. 거기에 주차된 미니밴이 보였다. 그 안에 옹기종기 앉은 몇몇 형체가 눈에 보이는 전부였다. 그들은 애처로울 정도로 조그마했다.

친구들아, 퍼트리샤는 생각했다. 나와 함께해줘.

제임스의 집은 어둑했다. 현관 조명은 꺼져 있었고 거실 창문에서 램프 하나만 반짝였다. 그녀가 현관으로 오는 모습을 아무도 보지 못하게 하려는 의도였다. 진입로마다 자동차들이 빼곡했다. 마침 그녀가 걸음을 옮기는데 모든 집에서 환호성이 폭발했다. 킥오프. 경기가 시작되었다.

퍼트리샤가 현관문에 노크하자 제임스가 문을 열었다. 그의 뒤에서 거실 램프가 희미하게 빛을 발했다. 집안의 유일한 빛이었다. 클래식 음악을 가르랑거리는 라디오에서 피아노가 오케스트라 연주의 부드러운 상승 선율을 탔다. 그녀의 심장이 흉곽 안에서 춤추는 사이 등뒤로 문이 닫히고 잠겼다.

둘 다 움직이지 않았다. 복도에 그대로 선 채 거실에서 부드럽게 쏟아져나오는 빛 속에서 서로를 마주보았다.

"당신은 나를 상처 입혔어요." 퍼트리샤가 말했다. "나를 겁먹게 했어요. 내 딸을 다치게 하고 내 아들을 거짓말쟁이로 만들었어요. 내가 아는 사람들을 다치게 했죠. 그런데 당신이 여기 있었던 삼 년이 내 이십오 년의 결혼생활을 합친 것보다 더 진짜처럼 느껴져요."

제임스가 손을 들고 손가락으로 퍼트리샤의 턱선을 훑었다. 그녀는 움찔거리지 않았다. 그녀의 얼굴에 대고 악을 쓰던 그를, 딸의 피를 뒤기던 그를, 그의 허기 때문에 영원히 상처 입을 딸을 떠올리지 않으려 애썼다.

"마음을 정했다고 했죠." 그가 말했다. "그래서. 어떻게 하고 싶나요, 퍼트리샤?"

그녀는 그를 지나쳐 거실로 들어갔다. 그녀의 향수가 공기 중에 기다란 흔적을 남겼다. 코리의 방을 청소하다 찾은 오피움 향수였다. 그녀는 향수를 뿌리는 일이 좀처럼 없었다. 마침내 벽난로 앞에 서서 몸을 돌리고 그를 마주보았다.

"내 좁디좁은 세계가 지긋지긋해요. 빨래, 요리, 청소, 여자들이 쓰레기 같은 책이나 읽고 하는 멍청한 얘기들. 이제 그런 것들에 만족할 수 없어요."

제임스가 맞은편의 안락의자에 다리를 벌리고 앉아 팔걸이에 손을 얹고 그녀를 지켜보았다.

"나를 당신처럼 만들어줘요." 퍼트리샤는 목소리를 낮추고 속삭였다. "내 딸에게 했던 걸 내게도 해줘요."

제임스가 그녀를 응시했다. 두 눈이 그녀의 몸 위를 기어다니고 구석구석을 뜯어보았다. 퍼트리샤는 완전히 까발려진 듯한 기분과 두려움을, 그리고 아주 약간의 성적 흥분을 느꼈다. 제임스가 자리에서 일어나 걸어오더니 그녀의 얼굴에 대고 웃음을 터트렸다.

그 웃음의 위력에 한 대 얻어맞기라도 한 듯 퍼트리샤는 휘청거리며 반걸음 뒤로 물러났다. 그의 웃음소리가 실내에 메아리쳤다. 벽에 맞고 광적으로 튀어나와 붙들리고 배가하고 또 배가하며 그녀의 귀를 때렸다. 그는 몹시 심하게 웃음이 터져 의자에 털썩 주저앉았다가 만면에 광적인 미소를 띠고 그녀를 쳐다보다가 또다시 웃음을 터트렸다.

퍼트리샤는 어찌할 바를 몰랐다. 위축되고 모욕당하는 기분이 들었다. 그의 웃음이 마침내 사그라졌지만 밭은 숨소리는 남았다.

"당신은 분명," 그가 헐떡이며 말했다. "지금껏 만난 사람 중에 내가 가장 멍청하다고 생각한 거야. 영락없이 창녀처럼 차려입고 와서 자신을 그 나쁜 사람들 중 하나로 만들어달라고 숨도 쉬지 않고 떠든다? 어쩜 그리 오만할 수 있지? 퍼트리샤는 천재고, 나머지 우리는 죄다 멍청이고?"

"그런 게 아니에요. 여기 있고 싶어요. 당신과 함께하고 싶어요."

이 말에 또 한 차례 그 볼썽사나운 웃음이 터졌다.

"당신은 지금 망신을 자초하는 동시에 나까지 모욕하는 거야." 제임스가 말했다. "이중 뭐 하나라도 내가 믿을 줄 안 거야?"

"연기하는 거 아니야!"

퍼트리샤가 소리치자 그는 히죽거렸다.

"당신이 언제쯤 마땅한 울분을 쏟아낼지 궁금했지." 그가 미소를 지었다. "지금 당신을 봐. 퍼트리샤 캠벨, 닥터 카터 캠벨의 아내, 코리와 블루의 엄마. 그런데 자신보다 네 배는 오래 산 존재보다 스스로가 더 똑똑하다고 여겼다가 망신이나 당하고 말이야. 이봐요, 퍼트리샤. 나는 당신을 얕잡아 본 적 없어. 당신이 슬리크한테 내 집에 숨어들 계획이라고 말했다, 정말 그러리라는 걸 알았어. 당신이 내 집에 들어왔다, 다락에 올라가 거기 있는 모든 걸 찾아내리라는 것도 알았지. 프랜신의 면허증을 미끼로 쓸 생각이었나? 그걸 내 차에 던져둔 다음 경찰에 가서 신고하면 그들이 내 차를 세워 면허증을 발견하고 수색영장을 받는다? 이 주부의 꿈은 얼마나 딱하기에 그런 게 먹히는 거지? 당신네 여자들이 읽는 그 책들 때문에 뇌가 완전히 썩어버린 거야."

퍼트리샤는 후들거리는 다리를 주체할 수 없었고, 벽난로에서 튀어나온 벽돌에 걸터앉았다. 벨벳 원피스가 말려올라가 복부와 엉덩이 부근에서 접혔다. 황당한 기분이었다.

"그리고 덧붙이자면, 내가 여기로 이사온 건 당신들이 죄다 멍청해서야. 당신들은 누가 됐든 백인에 돈만 있으면 액면 그대로 받아들일 테니까. 컴퓨터가 나와서 요즘에는 터를 잡자면 온갖 신분증을 갖춰야 하는데 당신이 일을 아주 쉽게 만들어줬어. 내가 도움이 필요한 사람이라고 믿게 만들면 돼. 그럼 그 유명한 남부식 환대가 자동으로 따라오지. 당신들은 돈 얘기를 꺼려, 그렇지? 너무 저급하니까. 하지만 내게 돈이 있다고 흘렸을 때 당신들은 그걸 붙잡으려고 안달나서 그 돈의 출처는 전혀 묻지 않았어. 이제 당신 아이들은 나를 더 좋아해. 당신 남편은 허깨비에 멍청이고. 그리고 지금 당신을 봐. 광대처럼 차려입고는 딱히 남은 패도 없지. 나는 이런 일을 겪은 게 하루이틀이 아니어서 누군가가 나를 동네 밖으로 몰아내려는 순간에 늘 대비되어 있어. 그렇대도 당신한테는 정말 놀랐어. 그 시도가 이토록 처절하리라고는 예상 못했거든."

리드미컬하고 축축한 식식거림이 실내를 채웠다. 퍼트리샤가 몸을 숙이고 호흡하려 애쓰는 중이었다. 말을 뱉어보려 몇 번이고 시도했지만 숨이 계속 떨렸다. 그러다 마침내 말했다. "끝나게 해줘."

먼 곳에서 희미한 목소리들이 일제히 실망감을 터트렸다.

"그러려고 했지, 한번." 그가 말했다. "하지만 예술가도 재료가 좋아야 작품이 나오는 법. 삼 년 전에 내가 줬던 모욕감 정도면 당신이 목숨을 끊으리라 확신했는데 그나마도 제대로 못하더라고."

"끝나게 해줘. 그냥 모든 걸 끝내줘. 더는 못하겠어. 아들은 나를 증오해. 그애의 남은 인생에 나는 자살을 기도한 미친 여자, 부엌 바닥에서 발작하던 인간으로 기억되겠지. 내 손으로 딸을 정신병원에 넣었어. 내가 가족을 망쳤어. 당신으로부터 보호하지 못했어."

퍼트리샤는 주저앉아 몸을 웅크린 채 바닥에 말을 뱉어냈다.

양손이 짐승의 발톱처럼 무릎을 파고들었고 목소리가 산성처럼 귀를 긁었다.

"당신이 불결하다고 생각했어. 짐승이라고 생각했어." 그녀가 말했다. "하지만 나는 더 최악이야. 그나마도 아니니까. 나는 괜찮은 간호사였어, 정말이야. 진심으로 사랑했던 그 일을 저버린 건 신부가 되고파서였어. 결혼하고 싶었던 건 혼자가 될까 무서웠기 때문이고. 좋은 아내에 좋은 엄마가 되고 싶어서 내가 가진 모든 걸 쏟았지만 그걸로 부족하대. 나로는 부족하대!"

퍼트리샤가 마지막 말을 외치고 제임스를 올려다보았다. 그녀의 얼굴은 화장이 흘러내리며 만든 괴기한 가면이었다.

"남편은 나를 개처럼 취급해. 그와 다른 남자들이 밖에 나가 어린 여자랑 뒹구는 동안 우리는 집에 앉아 착하고 미천한 여편네 노릇을 하지. 셔츠를 빨고 그들이 다음번 섹스 원정에 가져갈 가방을 싸둬. 집을 따뜻하고 청결하게 관리해. 그들이 집으로 돌아올 때를 대비해서. 귀가해 다른 여자들의 향수부터 씻어내고 아이들을 잠자리에 데려갈 수 있도록. 수년간 나는 그가 어디를 가는지, 집에 전화하는 그 여자애들이 누군지 모르는 척 굴었어. 그가 집에 올 때면 나를 만지지도 않고, 내게 말을 걸지도 않고, 나를 사랑하지도 않는 남편 옆에 누워서 그의 몸에 묻은 이십대 여자애의 체취를 맡지 못하는 척 굴었어. 애들은 우리를 증오해. 내 애들을 봐. 차라리 개가 그애들을 길렀대도 지금보다는 나을 거야."

퍼트리샤는 손가락을 짐승의 발톱처럼 오그리고 머리칼을 그러쥐었다. 산발이 된 머리칼이 사방으로 뻗쳤다.

"그래서 왔어. 내가 가진 것 중에 마지막으로 가치 있는 걸 당신한테 주려고. 그 대신 내 딸은 놔달라고 애원하려고. 나를 가져. 내 몸을 가져. 나를 써먹고 버려. 하지만 코리는 내버려둬. 부탁할게. 제발."

"흥정이 가능하다고 생각하는 거야?" 제임스가 물었다. "이게 웬 가슴 짠한 유혹이야. 당신 몸을 딸과 교환하겠다?"

퍼트리샤가 온순하고 미약하게 고개를 끄덕였다.

"그래."

주저앉은 그녀의 코에서 기다란 한줄기 콧물이 대롱거리다 원피스 위로 떨어졌다. 그리고 마침내 제임스가 말했다.

"이리 와."

퍼트리샤가 몸을 일으켜 바들거리는 다리로 그에게 걸어갔다.

"꿇어." 제임스가 바닥을 가리키며 말했다.

그녀가 그의 발치에 꿇어앉았다. 그가 몸을 앞으로 숙이고 커다란 손으로 그녀의 턱을 잡았다.

"삼 년 전, 당신은 나를 웃음거리로 만들려 했지. 당신에게 더 이상 존엄은 없어. 드디어 우리는 서로에게 솔직해질 거야. 첫째, 당신 인생에서 카터의 자리를 내가 대신할 거야. 그게 당신이 원하는 거야?"

퍼트리샤가 고개를 끄덕였다. 그리고 그가 그 이상을 원한다는 걸 깨달았다. "그래." 그녀는 속삭이듯 대답했다.

"당신 아들은 이미 나를 사랑해. 그리고 당신 딸은 내 거야. 나는 이제 당신을 취할 거고. 하지만 다음은 그애야. 그렇게 하겠어? 당신 몸을 바쳐서 딸한테 일 년의 시간을 벌어주겠어?"

"그래."

"언젠가는 블루의 차례가 올 거야. 다만 당장은 이렇게 하지. 나는 남편과 사별한 당신이 삶을 추스르도록 도우면서 가족을 돌보는 친구가 될 거야. 다들 우리가 자연스레 서로를 향한 강력한 감정을 품게 됐다고만 생각하겠지. 그러나 당신은 진실을 알 거야. 한심하고 비참하고 엉망으로 실패한 인생을 버리고 내 발치의 그 자리를 받아들였다는 걸. 나는 당신의 환심을 사려고 애쓰는 의사도, 변호사도, 부잣집 마마보이도 아냐. 이 세상 유일의 존재야. 당신들이 만들어내는 전설의 원천이고. 이제 나는 당신에게 내 관심을 주기로 했어. 그게 끝나면 당신의 아이들을 입양해 내 것으로 만들 거야. 하지만 당신은 이제 막 아이들에게 일 년의 자유를 벌어줬지. 무슨 말인지 이해했나?"

"그래."

제임스가 자리에서 일어나 뒤도 안 돌아보고 계단을 올라갔다.

"따라와." 그가 어깨 너머로 말했다.

잠시 뒤 퍼트리샤가 뒤를 따르며 중간에 슬쩍 현관의 잠금장치만 풀었다.

이층 복도의 어둠 속에서 보이는 건 견고하게 사방을 둘러싼 흰색 벽이었다. 각각 닫힌 문들이 이어지다 무덤 입구 같은 시커먼 구멍이 보였다. 그녀는 안방으로 걸어들어갔다. 달빛 속에 제임스가 서 있었다. 이미 셔츠를 벗은 채였다.

"벗어."

퍼트리샤는 구두에서 발을 빼고 흠칫 놀랐다. 차가운 목제 바닥에 맨발로 서 있으려니 꼭 벌거벗은 기분이었다. 이래서는 안 되는 일이었지만 스스로를 멈추기도 전에 그녀의 손이 이미 등으로 향하고 있었다.

그녀는 원피스의 지퍼를 내리고 옷이 바닥에 떨어지자 발을 빼서 나왔다. 솟구치는 혈액이 메마른 신체 부위로 홍수처럼 밀려들어 몽롱함을 느꼈다. 머리가 빙글빙글 돌았고 이러다 기절하는 걸까 궁금했다. 그녀를 둘러싼 어둠은 매우 가까웠고 벽은 너무 멀기만 했다. 발작적인 열감에 사로잡히며 브래지어를 풀어 몸에서 빼낸 다음 옷가지를 구석으로 차 넣고 그 위에 브래지어를 던졌다.

맨살을 드러낸 가슴과 엉덩이와 복부에 낯선 자의 집을 채운 차가운 공기가 느껴졌다. 창문 너머에서 어느 가족이 별 감흥도 없이 내뱉는 환호가 들렸지만 분간하기 힘들었다. 조개껍데기 속에서 포효하는 바다, 아니면 바람결에 실려 오는 반쯤은 상상의 산물인 뭔가 같았다.

세임스가 침대를 가리켰고 그녀가 걸어가 거기 앉았다. 그녀 앞에 선 그의 윤곽이 달빛 속에서 어둑했다. 넓은 어깨와 늘씬한 허리, 굵은 허벅지와 기다란 다리, 강인한 턱, 풍성한 머리칼. 그녀는 그의 눈이 있음직한 곳을 찾다 어둠 속에서 어른거리는 희미한 허연빛을 보았다. 그리고 그와 시선을 맞댄 채 침대에 등을 뉘었다. 발은 여전히 바닥에 붙인 채 그를 위해 다리를 벌렸다. 그녀의 성기에 키스하는 그 집의 차가운 공기를 느꼈다. 공기가 곱슬곱슬한 음모를 애무해 느긋이 풀어놓았다. 그가 그녀의 다리 사이에 꿇어앉았다.

그녀 인생의 모든 것이 이 순간으로 빨려들어갔다.

퍼트리샤는 그의 턱이 여태껏 본 적 없는 모습으로 움직이는 장면을 지켜보았다. 그가 다리 사이에서 고개를 들더니 한 손으로 자신의 얼굴 아래를 가렸다.

"보지 마."

"하지만……"

"봐서 좋을 게 없을 텐데."

그녀는 손을 뻗어 제임스의 손을 부드럽게 치웠다. 모든 것을 보고 싶었다. 둘의 눈이 마주쳤고 그것이야말로 그들이 공유하는 최초의 정직한 순간인 듯했다. 이내 그가 고개를 떨구자 그의 얼굴이 한껏 열렸다. 그녀는 그의 입에서 기어나오는 어둠을 보았다.

그가 옳았다. 봐서 좋을 게 없는 장면이었다. 퍼트리샤는 뒤로 누워 흰색 페인트가 매끈하게 칠해진 천장을 올려다보았다. 그의 호흡이 음모를 간지럽혔고 다음 순간 그녀는 평생 경험해본 적 없는 최악의 고통을 느꼈다. 그리고 최고의 쾌락이 뒤따랐다.

38장

“퍼트리샤는 무사할까?” 키티가 백미러를 들여다보며 물었다.

그들은 알람브라 홀의 주차장 한쪽 끝에 메리엘런의 미니밴을 세워두고 있었다. 메리엘런이 운전석에, 키티가 보조석에 앉았다. 그린 부인은 뒷자리에 앉았다.

“퍼트리샤는 괜찮아.” 메리엘런이 말했다. “자기는 괜찮아. 나도 괜찮아. 그린 부인, 괜찮으시죠?”

“괜찮아요.” 그린 부인이 대답했다.

“우리는 다 괜찮아.” 메리엘런이 말했다. “모두가 괜찮아.”

키티가 이번에는 오 초간의 정적을 허락한 뒤 말했다.

“퍼트리샤만 빼고.”

그 말에는 아무도 대꾸하지 않았다.

“일곱시예요.” 그린 부인이 어둠 속에서 말했다. 아무도 움직이지 않았다. “지금쯤 캠벨 부인이 그걸 해놨어야 해요, 아니면 너무 늦어."

그린 부인의 옷이 바스락거렸고 뒷문이 둔탁한 소리를 내며 열렸다.

"어서요." 그린 부인이 재촉했다.

그녀가 미니밴에서 내렸고 나머지 둘이 뒤따랐다. 그린 부인이 뒷자리에서 빨간색과 흰색으로 칠해진 이글루 아이스박스를 꺼냈다. 키티는 바이로 마켓의 쇼핑백을 들었다. 아이스박스 속에서 연장들이 이리저리 밀리며 가볍게 달그락거렸다. 어두운색 옷을 입은 그들은 빠른 걸음으로 이동해 미들 스트리트에 진입했다. 제임스 해리스의 집밖에 세 시간 동안 다른 차가 주차되어 있는 모습을 보이느니 차라리 걷는 장면을 목격당하는 게 나았다. 올드 빌리지 사람들은 어쨌든 자동차 번호를 적어두는 습관이 있으니까.

미들 스트리트가 그의 집으로 직행하는 길고 시커먼 터널 같았다. 그 옆에는 주변 진입로에서 넘쳐 나온 자동차들이 줄줄이 서 있었다. 차가운 바람이 여자들의 코트를 거칠게 당겼다. 그들은 고개를 숙이고 착실히 전진했다. 빠르게 걷는 그들의 머리 위에서 헐벗은 나무와 죽은 야자나무가 바람에 들썩였다.

"크리스마스 선물 아직 안 샀어?" 키티가 물었다.

크리스마스 얘기에 그린 부인의 귀가 번쩍 뜨였다. 메리엘런이 키티를 곁눈질했다.

"덩치가 큰 선물은 추수감사절 끝나고 하는 세일 때 사거든." 키티가 말했다. "그래도 누구한테 무슨 선물을 할지 계획하는 건 8월부터 시작해. 올해는 보통 때보다 정하기 힘든 게 더 많지만. 허니는 쉬워. 취업 면접 때 쓸 서류가방이 필요하거든. 내 말은, 콕 찍어 필요하다기보다 그애가 원할 만하겠다고 생각한다는 거지. 패리시는 트랙터를 갖고 싶어하고, 호스도 어차피 트랙터를 새로 사야 한다고 하니까 그것도 해결. 레이시는 내년에 졸업선물로 이탈리아에 데려갈 거라 이번에는 뭐든 작은 걸로 줄 건데 그애가 쓸 물건을 고르는 일은 늘 즐거우니까 상관없지. 메리트는 레이시한테 주는 선물보다 크기만 하면 무조건 좋아하니까 됐고. 포니한테는 뭘 사줘야 할지 모르겠어. 남자 물건을 고르는 건 차원이 다른데다, 새로 사귀는 여자애가 있는데 그애 것까지 사야 하는 건지 뭔지. 내 말은, 사주고 싶지. 그런데 내가 너무 극성인 듯 보이려나?"

메리엘런이 키티에게 몸을 돌렸다.

"지금 대체 뭔 소리를 하는 거야?"

"나도 몰라!"

"쉿." 그린 부인이 말했다. 제임스네가 나오기 전 마지막 집을 지난 터였고, 그들 모두가 입을 다물었다.

그들의 위로 거대하고 희뿌연 집이 음산하게 모습을 드러냈다. 컴컴하고 적연했다. 집안의 유일한 빛이 거실 창문에서 흘러나왔다. 그들은 거리를 벗어나 진입로로 들어서서 현관 계단의 가장 아래쪽 층계에 앉은 다음 신발을 벗어 층계참 밑에 숨겼다. 그린 부인을 선두로 차가운 발판을 디디며 소리 없이 현관으로 올라섰다.

그가 현관등을 꺼둔 덕분에 어둠이 그들을 빈틈없이 은폐해주었지만 그럼에도 키티는 신경질적으로 두리번거리며 그들을 지켜보는 창문 너머의 눈이 있나 확인했다. 바람결에 실려 온 환호성에 모두가 순간적으로 얼어붙었다. 이내 키티가 거실 불빛이 닿지 않는 현관 구석에 바이로 쇼핑백을 내려놓았고 그 옆의 그림자 위에 그린 부인이 아이스박스를 조심스레 놓았다. 키티가 쇼핑백에서 알루미늄제 야구방망이를 꺼내고 메리엘런에게는 사냥용 칼을 칼집째 건넸다. 메리엘런은 그걸 어떻게 들어야 하는지조차 몰랐다. 그저 부엌칼이랑 똑같다고 마음을 먹으니 한결 편해졌다.

"발 시려 죽겠어." 키티가 속삭였다.

"쉬이잇." 그린 부인이 말했다.

돌풍이 불어와 그들이 만드는 소음을 감춰주었다. 메리엘런이 조심조심 방충문을 열고 현관 문고리를 공략했다. 키티는 방망이 끝이 바닥을 향하도록 손에 쥐고 만약을 대비했고, 그린 부인이 망치를 들고 키티의 반대편에 섰다.

문이 열렸다. 조용하고 쉬웠다.

잽싸게 안으로 들어갔다. 바람이 쾅 하고 닫아보려던 문을 메리엘런이 잡아 슬며시 부드럽게 문틀에 맞췄다. 그들은 조용한 일층 복도에 서서 귀를 기울였다. 현관문을 열었을 때 울부짖으며 쏟아져들어온 바람이 혹시 제임스의 의심을 샀을까 걱정스러웠다. 아무 움직임도 없었다. 귀에 들리는 소리라고는 그들 좌측 거실의 라디오에서 부드럽게 상승하는 피아노 협주곡이 전부였다.

그린 부인이 어둠으로 이어지는 계단을 가리켰다. 고무가 덧대진 야구방망이의 손잡이를 잡고 앞장서는 키티의 손바닥이 땀으로 축축했다. 방망이를 쳐들어 오른쪽 어깨에 붙이고 모로 걸었다. 왼발 먼저, 그 뒤로 오른발, 카펫 깔린 계단을 한 번에 하나씩. 그린 부인이 가운데, 메리엘런이 후미였다. 메리엘런의 사냥칼까지 동원되기 전에 그를 쓰러트려야 했다.

그들은 사뿐사뿐 소리 없이 걸음을 내디뎠다. 고상한 남자 목소리가 들려와 그린 부인이 기겁했다. 아래층 거실의 라디오에서 WSCI 〈클래식 트와일라잇〉의 다음 곡을 소개하는 소리였다. 한 걸음을 가는 데 한 시간은 걸리는 듯했고 당장이라도 컴컴한 층계 꼭대기에서 제임스의 목소리가 들릴 것만 같았다.

위층 복도의 어둠 속에서 대열을 정비했다. 사방이 닫힌 문들이었다. 타닥 하는 소리가 실내의 모든 방에서 메아리쳐 메리엘런은 비명을 내지를 뻔했다가 그게 창틀을 흔드는 바람의 소행임을 알았다.

그들의 앞에 시커멓게 버티고 선 안방 출입구에서 뭔가를 빠는 듯한 부드럽고 축축한 소리가 흘러나왔다. 살금살금 그쪽으로 다가가자 마침내 출입구 전체가 모습을 드러냈고 밝은 달빛이 침대 위 형체를 비췄다.

퍼트리샤가 누워 있었다. 머리 위로 올린 양손, 육욕에 들뜬 빙긋한 미소, 전라의 몸, 벌린 다리. 그 다리 사이에 그들의 시야를 가리고 웅크린 건 반라의 제임스였다. 그의 등 근육이 맥박쳤고 견갑골이 날개처럼 펼쳐지고 수축했다. 그는 퍼트리샤로 배를 채우는 중이었다. 그녀의 양쪽 허벅지가 만나는 곳에 머리를 대고 커다란 손으로 왼쪽 허벅지를 부드럽게 밀어 벌렸다. 다른 손은 퍼트리샤의 복부에 올려뒀다. 그의 손가락들이 그녀의 창백한 살갗 위에서 꿈틀거렸다.

그들은 눈앞의 광경에 깃든 순전하고 게걸스러운 허기에 마비되었다. 그 허기의 냄새를 맡을 수 있었다. 짙고도 육욕에 찌든 냄새가 비좁은 방을 가득 채웠다.

가장 먼저 정신을 차린 건 키티였다. 야구방망이를 고쳐 쥐고 세 걸음을 전진하다 왼발로 제임스의 오른쪽 발목을 밟을 뻔하고는 멈춰 섰다. 그리고 방망이를 어깨 위로 한껏 치켜든 뒤 강력한 직선타를 날렸다.

방망이가 그의 측두부에 꽂히며 대형 해머가 돌을 때리듯 통하는 금속성 소리를 냈다. 키티가 오른손을 떼고 방망이가 둥근

원을 그리게 놔뒀다가 거기에 그린 부인이 턱을 얻어맞을 뻔했다. 피가 역류하며 제임스의 입에서 왈칵 뿜어져나와 퍼트리샤의 음모와 복부에 튀었지만 그는 아무 일도 없다는 듯 빨기를 계속했다.

퍼트리샤가 성적 황홀경과 열기와 고통에 신음했다. 키티는 왼쪽 어깨의 통증을 무시하고 다시 방망이를 들어 자세를 잡았다. 이번에는 홈런에 버금갈 한 방을 노렸다.

이 두번째 타격이 그의 주의를 끌었다. 그런데 끌어도 너무 끌었다. 제임스가 웅크린 채 몸을 빙글 돌렸다. 음산한 눈빛, 얼굴에서 쏟아져내리는 피, 턱에 달린 뭔가에서 뚝뚝 떨어지는 핏방울. 퍼트리샤의 허벅지에 난 상처에서 피가 콸콸 쏟아졌다. 제임스의 복부와 어깨의 근육이 팽팽히 당겨지고, 얼굴의 면면이 불가해하게 움직이고, 거기 달린 그것이 사라지는 모습을 보며 키티는 생각했다. 놈이 이제 곧…… 그녀는 좌타자가 아니었으나 다른 수가 없었다. 지금 방망이가 좌측에 가 있지만 제임스는 그녀가 자세를 다잡을 시간, 아니 생각을 마칠 시간조차 주지 않을 터였다. 키티는 최대한 힘을 실어 방망이를 휘둘렀다. 그러나 충분히 강력하지 못하다는 건 그녀도 알았다.

방망이가 제임스의 갈빗대에 탁 하는 질퍽한 소리와 함께 꽂혔다. 그가 팔을 내려 방망이를 옆구리에 끼었고 그 상태로 몸을 돌리며 날려버린 방망이가 땡그랑거리며 구석으로 굴러갔다. 퍼트리샤가 쾌락에 신음하며 의식 없이 허벅지를 비벼댔다. 제임스가 일어나 양손으로 키티의 어깨를 부둥켜 잡았다. 매우 억센 아귀힘에 키티의 앞뒤 뼈가 만나 가루로 빻아지는 듯했다. 그가 키티를 열린 문 쪽으로 밀어붙이며 그린 부인과 메리엘런을 스쳤고 둘은 몸을 빙글 돌려 피했다. 키티의 등이 문에 어찌나 세게 부딪혔는지 문고리가 벽에 박혔다. 그가 방 반대편으로 밀치자 비틀비틀 구석 창가로 밀려가던 키티가 중간의 의자에 걸려 넘어지며 나동그라졌다. 의자가 뒤로 넘어가는 순간, 그린 부인이 그의 머리를 망치로 내려쳤다.

이번 공격은 그의 두개골을 빗나갔다. 그가 그린 부인의 손에서 가뿐히 망치를 뽑아냈다. 그린 부인은 비명을 지르고 뒷걸음질치며 공황에 빠져 방을 탈출하려 했다. 그에게서 최대한 빨리 벗어나겠다는 생각뿐이었다. 메리엘런의 어깨를 부딪히고 지나가 돌아서서 마침내 열린 문 앞에 섰으나 그건 복도가 아니라 안방 욕실로 통하는 문이었다.

메리엘런은 제임스와 그린 부인 사이에 서 있었다. 그와 눈을 마주치고는 바지에 오줌을 쌌다. 무감각한 손은 다른 사람, 어디 먼 곳에 있는 남의 것처럼 느껴졌다. 흘러내리는 소변과 칼집에 든 사냥칼이 동시에 바닥재를 때렸다.

제임스가 메리엘런을 저리로 밀쳐버리고 그린 부인을 향해 진격했다. 강력한 가슴 근육을 흰색 갑옷처럼 당당히 드러내 보이며 굵은 팔뚝을 수축시키고 손가락을 발톱처럼 오그렸다. 그린 부인은 급히 뒤돌아 욕실로 들어가려 했다. 변기 물탱크의 육중한 도자기 뚜껑을 집어들기만 하면 그녀에게도 승산이 있었다. 그 대신 타일 바닥이 시작되는 부분의 문지방에 걸려 대책 없이 앞으로 넘어지며 양쪽 무릎을 바닥에 세게 찧었다.

제임스의 입에서 질질 흐르는 피가 가슴과 탄탄한 복부에 무늬를 만들었다. 그린 부인은 너무 차가워서 오히려 불타는 듯 느껴지는 타일 위에서 버르적거렸다. 다음 순간, 무쇠고리 같은 손이 그녀의 오른쪽 발목을 붙들었다. 제임스는 조금도 힘을 들이지 않고 그녀의 몸을 안방 쪽으로 당겼다. 그린 부인은 몸을 굴려 바로 누운 뒤 양팔을 위로 올리고 방어태세를 취했다. 그의 얼굴이 가까이 다가오자 눈을 노렸으나 거기에 깃든 분노를 보고 깨달았다. 이 이빨 달린 허리케인 같은 얼굴 앞에서 그녀의 팔은 가녀린 작대기에 지나지 않았다.

그가 몸을 숙이고 발톱처럼 오그린 손가락을 뻗었다. 그때 키티가 뒤에서 화물기관차처럼 돌진해 그의 요추를 들이받았다. 발을 세차게 구르며 그를 욕실 더 깊은 곳으로 밀어붙였다. 그 와중에 그린 부인이 그 둘에게 밟히면서 복부에 타박상을 입었고 그 중 누군가의 발에 턱을 걷어차였다.

쾅 하는 요란한 소리 뒤에 음파 하는 소리가 이어지며 제임스가 세면대 모서리에 복부를 찧고 타일 벽에 얼굴부터 충돌했다.

키티가 등에 올라타 그를 바닥으로 찍어눌렀고, 그가 앞으로 엎어지면서 제 몸통 아래에 양팔이 깔렸다. 힘이야 그가 더 셌지만 체중은 키티가 20킬로그램쯤 더 나갔다.

몸을 뒤집으려 발악하는 그를 키티가 엉덩이로 저지하며 바닥에 대고 누른 다음 그의 양쪽 귀를 움켜잡고 얼굴을 타일에 짓이겼다. 그가 몸 밑에 깔린 팔 하나를 빼내보려 했지만 키티가 손으로 쳐서 막았다.

"칼! 칼!" 키티가 악을 썼다. 그러나 안방의 메리엘런은 식어가는 오줌 웅덩이 가운데에 멍하니 섰을 뿐이었다.

그린 부인은 욕실에서 기어나와 안방의 안전함 속으로 들어갔다. 그녀는 제임스와 키티가 씨름하는 모습을, 차가운 타일 위의 검은 형체들을 지켜보았다. 어느새 제임스가 꿇어앉듯 양쪽 다리를 몸 밑으로 당겨와 그의 웅크린 등에 매달린 키티를 들어올리며 일어나려 하고 있었다.

"칼! 메리엘런! 칼!" 키티가 발작적인 목소리로 꽥꽥거렸다.

그린 부인이 시선을 돌려서 보니 메리엘런이 발치에 떨어진 칼을 물끄러미 내려다보고 있었다. 그린 부인의 손이 닿기에는 너무 멀었고 제임스는 자리에서 일어나기 직전이었다.

"메리엘런!" 그린 부인이 이름을 외쳤다. "칼을 나한테 던져요!"

메리엘런이 시선을 들어 그녀를 보고 다시 시선을 내려 칼을 보더니 후다닥 쪼그려앉아 칼을 집어 낮게 던졌다. 그린 부인은 생애 최초로 자신에게 던져진 물건을 잡는 데 성공했다. 그리고 칼집에 칼을 고정하는 줄에 달린 똑딱이 버튼을 열었다.

욕실에서 키티가 한쪽 다리를 제임스의 오른다리에 감고 발목을 건 다음 앞으로 밀자 한쪽 무릎이 접히며 그가 주저앉았다. 위에서 누르는 키티의 체중이 고스란히 실린 탓에 무릎이 타일 바닥과 거세게 충돌했다. 키티는 자신의 엉덩이로 그의 엉덩이를 힘껏 눌러 제압했고 이제 그는 몸 아래의 왼팔로 갈빗대 옆 바닥을 짚고 버텼다. 키티가 왼손으로 그의 왼팔을 당겨 자세를 흐트러트리려 했지만 돌덩이 같았다. 절박한 몸부림의 일환으로 넓게 벌어진 왼쪽 겨드랑이를 손끝으로 힘껏 쑤시자 그 충격에 그가 왼손을 떼고 바닥에 처박히며 석판에 소고기 내동댕이쳐지는 소리를 냈다.

이 상태로는 오래 버틸 수 없었다.

키티는 몸 위에서 좌우로 꿈틀거리며 그의 허우적거림에 맞서 무게중심을 유지하려 애썼다. 그러면서 유리한 고지를 점하게 해줄 무엇이든 찾아 손을 더듬었다. 제임스가 다시 힘을 그러모으는 게 느껴지더니 돌연 그녀가 부서지기 직전의 파도에 올라탄 종잇장으로 전락했다. 이번에는 그 파도가 그녀를 집어삼키고 말 것임을 알았다.

단단한 물체가 키티의 손등을 때렸고 생각이라는 게 머릿속에 들어와 자각되고 말고 할 것도 없이 그녀는 그것의 정체를 바로 이해했다. 물건을 집어 끝이 아래를 향하도록 돌려 잡았다. 그리고 찰나의 순간 장면이 완벽하게 정지하며 제임스의 허연 뒷목과 살갗 위로 툭툭 불거진 척추 이랑들이 보였다. 욕실 천장의 채광창으로 들어오는 달빛 속에서 그것들의 윤곽이 완벽하게 드러났다. 키티는 양손으로 사냥칼을 감아쥐고 칼끝을 아래로 찔러넣었다.

그의 비명이 터졌다. 작고 웅웅거리는 욕실에서 어찌나 요란하게 울리는지 키티의 오른쪽 고막이 진동했다. 칼이 뼈를 긁는 게 느껴져 그녀는 칼끝을 위로 움직여 조직이 느슨한 지점을 찾은 다음 손잡이를 다시 눌렀다. 그가 고개를 젖히는 바람에 칼날이 척추골 사이에 끼이고 말았지만 키티는 몸을 들어올려 손목에 자신의 모든 체중을 실어 칼자루를 아래로 밀었다. 강철로 만든 칼끝이 으드득거리고 끽끽거리고 뽀드득거리며 손가락 한 마디 길이씩 천천히 움직이면서 그의 척추를 관통해 깊이 더 깊이 들어갔다.

제임스가 키티를 떨쳐버리려 했지만 발길질은 전처럼 거세지 않았다. 키티가 칼자루에 몸을 싣고 칼날을 누르는 동안 바닥에서 발버둥치다 다음 순간 그의 비명이 꾸르륵거림으로 바뀌었다. 그러고는 다시 꿈틀거리기 시작했다. 키티는 팔꿈치로 그의 어깨를 누르고 가슴으로 등 한복판을 쿵쿵 내리찍었다. 그러다 칼이 으드득하는 역한 소리와 함께 쑥 들어가 반대쪽 타일에 가서 부덮혔고 이내 그의 몸이 축 늘어졌다.

그녀가 해냈다.

정적 속에서 들리는 건 제임스가 내는 꿀렁거리는 소리와 키티 자신의 숨소리뿐이었다. 그녀는 몸을 굴려 바닥으로 내려와 뒤를 보았다. 그린 부인이 제임스의 발 하나를, 메리엘런이 다른 하나를 붙들고 힘을 합쳐 그의 다리를 누르고 있었다. 아래층에서 경쾌한 교향악 선율이 올라왔다.

"네년들은 내게 눈곱만큼의 타격도 입히지 못했어." 제임스가 꾸르륵거리며 말했다.

왜 늘 이년 저년이지. 키티는 생각했다. 남자들은 그 단어에 무슨 마법의 힘이라도 담겨 있다고 믿는 걸까. 그녀가 일어서려 했지만 결국 메리엘런의 부축을 받아야 했다. 그사이 그린 부인은 제임스가 저항할 것에 대비해 그의 두 다리를 무릎으로 계속 눌렀다. 키티가 욕실등 스위치를 젖히자 모든 게 보다 실제적으로 느껴졌다.

모두의 동공이 일제히 팽창하며 광휘에 적응했고 이제 그들은 뱀파이어를 내려다보았다. 그는 얼굴을 처박고 폐를 펌프질하며 욕실 바닥에 무력히 널브러져 있었다.

이제부터가 어려운 부분이었다.

39장

"아이스박스를 가져와야 해요." 키티가 욕실 문가에서 말했다.

그녀는 그레이스가 여기 함께 있으면서 냉정하고 젠체하며 명령을 내려주면 좋겠다는 생각뿐이었다. 그레이스가 책임을 맡으면 모든 게 제대로 정리될 터였다. 하지만 그녀는 그들을 저버렸다. 그들은 서둘러야 했다. 메리엘런이 키티를 옆으로 밀고 안방으로 가 전등을 켰다.

"숨을 안 쉬어." 메리엘런이 외쳤다.

키티는 그녀가 누구를 의미하는지 이해하지 못했다. 이제 아드레날린이 서서히 줄기 시작했고 전신에 멍들이 피어나는 중이었다. 목이 아팠고 한쪽 눈에 멍이 든 것 같았다.

"누구?" 키티는 바보처럼 물었다가 이내 깨달았다. 메리엘런이 의미하는 건 당연히 퍼트리샤였다.

키티가 뒤돌아 절뚝거리며 안방으로 들어갔다. 그린 부인이 욕실 바닥 위의 그것과 단둘이 남았다. 일이 벌어졌음을 말해주는 유일한 흔적은 방 귀퉁이에 넘어진 안락의자와 퍼트리샤뿐이었다. 벌거벗은 그녀의 허벅지 아래 이불이 피로 흠뻑 젖었다.

"몸에 뭘 좀 덮어주러 왔는데." 메리엘런이 말하며 손바닥으로 퍼트리샤의 이마를 짚어보고 한쪽 눈꺼풀을 들어올렸다.

보이는 건 흰자위뿐이었다. 퍼트리샤는 아무 반응도, 생기도, 움직임도 보이지 않았다. 키티가 그녀의 가슴이 오르내리는지 확인하려 했지만 그것만으로 알 수 있는 건 아무것도 없었다. 퍼트리샤의 목을 쿡쿡 찔러보기는 했는데 사실 자신이 뭘 하는 건지도 몰랐다.

"숨을 쉬는지는 어떻게 아는데?" 키티가 물었다.

"내가 가슴에 귀를 대봤는데 아무 소리가 안 나." 메리엘런이 말했다.

"심폐소생술 할 줄 알지?" 키티가 다시 물었다.

그때 퍼트리샤의 어깨가 움직였다. 그녀의 몸이 뼈가 없는 양 부드럽게 경련하기 시작했다.

"당신은?" 메리엘런이 물었다. "나는 영화에서 본 게 다야."

"당신들이 그 여자를 죽인 거야." 욕실에서 목소리 하나가 메아리쳤다. 쉿소리가 섞였지만 여전히 강하고 명료했다. "그 여자는 죽어가고 있어."

메리엘런이 키티의 얼굴을 뚫어져라 보았다. 입이 벌어지고 눈썹이 중간쯤 들린 모양새가 당장이라도 울음을 터트릴 듯했다. 키티는 갈피를 잡을 수 없었다.

"우리 어떡하지?" 그녀가 물었다. "911에 전화할까?"

"아니, 몸을 이렇게 굴려서……" 메리엘런이 퍼트리샤의 양손을 잡고 다른 접근법을 취해보려다 그녀의 경련하는 몸 위에서 파드닥댔다. "고개를 높이 둬볼까. 지금 쇼크 상태인 건가? 나도 모르겠어."

물론 심폐소생술을 할 줄 아는 사람은 그린 부인이었다. 메리엘런이 본인의 모든 지식을 무용하게 되짚는 모습을 키티가 지켜보던 게 조금 전인데 어느 순간 그린 부인이 홀연히 나타나 메리엘런을 옆으로 부드럽게 밀고 퍼트리샤의 어깨 아래에 양손을 넣으며 말했다. "바닥에 내리게 도와줘요."

키티가 퍼트리샤의 발을 잡았다. 그들은 퍼트리샤를 반은 끌고 반은 떨어트리다시피 해 침대 옆에 깔린 작은 러그 위에 내려놓았다. 그린 부인이 퍼트리샤의 목 뒤에 한 손을 넣고 다른 손은 턱 위에 올렸다. 그러고는 자동차 후드를 열 듯 그녀의 입을 열었다.

"블라인드들을 확인해요." 그린 부인이 말했다. "보는 사람이 확실히 없는지."

키티는 행동 지침이 내려졌다는 사실에 감사의 눈물을 터트릴 뻔했다. 욕실을 들여다보니 제임스가 아까 그 자리에 그대로 누워 있었다. 처음에는 그가 경련한다고 생각했으나 이내 알게 되었다. 그는 웃고 있었다.

"이제 몸이 한결 나아지기 시작했어." 그가 말했다. "매 순간 계속해서 나아진다고."

키티는 집안 곳곳의 블라인드가 전부 내려갔는지 확인했다. 아래층 라디오에서 나오는 교향곡을 끄고 싶었지만 전원 스위치를 찾는 데 너무 오랜 시간이 걸려 그냥 이층으로 돌아가야 했다. 일을 다 마무리하려면 손이 부족했다.

안방에서는 그린 부인이 완벽한 흉부압박을 네 차례, 다음으로 역시 완벽한 인공호흡을 네 차례 실시했다. 조직적이고 침착하기가 꼭 수영장에서 튜브에 바람 넣는 사람 같았다. 퍼트리샤의 입이 이완했고 경련이 멈췄다. 긍정적인 신호인가?

그린 부인이 심폐소생술을 중단하자 키티의 심장도 함께 정지했다.

"혹시……" 키티는 입을 열었지만 목구멍이 너무 말라 말이 나오지 않았다.

그린 부인이 주머니에서 클리넥스 티슈를 꺼내 입을 닦고 그걸 살펴본 뒤 다시 입가를 찍어냈다.

"숨을 쉬네요."

키티의 눈에도 퍼트리샤의 가슴이 오르내리는 모습이 보였다. 둘이 동시에 메리엘런을 쳐다보았다.

"내 정신이 아니었어." 메리엘런이 말했다. "미안."

"상처를 압박해주세요." 그린 부인이 퍼트리샤의 허벅지를 가리키며 말했다.

제임스가 찢어놓은 부위가 너덜거리고 흉측해 보였다. 거기서 배어나는 핏물이 꼭 나무 수액 같았다.

"당신들은 아무것도 바꿔놓지 못했어." 욕실에서 제임스가 말했다. "그 여자는 조만간 죽을 거야. 근데 그게 어때서?"

"저치와 말 섞지 마요." 그린 부인이 말했다. "계속 떠들면서 우리를 설득하려 들 거예요. 어차피 지금 할 수 있는 건 저게 다예요. 우리는 임무를 기억하고 완수해야 해요. 수건을 가져다 퍼트리샤의 다리를 눌러줘요."

키티가 욕실로 가 제임스의 손을 피하면서 그의 몸을 훌쩍 넘었다. 그녀는 핸드타월과 수건을 있는 대로 찾아서 돌아왔다. 메리엘런이 수건을 사각형으로 접어 퍼트리샤의 허벅지에 대고 눌렀다. 그린 부인과 키티는 욕실로 돌아갔다.

"무슨 원대한 계획을 갖고 계시기에?" 둘은 그렇게 묻는 제임스의 몸을 굴려서 뒤집었다. 그의 팔이 쓸모없이 털썩거렸다. "나를 북클럽으로 죽일 생각인가? 다음달 모임에 초대하지 않는 것으로?"

둘은 그의 겨드랑이 아래를 각각 붙들고 상체를 일으켜 앉혔다. 그러고서 눈빛을 교환하며 고개를 끄덕였다. 하나……둘……

"허리 말고 다리를 써요." 그린 부인이 말했다.

……셋. 그들은 제임스를 힘겹게 들어올려 거대한 월풀 욕조의 가장자리에 앉혔다.

"익사는 통하질 않을 텐데." 그가 빙긋 웃으며 말했다. "이미 시도된 방법이거든."

그들은 제임스가 어떤 지경에 놓이든 더는 신경쓰지 않았다. 어차피 죽은 거나 다름없었으니까. 그래서 그를 붙든 손을 놔버렸고 그가 뒤로 넘어가며 섬유유리 욕조의 바닥에 내동댕이쳐졌다. 힘없는 사지가 아무렇게나 뒤엉켰다.

"이런 식이면 곤란한데." 그가 말했다.

키티가 그의 배치를 담당했다. 그의 몸을 일자로 길게 펴고 욕조 한쪽 끝에 등을 기댔다. 그사이 그린 부인은 걸리적거리는 물건들을 죄다 치웠다. 그런 다음 욕실을 나갔다가 아이스박스와 쇼핑백을 들고 돌아왔다.

그들은 파란색 방수포를 펴서 바닥에 깐 다음 페인트 작업용 테이프를 붙여 고정했다. 키티가 호스의 사슴 사냥 책들에서 관련 있는 부분들을 미리 복사해 왔다. 그들이 참고하기 위해 복사지들을 욕조 위 벽에 붙이는 동안 제임스가 그 정체를 알아챘다.

"이럴 순 없어." 그의 눈이 충격으로 휘둥그레졌다. "내게 저런 짓을 할 순 없어. 나는 유일무이한 존재야. 기적이라고."

그린 부인이 아이스박스에서 연장들을 꺼내 펼쳐놓았다. 활톱, 날과 자루 사이에 날밑이 달린 사냥용 칼 열 자루, 금속 절단용 쇠톱과 여분의 날 두 팩, 빼뚤빼뚤 말아놓은 파란색 나일론 끈 뭉텅이. 손이 미끄러질 경우 부상을 방지하기 위한 철장갑까지. 그린 부인과 키티가 녹색 정원관리용 무릎 보호대를 착용했다.

"내 말 들어봐." 제임스가 말했다. "나는 특별해. 수십 억 인간들이 있지만 나 같은 존재는 하나뿐이야. 당신들 정말 그걸 파괴하고 말 셈이야? 이건 그러니까 스테인드글라스 창문을 깨버리거나 아니면…… 책이 가득한 도서관을 불태우는 거나 마찬가지야. 당신들은 책을 읽는 모임이잖아. 책을 불태우는 모임이 아니라."

그들은 제임스의 신발과 양말을 벗겼다. 다음으로 바지를 벗기고 욕조 바닥에 전라로 눕혀뒀다. 젖꼭지가 창백했고 페니스는 무성한 금발 음모 위에 발라당 나자빠져 있었다. 그린 부인이 물을 틀고 배수 상태를 확인한 뒤 큰 살점들이 파이프로 흘러나가 뒤탈이 생기지 않도록 배수구에 거름망을 끼웠다. 그리고 키티에게 사냥용 칼을 건넸다.

키티가 제임스의 머리 옆에 무릎을 꿇고 앉았다. 점과 선들이 그려진 도해를 확인하고 그의 팔을 향해 손을 뻗었다. 첫번째 칼질은 팔꿈치 둘레를 베고 인대들을 자른 다음 아래팔을 잡고 비틀어 뽑아내도록 되어 있었다. 키티는 사슴을 해체하는 것과 똑같을 뿐이라고 되뇌었다.

"퍼트리샤가 나에 대해 얘기하지 않던가?" 그가 키티와 눈을 마주치려 애쓰며 말했다. "나는 사백 년을 살았어. 영생의 비밀을 알아. 늙지 않는 법을 알려줄 수도 있어. 영원히 지금 나이로 살고 싶지 않아?"

키티가 그의 팔 안쪽의 부드러운 피부에 칼끝을 갖다댔다. 숨을 쉴 엄두가 좀처럼 나지 않았다. 칼끝으로 팔꿈치 안쪽을 꾹 눌렀다.

"이건 당신들 인생에서 단 한 번의 기회야. 당신들보다 큰 존재와 대면하는 기회. 나는 우주의 미스터리야. 그런 날 정말 이런 식으로 대하겠다는 거야?"

밝은 빛 속, 욕조에 무력히 누운 제임스 해리스, 지켜보는 눈길들, 차분하고 이성적인 흰색 타일을 두른 욕실 안. 키티는 얼어붙었다.

"그렇지." 제임스가 말했다. "아직 영구적 손상은 입지 않았어. 내게 몇 분만 시간을 줘. 새것처럼 멀쩡해질 테니까. 그런 다음 영원히 사는 법을 알려주지."

"이리로 줘요." 그린 부인이 키티의 어깨에 한 손을 올리고 다른 손을 내밀었다. "옆방에서 기다려요. 퍼트리샤를 살펴봐줘요."

키티가 감사한 마음으로 칼을 넘기고 자리에서 일어났다. 뜨듯해진 철장갑도 벗어서 건넸다. 그린 부인이 두 눈을 감고 조용히 기도했다.

"나는 이 세상의 유일자야. 당신들 모두를 합한 것보다 큰 존재라고." 제임스가 키티의 뒤통수에 대고 외쳤다. "당신들을 그 누구보다 강하게 만들어줄 수 있어. 오래오래 살게 만들어줄 수도 있고. 당신들은 실로 굉장한 존재와 마주하게 된 거야."

"그 존재가 뭔데?" 그린 부인이 눈을 뜨고 욕조 옆에 무릎을 꿇으며 물었다. 그리고 철장갑을 꼈다.

"나!"

"그 부분의 견해 차이는 덮어두도록 하지."

이 말을 마지막으로 이후 한 시간 동안 그린 부인은 제임스에게 한 마디도 대꾸하지 않았다. 스스로 망설일 여지를 아예 봉쇄하며 그의 팔꿈치 안쪽에 칼을 꽂아넣었다. 칼끝이 살갗 바로 아래 뼈에 부딪혔지만 아랑곳 않고 팔꿈치를 빙 둘러 베었다. 크리스마스에 쓸 햄에서 지방을 잘라내는 중이라고 거듭 상상하자 자신이 지금 하는 일과 제임스의 비명으로부터 스스로를 분리하기가 수월해졌다.

그녀는 팔꿈치를 난도질했다. 깔끔하고 정확히 절단하는 건 깨끗이 포기하고 인대와 힘줄을 마구 썰었다. 사냥용 칼로 자르고 저미고 피부를 긁어냈다.

"내 말 들어." 제임스가 횡설수설했다. "당신은 영생의 비밀을 마주하고는 그걸 그냥 변기 물에 처박고 있다고. 이건 미친 짓이야."

그린 부인은 그를 무시했고 마침내 팔꿈치 뼈가 드러나도록 저미기를 끝냈다.

"메리엘런?" 그녀가 외쳤다. "퍼트리샤는 키티한테 맡겨요. 여기 도움이 필요해요."

"네, 부인." 메리엘런이 말하며 안방에서 다가왔다.

메리엘런이 양손으로 제임스의 팔뚝을 잡고 이리저리 비트는 동안 그린 부인은 어깨를 붙들고 아직 연결된 듯 보이는 것들에 닥치는 대로 칼질했다. 물렁뼈가 오도독 찢어지는 소리와 몇 차례 작고 짧게 딱딱거리는 소리 끝에 그의 팔뚝이 뜯어졌다. 살점과 힘줄 몇 가닥이 여전히 위팔에 붙어 있었지만 메리엘런이 당겨서 끊지 못하는 것들을 그린 부인이 칼로 잘라냈다. 메리엘런이 팔뚝을 검은색 쓰레기봉지에 넣고 윗부분을 꼼꼼히 묶었다. 동시에 그 팔뚝이 탈출을 꾀하며 비닐봉지가 몸부림치기 시작했다.

"내 척추가 회복되고 있군." 제임스가 그린 부인을 보며 씨익 웃었다. "그 칼질 속도가 내 회복 속도보다 빠르길 기원하는 게 좋을 거야."

그린 부인은 신속히 움직였고 메리엘런이 곁에서 도왔다. 그들은 오른팔의 나머지 부분을 어깨에서 떼어냈다. 다음으로 오른발, 오른다리의 무릎 아래, 허벅지를 제거했다. 욕실 한쪽 귀퉁이에 쌓인 검은색 봉지들이 더미를 이루고 꿈틀거렸다. 근육과 뼈 때문에 사냥칼의 날이 무뎌질 때마다 그린 부인은 비닐봉지에 버리고 새 칼을 집어들었다. 철장갑에 선혈이 덩어리져 그의 살을 단단히 붙들기가 어려워지면 메리엘런이 세척을 진행했다.

"당신네 아들들이 어디에 살더라?" 제임스가 그린 부인에게 말했다. "아이모, 그렇지? 제시랑 에런. 내가 여기서 나가거든 그 애들을 친히 방문해주겠어."

그린 부인이 그를 엎어놓고 왼팔과 왼다리를 작업하는 동안에도 계속 쏟아져나오던 그의 독백은 해체 부위가 늘면서 일관성을 상실해갔다.

"나는 초대받은 곳에만 갔어." 그가 지껄였다. "그 농장, 과부네 집, 러시아, 나를 원하는 곳에만 갔다고. 럽은 자신을 이용하라고 했어. 그 눈으로 애원했어. 그는 알았지, 내가 그를 살려둘 수 있다는 걸. 하지만 그러려면 그가 나부터 살려야 했어. 그 아름다운 소년을 언제나 기억할 거야. 그 병사도 그걸 원했어. 얼굴에 심한 화상을 입은 자. 내가 그의 부탁을 들어줬어. 나는 사람들이 부탁하는 일만 했어. 앤마저 내가 가진 걸 제게 달라고 했지."

그들은 잠시 휴식을 취했다. 그린 부인은 팔이 욱신거리고 아렸다. 제임스의 척추가 다시 이어붙여지고 있다는 위협이 그녀를 덮쳐왔다. 그들에게 주어진 시간이 많지 않은 상황인데도 뜨거운 물에 목욕한 뒤 잠자리에 들고 싶다는 생각만 가득했다. 이 밤은 끝이 없었다.

"퍼트리샤는 어때요?" 그린 부인이 키티에게 물었다.

"잠들었어요." 키티가 퍼트리샤의 허벅지를 계속 수건으로 누르며 말했다.

메리엘런은 키티가 목을 뻣뻣하게 가누는 모습을 보았다. 왼쪽 눈에 보라색으로 멍이 들었다.

"호스한테 뭐라고 말할 거야?"

메리엘런이 묻자 키티의 표정이 침울해졌다.

"그 생각은 안 해봤는데."

"여기 일부터 마친 다음에 무슨 수를 내봅시다." 그린 부인이 말했다. 그녀의 자신감이 키티의 마음을 가라앉혔다. "당장은 눈에 얼음을 대고 있도록 해요."

욕실로 돌아가자 제임스의 몸통이 그녀를 다시 반겼다. 이제 머리를 처리할 차례였다. 그녀가 두려워하던 순간이면서 마침내 그 입이 닫히리라는 생각에 바라 마지않던 순간이었다. 그녀가 남자들에 대해 배운 한 가지. 그들은 말이 많다.

질긴 힘줄과 등골에 남은 부분들의 틈바구니로 그린 부인이 칼을 놀리는 동안에도 제임스는 계속 말했다.

"와이드 스마일스 클럽이 나를 찾으러 올 거야." 그가 말하면서 그녀의 눈을 보려고 애썼다. "우리는 원래 그렇게 해. 그들이 나를 찾으러 왔다가 당신들이 한 짓을 발견하면 당신들, 아이들, 가족들 죄다 지독한 대가를 치러야 할 거야. 이게 마지막 기회야. 지금이라도 그만두면 당신들을 내버려두라고 얘기해줄게."

"아무도 당신을 찾으러 오지 않아." 그린 부인이 더 참지 못하고 말했다. "당신은 외톨이야. 세상에 아무 연고가 없어. 죽어도 아무도 모를 거야. 신경쓰지 않을 거고. 당신이 남길 건 아무것도 없어."

"거기서 당신들의 문제가 생기는군." 그가 활짝 피투성이 웃음을 지었다. "내가 선물을 하나 남길 거거든. 당신들의 친구 슬리크가 제대로 여물도록만 기다려봐."

제임스가 키득거리기 시작했다. 그린 부인은 그의 호흡기관을 으드득으드득 난도질한 뒤 메리엘런과 함께 그의 머리칼을 움켜잡고 팡 하는 요란한 소리를 내며 머리를 뜯어냈다.

다음으로 그들은 그 오래전 미스 메리가 제임스에게 침을 뱉던 밤 식사 자리에서 했던 말을 실행했다. 메리엘런이 그의 머리를 들었고 그린 부인이 망치를 가져와 10센티미터짜리 굵은 못 두 개를 눈구멍에 각각 박아넣었다. 그의 입이 마침내 움직임을 멈췄다. 그들은 머리를 비닐봉지에 넣고 단단히 봉했다.

이제는 그의 속을 파낸 다음 창자와 부속들을 각기 다른 봉지에 분리해 담았다. 흉곽을 톱질할 때쯤에는 그린 부인도 너무 지쳐 살덩이만 최대한 제거하면서 수 킬로그램에 달하는 살점과 근육을 서로 다른 비닐봉지에 담고 또 담았다. 봉지는 두 번, 세 번씩 포장했다. 결국 제임스는 단단히 밀봉된 쓰레기봉지 더미로 전락해 보통 크기의 쓰레기통에 들어갈 정도가 되었다.

일을 마쳤을 때 욕실은 도축장처럼 보였다. 그린 부인과 메리엘런이 안방으로 들어갔다.

"끝났어요?" 키티가 물었다.

"그래요." 그린 부인이 말했다.

"나는 가서 차를 가져와야지." 메리엘런이 말하고는 바닥에 철퍼덕 주저앉았다. 그 와중에도 러그에는 가까이 가지 않도록 신경썼다. "잠깐만 앉아야겠어."

다들 삭신이 쑤셨고 뼛속까지 욱신거렸다. 하지만 끝나려면 아직 멀었다. 그린 부인이 욕실과 안방을 둘러보았고 메리엘런이 그녀의 시선을 좇았다. 키티도 똑같이 했다.

"예수님, 마리아, 성모시여." 키티가 나지막이 말했다.

사방이 피였다. 방수포를 깔았는데도 욕실이 시뻘건 칠을 뒤집어썼다. 보관장, 벽, 문틀, 변기. 안방의 어두운색 오크나무 바닥재에도 피가, 퍼트리샤가 누웠던 이불에도 피가, 그리고 문과 벽에는 피 묻은 손자국들이 있었다. 청소를 얼마나 해야 할지 보는 것만으로 기가 빨리고 땅속으로 꺼져버리는 듯한 기분이었다. 시각은 거의 열시였다. 클렘슨 대 캐롤라이나 경기는 한 시간 내로 종료될 것이다.

"시간이 별로 없어." 메리엘런이 말했다.

욕실에서 속삭임이 들렸다. 그들은 서로를 쳐다본 뒤 힘겹게 몸을 일으켜 욕실 문간에 섰다. 제임스의 토막들이 담긴 검은색 비닐봉지 더미가 뱀처럼 꿈틀거렸다. 억세고 성난 움직임이었다.

"눈에 못을 박았는데." 그린 부인이 말했다.

"멈추질 않아." 키티가 울부짖었다. "헛수고였어. 아직도 살아 있잖아."

그때 초인종이 울렸다.

40장

“저러다 그냥 가겠지.” 메리엘런이 속삭였다.

다시 벨이 연달아 두 번 울렸다.

그린 부인의 손발이 싸늘히 식어갔다. 메리엘런은 두개골 아래서부터 시작되는 두통을 느꼈다. 키티가 우는 소리로 속삭였다.

“제발 가라. 제발 가…… 제발 가…… 제발 가줘라……”

욕실에서 검은색 비닐봉지가 바스락거렸다. 개중 하나가 더미에서 구르더니 탁 하는 소리와 함께 바닥에 떨어졌다. 놈이 꿈틀거리며 문으로 향하기 시작했다.

“불이 켜져 있어.” 메리엘런이 말했다. “불 끄는 걸 깜빡했어. 덧문 틈으로 불빛이 보일 텐데. 제임스가 집에 있다는 걸 알게 될 거야.”

초인종이 울렸다. 연달아 세 번.

“누구 몰골이 그나마 낫지?” 메리엘런의 물음에 그들은 서로를 쳐다보았다. 메리엘런과 그린 부인은 피로 범벅이었다. 키티는 멍 조금이 전부였다.

"오, 주여 도우소서." 키티가 신음했다.

"아마 존슨네 가족일 거야." 메리엘런이 말했다. "맥주가 떨어진 게 분명해."

과호흡 직전에 내몰린 키티가 숨을 세 차례 깊이 들이마신 뒤 복도로 걸어나갔다. 계단을 내려가 현관문으로 향했다. 천지가 고요했다. 어쩌면 방문객들이 돌아갔는지도.

다시 초인종이 울렸고 소리가 너무 요란해서 키티가 꽥 비명을 질렀다. 그녀는 문고리를 잡고 잠금장치를 푼 다음 문을 아주 살짝만 열었다.

"내가 너무 늦었니?"

"그레이스!" 키티가 소리치며 그녀의 팔을 붙들고 안으로 당겼다.

나머지 둘이 안방까지 전해진 그레이스의 소리를 듣고 아래층으로 달려내려갔다. 피칠갑을 하고 나타난 메리엘런과 그린 부인의 모습에 그레이스가 넋이 나갔다. 그들을 바라보는 눈에 공포가 서렸다.

"그거 흰색 카펫인데."

둘은 그대로 얼어붙은 채 계단을 돌아보았다. 카펫 가운데로 그들의 피투성이 발자국이 내려왔다. 그들은 다시 뒤돌아 그레이스를 보았다. 비로소 사태를 파악한 그녀가 그들로부터 뒷걸음질쳤다.

"자기들 설마……" 그레이스는 입을 열었지만 차마 말을 마치지 못했다.

"직접 가서 봐." 메리엘런이 말했다.

"그러지 않는 게 낫겠어."

"아뇨." 그린 부인이 말했다. "의심이 든다면 직접 봐야죠. 그자는 위층 욕실에 있어요."

그레이스는 머뭇거리며 걸음을 옮겼고 계단의 핏자국들을 꼼꼼히 피하며 걸었다. 그녀의 발이 안방을 가로지르고 욕실 문간에서 멈춰 서는 소리가 들렸다. 기나긴 정적이 이어졌다. 아래층으로 돌아온 그녀는 다리가 후들거려 한 손으로 벽을 짚고 섰다. 그리고 세 여자를 쳐다보았다. 피범벅이었다.

"퍼트리샤는 어떻게 된 거야?"

그들이 그간 그레이스가 놓쳤던 일들을 정리해주었다. 얘기를 듣는 그녀의 표정이 단호해지더니 어깨가 펴지고 등이 꼿꼿해졌다. 보고가 끝난 뒤 그녀가 말했다. "알겠어. 그럼 저자를 처리할 계획은?"

"스투어스 장례식장이 로퍼 병원이랑 이스트쿠퍼 병원과 계약을 맺은 게 있어." 메리엘런이 설명했다. "병원에서 나오는 의료 폐기물을 심야와 새벽에 장례식장 화장터에서 소각하기로. 폐기

물 소각용 봉지를 내 차에 한 상자 가득 실어 오기는 했는데……
저것들이 움직이잖아. 이 상태로는 가져갈 수 없어."

다들 하나같이 그레이스를 쳐다보았다. 그녀가 손끝으로 입술을 톡톡 두드렸다.

"그래도 스투어스를 활용할 순 있어." 그레이스가 말하며 손목 안쪽을 확인했다. "경기 종료까지 삼십 분도 안 남았어."

"그레이스." 메리엘런이 말했다. 얼굴에 말라붙은 피가 쩍쩍 갈라졌다. "사람 토막이 든데다 꿈틀거리기까지 하는 봉지를 들고 스투어스에 갈 순 없어. 담당자들 눈에 띄고 말 거야. 그럼 봉지를 열어 확인할 테고, 그게 뭔지 해명할 수 없잖아."

"베넷이랑 내가 우리 유골을 넣어둘 납골당 두 칸을 갖고 있거든." 그레이스가 말했다. "묘지 뒤쪽의 동편에. 일출 방향을 보고 있단 얘기지. 한 칸에 저자의 머리를 넣고 나머지는 다른 칸에 넣으면 돼."

"하지만 기록이 있잖아." 메리엘런이 말했다. "컴퓨터에. 게다가 당신네 부부가 죽을 땐 어떻게 되는 건데?"

"기록이야 자기가 바꾸면 되지." 그레이스가 말했다. "베넷과 나는, 바라건대, 저세상에 가기까지 아직 한참 남았을 테니까. 자, 이 집에 상자들이 있는지 찾아보자. 메리엘런, 그린 부인과 손님방으로 가서 샤워해. 어두운색 수건을 쓰고 사용 후에는 욕조에 넣어. 갈아입을 옷가지 정도는 챙겨 왔다고 해줄래?"

"차에 있어." 메리엘런이 대답했다.

"키티." 그레이스가 말했다. "가서 메리엘런의 차를 가져와줘. 나는 상자를 찾아볼게. 둘은 깨끗이 씻도록 해요. 거리가 사람들로 복작이기까지 사십 분 남짓 남은 걸로 봐야 하니까 다들 빠릿빠릿하게 움직이자고요."

키티가 차를 가져온 뒤 그레이스를 도와 비닐 속에서 꿈틀거리는 토막들을 상자에 포장한 다음 일층 현관까지 날랐다. 그린부인과 메리엘런은 완벽할 정도로 씻지는 못했지만 적어도 도축장에서 일하는 사람처럼 보이지는 않았다.

"경기 종료까지 얼마나 남았지?" 마지막 판지상자를 현관 문간의 더미에 올려놓으며 그레이스가 물었다.

키티가 TV를 켰다.

"……클렘슨대학이 작전타임을 요청했습니다. 이대로 경기를 종료시키려는 전략……" 중계진이 마구 떽떽거렸다.

"오 분도 안 남았어."

"그럼 상자를 차에 싣자. 거리가 아직 비어 있을 동안에."

둘은 후다닥 움직였다. 컴컴한 현관 계단을 근들근들 오르내리며 메리엘런의 미니밴에 상자들을 던져넣었다. 안에서 제임스가 버둥거리는 게 고스란히 느껴졌다. 꼭 쥐로 가득한 상자를 옮기는 것 같았다.

일을 마친 둘은 전실에 서서 깨달았다. 그들은 실패했다. 원래 계획은 제임스 해리스를 지구상에서 깨끗이 지우고 그의 집을 티끌 한 점 없이 만드는 것이었다. 그가 아무도 모를 곳으로 사라져버린 양, 혹은 짐을 싸들고 홀연히 떠나버린 양. 그러나 상자를 쌓았던 현관 문간에 피가 웅덩이졌고, 흰색 카펫이 깔린 계단에 선혈이 만든 기다란 자국들이 뒤엉켜 있고, 벽에는 위아래 할 것 없이 피가 떡칠됐으며, 난간에서는 피투성이 지문들이 말라가고 있었다. 이층 복도의 참상은 아래층에서도 보일 정도였다. 게다가 안방 욕실도 있었다.

주변 집들에서 거대한 포효가 일었다. 누군가가 경적 울리는 기기를 작동시켰다. 경기가 끝났다.

"성공하지 못할 거야." 메리엘런이 말했다. "누군가가 제임스를 찾아와 저 문을 여는 순간 바로 알아챌 거야. 그가 살해당했다는 걸."

"그만 징징거려." 그레이스가 쏘아붙였다. "납골당 C-24랑 C-25를 찾는 거야, 메리엘런. 분명 찾을 수 있어. 자기랑 키티의 상태가 그나마 봐줄 만하니까 둘이 스투어스로 가."

"당신은 어쩌려고?" 메리엘런이 물었다. "여기에 불이라도 지르게?"

"말도 안 되는 소리 마." 그레이스가 말했다. "그린 부인과 나는 여기에 남을 거야. 우리는 평생 남자들 뒤치다꺼리를 해왔어. 이것도 다르지 않아."

동네 여기저기서 전조등이 켜지며 술에 취한 미식축구 팬들이 비틀비틀 차를 향해 걸었다. 어둠 속에서 괴성을 지르고 서로의 이름을 외쳐 불렀다. 땅안개 한 점이 도로에 낮게 걸려 있었다.

"하지만……" 메리엘런이 입을 열었다.

"'만약에'랑 '하지만'이 사탕이랑 견과였다면 매일매일이 크리스마스겠지." 그레이스가 말했다. "이만 가."

키티와 메리엘런이 절뚝거리며 미니밴으로 향했다. 그레이스는 현관문을 닫고 그린 부인에게 몸을 돌렸다.

"할 게 엄청 많네요." 그린 부인이 말했다.

"우리 둘의 청소 경력을 합치면 얼추 팔십 년은 돼요." 그레이스가 말했다. "우리가 이 도전에 응할 준비가 되었다고 믿어요. 자, 베이킹소다랑 암모니아, 백식초, 주방용 세제가 필요할 거예요. 시트랑 수건을 모아서 세탁기에 넣어야죠. 카펫에 세정제부터 뿌려둬야 하고요. 우리가 다른 일을 하는 동안 카펫에 스며들 수 있게."

"수건이랑 이불은 샤워실에서 빨아야 해요." 그린 부인이 말했다. "아주 뜨거운 물에 담그고 뻣뻣한 솔에 소금 반죽을 묻혀 닦으면 돼요. 그런 다음 섬유유연제를 왕창 넣어서 건조기에 돌려야죠."

"카펫의 핏자국에 쓸 과산화수소가 있는지 보자고요."

"나라면 암모니아를 쓰겠어요."

"뜨거운 물에?"

"아니, 찬물."

"흥미롭네요." 그레이스가 말했다.

자정 즈음, 메리엘런이 주유소의 공중전화로 연락해왔다.

"끝냈어요." 메리엘런이 말했다. "C-24랑 C-25. 단단히 봉인했고, 여기 기록은 내일 아침에 내가 정리할게요."

"캐버노 부인이 시트를 다림질하는 중이에요." 그린 부인이 말했다. "그러고선 카펫을 청소하고 물건들을 치울 거예요. 그럼 그걸로 끝이죠."

"딱 보기에는 어때요?"

"아무도 살았던 적 없는 곳 같아요."

"퍼트리샤는요?"

"잠들었어요. 쥐죽은 듯 자요."

"내가 거기로 가서 댁까지 실어다줄까요?"

"집으로 가세요. 여기가 무슨 공용주차장처럼 보여선 안 돼요. 내가 알아서 타고 갈게요."

"그럼, 행운을 빌어요."

그린 부인이 전화를 끊었다.

그녀와 그레이스는 시트의 다림질을 끝내고 침대에 이불을 다시 가져다놓은 뒤 혹시 놓치고 지나간 핏자국이 있는지 실내를 꼼꼼히 점검했다. 그런 다음 그레이스가 집으로 걸어가 차를 가져오는 사이 그린 부인이 퍼트리샤를 부축해 아래층으로 내려왔다. 라디오 전원을 끄고, 전등들을 끄고, 제임스의 열쇠로 현관문을 잠갔다.

베넷이 아래층 소파에 정신을 잃고 뻗어 있어서 그들은 퍼트리샤를 그레이스의 손님방에 넣었다. 다음으로 그레이스가 카터에게 전화했다.

"슬리크의 병원에 들렀다가 우리집으로 와서 경기를 함께 봤어요." 그레이스가 카터에게 말했다. "지금 잠들었어요. 깨우지 않는 게 좋을 것 같아요."

"그러는 게 최선이겠군요." 카터가 말했다. 그는 이미 만취해서 그른게채서이게구요라고 내뱉었다. "숙녀분들이 다시 친구가 되어 기쁩니다."

"좋은 밤 되세요, 카터." 그레이스가 말하고 전화를 끊었다.

그녀는 그린 부인을 싣고 가 컴컴한 집 앞에서 내려주었다.

"도와줘서 고마워요."

"내일," 그린 부인이 말했다. "아이모에 가서 아이들을 데려올 거예요."

"잘됐네요."

"삼 년 전에는 당신이 틀렸어요." 그린 부인이 말했다. "당신은 틀렸고, 겁쟁이였고, 사람들이 죽었죠."

그들은 그렇게 서 있었다. 자동차 천장등이 은은히 내뿜는 불빛 속에서 서로를 차분히 바라보는 사이 엔진이 공회전했다. 마침내 그레이스가 일평생 해본 적이 없다시피 한 말을 뱉었다.

"미안해요."

그린 부인이 가볍게 고개를 숙여 인사했다.

"오늘 와줘서 고마웠어요. 우리 힘만으로는 해내지 못했을 거예요."

"우리 누구도 혼자 힘만으로는 해낼 수 없죠." 그레이스가 말했다.

그레이스는 퍼트리샤의 침대 옆에 의자를 두고 앉아 꾸벅꾸벅 졸았다. 퍼트리샤는 새벽 네시경에 소스라치며 깨어났다. 땀에 젖어 얼굴에 들러붙은 머리칼을 그레이스가 넘겨주었다.

"다 끝났어."

그레이스의 말에 퍼트리샤가 울음을 터트렸다. 그레이스는 신발을 벗고 침대로 들어가 퍼트리샤의 곁에 누웠다. 그녀의 토닥임 속에서 퍼트리샤는 마지막 눈물 한 방울까지 모두 쏟아냈다. 다음으로 통증이 덮쳐왔다. 그레이스가 그녀를 욕실로 데려간 뒤 문 밖에 서서 기다렸다. 퍼트리샤는 변기에 앉았고 극심한 공포에 창자가 녹아내리는 듯했다. 변기 물도 제대로 내리지 못한 채 그 앞에 꿇어앉아 토했다.

그레이스가 퍼트리샤를 부축해 침대로 데려갔고, 그녀가 뒤척이는 동안 곁에 앉아 있었다. 그러다 결국 『인 콜드 블러드』를 꺼내들었다.

"홀컴 마을은 캔자스 서부 고지대의 밀 경작 지역이다." 그녀가 부드러운 남부식 억양으로 읽었다. "캔자스 사람들이 '저기 멀리'라 부르는 외딴곳이다. ……평지에다 풍광은 경탄할 만큼 광활하다. 말들, 소떼, 고대 그리스 사원처럼 우아하게 무리지어 솟은 흰색 곡물 창고는 마을에 도달하기 한참 전부터 여행자의 눈에 들어온다."

그레이스는 해가 떠오를 때까지 책을 읽어주었다.

41장

퍼트리샤의 앞에 미스 메리가 마지막으로 나타났다.

이틀 동안 열에 시달렸으니 어쩌면 그냥 꿈이었는지도 모른다. 그러나 훗날 노령의 퍼트리샤는 카터가 청혼하던 날 자신이 무슨 옷을 입었는지, 블루의 고등학교 졸업식이 화창한 날에 야외에서 열렸는지 아니면 우천으로 체육관에서 열렸는지, 더하게는 자신의 결혼기념일까지 잊었으나, 어느 눈부신 11월 오후에 눈을 떴을 때 그녀의 뺨을 어루만지던 건조하고 부드러운 손길만큼은, 침대 곁에 선 검은색 신발 한 켤레만큼은 결코 잊지 않았다.

볼품없는 신발이었다. 실용적이고 굽 낮은, 교사들이 신는 신발이었다. 거기서 시작되는 다리는 투명한 팬티스타킹을 신었고 더 올라가면 격자무늬 면치마의 밑단이 나왔다. 퍼트리샤는 기력이 너무 쇠해 고개를 들어 나머지를 보지 못했다. 다음 순간, 신발이 뒤로 돌아 방을 떠났다. 퍼트리샤가 미스 메리에 대해 늘 기억할 것은 그 힘겨웠던 식사 자리들도, 그레이스네 파티가 끝난 뒤 그녀를 발견했던 밤의 충격도, 그녀의 물컵으로 입수하던 바퀴벌레도 아니었다. 퍼트리샤가 늘 기억할 것은 아들을 향한 사랑이 대체 얼마나 깊어야 지옥에서까지 돌아와 그에게 위험을 알릴 수 있는가였다.

그리고 퍼트리샤는 떠올렸다. 미스 메리는 카터에게 경고해주러 돌아온 게 아니었다. 퍼트리샤에게 경고해주러 돌아온 거였다.

바로 그 오후에 퍼트리샤의 열이 내렸다. 그녀는 한순간 자신이 약기운과 땀으로 젖어 있음을 느꼈다. 너무 깊어 도저히 기어나올 수 없는 깊은 잠 속에 있었다. 그리고 다음 순간, 모든 게 말끔히 걷혔다. 그녀는 햇빛 속에서 눈을 깜빡이며 침대에 일어나 앉았다. 살갗 위에서 땀이 마르고 두 눈은 또렷했다. 변기 물을 내리는 소리가 들리고 욕실에서 그레이스가 나왔다.

"잘됐다. 일어났네." 그레이스가 말했다. "물 좀 줄까?"

"나 배고파." 퍼트리샤가 말했다.

그레이스가 먹을 거리를 챙겨주기도 전에 카터가 방안으로 뛰어들어왔다.

"깨어났어요." 그레이스가 그에게 말했다.

"정신을 차려서 다행이야. 열이 내리질 않았어. 오늘밤까지 괜찮아지지 않으면 병원으로 옮기려고 대기하던 중이었어."

"나는 괜찮아." 퍼트리샤가 말했다. "배가 좀 고플 뿐이야. 블루랑 코리는 어디에 있어?"

"아이들은 괜찮아. 저기, 지금 우리 상황이……" 그가 말하다 그레이스를 알아챘다. "곁을 지켜줘서 감사한데요, 아내랑 개인적으로 할 얘기가 있습니다."

퍼트리샤가 그레이스를 향해 고개를 끄덕였다. "오늘 저녁에 다시 들를게." 그레이스는 말하고서 방을 나갔다.

그레이스가 내내 앉아 있던 침대 곁 의자에 카터가 앉았다.

"그래셔스 케이를 잃게 생겼어. 제임스 해리스가 사라진 상황에서 릴런드가 버티질 못해. 에스크로에 돈을 꽤 많이 넣어놨는데 어찌된 영문인지 일부가 증발했어. 그렇잖아도 예전 화재 때문에 투자자들이 불안해하고 있거든. 제임스가 사라졌고 릴런드가 현금을 상당히 잃었다는 소식까지 그 사람들 귀에 들어가면 우리가 그간 투자한 돈을 몽땅 날릴 판이야. 짐이 어디로 갔는지 아는 거 있어? 그의 집은 텅 비었어."

"카터." 퍼트리샤가 침대에서 몸을 일으키며 말했다. "지금 이 얘기는 하고 싶지 않아. 코리를 언제 집으로 데려올지 의논하고 싶어."

"사람이 실종됐다고. 짐은 우리 가족에게, 애들한테 중요한 존재였어. 그래셔스 케이에도 중요한 존재였고. 그가 지금 어디에 있을지 아는 게 조금이라도 있다면 내게 말해줘야 해."

"제임스 해리스에 대해선 아는 바가 전혀 없어."

그렇게까지 단언하지 말았어야 했다. 카터는 그걸 퍼트리샤가 뭔가를 안다는 증거로 받아들였다.

"이것도 당신의 그 집착이랑 관련이 있어?" 그가 몸을 숙이고 무릎에 팔꿈치를 얹으며 물었다. "또 욱하는 기분에 짐한테 무슨 말이라도 했어? 패티, 장담하는데, 당신이 모두를 이렇게 망쳐놓은 거라면…… 당신은 자신이 얼마나 많은 가족들에게 고통을 안기는지 털끝만큼도 몰라. 릴런드, 우리, 호스랑 키티……"

카터가 자리에서 일어나 방안을 빙글빙글 돌기 시작했다. 제임스에 대해 떠들고 또 떠들었다. 에스크로 계좌, 사라진 돈, 자기자본투자. 그는 더이상 퍼트리샤가 알던 남자가 아니었다. 그녀가 사랑에 빠졌던 커쇼 출신의 과묵한 소년은 죽었다. 이제 그의 자리에는 분개한 이방인이 대신 서 있었다.

"카터." 그녀가 말했다. "이혼해줘."

이틀 뒤, 침대에서 나온 퍼트리샤는 시내로 운전해 병원에 있는 슬리크를 보러 갔다. 도착했을 때 슬리크가 깜빡 잠들어 있었기에 퍼트리샤는 자리에 앉아 그녀가 일어날 때까지 기다렸다. 슬리크의 낯빛에 병색이 완연했다. 그녀의 호흡을 따라 가슴이 이따금 미세하게 팽창했다. 병원에서는 그녀에게 호흡기를 상시로 착용시켜 산소 포화도를 높였다. 퍼트리샤는 그 오래전, 잠든 제임스를 맞닥트리고 그가 죽었다고 생각했던 때를 떠올렸다. 지금 슬리크가 딱 그렇게 보였다.

“그레이스가 벌써…… 얘기해줬어.” 슬리크가 눈을 뜨고 얼굴에서 마스크를 떼며 말했다. “내가 그랬어…… 자세히 다 얘기해달라고.”

“나도 마찬가지야.” 퍼트리샤가 말했다. “그가 내게 한 짓 때문에 의식이 없었어.”

“그건 어떤…… 느낌이었어?”

누구에게도 털어놓지 않을 얘기였지만 상대가 슬리크라면 달랐다. 퍼트리샤는 몸을 숙였다.

“정말 기분좋은 느낌이었어.” 그녀는 속삭이듯 말하기가 무섭게 제임스가 슬리크에게 한 짓을 떠올리고는 스스로가 이기적이고 무신경하다고 느꼈다.

“죄악이 대부분 그렇지.” 슬리크가 말했다.

“아이들이 자해했던 이유를 알 것 같아. 세상이 온전하고 견고하고 따뜻하고 안전한 것 같은 그 기분 때문이야. 그 기분을 되찾고 싶은 마음이 간절한데 계속 열어지기만 하다 내가 닿지 못할 곳으로 훌쩍 사라져버려. 이대로 영원히 끝이라는 생각이 들면서 그 기분이 없이는 살고 싶지 않아져. 그래도 계속 살아갈 수밖에 없으니 매 순간순간이 아파. 모든 게 칼처럼 살갗을 찌르고 관절이 아려.”

“그가…… 우리한테 무슨 짓을 한 거지?” 슬리크가 물었다.

"우리를…… 살인자로 만들고…… 우리는 모든 걸…… 저버리고…… 이제는 모든 게 무너지고 있잖아……"

퍼트리샤가 슬리크의 손을 잡았다. 정맥주사용 바늘은 이제 꽂혀 있지 않았다.

"아이들은 안전해." 퍼트리샤가 말했다. "그게 중요한 거야."

슬리크가 잠시 목이 메는 듯하더니 입을 열었다. "식스 마일의…… 아이들은…… 그렇지 못했지……"

퍼트리샤는 자신의 피가 혈관 속 납덩이처럼 느껴졌다.

"다는 아니었지. 하지만 자기네 아이들, 메리엘런과 키티네 아이들, 그리고 그린 부인의 아들들이 있잖아. 그 남자는 오랜 세월 이런 짓을 벌여왔어, 슬리크. 전에는 누구도 그를 멈추지 못했고. 우리가 해낸 거야. 대가를 치렀지만 그를 멈췄어."

"나는…… 어떨까?" 슬리크가 물었다. "내가…… 괜찮아질 수 있을까?"

순간 퍼트리샤는 거짓을 말해야 할지 고민했지만 이제 와 그러기에 그들은 너무 많은 것을 함께 헤쳐왔다.

"아니. 그럴 수 있을 것 같지 않아. 미안해."

슬리크가 손을 너무 꽉 쥐어 퍼트리샤는 당장이라도 손가락이 부러질 듯했다.

"왜?" 슬리크가 산소마스크 너머에서 물었다.

"그 남자가 죽기 전에 했던 말을 그린 부인이 얘기해줬어. 내 생각에는 그가 자신 같은 존재들을 이런 식으로 만들어내는 것 같아. 자기한테 했던 짓도 마찬가지고."

슬리크가 퍼트리샤를 물끄러미 쳐다보았다. 눈이 벌게지며 핏대가 불거졌고 이내 그녀가 고개를 끄덕였다.

"느껴져…… 뭔가가 자라고 있어……… 내 안에서. 그게 기다리고 있어…… 내가 죽기를…… 그러고 나면…… 부화할 거야."

슬리크가 목 아랫부분으로 손을 가져갔다.

"여기. 뭔가…… 새로운 게…… 삼키기가 힘들어……"

둘은 손을 잡은 채 잠시 조용히 앉아 있었다.

"퍼트리샤…… 내일…… 버디 바를 데려와줘…… 바꾸고 싶어…… 내 유언장…… 내 시신을…… 태워달라고……"

"그렇게 할게."

"그리고 믿게 해줘…… 내가 혼자가 아니라고……"

"그런 걱정은 안 해도 돼."

슬리크는 그런 걱정을 할 필요가 없었다. 북클럽 친구들이 늘 붙어 있으면서 그녀의 마지막까지 함께했다. 추수감사절, 슬리크가 호흡 곤란을 겪으며 산소 포화도가 떨어지고 그러다 마지막으로 의식을 잃었을 때는 키티가 자리를 지키고 앉아 『인 콜드 블러드』를 읽어주던 중이었다. 문을 박차고 들어와 슬리크를 에워싼 심폐소생팀 때문에 구석으로 밀려난 키티는 그래도 멈추지 않고 고요히 입술만 움직이며 책을 읽었다. 거기 적힌 단어들을 기도문처럼 속삭였다.

슬리크의 장례식을 마치고 며칠 뒤, 래그태그가 한자리에서 빙빙 돌기 시작했다. 퍼트리샤는 녀석이 방 가장자리를 따라 걸으며 늘 왼쪽으로만 방향을 꺾을 뿐 오른쪽으로는 결코 그러지 않는다는 사실을 눈치챘다. 출입구를 나서려다 문을 들이받기도 했다. 그녀는 래그태그를 닥터 그라우스에게 데려갔다.

"나쁜 소식이 두 개 있습니다. 첫번째는 래그태그에게 뇌종양이 있다는 거예요. 하루이틀 사이에 목숨을 잃는 것도 아니고 고통이 따르는 것도 아니지만 상태는 계속 악화될 겁니다. 그렇게 되면 데려오세요. 안락사를 시킬 수 있게."

두번째 나쁜 소식은 뇌종양 진단에 든 검사비가 520달러라는 것이었다. 퍼트리샤는 수표를 써주었다.

그녀는 집에 돌아가 블루에게 얘기했다. 아이가 가장 먼저 한 말은 이랬다. "코리를 데려와야 해요."

"지금은 그럴 수 없다는 거 너도 알잖니."

그렇지만 정말 그럴 수 없는 게 맞나? 부부는 코리를 서던 파인스 센터에 팔 주간 입원시키기로 하고 비용을 지불했고, 아이는 각종 치료 전문가와 상담사와 의사로 구성된 프로그램에 참여했다. 그들은 한목소리로 아이가 수면 장애를 겪는데다 초조하고 불안하고 멍해 보이므로 조기 귀가는 현명하지 못한 처사라고만 거듭 말했다. 하지만 전날 퍼트리샤가 방문했을 때 본 코리는 차분하고 명민했다. 물론 말을 많이 하지는 않았지만.

"엄마." 블루가 청력에 문제 있는 사람에게 하듯 말했다. "래그태그는 나보다 나이가 많아요. 코리 누나의 첫번째 크리스마스 선물로 입양했잖아요. 건강이 나빠지면 녀석은 겁을 먹을 거예요. 녀석한테는 누나가 필요해요."

퍼트리샤는 반박하고 싶었다. 코리의 프로그램을 방해해서는 안 된다고, 의사들의 말이 최선이라고 지적하고 싶었다. 래그태그는 코리가 곁에 있는지 없는지조차 알지 못할 거라고, 어쨌든 코리는 래그태그를 본체만체하는 때가 더 많았다고 얘기해주고 싶었다. 그 대신 그녀는 코리가 집에 오기를 간절히 원하는 자신의 마음을 깨닫고 이렇게 말했다. "네 말이 맞다."

그들은 함께 서던 파인스 센터로 가 의사들의 조언을 거스르고 딸을 퇴원시켜 집으로 데려왔다. 래그태그가 코리를 보고는 자리에 그대로 누운 채 꼬리로 바닥을 때리기 시작했다.

그주 내내 퍼트리샤가 아이들과 일정한 거리를 유지하는 동안 블루와 코리는 래그태그와 시간을 보냈다. 녀석이 존재하지 않는 뭔가에 대고 짖어댈 때면 달래주었고, 녀석이 건사료를 먹지 않으면 상점에 가 습식사료를 구해 왔다. 녀석과 함께 뒷마당이나 소파에 앉아 햇볕을 쬐었다. 그리고 일요일 밤, 래그태그의 상태가 악화된데다 닥터 그라우스의 진료소마저 문을 닫자 아이들은 녀석의 곁에서 떨어지지 않았다. 그러는 동안 래그태그는 가족실을 빙글빙글 돌거나 다른 이들의 눈에는 보이지 않는 것들을 향해 짖고 달려들었다. 그럴 때면 아이들은 낮은 목소리로 말을 건네며 너는 좋은 녀석이라고, 용감한 녀석이라고, 우리는 너를 혼자 두지 않을 거라고 얘기해주었다.

새벽 한시경 퍼트리샤가 잠자리에 들 때도 두 아이는 래그태그의 곁을 지켰다. 녀석이 방랑하다 우연히 곁으로 가면 아이들은 토닥이며 말을 건넸다. 그들이 래그태그에게 보여준 인내심은 지금껏 퍼트리샤가 본 적 없는 것이었다. 네시쯤 퍼트리샤는 화들짝 놀라며 잠에서 깨어나 아래층으로 내려갔다. 세 녀석이 가족실 소파에 나란히 누워 있었다. 코리와 블루가 양쪽 끝에서 잠들었고 그 사이에 래그태그가 누워 있었다, 죽은 채로.

그들은 집 한쪽 구석에 녀석을 묻었다. 아이들이 우는 동안 퍼트리샤가 모두를 꼭 안아주었다. 다음날 저녁에 카터가 들렀을 때 부부는 코리와 블루를 데리고 앉아 이혼 사실을 알렸다. 이후 상황이 어떻게 전개될지 카터가 설명했다.

"앞으로는 이렇게 될 거야." 카터는 퍼트리샤에게 아이들은 확실성을 선호한다고, 그들에게 닥친 이 새로운 현실의 방향성을 제시하는 데는 자신이 더 적임자라고 말했었다. "피어레이츠 크루즈의 이 집과 해변 별장은 아빠가 소유할 거야. 아빠가 학교랑 대학 수업료를 지불할 테니 너희는 걱정하지 않아도 돼. 그리고 너희가 원하는 만큼 얼마든지 오래 아빠랑 여기서 지낼 수 있어. 이건 네 엄마의 결정이니까 새로 살 집도 엄마가 구해야 할 거야. 어쩌면 그리 크지 않을 테고 마운트 플레전트의 다른 지역이 될 수도 있어. 엄마한테는 차가 한 대뿐일 테니 그 차를 빌려 친구를 보러 가는 건 못할지도 몰라. 네 엄마는 아예 새로운 도시로 옮겨야 할 수도 있어. 아빠가 이런 얘기를 하는 건 누구 하나를 벌하자는 게 아니야. 다만 앞으로 닥칠 변화에 대해 너희들이 현실적인 부분을 고려하기를 바랄 뿐이지."

그런 다음 카터는 아이들에게 주중에 누구와 지내고 싶은지 물었다. 두 아이는 이렇게 대답하며 퍼트리샤를 놀라게 했다.

"엄마요."

인 콜드 블러드

-1997년 2월-

42장

퍼트리샤는 묘지에 주차하고 차에서 내렸다. 팔에서 토트백이 대롱거렸다. 하늘이 거대한 푸른색 돔처럼 보이는 매서운 겨울날이었다. 돔의 바닥은 하얀색, 그리고 꼭대기로 올라갈수록 물에 젖은 듯 초록빛이 감도는 청색으로 짙어졌다. 그녀는 묘비 사이를 구불구불 통과하는 길을 따라 걷다가 자신이 찾는 열이 나오자 잔디밭으로 내려섰다. 슬리크의 묘비를 향해 걷는 동안 신발 밑에서 마른 풀잎이 바스락거렸다.

울퉁불퉁한 지면을 걸으려니 언제나처럼 허벅지 안쪽이 욱신거렸다. 코리도 같은 종류의 통증을 느꼈다. 그건 그들 모녀가 공유하는 어떤 것이었다. 하지만 퍼트리샤는 코리가 평생 그 고통을 안고 살도록 보고 넘길 마음이 없었다. 그들은 이미 전문가를 찾아다니기 시작했고 한 의사가 수혈과 합성에리트로포이에틴으로 코리의 적혈구 생성을 촉진하면 통증 제거에 도움이 될 수도 있겠다고 예상했다. 학기가 끝나는 대로 시도해볼 계획이었다. 금전적 문제 때문에 둘 중 한 사람만 치료받을 수 있었고 피드리사는 개의치 않았다.

모두 무일푼이 되었다. 릴런드는 새해 직후에 파산을 선언하고 케빈 허크에게 수수료를 받으며 집 파는 일을 했다. 키티와 호스는 거의 모든 것을 잃고 씨위 농장을 조각조각 나눠 찔끔찔끔 팔아치우며 기본적인 운영비를 감당했다. 퍼트리샤는 카터가 그래셔스 케이에 얼마나 많은 돈을 쏟아부었는지 몰랐지만 그녀의 변호사가 양육비 지급을 그토록 수차례 독촉해야 했던 걸 보면 엄청난 액수였음이 분명했다.

다들 제임스 해리스가 다가오는 위기를 눈치채고 짐을 싸서 동네를 뜬 거라고 생각했다. 이러쿵저러쿵 따져 묻는 사람은 없었다. 어쨌든 그의 행방을 추적하는 건 상당히 번다한 일일 터였고, 설령 그를 다시 데려온다 한들 민망한 질문이나 입에 올리게 될 뿐이었으며, 실상 누구도 그 답을 듣고 싶은 생각이 없었다. 어쨌든 부유한 백인 중 누군가는 재산을 잃기 마련이었고, 가난한 흑인 중 누군가는 집을 잃기 마련이었다. 세상사라는 게 그랬다.

1월에 퍼트리샤는 그래셔스 케이 방면으로 차를 몰았다. 건설장비들은 치워졌고 이제 주택 골조들만 홀로 남아 벌거벗고 미완인 채로 선 모습이 우뚝 솟아 풍파에 부식해가는 해골들 같았다. 그녀는 개발지 중앙을 관통해 식스 마일로 이어지는 포장도로를 달렸다. 그린 부인은 아들들이 고등학교를 졸업할 때까지 곁에 머물기 위해 아이모로 이사했지만 식스 마일 주민들 일부가 돌아왔다. 시끌벅적한 어린아이들 몇이 마운트 지온 A.M.E.의 벽에 낡은 테니스공을 튀겼다. 퍼트리샤는 몇 안 되는 진입로에 주차된 자동차들을 보았고, 몇 안 되는 굴뚝에서 나와 거리에 내려앉는 나무장작 타는 냄새를 맡았다.

세상을 떠나기 전까지 슬리크는 모두를 위한 선물을 만드는 중이었고, 12월에 메리엘런이 차로 다니면서 나눠주었다. 퍼트리샤는 분홍색 스웨터를 펼쳐 상반신에 대보았다. 말구유에 잠든 아기예수의 그림이 짜여져 있었는데, 이유는 알 수 없지만 그 위에 스팽글 크리스마스트리가 서 있고 그 꼭대기에 진짜 종 하나가 달려 있었다. 그리고 필기체로 이렇게 적혀 있었다. 이날의 진정한 의미를 잊지 마세요.

"슬리크가 그레이스한테도 이걸 만들어줬다고?" 퍼트리샤가 물었다.

"그레이스가 그걸 입고 찍은 사진도 있어." 메리엘런이 말했다. "보여줄까?"

"내가 그 충격을 감당할 수 있을 것 같지 않은데."

퍼트리샤와 아이들은 크리스마스 만찬을 그레이스 부부와 함께 했다. 설거지를 마치고 코리와 블루가 차를 타러 먼저 나간 사이에 그레이스가 남은 음식을 포장한 가방을 내밀었다. 그러고는 전실

테이블의 서랍을 열더니 두툼한 봉투를 꺼내 가방 안에 넣었다.

"메리 크리스마스. 이걸 두고 옥신각신하진 않았으면 좋겠는데."

퍼트리샤가 가방을 테이블에 올리고 봉투를 열었다. 해진 20달러 지폐로 된 두툼한 다발이 보였다.

"그레이스……"

"내가 결혼할 때 우리 엄마가 이 돈을 주면서 그러셨어. 모름지기 아내는 늘 자기만의 돈을 따로 챙겨둬야 한다고, 만약을 대비해서. 이제는 자기가 갖고 있어주면 좋겠어."

"고마워. 꼭 갚을게."

"아니, 절대로 그러지 마."

퍼트리샤는 그 돈을 일부 떼어 코리와 블루에게 합당한 수준으로 크리스마스를 즐기게 해주었다. 나머지는 제임스 해리스 때문에 이제껏 보관하고 있던 현금 2350달러와 합쳐 방 두 개에 가구가 갖춰진 대교 근처 아파트의 보증금으로 썼다. 지금 그들이 지내는 집에는 방이 하나뿐이어서 블루가 소파에서 잠을 잤다.

그녀는 토트백에서 『인 콜드 블러드』를 꺼내 슬리크의 묘비 앞에 두었다. 켄들잭슨 미니병의 작은 뚜껑을 돌려 열고 와인을 잔에 가득 부은 다음 책 위에 올려놓았다. 잔이 넘어지지 않게 손본 뒤 슬리크를 방문할 때면 늘 하는 일을 했다. 지상 납골당으로 걸어가 C-24와 C-25를 찾았다. 벽면은 휑했다. 이름조차 쓰여 있지 않았다. 거기에 이름이 새겨지는 일은 결코 없을 터였다.

퍼트리샤는 제임스 해리스의 정체가 무엇이었을지 궁금했다. 얼마나 오랜 세월 그는 이 나라를 여행했을까? 그가 지나간 자리에 죽어 남겨진 아이들은 얼마나 될까? 그 옛날의 커쇼처럼 그에게 피를 빨리고 시들어버린 작은 마을들은 또 얼마나 될까? 아무도 모를 일이었다. 제임스조차 너무 긴 세월을 산 나머지 기억을 못할지도. 퍼트리샤는 상상했다, 올드 빌리지에 발을 들였을 당시의 그에게 과거는 길고 흐릿한 잔상일 뿐이었고 그는 영원히 현재에만 존재했을 것이다.

그는 아무것도 남기지 않았다. 아이도, 공유하는 추억도, 역사도, 그의 일화를 얘기하는 이도 남기지 않았다. 그가 소멸의 흔적으로 남긴 건 고통이 전부였다. 그리고 그 고통은 시간의 흐름과 함께 옅어질 것이다. 그가 죽인 사람들은 애도를 받겠지만, 그들을 사랑했던 사람들은 애도를 넘어 전진할 것이다. 다시 사랑에 빠지고 더 많은 아이를 낳고 늙어서 그 아이들의 애도를 받는 순간을 맞이할 것이다.

제임스 해리스는 아니다.

이 사건이 어느 책 속 이야기였다면 제목은 『제임스 해리스의 실종 미스터리』가 되겠지만 그리 괜찮은 소설은 아닐 것이다. 퍼트리샤가 이미 그 미스터리의 해법을 알고 있으니까. 제임스에게 닥친 일의 미스터리가 바로 퍼트리샤 캠벨이었으니까.

하지만 그녀 혼자만의 힘으로 해결하지는 않았다.

메리엘런이 스투어스 장례식장에서 일하지 않았다면, 그레이스와 그린 부인이 청소의 대가가 아니었다면, 키티가 그토록 훌륭한 스윙의 소유자가 아니었다면, 슬리크가 그들 모두를 병실로 불러들여 다시 뭉치도록 설득하지 않았다면, 퍼트리샤가 그처럼 많은 범죄실화소설을 읽지 않았다면, 그린 부인이 사건 조각들을 하나로 짜맞추지 않았다면, 미스 메리가 그 사진을 찾아내지 않았다면, 그날 키티가 마저리 프렛웰의 진입로에서 퍼트리샤를 부르지 않았다면.

때로 퍼트리샤는 빨래를 하다가 혹은 설거지를 하다가 멈칫하게 될 터였다. 심장이 곱절로 뛰고 혈관 속에서 피가 부풀며 자신들이 얼마나 파멸에 근접했던가를 떠올리고 순전한 공포에 압도될 터였다.

그들은 제임스 해리스보다 강하지 않았다. 더 영리하지도, 더 준비되어 있지도 않았다. 그러나 상황이 그들을 하나로 모았고, 수많은 이들이 실패했던 일을 해내게 만들었다. 퍼트리샤는 자신들이 어떻게 보이는지 잘 알았다. 화이트와인을 놓고 책 얘기나 재잘대는 멍청한 남부 여자 무리. 편한 청바지에 축제용 스웨터 차림의 아이들 등하교 운전수, 까진 무릎을 호호 불어주는 사람, 허드렛일 담당자, 은밀한 산타클로스 겸 시간제 치아요정*.

---

* 아이들의 빠진 치아를 선물로 교환해주는 요정.

뭐든 좋을 대로 생각하라지. 우리는 잘못을 저질렀어. 아이들한테 평생 지고 갈 상처를 남겼을지도 몰라. 샌드위치를 얼리고, 운전해주는 걸 잊고, 이혼도 했지. 하지만 때가 왔을 때 우리는 끝까지 갔어.

퍼트리샤는 배짱이 허락하는 한 가까이 납골당 문 앞으로 몸을 숙이고 귀를 기울였다. 저멀리 고속도로를 지나는 자동차 소리, 더 가깝게는 나무에서 새들이 내는 소리, 바람이 가지들을 바스락거리는 소리가 들렸다. 그리고 그 모두의 너머에서 뭔가 나지막하고 수그러들 줄 모르는 소리를 들었다. 그럴 리 없다는 걸 그녀도 잘 알았다. 그러나 바깥세계의 소리 너머에서 비닐봉지에 싸인 뭔가가 꿈틀거리고 엎드려 기며 필사적으로 탈출로를 모색하는 소리, 어둠 속에서 영원히 몸부림치며 자신에게 다시 자유를 선사할 나약함을 쉼 없이 찾는 소리가 들리는 것만 같았다.

모든 게 변했다. 그녀는 이혼했다. 친구가 죽었다. 딸과 아들에게는 그림자가 드리워졌고 그것이 얼마나 오래 지속될지 혹은 얼마나 악화될지는 모른다. 씨위 농장은 개발자들의 손에 넘어가고 있었다. 식스 마일은 공중분해되었다. 그녀의 시어머니는 죽었다. 그녀는 남편이 아닌 한 남자와 교감했고 그를 죽였다.

퍼트리샤는 그중 어떤 것에도 후회하지 않았다. 이미 파괴된 것들이 아직 남은 것들을 훨씬 값지게 만들어주었다. 보다 공고히, 보다 중요하게 만들어주었다.

그녀는 납골당에서 물러섰다. 제임스 해리스의 잔해로부터 뒤

돌아 차를 향해 걸었다. 슬리크의 묘비에는 들르지 않았다. 내일 아침에 돌아와 와인잔과 책을 가져갈 것이다. 당장은 그냥 두어도 된다.

지금은 북클럽에 가야 했다.

해피 홀리데이,
북클럽 회원 여러분!

마운트 플레전트 문학회원

모두에게

정말 멋진 한 해였어요!

새천년을 맞이할 준비를 하면서 지난날을 되돌아보면

우리 북클럽이 결성 12주년을 맞이한 올해가

최고의 해였다고 말할 수 있을 것 같아요.

앞으로 어떤 미래가 펼쳐질지 아무도 모르지만,

여러분이 사랑하는 이들과 이 연휴를 함께 보내는 동안

우리가 1999년에 읽었던 위대한 작품들을 되돌아보는

기쁨을 만끽하기 바랍니다.

더불어 괜찮다면, 그리고 여유 시간이 있다면,

이 짧은 시가 여러분의 기억을 되살리는 데 도움이 될 거예요!

우린 올해 많은 것을 배웠네

공포, 두려움, 살인, 무서움을 알았네

테리사 크노르, 참으로 악질적인 어머니를 알았네
또한 서로에 대해서도 많은 것을 배웠네

필립 카를로의 『나이트 스토커』에서
멋진 말재간을 보여준 잔티 쿠피어

멋진 토론을 벌였던 『그리고 끝내 그녀를 놓지 않았다』
사회자 중의 사회자 니콜 드 잭모

예술가 엔디 레이드, 도해와 삽화의 마법사
궁금하게 만드네, 누구네 아이가 진정한 『배드 시드』일까

이 년간 줄기차게 계속된 케이트 맥과이어의 요청에
마침내 읽게 된 『뱀파이어와의 인터뷰』
우리 모두 기뻐했네

모네카 훌렛은 왜 그토록 우기고 우겼던가
다들 놀라 쓰러진 『캐롤라이나의 사생아』

릭 칠럿은 10월의 책을 멋들어지게 요약했지

그때 그는 이렇게 말했지
"완벽한 사람은 없다지만 최소한 우리가
프레드와 로즈마리 웨스트는 아니지."

그리고 줄리아, 캣, 앤 헨드릭스, 우리의 세 자매
그들이 참으로 할말 많았던 『내 안의 살인마』

총총 사라져가는 20세기의 마지막에
우리 결코 이 말만은 잊지 말아야 하네
고마워요 에이미 J. 슈나이더, 우리가 가장 사랑하는 문법 전문가
기억해요 베키 스프랫퍼드, 당신이 최고의 도서관 사서입니다

물론 모든 여자들 뒤에는 남자가 있죠. 어딘가에서 주차를 하거나 식탁에 왜 밥이 없는지 묻는 게 대부분일 텐데요. 그중 특별한 몇 사람이 올해 그 이상의 일을 해내기도 했답니다. 조슈아 빔스, 애덤 골드웜, 제이슨 리쿨락, 브렛 코헨, 두기 호너에게 감사의 마음을 보냅니다. 그들의 아낌없는 지원, 북클럽이 야만인 무리처럼 집을 습격할 때마다 자리를 비켜준 배려에 감사드립니다.

여러분이 없었다면 우리는 그 많은 책들을 읽어내지 못했을 거예요, 동지들!

올해 특별 간식을 제공해준 멋쟁이들 또한 잊지 말기로 해요. 데이비드 보르제닉트, 존 맥거크, 메리 엘런 윌슨, 제인 몰리, 맨디 던 샘슨, 크리스티나 스킬라치, 메건 디패스콸리, 케이트 브라운, 몰리 머피에게 감사인사를 전합니다.

그리고 마지막으로 그레이터 찰스턴 문학회에 크나큰 감사를 보냅니다. 여러분은 언제나 내 삶의 중요한 부분이었어요. 수지 바, 헬렌 쿡, 에바 피츠제럴드, 키티 하월, 크로프트 레인, 루실 켈러, 캐시 홈스, 밸러리 파파도풀로스, 스테퍼니 헌트, 낸시 폭스, 엘런 가워, 그리고 당연히 셜리 헨드릭스. 모두에게 감사드립니다. 앞으로도 오래오래 독서하는 인생을 살아봐요!

Y2K의
새로운 세상에서 만나요!

마저리 프렛웰

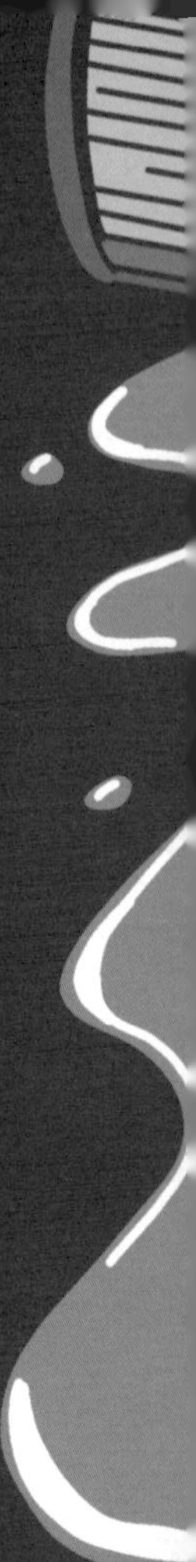

부록:

북클럽을 위한 독서 가이드

독서 토론을 위한 가이드

1. 처음에 제임스 해리스는 불편한 사건을 계기로 주민들에게 알려졌지만 재빠르고 감쪽같이 신뢰할 만한 이웃으로 자리잡는다. 느닷없는 깜짝 등장에도 불구하고 그가 공동체에 그토록 훌륭히 섞여들 수 있었던 이유는 무엇일까?

2. 이 동네의 역학관계를 논해보자. 1990년대 마운트 플레전트 같은 교외 공동체에 산다는 것의 장단점은 무엇일까? 이 장단점이 젠더나 인종, 사회적 지위에 따라 달라지는 측면이 있는가?

3. 이 작품은 여성 인물 위주로 전개되며 공포 상황 대부분이 여성과 아이를 대상으로 벌어진다. 이상하거나 대단히 끔찍한 사건이 발생했다는 소식에 북클럽 회원 각각은 어떻게 반응하는가? 그들이 보여주는 강단과 나약함의 차이에 각자의 환경은 어떤 영향을 미치는가?

4. 작중에서 퍼트리샤는 "뭔가 이상한 일이 벌어지고 있어"라는

말을 거듭한다. 제임스와 관련해 일찍이 드러났지만 북클럽 회원들이 끝내 놓치거나 무시하고 넘어간 위험 신호들이 있는가? 그들이 느꼈던 의구심은 남편들의 의구심과 어떻게 다른가?

5. 퍼트리샤는 잘생긴 새 이웃의 다정함과 매력 넘치는 외적 조건에도 불구하고 그에 대한 의구심을 거두지 못하는 유일한 인물이다. 이 조용한 동네에서 제임스가 새로 사귄 친구들 중에서도 유독 퍼트리샤는 자신들 가운데 도사리고 있을지 모르는 위협적 존재를 염려하는 모습을 보인다. 이러한 성향은 어디서 비롯된 것일까?

6. 아동 실종 소식에 대한 식스 마일과 올드 빌리지의 반응은 주민과 공권력의 모든 측면에서 크게 다르다. 이처럼 서로 다른 반응이 사회에 시사하는 바는 무엇이며 극의 전개에 어떤 영향을 미치는가?

7. 소도시의 매력을 간직한 마운트 플레전트의 주민은 끈끈한 유대로 뭉쳐 있다. 그러나 퍼트리샤가 신뢰하는 이들이 그녀의 자기확신을 거듭해서 무너트린다. 그녀의 사회적 인맥 내에서 그리고 그 너머의 공동체에서 그녀의 신뢰는 어떻게 배반당하는가?

8. 물론 이 작품의 중심에는 명백한 괴물이 존재한다. 하지만 우리는 공포와 두려움과 불안이 다양한 형태를 취한다는 사실 또한 배운다. 작중에 등장하는 또다른 유형의 괴물이 있는가? 이 이야기에서 가장 무서운 요소는 무엇이며, 그렇게 생각하는 이유는 무엇인가?

9. 공동체에 가해지는 위협을 끝장내기 위해 뭉친 여자들에 대해 토론해보자. 이들의 행위는 정당한가? 아니면 도가 지나친가?

10. 뱀파이어가 등장하는 공포소설의 측면에서 이 작품을 논해보자. 뱀파이어 전설의 구성요소 중 저자인 그래디 헨드릭스가 장르적으로 확장, 폐기, 추가한 부분은 무엇인가? 뱀파이어 소설에 대한 독자들의 기대치를 높이는 데 성공했다고 보는가?

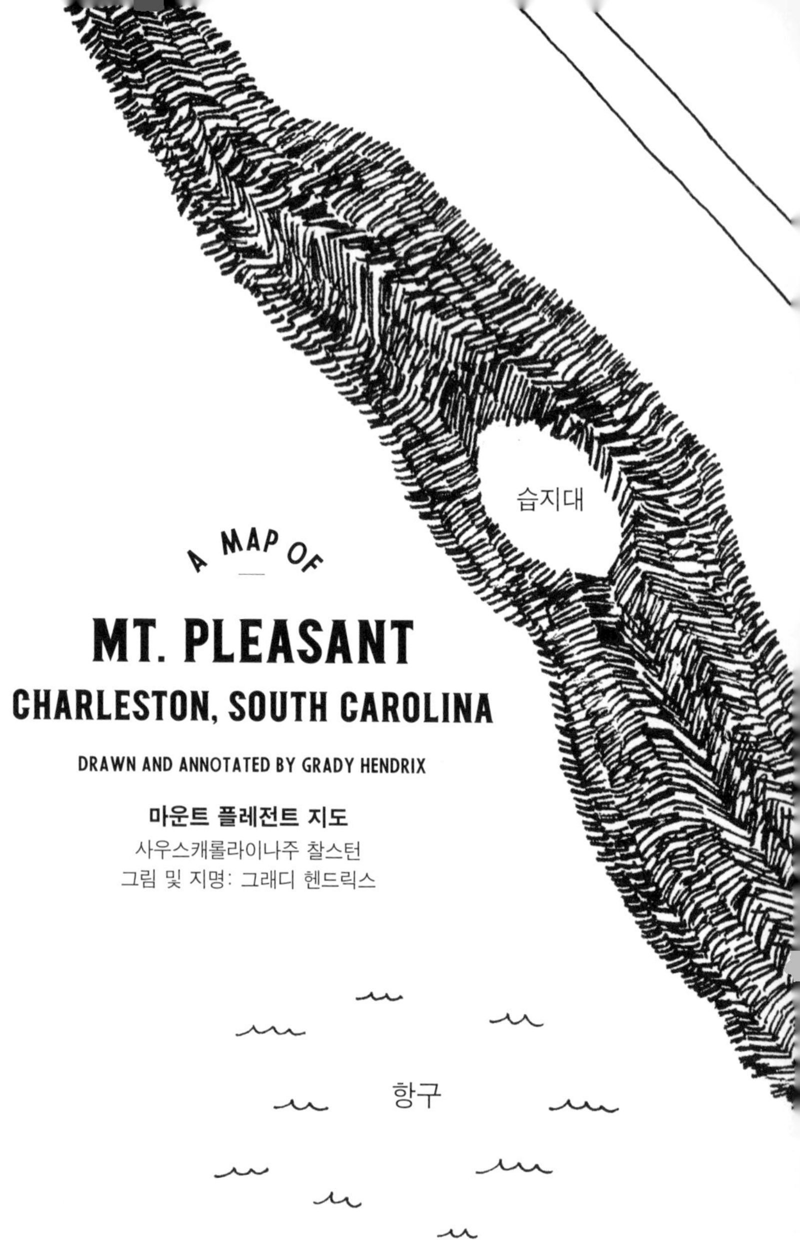
습지대
A MAP OF
MT. PLEASANT
CHARLESTON, SOUTH CAROLINA
DRAWN AND ANNOTATED BY GRADY HENDRIX
마운트 플레전트 지도
사우스캐롤라이나주 찰스턴
그림 및 지명: 그래디 헨드릭스
항구

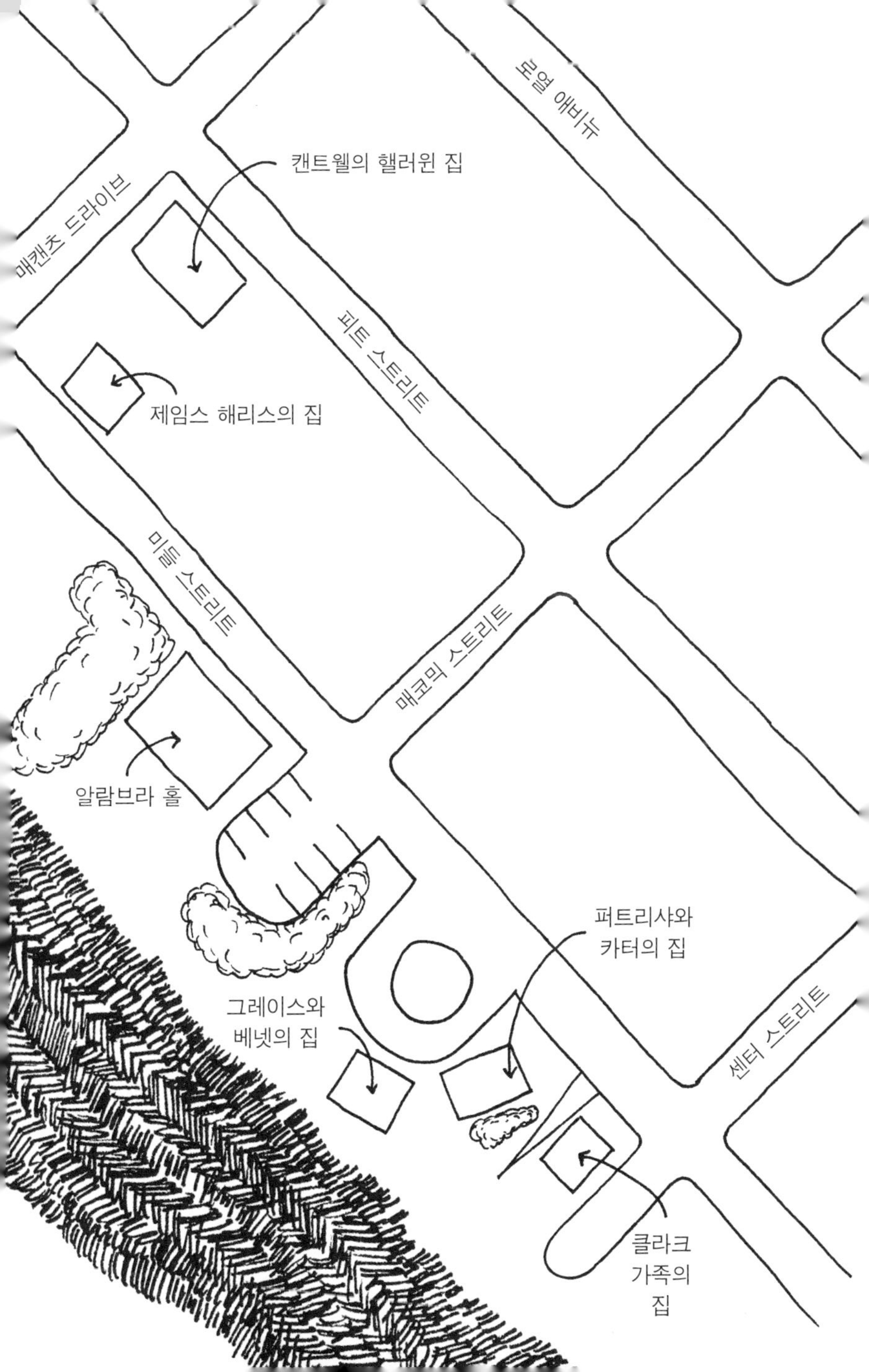

모얼 애비뉴
캔트웰의 핼러윈 집
매캔츠 드라이브
피트 스트리트
제임스 해리스의 집
미들 스트리트
매코믹 스트리트
알람브라 홀
퍼트리샤와
카터의 집
그레이스와
베넷의 집
센터 스트리트
클라크
가족의
집

여러분, 행복한 11월이에요!

칠면조에 육즙 끼얹기가 한창이고 다들 미식축구와 학교 숙제로 바쁜 나날입니다. 특별한 이에게 줄 완벽한 선물을 고르느라 정신없기도 하죠. 크리스마스가 코앞이잖아요! 하지만 간청컨대 우리 북클럽의 1993년 독서 목록은 잃어버리지 마세요. 앞으로 필요해질 테니까요! 모임 주최자와 사회자 명단은 다음 장에 있습니다. 한 가지 참고할 사항은, 올해 우리가 '옛날' 작품을 지나치게 많이 읽었다고 생각하는 회원들이 있어 이번에는 출간된 지 오 년이 넘은 작품을 두 편만 포함되도록 목록을 수정했다는 점이에요. (『어느 웨일스 아이의 크리스마스』까지 포함하면 총 세 작품이 되겠지만 변명하자면 우리의 전통을 전부 한번에 뿌리뽑을 순 없는 법이니까요.)

JANUARY

『사랑을 기다리며』(테리 맥밀런, 1992년)
'통념과 다른' 시선으로 우정을 조명하는 무척 흥미로운 작품이죠.

FEBRURY

『하나』(리처드 바크, 1989년)
다들 『갈매기의 꿈』에 푹 빠지지 않았나요? 리처드 바크가 사랑에 대한 보다 심오한 통찰과 함께 돌아옵니다. 이 작품이 밸런타인데이의 진정한 의미를 고민하게 해주리라 믿어요.

MARCH

『**고뇌와 환희**』(어빙 스톤, 1961년)

정말 거룩한 작품이죠! 미켈란젤로의 생애가 행복감과 영감을 선사할 거예요!

APRIL

『**잉글리시 페이션트**』(마이클 온다치, 1992년)

갖가지 생각을 불러일으키는 비극적 작품입니다. 휴지를 준비하는 걸 잊지 마세요.

MAY

『**체 속의 꿀**』(카말라 마르칸다야, 1954년)

5월은 꽤 바쁜 달이기에 '외국' 작가의 다소 짧은 작품을 골랐어요. 분량은 짧지만 다른 어떤 작품 못지않게 심오하답니다.

JUNE

『**스칼릿**』(알렉산드라 리플리, 1991년)

더위에 머리가 빙글빙글 도는 나날이겠으나 『바람과 함께 사라지다』 이후 스칼릿과 레트가 어떻게 지내고 있는지 다들 궁금하지 않나요?

JULY

『WLT—라디오 로맨스』(개리슨 케일러, 1991년)
모두가 사랑하는 라디오 스타가 실은 꽤나 훌륭한 작가이기도 해요.

AUGUST

『매디슨 카운티의 다리』(로버트 제임스 월러, 1992년)
8월이 배경인 이 소설만큼 '떠난 자'에 대해 깊이 사색하는 작품은 없다고 봐요.

SEPTEMBER

『비뚤어진 유모들』(메리 케이 앤드루스, 1992년)
지금쯤 아이들 개학 준비로 모두들 버거운 시간을 보내고 있겠죠. 그래서 여느 해처럼 '코믹한' 책을 골라봤어요. 우리처럼 남부 출신인 작가가 내놓은 무척 재미있는 미스터리죠. 정말이지 끝내줘요!

OCTOBER

『음악을 사랑하다, 춤을 사랑하다』(메리 히긴스 클라크, 1991년)
핼러윈 즈음에 메리 히긴스 클라크만큼 오싹함을 선사하는 이가 또 어디 있겠어요?

NOVEMBER

『스밀라의 눈에 대한 감각』(페터 회, 1992년)
1993년에 읽을 두번째 '외국' 소설이며 엄청난 찬사를 받는 작품이죠. 탁탁거리는 난롯불 곁에 앉아 맛 좋은 디카페인 차를 홀짝이며 실내에 머무는 동안 뭔가 도전할 거리가 필요하겠다고 생각했답니다.

DECEMBER

『어느 웨일스 아이의 크리스마스』(딜런 토머스, 1952년)
딜런 토머스의 아름답고 감동적인 작품을 낭독하는 우리의 크리스마스 전통과 함께 한 해를 마무리합니다.

완독이 어려울 듯하면 일정을 조정할 수 있도록 최대한 빨리 연락 주세요.

가블 가블*
마저리 프렛웰

* 칠면조의 울음소리를 흉내내는 말.

모두들 안녕,

이 쪽지가 여러분 손에 무사히 전달되었으면 해. 1993년에 읽을 작품과 함께 모임 주최자와 사회자를 정리한 목록이야. 전에 읽은 작품이더라도 다시 한번 보기를 권할게. 사회자뿐 아니라 모두가 작품의 세세한 내용을 되새길 필요가 있어. 특히 키티, 당신 말이야.

JAN **암살자 추적**(짐 개리슨, 1988년)
주최자: 슬리크 페일리
사회자: 그레이스 캐버노

FEB **장미의 이름**(움베르토 에코, 1983년)
주최자: 키티 스크러그스
사회자: 슬리크 페일리

MAR **레이븐—짐 존스 목사와 인민사원 신도들의 비화**(팀 라이터먼, 1982년)
주최자: 퍼트리샤 캠벨
사회자: 키티 스크러그스

APR **레베카**(대프니 듀 모리에, 1938년)
주최자: 메리엘런 파파도풀로스
사회자: 퍼트리샤 캠벨

MAY **헬터 스켈터**(빈센트 불리오시, 1974년)
주최자: 그레이스 캐버노
사회자: 슬리크 페일리

JUN **매디슨 카운티의 다리**(로버트 제임스 월러, 1992년)
주최자: 퍼트리샤 캠벨
사회자: 메리엘런 파파도풀로스

JUL **내 곁의 이방인—연쇄살인범 테드 번디의 충격 비화**(앤 룰, 1980년)

주최자: 슬리크 페일리

사회자: 메리엘런 파파도풀로스

AUG **사이코**(로버트 블로흐, 1959년)

주최자: 키티 스크러그스

사회자: 그레이스 캐버노

SEP **조디악—미국에서 가장 기이한 대량 살육자의 충격 실화**

(로버트 그레이스미스, 1986년)

주최자: 슬리크 페일리

사회자: 퍼트리샤 캠벨

OCT **우리는 언제나 성에 살았다**(셜리 잭슨, 1962년)

주최자: 메리엘런 파파도풀로스

사회자: 슬리크 페일리

NOV **더 데드 걸**(멜러니 선스트럼, 1990년)

주최자: 그레이스 캐버노

사회자: 키티 스크러그스

DEC **그리고 아무도 없었다**(애거사 크리스티, 1939년)

주최자: 키티 스크러그스

사회자: 그레이스 캐버노

함께 둘러앉아 대화할 날을 기다리며

그레이스 캐버노

우리 허니에게

늙은 엄마는 이번에도 네게 편지를 쓴다. 한 해를 정리하는 이 편지를 물론 너는 읽지 않겠지만. 엄마는 다 이해한단다. 네 외할머니가 매년 쓰셨던 편지를 나 역시 한 통도 열어보지 않았으니까. 그러다 서른 살이 되던 해에 거실의 낡아빠진 접이식 책상에서 편지 뭉치를 발견했지. 네 외할아버지는 그 책상에서 뭔가를 찾는 게 절대로 불가능하다며 늘 저주를 퍼붓곤 했는데 말이야. 그분의 뭐가 문제였는지는 모르겠다. 아무튼 나는 거기서 엄마가 썼던 열아홉 통의 편지를 모조리 찾아냈거든. 편지들을 읽으면서—실은 그때 설거지를 미루며 미적대는 중이었지. 너도 나이가 들면 설거지하는 데 썼던 시간을 초 단위까지 더해 몽땅 돌려받고 싶어질 거다—나는 그게 행운이라고 느꼈어. 나 자신에 지나치게 몰두하느라 놓쳐버린 주변 일들에 대한 기록을 갖고 있다는 게.

그러니 어디 보자, 1993년이라……

3월에 눈이 내렸고 다들 망할 정신줄을 놓기 직전이었지. 눈이라야 굵은 서리와 크게 다를 바 없었지만. 쌀쌀하던 크리스마스에는 비가 왔어. 여름은 더웠고, 또 더웠고, 계속 더웠고 가뭄이 내내 이어지는 와중에 너희가 개학을 맞이했지. 엄마는 집에 머물면서 대개는 메넨데스 형제 사건*의 재판 소식을 확인하며 시간을 보냈어. 부탁 하나만 할게. 부디 너나 네 형제자매가 아빠와 엄마를 더는 참아줄 수 없겠다

* 1989년 라일과 에릭 메넨데스 형제가 부모를 총으로 살해한 사건.

고 마음먹거든 그냥 독립하는 방안을 고려해주겠니? 잠든 우리를 산탄총으로 쏴버리는 대신에.

네 아빠는 그해 내내 기분이 좋지 않았어. 섀넌 포크너가 여성 최초로 시타델에 입학할 가능성 때문이었지. 그녀의 입학을 불허한다고 했다가 또다른 재판부가 마음을 바꾸고는 입학이 가능하다고 했어. 너도 네 아빠를 잘 알잖니. 아빠는 자기 모교가 여자를 받아주든 말든 신경쓰지 않지만 그 상황이 세상의 종말이라도 되는 양 구는 친구들한테 대놓고 자기 의견을 말하진 못하는 사람이잖아. 피가 날 때까지 손마디나 잘근잘근 깨물면서 고개를 끄덕이며 미소를 지어야 했대. 입을 닫고 있으려고 독주를 엄청 마셔댔지. 그 와중에 켄 햇필드 감독이 클렘슨 타이거스를 떠났고 아빠는 더 우울해졌어. 어디 그뿐이니. 아빠가 심야 홈쇼핑에서 사들인 지렁이 잡이용 장치에 어찌나 심하게 감전됐는지 앞마당에서 기절하는 바람에 엄마는 무서워서 죽는 줄 알았다고. 나는 네 아빠한테 그 장치는 돈 낭비라고 말했어. 미끼가 필요하면 그냥 레이시나 메리트한테 돈을 주고 지렁이를 파 오게 하라고. 하지만 내 주변 사람들은 내 말을 절대로 듣지 않지. 나는 99.9% 옳은 말만 하는 사람인데.

1993년은 동물들한테도 힘든 한 해였어. 노스 찰스턴 시장이 기르던 베트남포트벨리종 돼지인 할리 듀드가 죽었지. 네가 그 조그만 돼지를 만났을 때를 기억하는지 모르겠지만 녀석은 꼭 강아지 같았어. 성격이 보다 차분하다는 점만 빼면. 뒤이어 대법원에서 종교적 목적으로 동물을 희생해도 좋다는 판결이 나왔는데, 내 생각에 그건 동물 입장에서 가혹하고 부당한 일이야. 아이들을 놓고는 희생시켜도 좋다고 말하지 않잖아. 게다가 지금까지 살아오면서 나는 누군가의 자식보다 두 배는 가치 있는 개들을 만나기도 했거든(물론 내 새끼들은 그렇지 않지. 너희는 모든 면에서 완벽 그 자체란다). 그런데 그해 여름 호주에서 백상아리 한 마리가 어느 커플의 결혼식 날에 신랑을 잡아먹고 냅다 도망을 가버렸어. 그러니 승전탑에 제 이름을 올리는 동물도 가끔은 나오는 셈이지.

1993년 월드 시리즈에서는 캐나다인 무리가 우승했어. 그 인간들의 이름을 일일이 적진 않을 거야. 괜히 띄워주는 꼴이 될까 싶어서. 우리 딱한 미네소타 트윈스는 도저히 정신을 차릴 수 없는 지경인 듯하구나. 1991년의 영광만 믿고 영원히 설렁설렁할 수는 없는데 말이야.

텍사스주 웨이코의 사이비 종교집단인 다윗파는 정부와 불화를 겪다가 결국 본거지가 불타버리고 말았지. 완전히 난리도 아니었는데, 너는 절대로 정부와 싸우지 마. 마지막에는 늘 그들이 이기거든. 이건 매년 세금 정산 때마다 어떻게든 공제 내역을 늘려보려 애쓰는 내게 네 아빠가 늘 하는 말이야. 네 삶의 신조로 삼아야 할 말이기도 하고. 네 아빠가 살면서 지혜로운 말을 그리 많이 하는 건 아니지만—지렁이 잡이용 장치에 감전된 뒤로는 더더욱—어쩌다 한번씩 내뱉을 때면 기억할 가치가 충분하단다. 그건 그렇고, ATF와 FBI한테 다윗파 본거지를 불태우라고 명령한 법무장관은 여자였어. 그러니 시타델 입장에서는 여성이 보다 관대한 성별이라는 자신들의 과소평가를 재고하고 싶을 수도 있겠네.

지난해 엄마(나 말이야!)가 연휴 내내 아프면서 벌어졌던 일을 네가 얼마나 기억하는지 모르겠다만 이제는 괜찮다고 말해주고 싶구나.

그때 상황을 네가 굳이 알 필요는 없어도 캠벨 가족이 정말 힘든 일들을 겪었고 내가 캠벨 아줌마랑 얼마나 가까운지 너도 알잖니. 나는 아줌마를 위해 옳은 일을 하려고 애썼지만 그녀 인생이 홀라당 바뀌어 버리고 만 거야. 아줌마는 똑똑한 여자고 좋은 친구이면서 내가 던져주는 모든 것에 투지를 보이지. 그래서 재미있는 사람이기도 하고. 하지만 때로 인생은 너를 이겨먹기도 해. 나는 아줌마를 걱정하느라 시름시름 앓는 지경까지 갔지만 네 아빠 덕분에 극복했어. 아빠는 바위처럼 든든한 사람이고 엄마가 편치 않았던 기간 내내 군대 하사관 역할을 하며 너희를 챙겼지.

네 아빠가 엄마를 행복하게 하듯 너를 행복하게 하는 사람을 언젠가는 찾기 바란다. 인생이 늘 근사한 건 아니라는 사실을 너 또한 불행히도 깨닫는 날이 올 테니, 언제나 네 편에 서서 삶의 고난도 기쁨으로 받아들이고 거기에 너무 휘둘리지 않는 누군가를 발견한다면 도움이 될 거야. 네 아빠는 가족이 우선인 사람이야. 물론 우리가 하는 말을 안 들을 때도 있고 애초에 28달러나 줘선 절대로 안 될 장치에 감전되어 뇌의 절반이 날아갈 지경에 처하기도 하지만.

네가 2004년까지 이 편지를 읽지 않는다 해도 엄마가 너를 나쁘게 생각하는 일은 없을 거야.

너를 사랑하는 엄마
키티

범죄실화 이야기 목록

그래디 헨드릭스

많은 이들은 범죄실화소설 장르를 확립한 작품이 트루먼 커포티의 1966년작 『인 콜드 블러드』라고 믿는다. 그러나 알려진 바에 따르면, 기술적인 측면으로만 따졌을 때 이는 허튼소리다. 클러터 가족 살인 사건을 다룬 커포티의 작품 덕분에 실제 범죄를 다루는 글쓰기가 문화의 수문장 역할을 하는 이들과 고매한 새침데기들도 인정할 만한 장르가 된 것은 사실이다. 하지만 인간의 범행에 대한 이야기를 우리가 게걸스레 섭취해온 역사는 말을 할 줄 아는 능력만큼이나 기나긴 것으로 추정된다.

팸플릿과 노래(15~17세기) 구텐베르크가 인쇄기를 발명하기 무섭게, 한 주의 가장 섬뜩한 살인 사건을 소개하는 팸플릿들이 무더기로 쏟아져나오기 시작했다. 팸플릿에는 '독일 헤센주 에쉬베게 인근 바이든하우젠에서 네 자녀를 포학하게 살해하고 자결한 여자의 죽도록 소름 끼치는 실화' 같은 제목이 붙었고 내용은 〈나에게 오라, 하느님의 아들들이 말한다〉처럼 당시 인기를 끌던 찬송가의 곡조에 맞춰 노래로 불렀다. 팸플릿 작가들은 세상의 이 타락상에 질려 고개를 절레절레 젓는 듯한 어투로 "친애하는 독자여, 불행하게도, 하느님 우리를 긍휼히 여기소서, 또하나의 몸서리쳐지는 소식이 전해지고야 말았다"라고 내뱉은 뒤 다음과 같이 강렬한 운문으로 돌입했다.

여자는 일단 장남부터 노렸지
아이의 머리를 잘라내려 했네
아이는 재빨리 창문으로 향했네
몰래 빠져나가려 발버둥쳤네
여자가 뒤에서 다리를 잡아끌었지
아이를 바닥에 내동댕이치네
……
오 제발 죽이지 마세요! 살려줘요, 부디!
아무리 애원해도 소용없었네, 헛되었네.
악마의 주관으로 흔들림 없는 그 결심에
여자 또한 공포에 떨며 아이를 가격했네
그 머리가 양배추와 다를 바 없다는 듯

미국의 사형 설교(17~18세기) 식민지시대 미국에 유독 특별한 날들이 있었다. 남색자, 살인자, 불량 부모, 강도가 쇠사슬에 묶여 교회로 끌려오는 날이었다. 유명 목사가 나와 사형 설교를 마치면 하느님의 저 사악한 자녀들은 교수형에 처해졌다. 많게는 5천 명의 군중이 수십 킬로미터(당시에는 아주 먼 거리였다)를 이동해 와 어느 짠한 얼간이의 머리 위에 성서적 노여움이라는 거대 구름을 드리우는 목사의 설교를 경청했다. 설교가 끝나면 서둘러 끌고 가 포도 서리, 소매치기, 비속 살해를 이유로 그 얼간이들을 조물주 곁으로 보내주었다. 온갖 미사여구로 치장한 이 설교는 인쇄 뒤 배포되었다. 그러므로 설교 장소가 너무 멀리 떨어져 있었다 해도 그 얼간이들에게 지옥행을 안긴 죄 많은 인생의 혐오스러운 내막에 흠뻑 빠져드는 건 여전히 가능했다.

뉴게이트 캘린더(18~19세기) 원래 런던 뉴게이트 교도소의 단순한 사형집행 달력이었던 『뉴게이트 캘린더—혹은 악인들의 유혈 명부』는 영국에서 백 년간 가장 폭넓게 읽히는 책으로 자리매김했다. (뉴게이트 캘린더의 미국판은 『미국 범죄 기록』으로, 너새니얼 호손이 그 애독자였다.) 여성을 대상으로 이름값을 톡톡히 한 강간범 제임스 부티 같은 유명인사의 일생은 별도의 단행본으로 출간되기도 했다. 그러나 보통 『뉴게이트 캘린더』는 강간과 살인으로 교수형에 처해진 윌리엄 듀엘 같은 범죄자들을 줄줄이 나열한 것이었다. 듀엘의 시신은 해부실습용으로 옮겨졌으나 의대생들이 해부를 시작하려는 순간 느닷없이 되살아났다. 당황한 법정은 사형 대신 북미 유배로 그의 형을 감경했다. 눈길을 끄는 또하나의 사례는 알렉산더 밸푸어다. 자기 누이의 가정교사에게 집착했던 그는 그녀가 결혼이라도 하면 남편을 죽이겠다고 알렸고, 그녀가 실제로 결혼하자 그 남편을 살해했다. 밸푸어는 참수형 집행일을 앞두고 자신의 누이로 변장해 탈

옥을 감행했다. 그리고 오십 년 뒤 자연사했다.

살인 발라드(18~20세기 초) 살인 발라드는 15세기 팸플릿의 시나 노래에서 곡조만 개선한 형태로 몹시 미국적이었다. 임신해서, 사랑에 빠져서, 아니면 비극을 불러올 사람들을 곁에 뒀다는 뻔한 이유만으로 살해당한 여자들이 주요 소재였다. 1808년 노스캐롤라이나주에서 죽임을 당한 나오미 와이즈 사건을 다룬 노래는 실제 그녀에 대해 알려진 그 어떤 내용보다도 오래 대중의 입에 오르내렸다. 1896년 임신부 펄 브라이언이 참수당한 사건은 서로 다른 세 곡의 발라드를 탄생시켰다. 그중 어떤 것도 그녀가 치대생인 남자친구에게 낙태 수술을 받다가 실패해 사망했을 수 있고, 그녀의 잘린 머리는 시신의 신원 확인을 막으려던 남자친구의 헛된 노력의 산물이었다는 사실은 언급하지 않는다. 살인 발라드는 1930년대와 1940년대에 패치 몬태나의 〈총이 장전된 줄 몰랐어〉 같은 인기곡으로 이어졌다.

갱 버스터스(1936~1957년) 이십 년간 미국의 노동자계급은 〈갱 버스터스〉를 종교처럼 섬겼다. 이 라디오 방송은 실제 범죄를 피해자와 목격자와 담당 수사관의 인터뷰에 기초해 드라마화했다. 배우 필립 로드는 오지에 사는 소탈한 철학자인 세스 파커 역을 연기하며 라디오 방송계에서 전국적인 명성을 얻은 뒤 공익 목적으로 〈갱 버스터스〉를 제작했다. 그러나 불행히도 그는 FBI의 J. 에드거 후버 국장에게 자문을 요청했고, 국장의 숨막히는 깐깐함 때문에 첫 시즌을 말아먹다시피 했다. 두번째 시즌부터 로드는 뻣뻣하게 구는 국장을 방송에서 아예 제외시키고 "더 많이"를 외쳐댔다. 총격도 더 많이, 음향 효과도 더 많이, 피도 액션도 흥분도 범죄도 더 많이. 〈갱 버스터스〉의 주요 청취자는 연봉이 채 3천 달러가 되지 않았고, 부자들은 범죄를 부추기는 방송이라고 사설을 써댈 때를 제외하고는 이를 아예 무시한 반면, 아이들은 홀딱 빠져들었다. 은행과 공권력을 향한 대중적 분노를 포착하고 체제에 거역하는 이탈자들의 청각적 초상을 낭만 넘치게 그린 〈갱 버스터스〉는 방송 오프닝에도 일대 혁신을 가져왔다. 즉 엄청나게 요란하고 충격적이고 자극적이었던 터라 오늘날에도 "갱 버스터스처럼 등장"이라는 표현이 사용될 정도이니 사람들은 어쩌면 자신이 태어나기도 전에 방송된 라디오 프로그램 이야기를 여전히 하고 있는 셈이다.

트루 디텍티브 매거진(1924~1995년) 시신 운반용 가방이 발산하는 온갖 심미적 매력을 등에 업고 거칠거칠한 갱지에 인쇄되어 등장한 잡지 〈트루 디텍티브〉는 1930년대에 인기가 치솟으며 첫 출간 후 이십 년간 매달 200만 부 넘게 판매되었다. 철두철미한 성격에 근육질의 채식주의자였던 버나 맥패든이 창간한 이 잡지는 미국의 범죄로 대중을 끌어들이는 호객꾼이었다. 다시 말해 "연애를 원한 강간범이라는 괴상한 사건!" "재미로 살인을 저지르는 브루클린의 악랄한 꼬마들!" "누드 댄서에게 던지던 추파를 잔혹한 살해로 바꾼 강력한 미끼의 정체는?" "야유회의 시체들!" "해골이 가득한 집!" 같은 말들이 난무했다. 잡지는 프릭쇼*와 다를 바 없다는 평가를 받지만 옹호자들은 1931년에 조지아주 죄수 노동의 무자비함을 폭로한 연재기사 '나는 강제 노역에서 탈출한 도망자다' 같은 몇 안 되는 어엿한 성취에 필사적으로 매달렸다. 〈트루 디텍티브〉는 대중소설계의 문장가 짐 톰프슨과 대실 해밋의 작품들을 출간하기도 했다. 그러나 이 잡지가 이룩한 가장 큰 성과는 이후 수십 년간 탐정잡지와 공포물, 슈퍼마켓 타블로이드의 범람 사태를 낳았다는 것이다.

인 콜드 블러드(1966년) · **처형인의 노래**(1979년) 범죄실화소설의 매력을 정당화할 때 흔히 이 두 작품을 언급한다. 클러터 가족 살인사건을 다룬 트루먼 카포티의 이야기를 기점으로 동일한 장르의 영화와 책이 속속 만들어지기 시작했고, 이는 더 많은 영화와 그보다 많은 책의 제작으로 이어졌지만 여전히 『인 콜드 블러드』가 최고의 자리를 고수하고 있다. 『처형인의 노래』는 두 차례의 강도 행각에서 남자 둘을 살해한 혐의로 사형선고를 받은 게리 길모어가 항소를 포기하기로 한 결정을 다루며 퓰리처상을 수상했지만 저자인 노먼 메일러 자신처럼 장황하고 사람의 진을 빼놓는다. 이 작품들이 지식인을 위한 범죄실화소설 장르를 개척한 건 '옳은' 유형의 작가, 즉 '옳은' 잡지를 구독하는 상류층 백인 남자 작가들이 마침내 전면에 나섰기 때문이었다. '그른' 유형의 작가, 즉 1875년의 실리아 댁스터와

* 외모나 체형 등이 기형적인 사람들을 모아 구경거리로 내세운 쇼.

1935년의 에드나 퍼버, 1956년의 조라 닐 허스턴을 비롯한 여성과 비백인 작가들이 같은 작업을 수십 년간 해왔다는 사실은 전적으로 무시되고 있다.

내 곁의 이방인(1980년) 앤 룰은 곤란한 상황에 처한 싱글맘이었다. 앤디 스택이라는 필명을 써서 〈트루 디텍티브〉의 프리랜서 기고가로 일하며 번 돈으로 네 아이를 먹여 살리려 애쓰던 중에 첫 출판 계약을 맺는다. 태평양 북서부 지역에서 벌어진 일명 '여대생 살인'에 대한 단편을 쓰도록 고용되었는데, 그때만 해도 룰은 이것이 현대사에서 가장 유명한 연쇄살인 사건이 된다거나 혹은 자살예방전화상담소에서 그녀와 나란히 앉아 근무하는 친구 테드 번디가 범인이리라는 생각은 꿈에도 못했다. 그녀는 『내 곁의 이방인』 이후에도 다수의 범죄실화소설을 썼지만 그중 어떤 것도 첫 작품에 녹아 있는 메스꺼운 친숙함에 필적하지 못한다. 『내 곁의 이방인』은 당대 범죄실화 장르의 기본적 틀을 정립했으나 룰은 이를 법의학적 분석과 자서전 형식의 불편한 조합으로 비틀어놓았다. 『인 콜드 블러드』의 냉정하고 꾸밈없는 전지적 시점은 잊어라. 진땀나게 만들고 불안감을 조성하면서도 처연한 범죄실화소설의 걸작을 원한다면 『내 곁의 이방인』보다 나은 작품은 찾을 수 없을 것이다.

옮긴이의 말

그래디 헨드릭스는 섬뜩함과 역겨움, 코믹함과 엉뚱함을 한데 얽어 폭발적 시너지를 내는 호러 작가로 정평이 나 있다. 미국심령연구회 도서관에서 일하다 전업 작가의 길로 들어선 그는 미지의 존재가 야기하는 공포를 매개로 시대와 사회, 인간 감정의 본질을 조명하며 대중의 사랑과 평단의 지지를 동시에 받는 작가이기도 하다. 클리셰의 영리한 반복과 과감한 비틀기, 끔찍하리만치 생생하고 기괴한 장면 묘사로 거부하기 힘든 B급 호러의 매력을 유감없이 발산하는 그의 작품에는 매번 영상 제작사들의 러브콜이 쏟아진다. 『호러북클럽이 뱀파이어를 처단하는 방식』 또한 치열한 입찰 경쟁 끝에 아마존이 TV 드라마화 판권을 확보했으며 작가 자신이 각색 작업에 참여중이다.

이 작품에서 저자는 실감나고 정교하게 구축한 여성 캐릭터들 사이에 사악하고 매력적인 뱀파이어를 던져놓는다. 제임스 해리스는 브램 스토커의 드라큘라보다 테드 번디 부류의 연쇄살인마에 가깝게 행동한다. 뱀파이어가 사람을 현혹하는 전통적 기술이 그에게는 필요하지 않다. 테드 번디가 썼던 유혹의 수단, 즉 준수한 외모와 지성, 재력과 정상성을 이미 갖췄기 때문이다. 이러한 설정을 통해 저자는 고전 호러와 범죄실화 장르를 효과적으로 오가며 우리 곁에 존재하는 공포의 다층적인 실체를 포착한다. 악의 상징인 제임스가 공동체에 뿌리내릴 수 있었던 건 올드 빌리지와 식스 마일을 나누는 인종적, 계급적 편견과 인간의 탐욕 덕분이며 이를 눈감은 대가는 참혹하다. 그러나 빈민가의 흑인 아이들을 노려 악행을 덮으려던 제임스는 한 가지를 간과했다. 올드 빌리지의 여성들은 살림과 육아를 돕는 흑인 여성들과 일상적으로 교류하며 친구가 된다는 사실이다. 물론 그 우정의 양상은 복잡하고 인종과 계급이라는 한계를 가지지만 그들은 서로의 가족을 챙기고 사적인 문제를 공유하며 엄마라는 공통의 이름에 따라 행동한다. 그러므로 이 작품은 "어떤 상황에서든 일단 동의부터 하고 보는" 게 우선이던 주부가 거악에 맞서기로 결심하고 강력한 여성 연대를 구축하는 일종의 성장기이기도 하다. 나름의 서사를 간직한 이 남부 여인들은 결심의 단호함에서 스칼릿 오하라에 비견되고, 용맹함에서는 뱀파이어 해결사 버피를 능가하며, 예상치 못한 순간에 낄낄거림을 선사하는 매력적 캐릭터들로 평가받는다.

『호러북클럽이 뱀파이어를 처단하는 방식』의 가장 큰 미덕은 유혈이 낭자하고 소름 끼치며 스멀스멀한 느낌을 주는 호러소설이 '즐거울' 수 있음을 보여준다는 데 있다. 사회를 바라보는 예리한 시선과 다채로운 캐릭터에 1980~90년대 호러영화를 연상시키는 장면을 더해 향수를 자극하면서 유머감각을 겸비했다. 어느 인터뷰에서 그래디 헨드릭스는 자신의 작품세계를 이루는 두 가지 축인 '호러'와 '코미디'에 대해 이렇게 말했다.

나는 내 눈에 보이는 세계를 글로 쓴다. 그 세계는 우스운 동시에 비극적이고 끔찍하다. 코로나 대유행의 역사를 글로 옮기면서 휴지 사재기 대란을 빼놓을 수 없을 것이다. 역병의 세계적 유행이 엉덩이를 닦는 문제와 유관하고, 그에 맞서기 위해 우리가 필요로 하는 게 두루마리 휴지라는 건 우습고도 비극적이며 끔찍한 일이다. 코미디에 호러를 더해보라. 그것이 우리가 살고 있는 실제 인생이다.

북클럽 독서 목록의 한자리를 내어주어도 후회가 없을 만큼 세련된 비유와 탄탄한 짜임새를 자랑하는 이 작품은 익숙한 듯 익숙하지 않은 방식으로 우리에게 묻는다. 호러와 코미디로 가득한 우리네 삶에서 진짜 괴물은 누구인가.

강아름

지은이 **그래디 헨드릭스**
미국 소설가, 저널리스트, 각본가. 미국심령연구회 도서관에서 일하다 작가의 길로 들어섰다. <뉴욕 포스트> <뉴욕 선> 등에 기고하고 공저로 다양한 작품을 발표하다 2014년 단독 장편소설 『호러스토어』가 베스트셀러에 오르며 이름을 알렸다. 2018년 『지옥에서 온 책』으로 브램스토커어워드 논픽션 부문을 수상했고, 『우리는 영혼을 팔았다』로 셜리잭슨어워드 최고의 소설 후보에 올랐다.

옮긴이 **강아름**
이화여자대학교에서 신문방송학·사회학을 전공하고 동대학교 통역번역대학원 번역학과를 졸업 후 전문 번역가로 활동하고 있다. 옮긴 책으로 『마스 룸』 『널 만나러 왔어』가 있다.

문학동네 세계문학
호러북클럽이 뱀파이어를 처단하는 방식

초판 인쇄 2021년 8월 12일 | 초판 발행 2021년 8월 25일

지은이 그래디 헨드릭스 | 옮긴이 강아름
기획 · 책임편집 고선향 | 편집 김정희
디자인 이효진 유현아 | 저작권 김지영 이영은
마케팅 정민호 정진아 김혜연 정유선
홍보 김희숙 함유지 김현지 이소정 이미희 박지원
제작 강신은 김동욱 임현식 | 제작처 영신사

펴낸곳 (주)문학동네 | 펴낸이 염현숙
출판등록 1993년 10월 22일 제406-2003-000045호
주소 10881 경기도 파주시 회동길 210
전자우편 editor@munhak.com | 대표전화 031) 955-8888 | 팩스 031) 955-8855
문의전화 031) 955-3579(마케팅) 031) 955-1917(편집)
문학동네카페 http://cafe.naver.com/mhdn | 트위터 @munhakdongne
북클럽문학동네 http://bookclubmunhak.com

ISBN 978-89-546-8180-3 03840

잘못된 책은 구입하신 서점에서 교환해드립니다.
기타 교환 문의: 031-955-2661, 3580

www.munhak.com